KB138434

어니언 마말레이드

Onion Marmalade

백서하 장편소설

II

어니언 마말레이드 II

초판 1쇄 인쇄일 | 2021년 1월 14일
초판 1쇄 발행일 | 2021년 1월 21일

지은이 | 백서하
펴낸이 | 박성면
펴낸곳 | (주)동아

출판등록 | 제406-396010025100200700071호
주소 | 경기도 파주시 문발로 115, 세종대학교출판부 206호
전화 | (031)8071-5201
팩스 | (031)8071-5204
E-mail | bear6370@hanmail.net

정가 | 12,800원

ISBN 979-11-6302-445-3 (04810)
      979-11-6302-443-9 (set)

ZERONOVEL

ONION

II

어니언 마말레이드
Onion Marmalade

백서하 장편소설

MARMALADE

통아

contents

Chapter 8 당신을 향한 칼날 (2)   7

Chapter 9 불길은 순식간에 타오른다   83

Chapter 10 그리고 무대 위에는 모두가 서 있었다   154

Chapter 11 승자는 없다   261

막간극 : 다시는 돌아오지 않을   375

— 2 부 —

Chapter 12 위기 속에 잠긴 것들   405

Chapter 13 모든 문은 여는 방법이 있다 (1)   517

Chapter 8
당신을 향한 칼날 (2)

"이로써 오늘 회의는 전부 끝마치지."

위그는 서류를 탁탁 정리하며 자리에서 일어났다. 뒤에 있는 요한에게 서류를 넘겨주고 자리를 뜨는 그를 엘버린 공작이 불러 세웠다.

"이디에트 공작."

위그는 고개를 돌렸다. 엘버린 공작은 언제나 그러하듯 별다른 표정이 없었고, 차분한 얼굴을 하고 있었다.

"독대를 청하오."

비록 공작이긴 하나 이디에트와 엘버린은 애초에 세력이 달랐다. 하지만 엘버린 공작은 엄연히 위그의 아버지와 비슷한 나이 대였고, 그런 의미에서 그는 엘버린 공작을 꽤 정중한 태도로 대하고 있었다.

"무슨 일이십니까?"

위그의 집무실에 들어온 뒤 엘버린 공작이 소파에 앉았다. 그 맞은편에 앉으며, 위그가 물었다.

"별거 아닐세. 그저 묻고 싶은 말이 있어서."

"묻고 싶은 말씀이 무엇인지."

위그가 느긋하게 물었다. 실은 그도 어림짐작은 하고 있었다. 올해 들어 귀족원을 가장 지긋지긋하게 괴롭힌 일이라면 당연하게 상속법 관련 문제였다. 그리고 해당 안건을 질리지 않고 제기하고 있는 인물이 바로 눈앞에 있는 엘버린 공작이었다.

"상속법 관련 문제에 대해 의견을 묻고 싶네."

"죄송하지만 그 부분에 대해서는 귀족원에서도 이미 일치한 의견을 내린 것 같습니다만."

"나는 현재 이디에트 공작의 의견을 묻는 거요."

"제 의견이 딱히 중요하다고 생각하지는 않습니다. 엘버린 공작. 귀족원의 의견이 곧 제 의견입니다."

위그는 꽤 단호하게 말했다. 그로서는 굳이 이 의안을 통과시켜야 할 의무가 없었다. 그건 비비안의 문제와는 다른 문제였다. 몇백 년 동안 이어져 온 전통을 갑자기 바꾸는 건 무리다. 그는 귀족원의 질서를 수호할 의무가 있었다.

위그의 결연한 얼굴을 보며 엘버린 공작이 잠시 주저했다. 그리고 곧, 그가 차분하게 말을 이었다.

"공작은, 단주 같은 사람이 한 명 더 나오길 바라는 거요?"

"이런, 그게 제 아내와 무슨 관계가 있는지 모르겠습니다."

위그가 얼굴을 팍 찌푸렸다. 타인의 입에서 비비안의 일을 듣는 건 그리 좋은 일이 아니었다. 그것을 발견한 듯 엘버린 공작이 가볍게 한숨을 쉬며 입을 열었다.

"부인의 일을 함부로 꺼내는 것이 실례인 줄은 알지만, 그래도 묻고 싶소. 공작은 단주 같은 인물이 나오는 것을 바라는 것인지."

"제 아내가 들었다면 기함을 하겠군요. 공작께서도 제 아내를 피해자로 몰고 싶은 겁니까?"

"아니. 단주의 행동은 절대로 용납할 수 있는 게 아니요. 하나 한 번쯤은 생각해 보는 게 좋다는 말이지. 과연 그녀에게 그것을 제외하고 다른 선택지가 있었는지."

위그가 입을 꾹 다물었다. 그리고 계속 말해 보라는 듯이 턱짓했다.

"나는 내 딸이 그렇게 되지 말았으면 좋겠소."

"이런, 결례시군요. 제 아내를 입에 올리는 일은 없기를 바랍니다."

"모두가 쉬쉬하고 있지만 제 오라비를 제거한 사람이오. 그 행동은 절대 옹호할 수가 없지. 그래서 되도록 그런 상황을 피하자는 거요."

"과연 상속법이 통과되면 그런 일이 없다고 확신할 수 있습니까?"

"확신할 수는 없소. 하지만 인간에게 길 하나와 길 두 개를 내주었을 때 하는 선택은 그 본질이 다르오."

위그가 길게 한숨을 쉬었다. 그로서는 이 공작이 무슨 말을 하고 싶은 것인지 잘 알았다. 그래서 그가 입을 열었다.

"영애를 생각하는 마음은 알겠습니다. 딸을 위해 뭔가를 해 주고 싶은 아비의……."

"아니. 이건 내 딸을 위한 일이 아니오."

"네?"

"이건 내 아들을 위한 일이오."

위그는 얼굴을 찌푸렸다. 이건 또 무슨 말인가. 그는 엘버린 공작의 말을 잘 이해할 수가 없었다. 비비안은 그나마 비꼬기라도 했지만, 엘버린 공작은 진지하게 제 말을 이어 나갔다. 그래서 그는 입을 다물고 엘버린 공작의 말을 들었다.

"나는 내 아들이 모든 이들의 경계의 대상이 되는 것을 원치 않소. 그럴 일도 없고."

"무슨 소리입니까?"

"하나 이대로 간다면 점점 모순이 얼굴을 드러내고 싸움은 점점 거칠어지겠지. 그렇게 된다면 어떤 극단적인 일이 발생할지는 아무도 모르지 않소."

"그건 그들의 탓이지 저희의 탓이 아닙니다."

"물론이오. 어떤 상황이든 가해자가 문제니까. 하나 그것을 막을 수 있는데도 막지 못할 건 뭐요? 하물며 그 근원을 막음으로써 누구도 손해를 보지 않소."

위그는 얼굴을 찌푸렸다. 아, 기분 나쁘다. 뭔지는 모르겠지만 알 듯 말듯 했다.

"범죄나 잘못된 행위의 근원을 막아 처리하자는 것은 그것을 옹호하기 위함이 아니오. 그렇다면 모든 범죄학을 연구하는 교수들은 범죄를 옹호하는 것이지. 오히려 잘못된 것이기 때문에 막자는 것이오. 하물며 지금 상황은 아무리 봐도 불합리하지 않나."

"……."

"단주는 제 오라비를 제거하고 자리에 올랐지. 나는 내 딸이 두 번째 단주가 되고 내 아들이 두 번째 단주의 오라비가 되는 것을 원치 않소. 그런 일은 다시 일어나지 말아야 하고, 그러기 위해서는 최대한 노력을 해야 하오."

"그렇다고 해서 무조건 일이 해결되는 건 아닙니다."

엘버린 공작은 길게 한숨을 쉬었다. 그로서는 꽤 절박했다. 그리고 꽤 절실했다.

"이건 내 아들과 딸들을 위한 일이오. 내 '아들'은 그저 이 세상에 태어나 그것에 순응했다는 이유로 욕을 먹어야 하고, 내 '딸'은 이 세상에서 여자로 태어났다는 이유로 불공평한 대우를 받아야 하지."

"……."

"그리고 서로 싸우게 되오. 하나 둘 중 누구도 틀리지 않았소. 하나는 배운 대로 했을 뿐이고, 다른 하나는 그것이 싫을 뿐."

위그는 미간을 찌푸렸다. 엘버린 공작이 무슨 말을 하는지는 그도 잘 알았다. 그리고 그가 왜 저한테 이런 말을 하는지도 알았다. 하지만 그렇다고 해도 이건 그렇게 쉽게 해결될 일이 아니다.

바다에서 유람선이 무너지면, 흔히 질서를 유지하는 사람은 총을 들고 외친다. 레이디 퍼스트라고. 여자들은 그에 따라 구명보트에 타고, 남자들은 남자라는 이유로 더 큰 죽음에 노출된다. 분명 드넓은 바다에서 죽을 가능성은 둘 다 엇비슷한데도.

그럼 여기서 과연 지휘자의 말에 따라 구명보트에 탄 여자가 문제인가, 아니면 이런 상황에서 죽음의 위협을 느끼고 분노하는 남자들이 문제인가.

사실 모든 남자가 다 분노하는 건 아니다, 그중에는 분명 제 아내와 딸을 위해 희생하는 남자들이 대다수다. 그리고 모든 여자가 다 이것을 당연시하는 것 또한 아니다, 그중에는 분명 내 남편을 살리려고 하는 여자도 있다.

아니, 무엇이 되었든 간에 여기서 모든 질서는 사실 총을 들고 있는 사람에게서 나온다. 하지만 사람들은 총을 들고 있는 사람에게 대항하기보다는, 총이 없는 상대에게 더 쉽게 분노를 느낀다. 결국, 질서를 정한 사람이 아닌, 질서에 따르는 사람들끼리 싸우는 것이다.

그리고 귀족원이 바로 이 총을 든 사람이었다.

갑작스럽게 자신을 앉혀 놓고 이런 이야기를 하는 엘버린 공작을 이해하지 못하는 건 아니다. 무슨 말을 하고 싶은지도 잘 알았다. 그렇다고 해도 권력은 정의나 당연함으로 돌아가지 않는다. 그래서 위그는 고개를 저었다.

"일단 공작의 말씀은 잘 알아들었습니다."

"공작."

"하지만 그렇다고 해서 쉽게 바뀌는 문제는 아닙니다. 무엇보다도 가장 중요한 것은, 과연 공작의 이런 제의를 모든 여자가 달갑게 받아들이느냐 하는 문제입니다."

아마 비비안이라면 받아들이겠지. 오히려 좋아 죽을 것이다. 하지만 다른 여자들은? 과연 그들은 이런 '권리'를 즐겁게 받아들일까? 그리고 과연

'권리'에 따라오는 의무를 제대로 받아들일 것인가?

"애초에 존재하는 법도 받아들인 사람들이 있고 아닌 사람들이 있지. 우리는 그 법에 따라 전쟁에 나가고 싸움을 하고 권리와 의무를 짊어지는 것이 당연한 영광이라고 생각했지만, 반대로 분명 그것이 못마땅했을 사람도 있어."

"……."

"같은 이치일세. 여자들도 분명 싫어하는 이들이 있겠지. 하나 그렇다고 해도 결국 받아들일 수밖에 없을 거야. 그리고 그래야만 해."

"……."

"아무리 고달프고 힘들어도, 인간으로 살아가는 것이 가장 좋은 선택이니까."

* * *

"당신은, 재산권이 필요하나?"

화장대 앞에서 얼굴을 톡톡 두드리던 비비안은 뜬금없는 물음과 함께 고개를 돌렸다. 그녀의 시야에 진지한 얼굴로 침대에 기대 있는 위그가 들어왔다.

비비안은 눈알을 대록대록 굴렸다. 이 남자가 왜 갑자기 이런 말을 하나 고민하다가, 갑자기 생각나는 사실이 있어 그녀가 피식 웃었다.

"아, 왕녀님한테서 무슨 말을 들었어?"

"왕녀?"

이번에는 위그가 미간을 찌푸렸다. 엘버린 공작의 말에 기분이 착잡해 물어본 것뿐이다. 그런데 웬 뜬금없이 왕녀란 말인가.

위그의 얼굴을 살피던 비비안은 곧 자신이 헛다리를 짚었음을 알아차렸다. 그리고 화장대에서 일어났다.

"아니야. 그냥 갑자기 생각이 나서. 그래서 왜 그런 걸 물었어?"

그녀가 침대에 앉자 푹신한 매트가 출렁거렸다. 위그는 반사적으로 손을 뻗어 이불 안쪽으로 들어오는 그녀의 허리를 감은 뒤 입을 열었다.

"엘버린 공작이 묘한 말을 해서."

"아, 그쪽이었어?"

비비안이 살포시 웃으며 이번에는 위그의 다리에 앉았다. 엉겁결에 비비안을 올려보게 된 위그가 얼굴을 찌푸렸지만, 곧 제 목을 감아 오는 비비안을 보며 한숨을 쉬었다.

"이러지 말지?"

"뭘?"

"왜 갑자기 이래?"

비비안이 까르르 웃음을 터뜨렸다.

"그냥, 우리 남편한테 애교와 아양을 안 떨어 준 지가 좀 오래됐다 싶어서."

"……난 이제 당신이 이렇게 나오면 무서워. 내 뒤통수가 닳아 없어질 것 같아."

"이런. 너무 미안해서 어떤 사과를 해야 할지 모르겠네."

물론 그렇게 말하는 비비안의 얼굴에는 미안해하는 기색이 눈곱만치도 없었다. 그저 깔깔거리며 손으로 위그의 얼굴을 감쌀 뿐이었다.

"편하게 해."

"이러면 재미있나?"

"뭘?"

"날 놀리는 거."

"응, 재미있어."

당당하기 그지없는 비비안의 말에 위그가 얼굴을 찌푸렸다. 그녀가 재미있다면 재미있는 거겠지. 방실방실 웃는 얼굴에 침도 못 뱉겠다. 그는 결국 그녀를 품에 안았다.

"당신이 날 볼 때마다 어떤 눈빛을 하는지 알아?"

비비안이 느긋하게 물었다. 답을 요구하듯 위그가 눈썹을 까닥였다. 그에 비비안이 환하게 웃으며 그의 입술에 제 입을 댔다.

"이 빌어먹을 년에게 손대고 싶은 내가 미친 것 같다, 라는 얼굴."

"이런."

말이 끝나기가 무섭게 달콤한 혀가 얽혔다. 크고 거친 손이 그녀의 허리를 쓸었다. 입 안에 향기가 퍼졌다. 단단한 팔이 그녀를 옭아매고, 곧바로 그녀를 안아 침대에 눕혔다. 오르락내리락하는 가슴을 보다가 위그는 비비안과 눈을 마주쳤다. 언제나 그러하듯 묘한 웃음을 짓고 있는 그녀를 보며, 위그가 입을 열었다.

"날 사랑하나?"

"당신은?"

"사랑해."

"전략적 사랑 말고. 순수하게 날 사랑해?"

꽤 의외인 물음에 위그가 멈칫했다. 하지만 곧 고개를 저었다.

"아니."

"흐음."

"그저 전략적으로, 필요에 의해 사랑할 뿐이다."

비비안이 눈을 깜박거렸다. 그리고 곧, 그녀가 손을 뻗어 위그의 뺨을 어루만졌다.

"그럼 나도 당신을 사랑해."

"……."

"우리 관계가 끝날 때까지는 사랑할 거야, 당신을."

그게 과연 사랑인지는 모르겠지만.

위그는 비비안의 파란 눈동자를 보다가 고개를 숙여 그녀의 눈가에 키스했다. 아, 끔찍하게 예쁘다. 섬뜩하게 아름답다. 자신은 대체 왜 하필이면

이 여자를 찾아가서, 제 화창한 미래를 개판으로 만들었을까.

얼굴이 닿을락 말락 한 거리에서 서로의 숨결이 느껴졌다. 비비안이 팔을 뻗어 위그의 목을 둘렀다.

"그래서, 왜 갑자기 나한테 그런 걸 물은 거야?"

"그런 거?"

"재산권."

위그가 얼굴을 찌푸렸다. 하지만 곧 한숨을 가볍게 쉬고, 비비안의 목에 얼굴을 묻었다.

"엘버린 공작이 그러더군. 여자들에게도 재산권을 줘야 한다고."

"이런. 그쪽이었어? 난 또. 그래서 당신은 어떻게 대답했는데."

"거절했어."

위그의 말에 비비안이 웃음을 터뜨렸다. 생생하게 느껴지는 살결이 떨리는 것이 오롯이 전해져 왔다. 그에 위그가 다시 고개를 들었다.

"기분 나쁜가?"

"내가 기분이 나빠야 해?"

"당신은 재산권이 필요하지 않나. 나는 그걸 줄 수 있고, 그런데 결국 거절했지. 그래서 기분이 나빠?"

"이런, 언제 내 눈치를 그렇게 봤다고."

"그냥 묻는 거다."

"나쁘지 않아."

비비안이 웃으며 답했다. 그리고 이어서 한마디 더 붙였다.

"어차피 예상했던 결과였거든."

그녀의 말에 위그가 멈칫했다. 그의 얼굴에 미묘하게 퍼지는 표정을 보며 비비안이 입꼬리를 말아 올렸다.

"당신에게는 나한테 재산권을 주어야 하는 이유가 없거든. 아, 이렇게 말하니 웃기는데. 권리를 주고받다니. 마치 은혜 같잖아."

비비안이 피끗 웃었다. 그녀가 손을 뻗었다. 위그는 그녀의 손을 잡고 천천히 잡아당겼다. 침대가 한 번 출렁거리더니 비비안이 침대를 잡고 위그를 내려다보고 있었다. 늘씬하고 긴 다리가 그를 꾹 눌렀다. 뿌리칠 수 있음에도 위그는 뿌리치지 않았다.

진한 향기가 코를 간질거린다.

"내가 진짜로 당신을 통해 재산권을 갖고 싶었다면, 그렇게 당신 뒤통수를 치지는 않았을 거야."

위그는 곱게 휘어진 비비안의 눈가를 매만졌다. 파란색 눈동자 위로 길게 드리운 속눈썹이 파르르 떨리다가, 이내 비비안이 눈을 감았다.

위그는 비비안의 허리를 잡아당겼다. 손끝에 진득하게 묻은 노골적인 유혹을 굳이 거절하지 않았다. 얇디얇은 네글리제 사이로 접어드는 열기와 입 안을 파고드는 속살이 유난히 달았다.

"흐음."

거칠고 단단한 손이 그녀의 허리를 쓸어내렸다. 그에 파드득 떨던 비비안이 입을 떼고, 부드럽게 웃으며 말했다.

"이렇게, 했겠지."

"이렇게?"

위그의 미간이 꿈틀거렸다. 어떻게.

그 답을 주듯, 비비안의 손끝이 위그의 셔츠 깃을 잡고 그 안을 천천히 쓸어내렸다.

"그래, 이렇게."

"……."

"당신이 나를 사랑한다고 말하면서 정신없이 굴 때, 입 안의 혀처럼 나른하고 달콤하게 굴면서, 내가 얼마나 불행하고 차별적인 대우를 받으며 컸는지, 내가 얼마나 남자들 틈에서 불쌍하게 컸는지, 그리고, 얼마나 비인간적인 대우를 받았는지."

"……."

"불행하고 가련한 서사를 줄줄 읊으면서, 그렇게 당신 품에서 울었겠지."

비비안이 위그의 목을 감쌌다. 마치 뱀이 똬리를 틀듯 늘씬한 여체가 그를 칭칭 감았다. 저릿하게 올라오는 감정에 위그가 그녀의 허리를 안고 옆으로 돌아누웠다.

다시 한번 그녀가 아래였다. 그에 비비안이 나긋하게 웃었다.

"알고 보니 나는 시대의 희생양이었고, 알고 보니 착한 여자였고, 알고 보니 가련한 여자였지. 그러면 당신은 아마 나를 안타깝게 여기고, 가슴 아프다고 여기면서 내게 재산권을 '줄' 생각을 했을 거야."

"아마도."

"그러면 나는 당신 품에서 상처받은 듯이 울다가, 곧 이혼하겠지. 당신은 어쩌면 로맨틱하게 재산권이 적힌 법안을 들고 와서 내게 청혼했을지도 몰라. 그렇게 나는 시대의 희생양이 된 여자에서 여성의 지위를 높인 역사에 길이 남을 위인이 되었을 것이고."

"나는 세기의 로맨티시스트가 되었겠군."

"그래."

비비안이 고개를 끄덕였다. 그리고 손을 뻗어 위그의 어깨를 잡았다. 마치 꿈을 꾸듯 나른하게 풀어진 그녀의 눈매가 다시금 날카롭게 변하기 시작한 것도 순식간이었다.

"하지만 위그, 나는 그러고 싶지 않아."

"……."

"나는 시대에 희생당한 이름 모를 가련한 성녀보다, 시대를 밟고 지나간 세기의 악녀가 될 거야. 누구도 감히 내 이름을 지우지 못하게."

비비안이 다시 입꼬리를 말아 올렸다. 그리고 느긋하게 물었다.

"이쯤이면, 내 답은 알 것 같아?"

비비안의 입꼬리에 달린 미소가 지독하게 유혹적이었다. 위그는 고개를 숙이고 비비안의 입가를 살짝 핥았다. 달콤한 향내가 입 안을 파고들었다.

"알 것 같다. 내가 주는 것에는 관심이 없다고."

"나는 당신이 주는 것에는 관심이 없어. 오히려 누군가 자비를 베풀기만 하면 경계부터 하게 되지."

"……."

"가령, 당신이라든가."

위그는 피식 웃음을 흘렸다. 그건 자신도 마찬가지였다. 이디에트 공작의 자리는 생각보다 훨씬 더 무겁다. 경계하고 싸우고, 죽을까 봐 죽이고, 귀족의 삶이란 대부분이 그러했다. 한데 하필이면 그 경계망에 비비안만 없었다. 그는 아직도 자신이 왜 그랬는지 알 수 없었다. 디텔이나 하물며 귀족 중의 누군가가 친해지고 싶다고 와서 수작질을 걸어도 경계했을 텐데. 그것이 사랑이라기에는…… 사랑하는 사람을 제대로 파악하지도 못한 사랑이 사랑인가?

모르겠다.

비비안은 흐음 길게 숨을 내쉬었다. 왕녀라는 말이 나오니 문득 위그에게 잊고 말하지 않았던 것이 생각났다. 사실 딱히 잊었다기보다는 굳이 말을 해 주지 않다가 그저 대충 생각난 김에 입을 뗀 것이지만. 어쨌든 그도 알아 둬서 나쁠 것이 없지 않은가. 그렇게 생각하던 그녀가 다시 입을 뗐다.

"왕녀님께서 나더러 여왕으로 만들어 달라고 하더군."

"왕녀?"

"크리스티나."

위그가 미간을 찌푸렸다. 극존칭을 쓰면서 떠받들어 주기에 뭔가 했다. 그런데 그런 속셈이 있었나. 딱히 이상하지 않았다. 꽤 헛된 꿈이긴 했지만.

"그래서 승낙했나?"

묻긴 했지만, 답은 뻔했다. 이 여자가 그걸 승낙할 리가 없었다.

"아니."

"현명한 선택이야."

비비안이 고개를 끄덕였다. 그리고 다시 위그의 어깨를 잡아 이번에는 자신이 그의 위에 올라탔다. 그는 제 위에서 허리를 꼿꼿하게 세운 비비안의 허리를 잡았다. 그녀의 긴 손가락이 그의 손을 잡아 왔다.

"역시, 그렇지?"

"그래, 훌륭한 선택이었어. 크리스티나를 여왕으로 만드는 데 드는 돈과 힘이 알렉산드르 열 명을 왕으로 만드는 것보다 더 많이 들어."

"그 정도인가?"

비비안이 고개를 갸웃거렸다. 이쪽으로는 그녀도 잘 모른다. 뭐, 왕실 계승법을 배우긴 했지만, 그것도 최근이라, 정확히 권력 싸움에 돈과 힘이 얼마나 드는지 그녀는 알 수 없다. 막연히 힘들다는 건 알았지만.

그런 그녀의 물음에 답하던 위그가 고개를 끄덕였다. 그가 손을 뻗어 다정하게 비비안의 얼굴을 쓸었다.

"크리스티나를 여왕으로 만들려면, 단순히 현 태자를 제거하는 것으로는 부족해."

"왜?"

"상속법상 동생이 있잖나. 알렉산드르."

"그렇지."

비비안이 고개를 끄덕였다. 크리스티나가 알렉산드르를 진짜로 제거할 수는 있나? 모르겠다. 친동생을 제거한다는 것은 생각보다 훨씬 더 슬프고 고통스러운 일이다. 비비안의 경우에는 리암이 손수 요양원으로 걸어가 줬기에 가능했지만…….

"알렉산드르는 왕이 되고 싶은 욕심이 있어?"

"있는데 제 형의 기에 눌렸을 뿐이지."

"이런."

"내가 암시를 주니 아주 고맙게 덥석 받더군."

위그는 이 며칠간 알렉산드르와의 몇 번의 우연한 마주침 끝에 자신에게 숨김없이 그대로 보이던 그의 호감을 상기하고 웃고야 말았다. 목표 하나는 잘 잡았다. 유약하고 줏대 없는 왕자, 이것보다 이디에트의 욕심에 더 부합되는 사람이 어디 있나.

"그런데 굳이 크리스티나여야 할 이유가 없지. 그 여자는 대체 뭘 믿고 당신에게 그런 제안을 한 거지?"

"내게 여성 재산권을 주겠다고 하던데."

"흐음……."

"알렉산드르는 그쪽에 가능성이 있나?"

"주지 않을 거다. 알렉산드르 왕자는 유약하고 부드러워도 그 사고방식만큼은 제이슨과 똑같아."

비비안이 피식 웃었다. 그런 얘기가 있다. 누군가가 악을 저지르지 못한다면, 그건 그 사람이 선해서가 아니라, 그저 그만한 힘이 없기 때문이라고.

"그럼 현 왕비의 두 왕자는 어떻게 되는 거야?"

"아, 그쪽은 지적 수준이 아직 열 살쯤에 머물러 있어서, 아마 왕위를 양도받기에는 힘들 것이다. 마샤 왕비도 애초에 제 아들 둘을 데리고 행복하게 사는 게 목적이야. 침대에 있는 왕의 옆에서 극진하게 보살피는 데는 이유가 있어. 이대로 왕이 오래 살면 살수록 자신과 제 아들들의 행복한 나날이 조금이라도 더 길어지거든."

"이런. 그렇다면 우리 왕녀님이 여왕이 되려면, 태자를 제거하고, 알렉산드르를 제거하고, 아, 위에 왕녀님들은?"

"그러니까."

비비안이 제거해야 할 상대를 하나하나 꼽으며 말했다. 그리고 문득 생각난 듯이 묻는 말에 위그가 담담하게 말했다.

"그러니까 안 된다는 거지."

"아, 왕녀님들도 있겠구나. 그런데 바첼론에서 왕위 계승은 미혼의 여자들에게만 전해지지 않나? 그것도 영원히 결혼하지 않는다는 전제 조건으로."

왕권은 재산이 아니다. 돈이 외부인에게 넘어가는 건 상관없지만, 왕권은 절대 왕실의 핏줄이 아닌 자에게 넘어갈 수 없었다. 그래서 바첼론의 상속법에 의하면 남자 형제가 없을 시 여자가 결혼하지 않는다는 조건으로 왕위를 이어받아야 한다. 즉, 왕권이 밖에 흘러나가는 것을 방지하는 것이다.

"있어, 두 명. 하나는 신전에 있고 하나는 외국에 왕비로서 있지. 후자는 별로 경계할 필요 없다만, 전자는 달라. 언제든지 신앙을 포기하고 왕위를 잇겠다고 할 수도 있어."

비비안이 위그의 얼굴을 응시했다. 그 시선에 위그가 미간을 찌푸렸다.

"왜 그렇게 봐?"

"아니. 그냥, 웃겨서."

"뭐가?"

"크리스티나 왕녀가 내게 제안을 해 올 때, 나는 남자밖에 생각을 못 했어. 마치 여자는 당연하게 못 갖는다는 듯이. 그런데 생각해 보니까 사실 그 언니들도 왕위를 주면 받을 수 있잖아?"

"으음. 뭐 그렇긴 하지만, 그건 당신이 그냥 생각을 못 해서⋯⋯."

"그러니까 그게 문제라는 거야. 세상에, 내가 왜 그걸 생각 못 했지? 왜 크리스티나가 특이하다고 생각했지?"

비비안의 얼굴에 퍼지는 미소를 보며 위그가 한숨을 푹 쉬었다. 엄청나게 흥미로운 것을 발견한 어린아이 같은 미소가 비비안의 얼굴에 명백히 걸려 있었다.

"지금 무슨 생각을 하는 거야?"

"굉장히 재미있겠다는 생각."

"뭐?"

"원래는 그냥 남자 형제들을 죽여야 한다고 생각했는데, 생각해 봐, 위그. 왕은 아들 후계자를 위해 수많은 왕비를 거느렸고, 결국 그 딸들이 아버지의 왕좌를 놓고 싸우게 돼. 상상만 해도 짜릿하지 않아?"

비비안의 얼굴에 걸린 장난기 어린 미소를 빤히 보다가 위그가 고개를 절레절레 저었다. 왕위 싸움이 이 여자에게는 한낱 재미인가. 하지만 뭐가 됐든 그럴 일은 없을 것이다. 위그는 비비안의 허리를 번쩍 든 뒤 바로 윗몸을 일으켰다.

비비안의 팔이 그를 감아 왔다. 위그는 그런 그녀를 보며 속삭였다.

"쓸데없는 데에 발을 넣지 마."

"그건 나도 알아."

"다른 건 다 용납해도 왕위 계승에 분탕질 치는 건 용납 못 해."

"웃기고 있네, 당신이 언제 내게 용납한 게 있다고."

"내 말은, 왕위 계승이 내게는 마지막 선이라는 거다."

"위그 이디에트."

비비안이 느긋하게 위그를 불렀다. 무섭게 굳은 그의 얼굴을 보며 비비안이 느릿하게 말했다.

"내게 명령질하지 마."

"비비안 로젤리스."

"그래, 난 비비안 로젤리스야. 공작 각하."

"오만하게 굴지 마. 왕위 계승은 당신 생각처럼 그렇게 재미있는 일이 아니다."

"그건 내 마음이야. 공작 각하."

비비안이 위그의 입에 혀를 댔다. 빨갛고 진득한 혀를 살짝 깨물고 위그가 입을 열었다. 그의 커다란 손이 그녀의 목덜미를 살살 쓰다듬더니 천천히 네글리제를 파고 들어갔다.

"쓸데없는 일 하지 마라. 우리 둘 사이의 계약 내용을 잊지 마."

"흐음."

"내 영역에 발을 들이지 마라. 그렇지 않으면."

위그가 비비안을 감아쥐었다. 그리고 곧, 그녀를 침대에 뉘이며 다정하고 섬뜩하게 속삭였다.

"그때는 진짜 죽게 될 거니까."

"죽는다, 라……."

비비안은 자신의 위에서 섬뜩하게 웃고 있는 위그를 보며 입꼬리를 말아 올렸다. 경고인가, 아니면 그저 알리는 것뿐인가. 비비안은 느긋하게 위그의 얼굴을 쓸었다.

"그래서. 우리 남편은 지금까지는 날 죽일 생각이 없었던 거야?"

비비안의 말에 위그의 얼굴이 언뜻 굳었다. 곧, 그가 가볍게 한숨을 내쉬며 입을 열었다.

"아직은."

"흐음. 기특하긴 한데. 딱히 감흥은 없네. 사실 감동도 없고."

"비비안 로젤리스."

"위그 이디에트."

비비안의 얼굴에 걸린 미소를 보던 위그가 낮게 깔린 목소리로 그녀의 이름을 으르렁댔다. 하지만 정작 그의 이름을 말하는 비비안의 목소리는 더 없이 다정했다.

"나는 누구의 말을 듣고 자라 온 사람이 아니야."

"……."

"그랬으면 여기에 있지도 않았겠지."

비비안이 길게 한숨을 쉬었다. 그리고 곧, 나긋하게 읊조렸다.

"하지만 뭐가 되었든 간에 당신의 '의견'은 아주 잘 들었어."

의견. 위그가 으르렁대듯 말한 것이 결국 그녀에게는 의견밖에 되지 않았다는 것이다. 위그가 미간을 찌푸렸다. 들어 먹으리라 생각한건 아니었지만, 아니, 사실은 이미 예상했다고 보는 게 좋을 것이다.

"그래도 뭐, 당신이 걱정할 만한 일은 일어나지 않을 거야. 그게 배알이 뒤틀리지만."

비비안이 위그를 살짝 밀치며 침대에서 일어났다. 화장대 앞으로 걸어간 뒤 화장대 앞에 앉아 머리를 만지는 비비안의 뒷모습을 보다가 위그가 입을 열었다.

"그게 무슨 말이지?"

"내가 거절했다고."

"그건 이미 말했어."

"대신 조건을 하나 붙였지."

"……뭐?"

위그의 얼굴이 찌푸려졌다. 조건이라니, 갑자기 무슨 말도 안 되는 조건인가. 설마설마 했던 일이 진짜로 드러났다. 그의 머릿속에 오만 가지 생각이 들기 시작했다. 혹여 비비안이 진짜로 왕위 싸움에 끼어들기 시작한다면, 문제는 더욱더 커진다.

그 전에 둘의 계약 자체에 문제가 생긴다.

"당신 잊은 것 같은데, 우리 둘의 계약."

"당신 허락을 받아 오라고 그랬어."

급히 입을 여는 위그의 목소리를 덮으며 비비안이 우아하게 입을 열었다. 그에 위그가 멈칫하고 말았다.

"무슨 말이지?"

"내가 원조를 해 줄 수는 있지만, 그러려면 당신 허락을 받아 오라고 그랬다고."

비비안이 우아하게 고개를 돌렸다. 멍하니 있는 위그의 얼굴 위로 그녀가 소름 끼치게 예쁜 미소를 지었다.

"그래서, 우리 남편은 뭐가 걱정스럽다고?"

위그는 길게 한숨을 쉬었다. 비비안의 조건은 묘하게 둘 사이의 계약 내용을 위반하지 않았다. 애초에 계약 자체가 '이디에트를 돕는 것'이었지

'알렉산드르를 왕으로 추대하는 것'이 아니었으니까.

그런 의미에서 위그가 진짜로 크리스티나를 왕으로 추대하고 비비안이 거기에 손을 얹게 되면 계약은 위반하지 않게 된다. 더불어 크리스티나가 위그를 설득했다는 것만으로도 이미 승률이 반은 될 터.

아. 이런.

위그는 이마를 짚었다. 환하게 웃으며 그를 보고 있는 여자는 대체 뭘 생각하는지 모르겠다. 하지만 하나는 알 것 같다.

"당신 정말 타고난 장사꾼이군. 그것도 엄청 치사한 그런 부류."

"어머. 그래? 칭찬 고마워."

비비안이 털썩 침대에 앉았다. 그런 그녀의 허리를 자연스럽게 감던 위그의 팔을 밀며 비비안이 달콤하게 속삭였다.

"그냥 빨리 자는 게 좋을 것 같아."

"뭐?"

"빨리 자자고. 그냥."

"……."

"내가 누구한테 협박을 들었더니 기분이 더러워져서."

명백히 위그를 향한 말이었다. 위그는 이불을 펄럭거리더니 바로 그 안으로 쏙 들어가는 비비안을 보며 허탈하게 웃었다. 그래 뭐, 이러겠다는 거지.

"위그."

그때 비비안이 다정하게 그를 불렀다. 지나치게 다정해서 소름이 돋을 정도라 위그가 미간을 찌푸리는데, 비비안이 달콤하게 말했다.

"불 꺼."

* * *

김이 모락모락 나는 차를 앞에 놓고 위그는 눈을 감고 있었다. 소파의 손잡이에 팔을 기대고 관자놀이를 꾹꾹 누르던 그가 곧 문이 열리는 소리와 함께 눈을 떴다.

"공작."

알렉산드르는 지나치게 환한 얼굴로 그에게 다가오고 있었다. 누가 봐도 기다렸다는 표정이라 모르는 이가 봤더라면 연인을 기다리는 것으로 오해할 만큼 밝은 얼굴이었다.

위그는 입꼬리를 말아 올렸다. 저렇게 노골적으로 행동하다가 제이슨에게 들키기라도 하면 당장 제거당하겠군. 제이슨은 비록 하루하루를 한량처럼 보냈지만 정작 누군가가 자신의 것을 빼앗기라도 하면 곧바로 물어뜯을 인간이었다.

"왕자 전하."

오만방자하기가 하늘을 찔렀다. 왕자의 등장에도 위그는 자리에서 일어나지 않았다. 그에 옆에 서 있던 시종이 울컥한 듯 얼굴을 찌푸렸으나, 알렉산드르는 다소 순진한 얼굴로 웃으며 위그의 맞은편에 앉았다.

"공작께서 왕림해 주셔서, 영광입니다."

"제 갑작스러운 방문에도 이리 환대해 주시니, 더욱더 영광스러울 따름입니다."

"저번 제 생일에도 어마어마한 선물을 준비해 주신 덕분에……."

"제 아내가 신경을 많이 쓰더군요."

돈으로.

비비안은 남편의 앞길을 위해 손수 왕자의 선물을 고를 정도로 한가하지 않았지만, 일반적으로 가문을 대표하는 선물은 안주인의 안목을 재단하는 수단으로 종종 쓰이곤 했다. 그런 의미에서 위그가 삼켜 버린 말을 듣지 못한 알렉산드르로서는 당연히 비비안이 손수 선물을 골랐다는 뜻으로밖에 해석을 할 수가 없었다.

"부인께 감사하다고 전해 주십시오."

"그러겠습니다. 전하께서 기쁘게 받으신 걸 알면 제 아내도 무척 기뻐할 겁니다."

이익이 있으니까.

위그는 얼굴에 희미하게 미소를 띠고 알렉산드르를 살폈다. 유약하고, 정이 많고, 배운 건 다소 적지만 그럼에도 야망이 있는 남자. 제이슨처럼 교활함과 야망의 조합은 사고를 부르지만, 무능력과 야망은 가끔 행운을 부르기도 한다.

물론 어디까지나 제 주제를 잘 알아야 한다는 전제가 붙지만.

"왕자께서 이디에트에 꽤 깊은 관심을 갖고 있으시다고요."

위그의 눈동자가 알렉산드르를 직시했다. 그에 알렉산드르가 움찔거리며 헤실거렸다.

"이디에트는 언제나 왕실의 충신이지 않았습니까, 그런 의미에서……."

"전하 개인적으로는 그다지 관심이 없으시고요?"

위그의 물음은 꽤 노골적이었다. 이 몇 달간 꾸준하게 물밑 작업을 한 보람이 있었다. 가끔가다가 마주치며 한두 마디 넌지시 건네다가, 오늘처럼 이리 대놓고 방문하니 효과가 어마어마했다.

위그는 시선을 아래로 깔았다. 제이슨이 알아채기 전에 손을 쓰는 것이 중요해 일부러 비공식적인 방문을 감행했다. 그에 반발하지도 않고 되레 이리 쪼르르 달려오는 것을 보면, 사실 알렉산드르의 뜻은 분명했다.

다만 크리스티나만큼 강단이 없어 그렇지.

그나마 그 왕녀는 비비안에게 왕위 욕심을 노골적으로 드러냈다. 물론 그 뒤에는 어느 정도 제이슨이 알아도 별 상관없다는 전제가 붙겠지만, 그렇다고 하더라도 한평생 제왕의 교육을 받지 못한 자가 다른 이도 아니고 낯선 단주에게 그렇게 제안을 한 것은 꽤 이질적으로 다가왔다.

하지만 거기까지다.

그는 강단 있는 왕이 필요한 게 아니라 말을 잘 듣는 왕이 필요했다. 그런 의미에서 크리스티나보다는 오히려 알렉산드르가 적격일지도 모른다.

교육이 좀 필요하겠지만.

"공작, 저는 공작의 의도를 잘……."

"전하께서 원하시는 것이 있으면 언제든지 만족하게 해 드릴 수 있습니다."

"그럼……."

"당연하지만 모든 일에는 대가가 따르겠지요."

위그의 말에 알렉산드르가 침을 꿀꺽 삼켰다. 긴장감이 역력한 그의 얼굴에는 이미 기대가 씌어 있었다. 지나치게 쉬워서 되레 김이 빠질 지경이었다.

뭐, 어려운 것보다는 낫지.

"하나 공작. 공작도 아시다시피, 내가 원하는 것을 이미 가진 자가 있습니다."

"그건 그다지 중요한 문제가 아닙니다."

"……."

"쥐여 준 자가 저라면, 그것을 다시 타인에게 쥐여 줄 수도 있으니까요."

"……."

"과연 그럴 만한 가치가 있는지가 문제겠지만."

한마디로 네가 그럴 만한 가치가 있다는 걸 증명하라는 것이었다. 과연 제이슨을 무너뜨리고 왕으로 추대할 만큼의 가치가 있는지. 과연, 공작가에 이용당할 만한 가치가 있는지.

알렉산드르가 미간을 찌푸렸다. 솔직히 말해서 그는 형을 그다지 좋아하지 않았다. 대부분 왕실이 그러하듯이 원래 형제간의 다툼은 격렬하다. 하물며 절대적인 왕권을 가진 왕실의 형제였다. 욕심이 나지 않을 리가 없었다.

그럼에도 그는 유약했고 가진 것이 없었다. 미치지 않고서야 그를 왕으로 추대할 귀족은 없다고 생각했다.

그런데 지금, '그' 이디에트가 제안을 해 온다.

"전하의 답신을 기다리고 있겠습니다."

말을 끝내고 위그가 자리에서 일어났다. 알렉산드르가 길게 한숨을 쉬었다. 그 무언의 긍정을 보며 위그가 발걸음을 옮겼다. 어떤 의미에서든지 가장 좋은 말이 될 것이다. 제이슨을 무너뜨리고, 디텔을 무너뜨리고 종국에 이디에트의 영광을 다시 찾는 말.

"한심하군."

방을 나온 뒤 위그가 중얼거렸다. 어떻게 된 게 이 많고 많은 왕자들 중 멀쩡한, 깔끔한 왕이 될 만한 재목이 없나. 그나마 제1왕자가 괜찮긴 했는데 정작 지나치게 유약한 탓에 제이슨에게 당했다. 그 아래로 사랑의 도피, 알렉산드르는 지나치게 겁쟁이고, 그 아래 두 왕자는 이미 충분히 아픔을 겪고 있었다.

그의 생각이 문득 어젯밤 비비안이 한 말에 닿았다.

'왕은 아들 후계자를 위해 수많은 왕비를 거느렸고, 결국 그 딸들이 아버지의 왕좌를 놓고 싸우게 돼. 상상만 해도 짜릿하지 않아?'

짜릿하기는 무슨.

귀족원의 귀족들이 알면 기함을 할 노릇이었다. 어떻게 그럴 수가 있느냐고. 여왕이라니 무슨 뚱딴지 같은 말을 하느냐고 뒷목을 잡을 것이 분명했다. 눈앞에 선해서 상상도 하고 싶지 않다. 하지만 곰곰이 생각해 본다면 꽤 재미있을지도 모른다. 최소한 병상에 누워 골골대는 저 왕이 예상하지는 못했을 것이다. 아들을 얻기 위해 아내를 바꿔 대던 왕의 뒤를 잇게 되는 것은 최초의 여왕.

위그는 그렇게 생각하다가 문득 입가에 띤 미소를 감지하고는 바로 표정을 갈무리했다. 비비안과 하도 붙어 다녀 이제는 전염이라도 되었나 보다.

재미있을 게 따로 있지 어떻게 그런 걸 재미있다고 생각할 수가 있나.

그렇게 생각하며 그가 발걸음을 옮겼다.

그때였다.

"공작."

낭랑한 목소리가 그를 불러 세웠다. 고개를 돌리자 그곳에는 익숙한 얼굴이 서 있었다. 그에 위그가 움찔하고 말았다. 몇 분 전까지만 해도 그가 생각했던 이가 저쪽에 서 있었다.

"왕녀 전하."

그는 입꼬리를 말아 올렸다. 왠지 모르게 불안한 느낌이 스멀스멀 피어올랐다. 그러고 보니 비비안이 크리스티나에게 제안했다고 했지. 그러니까, 자신의 동의를 받으면 왕을 시켜 주겠다고.

보통 사람들은 그쯤이면 포기하지 않던가. 자신이라면 포기했을 것이다. 머리가 있다면 이디에트의 공작이 그녀의 편을 들어 주지 않으리라는 것이 확연했고, 생각이 있다면 애초에 그를 찾아오지 않을 것이다.

"공작. 독대를 청합니다."

원하는 것에 미치지 않고서야.

크리스티나의 곧은 눈빛을 보는 위그가 얼굴을 찌푸렸다. 이 왕녀가 대체 무슨 말을 하고 싶은지는 대충 예상이 갔으나 그렇다고 함께 어울리고 싶은 마음은 없었다.

그래서 그가 부드럽게 웃으며 거절을 하려는 순간, 크리스티나가 입을 열었다.

"제가, 단주님을 옆에 두는 방법을 알고 있어요."

크리스티나가 원하는 것이 무엇인지 명백했다. 위그는 얼굴을 서늘하게 굳혔다. 어제 비비안이 하던 말이 묘하게 연상되어 기분이 더러워졌다.

평온하기 그지없는 그의 인생에 두 여자가 끼어들었다. 하나는 그에게 왕이 되게 도와 달라고 부탁할 것이 명백했고, 다른 하나는 이미 왕이 되어 그의 위에 군림하고 싶어 했다.

후자는 그의 아내고, 전자는 왕녀였다.

모르겠다.

그는 이미 결정을 내렸다고 생각했다. 사실 결정이라고 할 것도 없었다. 애초에 고민조차 해 보지 않은 문제였으니까.

이 어린 왕녀가 대체 무슨 생각으로, 무슨 자신감으로 그에게 이런 제안을 했는지 알 수는 없지만 위그는 조금 침묵을 지키다가 입을 열었다.

"송구하오나, 그것은 전하께서 신경 쓰실 일이 아닙니다."

"공작."

"실례하겠습니다."

"오만하군요."

발걸음을 옮기려는 위그의 뒤에 크리스티나의 낭랑한 목소리가 울려 퍼졌다. 하지만 그 안에 희미하게 들어 있는 불안감을 모를 정도로 위그는 어수룩하지 않았다.

위그는 뒤를 힐끔 보았다. 작달막한 체구에 고집스러운 얼굴로 서 있는 그녀의 뺨이 파르르 떨리고 있었다. 위그는 가볍게 웃음을 흘렸다.

"전하. 원하시는 것이 저의 협조라면, 제게 그렇게 말씀하실 건 아니라고 생각됩니다."

"그럼 어찌 말해야 하나요? 알렉산드르처럼 당신의 눈치를 보면서 바닥에 납죽 엎드려야 하나요?"

열세에 처한 이치고는 상당히 무례한 태도였다. 크리스티나의 태도는 위그에게 무엇을 청한다기보다는 명령에 가까웠다. 문득 그 모습이 마치 누군가를 따라 한 것 같은 느낌이 들어서, 위그가 희미한 미소를 띠고 답했다.

"물론입니다."

건방지기 짝이 없는 태도였다. 위그의 그 드높은 자긍심은 아무리 제이슨에게 목줄이 잡혀 있다고 해도 절대 크리스티나의 발등에 키스를 하게 용납하지 않았다. 그 누구도 그가 무릎을 꿇게끔 할 수 없었다.

아, 한 사람은 빼고.

위그는 문득 다시 한번 비비안이 생각나 미간을 찌푸렸다. 하여튼 그 쓸데없는 말에 또 휘둘리는 저 자신이 어이가 없었다. 그 와중에 다시 목소리가 들리는 것 같아서 위그가 말을 이었다.

"제 아내에게 쓸데없는 말을 하셨다고 들었습니다."

크리스티나의 어깨가 움찔거렸다. 그녀가 뭔가를 고민하는 듯하더니 이내 고개를 저었다.

"쓸데없는 말이라니. 그게 왜 쓸데없는 말이 되죠?"

"가만히 있는 사람을 함부로 흔들어 놓는 게 쓸데없는 것이 아니면 뭐겠습니까."

"단주님 대신 멋대로 판단하지 마요."

"전하야말로 그녀를 함부로 판단하지 마십시오."

위그는 묘한 불쾌감에 얼굴을 굳혔다. 비비안은 원하는 게 있다면 주변 사람들 목을 다 따서라도 그것을 손에 넣을 인간이었다. 크리스티나가 준다고 덥석 받을 인간이 아니었다.

크리스티나가 왜 비비안을 찾아갔는지 모르지 않았다. 일단은 돈, 그다음은 여자. 이 두 가지 조건을 만족하는 완벽한 사람.

하지만 비비안은 절대 대의나 어떤 이념을 위해 제 한 몸 불사를 인간이 아니었다. 재산권이 없다는 것이 어떤 것인지 알아도, 그것을 위해 자신의 이득을 포기할 사람이 아니었다.

"왕이 되고 싶다면."

꽤 직설적인 말에 크리스티나가 움찔하더니 이내 주변을 살폈다. 그에 설핏 굳었던 위그의 얼굴이 서서히 펴지고, 그가 조금 편안한 표정으로 크리스티나에게 말했다.

"직접 방법을 모색하셔야 합니다."

"그게 당신과 단주예요. 공작."

"그러면 그게 틀린 방법이라고밖에 드릴 말씀이 없습니다."

"제가 기꺼이 이디에트의 꼭두각시가 되어 주겠다고 해도?"

꼭두각시가 되어 주겠다는 왕. 왕족의 존엄과 긍지 그 이전에 권력의 왕좌에 올라가지 못해 안달이 난 자의 마지막 수단이었다. 위그는 크리스티나의 다급함을 느끼고 어깨를 으쓱했다.

"알렉산드르 왕자 전하께서 더 잘해 주실 겁니다."

"선대 공작께서도 그렇게 느끼셨죠."

"전하."

"그리고 현재 제이슨 오라버니는 디텔에 가 있고요."

위그의 가장 아픈 곳을 건드린 크리스티나가 이번에는 조금 여유롭게 웃었다. 그도 그럴 것이 선대 공작의 가장 큰 잘못이 바로 제이슨을 믿었다는 것이다. 정확히는 제이슨의 멍청함을.

결국, 위그는 선대 공작이 저지른 그 수많은 죄악을 하나하나 거두어야 했다.

"그래서 전하께서 태자 전하와 다르리라는 보장은 또 어디에 있습니까?"

위그의 물음에 크리스티나는 당황하지 않았다. 이 물음이 나오지 않으리라 생각한 것은 아니었다. 문득, 세실리아가 제게 말하던 것이 생각이 났다.

'전하께서 증명하시면 되잖아요. 전하가 알렉산드르 전하보다 더욱더 가치가 있다는 것을.'

"왕이 되기 위한 가장 큰 걸림돌은 바로 왕이죠."

크리스티나의 목소리가 부들부들 떨렸다. 그녀가 무엇을 말하고 싶은지 미처 알아채지 못한 위그가 눈을 가늘게 뜨고 그녀를 응시했다. 하지만 크리스티나는 열심히, 더듬더듬 말을 이었다.

"하지만 아바마마는 어차피 얼마 남지 않았어요."

"전하, 듣는 귀가 있을 수도 있다는 생각은 못 해 보셨습니까."

"그 이전에, 만약 제가, 저 스스로 내 앞의 걸림돌을 처리한다면, 공작께서는 저를 지지할 건가요?"

순간 복도가 침묵에 휩싸였다. 크리스티나는 바들거리는 두 손을 꼭 잡고 위그를 보았다. 그의 눈동자는 짙게 가라앉았다. 크리스티나는 그런 그를 보면서 침을 꿀꺽 삼켰다.

그녀도 이렇게 말하는 게 과연 위그에게 어떤 영향을 끼칠지 몰랐다. 사실을 말하자면, 그녀는 지금 머릿속에 아무런 계획도 없었다. 호기롭게 외치긴 했으나 위그가 덥석 승낙한다고 해도 그녀는 어떻게 자신의 걸림돌을 제거해야 할지도 몰랐다.

그러나 알 리가 없었다. 그녀가 왜 비비안과 위그에게 손을 내밀었겠는가. 어떻게 걸림돌을 제거해야 하는지 몰라서가 아닌가.

왕위에 오르고 싶다. 그러기 위해 가장 기본적인 것이 바로 제 앞에 있는 인물을 전부 제거하는 것. 그런 자를 어떻게 넘어뜨리는가가 바로 권력 싸움의 본질이었다.

한데…….

크리스티나는 두 손을 맞잡고 땀을 뻘뻘 흘렸다. 위그는 여전히 미동도 하지 않고, 그저 그녀를 지긋하게 바라볼 뿐이었다. 크리스티나는 그쯤에야 위그와 비비안의 눈빛이 묘하게 닮았다는 사실을 알아챘다. 그러고 보니 제가 제안을 했을 때, 비비안도 저런 눈빛을 하고는 저를 보았다.

마치 가소로운 것이 달려드는 것을 보듯, 그렇게.

위그는 아무 말도 하지 않았다. 그러고는, 이내 여유롭게 웃고는 발걸음을 돌렸다.

"저는 이익에 따라 움직입니다."

긍정도 부정도 아닌 꽤 애매한 대답이었다. 크리스티나는 위그의 대답이 만족스럽지 않은 듯이 미간을 좁혔지만, 이내 멀어져 가는 위그를 더 붙잡지는 않았다. 정확히는 못 했다.

"이번 달 로튼의 총결 장부입니다."

산처럼 쌓인 서류를 받아 들고 비비안이 눈썹을 까닥였다. 매달 이렇게 쓸려 오는 서류는 언제 봐도 질리고 질렸다. 아무리 그녀가 돈을 좋아한다고 하나, 그리고 일에 미쳐 있다고 하나 그렇다고 고생고생하며 서류를 보는 것까지 즐기는 사람은 절대 아니었다.

비비안은 클로에의 손에서 펜을 집어 들고 한숨을 푹 쉬었다.

"하여튼, 이맘때 되면 또 바쁘지."

"이맘때요?"

"가을에 접어들 때잖아. 가죽과 모피가 슬슬 등장할 때거든."

"아."

비비안의 말에 클로에가 알겠다는 듯이 고개를 끄덕였다. 로튼 산하에 있는 가게들이 슬슬 환절에 들어섰다. 비비안의 옆에서 그녀의 손을 거치는 수많은 서류들을 전부 확인한 클로에가 입을 열었다.

"이번에도 모피가 유행할까요?"

"모피는 매번 유행했어. 그건 유행이 아니라 거의 필수품처럼 여겨지거든. 알잖아. 귀족들은 몸에 동물을 두르고 다니는 걸 굉장히 자랑스럽게 생각한다는 거."

"으음, 예쁘니까요?"

"언제 동물들이 인간 껍질을 예쁘게 두르고 다닐 때가 와야 하는데, 그렇지?"

비록 사생아이긴 하지만 그래도 귀족가에서 나고 자란 클로에는 대부분 귀족들이 그러하듯 모피에 대한 관심이 있긴 했다. 하지만 비비안의 말에 그녀는 저도 모르게 몸을 부르르 떨었다.

"그건 좀 끔찍한데요. 단주님은 그런 걸 안 좋아하시나 봐요?"

"아니? 좋아하지 않는 건 아닌데?"

"아, 비판적이셔서……."

"그냥 그렇다는 거야. 좋아하지 않는다고 꼭 싫어해야 되는 건 아니잖아. 그리고 귀족들이야, 할 수 있는 여가 활동이 기껏해야 사냥이나 그런 것들인데, 어쩌겠어. 그래서 그런 거지."

클로에는 비비안의 말에 어색하게 웃었다. 침착한 얼굴로 서류를 보고 있는 비비안에게는 그저 대수롭지 않은 기색만이 걸려 있어서, 클로에는 여전히 비비안이 무슨 생각을 하는지 종잡을 수가 없었다.

결국 언제나 그래 왔듯이 클로에는 비비안의 생각을 읽는 것을 포기하고 말을 돌렸다.

"그럼, 이제 로튼에서도 슬슬 가죽과 모피를 사들이는 건가요?"

"사 둔 지가 언젠데. 여름에 접어들었을 때부터 사들였을걸? 그러고 보니 보관이 조금 어려워 애를 먹긴 했지."

"네?"

클로에가 깜짝 놀라 눈을 휘둥그레 떴다. 모피와 가죽은 겨울에 가장 불티나게 팔리는 것만큼 무더운 여름에는 그 값이 가장 싼 편이었다. 그러나 문제라면 날씨가 무더운 여름에는 모피와 가죽의 품질을 유지하며 보관하는 것이 꽤 어려웠다. 물론 해마다 두 물품의 거래를 해 왔던 경험이 있는 로튼이라면 충분히 그 방도가 있기야 하겠지만, 어마어마한 돈과 힘을 들였을 것이 뻔했다.

그런 의미에서 모피와 가죽은 당연히 날씨가 선선해지는 지금 사들이는 게 가장 좋았다. 그런데 이미 사 놨다고? 분명 큰 손실이 있을 텐데?

클로에가 이해를 못 한 듯 고개를 갸웃거렸다. 그것을 힐끔 보던 비비안이 피식 웃으며 말을 이었다.

"상인 협회라고 알아?"

"네. 바첼론의 대부분 상인들이 속해 있는 곳이잖아요. 그러고 보니 로튼은 진즉에 나갔죠."

클로에는 모르겠지만 비비안이 한바탕 뒤집고 나간 데였다. 위그와 결혼하기 얼마 전에. 비비안은 상인 협회장의 그 번들거리는 얼굴을 상기하며 조소를 머금었다.

"내가 상인 협회에 있으면서 얻은 가장 큰 수확이라고는, 어떻게 하면 구매자들 지갑에서 가장 많은 돈을 꺼내냐 하는 걸 배운 것뿐이야."

"어, 어떻게요?"

"굉장히 간단하고 단순해. 상인 협회는 환절기에 슬슬 눈치를 보다가 손을 잡고 대량으로 어떤 물건을 구비하지. 시장에 그 물건이 거의 사라질 정도로 말이야."

"그게 가능한가요?"

"가능하지. 그냥 한 개 상단이라면 모를까. 협회라면 가능할 거야. 아니면 왜 달마다 돈만 가져가는 협회에 몸을 담그고 있겠어?"

비비안의 말에 클로에가 깨달았다는 듯이 고개를 끄덕였다. 독점하다시피 대량으로 물건을 구입해 공급과 수요의 균형을 깨 버린다. 때가 되면 필요한 가죽과 모피가 적으니 당연히 가격이 미친 듯이 올라갈 것이고, 특히 모피 같은 사치품은 가격이 올라가면 더 올라갔지 절대 떨어질 일은 없었다.

그러니까 상인 협회에서 손을 쓰기 전에, 본전을 조금 더 들이더라도 미리 사들여 보관해 둔 것이었다.

"이익은 좀 적겠지만, 어쨌든 협회에 기회를 빼앗기면 다 잃는 것이나 마찬가지야."

"그런데 이번 해에 협회에서 모피와 가죽을 대량 구입 할까요?"

"할걸? 날 상대하기 위해서라도?"

누군가의 적이 될 것을 확신하는 그녀의 태도에 클로에가 고개를 갸웃거렸다. 그런 그녀를 보며 비비안이 우아하게 웃었다.

"내가 협회에서 나가면서, 뒤집어엎어 버렸거든. 이를 빠닥빠닥 갈고 있을걸."

"그래도, 설마 로튼과……."

"게네들 눈에는 로튼은 언젠가는 쓰러질 모래성이야. 운과 타이밍 하나 제대로 잡아서 성공한 상단. 뭐, 덕분에 나는 그 사이에서 잘 먹고 잘 사는 중이지만."

비비안의 여유로움에 클로에가 길게 한숨을 쉬었다. 곧 그녀가 고개를 끄덕이면서 입을 꾹 다물었다.

얼마나 지났을까, 서류를 열 장 정도 넘긴 비비안이 갑자기 생각났다는 듯이 입을 열었다.

"그러고 보니 위그는 어딜 갔어?"

"아, 요한 오빠의 말에 의하면, 왕궁으로 가셨다고 해요."

"그 왕자를 만나러?"

"네."

"참, 열심이지. 왕자가 멀쩡해도 문제, 안 멀쩡해도 문제."

결국 어떻게든 해 보려고 평민 계집에게 계약 결혼까지 제안하고, 뒤통수를 맞고, 그 와중에 뒤통수를 때리고.

이 근래에 방심하다가 제대로 한 방 먹은 비비안은 전혀 분노하는 기색이 없이 웃었다. 그녀는 어떤 형식의 싸움에서든지 져 본 적이 없었다. 설사 졌다고 해도 그 끝은 언제나 그녀의 승리로 끝났다.

그래서 그녀는 무척 담담하게 이 모든 것을 받아들일 수 있었다.

곧 집무실에 침묵이 찾아들었다. 사각사각거리는 소리만 들리는 와중에 비비안의 스케줄을 정리하던 클로에가 뭔가를 물어보려고 고개를 들 무렵, 갑자기 밖에서 누군가가 문을 두드렸다.

"부인."

집사의 목소리였다.

비비안은 고개를 들었다. 곧 문이 열리고, 집사의 모습이 예상대로 나타나자 비비안이 살짝 미간을 찌푸렸다.

"내 집무 시간에는 방해를 하지 말라고 한 것 같은데."

"죄송합니다."

노집사의 사과에 비비안이 펜을 놓았다. 눈치라면 세상에서 가장 빠르다고 자부하는 비비안이 집사의 얼굴에 비낀 난감함을 읽어 내고는 눈썹을 까닥였다.

"그래서 무슨 일이지?"

할 말 있으면 빨리 하고 나가라는 뜻이었다. 그에 집사가 더더욱 허리를 굽히며, 입을 열었다.

"사무를 방해해서 죄송합니다. 부인. 하나 손님이 와 있어서 부득불 실례를 무릅쓸 수밖에 없었습니다."

"손님?"

비비안이 고개를 갸웃거렸다. 그녀의 눈길이 클로에게 향하고, 다시 한 번 스케줄을 확인한 클로에가 고개를 저었다.

"이 시간에 손님은 없는 것 같은데."

"저, 부인의 손님이 아니라, 각하의 손님입니다."

비비안은 그제야 왜 집사가 자신을 찾아왔는지 알았다. 주인의 손님이 왔는데 주인이 없다, 그렇다면 그 접대는 당연히 안주인의 몫일 터. 비비안이 귀찮다는 얼굴로 펜을 놓고 자리에서 일어났다.

"누군데?"

"각하의 친우이신, 노아 프레스트 후작 각하이십니다."

어디서 언뜻 들어 본 것 같은 이름에 비비안이 얼굴을 살짝 찡그렸다. 하지만 그녀가 채 반응하기도 전, 옆에 있던 클로에가 자리에서 벌떡 일어났다.

"아, 안 돼요. 단주님."

클로에의 물음에 비비안이 고개를 돌렸다. 비비안과 시선을 마주친 클로에가 급히 고개를 저었다.

"그분은 단둘이 만나시면 안 돼요!"

"왜?"

비비안의 물음에 클로에가 머뭇거렸다. 하지만 이내 큰 결심을 한 듯이 진지하게 입을 열었다.

"그, 그분은 여자관계가 무척 복잡하신 분이에요."

"그래서?"

"그분은 유부녀도 유혹한다고요!"

"그런데?"

아니, 그러니까……! 클로에가 속으로 말을 삼켰다. 땀을 삐질삐질 흘리며 고개를 젓는 클로에를 흥미 가득한 얼굴로 본 비비안이 피식 웃고야 말았다. 깜찍한 것, 비비안이 속으로 중얼거리다가 발걸음을 옮겼다.

"단주님, 진짜 가시려고요? 각하께서 오시면……."

"클로에, 내 남편은 바첼론에서 여자관계가 가장 복잡한 남자야."

비비안의 말에 클로에는 반박할 말이 없어서 입을 다물었다. 하지만 여전히 석연찮은 표정을 짓는 그녀를 보면서, 비비안이 말을 이었다.

"그리고 나는 바첼론에서 남자관계가 가장 복잡한 여자고. 난 언제나 남자를 선택하는 쪽이었지 선택당하는 쪽이 아니었어."

이것도 반박할 수가 없었다. 클로에는 결국 비비안을 설득하는 것을 포기하고 자신도 발걸음을 옮겼다.

물론 그녀는 비비안이 외도 같은 걸 저지를 것이라고 생각하지는 않았다. 하지만 노아 프레스트는 위그와 달리 얼굴부터 빽질거리는 타입이었고, 울린 여자의 수가 위그보다는 못하더라도 만만찮은 남자였다. 그런 사람이 단주님과 만난다니. 소문으로만 들어 봤지 비비안의 휘황찬란한 남자의 역사를 직접 목도하지 못한 클로에로서는 당연히 비비안을 걱정할 수밖에 없었다.

물론 이 자리에 비비안의 시녀인 헤더가 있었다면 비비안을 걱정할 게 아니라 노아 프레스트를 걱정했겠지만, 어쨌든 클로에가 전전긍긍한 얼굴로 따라나섰다.

* * *

노아 프레스트와 위그가 어떻게 친구가 되었는지 아는 사람은 없다. 사실 말하자면 아마 본인들도 모를 것이다. 그도 그럴 것이, 노아와 위그는 정말 달랐고, 친구라고 치기에 또 그리 가까운 관계는 아니었으니까.

하지만 보이는 것이 다르다고 속까지 다르다는 법은 없었다. 하나는 한량처럼 사교계를 들쑤시고 다니는 이고, 하나는 전쟁터에서 검을 쥐는 이였으나 우습게도 사생활 부분에서는 겹치는 부분이 많았다.

그런 의미에서 누구보다도 서로의 성정을 잘 알고 있는 두 사람은 우습게도 위그의 결혼식 이후로는 거의 사적으로 만나지 않고 있었다. 그리고 그것이 오늘 노아가 위그를 찾아온 이유였다.

"우리 공작께서는 신혼을 잘 즐기고 계시는가? 아, 반년이나 지났으니 신혼도 아니겠군."

노아의 말에 옆에서 차를 따르던 시녀가 살포시 웃었다. 잘생긴 데다가 여유롭기까지 한 이 젊은 후작은 대부분 여자의 로망이며 동시에 꿈의 상대였다.

무섭고 무뚝뚝한 위그와 달리 젠틀하고 매너까지 갖춘 남자. 게다가 권력과 지위를 가진 남자. 그런 남자에게 설레는 것은 당연하다면 당연하고, 당연하지 않다면 당연하지 않은 것이었다.

그도 그럴 것이 어쨌든 사람들에겐 취향이라는 게 있으니까.

그런 의미에서 그의 뒤편에 서 있는 비비안에게 노아 프레스트는 그녀의 접수 범위를 넘어선 인간이었다. 달콤하고 상냥한 껍질을 뒤집어쓴 채 속은 위그와 똑같은 놈, 차라리 위그가 더 노골적으로 나쁘다고 생각하며 비비안이 활짝 웃었다.

"귀한 분께서 오셨군요."

비비안의 말이 끝나기가 무섭게 차를 따르던 시녀가 화들짝 놀라 눈을 동그랗게 떴다. 이내 허리를 굽히고 달려 나가는 그녀를 보다가 비비안이 다시 고개를 돌리고 생긋 웃었다.

노아의 시선이 비비안에게 꽂혔다. 그의 시선에 감도는 흥미의 빛을 발견한 비비안이 속으로 웃고야 말았다.

그러나 속으로 웃든 뭐든 비비안은 노련했다. 그녀는 더없이 상냥한 부인의 가죽을 덮어쓰고 손을 내밀었다. 그것을 잡아 쥐어 가볍게 키스를 하고, 노아가 입을 뗐다.

"처음 뵙겠습니다. 부인."

"엄밀하게 처음은 아니죠, 결혼식장에서 뵌 것 같던데."

비비안의 말에 노아가 놀랍다는 눈빛을 했다. 이내 그가 웃음을 흘리면서 입을 열었다.

"대단한 기억력입니다. 부인."

"그 정도야."

비비안이 곧 소파에 살짝 앉았다. 뒤를 따른 클로에가 노아의 뒤통수를 매섭게 노려보더니 이내 방을 나갔다. 비비안이 입꼬리를 말아 올리며 입을 열었다.

"공작 각하를 찾아오셨나요?"

"그렇습니다. 하나 부인을 만나 뵙게 되어 어쩌면 더 좋은 일일지도요."

비비안이 미소를 지었다. 노아가 상냥하게 웃으면서 소파에 기댔다.

"바쁜 와중에 이렇게 폐를 끼치게 되어 죄송합니다."

노아의 말에 비비안이 수줍은 척하며 웃었다. 몇 달간의 수련을 거쳐 수줍은 척, 부끄러운 척, 상냥한 척에서는 이미 최고의 경지에 이르러 웬만한 배우 뺨치는 연기를 선보일 수 있었다. 이에 노아가 의외라는 눈빛을 했다.

앙칼지기 짝이 없다는 여자치고는 지나치게 정상적인 모습이 아닌가. 세기의 결혼이니 뭐니 수도에 소문이 잔뜩 나고, '그' 이디에트 공작이 아내가 예뻐서 어찌할 줄 모른다고, 그래서 감히 아내의 얼굴에 손자국을 낸 빌케르 백작을 영원히 침상에 봉인을 했다고 호사가들이 떠드는 것을 들은 적 있는 노아는, 사실 비비안에게 나름의 흥미를 갖고 있었다.

여자에 목을 매는 스타일은 아니지만, 여자가 끊이지 않던 이가 갑자기 개과천선을 했다니 당연히 그 아내가 궁금할 법하지 않은가.

노아가 속으로 웃으면서 입을 열었다.

"결혼 뒤 위그를 만나지 못해 어떻게 사나 했더니, 이리 예쁜 부인을 집에 두고 있었군요."

"별말씀을."

얼굴을 살짝 붉히며 비비안이 살포시 웃었다. 연회색 머리카락을 옆으로 땋아 내리고, 평소보다 가볍게 화장을 한 터라 현재의 비비안은 독기라고는 전부 빠진 사람처럼 보였다.

그에 노아가 여유롭게 웃으며 찻잔을 들었다. 역시 소문이란 믿을 것 하나 없었다. 정부였던 디나가 대단한 여자라고, 그렇게 무섭다고 말을 하기에 얼마나 무서운가 했더니. 여자가 무서워 봤자 그저 앙칼지게 성질을 내는 것 정도밖에 더하겠는가.

"어떤 이가 그 오만한 친구를 정복하나 했더니. 역시, 아무리 대단한 남자도 부인 같은 여자에게는 무릎을 꿇을 수밖에 없는 것 같습니다."

분명 칭찬이긴 했다. 노아의 입장에서는.

그 대단한 남자를 치마폭에 감쌌는데 그게 왜 칭찬이 아니란 말인가. 하지만 노아의 말에 비비안이 티 나지 않게 비웃음을 지었다. 정복이라, 정복이라면 정복이었다. 다만 그녀가 아니라 위그가.

노아는 몰랐겠지만 비비안의 신조는 언제나 한결같았다.

세상을 정복하고, 세상을 갖고 싶으면 그녀를 정복하라는 것이었다. 남자를 정복해 보았자 심심하기 그지없다. 한때 제 손끝에 황홀한 표정을 짓던 위그가 생각이 났지만, 아무리 생각해도 그건 너무 재미없었다.

물론 비비안은 굳이 이것을 입 밖에 내지 않았다. 어차피 사정을 모르는 이에게 백날 재잘거려 봤자 거기서 거기였다. 그래서 비비안은 그저 노아의 말에 수긍한다는 듯이 웃으면서 찻잔을 들었다.

"그런데 위그는 어딜 간 겁니까?"

"왕궁에, 잠시 볼일이 있다고 하셔서."

"그렇습니까."

비비안이 부드러운 목소리로 대답했다. 그리고 웃으면서 한마디 덧붙였다.

"중요한 이를 만나러 간다고 했어요."

"그렇군요."

"저는 남편의 일에 잘 관여를 하지 않아 그게 누군지는 모르겠지만."

거짓말.

그녀는 위그의 모든 일을 알고 있었다. 왕궁에서 누굴 만났는지, 왜 만났는지. 그 상대가 태자였으면 카티야가 알려 주었고, 그게 태자가 아니라 다른 이였으면 위그가 알아서 알려 주었다. 하나 비비안은 딱히 아는 척할 필요를 느끼지 못해 그저 웃었다. 그러나, 노아가 갑자기 그녀의 말에 웃었다.

"결혼 뒤 부인께서는 로튼의 일에 완전히 손을 떼신 겁니까?"

"그럴 리가요."

비비안이 무슨 말을 하느냐는 듯이 웃었다. 로튼은 그녀의 생명 줄이나 마찬가지고 그녀의 심혈이나 마찬가지였다. 그녀가 죽어도 로튼은 죽으면 안 된다. 로튼은 그녀가 이 세상에 살아갔다는 증거나 마찬가지이다. 그런데 거기서 손을 떼다니.

왜 그렇게 묻느냐는 듯이 비비안이 고개를 갸웃거렸다. 그때, 노아가 웃으면서 말했다.

"의외입니다."

"뭐가요?"

"위그 그자가, 부인께서 바깥일을 하는 것에 동의했다는 것이."

"호오."

"아시다시피 귀족 가문에서 보통 정숙한 부인은 밖을 나돌아 다니지 않습니다. 한데도 부인께서 로튼의 일에 관여하는 것을 그 공이 허락했다니, 놀랍군요."

비비안이 눈썹을 까닥였다. 알고 있었다. 귀에 딱지가 앉게 들은 말이 아니던가.

바첼론에서 아내는 남편의 권속이고, 아내의 모든 행동은 남편의 보호를 받아야 한다. 그런 의미에서 노아가 '위그가 비비안이 사업하는 것을 허락해 주었다'라고 생각하는 것은 무리가 아니었다. 남편의 동의 없이 감히 바깥일을 하는 아내가 있단 말인가.

하지만 비비안은 그런 말에 곱게 동의를 할 인간이 아니었다. 동의? 허락? 그런 걸 왜 받아야 하는가. 자신의 몸뚱어리부터 머리까지 전부 그녀의 것이었다. 그녀가 하는 행동에 제약을 거는 이는 있어서도 안 되고, 있을 수도 없었다.

있다면 제거하고, 있으려 한다면 싹을 자른다. 가장 대표 주자가 바로 그녀의 오빠들과 남동생 아닌가.

비비안은 이 노아의 어마어마한 착각을 고쳐 줘야 하나 고민하다가 그냥 한숨을 푹 쉬는 것으로 대체했다. 제 남자도 아니고 굳이 고쳐야 하는 이유를 못 느꼈기 때문이었다. 위그였다면 한 시간 동안 앉혀 놓고 설교질을 했을 테지만, 노아는 달랐다.

그래서 비비안은 그저 인형처럼 방긋방긋 웃었다.

그런 그녀의 웃음 위로 익숙한 목소리가 덮쳐졌다.

"허락은 무슨, 내가 허락을 할 수 있는 여자였다면 애초에 결혼도 못 했겠지."

문이 벌컥 열리고 언제 왔는지 위그가 문틀에 기대 있었다. 그 뒤에 눈을 잔뜩 부릅뜬 채 노아를 노려보고 있는 클로에가 서 있었다.

'눈알 안 아프려나.'

비비안은 클로에를 힐끔 보고 고개를 갸웃거렸다. 그러나 그런 그녀의 시선이 무색하게, 클로에는 진심으로 노아를 경계하고 있는 듯했다.

"아, 왔어?"

노아의 반가운 목소리에 위그가 발걸음을 옮겼다. 이내 클로에가 쪼르르 다가와 비비안의 뒤에 서고, 위그가 비비안의 옆에 앉았다.

순식간에 비서와 남편에게 뒤와 옆을 내준 비비안이 입꼬리를 말아 올렸다.

"무슨 얘기를 그렇게 재미있게 했나?"

알면서 묻는다. 비비안이 위그를 살짝 흘겼다. 보나마나 밖에서 대화가 진행되는 것을 좀 듣다가 들어온 게 뻔했다. 그러나 천연덕스럽기 그지없게 비비안의 옆에 앉은 위그가 그녀의 어깨를 감싸고 노아를 향해 입을 열었다.

"내 부인과 말이야."

"그만하지? 손 안 댔어. 내가 아무리 여자에 환장한 놈이라고 한들 친구의 아내에게 손을 댈까."

노아가 여유롭게 웃으면서 답했다. 그러나 그의 말은 비비안의 뒤편에 서 있는 클로에의 코웃음을 불러왔다.

"흥."

방이 지나치게 조용했던 터라 클로에의 코웃음이 무척 선명하게 들려왔다. 순간 노아가 그녀를 발견하고는, 조금 놀란 듯이 눈을 크게 떴다.

"클로에?"

'아는 사이인 건가?'

비비안은 잠시 의아해하다가 다시 뭔가 알아차리고 가볍게 숨을 내쉬었다. 계속 비서로 데리고 다녀 잠시 잊고 있었는데, 클로에는 한때 위그의 정부였다. 그것도 꽤 장기적인. 그런 의미에서 노아가 클로에를 아는 것은 이상한 일이 아니었다.

그러나 노아의 얼굴에는 경악이 서려 있었다. 그는 비비안을 한 번, 위그를 한 번, 클로에를 한 번 보다가, 마지막으로 다시 시선을 위그에게로 고정했다. 왜 갑자기 그러는가 싶어 비비안이 미간을 살짝 찌푸렸다. 하지만 곧, 노아가 입을 여는 순간 영문을 알고 웃고야 말았다.

"정부를, 데리고 있어?"

비비안이 위그를 힐끔 보았다. 위그의 서늘한 얼굴에 뭔가 깨달았다는 듯한 기색이 서리고, 클로에도 아차 싶었는지 눈을 깜박거렸다.

비비안은 그제야 노아의 눈에 자기들 셋이 어떻게 보였는지 깨달았다.

한때 정부를 수도 없이 거느리던 공작, 그리고 평민 출신 공작 부인, 마지막으로 공작이 한때 꽤 총애하던 정부. 벌써 머릿속으로 연극 한 편이 쓰일 정도였다. 비비안은 훤히 보이는 노아의 머릿속을 상상하며 웃었다.

그러나 그런 그녀와 달리 클로에와 위그의 낯빛은 다소 흐려졌다.

클로에는 조금 주춤했다. 요즘 비비안의 옆을 하도 따라다녀서 잊고 있었지만, 모르는 이들의 눈에 그녀는 딱히 '정상적인' 존재는 아니었다. 정부를 하던 여자라니, 그것도 본부인의 아래서 비서라니, 객관적으로 어디 가서 쉬이 납득을 받을 만한 일은 아니었던 것이다.

결국 클로에가 당황한 얼굴로 뒤로 슬쩍 물러났다. 그때, 노아가 어느새 경악을 지워 내고 빙글빙글 웃으며 위그를 보았다.

"이런, 위그. 이런 속셈이었단 말이야?"

노아의 말에 위그가 이마를 짚었다. 대충 어떤 그림을 그렸는지 알 것 같았다. 아니나 다를까 노아가 여유롭게 웃으며 말을 이었다.

"머리가 꽤 좋은데? 출신이 좋지 않은 부인에, 정부라니."

"닥쳐."

"아, 이런, 부인도 있는데 결례를 범했군요."

위그의 말에 노아가 코를 찡긋했지만, 딱히 미안한 얼굴은 아니었다. 친구가 존중하는 아내라면 모를까, 그저 꼭두각시로 세워 놓은 부인이라면 딱히 존중할 의무가 없었기 때문이었다.

바첼론에서는 그랬다. 남편의 사랑을 받지 못하는 아내는 어디에서나 존중받지 못한다.

그의 머릿속에 이미 위그의 '큰 그림'이 세워졌다. 평민 출신 공작 부인을 세워 놓고 뒤로는 실컷 정부들과 노는 것. 그제야 아귀가 딱딱 맞춰지지 않는가.

갑자기 그 대단한 공작이 평민과 '사랑에 빠진' 이유, 그리고, 정부가 그들 곁에 버젓이 있는 이유. 그러고 보니 비비안의 성격도 생각과 완전히 달랐다. 살쾡이 같을 줄 알았는데 부드러운 강아지 같았다. 귀족인 남편에게 충성을 다 바치는.

이미 진실과 한참이나 떨어진 생각을 진실이라 믿으며 노아가 싱글벙글 웃었다. 그리고 그가, 조금 은근한 얼굴로 물었다.

"어쩐지 이 대단한 친구가 갑자기 결혼하더라니."

"노아 프레스트, 입 닥쳐라."

"아, 미안. 하지만 뭔가 너무 대단한 것 같아서 그래. 그리고 순간, 네 부인이 불쌍해지기도 했거든."

"그런 거 아니에요!"

공개적인 조롱에 클로에가 화가 나 꽥 소리를 질렀다. 그러나 곧 자신이 실수했음을 깨닫고 눈가에 눈물을 매달았다.

뭐가 되었든 눈물부터 나왔다. 수치스러운 상황이었다. 그녀에게 비비안은 은인이나 마찬가지였고, 그런 그녀에게 불명예를 안기는 것도 매우 불쾌했으며, 비서라는 이름을 달고 과거를 잊은 채 자신이 너무 나댄 사실도 무척 후회스러웠고, 결국 이 지경까지 온 게 너무 서러웠다.

클로에가 입을 꼭 다물고 노아를 보았다. 그러나 노아는 왜 클로에가 우는지 모르겠다는 얼굴을 했다.

그때 조용하게 앉아 있던 비비안이 피식 웃었다. 그리고 곧, 손수건을 집어 들고 느긋하게 뒤로 넘기면서 입을 열었다.

"넌 뭐 또 그런 걸로 질질 짜고 그래?"

"흐읍."

"그런 걸로 질질 짤 거면 난 목 매고 죽은 지 예전이야. 뚝."

비비안의 손에서 손수건을 받아 든 클로에가 입을 꼭 다물었다. 차라리 위그의 정부였을 때라면 이런 상황에 눈물을 떨구지 않았을 것이다. 귀부인들의 수군거림, 정부라는 자리에서 오는 멸시와 조롱은 드문 게 아니었으니까.

하지만 몇 달간 비비안의 비서 노릇을 했다고 마음이 약해지기라도 했나보다. 그 이전에 비비안이 누군가에게서 그런 취급을 받았다는 것 자체가 무엇보다도 기분이 이상해서, 클로에가 고개를 숙였다.

"아니, 후작께서 부인을 오해하시니까."

"오해? 후작께서 날 오해하셨니? 여보, 후작께서 절 오해하신 건가요?"

클로에의 말에 비비안이 그녀 특유의 순진무구한 표정을 지으며 위그와 시선을 마주쳤다. 위그는 그녀의 물음에 잠시 말을 고르다가, 이내 입을 열었다.

"아무래도 오해를 한 것 같군."

"이런, 제 판단이 틀린 겁니까?"

위그의 말에 노아가 빙그레 웃었다. 그는 자신의 판단이 틀리지 않았다고 믿고 있었다. 그게 아니라면 이 말도 안 되는 상황이 벌어질 리가 없으니까.

부인과 정부가 한 자리에 있을 때는 분명 두 사람 사이에서 합의가 있음을 의미했다. 부인이 한 걸음 물러났겠지, 평민 출신이니. 귀족인 남편을, 그것도 이디에트의 이름을 가질 수 있으니 당연히 승낙했을 것이다.

그러면 평생 결혼 따위 하지 않을 것이라 예상된 그 단주가 이렇게 수줍게 웃으며 공작 부인이 된 것도 이해가 되었고, 그 위그가 평민을 아내로 둔 것도 이해가 되지 않는가. 사랑이니 뭐니 하는 소문이야, 원래 호사가들의 말은 쉬이 부풀려지는 것이다.

아귀가 딱딱 맞는 상상에 노아가 웃었다. 비비안이 그런 그를 보며 화사하게 웃고는, 조용하게 물었다.

"그런데 후작께서는 대체 무슨 상상을 하신 거죠?"

"아, 부인, 제가 감히 말씀을 드려도 되겠습니까?"

"기껏 웃을 것 다 웃어 놓고 뭘 또 그리 정중하게 물으시나요."

비비안이 새물새물 웃으면서 말했다. 하나 그 목소리에 은근히 뼈가 들어 있어서, 노아는 잠시 멈칫할 수밖에 없었다. 그러나 이내 자신이 괜히 민감하게 반응했다 싶어 그저 허허 웃으며 입을 열었다.

"저야, 부인의 명예를 지키기 위해서 그런 것 아니겠습니까."

"제 명예는 겨우 후작의 혀끝에서 무너질 만큼 하찮지 않답니다."

"……네?"

"그래서, 무슨 재미있는 상상을 하셨는지 좀 물어도 될까요?"

이번에는 명백히 날이 선 말이었다. 비비안의 말이 끝나기도 전 위그가 고개를 절레절레 저었다. 비비안의 어깨를 감싸 쥔 팔에 힘이 살짝 들어가고, 적당히 하라는 뜻을 담아 비비안을 품에 안았으나 비비안은 가차 없었다.

뭔가 공기가 한층 무거워진 것을 발견한 노아가 난감하게 미간을 찌푸렸다. 그는 문득 지금의 비비안이 소문의 그 '단주의 모습'과 무척 닮았음을 상기했다.

순간, 그의 얼굴에 약간의 흥미가 돋았다.

노아가 잠시 말을 골랐다. 그리고 곧, 입을 열었다.

"부인께서는, 위그와 계약 결혼을 하신 것 아닙니까?"

호오, 비비안이 감탄하며 웃었다. 헛다리긴 했으나 나름 잘 맞혔다.

"공작 부인이 되시는 조건으로, 대신 제 친구의 사생활을 눈감아 주는 것으로."

물론 뒤는 엉망이었으나.

노아가 진짜로 입 밖에 내뱉을 줄 몰랐는지 클로에가 아연실색했다. 사실 이 한마디로도 노아의 인상 속에 비비안이 어떤 존재인지 입증이 될 법했다. 세간에서 말하는 권력에 눈이 먼 계집이 아니던가. 자신의 존엄을 굽히고 권력을 얻기 위해 귀족에게 명예를 파는 여자.

그것을 깨달은 건 비단 클로에뿐만은 아니었는지, 위그의 얼굴이 험악하게 변했다. 일단 진실이 어찌 되었든 간에 면전에서 직접 그리 말했다는 것만으로도 충분히 결례였다. 그는 공작으로서 제 아내의 명예를 옹호할 의무가 있었다.

사실 친구만 아니었다면 바로 목을 쳤을 것이다. 위그가 비비안을 더더욱 품에 안은 채 으르렁거리듯 말했다.

"그만 해. 프레스트 후작. 이번 한 번은 넘어가 주겠어. 다시는 내 아내에게 그런 오만방자한 말을 하면, 친구고 뭐고 없⋯⋯."

"클로에, 잘 봤니?"

그러나 분노에 가득 찬 채로 서늘하게 내뱉은 위그의 목소리가 단숨에 비비안에 의해 잘리고 말았다. 그는 갑자기 제 품에 얌전하게 안겨 있던 비비안이 내뱉은 말에 눈썹을 치켜올리고 그녀를 보았다.

그러나 비비안은, 더없이 다정하고, 차분하고, 담담하게 웃으면서 말을 이었다.

"클로에, 내가 묻잖아."

"네, 네?"

"잘 봤느냐고."

"무엇을⋯⋯."

클로에가 조심스럽게 물었다. 그에 비비안이 피식 웃으며, 정중하게 답했다.

"프레스트 후작 말이야."

"⋯⋯."

"인간이 편협하고 생각이 짧으면, 자신이 이해하지 못하는 상황에서 제일 먼저 얼마나 지저분한 생각부터 하는지 잘 봤니?"

비비안의 말이 끝나기가 무섭게 그녀의 맞은편에 있는 노아의 미소가 조금 굳었다. 쩌적 갈라진 표정을 한 채 그가 물었다.

"부인, 그게 무슨 말씀이십니까."

"말 그대로예요. 후작 각하의 생각이 지저분하다는 말씀이었어요."

비비안이 생글생글 웃으면서 말했다. 마치 뭘 그렇게 당연한 것을 묻느냐는 듯한 그녀의 표정에는 비난 한 조각도 없었지만, 노아는 되레 거기서 그녀가 분노하고 있다는 느낌을 받아야 했다.

"부인, 제가 실례를 한 겁니까?"

"그걸 왜 저한테 물으시죠? 혼자 판단하셔야죠."

노아의 말에 비비안이 어깨를 으쓱했다. 그리고 이내, 위그와 눈을 마주치며 생긋 웃었다.

"당신이 왔으니, 난 이만 가 봐도 되는 거야?"

"응? 벌써?"

"더 있다가는 오늘 사고 칠 것 같아. 그리고 오늘 채 처리하지 못한 서류가 남아 있어."

비비안이 달콤하게 웃으며 위그의 입에 제 입술을 쪽 맞췄다. 곧 자리에서 벌떡 일어난 그녀가 노아를 향해 고개를 까닥인 채 발걸음을 옮겼다.

* * *

"단주님, 단주님!"

뒤를 졸졸 따라오는 클로에의 목소리에 비비안이 고개를 돌렸다. 왜 그러느냐는 눈빛에 클로에가 놀란 눈을 한 채 비비안을 응시했다.

"그냥 이렇게 가시는 거예요?"

"안 그럼?"

"저, 후작 각하의 말씀은……."

"신경 안 써. 애초에 난 저 인간이 미친 줄 알았어."

"네?"

"혼자 웃으면서 좋아하길래, 정신이 나갔는 줄 알았지."

비비안의 말에 클로에가 눈을 동그랗게 떴다. 그러고 보니 노아의 표정과 함께 복잡하게 생각하느라 몰랐는데, 확실히 방금 노아는 별말도 안 한 채 홀로 판단하고 웃곤 했다. 노아의 습관이나 웃음의 의미를 잘 모르는 비비안의 입장에서 보자면 확실히 미친놈 같기도 했다.

그 사실을 상기하자 클로에가 풋 웃음을 흘렸다. 그리고 집무실로 향하는 비비안의 뒤를 따르며 물었다.

"화는 안 나셨어요?"

"화? 무슨 화?"

"저, 후작 각하께서 이상하게 상상하셨잖아요. 단주님을 '그런 여자'로 제멋대로 판단하시고."

"그런 여자? 무슨 여자?"

비비안의 물음에 클로에가 조금 머뭇거렸다. 그리고 이내 다시 입을 열었다.

"권력을 위해 명예를 버리는."

"아, 그거."

비비안이 미간을 찡그렸다. 확실히 그 후작 놈이 그런 식으로 오해하긴 한 것 같았다. 그러나 비비안으로 치자면, 결혼 초기부터 권력을 위해 공작을 유혹한 천박한 평민 계집, 혹은 남자를 바꿔 가며 하룻밤을 즐기는 방탕한 년, 그 외 등등 여러 가지 비방을 경험해 온 터라 딱히 이상하지도 않았다.

그리고 클로에가 정부라는 것을 제외해 본다면, 사실 권력을 위해 결혼한 것도 틀리지는 않았다.

"나, 권력 때문에 결혼한 거 맞는데?"

"네, 네?"

"권력 때문에 결혼한 거 맞는다고. 위그가 공작이 아니었다면 결혼 안 했을 거야."

객관적으로 보자면 틀린 말은 아니었으나 클로에의 입장에서는 꽤 당혹스러울 일이었다. 그러나 비비안은 눈알을 데굴데굴 굴리면서 말을 이었다.

"그리고 내가 로튼의 단주가 아니었다면, 아마 위그도 나와 결혼하지 않았을 거야."

"아니에요, 단주님, 그렇지는 않을 거예요."

클로에가 작게 중얼거렸다. 사랑에 나름의 환상을 가진 그녀는, 사랑은 무조건 깨끗해야 하고, 모든 것을 다 배제하고 오직 감정과 감정의 교감만으로 이루어지는 것이라고 여기고 있었다.

그것을 보아 낸 비비안이 부드럽게 웃었다.

클로에가 왜 그러는지 알고 있었다. 그러나 그녀는 서로의 권력과 재력을 기반으로 사랑에 빠진 것이 왜 문제가 되는지 알 수 없었다.

그녀는 제 손으로 형제자매를 제거하고 재력을 거머쥐었다. 그 일련의 과정 모두가 그녀의 욕망 아니던가. 비비안 로젤리스라는 인간이 만들어 낸 것이다.

그런데 굳이 부정할 필요 있을까.

그녀는 사랑에 딱히 정의를 내리는 타입이 아니었지만, 그래서 어쩌면 더욱더 확실하게 말할 수 있었다.

세상에 완벽한 사랑은 없다.

권력에 기준을 둘 수도 있고 돈에 기준을 둘 수도 있었다. 사회적 지위를 무시하고 한 사람을 판단할 수는 없다. 그 사람이 가진 것을 전부 배제하고 한 사람을 논하는 것 역시 불가능하다.

반지르르한 낯가죽에 반한 것도 반한 것이고, 산더미 같은 부와 사랑에 빠진 것도 사랑인 것이다. 물론, 한없이 쉽게 흔들릴 수 있겠지만.

위그가 공작이 아니었다면 그녀는 그의 제안을 거들떠보지도 않았을 것이고, 그녀가 로튼의 단주가 아니었다면 아마 위그 또한 그녀를 거들떠보지 않았을 것이다. 위그는 언제나 그녀와 아주 오래전에 만났다면 해피 엔딩을 맞이할 수 있지 않을까 하고 말했지만, 사실 그것은 그저 허황된 상상에 불과할 뿐이었다.

하물며 현재 비비안은 위그와 사랑하는 사이도 아니었다.

물론 비비안은 노아의 착각과 그녀의 경우가 한없이 다른 것임을 알고 있지만, 딱히 화를 낼 필요성을 느끼지 못했다. 그런 말에 흔들려 화를 낼 필요가 없었다. 그녀는 선생님도 아니었고, 부모도 아니었다.

"뭐, 어차피 나한테 해를 끼치지도 않았는데 뭘."

비비안은 그랬다. 자신한테 해를 끼치지만 않으면 얼마나 멍청하든 나쁘든 상관하지 않았다. 지금까지 그녀의 앞에서 주둥아리를 나불대던 이들도 결국에는 그녀의 이익을 건드리는 순간부터 제거당했다.

"그리고 위그가 알아서 처리해 줄 거야."

비비안이 피식 웃었다. 방금 위그의 얼굴은 친구만 아니었다면 바로 멱살을 잡았을 정도로 흉흉했다. 굳이 그렇게 작은 일까지 신경을 쓸 이유는 없었다. 그러니 그녀는 큰일이나 해야지.

그렇게 생각하며 발걸음을 옮기는 비비안의 속마음을 아는지 모르는지, 클로에는 '역시 단주님은 공작 각하를 많이 신뢰하고 계셔!' 따위의 생각을 하면서 뒤를 쫓았다.

* * *

"노아 프레스트."

위그의 노기 어린 목소리가 방을 울리고, 노아가 양손을 든 채 고개를 절레절레 저었다. 그의 얼굴에는 난감함이 담겼고, 이내 맞은편에 있는 위그를 보며 한숨을 푹 쉬었다.

"그래, 미안해. 내가 잘못했어."

"그 세 치 혀를 잘라 줄까?"

"아, 미안하다니까."

"미안하다고 하면 끝날 일인가?"

"그럼 어쩔까? 네 부인을 찾아가 가서 무릎이라고 꿇을까?"

"그래 준다면 고맙겠군. 하지만 비비는 네가 무릎을 꿇으면 아마 기어서 짖어 보라고 할 인간이니 네 품위를 위해 그건 자제하는 게 좋을 것 같다."

위그의 말에 노아가 어깨를 으쓱했다. 그는 방금 비비안이 사라진 곳을 보다가 피식 웃었다. 처음에는 그저 그런 여자인 줄 알았더니, 의외의 면에서 앙칼졌다. 클로에처럼 눈물을 뚝뚝 흘리거나 수치스러워할 줄 알았더니 의외로 담담하기 그지없는 반응이 재미있었다면 재미있고 없었다면 없었다.

"그래서, 대체 클로에는 어떻게 여기에 있게 된 거야?"

"비비의 비서로 있어."

"뭐? 네 정부를 비서로?"

위그의 말에 노아가 경악했다. 이 방에 들어온 이래 가장 놀란 노아가 어이가 없다는 듯이 다시 비비안이 사라진 문을 보았다.

"이건 대체 또 무슨 방법이야?"

"방법 같은 거 없다. 그리고 그 경악스러운 턱은 좀 닫지?"

위그가 서늘하게 말했다. 그는 방금 제 입술에 입을 쪽 맞추고 떠나간 비비안을 상기하며 한숨을 푹 쉬었다. 딱히 화가 나 보이지는 않지만 그렇다고 기분이 좋았을 리는 없었다.

위그가 팔짱을 끼고 소파에 기댔다.

"이런 쓸데없는 소리나 하려고 왔나?"

"아, 그건 아닌데."

노아가 새로운 세계를 접했다는 듯이 고개를 절레절레 저었다. 그의 얼굴에는 커다란 가십거리를 들은 사람 특유의 표정이 걸려 있었다. 하지만 이내, 점차 서늘해지는 위그의 얼굴을 보고선 졌다는 듯이 어깨를 으쓱해 보였다. 아무리 위그와 친구라지만 그래도 엄연히 상하 관계가 존재하는 것이 사실이었다. 그는 이 정도로 하는 것이 좋겠다고 판단하고 조금 진지한 얼굴을 하기 시작했다.

"요즘 들리는 소문 때문에 왔어."

"소문?"

"그래, 어쩌면 왕위 계승에 어마어마한 영향을 끼칠 수 있는."

조금 전의 유들유들한 얼굴과 달리 노아의 얼굴에는 냉정한 표정이 걸렸다. 순간 얼어붙은 공기 속에서 위그가 물었다.

"무슨 소문이지?"

"제3왕자인 로건이, 수도로 올라오고 있다는 소문이 돌고 있어."

"헛소리."

노아의 말이 끝나자마자 위그가 코웃음을 흘렸다. 무슨 그런 말도 안 되는 소리를 하느냐는 그의 표정에 노아가 진지한 얼굴로 말을 이었다.

"사교계 가십이라 믿음직스럽지 못하긴 하나, 그것만큼 발 빠른 소식도 없어."

"그 왕자, 분명 사랑의 도피를 하지 않았나? 제 사랑을 찾아 왕궁에서 뛰쳐나갔었잖아."

"하지만 외국으로 갈 때는 홀로였지. 알잖아."

"그거야 외국에 그 여자가 있었나 보지."

위그가 얼굴을 굳혔다. 제3왕자가 외국에 여자를 숨겨 두었든, 아니면 그 사랑과 헤어지고 올라왔든 간에 행방불명이 되었던 왕자가 갑자기 수도로 올라오는 것은 절대 좋은 징조가 아니었다.

왕위를 버리고 수도를 떠난 왕자가 다시 돌아오고 있었다.

제이슨은 둘째 치고, 그럼 알렉산드르를 왕으로 추대하려면…….

노아가 찻잔을 들었다. 프레스트 후작가는 이디에트 공작가와 명운을 함께한다. 그게 두 가문이, 그리고 두 가문의 가주인 두 사람이 친해지게 된 이유였다. 마치 한량처럼 여자를 바꿔 가면서 노는 것 같지만 그렇다고 그저 놀지는 않는다. 노아는 위그의 굳은 얼굴을 보며, 한마디 덧붙였다.

"어쨌든, 조심할 필요는 있어."

* * *

그날 저녁, 취침 준비를 다 마친 채 언제나 그렇듯 책을 읽던 비비안이 머리를 털며 나온 위그를 발견하고 고개를 들었다. 평소라면 진즉 침대 안쪽에 와서 저를 안았을 인간이 오늘따라 기분이 더러운 것을 발견하고, 비비안은 다시 책으로 시선을 옮겼다.

그러나 곧, 침대 안에 들어오면서 한숨을 쉬는 위그를 보며 입을 열었다.

"그렇게 대놓고 나 좀 봐 달라는 티 내지 말아 줄래?"

"뭐?"

"얼굴은 굳히고, 한숨을 쉬고, 세상 수심 다 떠안은 표정 지으면 내가 꼭 '왜 그래?'라고 물어봐야 할 것 같잖아. 그래서, 왜 그래?"

"그런 거 아니다."

"기왕 물어본 거 좀 대답이나 해 줘."

비비안이 고개를 돌리며 물은 말에 위그가 미간을 찌푸렸다. 오늘 오전까지만 해도 크리스티나와 알렉산드르로 인해 복잡했던 마음이 더더욱 복잡해졌다.

이번에는, 로건이라는 존재로.

위그가 비비안을 응시했다. 왜 그러느냐는 듯이 시선을 맞받아치는 비비안을 향해, 위그가 입을 뗐다.

"사랑의 도피를 떠났던 인물이 다시 집에 돌아올 때면, 무슨 이유가 있겠나?"

"돈이 다 떨어졌겠지."

무슨 그렇게 간단한 물음이 다 있느냐는 듯이 비비안이 헛웃음을 지었다. 금전만능주의의 괴랄한 가치관 속에서 인간을 움직일 수 있는 가장 위대한 물질이 바로 금전이라고 주장하는 그녀다운 대답에 위그가 다시 한숨을 쉬었다.

차라리 돈이 떨어져서 그런 거라면 이상할 것도 없었다.

"왜 그래, 누가 돌아온대?"

정곡을 짚은 비비안의 물음에 위그가 고개를 끄덕였다. 그리고 이내, 그가 답했다.

"제3왕자인 로건이 돌아온다고 하더군."

"이런. 이럴 수가."

"왕위를 노리고 오는 것일 수 있어."

"그게 아니더라도, 왕위가 먼저 갈 수도 있지. 그런데 딱히 걱정할 필요는 없지 않아? 그런 거라면 당신이 아니라 제이슨이 미리 처리할 거야."

비비안이 생긋 웃었다. 상식적으로 자신의 자리를 위협할지도 모르는 사람이 돌아오는데 그걸 그저 반가워할 인간이 있을까. 그런 의미에서 로건이 돌아온다고 해도 진짜 왕위를 위협한다면, '제이슨이 미리 제거한다'에 비비안은 머리핀 하나를 걸 수 있었다.

그러나 그런 그녀의 예상과 달리 위그의 얼굴은 다시 펴질 줄 몰랐다.

"그렇게 간단하게 생각할 게 아니다. 만약 알렉산드르를 왕으로 추대하기 이전에 로건을 먼저 제거한다면 제이슨을 자극하는 꼴이 되고, 제이슨을 미리 제거한다면 로건이 오히려 득을 볼 수 있어."

"이런, 제이슨은 이미 이디에트에 대한 신뢰를 버린 거 아니었어?"

"하지만 구실이 생기겠지. 누가 봐도 로건의 죽음은 이디에트의 소행인데, 진짜로 그것으로 흠을 잡으려면 못 잡을 것도 없다. 그는 무치하니까."

"당신이 무치하다고 평가할 정도면 진짜 무치한가 봐."

"그것도 있고. 카티야의 존재도 완전히 무시하지 못하는 것은 사실이다. 그 여자는 정말 더럽게 일을 잘하더군. 이디에트가 요즘 몇 가지 사업 제안을 받은 적이 있어."

"아, 그러고 보니 카티야가 뭘 속삭였다고 하긴 했는데."

"그 이전에 신뢰까지는 아니더라도, 은근히 이디에트에 기대고 있긴 해.

물론 그것 또한 디텔과 이디에트 사이에서 간을 보는 행위에 기반을 둔 것이지만."

비비안이 웃음을 터뜨렸다. 무슨 상황인지 알 것 같았다. 그러니까 간단하게 말해서, 위그가 짜 놓은 판에 로건이 들어와 초를 쳤다는 것이었다.

비비안이 책을 무릎에 놓고 입을 열었다.

"로건은 어떤 사람인데?"

"순수한 사람이지."

위그의 대답에 비비안이 '픗' 하고 웃음을 흘렸다. 그러나 농담은 아닌지, 위그가 그녀를 흘기며 답했다.

"사랑의 도피를 했다는 부분에서부터 보이지 않나?"

"사랑의 도피라니. 대체 누구랑?"

"그걸 알면 도피를 하게 내버려 뒀겠나? 어렸을 때부터 이상하게 그림에 관심이 많더니, 쓸데없이 예술혼을 불태우면서 이리저리 쏘다니는 사이, 이상한 여자한테 반한 모양이야."

"그 여자는 참 좋겠네. 왕자가 왕위도 포기하고 자신을 선택하다니. 누구랑 참 달라."

비비안이 마치 비꼬듯 말했다. 그에 위그가 그녀의 어깨를 감싸고 저와 마주 보게 한 뒤, 입을 열었다.

"그런 걸 좋아하나?"

"싫어하지는 않지. 모든 걸 다 버리고 사랑을 선택하다니, 나라면 바로 덥석 받아 줬겠어, 결혼은 싫지만."

"그걸 받아 준다고는 안 하지."

"하지만 나는 권력을 다 버리고 사랑을 선택한 남자를 사랑하긴 해도 영원히 함께하고 싶지는 않아. 그리고 결혼만이 꼭 완전히 함께하는 방법은 아니지. 영원히 같이 사는 방법도 있어."

비비안이 생긋 웃었다. 결혼이 별거인가. 그깟 종이에 도장 하나 찍고,

법적으로 부부가 되었다고 해도 결국에는 거기서 거기였다. 그녀에게 결혼이란 그저 딱 그 정도의 무게밖에 되지 않았다.

비비안의 파란 눈동자와 시선을 마주친 위그가 그녀를 응시하더니 곧 머리를 절레절레 저으며 그녀를 품에 고쳐 안았다. 그의 어깨에 머리를 편하게 기댄 채, 비비안이 책을 다시 펼치고 물었다.

"그래서 그 여자도 같이 온다고 해?"

"그거야 모르지. 하지만 혼자일 가능성이 크다. 외국으로 떠날 때 홀로 떠났거든."

"이런. 혹시 사랑의 도피에 실패한 거 아니야? 여자가 거절했다거나."

"그럼 진즉 왕궁에 왔겠지."

"화가였다며. 혹시 모르지, 예술혼을 불태워 홀로 실연의 아픔을 극복하러 갔을지도. 내가 예술가들을 어지간히 만나 봤어야지."

비비안의 말에 위그가 그녀의 입술에 입을 맞췄다. 갑작스러운 스킨십에도 당황하지 않은 채, 자연스럽게 그것을 받아들인 비비안이 곧 입을 떼기가 무섭게 이마를 살짝 부딪쳤다.

"우리 남편에게는 개뿔도 없는 예술혼 말이지."

"그깟 거 하등 쓸모없다."

"재미없는 영혼이야. 예술이 얼마나 위대한데, 당신이 창작의 고통을 알아?"

"갑자기 웬 헛소리야?"

"아, 그냥 해 봤어. 그러고 보니 당신은 정말 내 이상형과는 딱 반대구나 싶어서."

비비안의 말에 위그가 눈썹을 까닥였다. 알고 있는 사실이었지만 몇 번을 들어도 기분이 더러웠다. 고백하기도 전에 차인 것 같은 느낌이 바로 이런 것일까. 그의 표정을 응시하던 비비안이 말을 이었다.

"연극도 싫어하고, 예술도 즐길 줄 모르고."

"그런 걸 즐길 새가 어디 있나. 전쟁 통에 구르다 왔는데."

"그리고 여자관계도 난잡하고."

"누가 보면 본인은 사생활이 깨끗한 줄 알겠어?"

"어머? 이제는 받아칠 줄도 아네?"

비비안이 까르르 웃었다. 마치 은방울을 굴리듯 낭랑한 웃음소리에 위그가 다시 그녀의 뺨을 감싸 쥐었다.

어떤 의미도 없었다. 그저 말캉한 입술이 겹쳐지고, 혀가 엉킬 뿐이었다. 지독하게 메마른 키스였지만, 나른하게 풀어지는 몸에 비비안이 미약하게 신음을 흘렸다. 그리고 그 순간, 위그가 입술을 뗐다.

"받아쳐야지. 안 받아치면, 내가 억울하지."

"그래서 내 뒤통수를 때렸어?"

"그래."

"솔직하기도 하셔라."

"깨달았거든, 당신은 전심전력으로 상대해야 한다는 것을."

마치 속삭이듯 읊조리는 말이 끝나고 두 사람 사이에 약간의 침묵이 흘렀다. 파란 눈동자가 그를 응시하고, 그의 짙은 녹안이 그녀의 하얀 얼굴을 응시했다.

그리고 곧, 비비안이 오만하게 턱을 들었다.

"그래, 제발, 제발 날 좀 제대로 상대해 줘."

"그래."

"어디 한번 해 볼 수 있으면, 날 밟고 올라가든가."

"그래 주지."

곧 비비안을 안았던 팔을 풀고 위그가 몸을 일으켰다. 이내 그가 헤드보드에 몸을 기대고 입을 열었다.

"하여튼 로건은 꽤 귀찮은 상대야."

"그렇긴 하겠네. 당신뿐만 아니라 그 왕녀에게도."

"크리스티나가 오늘 날 찾아왔더군."

"아, 진짜?"

무심하게 책 커버를 훑던 비비안이 조금 흥미 어린 눈빛을 했다. 위그가 침대에서 나가고는 곧 한쪽에 비치된 테이블 위에 놓인 컵을 집어 들고 물을 부었다.

"그래, 진짜."

"무슨 말을 했는데?"

"별 들을 가치도 없는 말이었어."

위그가 컵을 들고 몸을 돌렸다. 그러나 무척 당당하게 한쪽 팔을 들고 있는 비비안을 보면서 결국 컵을 하나 더 집어 들고 물을 부었다.

이내, 침대가 출렁거리고 다시 침대 안쪽에 자리 잡은 위그가 말을 이었다.

"당신을, 내 곁에 두는 방법을 알고 있다고 하더군."

"뭐?"

비비안의 눈길에 의외라는 기색이 흘러 지나갔다. 크리스티나가 무슨 담으로 그런 말을 했는지는 둘째 치고, 그녀가 비비안과 위그 사이의 계약 관계를 눈치챘다는 것이 더욱더 놀라웠다.

"우리 사이의 관계를 알고 있다는 거야?"

"그러니까 그렇게 말했겠지?"

"오오, 눈치 좋은데?"

"딱히. 어느 정도 머리를 갖고 생각해 보면 그다지 놀랍지도 않아."

위그가 시큰둥하게 말했다. 그러자 비비안이 웃음을 터뜨렸다. 곧 위그의 의아스러운 눈길이 그녀에게 꽂혔다.

"왜 그렇게 웃나?"

"웃겨서. 당신, 방금 그 한마디로 지금 크리스티나를 제외한 모든 사람을 머리 없는 사람으로 만들어 버린 거 알아?"

"……."

"쓸데없이 야박하기는. 그냥 크리스티나가 특별히 똑똑하다고 인정하면 안 되는 거야?"

비비안이 팔짱을 꼈다. 위그의 얼굴에 불쾌한 기색이 흘러 지나갔다. 하지만 이내 비비안을 보며 입을 열었다.

"별로 그러고 싶지 않다. 여자잖나."

"그래. 여자야."

"그러니 야박할 수밖에 없어."

"그래, 그렇긴 하네. 당신이 말하니 웃기긴 하지만."

비비안이 우아하게 웃으며 고개를 떨궜다. 기분 더럽긴 하지만 바첼론이 여자들에게 야박한 것은 사실이었다. 아니, 어쩌면 야박 그 이상으로 희망이 없을 수도.

이런 세상에서 살아남기.

살아남는 것 그 이상으로 욕망을 이루기.

"하지만 결국에는 이뤄 낼 수 있지."

"당신 같은 방법으로?"

위그의 물음에 비비안이 미소를 지었다.

"그래, 나 같은 방법으로. 혹은, 나보다 더 온화한 방법으로. 혹은, '합리한' 방식으로."

비비안이 길게 한숨을 쉬었다. 그녀는 단 한 번도 자신이 옳다고 생각해 본 적이 없었다. 그러므로 자신의 길을 걸으라고 누구한테도 권하지 않았다.

그러나 크리스티나는 자신을 동경한다. 그녀는 비비안의 지위와 행동력을 동경했지만 정작 그녀처럼 모든 욕설과 비난을 감당할 자신은 없었다. 하지만 그게 딱히 나쁘지는 않았다.

사람은 다 그렇게 사니까.

"다른 사람의 평가에서 자유로울 수 있는 이는 없어."

"당신은?"

"그래서 내가 인간성이 없다는 거야. 일명 사회화가 덜 됐다는 거지. 성공

하나만 보면서 수단을 가리지 않는."

비비안의 대답에 위그가 서늘하게 웃었다.

"알 것 같군."

그의 말이 끝나기가 무섭게 비비안이 다시 책을 들었다. 그에게서 흥미를 완전히 끊은 채 독서를 시작하는 비비안을 보면서, 위그가 자연스럽게 불을 끄러 침대에서 나갔다.

그 순간, 갑자기 비비안이 생각났다는 듯이 책을 툭 내려놓고 입을 열었다.

"아, 그러고 보니, 다음 주가 리즈 생일이야."

"뭐?"

"이모부야. 생일 선물은 준비했어?"

고개를 홱 돌린 위그를 보며, 비비안이 리즈의 말투를 흉내 내며 물었다.

* * *

"어린 여자아이들은 어떤 걸 좋아하지?"

침묵이 도는 집무실 내, 진지한 얼굴로 묻는 위그의 얼굴을 응시하던 요한이 미간을 살짝 찌푸렸다. 그러나 곧 그가 무엇을 묻는지 깨닫고는 아아, 가볍게 고개를 끄덕였다.

"리즈 아가씨의 생일 때문에 그러시는 겁니까?"

"너도 알고 있었나?"

"알고 있었죠. 이디에트 저택의 애물단지들인데."

말은 그렇게 했으나 요한의 얼굴에는 딱히 성가신 기색이 없었다. 그도 그럴 것이 이디에트 저택은 무척 오랫동안 아이를 맞은 적이 없었고, 더군다나 공작 부인의 조카라는 신분은 사람들이 자연스럽게 아이들을 예뻐하게 만들었다.

그리고 사실 그것이 아니라도 아리아와 리즈는 꽤 사랑스러운 아이들이었다. 얌전하고 사고도 치지 않으며 언제나 시녀와 시종들에게 상냥한 아리아와, 언니의 뒤에서 달랑달랑 손을 잡고 따라다니는 리즈는 언제나 꾀죄죄한 모습으로 얼굴에 흙을 잔뜩 묻혀 아리아에게 혼이 나곤 했다.

"어린 여자아이라면, 뭐 으레 좋아하는 것들이 그런 것 아니겠습니까."

"그런 것?"

"인형이나, 아니면 예쁜 옷이라거나, 머리핀이라거나, 반짝거리고 하늘하늘한 것들."

요한의 대답에 위그가 생각에 잠겼다. 요한의 말에는 딱히 어폐가 없었다. 사실 그가 알기로는 대부분 여자아이들이 그런 걸 좋아하긴 했으니까. 하지만 왠지 모르게 평범하고 보편적인 것을 선물해야 할 필요성을 느끼지는 못했다.

"그 아이들한테 그런 게 부족할 것 같지는 않은데."

"차라리 직접 물어보는 건 어떻습니까?"

일국의 공작씩이나 되어서 조카의 생일 선물에 골머리를 앓는 꼴이 퍽 우스워 요한이 헛웃음을 지었다. 하나 진지하기 그지없는 위그의 표정은 절대 꾸며 낸 것으로 보이지는 않았다.

"어차피 비싼 것들은 비비가 다 해 줄 것 같단 말이지."

위그의 말에 요한이 고개를 끄덕였다. 그러고 보니 그 단주, 제 조카들은 끔찍하게 예뻐했다. 여자들은 대부분 아이를 좋아하는 모양이지. 역시 아무리 사나운 단주라도 결국에는 모성이 있는 사람이라고, 그는 새삼스레 생각했다.

그때였다.

벌컥.

"이모부야!"

타이밍도 어쩜 저렇게 잘 맞추는지. 쩌렁쩌렁하게 집무실을 울리는 목소리에 위그가 고개를 들었다. 그에 위그가 한숨을 푹 쉬며 입을 뗐다.

"노크."

탕탕.

기껏 문을 다 열어 놓은 주제에 작은 주먹으로 문을 탕탕 두드린 리즈가 도도도 달려왔다. 그에 자연스럽게 의자를 뒤로 뺀 위그가 자리에서 일어나기도 전, 리즈가 낑낑 대며 그의 무릎 위에 올라왔다.

"이모부야."

"왜 그러지?"

"생일 선물 줘."

"생일 선물 맡겨 놨나?"

"설마 준비 안 했어?"

리즈가 경악한 얼굴로 입을 삐죽 내밀었다. 그게 귀여워 위그가 저도 모르게 웃음을 흘리고 말았다. 동글동글한 눈을 반짝반짝 빛내며 저를 보고 있는 모습이 퍽 사랑스러웠다. 그가 피식 웃으며 리즈를 품에 안은 채 자리에서 일어났다.

"네 생일은 한참 뒤지 않나."

"미리 주면 어디 덧나는 것도 아니고."

"뭐 갖고 싶은 거라도 있나?"

위그의 물음에 리즈가 움찔거렸다. 갑자기 웬 생일 선물 타령인가 했더니, 선물을 핑계로 갖고 싶은 게 있는 모양이었다. 그런데 왜 자신을 찾아왔는지, 그가 고개를 갸웃거렸다. 곧 리즈를 안고 집무실을 나선 그가 자신의 목을 꼭 안고 있는 리즈를 힐끔 보았다.

"말해, 뭐가 갖고 싶은데?"

"블로나 거리의 로다크 디저트 가게에서 새로운 과자 집을 만들었대."

"과자 집?"

"응, 이만큼 커다랗대. 아마 이모부도 못 들 거야."

리즈의 말에 위그가 헛웃음을 지었다. 뭔가 했더니 겨우 과자 집이었다. 역시 아이라고 생각하며 그가 입을 뗐다.

"그런 걸 원하면 비비한테 달라고 하지."

"안 돼!"

"왜?"

"이 썩는다고 이모가 디저트를 먹지 말랬어……."

리즈의 말에 위그는 그제서야 이 깜찍한 아가씨가 왜 그에게 왔는지 알 것 같았다. 비비안이 금지시켰으니 당연히 이모부한테 온 것이다. 그는 리즈의 우울한 얼굴을 보다가 입을 뗐다.

"이모부도 이모 말을 들어야 하는데?"

"그래도 이모는 이모부한테 약하잖아."

"……누가 그러든?"

"아리아 언니가 그랬는데?"

"네 언니한테는 다음 생일에 안경을 사 줘야겠군."

리즈의 말에 위그가 떨떠름한 얼굴을 했다. 대체 어떻게 하면 그런 결론이 나오는지 그는 진심으로 궁금했다. 비비안이 그에게 약하다니, 아이들의 시선은 언제나 어른들과 다르다.

하나 리즈는 꽤 진심이었는지, 계속해서 재잘거렸다.

"진짜인데, 이모는 이모부한테 약해."

"대체 뭘 보고 그렇게 생각한 거지?"

"이모가 결혼해 주었잖아."

"응?"

"이모가 결혼했잖아. 그럼 이모가 진짜 이모부를 사랑하는 거 아니야?"

리즈의 말에 위그가 우뚝 멈춰 섰다. 무슨 말인지 계속 해 보라는 기색에 리즈가 눈알을 데굴데굴 굴렸다.

"언니가 그러는데, 여자아이는 바첼론에서 돈을 가질 수 없대."

정확히 말하자면 재산권이지만 아이의 눈에는 돈이나 마찬가지이니 틀린 말은 아니다. 위그의 눈빛에 리즈가 입을 삐죽이더니 말을 이었다.

"이모는 대륙에서 돈이 제일 많잖아."

"그렇지."

"그런데 이모부랑 결혼하면 이모가 돈을 못 가진대."

"……"

"그런데 그런 거 다 포기하고 이모부랑 결혼했잖아. 그럼 이모가 이모부를 진짜진짜 사랑하는 거 아니야? 예전에 동화책에서 봤는데, 왕자님이 왕관을 포기하고 시골 처녀와 결혼한 건 다 사랑 때문이라고 그랬어."

지극히 아이다운 시각이었다. 두 사람 사이에 어떤 식의 거래가 오갔는지 모르는 리즈의 입장에서는 너무 당연하게 내놓을 만한 결론. 그럼에도 우습게도 어른들 중 누구도 그렇게 말하지 않았다.

왜?

위그가 길게 숨을 내쉬었다. 그의 얼굴이 설핏 굳었다. 그에 리즈가 고개를 갸웃거렸다.

"왜 그래, 내가 뭘 잘못 말한 거야?"

"아니."

"그래?"

"틀린 거 없어. 네 말이 맞다."

리즈가 손가락을 집어 들으며 고개를 끄덕였다.

"우리 언니가 그러는데, 이모가 굉장히 대단한 사람이래. 그래서 우리 언니도 이모처럼, 아, 이건 비밀인데!"

리즈가 입을 꼭 막았다. 자매 사이의 비밀을 타인에게 들킨 것처럼, 리즈가 화들짝 놀란 눈을 했다. 하나 이미 그 이야기를 들어 버린 위그가 부드럽게 웃었다.

"아리아가, 비비처럼 되고 싶다고 했나?"

"으으……. 비밀 지켜 주는 거야? 아무한테도 말 안 하는 거지? 엄마한테도 말하지 않는 거야?"

"그래. 말하지 않아."

위그의 말에 리즈가 주변을 두리번두리번 살폈다. 그리고 곧, 커다란 비밀을 말하는 듯이 위그의 귀에 작게 속삭였다.

"언니가 그러는데, 언니는 세상에서 이모가 제일 대단하대."

"그런가?"

"그래서, 이모처럼 되고 싶대. 돈도 많이 벌고, 상단도 차리고."

리즈의 말에 위그가 쓰게 웃었다. 그럴 줄은 몰랐다. 그의 기억에 아리아는 언제나 얌전한 아이였으니까. 얌전하게, 예쁘게, 인형처럼 부드럽게 웃는 아이였다.

그런데 그런 아이가 설마하니 그런 꿈을 품고 살 줄은 몰랐다. 여태껏 말을 하지 않았다. 겉으로 티를 내지도 않고. 비비안처럼 대놓고 되바라진 사람이라면 모를까, 아리아처럼 부드럽고 온순한 아이가 그렇게 큰 야망을 갖고 있는 건 지나치게 이질적이어서.

이질적.

언니와 나눈 비밀을 타인과 공유했다는 죄책감인지 리즈가 입을 옴질거리며 안달복달했다. 그게 귀엽기도 하고 애잔하기도 해서 위그가 물었다.

"그게 그렇게 큰 비밀인가?"

"큰 비밀이야! 언니는 다른 사람들이 언니의 꿈을 아는 걸 싫어해."

"왜?"

"언니는 예쁘잖아. 나랑 다르게 얌전한 숙녀고. 사람들은 그런 걸 싫어한댔어. 언니는, 사랑받고 싶어 한단 말이야."

리즈가 웅얼거렸다. 비비안처럼 되고 싶다. 욕망을 갖고 싶다. 하나 사랑을 받고 싶다. 욕망과 사랑받는 것, 이 두 개가 서로 충돌되는 것이었던가.

문득 크리스티나가 생각났다. 바들바들 떨면서도, 억지로나마 한 자 한 자 입 밖에 내던 그날, 그의 앞에서 토끼처럼 떨면서도 어떻게든 더듬더듬 자신이 하고 싶은 말을 끝마치던 모습. 비비안은 대체 그런 그녀를 보며 무슨 생각을 했을까. 자신이 느꼈던 것과 비슷한 걸 느꼈을까.

"이모부야, 그런데 진짜 다른 사람한테 말하면 안 돼? 언니는 나한테 꼭 비밀이라고 그랬단 말이야."

"이모한테도 하면 안 되나?"

"이모한테? 이모는 이미 아는데?"

리즈가 눈을 깜박거리며 말했다. 위그가 그에 고개를 끄덕였다. 그래, 비비안은 안단 말이지. 그럼 그녀가 크리스티나에게 갖는 감정도 어쩌면 아리아에 대한 것과 비슷한 것이었을까.

모르겠다. 핏줄이 섞이면 또 달라지는 게 사람들 마음이니.

곧 식사 시간이 다 되었음을 깨달은 위그가 바로 리즈를 안고 다이닝 홀로 갔다. 문이 벌컥 열림과 동시에 이미 자리에 앉아 있는 비비안과 아리아를 보고 위그가 의외라는 표정을 지었다.

"웬일이지? 이렇게 빨리 와 앉아 있다니."

"그러는 당신이야말로, 왜 리즈랑 같이 있는데?"

"아, 리즈가……."

과자 집을 사 달라고 해서, 라고 말하려던 위그가 필사적으로 그의 외투를 꼭 잡고 고개를 젓는 리즈를 힐끔 보더니 피식 웃었다. 그리고 이내 그는 말을 바꾸었다.

"리즈가 집무실에 와서 놀아 달라 칭얼대길래."

순식간에 공작의 집무실에서 칭얼댄 아이가 된 리즈가 불만스러운 얼굴을 했으나, 그렇다고 해도 뭐라 할 수는 없었다. 그때 아리아가 눈썹을 늘어뜨리며 겨우 입을 뗐다.

"죄송해요, 각하. 제가 리즈를 제대로 보지 못해서."

"아니다. 뭘 또 죄송씩이나."

위그가 리즈를 자리에 놓고 피식 웃었다. 그에 비비안이 웃으면서 아리아를 향해 말했다.

"그래, 괜찮아. 우리 리즈는 나름대로의 목적을 갖고 간 거거든?"

"이, 이모?"

"나한테 어필이 안 되니까 이번에는 이모부한테 간 거야? 그래서 이모부가 사 주겠다고 하던?"

비비안의 말에 리즈가 절망스러운 표정을 지었다. 그에 비비안이 삐뚜름하게 웃으며 위그를 향해 말했다.

"사 주지 마."

"애가 갖고 싶다는데."

"과자 집을 그냥 소장만 하겠어?"

"애들이 군것질하는 게 뭐 그렇게 큰일이라고."

"리즈는 너무 과해. 건강을 생각해서라도 자제해."

"애가 먹으면 얼마나 먹는다고. 그리고 양치질 꼬박꼬박 하면 되지 않나."

탁.

위그의 말에 비비안이 손에 든 포크를 식탁에 탁, 내려놓았다. 자신을 보며 방긋방긋 웃고 있는 비비안의 얼굴에 걸린 미소에, 위그가 바로 고개를 돌려 리즈를 보았다.

"이모부 생각에는 과자 집보다 보석 집이 더 좋을 것 같다."

"먹지도 못하는 게 뭐가 좋아! 나 보석 싫어!"

이모부의 배신에 리즈가 울먹거렸다. 그에 위그가 다시 비비안에게 반항해 보려 고개를 돌렸으나, 비비안이 방긋방긋 웃으면서 그를 보자 다시 고개를 돌렸다.

"이빨 다 빠지고 새 이가 다 자라나면 더 큰 걸로 하나 사 주지."

"그게 언제야?"

"아마 네가 아리아 나이가 될 때쯤?"

"이럴 수가! 말도 안 돼!"

리즈가 절규하듯 얼굴을 감싸 쥐었다. 하나 비비안은 인정사정이 없었다.

"리즈, 이모 말 안 들으면 어떻게 되는지 알지?"

"이모 미워……. 엄마한테 이를 거야."

"네 엄마가 시킨 거란다."

아이를 키워 본 적이 없는 비비안이 아이의 이가 빠지고 나는 걸 어떻게 알겠는가, 카트린이 가르쳐 주었기에 가능한 것이었다. 더불어 리즈가 울먹울먹거려도 절대 넘어가지 말라는 말과 함께.

결국 리즈가 눈물을 글썽거리며 포크로 당근을 툭 집었다. 일련의 행동에 싫은 기색이 역력했다.

"당근 싫어, 과자 사 줘."

물론 소용은 없었다.

결국 풀이 팍 죽은 리즈가 가여웠는지 위그가 리즈에게 작게 속삭였다. 당근을 다 먹으면 과자 집은 무리더라도 새로 나온 디저트 컬렉션을 사 주겠다는 약속에 리즈가 얼굴을 활짝 폈다.

물론 비비안은 그걸 보면서도 모른 척해 주었다. 유모에게 아이의 간식 상태를 제대로 감시하라는 말과 함께.

"그런데 엄마는 언제 오는 거야?"

겨우겨우 달래진 채 당근을 먹던 리즈가 물었다. 그에 비비안이 입꼬리를 말아 올렸다. 카트린은 어느 정도 몸조리가 끝났다고 들었다. 덕분에 건강이 꽤 회복이 되었기 때문에 조만간 수도에 올라올 수 있을 것 같다고 답이 오긴 했다.

엄마가 보고 싶나. 하긴 그럴 만도 했다. 그에 비비안이 부드럽게 웃었다.

"다음 달에는 올 수 있을 것 같아."

"그래? 엄마 보고 싶어. 케이트도 보고 싶어. 많이 컸겠다. 나도 언니라고 불려 보고 싶은데. 맨날 나만 언니라고 부른단 말이야."

"그런데 아직 어려서 언니라고 말 못 할걸? 더 기다려야 돼."

비비안의 말에 리즈가 입을 삐죽였다. 그것을 보며 비비안이 피식 웃었다.

결국 비비안의 감시와 위그의 회유 아래 당근과 브로콜리를 전부 먹은 리즈가 부른 배를 탕탕 쳤다.

식사가 끝난 뒤 방으로 돌아가는 아리아와 리즈에게 각각 입을 맞춰 주고 비비안과 위그가 방으로 향했다. 그러나 곧, 위그가 갑자기 창문으로 고개를 돌리더니 입을 뗐다.

"밖에 나가서 좀 걷지 않겠나?"

"왜 갑자기?"

비비안의 물음에 위그가 턱짓을 했다. 그 방향을 따라 고개를 살짝 돌린 비비안이 정원에 흐드러지게 핀 꽃을 보며 입꼬리를 말아 올렸다.

"산책이라도 하려고?"

"방에만 있으면 답답하지 않나?"

"그건 그렇지만."

비비안이 위그를 힐끔 보았다. 두 사람은 잠자리도 같이했고, 침대 위에서도 내내 붙어 있다시피 했지만 정작 다정하게 손잡고 산책을 나가는 사이는 아니었다.

아닌가, 비비안이 길게 한숨을 쉬었다. 그리고 방긋 웃으며 고개를 끄덕였다.

"그래, 나가지."

순순히 고개를 끄덕이는 비비안의 얼굴을 보며 위그가 묘한 표정을 지었다. 차분한 얼굴에 미소가 살짝 씌어졌다. 그것을 빤히 응시하다가, 안 나오고 뭐 하냐는 비비안의 턱짓에 위그가 발걸음을 옮겼다.

"가만 보면 공작가에 은근 꽃 많아. 당신 꽃 싫어한다고 하지 않았나?"

정원으로 나온 뒤 비비안이 울긋불긋 피어 있는 장미를 보며 말했다. 그런 그녀의 뒤통수를 보다가, 이내 가는 허리에 팔을 감은 그가 답했다.

"내가 싫어하긴 하지만, 오는 손님들은 좋아하니까."

"아, 그래? 답지 않게 다른 사람 이목을 신경 쓰고 그래?"

"이목이 아니라…… 어쨌든 명색이 공작가인데 가시덤불만 가득한 건 좀 문제가 있지 않겠나."

위그의 대답을 들은 비비안이 우아하게 웃었다. 그러고는 이내 뭔가 생각 났다는 듯이 고개를 살짝 들어 입을 뗐다.

"리즈한테 줄 생일 선물은 정했어?"

"아직."

"과자 집은 절대 안 돼."

"1년에 한 번뿐인 생일인데, 한 번 먹는다고 이가 다 나가는 것도 아니고."

"단순히 이의 문제가 아니야. 건강도 챙겨야지. 그러다가 애 버려. 내 말 좀 들어."

비비안의 말에 위그가 살짝 인상을 썼다. 당근을 먹으면서 눈물을 글썽거리던 리즈의 모습이 걸렸기 때문이었다. '당근은 괴물이야'를 중얼거리면서 마치 괴물과 싸우는 용사처럼 저녁 식사를 하던 아이를 상기하다가, 그가 결국 한숨을 푹 쉬었다.

"그럼 다른 거 뭐 사 줄 것도 없는 것 같은데."

"창의력을 좀 발휘해 봐. 먹을 거 빼고는 사 줄 게 그렇게 없어? 너무 애 라고 무시하는 거 아니야?"

"아니, 그냥 본인이 먹고 싶다니까."

위그의 변명 아닌 변명에 비비안이 코웃음을 쳤다. 옅은 밤바람에 머리카락이 하늘하늘 흔들렸다. 그런 그녀의 머리카락을 응시하다가, 위그가 말을 이었다.

"그런데 아리아 생일은 언제지?"

"걔 생일은 이미 지났어. 뭐, 제 아버지 때문에 제대로 보내지도 못한 것 같지만."

"왜?"

"그 인간이 애들 생일 챙겨 줄 정신만 있어도, 내가 그 정도로 그 인간을 패지는 않았겠지? 우리 언니 생일이 언제인지도 모를 거야."

"훌륭하지 못한 남편이군."

"그럼 우리 남편님은, 내 생일이 언제인지는 알고 있어?"

비비안이 까르륵 웃었다. 하지만 그녀의 질문에 위그가 무슨 그렇게 당연한 걸 묻느냐는 듯이 입을 뗐다.

"열한 번째 달의 열 번째 날."

"……."

"……."

"우리 결혼기념일."

"두 번째 달의 열일곱 번째 날."

"……."

"……."

그 말을 들은 비비안의 얼굴이 미묘하게 변했다. 진짜로 그녀의 생일을 기억하고 있을 줄은 몰랐다. 거기에 무슨 감동 따위를 받은 건 아니지만, 꽤 의외의 사실을 알았다는 듯이 눈을 깜박이는 그녀를 탐색하듯 본 위그가 설마 하는 마음으로 물었다.

"혹시 당신, 내 생일 모르는 거 아……."

"밤바람이 참 차갑네, 우리 들어가자."

"아니, 잠깐만, 당신 진짜 모르는 건가?"

"나 감기 걸릴 것 같아, 여보, 우리 들어가자."

"어디서 애교야, 진짜 몰라?"

"흐으응, 들어가자."

"하나도 안 귀여워, 이제 그거 안 먹히거든."

그러면서도 그녀의 어깨를 감싸며 외투를 여며 주는 위그를 보며 비비안이 웃음을 터뜨렸다. 곧 한숨을 쉬며 고개를 절레절레 젓는 그와 시선을 마주하며, 비비안이 물었다.

"왜 그런 걸 기억하고 있어?"

"그냥, 그 정도는 의무라고 알고 있어. 계약서에 씌어 있지 않나? 최소한 겉보기에 반지르르하게는 의무를 이행하자고."

"생일 외우는 게 뭐 의무씩이나."

"의무지. 밖에서 정부를 만들던 선대 공작도, 어머니의 생일과 결혼기념
일은 꼭 챙겼으니까."

위그의 말에 비비안이 고개를 끄덕였다. 사실 그건 그녀의 아버지도 마찬
가지였다. 그녀의 아버지는 전혀 그럴 것 같지 않았지만, 어머니와 모든 남
매의 생일은 잘 알고 있었다. 그래서 언제나 출장을 다녀올 때면, 제일 좋
은 것들을 사서 아내와 제 자식들에게 안기곤 했다.

그건 꽤 미묘했다. 비비안이 웃음을 흘렸다.

"그런 거 일부러 챙기지 말고, 그냥 평소에 잘하면 충분히 좋아했을 텐데.
난 무심한 사람이 특별한 거 하나 챙겨 주는 것보다, 그냥 꾸준하게 상냥한
사람이 좋더라."

"내가 충분히 상냥하지 않았나? 그렇게 갈고 쓸개고 다 빼 줄 생각을
했는데?"

비비안의 옅은 하늘색 눈동자와 시선을 맞추며 위그가 중얼거렸다. 그러
나 꽤 진지한 그의 대사는, 비비안의 코웃음에 의해 완전히 산산조각이 나
고 말았다.

"진짜 빼 주지도 않았으면서."

"그렇게 말하는 당신은."

"그러니까 나도 뭐라고 안 하잖아. 그래도 난 당신한테 로튼을 주겠다는
말은 안 했어."

비비안이 환하게 웃었다. 당연했다. 로튼은 그녀의 마지막 구명줄이자 인
생이다. 그걸 빼앗기면 그녀에게는 아무것도 남지 않는다. 그 의미가 절실
하게 다가온 적은 없지만, 비비안에게 뒤통수를 맞은 그날, 그는 그제야 그
것이 더욱더 진실되게 다가왔다.

악행을 저지른다.

무엇인가를 지키기 위해서.

그리고 갖기 위해서.

곧 비비안이 발걸음을 옮기자, 위그가 다시 그녀의 허리를 감싸 안았다. 그 느낌이 생소하기도 하고 익숙하기도 했다. 바첼론에서 그녀는 누구보다도 '여자다운' 여자였다. 그녀의 손가락질 하나에, 요사스러운 웃음 하나에 진정으로 모든 것을 바칠 남자는 꽤 될 것이다.

동시에 바첼론에서 그녀는 가장 배척받는 여자였다. 왜냐하면 '여자답지' 않아서.

아이러니한 느낌에 휩싸인 그가 비비안의 어깨를 감쌌다. 이내 그녀의 관자놀이에 살짝 입을 맞추자, 비비안이 고개를 돌렸다. 그 순간 다시 그녀의 입술에 입을 꾹 맞추었다. 달달한 향이 입 안에 들어왔다. 찰나, 그가 입을 뗐다.

"당신이 밀서를 손에 넣은 것을 알기 전에, 나는 내가 죽으면, 당신이 공작가를 가지는 것도 좋을 거라 생각했어."

"갑자기 무슨 개소리야? 불치병에라도 걸렸어?"

"그게 아니라, 남자들은 흔히 제 아내에게 뭔가를 남겨 주고 싶어 하지."

바첼론에서 남자들이 아내에게 바칠 수 있는 가장 큰 것은 유산이었다. 자신이 죽은 뒤 홀로 있을 아내에게 모든 것을 남겨 주는 것. 그도 그런 생각을 한 적이 있었다. 계약이 끝나도 이혼하지 말고, 그대로, 그녀를 공작 부인으로 남겨 두고 그냥 행복하게 같이 살까.

그리고 자신이 가진 모든 것을 그녀에게 남겨 주는 거다.

하지만 그게 비비안의 행복이 아니라는 건 최근에 알게 되었다.

"그런 거 필요 없어. 최소한 나는 그래. 하지만 필요한 여자도 있지, 그러니까 그런 건 필요한 여자에게 남겨 줘."

"뭐?"

"어차피 이혼하고 나면, 당신 다른 여자랑 결혼해야 하잖아. 그때는 제대로 된 공작 부인을 얻어서, 아이도 낳고, 유산도 물려주고, 가문을 잇고

핏줄을 잇고."

"하지만."

그건 당신이 아니지 않나.

위그는 순간 머릿속을 스쳐 지나간 생각에 흠칫 놀라고 말았다. 그러나 생글생글 웃고 있는 비비안은 꽤 진심이었는지, 담담하게 그를 보며 말을 이었다.

"왜 그래? 결혼 생각 없어? 귀족들은 꼭 대를 이어야 하는 거 아닌가?"

"그렇긴 하지만."

"당신이 좋아하는 취향의 여자를 만나. 예쁘고, 아담하고, 품에 쏙 들어오고, 부드럽고, 다정하고. 그런 여자 만나서 살다 보면 정도 붙고, 아이도 갖고 싶고, 그럴 거야."

사람 일이라는 게 다 그러니까. 천년만년 가는 사랑이 어디 있나. 그토록 오래간다면 그건 사랑이 아니다. 그냥 습관이지. 그리고 사실 습관은 고칠 수 있는 것이었다.

"어디서든지 당신 비위를 맞춰 주고, 나긋한 그런 여자 한번 찾아봐. 건방지게 명령질이나 하는 나 같은 거 말고."

"하지만 나는 딱 당신이 좋은걸."

순간 저도 모르게 입을 비집고 튀어 나간 말에 위그가 멈칫했다.

하지만 나는 딱 당신이 좋다. 진심을 퍼부어 사랑하지 않는다는 이에게 하는 말치고는 지나치게 절절했다. 비굴하다 못해 굽혀야 할 지경까지 온. 하나는 날 바로 버리라고 말하는 여자였고, 다른 하나는 너여야만 한다고 하는 남자였다.

그러나 그 말에도, 비비안이 차분하게 웃었다.

"지금은 그래."

"……."

"그러니까 복잡하게 생각하지 마, 내가 좋으면 계속 좋아해. 안 말려. 뭐, 그것도 사랑이라면 사랑인 거고, 승부욕도 애정이라면 애정이겠지."

마치 어른이 어린아이에게 말하는 것 같다. 이제 너도 커 보면 알아, 시간이 지나 보면 너도 알 거야. 마치 애처럼 가르침당하는 것 같아 위그가 미간을 찌푸렸다.

하지만 이내, 다시 비비안을 보며 입을 뗐다.

"그래, 그럴 수도 있겠군. 내가 너무 세상을 좁게 봤어."

"그렇지, 역시? 사람은 꽤 쉽게 잊혀. 보이지 않으면 바로 머릿속에서 사라지는걸."

비비안이 우아하게 웃으며 말했다. 그 말에 전혀 동의하지 않는 바였지만, 그럼에도 위그는 고개를 끄덕일 수밖에 없었다.

왠지 모르게, 그래야만 할 것 같아서.

* * *

결국 리즈의 선물은 위그 혼자 열심히 골라 보는 것으로 결론이 났다. 창의력을 발휘해 보라고 말한 비비안의 반명령과 함께 선물 고르기 삼매경에 빠진 위그가 제 인맥을 총동원해 아이가 갖고 싶은 것을 찾기 시작했던 것이다.

그런 의미에서 공작치고는 꽤 한가해 보이는 나날을 보내던 위그가 리즈의 생일이 오기 일주일 전, 귀족원 회의실에 앉아 서류를 확인했다.

"그럼 이 의안은 통과시키지 않는 걸로 하지."

위그의 말이 끝나자 귀족들이 고개를 끄덕였다. 다른 일 더 없느냐는 그의 물음에, 고개를 저은 귀족들을 보며 해산을 외친 위그에게, 갑자기 엘버린 공작이 다가왔다.

"조카의 생일 때문에 골머리를 앓는다고 들었소."

"아, 소문이 거기까지 퍼진 겁니까?"

"빌케르 백작의 딸은 신경 쓰지 않아도, 이디에트의 조카는 신경 써야 하는 게 아닌가. 귀족들 사이에서 선물을 준비하는 움직임이 꽤 분주한데."

위그가 고개를 끄덕였다. 어쨌든 그에게 잘 보이기 위해서는 이번 기회를 잡는 것도 중요했다. 리즈가 좋아하는 선물을 보내온 사람은 아마 한 달 정도는 어깨를 펴고 다닐 수 있을 것이다.

어차피 자주 있는 일이라 별로 대수롭지 않게 생각한 그가 웃었다. 그러나 엘버린 공작의 의도는 따로 있었는지, 그가 낮은 목소리로 물어 왔다.

"일전에 내가 말한 건, 생각해 보았나?"

"아."

위그가 길게 한숨을 쉬었다. 하지만 이내, 차분하게 답했다.

"제 대답은 똑같습니다."

"그렇군."

딱히 의외인 대답은 아니었는지, 엘버린 공작은 별로 놀란 기색이 아니었다. 하지만 뭔가 더 말을 이어 갈 거라는 위그의 생각과 다르게, 그가 담담하게 말을 돌렸다.

"그러고 보니, 내 아내가 단주와 한번 만나 보고 싶다더군."

"부인께서?"

"호기심이 왕성한 성격이라, 이야기를 듣는 걸 좋아하거든. 젊었을 적 꿈이 탐험가였어."

꽤 어울릴 듯하면서 어울리지 않는다. 얌전하게 웃고 있는 엘버린 공작 부인의 모습을 상상하다가, 위그가 손에 든 서류를 정리했다. 어찌 되었든 딱히 거절할 이유는 없었다. 만나 보고 싶다는데.

"정식으로 초대하라 이르겠습니다."

"그래 주면 고맙고."

비비안의 일정에 맞춰 달라는 것이었다. 엘버린 공작 부인이 먼저 초대를 해도 되는 상황이었지만, 그렇게 되면 비비안은 공작 부인이 초대하는 시간에 반드시 스케줄을 비워 놔야 했다. 꽤 생각이 깊은 사람이라 생각하며 위그가 발걸음을 옮기는데 갑자기 요한이 급히 귀족원 회의실 문을 박차고 들어왔다.

"각하!"

그의 등장에 자리를 떠나려던 귀족들이 고개를 들었다. 겨우 일개 부관이 이리 예의 없이 구는 것에 대한 불쾌감이 서렸으나, 그것도 전부 무시한 채 요한이 성큼성큼 위그의 옆에 다가갔다.

그리고 이내, 그가 작게 속삭였다.

"각하, 큰일입니다."

"무슨 일이지?"

"클로에가 급전을 보내왔습니다. 로건 왕자 전하께서 돌아오셨습니다."

요한의 말에 위그가 얼굴을 굳혔다. 언젠가는 올 거라 알고 있었는데, 설마하니 이렇게 빠를 줄은 몰랐다. 하지만 위그는 곧 그의 말에 뭔가 이상함을 느끼고 얼굴을 찌푸렸다. 왕자가 돌아왔다, 그런데 왜 그 전보를 클로에 한테서 받는 것이지?

그런 그의 의문을 알아챈 듯 요한이 잠시 망설였다. 하지만 곧, 어차피 알아야 할 사실이라는 듯이 요한이 입을 뗐다.

"왕자 전하께서 왕궁에 오시기 전 먼저 공작저를 방문하셨습니다."

"뭐? 왜?"

위그와 로건은 별다른 접점이 없다. 군이 제 집 놔두고 다른 사람 집을 먼저 방문할 이유가 없었다. 위그가 아직 갈피를 잡지 못해 미간을 찌푸리는데, 요한이 말을 고르다가 입을 뗐다.

"클로에의 말에 의하면, 로건 왕자 전하와, 공작 부인께서 아는 사이 같다고……."

요한의 말이 떨어지기도 전, 위그는 자리를 박차고 일어난 뒤 급히 회의실을 떠났다.

Chapter 9
불길은 순식간에 타오른다

모두가 알다시피 비비안 로젤리스는 남자를 좋아했다. 그리고 그만큼 알고 있는 남자 수가 많았다. 그런 그녀가 유독 예술계 쪽에서 남자를 찾는 것은, 분명 사귀고 헤어지는 일이 다소 편하다는 점도 있지만, 사실 가장 중요한 것은 어디까지나 그녀가 예술을 무척 사랑했기 때문이었다.

그리고 그녀가 예술을 사랑하는 것만큼, 예술도 그녀를 사랑했다.

자신이, 바로 그 예술이라고 자처하던 남자들이.

수많은 남자들이 그녀의 정부였지만, 동시에 그녀는 그 많은 남자들의 뮤즈였다. 하나 비비안은 당신이 나의 생명의 빛이라며 오는 이들을 하나하나 거절했고, 그들이 사랑이라 말하는 것들을 모조리 부정했다.

그것은 사랑이 아니다, 아름다운 물건에 대한 일종의 애정과 집착일 뿐. 그녀가, 수많은 남자들에게 그러했던 것처럼.

그러나 그중에도 분명 사랑은 있었다. 없을 리가 없었다. 갓 상단을 상속받고, 제 다리를 옥죄던 모든 것들을 하나하나 벗어 버리는 와중에 만난 남자들은 수도 없이 많았다. 그중에서 그녀를 진정으로 사랑하는 남자를 찾는 건 그리 어렵지 않았다.

어렵지 않았는데.

"뭐야?"

"로건 왕자 전하께서 돌아오셨어요."

비비안은 클로에의 흥분한 얼굴을 보면서 눈을 깜박였다. 상식에 맞지 않는 등장이었다. 오늘 오전 귀족원 회의에 참석한다는 위그의 말에 그럼 나는 오늘 하루 장부나 느긋하게 처리해 볼까, 하며 중얼거린 그녀는, 정확히 그 세 시간 뒤에 전혀 느긋하면 안 되는 일을 만나야 했다.

진지하게 핑크레드 립스틱과 버건디 립스틱 사이에서 어느 게 더 섹시할까 따위의 생각을 하고 있던 그녀는, 간만에 맞이하는 여유를 깬 그 로건에게 악감정이 생겨 버리고 말았다.

"왜 왔는데?"

"그……."

비비안의 말에 클로에가 말꼬리를 흐렸다. 로건은 몇 년 전 사랑하는 여자가 생겼다며, 모든 것을 버리고 그녀와 함께하겠다며 왕궁을 뛰쳐나간 이였다. 그 여자가 대체 누군지는 여전히 바첼론 사교계의 미스터리 중 하나였지만, 어쨌든 이 와중에 갑자기 바첼론으로 온 그의 행보는 꽤 수상쩍었다.

그것도 평생 접점이라고는 하나도 없었던 이디에트에.

하지만 클로에는 말을 골랐다. 이 앞의 모든 사실을 통틀어도 꽤 놀랄 법했지만, 사실 진짜 그녀를 놀라게 한 것은 다른 것에 있었다.

로건 왕자가 이디에트에 방문했다. 그 이유가.

"'공작 부인'을 뵙고 싶다고 하던데요?"

"나?"

예상 밖의 대답에 비비안이 눈알을 데굴데굴 굴렸다. 갑작스러운 왕자의 요청에 당황했던 터였다. 그러나 이내, 산전수전 다 겪은 그녀는 다시 표정을 갈무리한 채 자리에서 일어났다.

"위그한테는 알렸니?"

"너무 급해서 먼저 단주님께 왔어요. 지금 저택이 전부 비상사태예요."

"어쩐지 밖이 시끄럽더라니."

"켄슨 부인께서 시녀들을 데리고 지금 왕자 전하의 접견실에 갔어요. 단주님도 빨리 가 보셔야 할 것 같아요."

"미리 말이나 해 주지, 이렇게 불쑥 찾아오는 건 어느 나라 예의야? 왕실 것들은 다 그래?"

비비안의 말에 클로에가 기겁하며 주위를 두리번거렸다. 그러나 결국, 비비안은 왼쪽 손에 있는 핑크레드 립스틱을 들어 입에 톡톡 바르고는 말했다.

"역시, 이게 나은 것 같아."

"아, 단주님. 제발 빨리요."

"클로에, 이렇게 갑자기 온 사람은 문전박대당할 각오도 하고 왔어야 하는 거야. 사실 위그가 있었어도 마찬가지였을걸?"

비비안의 말에 클로에가 말문이 턱 막혀 입을 닫았다. 그도 그럴것이, 예정에 없는 손님을 맞이할 때의 위그의 태도는 이것보다 더했으면 더했지 덜하지는 않았기 때문이었다.

하여튼 부부가 어떻게 저렇게 똑같아서.

처음으로 주인에 대한 경외심 따위 집어던진 채 클로에가 툴툴거렸다. 그러나 그때, 비비안이 립스틱을 화장대 위에 놓고 말했다.

"그래, 가자. 가."

공작저에 있을 때만큼은 공작 부인이 어쩌고저쩌고해 드레스를 차려입은 그녀가 귀찮은지 옷자락을 헤집었다. 그러나 이내 클로에와 옆에 있던 헤더의 도움 아래 옷매무시를 제대로 한 비비안이 방을 나갔다.

"부인."

접견실 앞에 도착하자 켄슨 부인과 집사가 그녀를 기다렸는지 허리를 굽혔다. 그 모습을 보다가, 이내 비비안이 입을 뗐다.

"그 왕자는 안에 있어?"

"쉿, 단주님, 왕자 전하요."

클로에가 급히 그녀를 말렸다. 그러나 뒤에 있는 헤더는 말해도 쓸모없다는 듯이 클로에를 보며 고개를 저었다. 어차피 제 마음대로 부를 인간이다. 저 안에 들어가서 돌변만 잘하면 되지, 뭘 그런 것까지 바라나. 헤더의 그런 눈빛에 클로에가 입을 꾹 다물었다.

"전하, 부인께서 드십니다."

곧 문이 열렸다. 그리고 비비안의 시큰둥한 얼굴에 환한 미소가 걸렸다. 틈 사이로 흘러나오는 빛을 맞이하며, 비비안이 평소 목소리보다 한 톤 높인 채 웃음기 섞인 목소리로 입을 열었다.

"어머, 왕자 전하, 이리 행차해 주시다니, 몸 둘 바를 모르겠습니다."

그녀의 목소리는 위그가 보았다면 아마 소름이 쫙 돋을 정도로 과장되어 있었다. 그러나 이미 습관이 된 클로에는, 그저 이 처음 보는 왕자가 대체 부인에게 무슨 말을 할지에 더 집중하고 있었다.

그때였다.

"어?"

집사와 켄슨 부인과 함께 서 있던 헤더가 미간을 살짝 찌푸렸다. 그녀의 무례에 얼굴을 일그러뜨린 집사가 반응하기도 전, 헤더가 홀로 중얼거렸다.

"에단?"

"쉿."

헤더의 팔을 툭 치며 켄슨 부인이 주의를 주었다. 그러나 헤더는 눈을 깜박거리며 고개를 비비안에게로 돌렸다.

아니나 다를까, 방금까지만 해도 환하게 미소를 짓고 있던 비비안의 얼굴이, 딱 그대로 고정되듯 딱딱하게 얼어붙어 있었다.

비비안의 말이 끝나자마자, 로건이 소파에서 일어섰다. 한평생 검을 들어

키가 크고 체격이 있는 위그와 반대로, 화가라는 말이 어울리는 남자는 키는 컸지만, 단단한 느낌은 없었다. 오히려 옅은 금빛 머리카락이나, 녹색 눈동자에서 흘러나오는 기운이, 부드럽기 그지없었다.

"부인이라……."

그때 로건이 입을 열었다. 순간 방 안의 공기가 차갑게 식기 시작했다.

"그런 거, 싫어했잖아?"

"……."

"아니면 그저 내가 싫었던 거였나……."

마치 봄바람이 흐르듯 부드러운 목소리였다. 그러나 그 목소리가 흘러나오는 그 순간, 비비안이 얼굴이 인정사정없이 완전히 일그러졌다.

그것을 보며 로건이 빙그레 웃었다.

"오랜만이야, 비비."

"……."

"이렇게 만나게 될 줄은 몰랐지만."

"너."

접대실에 도는 묘한 기류에 사람들이 서로서로 눈치를 보고 있었다. 양쪽에 도열해 있는 시녀들이나, 집사, 켄슨 부인, 클로에, 모두가 이 예상 밖의 상황에 눈만 껌벅이고 있었다.

그 사이에서 가장 먼저 정신을 차린 클로에가 세 걸음 정도 뒷걸음질하고는, 헤더를 잡고 작게 물었다.

"헤, 헤더? 단주님이랑, 왕자 전하가 아는 사이였어?"

클로에의 물음에 헤더가 난감한 얼굴을 했다. 어떻게 답을 줘야 할지 몰랐기 때문이었다. 왜냐하면, 그녀가 알기로 저 사람은 로건 왕자가 아니라. 그저, 아주 평범한 화가였으니까. 아주 평범해서, 그 대단한 비비안 로젤리스가 결혼 생각까지 했던 남자.

"에단."

비비안이 입을 뗐다.

고고하게 턱을 든 그녀의 모습에는 공작 부인으로서의 우아함과 부드러움은 전부 사라진 채, 로젤리스의 수장다운 서늘함이 흘렀다. 하지만 그녀의 그런 모습에도, 로건이 나긋하게 웃으며 입을 뗐다.

"입술 색, 예쁘네."

"그 말 하려고 온 건 아닐 테고."

"잘 어울려. 버건디랑 고민하다가 골랐구나?"

"에, 아니, 로건 왕자 전하."

"그래도, 비비는 다 잘 어울릴 거야. 예전처럼."

로건의 말에 비비안이 입술을 살짝 깨물었다. 그녀의 얼굴이 무섭게 굳었다. 그러나 언제 그랬냐는 듯이, 그녀가 피식 웃음을 흘렸다.

"무슨 그렇게 당연한 소리를."

과거의 연인이, 모든 것을 다 버리고 결혼하자던 연인이 왕자가 되어 눈앞에 나타났다. 세기의 로맨스 소설도 아니고, 웃기다면 한없이 웃긴 이야기에도 비비안은 그저 얼굴만 살짝 굳힐 뿐, 다시 차분하게 말을 건넸다.

"왜 왔어?"

"너 때문에."

다소 직설적인 대답이었으나 틀린 말은 아니었다. 로건은 진짜 비비안 때문에 왔다. 그는 비비안 때문에 바첼론을 떠났고, 비비안 때문에 바첼론에 돌아왔다. 꽤 아이러니했다.

세간에는 그가 사랑의 도피를 했다고 알고 있었지만, 사실 그건 사랑의 도피보다는 그저 도피에 가까웠다. 사랑한다 사랑한다, 그렇게 애정을 퍼부어도, 결국에는 도리머리를 짓던 그녀에 대한 아쉬움, 혹은, 자신에 대한 분노. 상황에 대한 분노.

"나 때문에? 내가 뭐 볼 게 있다고 돌아와?"

"결혼했잖아."

"아, 했지. 축하하러 온 거야?"

비비안의 다정한 말에 로건의 얼굴이 금이 살짝 가는 듯했다. 그의 담담하고 잔인한 연인, 아니, 연인이었던 여자는 여전히 이토록 잔인했다. 왜 그가 이런 말을 하는지 모르는 걸까.

아니면, 알면서 일부러 이러는 걸까.

"아니, 축하하러 온 거 아니야."

"그래? 그럼 저주하러 온 거야? 네가 나 버리고 어디 한번 잘 사나 보자, 이런 거?"

비비안의 목소리에는 장난기가 서려 있었다. 그러나 그 내용만큼은 어마어마해서, 방 안에 있는 모든 사람들이 헉 숨을 들이켜야 했다.

'아, 알려야 돼!'

그 와중에 투철한 직업 정신과 더불어, 주인님이 옛 연인을 만났다는 걸 주인님의 배우자에게 알려야 하나 말아야 하나 하는 딜레마 속에서 고민하던 클로에가 결국 속으로 외쳤다. 그 이전에 일단 로건이 왔다는 것부터 알려야 했다. 그렇다고 두 사람이 과거에 연인이었다는 이 자세하고 사적인 이야기까지 알리는 것은 말이 안 되었다.

'아, 아니야. 연인 말고, 그냥 아는 사이로 하자.'

팔은 안으로 굽는다는 걸 여실히 보여 준 클로에가 다짐하고 급히 방을 나갔다. 문이 살짝 닫히는 소리를 들은 비비안이 피식 웃음을 흘렸다.

"아니야? 저주하러 온 거?"

"비비."

"로건, 그거 아니잖아."

"……."

"그거 아니잖아, 비비가 아니라, 비비안 로젤리스잖아."

"비……."

"혹은 단주, 혹은, 부인. 공작 부인."

긴 드레스 자락이 바닥을 스쳤다. 그것을 힐끔 본 로건의 미간이 팍 일그러졌다. 그러나 그것도 아랑곳하지 않은 채 비비안이 그의 맞은편 소파에 털썩 앉았다.

"켄슨 부인, 차를 좀 내오세요."

"네. 알겠습니다."

비비안의 부름에 켄슨 부인이 시녀들에게 눈짓했다. 그에 멍하니 있던 시녀들이 다급하게 움직이며 테이블을 세팅하고 준비한 다과를 하나하나 내오기 시작했다. 그 단순하다면 단순하고 복잡하다면 복잡한 일련의 과정을 그저 조용하게 응시하던 비비안은 모든 준비를 마치고 마지막으로 켄슨 부인이 찻잔에 차를 다 붓자마자, 로건이 여전히 서 있는 것을 이제야 발견했다는 듯이 여상스럽게 턱짓했다.

"뭐 해? 앉아. 아, 이렇게 부르면 안 되지. 앉으세요, 왕자 전하."

"비비안 로젤리스."

"왜 그러죠?"

"그러지 마."

"제가 뭘?"

"화났어?"

"설마. 화가 났다면 이러지 않았겠죠. 애초에 제가 화가 날 게 뭐가 있다고 그러시죠? 신분을 숨긴 거? 그건 별거 아니고, 뭐, 다른 거 더 있나요?"

비비안이 나른하게 웃었다. 하지만 그런 그녀의 웃음은 로건의 얼굴을 더욱더 굳게 할 뿐, 별다른 효과가 없었다. 결국, 그가 소파에 앉았다. 그리고 얼마나 지났을까, 의외로 꽤 긴 침묵을 깨고, 로건이 천천히 입을 뗐다.

"결혼할 줄 몰랐어. 너는, 죽어도 결혼하지 않겠다고 하던 여자니까."

"사람은 변하니까요."

"그것도, 이디에트의 공작과."

말을 내뱉으며 로건이 이를 갈았다. 이디에트의 공작, 그 누구와 결혼해도 설마 그 작자일 줄은 몰랐다. 그가 비비안이 결혼했다는 사실을 알게 된 것은 한 달 전이었다. 사실 그때까지만 해도 그저 놀랐으나, 홀로 슬픔을 삼킬지언정 그녀에게 올 생각은 하지 않았다.

사실 그에게는 그럴 만한 자격이 없으니까. 비비안은 무슨 선택이든 홀로 하는 여자였다. 그런 여자니 사실 누구라도 그가 간섭할 자격은 없었다.

그런데 위그 이디에트라니.

비록 접점은 없었지만 그는 위그 이디에트를 잘 알았다. 바첼론에서 여자 관계가 가장 복잡하고, 누구보다도 지배자에 가까운 자다. 전장에서 굴러 다소 거친 면이 있고, 오만하고 명령에 익숙한 자였다.

그런데 왜, 하필이면 그 남자와.

로건의 얼굴에 어둠이 드리워졌다. 그것을 빤히 보다가, 비비안이 피식 웃었다.

"내 선택이야."

다시 반말이다. 로건이 입을 꾹 다물었다. 다시 방 안에 숨막히도록 가라앉은 긴 정적이 흘렀다. 그러나 그럴 수밖에 없었다. 사실 이렇게 오긴 했으나 그도 어떻게 말해야 할지 몰랐다. 비비안은 누군가의 말을 듣는 성격이 아니다. 심지어 그는 말할 자격도 없었다. 두 사람은 서로 사랑한다고 했다. 그런데 그가 무슨 자격으로?

그래도 와야 할 것 같아서 왔다. 사실 그 이전에, 너무 억울하고, 조금은 화났고, 나는 안 되는데 왜 그 남자는 되냐고 묻고 싶었다.

하지만 우습게도, 그는 비비안을 보는 순간 깨닫고 말았다.

나는 아직도 이 여자를 사랑하는구나.

이 오만한 여자를.

잊었다고 생각했는데, 감정의 파편이라는 게 이토록 무서운 것이다. 그것을 깨닫기가 무섭게 로건은 눈을 꾹 감을 수밖에 없었다. 그리고 곧, 그가 입을 뗐다.

아니, 떼려고 했다. 그 순간, 접대실의 문이 어마어마한 소리를 내며 열리지 않았다면.

엄청난 굉음에 비비안이 고개를 들었다. 이 저택에서 이렇게 무례하게 행동할 수 있는 사람은 오직 하나다, 무례가 무례가 아닌 자. 그녀는 웬만하면 절대 흐트러지지 않는다고 알고 있는 위그가 저렇게 숨을 거칠게 몰아쉬는 것을 보며 놀라고 말았다.

그나저나, 왕궁이 이디에트 저택의 코앞도 아니고 클로에가 나간 지 얼마 되지도 않은 것 같은데 어떻게 저렇게 빨리 왔지?

비비안이 눈을 휘둥그레하게 떴다. 그녀는 진심으로 놀랐다. 그러나 그런 그녀의 궁금증보다 위그가 숨이 넘어가지는 않을까 하는 게 더 큰 의문거리였다.

"여보?"

손님 앞이라는 것을 의식하듯, 비비안이 습관적으로 그를 불렀다. 그 순간 문을 짚고 숨을 몰아쉬던 위그의 입꼬리가 올라갔다.

그는 방 안을 잠시 훑더니, 우리 부인님과 왕자님이 알고 보니 한때 연인이었고, 그 왕자님이 알고 보니 우리 부인님 때문에 왕궁을 떠났다는 사실에 정신을 못 차리는 시녀들에게, 세상에 우리 주인님이 저렇게 숨을 몰아쉴 수도 있구나, 하는 새로운 경악을 안겨 주고는 미간을 찡그렸다.

그때, 비비안이 자리에서 일어났다.

"괜찮아?"

놀리는 게 아니라 진짜 걱정이었다. 아무리 비비안이 세상에 관심이 없다지만, 지금 위그의 모습은 바로 저세상으로 장기 여행을 떠나도 이상하지 않을 정도였다.

"왜 이렇게 빨리 왔어, 날아왔⋯⋯."

쪽.

그때였다.

문가에 다가가 위그를 이리저리 살피던 비비안의 입술에 입을 맞춘 위그가 그녀의 허리를 감아쥐었다. 어느새 숨을 고른 그가 그녀를 빙글 돌려세우더니, 이내 언제 숨을 몰아쉬었느냐는 듯이 그녀를 안고 발걸음을 옮겼다.

"전하께서 이리 행차해 주실 줄이야. 너무 놀라서 바로 말을 타고 왔지."

비비안이 눈썹을 까닥였다. 말이야 틀리지 않았다. 하지만 로건이 왔다고 그렇게 열심히 올 인간이 아님을 그녀는 잘 알았다. 그녀의 눈길이, 조용하게 위그의 뒤를 따라 들어온 클로에에게 꽂혔다. 그 순간, 클로에가 고개를 붕붕 저었다.

'아니에요, 전 아니에요!'

입모양으로 필사적으로 변명하는 그녀를 탐색하다가 비비안이 위그를 향해 고개를 돌렸다. 순간 다시 다가오는 그의 입술에 눈을 살짝 감은 뒤 입이 다시 떨어지자마자 그녀는 말했다.

"왕자 전하께서, 날 보러 오셨대."

"왕자 전하께서 이디에트에 관심이 있을 줄은 몰랐습니다. 설마하니 집보다 저희에게 더 관심이 있을 줄이야."

"그게 아니라, 우리 왕자님께서 한때 신분과 이름을 속이고, 내 정부 행세를 하셨거든."

비비안의 말에 접대실이 찬물을 뿌린 듯 고요해졌다. 이미 필요를 뛰어넘은 솔직함에 집사와 켄슨 부인, 그리고 시녀들의 마음이 붕괴의 변두리에 내몰렸다. 그거 아니라고, 제발 그러지 말라고 외치고 싶은 그들의 마음을 아는지 모르는지, 비비안이 다시 새물새물 웃음을 지으며 입을 뗐다.

"알고 보니 전하께서 왕궁을 떠난 것도 나 때문이라지 뭐야."

챙그랑.

비비안의 말이 끝나기가 무섭게 위그의 차를 따르던 시녀가 티포트를 놓치고 말았다. 그녀는 세상에서 가장 무서운 괴물 같은 공작의 앞에서 이렇게 대놓고 말을 내뱉은 부인의 행동에 이미 당황의 극을 맛보고 있었다.

"죄송합니다. 죄송합니다."

시녀가 급히 허리를 굽히고 뒤로 물러났다. 그녀를 책망하듯 미간을 찌푸린 켄슨 부인이 급히 시녀를 시켜 새로운 티포트를 내오라 이르고, 이내 바닥에 널린 티포트의 조각을 하나하나 치우기 시작했다.

그때였다.

"그래?"

"그래."

담담하기 그지없는 위그의 목소리가 흘러나왔다. 더욱더 정적에 잠긴 집무실의 분위기 속에서 가장 여유로운 것은 되레 비비안이었다. 그녀가 방긋 웃으면서 위그를 응시했다. 그런 그녀의 시선을 받은 위그가, 피식 웃으면서 그녀의 앞머리를 살짝 정리해 주었다.

"우리 아내는, 참 대단하네."

"그렇지? 인생 헛살지 않았지? 왕자 전하를 정부로 두어도 보고, 공작 각하와 결혼도 해 보고."

"그렇지. 정말 성공적인 삶을 살았군. 당신은 정말 대단한 사람이야."

위그와 비비안의 대화에 로건의 얼굴이 더욱더 굳었다. 그도 그럴 것이 비비안이 왜 이러는지 모르지는 않았지만, 그는 위그가 비비안의 이런 말에 맞장구를 쳐 주리라고는 생각지 못했던 것이었다.

그 오만한 남자가, 제 것에 티 하나 없길 바라는 남자가 이런 것을 용납한다고? 비비안 로젤리스는, 대체 위그 이디에트에게 무슨 짓을 했나.

거기까지 생각한 그가 서늘하게 웃었다. 그리고 곧, 입을 뗐다.

"이런 일이 있을 줄은 몰랐군."

몰랐다. 그의 심정을 말하자면, 너는 맹수라서 안 된다고 늑대를 거절한 양이 다음 날 사자와 연애를 시작한 것을 본 느낌이었다. 차라리 사랑하지 않아서 거절당했다면 모를까, 비비안이 그를 거절한 이유는 결국에 그 상속권 때문이었다. 최소한 그는 그렇다고 생각했다.

그녀가, 불안해해서.

로건의 말에 위그가 피식 웃었다. 사실 그는 왕궁 문을 나설 때까지만 해도 그저 본능에 가깝게 움직이고 있었다. 비비안과 로건이 무슨 관계인지 머리로 생각할 새도 없었다.

그리고 말을 타고 오는 와중에, 그는 그 짧은 시간 내에 비비안이 예술가들을 후원했다는 사실을 기억해 냈다. 더불어, 로건이 그림을 사랑했다는 것도. 그런 우연이 있을 줄 몰랐다. 사실 꽤 황당했다. 그러나 그 황당함 이전에 사실 불가능한 일은 아니었다. 비비안은 진짜로 예술을 즐겼고, 로건은 상당히 무해한 남자였다.

비비안이 좋아할 법한 그런 남자.

그리고 비비안은 그 누군가의 취향도 아니었다. 그녀는 존재 자체만으로도 이미 매력적인 여자였다. 유일무이한.

"저 또한 이런 일이 있을 줄은 몰랐습니다. 왕자 전하께서, 설마하니 제 아내와 오랜 친구였을 줄이야."

"오랜 친구보다는 조금 더 깊은 사이였지."

명백한 도발에 위그는 딱히 급해하지 않았다. 비비안은 선이 확실한 여자였다. 그녀가 지금 로건을 보면서 무슨 감정을 느끼리라 생각지 않았다.

하지만 역시, 기분이 더러운 것은 별개의 일이다.

"깊은 사이라."

위그의 얼굴이 굳었다. 그것을 응시하며 로건이 역시나 그럴 줄 알았다는 듯이 미소를 지었다. 부드러운 인상이었으나, 묘한 조소가 걸리는 순간 그 것은 꽤 공격적인 의미를 담고 있었다. 그것을 응시하던 위그의 미간이 꿈틀거렸다.

"제 아내에게는, 깊은 사이가 꽤 많아서 말입니다."

그러니까 너는 그 수많은 남자들 중에 하나란 말이었다. 결국, 지나간 과거형.

"왕자 전하뿐만 아니라."

비비안의 허리를 감은 손길에 살짝 힘이 더 들어갔다. 그것을 느낀 비비안이 피식 웃었다. 그리고 곧, 그녀가 입을 뗐다.

"맞아, 내가 깊은 사이가 꽤 많았지. 사실 대부분 남자들은 다 깊은 사이였고."

몇 번 같이 잤다고 깊은 사이면, 대부분이 깊은 사이였다는 말이 맞았다. 물론 로건이 짚은 건 그게 아니겠지만, 그래도 비비안은 아무것도 모르는 척 그렇게 그의 가슴에 비수를 꽂았다.

애초에, 여기서 아련하게 굴 이유가 없었다.

로건은 비비안을 누구보다도 잘 알았다. 아무리 열렬하게 사랑했다고 해도 한번 끝나면 그대로 끝난다. 첫사랑이든 얼마나 애절하게 사랑했든 일단 끝나면 거기서 인연은 끝이었다. 그녀는 질척거리는 것을 세상에서 가장 싫어했고, 특히 옆에 다른 남자를 세워 놓고 또 다른 남자와 관계를 맺는 것을 싫어했다.

그러니 그녀가 결혼한 뒤에 굳이 이렇게 와서 그녀를 볼 정도면, 가슴에 비수가 아니라 도끼가 박힐 각오는 해야만 했다.

"나는 현재에 집중하는 사람이라."

그러니까 네가 와서 얼마나 아련하게 굴든, 얼마나 그녀에게 매달리든 비비안은 흔들리지 않는다. 깔끔하기 그지없는 그녀의 선 긋기에 로건이 그럴 줄 알았다는 듯이 씁쓸한 표정을 지었다.

그때, 위그가 입을 뗐다.

"어쨌든 이렇게 이디에트로 오셨으니, 접대를 하는 게 도리입니다."

"……."

"저녁 식사를 준비하라 이르겠습니다."

위그의 말에 비비안이 놀란 얼굴을 했다. 빨리 꺼지라고 쫓아낼 줄 알았는데 설마 접대하겠다는 말이 나올 줄은 몰랐기 때문이었다. 하지만 그도 그럴 것이, 아무리 위그가 오만하다고 하나 어쨌든 상대는 왕자였다. 눈에 거슬리니 빨리 내 눈앞에서 사라지라고 할 수는 없는 노릇이었다.

위그의 말에 뭔가 생각하듯 로건의 얼굴이 조금 어둡게 변했다. 곧, 그가 고개를 끄덕였다.

"왕실에는 내일 돌아간다고 일렀으니."

"그렇습니까."

"오늘은 공작께 신세를 좀 지지."

위그의 목소리가 은근하게 부들거렸다. 왠지 모르게 이를 악물고 내뱉은 것 같은 목소리가 섬뜩하기 그지없었으나, 정작 로건은 눈길을 비비안에게 꽂은 채 그저, 담담하게 있었다.

"그럼 왕자 전하께 방을 안내해 드리는 게 먼저일 거 같군요."

위그의 말에 집사가 허리를 굽혔다. 결국 먼저 자리에서 일어난 로건이 발걸음을 옮겼다. 하지만 그런 그의 눈길이 계속해서 비비안에게 꽂히는 것을 발견한 위그가, 비비안의 손을 잡고 자리에서 일어났다.

* * *

달깍.

방으로 돌아온 두 사람이 들어서고, 이내 문이 닫히자마자 위그가 돌아섰다. 대체 뭐가 어떻게 돌아가는지 비비안에게 물으려던 그는, 순간 한 뼘도 안 되는 거리에 가까이 온 비비안에 의해 모든 말을 삼켜야 했다.

"이게 무슨……."

긴 손가락이 그의 뺨을 감쌌다. 다디단 체향이 그를 덮쳐 오고, 부드럽게 그의 목을 감은 팔이 그에게 다가왔다. 파르르 떨리는 속눈썹이 시선에 부딪히고, 이내 팔랑거리는 눈까풀 아래 숨겨진 파란 눈동자가 그를 응시했다.

입꼬리가 말려 올라갔다. 고혹적이기 그지없는 미소가 걸리고, 그제야 위그는, 비비안의 눈동자가 심각하게 떨리고 있는 것을 발견했다.

그러나 그것을 감지하지 못한 듯, 비비안이 우아하게 웃었다.

"대체 얼마나 불안했기에 그렇게 날아오다시피 한 거야? 마차에서 말이라도 하나 빼 왔어? 요한은 어디에 버려두고 왔어?"

"……."

"왜 대답이 없어?"

"비비안 로젤리스."

"응?"

추궁을 목적으로 흘러나가던 단어가 전부 삼켜졌다. 대신 자리를 잡은 것은 달콤한 입술이었다. 고개를 숙여 비비안의 입술에 입을 맞춘 그가 그녀를 안아 들었다. 그의 침입에 순순히 밀려나는 혀가 얽혀 왔다.

"흐음……."

성큼성큼 발걸음을 옮기자 비비안이 움찔거렸다. 그러나 바닥에서 발이 떨어지는 순간부터 예상했는지, 별다른 반항은 없었다. 곧, 화장대에 비비안을 앉힌 그가 입술을 뗐다.

커다란 손이 뺨을 쓰다듬자, 비비안이 피식 웃었다.

"내가 불안해하는 거 어떻게 알고?"

"그냥 보면 알지."

"불안할 때 딱 키스해 주는 건 어디서 배우고?"

"하고 싶어서."

"……."

"그래서, 누구야?"

"참 빨리도 물어본다."

"그냥 정부는 아니었을 테고."

"내가, 사랑했던 사람?"

비비안의 대답이 마음에 들지 않는 듯 위그가 미간을 좁혔다. 그가 뭔가 생각하는 듯하더니, 이내 물었다.

"얼마나?"

"딱 한때, 사실 재산 같은 거 포기해도 되지 않을까 고민했을 정도로. 물론 그런 일은 없었어. 스무 살이라 사랑에 목을 맬 때였지. 물론 나는 그날의 선택이 너무 고맙고."

"그런가."

"단주가 되고 사업을 시작했는데 하나같이 날 막기만 하는 거야. 어떻게 해야 할지도 몰라서 망설였고, 처음 손에 돈을 쥐어 봐서 신나 죽겠는데 저 남자가 왔지."

"어떻게?"

"그냥, 유명한 화가가 있다기에 찾아갔고, 만났는데 말이 통했던 것 같아. 그리고 사실 저 남자, 내 첫사랑이랑 닮았거든."

비비안이 피식 웃었다. 사람인 이상 마음이 한두 번씩 흔들릴 때는 언제나 있지만, 그렇다고 해도 그때는 정말 크게 흔들렸었다. 물론 스무 살이라 가능했고 지금 돌이켜 보면 단순한 감정, 그것뿐이었겠지만.

"그런가."

비비안의 말에 위그가 말꼬리를 흐렸다. 일개 정부가 아닌, 그 이상의 의미였다. 첫사랑 얘기를 할 때도 느꼈지만, 비비안은 사실 사랑이라는 걸 해 본 사람이었다. 꽤 평범하게.

하지만 정작, 그것을 대하는 태도만큼은 누구와도 달랐다.

"이렇게 일이 전개될 줄은 몰랐는데."

"저 남자가 왕자라는 걸 몰랐나?"

"알았다면 흔들리지 않았겠지. 그러니까 내게 신분을 속인 거고."

그건 곧 누구보다도 비비안을 잘 아는 남자라는 것이다. 그것을 느끼자마자 기분이 착잡해졌다. 그러나 그 이전에, 위그가 비비안과 시선을 마주쳤다.

"그래서 아직, 사랑하나?"

위그의 물음에 비비안이 뭔가 생각하는 듯하더니 어깨를 으쓱했다.

"모르겠어."

"모르겠다, 라."

"뭔가 느낌이 이상하지 않다면 거짓말이야. 하지만 그와 다시 한번 사랑에 빠지라면, 거절할 것 같아."

비비안이 우아하게 웃었다. 사실이었다. 그와 다시 마주쳤을 때 놀라지 않았다면 거짓말이고, 기분이 복잡하지 않았다면 더 거짓말이었다. 마음이 흔들렸다. 한번 흔들린 건 다시 단단하게 돌아가기가 힘들다. 그렇지만 딱 그 정도다. 그녀는 흔들렸다고 해서 거기에 빠지지 않는다.

비비안이 눈을 살짝 감았다. 그때, 위그가 그녀의 눈두덩이에 살짝 입을 맞췄다. 이내 부드러운 입술이 코를 지나고, 입술을 지나고, 뺨을 지나 목을 살짝 깨물었다. 보드라운 살결이 손에 잡히고, 어느새 드레스의 앞섶을 풀어낸 그가 그녀의 쇄골에 입을 맞추었다.

"뭘 하는 거야?"

저녁 식사가 곧 시작되고, 옷을 갈아입어야 한다. 그럼에도 계속 장소와 시간이 어울리지 않게 구는 위그에게 의문 섞인 시선을 보내자, 위그가 낮게 깔린 목소리로 답했다.

"칭얼대는 거다. 떼를 쓸 수는 없으니."

그 말에 비비안이 헛웃음을 흘렸다.

"무슨 말도 안 되는 소리를 하는 거야?"

"말도 안 될 건 또 뭐 있다고."

"이렇게 애절하게 굴 이유가 없잖아. 내가 로건이랑 무슨 짓을 하든 당신에게는 그리 영향을 끼칠 만한 게 없어."

비비안의 말은 맞았다. 그러나 동시에 틀리기도 했다. 위그는 비비안의 목에 얼굴을 묻고 가볍게 핥짝거리다가 이내 천천히 얼굴을 들었다. 그리고 곧, 굳은 그의 표정 위로 낮게 깔린 목소리가 덮여 왔다.

"내가, 기분이 나쁘잖나."

"……."

"기분이 더러워."

그의 눈동자가 그녀의 것과 부딪쳤다. 순간 비비안은 기묘한 감각에 휩싸일 수밖에 없었다. 기분이 나쁘다. 꽤 솔직한 말에 일순 어떻게 반응해야 할지 몰랐다. 사실 그녀는 그게 무슨 뜻인지 알고 있었다, 그저, 그게 그 뜻이면 안 됐기 때문에 웃었을 뿐이었다.

"왜?"

비비안이 눈썹을 까닥였다. 위그가 그녀의 입술에 입을 가져다 대려는 순간, 비비안이 식지를 들어 그의 입술을 막았다. 이윽고, 비비안이 입을 열었다.

"당신이 그럴 이유가 없는데?"

"내가 왜 없어?"

"내 남편이지, 애인은 아니잖아. 심지어 그 남편이라는 것도 그저 단순하기 짝이 없어. 백지 위에 도장 하나 찍은 사이에 뭘."

위그가 시선을 내리깔았다. 화장대를 짚은 손을 들어 그녀가 가로막은 손을 감싸자, 비비안이 묘한 눈빛으로 그를 응시하고 있었다. 곧, 반짝거리는 반지가 끼워진 그녀의 손가락 마디에 입을 맞춘 그가 말했다.

"그래도 난 당신을 사랑하지 않나."

"아, 그 전략적 사랑. 나한테 언젠가는 죽을지도 몰라서, 결국 살리려고 하는 사랑."

마치 조소처럼 비비안이 헛웃음을 지었다. 그러나 정작, 위그는 얼굴을 굳힌 채 말을 이었다.

"그리고 내가 좋아서 하는 사랑이지."

"로건을 봤다고 갑자기 제 마음을 깨달았다는 구닥다리 같은 전개는 없길 바라. 내가 한동안 얌전해졌다고 내가 누군지 잊은 모양……."

"그럼 죽여."

"……뭐?"

비비안이 재미있는 말을 들었다는 듯이 입꼬리를 말아 올렸다. 그러나 정작, 대수롭지 않게 말을 내뱉은 그녀의 한 마디 한 마디가, 위그의 서늘한 목소리에 가려져 뚝뚝 끊어졌다.

마치 확인이라도 시키듯이, 위그가 천천히 다시 한번 말을 반복했다.

"그럼 죽여."

"……."

"이 자리에서 날 죽여."

"……."

"이 자리에서 날 죽여 봐."

"내가 못 죽일 줄 알아? 한동안 웃어 줬더니 머리가 꽃밭이라도 됐나. 무슨 말도 안 되는 소리를 해?"

"그러니까 죽이라고."

비비안의 눈이 크게 떠졌다. 그녀는 위그가 무슨 생각을 하는지 이해할 수 없었다. 살겠다고 퍼덕이던 인간이 갑자기 죽이라고 다가온다. 그녀가 진짜로 죽이지 못할 거라 여기는 걸까? 아니면, 그녀가 죽이지 않을 거라 자신이 있는 걸까.

비비안은 이해할 수 없었다. 아직도 얕보인 걸까, 아니면, 일부러 이러는 걸까.

갈피를 잡을 수 없어 머릿속이 엉망이었다. 옛 연인이 왕자랍시고 다시 나타난 것도 이해가 안 되는데, 이제 와서 제 남편은 어디 한번 죽여 보라고 한다. 대체 무슨 개수작인 걸까. 아무리 운명이 그녀의 편이 아니라지만, 이런 급전개는 너무 당황스러웠다.

그러나 그때, 위그가 피식 웃었다.

"왜, 죽이지 못하겠어?"

"천만에."

비비안이 얼굴을 굳혔다. 위그가 진짜로 죽고 싶어서 이러는 건 아닐 것이다. 그렇다면 이유가 있긴 할 텐데, 비비안이 미간을 살짝 찌푸렸다. 그 모습을 보다가, 위그가 그녀의 미간에 입을 부딪쳤다.

"그럼, 죽이지 마."

"뭘?"

"죽이고 싶지 않으면 죽이지 마. 사실, 나도 딱히 죽고 싶지는 않거든."

"지금 나랑 장난해?"

"그냥 물은 거다."

더 이상의 대화는 시간 낭비라 생각한 비비안이 고개를 홱 돌리고 화장대 위에서 내려왔다. 아니, 내려오려고 했다. 그러나 위그는 그런 그녀의 시선을 마주하면서, 말을 이었다.

"당신은 계산이 빠른 여자지. 날 죽이는 건 당신한테 아무런 도움도 되지 못해."

"그거, 이미 대화가 끝난 문제 아니었나?"

"맞아, 당신은 나를 죽이지 않을 거고, 사실 나도 당신한테 손을 대지 못해, 이 사실은 누구보다도 당신이 더 잘 알고 있지."

"하고 싶은 말이 뭐야?"

비비안이 얼굴을 찡그리면서 물었다. 방금 전부터 아리송하기 그지없는 대화를 이어 가는 그가 그녀는 마음에 들지 않았다. 갑자기 문학 소년이라도 된 것처럼, 답지 않게 계속해서 애매한 말만 늘어놓는 위그는 그녀가 아는 이가 아니었다. 그때, 위그가 얼굴을 굳히며 답했다.

"그러니까 내 말은, 당신을 이해하는 게 그 사람 하나밖에 없는 건 아니라는 거다."

"뭐?"

"나도, 생각보다 당신을 더 많이 이해하고 있어."

"……."

"당신이 예상하는 것보다 훨씬 더."

말을 마친 위그가 두 팔을 뗐다. 순간 발걸음을 옮기고 돌아서는 그를 보는 비비안의 얼굴이 가라앉았다. 그가 무슨 말을 하고 싶은 것인지 모르겠다. 그러나 한 가지는 알 수 있었다.

그는 지금 그 나름대로, 그녀에게 가장 우회적인 방식으로 말하고 있었다. 사실, 당신 옆에 있을 수 있는 남자는, 그일 가능성도 있다고. 남자나 여자나 그 이상을 뛰어넘어서.

그 사실을 깨닫자마자, 비비안이 곱게 눈을 접어 웃었다.

"위그."

옷을 갈아입으려고 옷장에 가는 위그를 불러 세웠다. 그에 고개를 돌리는 순간 화장대에서 내려온 비비안이 그에게 다가왔다. 그리고 곧, 그의 품에 안긴 그녀가 순식간에 그의 목을 감았다.

모든 것이 물이 흐르듯 그렇게 자연스럽게 이루어졌다. 여자가 남자에게 다가가고, 키스해 달라 손을 뻗는 순간, 마치 그녀를 위해 만들어진 모든 상황처럼 그렇게 자연스럽게 그의 팔이 그녀의 허리를 감쌌다.

바닥을 쓰는 드레스 아래 언뜻 보이는 하이힐이 몇 걸음 뒤로 물러나고, 곧 짙은 키스의 끝자락에 머무는 열기가 두 사람을 내리 감쌌다. 위로 말아 올린 머리카락을 고정시킨 끈을 잡아당기자, 머리카락이 풀어졌다. 허리께에서 찰랑거리는 연회색 머리카락을 잡아 쥐자 그녀가 그의 허리에 다리를 올렸다.

새하얀 레이스 스타킹에 감긴 다리가 그의 허리를 감았다. 발목, 종아리, 그리고 무릎을 지나 허벅지를 감싸 쥔 커다랗고 거친 손이 가터벨트를 풀어냈다. 그리고 이내, 그녀의 나머지 한쪽 다리까지 감은 손이 그녀를 안아 올리고, 순간 어느새 등에 닿는 벽에 비비안이 입을 뗐다.

"로건이 기다리겠어."

"기다리라고 해."

"저녁 식사 전까지 끝낼 수 있겠어?"

"있어."

"난 못 끝낼 것 같은데."

말을 마친 비비안이 화사하게 웃었다. 립스틱이 다 번진 그녀의 입술을 보다가, 위그가 입을 뗐다.

"그럼 그냥 기다리라고 해."

"잔인해."

"당신이 더 잔인하다."

"난 칼 같은 거고."

"칼로 잘라내는 게 더 잔인하지."

"그럼 어떡해? 안 잘라내면, 너무 질척거릴 것 같은데."

나른하게 깔린 비비안의 목소리에 위그가 피식 웃었다. 이내 그가 그녀의 입가에 키스하는가 싶더니, 이내 그녀의 입술에 묻은 립스틱을 핥아 냈다. 그리고 곧, 그가 말했다.

"당신은 와인색이 어울려."

"로건은 이게 좋다던데."

"당신은 뭐가 좋은데?"

"난, 이게 좋아."

"그럼 그걸로 해."

"왜?"

"당신이 좋은 게 좋은 거니까."

말을 마친 위그가 이번에는 거세게 그녀의 입술을 삼켰다. 입 안에 감도는 알싸한 맛에 정신이 혼미해졌다. 곧 열기가 방 안을 가득 채웠다.

＊　＊　＊

"제 아내가 힘들어서 만찬에 나오지 못할 것 같다고 합니다."

저녁 7시.

다이닝 홀에 먼저 도착한 위그는 문을 열고 들어오는 로건을 보며 낮은 목소리로 말했다. 이미 노곤하게 잠이 든 비비안에게 가볍게 키스를 해 준 뒤 옷을 차려입고 나온 위그는, 순간 설핏 굳어지는 로건의 얼굴을 보며 입꼬리를 말아 올렸다.

"어쨌든 이디에트의 저택에 오신 것이니, 주인인 제가 접대를 하는 것으로 만족하시길 바라겠습니다."

"비비는……."

"제 아내는, 지금 자고 있습니다."

위그가 다정하게 말했다. 그러나 겉으로 드러난 그 다정함의 속내는 절대 다정하지 않았고, 결국, 로건의 얼굴을 일그러뜨리기에 충분했다.

"무슨 짓을 한 거지?"

"그걸 왜 제가 왕자 전하께 말씀드려야 하는 겁니까?"

위그가 차분하게 말을 이었다. 검은색 정장에 하얀색 셔츠, 그리고 하얀색 크라바트. 그 위에는 비비안이 결혼하기 직전 구색은 갖춰야 한다고 갖고 온 지참금 대신의 크라바트 핀이 있었다. 로튼의 직속 브랜드인 일리어나의 고급 수제 보석. 그것을 알아본 로건이 으르렁거리듯 말했다.

"비비는 누군가의 아내에 어울리는 이가 아니다."

"그걸 왕자 전하께서 판단하실 이유는 없습니다."

"공작의 아내라고 해도 비비안 로젤리스는 그 존재 자체만으로도 홀로 있어야 하는 여자야."

"그것 또한 왕자 전하께서 판단하실 일은 아니고요."

여유롭기 그지없는 어조로 위그가 답했다. 그는 이미 올려진 레몬수를 들어 목을 가볍게 축이고는 냅킨을 들어 입가를 톡톡 두드렸다. 곧, 그가 말했다.

"식사나 시작하죠."

"무슨 거래가 오갔나?"

"왕자 전하."

"내가!"

위그의 담담한 얼굴에 로건이 버럭 했다. 식탁을 탕 치고 선 그가 분을 삭이듯 잠시 길게 숨을 고르고는, 이내 천천히 말을 이었다.

"무슨 마음으로 떠났는데."

"행복을 빌어 주면서 떠나지 않았습니까. 그녀는 행복합니다."

비비안이 행복한지 행복하지 않은지는 위그가 알 수 없었다. 그러나 그는 일부러 그렇게 말했다. 설사 그녀가 행복하지 않다고 해도 이 모든 것은 비비안의 선택이다. 비비안은 이로서 위그의 권력을 누렸고, 그녀는 이 결혼 덕분에 더없이 좋은 혜택을 얻어 갔다. 그의 뒤통수를 치면서까지 바첼론의 양대 가문의 약점을 손에 넣었다. 그러나 그의 말을 다르게 이해한 로건이 코웃음을 쳤다.

"행복? 네가 뭐라고 그녀의 행복을 멋대로 정의하지?"

"그거야, 남편으로서?"

"가진 게 그 이름밖에 없으면서, 건방지게 감히 그녀를 소유하려 해?"

"하지만 결국, 당신도 그 이름을 가지지 못했지."

"……!"

"아닌가?"

로건의 흥분을 완전히 덮어 버리고 위그가 말했다. 그는 느긋하고 여유로운 얼굴을 한 채, 로건을 보며 입꼬리를 살짝 올렸다. 그러나 그렇게 말하는 그의 기색만큼은 그 누구보다도 차가워서 로건은 이를 갈았다.

"결국, 지나간 건 지나간 거고, 지금은 지금이고."

"위그 이디에트."

"나는 그녀의 남편이고, 당신은 그녀의 옛 연인이고."

사랑은 꽤 쉽게 무너진다. 그러나 결혼은 달랐다. 하나는 그녀의 사랑을 갖고 있었고, 하나는 그녀의 가정을 갖고 있었다. 어느 쪽이 더 우세인지는 가릴 필요 없었다. 객관적으로 봐도, 이미 흥분한 쪽이 졌음은 자명한 일이었다.

위그가 얼굴을 굳혔다. 이런 이름 하나로 누군가를 상대하는 것도 웃기지만, 그럼에도 그는 상대를 이길 수 있는 방법을 누구보다도 잘 알았다. 그런 의미에서 로건은 그가 꼭 이겨야 하는 상대였다. 비비안 때문이 아니라, 그를 위해서라도.

비비안이 로건을 사랑했다.

그 사실을 부정하고 싶지는 않았다. 그러나 결국에는, 그가 마지막이다. 그건 나름대로 꽤 큰 꿈이었다. 비비안이 코웃음을 쳤던.

"결국 제 아내는 오늘 식사에 나오지 않았습니다."

네가 그리웠다면 식사에 얼굴을 내밀었겠지. 하나 그녀는 결국 남편과의 잠자리의 여운과 제 건강이 더 중요한 여자였다. 몇 년 동안 잊고 지냈던 정부가 아니라.

"그러니 왕자 전하께서는 이 식사를 저와 함께 유쾌하게 끝내시면 될 것 같습니다."

"……."

"그게 이 모두를 위한 길인 것 같으니까요."

말을 마친 위그가, 옆에 서 있는 집사에게 턱짓했다.

말이 유쾌지 사실은 전혀 유쾌할 수가 없는 만찬이었다. 침묵만이 가득 찬 다이닝 홀에서 식사하는 두 남자 사이에는 알 수 없는 기류가 흘렀고, 두 사람 다 적을 해치우듯이 목숨을 걸고 제 앞의 음식을 없애 버리고 있었다.

전투적인 식사였다. 그것을 옆에서 보는 요한과 클로에 남매는 집사와 함께 기겁하고 말았다.

"공작 각하, 왜 저러시는 거죠?"

"보면 모르냐?"

"우리 단주님이 어디 가서 외도를 하실 분도 아니고."

"일종의 과시지, 일명 '내가 먼저다'. 물론 각하께서 저러실 줄은 꿈에도 상상 못 했지만."

클로에의 물음에 답한 요한이 다시 길게 한숨을 쉬었다. 사실 말은 그렇게 했지만, 그도 딱히 이해할 수는 없었다. 그가 보기에 그가 모시는 여주인은, 딱히 새 남자가 나타났다고 끝을 맺지 못하는 사람은 아니었던 것이었다. 어느 정도 불안하고 불쾌할 수는 있어도, 지금 위그의 상태는 조금 과할 정도가 아닌가 싶을 정도였다.

곧 식사가 끝나고 두 사람의 눈치를 슬금슬금 보며 접시를 가져간 시종들이 물러나고, 시녀들이 후식으로 푸딩과 차를 내왔다. 비비안이 만찬에 도착할 줄 알고 특별히 그녀의 입맛대로 세팅된 후식은 우습게도 위그의 입에는 하나도 맞지 않았다.

그래서 그런지, 위그는 그저 차를 한 모금 들이켠 채 입을 열었다.

"왕자 전하께서는, 어쩐 일로 바첼론으로 다시 돌아오신 겁니까?"

"내가 내 집에도 돌아오지 못하나."

로건의 대답에 위그가 미간을 움찔거렸다. 말이야 틀리지 않았다. 그러나 기왕이면 좀 꺼진 김에 영원히 꺼지지 왜 다시 기어들어 왔냐고 물을 수는 없었기에 그저 예의상 물은 말이었다.

사실 그가 진짜로 묻고 싶은 것은 따로 있었다.

"왕위 욕심이 났을 리는 없고……."

위그의 말에 로건이 그럴 줄 알았다는 듯이 비웃음을 지었다. 그에 위그가 불쾌한 듯한 표정을 지었지만, 로건은 아랑곳하지 않은 채 포크를 놓고 위그에게로 시선을 돌렸다.

"역시, 공작은 그게 더 중요한 사람이었어."

"……."

"지금 이 시점에서, 비비가 어찌 되었든 간에 그것보다도 제 권력의 행방이 더 중요한 사람이지."

"왕자 전하."

"그래서 내가 왕위 욕심이 났느냐고? 아니, 천만에. 나는 예전부터 그딴 것에는 관심이 없었어, 내가 원하는 건 하나밖에 없었거든."

"그게 제 아내인 거고?"

"그래, 나는 제발, 그녀의 옆에 있게 해 달라고 했지. 제발 날 선택해 달라고. 그 외에는 딱히 원하는 것도 없었고."

그 정도로 간절했다. 왕자로 키워져 누릴 것 다 누리고 가질 것 다 가진 그였다. 딱히 원하는 것 없다고 생각했고, 왕위 싸움에도 별다른 흥미가 없었다. 그럼에도 불구하고, 그는 비비안의 옆에 있길 원했다. 그녀의 옆에서, 그녀를 아껴 주고 그녀를 사랑해 주고, 그녀의 사랑을 받았으면 좋겠다고 그렇게 느꼈었다.

그리고 사실, 지금도 그 마음은 똑같았다.

그래서 더더욱 위그를 용서할 수 없을지도 모른다. 저는 그렇게 했는데도 안 되는데, 이 남자는 제 마음의 절반도 쏟지 않는다. 이 와중에도 비비안 이전에 권력이 먼저였다. 제가 가진 것을 잃을까 봐 먼저 걱정부터 하는 것이다. 그런 남자가 제가 그렇게 갖고 싶은 것을 가졌다.

자신은 모두 다 버려도 안 되는데, 이 남자는 잃은 것 하나 없이 그가 갖고 싶은 것을 손에 넣었다.

로건의 눈빛이 흉흉해지는 것을 발견한 위그가 피식 웃었다. 이번에는 그가 비웃을 차례였다.

"왜 비비안이 당신을 선택하지 않았는지 알 것 같군."

"……뭐?"

로건의 가슴 가장 깊숙이 숨겨진 그 감정을 콕 짚어 낸 위그가 느긋하게 의자에 기댔다. 그는 방금 전 꽤 기분이 나빴던 것과 별개로, 이번에는 마치 식사를 시작하기 전의 그 여유작작한 상태로 다시 돌아간 뒤, 두 손을 가볍게 깍지를 끼고 꼰 다리 위로 놓으며 말을 이었다.

"사랑은 그녀의 모든 문제를 해결해 주지 않아."

"……무슨 개소리를 하고 싶은 거야."

"그녀는 당신의 맹목적인 사랑이 필요 없어."

"건방진, 그건 네가 판단할 일이 아니겠지."

"아마도 그럴 테지만, 그 여자가 진짜 사랑이 필요했을 것 같나? 당신의 그 오만한 사랑이?"

위그의 말에 로건이 미간을 찌푸렸다. 오만? 그건 그와 어울리지 않는 단어다. 그는 모든 것을 다 버렸다. 그런 그가 왜 오만하단 말인가. 눈앞의 이 남자라면 모를까.

"오만하지, 오만한 사랑이야. 내가 이 정도로 버렸으니, 너는 내 사랑에 무조건 답하길 원하고 있지 않나."

"나는 그런 적이 없어."

"그런 적이 없다는 사람이, 그녀가 결혼했다는 소식을 듣자마자 수도로 달려와?"

위그의 말에 로건의 얼굴이 하얗게 질렸다. 정곡을 찔렸던 터였다. 그것을 보다가, 위그가 피식 웃었다.

결국, 그래서 너도 똑같았다.

그래서, 비비안은 당신의 손을 잡지 않았다.

그 똑똑한 여자가 로건이 주는 사랑을 눈치채지 못했을 리 없었다. 이타적이기 짝이 없는 사랑의 이면은 우습게도 이기적이기 그지없었다. 다른 것 필요 없다, 내가 너를 사랑하니까, 제발 내 옆에 있어 줘, 너를 위해 떠나 줄게, 하지만 나보다 더 이상한 남자를 찾는 건 용납하지 않아.

"그냥 차라리 대놓고 소유욕이었으면 욕이라도 하지, 이건 뭐, 절절한 척은 다 해 놓고 결국에는 그녀의 탓으로 돌리는군."

"내 감정을 모욕하지 마, 공작, 당신은 그럴 자격이 없어."

"없지, 하지만 당신도 그녀의 인생에 이래라저래라 할 자격이 없어."

"……."

"애초에 그녀를 진심으로 사랑했다면, 그게 진짜 사랑이었다면 이렇게 오지도 않았을 거야. 당신이 옴으로써 비비안은 자칫하면 구설에 휘말릴 수 있었어. 결혼까지 다 한 여자한테 와서 마음을 흔들어 놓는 건 어느 나라 예의지?"

위그의 물음에 로건이 말문이 막힌 듯 입을 다물었다. 그러나 곧, 그가 진정이 된 얼굴로 입을 열었다.

"당신은, 그녀에게 행복을 줄 수 없으니까."

"첫째, 그녀의 행복은 그녀가 홀로 정하고, 당신도 알다시피 그 여자는 자기가 아니다 싶으면 날 죽여서라도 이 집에서 나갈 사람이야."

"죽…… 뭐?"

"둘째, 그녀가 만약 진짜로 행복해한다면, 애초에 당신은 그녀의 행복을 흔들어 놓고 삶을 뒤죽박죽으로 만들려는 심산으로밖에 보이지 않아."

"……."

"그리고 마지막으로, 만약 그녀가 자신이 행복한지 행복하지 않은지조차 판가림하지 못하는 사람이라고 생각했다면, 당신은 정말 그녀를 모르는군."

"말도 안 되는 헛소리."

"비비안 로젤리스는 자신의 사고 능력을 갖고, 누구보다도 자신이 어떻게 살아야 하는지 잘 아는 여자고, 누구보다도 자신이 원하는 게 뭔지 확실한 여자다. 어느 쪽이든, 어떤 이유에서 왔든 당신의 등장은 매 순간순간을 그녀를 바보로 만들려고 했다고밖에 생각지 못하겠군."

말을 마친 위그가 자리에서 일어났다. 그는 마지막으로 차를 전부 다 마시고, 로건을 향해 입을 뗐다.

"그러니 이만 좀 꺼져. 나와 그녀의 집에서."

"……."

"기왕이면 세상에서 꺼져 주면 더 좋고."

무례하다 못해 기가 막힐 정도의 언사였다. 그러나 위그의 말에 한 마디도 반박하지 못한 로건은 결국 헛웃음을 지을 수밖에 없었다. 그렇게 자리에서 일어나 멀어지는 위그를 보며, 로건이 입을 열었다.

"당신은, 정말이지 무례한 인간이군."

"어떤 추억이 미화를 거쳤는지는 모르겠지만 비비안은 나보다도 더 무례한 여자야. 그 여자를 감당할 만한 사람이 날 감당하지 못해?"

"그 여자는 무례한 사람이 아니야."

로건의 얼굴에는 조금 흐릿한 회상의 여운이 남아 있었다. 약간 씁쓸하기도 하고, 약간 자조하는 듯한 그 얼굴에는, 묘한 애정이 느껴졌다. 딱, 위그의 심기를 건드릴 만큼.

"그녀는 낭만적인 사람이야."

"천만에. 그녀는 낭만적인 사람이 되지 못해. 그녀의 낭만은 돈이거든."

"아니, 그녀는 누구보다도 열정적인 사람이다."

"당신에게는 그랬겠지."

"그걸로는 부족한가?"

"부족해."

위그가 단칼에 부정했다. 그는 로건의 옆모습을 응시하며, 한 자 한 자 내뱉었다.

"그녀의 모든 낭만은 결국 그녀에게 위협이 없을 때 성립이 되지. 당신이 왕자인 이상, 그녀는 더 이상 당신에게 낭만적일 수 없을 거야."

"그게 잘못된 건가?"

"최소한 비비안은 사랑에 죽고 사는 사람은 아니야. 매일매일이 전쟁인 그녀의 삶을, 결국 왕궁을 뛰쳐나와서도 잘 사는 당신이 이해할 일은 없어 보이는군."

사실 나도 그렇겠지만.

마지막 말을 삼키며 위그가 다이닝 홀에서 나왔다.

* * *

방으로 돌아오자, 그가 떠나기 직전까지 괴어올랐던 열기가 아직 사그라 들지 않은 듯 공기는 여전히 뜨거웠다. 캐노피를 드리운 침대의 한가운데서 이불을 둘둘 말고 자는 비비안을 힐끔 봤다가, 바닥에 널부러진 슬립을 본 위그가 한숨을 푹 쉬었다.

"그래도 옷은 입고 자지."

방 안에 감도는 분위기는 여전히 나른했고, 그는 침대에 앉은 뒤 세상모른 채 자고 있는 비비안을 보며 저도 모르게 손을 뻗었다.

옅은 회색 머리카락이 쿠션에 흩뿌려졌다. 새하얀 얼굴을 빤히 응시하다가, 그의 손이 천천히 그녀의 머리카락을 쓸었다. 잘 때는 이렇게 천사 같은데 깨어나면 어떻게 그렇게 지랄 맞을까, 그가 속으로 생각하다가 손을 거둬들였다.

그때, 비비안의 미간이 움찔거렸다.

"으음."

풍성한 속눈썹이 파르르 떨렸다. 그는 저도 모르게 당황하고 말았다. 곧 옅은 파란색 눈동자가 공기 속에 모습을 드러내자, 그가 저도 모르게 말을 내뱉었다.

"아, 미안해. 내가 깨웠나?"

비비안이 눈을 깜박거렸다. 잠에서 덜 깬 부스스한 얼굴로 그를 보는 게 딱히 초점은 없어보였다. 그 모습이 왠지 모르게 귀여워서, 위그가 허리를 숙여 그녀의 입술에 입을 맞췄다.

"잘 잤어?"

"지금 몇 시야?"

"저녁 8시가 조금 넘었어."

"……한 시간 조금 넘어 잤는데 지금 잘 잤냐고 물은 거야? 최소한 내일 아침까지는 재웠어야지."

비비안이 얼굴을 찡그렸다. 그녀는 머리가 조금 아픈지 눈을 다시 감고 있다가, 천천히 입을 뗐다.

"나 관자놀이 아파."

"그래?"

"좀 눌러 줘."

위그가 손가락으로 그녀의 관자놀이를 꾹꾹 짚었다. 진짜 피곤하긴 피곤했나 보다. 그가 그렇게 생각하다가, 입을 열었다.

"안 춥나? 그래도 슬립은 입고 자지."

"당신이 와서 입혀 주길 기다렸지."

조금 잠에서 깼는지 비비안이 새물새물 웃으며 그에게 말했다. 입발림 소리라는 것을 알면서 그래도 기쁜 걸 보면, 저도 참 학습 능력이 떨어진다고 생각하며 위그가 웃었다.

"많이 춥나? 방 안에 열을 더하라고 할까?"

"아니. 사실 괜찮을 것 같아."

비비안이 우아하게 눈웃음을 쳤다. 이내 그녀가 갑자기 몸을 빙글 돌리더니, 몸에 둘둘 만 이불을 반쯤 펼치고 입을 뗐다.

"들어와."

두 팔을 쭉 뻗는 모습이 사뭇 예뻤다. 그는 피식 웃고는, 펼쳐진 이불의 한쪽을 잡아 대충 덮고, 자연스럽게 제 허리를 안는 비비안의 팔을 손으로 잡았다.

"생각보다 뜨거운데?"

"체온이 좀 높아서."

"더 높게 해 줘?"

"기꺼이?"

비비안이 까르르 웃었다. 순간 그가 그녀의 뺨을 감쌌다. 반쯤 옆으로 누워 그녀의 입술을 찾자, 이번에는 팔이 그의 목을 휘감아 왔다. 정장을 차려입은 그와 달리, 아무것도 입지 않은 그녀의 맨살이, 달콤하게 감겼다.

거친 손가락이 그녀의 허리를 타고 내려갔다, 이내 살결을 휘어잡는 손길이 조금 과감하게 다리를 감싸자, 비비안이 입을 뗐다. 온전히 그의 품에 안긴 그녀가 위그와 눈을 맞추며 물었다.

"그래서 로건이랑 전투는 잘하고 왔어?"

"그럭저럭?"

"뭐래?"

"그냥, 내가 당신에게 행복을 주지 못한다고 하더군."

"맞는 말 했네. 그래서 어떻게 대답했어?"

비비안이 궁금하다는 듯이 고개를 갸웃거렸다. 그것을 빤히 응시하다가, 위그가 말했다.

"내가 주지 못하더라도, 딱히 네가 줄 건 아니라고 했지."

"뭐야, 그게."

"사실 당신, 누군가가 주는 행복 따위 필요 없잖아? 돈이 최고 아니었어?"

"맞아. 잘 봤네. 기특하기도 해라."

비비안이 읊조리면서 위그의 입술을 살짝 훑었다. 그리고 곧, 그녀가 말했다.

"로건은 나를 사랑해. 당신이 말하는 사랑이 아니라, 통상적인 의미에서의 사랑."

"알아. 그래 보이더군."

"하지만 나는 그의 사랑을 받을 수 없어."

"왜?"

"나는, 그게 싫거든."

"……."

"나는 누군가가 나한테 모든 마음과 인생을 거는 게 싫어. 위그. 나는, 누군가의 인생을 책임져 주고 싶지 않아. 그럴 생각도 여유도 없어."

그 말대로 그녀는 누구의 인생도 책임지지 않는다. 가족이든, 연인이든. 그런 그녀에게 로건의 존재는 너무나도 컸고, 감당할 수 없었다. 그녀는 인간이다. 인간성을 버렸다고 해서 갑자기 신이 될 수는 없었다.

그래서 비비안은 절대 로건을 받아들일 수 없다.

애초에, 그녀가 그런 사랑을 할 줄 몰랐으므로.

그리고 그게 아이러니하게도 비비안이 위그를 보며 웃을 수 있는 이유였다. 그는, 자신이 가진 것을 포기할 생각이 없었으므로. 그렇게 생각하며 비비안은 눈을 살짝 감았다.

* * *

다음 날 아침, 로건은 왕궁으로 떠났다. 사실 위그도 왕궁으로 가야 하는 길이었으므로 두 사람이 굳이 따로 갈 이유는 없었으나, 일부러 방에서 시간을 미루던 위그는 로건을 먼저 형식적으로 배웅한 뒤에야 떠나겠다고 했다.

"이디에트의 저택에 방문해 주셔서 감사합니다. 이제 또 뵙죠."

로건은 화사하게 웃으며 위그의 옆에서 저를 배웅하는 비비안을 착잡한 얼굴로 보았다. 그녀에게 뭔가를 말하고 싶었으나 결국에는 입을 떼지 못하는 로건의 뒷모습을 대고 위그가 재수 없다고 험한 소리를 하는 것을 겨우겨우 말린 뒤 다시 방에 돌아온 비비안이 입을 뗐다.

"몇 살이야?"

"다섯 살이다. 왜."

"……."

"보기만 해도 기분 더러워."

"뭐가."

비비안이 헛웃음을 흘렸다. 대체 뭐가 보기만 해도 기분이 더러운지 그녀는 이해할 수 없었다. 그녀는 정확히 로건한테 시선 한 번도 제대로 준 적이 없었으나, 위그는 그것으로 부족한 모양이었다.

"존재 자체가 기분이 더러워."

"당신 은근하게 존재를 부정하는 걸 굉장히 좋아하더라? 처음에는 나한테도 그랬잖아, 이런 여자가 세상에 존재할 리가 없다고."

"이거랑 그거는 다르지."

"됐고, 이제 왕궁 가면 또 만나야 할 텐데 뭐가 그렇게 불만이야."

비비안의 말에 위그가 갑자기 그녀의 앞을 막아섰다. 왜 그러느냐는 듯이 비비안이 고개를 들자, 위그가 입꼬리를 말아 올렸다.

"키스해 줘."

"……."

"빨리."

"당신 지금 어때 보이는지 알아? 둘째가 태어나서 불안해하는 첫째. 첩을 맞이한 가주 때문에 불안해하는 처. 그리고……."

"됐다. 그냥 빨리 왕궁으로 가도록 하지."

비비안의 입에서 무슨 소리가 더 나올지 몰라 위그가 기겁했다. 바로 발걸음을 옮기는 그를 웃음기 섞인 얼굴로 보다가, 그의 옆으로 다가간 그녀가 그의 손을 잡고 고개를 살짝 들었다.

쪽.

"잘 다녀와."

비비안의 말에 위그가 눈썹을 까닥였다. 그러나 곧, 그가 빙긋 웃으면서 고개를 끄덕였다.

달칵.

문이 닫히고 방 안에 정적이 잠겨왔다. 팔짱을 끼고 서 있던 비비안의 얼굴에서 웃음기가 가시고, 남아 있는 것은 서늘하기 짝이 없는 얼굴이었다. 언제 위그를 향해 웃었냐는 듯이 그녀가 얼굴을 굳히고 화장대에 다가갔다.

드륵.

서랍이 열리고 새하얀 카드를 꺼내 든 비비안이 펜을 찾았다. 이내 유려한 글씨체로 카드에 뭔가를 적기 시작한 그녀가 봉투를 찾아 예쁘게 봉한 뒤 두 손가락으로 그것을 집어 들었다.

"로건이라……."

비비안이 살짝 시선을 내리깔았다. 이 와중에 로건의 등장은 그리 반가울 게 아니었다. 일단 비비안 개인의 일은 둘째 치더라도, 확실히 왕위 싸움에 휘말릴 게 뻔했기 때문이었다.

로건은 몰랐겠지만, 지금 이 시점에서 그 누구보다도 권력의 행방을 걱정하고 있는 것은 다름 아닌 비비안이었다. 그도 그럴 것이, 애초에 그녀와 위그의 계약 결혼은 위그가 제이슨을 무너뜨리고 알렉산드르를 세우는 데 기반을 두었다. 그런데 이 시점에서 로건의 등장이라.

크리스티나가 그저 애들 장난 같고 치기 어리다 웃어 넘길 수 있다면, 로건은 아니었다. 아무런 세도 없는 데다가 '딸'인 크리스티나와 달리, 로건은 '아들'인 데다 왕위 계승 순위로는 제이슨 바로 다음이었다. 그 사실이 진득하게 우습고 씁쓸하면서도, 동시에 비비안은 날을 세울 수밖에 없었다.

만약 제이슨과 로건이 대립하게 된다면? 위그는 제이슨이 디텔 쪽에 가 있는 한 절대 그를 용서하지 못한다. 비비안의 손에는 지금 당장 이디에트와 디텔을 무너뜨릴 무기가 있었고, 제이슨은 아직 제 물건이 온전하게 있는지 확인하지 않았다.

'아니, 이미 확인했을 수도.'

일부러 말을 하지 않을 수도 있었다. 왜냐하면 카티야가 한 게 뻔하니까. 그렇다면 그것이 누구의 손에 들어갔겠나. 원래라면 그걸 알아도 제이슨은 가만히 있을 것이다. 터뜨릴 거면 진즉에 터뜨렸다. 그럼에도 아직 잠잠하다는 것은, 제이슨은 비비안의 간을 보고 있다는 것이었다.

물론 이 부분은 아직 더 알아봐야 하겠지만.

비비안은 눈알을 데굴데굴 굴렸다. 사실 그녀는 누가 왕이 되든 상관없다. 하지만 기왕 쓰는 돈 제대로 썼으면 좋겠고, 그 무엇보다도, 그 사이에 그녀가 휘말리는 건 싫다.

하지만 로건이 돌아온다면 얘기가 달라진다.

그녀는 로건의 옛 연인이었고, 위그는 그녀의 남편이다. 그 사실만으로도 단순한 치정을 넘어서 그 관계를 이용하려는 무리들이 생길 수 있다.

그냥 재미있는 삼각관계 따위가 아니었다. 비비안은 위그의 앞에서는 웃었지만 그 뒤에 숨겨져 있는 무리들이 어떤 생각을 하는지는 모르는 일이다. 심지어, 제이슨이 어쩌면 로건을 경계할지도 모르는 이 상황에서.

짜증 난다.

비비안이 눈을 감았다. 오랜만에 돌아온 옛 연인은 과연 이 상황을 알까. 아마 모를 것이다. 그는 언제나 그러했다. 속세와 수많은 재물, 권력과 떨어져 오직 낭만과 사랑으로만 산다. 그게 너무 빛나서, 그것을 동경했던 적도 있지만, 결국 겪어 보니 사람은 물질로 사는 생물이었다.

그녀는 그 세계에 어울리지 않았다.

그러니 이제는, 자신의 세계를 단단히 할 차례였다.

* * *

침묵으로 가득 찬 알현실에는 긴장감이 감돌았다.

연로한 국왕은 몇몇 시종의 부축하에 힘겹게 왕좌에 앉았고, 그 옆에는 왕비뿐만 아니라 제이슨과 엘리미아, 알렉산드르와 크리스티나가 서 있었다.

양쪽으로 갈라진 귀족원에서, 가장 상석에 가까운 곳에 서 있던 위그가 맞은편의 디텔 공작을 보고 피식 웃었다. 이미 사정없이 일그러진 얼굴에서 그가 얼마나 기분이 더러운지 알 수 있었다.

죽어도 마음에 들지 않는 놈이지만, 이 순간만큼은 디텔을 불안하게 만들었다는 데서 나름의 만족감을 느끼며, 위그가 피식 웃었다. 그때, 곧 문이 열리고 시종이 고하는 목소리가 들려왔다.

"폐하, 제3왕자 전하께서 드십니다."

연로한 국왕이 반색했다. 몇 년 동안 보지 못한 아들이었다. 노쇠하기 그지없는 그의 얼굴에 이채가 돌자, 제이슨이 섬뜩하게 웃었다. 제 남편의 표정을 힐끔 본 엘리미아가 코웃음을 쳤다. 그러나 정작 크리스티나와 알렉산드르는 제각기의 이유로 웃지 못했다.

"폐하."

깔끔하게 예복을 차려입은 로건이 등장했다. 어제까지만 해도 꽤 차분하고 부드럽던 그는 오늘 아침 접견을 위해 다시 제대로 옷을 차려입었는지 머리를 깔끔하게 뒤로 넘기고 나와 꽤나 단정하고 세련되어 보였다.

그러나 그 모습마저도 위그의 눈에는 그저 재수 없는 놈인지라, 위그는 쯧 혀를 찼다.

"로건, 짐의 아들."

연로한 국왕이 부들거리며 손을 내뻗었다. 그에 로건이 온화하게 웃으며 예를 취했다.

"폐하를 뵙습니다."

"나쁜 녀석, 짐은, 너를 보지도 못하고 눈을 감는 줄 알았다."

국왕의 말에 로건이 빙그레 웃었다. 그는 뭔가를 생각하는 듯하다가, 이내 조용하게 입을 뗐다.

"송구하옵니다."

"송구할 게 무어 있느냐, 이렇게 왔으면 된 것을."

로건의 말을 받은 것은 국왕이 아닌 제이슨이었다. 그는 언제나 그러하듯 뱀 같은 눈꼬리를 올리며, 다정하기 그지없는 눈빛으로 제 동생을 보고 있었으나 그 속에 숨겨진 경계의 눈빛 하나만큼은 누구보다도 노골적이었다.

"그래, 그래, 이렇게 왔으니, 짐은, 짐은 무척 마음이 놓이는구나."

국왕의 말에 로건이 더더욱 고개를 숙였다. 곧이어 국왕의 건강을 염려한 사람들이 그와 함께 물러나고, 오직 왕족과 귀족만이 남은 알현실의 단상에서 내려온 제이슨이 입을 뗐다.

"로건. 내 동생."

"형님."

제이슨이 발걸음을 옮기는 동시에 엘리미아가 무표정하게 그의 뒤를 따랐다. 그 뒤를 따르는 디텔을 보고, 로건의 눈길이 위그를 한 번 쓸고 부드럽게 웃었다.

"이렇게 뵙게 될 수 있어 기쁩니다."

"이렇게 왔으니, 기왕 온 거 푹 쉬거라, 푹. 쓸데없는 생각은 하지 말고."

얼핏 들으면 동생을 걱정하는 형의 말이었으나, 그 속에 무슨 뜻이 들어 있는지 모를 이는 없었다. 아니나 다를까, 로건이 피식 웃고야 말았다.

"그럴 예정이었습니다."

"그래, 그래야지."

"……."

"안 그럼 굳이 이곳에 와서 무엇을 하겠느냐, 안 그래?"

말을 마친 제이슨이 로건의 어깨를 툭툭 쳤다. 순간 두 형제의 눈길이 허공에서 엉키는 것을 본 엘리미아가 차분하게 서 있다가, 곧 언제 그랬냐는 듯이 우아하게 웃으면서 고개를 숙였다.

"오래만입니다, 왕자 전하."

"태자비 전하."

"이렇게 뵙게 될 줄은 생각도 못 했는데, 꽤 놀랍군요. 부디 이번 귀환에 평온이 함께하길 기도하겠습니다."

엘리미아가 우아하게 말을 내뱉었다. 그는 방금부터 인상을 쓰며 서 있는 제 동생을 힐끔 보고는, 곧 발걸음을 옮기는 제이슨을 따라 알현실을 나갔다. 곧, 크리스티나가 알렉산드르와 함께 내려왔다.

"크리스티나."

"왜 왔어?"

그때였다.

꽤나 다정한 로건의 목소리에 크리스티나가 뾰족하게 날이 선 목소리로 물었다. 순간 알렉산드르가 급히 제 누나를 저지했으나, 정작 크리스티나는 꽤 담담하게, 차분하게 로건을 향해 물었다.

"여자한테 미쳐서 왕궁을 뛰쳐나갈 담이 있었다면, 평생 돌아오지 않을 담도 있어야지. 또 기어들어 와서 뭐 해?"

"화 많이 났어?"

"그때는 오라버니가 말도 없이 나가서 화가 났고, 지금은 오라버니가 이렇게 막 돌아와서 화가 나."

크리스티나의 솔직한 말에 로건이 팔을 뻗었다. 순간, 크리스티나가 울상을 짓고 그의 품에 안겼다.

"그래도 살아 있긴 하네. 뒤지지 않고."

"크리스티나, 말버릇."

"됐어, 내 말버릇은 세실리아도 못 고쳤어. 어렸을 때부터 시정잡배들이나 할 법한 말버릇을 내게 가르쳐 준 게 누군데."

어렸을 때부터 왕궁에서만 살아온 크리스티나와 제 동생들을 모아 놓고 왕궁 밖의 이야기를 들려주곤 하던 로건이었다. 가끔은 뒷골목 불량배들의 이야기를, 또 가끔은 오페라 가수와 연극배우의 사랑 이야기를, 가끔은 도박판에서 벌어진 시비를.

크리스티나는 그런 로건을 좋아했다. 사실 말하자면, 그녀는 가족을 모두 사랑하는 편이었으나 그중에서 동복동생인 알렉산드르와 로건을 가장 좋아했다. 로건은 제이슨이나 다른 형제들과 달리 그녀에게 친절했고, 그녀를 비웃지 않았고 이해해 주었다.

그리고 그는, 권력에 묘한 관심을 보이던 크리스티나의 생각을 유일하게 눈치챈 인물이었다.

"이렇게 오고 언제 또 가려고?"

"안 가."

"영영 온 거야?"

"그래, 영영."

"그런데 대체 그 여자는 누구야? 오라버니가 아무리 막 나가는 인간이었어도 그렇게 집을 나가는 인물은 아니었잖아."

크리스티나의 물음에 로건이 난감한 얼굴을 했다. 아무리 그가 비비안에게 아직 미련이 남았다고 해도, 설마하니 여기서 비비안의 이름을 댈 정도로 몰상식한 인간은 아니었다. 그래서 그는 결국 크리스티나의 물음에 대충 얼버무리며, 곧 알렉산드르를 향해 인사했다.

"키 컸네?"

"응? 아, 응."

로건의 물음에 알렉산드르가 조금 우물쭈물하다가 대답했다. 그 대답에서 뭔가 석연찮음을 느낀 로건이 고개를 갸웃거렸으나, 이내 대수롭지 않게 여기고는 웃었다.

"이제 좀 집에 온 것 같네."

"웃기고 있네."

크리스티나가 앙칼지게 대답했다. 하지만 얼굴에 들어 있는 묘한 희열만큼은 누구보다도 진실되어서, 로건은 그런 동생의 얼굴에 입을 맞추어 주었다. 그때였다. 멀찍이 서 있던 위그가 몇몇 귀족원의 귀족들과 함께 왕실 남매들에게 다가왔다.

그리고 곧, 위그가 로건을 향해 입을 뗐다.

"혈색이 무척 좋아 보이십니다."

위그의 물음에 로건이 서늘하게 웃었다. 왠지 모르게 명백한 귀족원장의 시비에 사람들이 어리둥절하는 사이, 로건이 차분하게 대답했다.

"안 좋을 이유가 없으니까."

"그렇군요. 오랜만에 왕궁으로 돌아와 무척 기쁘시겠습니다."

"그런 셈이지."

"그럼, 부디 즐겁게 그 시간을 누려 주셨으면 좋겠습니다, 쓸데없는 생각은 하지 마시고."

말을 마친 뒤 위그가 걸음을 옮겼다. 로건을 스쳐 지나가는 그 순간, 그를 힐끔 본 위그가 서늘하게 웃는 것을 발견한 크리스티나의 눈가가 파르르 떨렸다. 로건이 돌아옴이 무슨 뜻이지 모르지 않기 때문이었다.

알렉산드르가 곧 위그에게 인사했으나, 위그는 관심을 주지 않은 채 귀족원과 함께 알현실을 떠났다. 곧 귀족원이 흩어진 뒤, 즐겁지 않은 표정으로 엘리미아가 있는 궁으로 간 위그가 발걸음을 멈추었다.

"어머, 공작 각하?"

엘버린 공작 부인이 우아하게 웃었다. 가끔 엘리미아의 말동무가 되어 주는 그녀가 팔에 장미를 가득 안은 채 엘리미아의 정원에서 나오고 있었다. 혹시 누이가 있냐고 물으려던 그의 입이 떨어지기도 전, 엘버린 공작 부인이 우아하게 웃으며 말했다.

"태자비 전하를 뵈러 오셨나요?"

"그렇습니다. 엘리미아는 안쪽에 있는 겁니까?"

"네, 그렇긴 한데…… 다른 손님들이 더 계세요."

엘버린 공작 부인의 말에 위그가 미간을 찌푸렸다. 다른 사람이 하나 더 있는 상황에서 할 말은 아니다. 하지만 엘버린 공작 부인은 곧, 상관없을 거라는 듯이 환하게 웃으며 말을 이었다.

"하지만 괜찮을 거예요. 공작 각하도 익숙하신 분이시거든요."

말을 마친 그녀가 손에 든 꽃을 꽃병에 꽂은 뒤 인사를 하고는 정원을 떠났다. 그녀의 뒤를 눈으로 좇다가 정원으로 들어간 위그는 하얀 테이블 앞에 앉아 있는 두 여자를 보고 얼굴을 굳히고 말았다.

"어머, 왔어?"

"오셨어요, 각하?"

각각 엘리미아와 카티야의 목소리였다. 그는 왠지 모르게 상당히 어울리지 않는 두 여자의 모습에 미간을 살짝 찌푸리고 말았다. 하나는 제이슨의 아내였고, 다른 하나는 제이슨의 정부였다.

"대체 뭐지, 이 그림은?"

"몰랐어? 우리 자주 모이는데."

엘리미아가 찻잔을 들며 말했다. 그래 보이긴 했다. 그러나 엘리미아가 아무리 제이슨이라면 기를 쓰고 혐오를 하고, 애초에 카티야의 존재 자체가 엘리미아와 위그의 계획을 돕기 위한 것이라고 하나 도무지 어울리지 않는 조합이었다.

심지어 엘버린 공작 부인까지 합세했다고 생각하니 더 이상한 그림이 그려져 있었다.

그러나 곧 여기에 방문한 목적을 떠올린 위그가 고개를 저었다. 그는 이내 의자를 하나 끌어당긴 뒤, 자리에 앉고는 입을 뗐다.

"로건이 돌아왔어. 이게 무슨 뜻인지 모르지는 않겠지."

"알아. 왕위 싸움이 더 격렬해진다는 거지."

"그리고 우리 공작님 심기가 더욱더 불편해지는 거고요."

카티야가 생글생글 웃으며 한 말이 묘하게 그의 신경을 거슬렀다. 그러나 카티야가 아랑곳하지 않고 말을 이었다.

"단주님이, 그분이랑 함께 있었을 때 진심으로 행복한 표정이었거든요."

"……!"

"저도 몰랐는데, 오늘 얼굴을 보니까 알겠더라고요, 맞죠? 에단. 우리 단주님의…… 첫사랑을 닮은 남자."

카티야가 눈가를 살짝 휘며 웃었다. 오늘 아침 그녀를 안고 잠에서 깬 제이슨이 알현실에 가야 한다고 짜증을 부리길래 일부러 어르고 달래서 알현실로 보낸 그녀는, 문 앞에서 돌아서서 나가는 와중에 로건을 보았다.

인상 속에 꽤 강하게 박힌 얼굴이라 사뭇 달라진 분위기에 갸우뚱하기도 했다. 그러나 스쳐 지나가는 그 순간, 카티야를 보며 웃는 얼굴에 그녀는 그가 에단임을 확신했다.

"생각도 못 했어요, 설마하니 그런 일이 있었을 줄이야. 우리 단주님, 은근 보면 로맨스 소설 주인공 같다니까요."

"……."

"잘생긴 왕자님과 잘생긴 공작님이라니, 우리 단주님은 어떤 선택을 하실지 몰라."

"그만해라."

"내가 맞혀 볼까요? 우리 단주님은, 그냥 우리 단주님이 될 거예요."

"……."

"사실, 공작 각하도 그게 두려우신 거 아닌가요?"

카티야의 말에는 딱히 비꼬는 어조는 없었다. 그러나 위그는 왠지 모르게 기분이 나빴다. 그것을 눈치챈 그녀가 피식 웃었다. 그때 엘리미아가 조용하게 찻잔을 들었다.

"그래서, 로건이 올라왔는데 우리 계획에는 문제가 생기지 않니?"

"있지. 로건이 와서 제이슨이 어떻게 움직일지 모르니까."

"이런."

엘리미아가 살짝 미간을 찌푸렸다. 확실히, 제이슨 입장에서는 이미 움직이고 있을지도 모른다. 그는 이디에트가 자신에게서 등을 돌린 것을 아직 완전히는 몰라 알렉산드르를 경계하지는 않았지만, 그 누구의 도움도 없이 홀로 있는 로건을 경계할 가능성은 매우 컸다.

"뭐 들은 거 없나?"

"왜 굳이 기어들어 와서 이딴 짓을 하는지, 라며 씩씩대시던데요?"

카티야가 손목을 내밀었다. 그녀의 손목에는 어제 제이슨이 힘을 주어 잡은 흔적이 고스란히 남아 있었다. 시퍼렇게 멍이 든 부분에 제이슨의 폭력성이 고스란히 드러나 있었다. 엘리미아가 그것을 보고 미간을 찌푸렸다.

"저런, 그자는 이럴 때면 정말 인정사정없이 잡는데, 아팠겠다."

"뭐, 이 정도야 별거 아니죠. 저 같은 사람은 남자들 상대하는 게 전문 아닌가요?"

"그래도."

"기왕 이렇게 된 거, 가장 높으신 분 한번 유혹해 봐서 차라리 역사에 길이길이 이름을 남기는 것도 나쁘지는 않네요, 희대의 요녀처럼 말이죠."

역사는 언제나 두 가지 종류의 여자만 기억했다. 희대의 성녀거나, 희대의 요녀거나. 성녀가 될 수 없다면 차라리 요녀가 되리라.

카티야가 피식 웃었다. 그런 면에서 그녀와 비비안은 무척 닮았다. 구질구질하게 구석에서 흑흑 울 바에는 그냥, 차라리 모두의 시체 위를 밟고 올라가는 악마가 되는 게 낫지 않는가. 그러다가 업보가 온다면, 받아들이고. 물론 어디까지나 그녀들의 생각이었지만.

결국 위그는 얼굴을 굳혔다. 그가 엘리미아를 향해 말했다.

"로건과 친했나?"

"그냥 얼굴만 보는 사이였지. 뭐, 친하다면 친했고."

"거리를 유지해."

"왜?"

"제이슨에게 지금 로건이 어떤 존재인지는 굳이 말할 필요도 없을 테고, 중요한 거라면 지금 최대한 제이슨의 비위를 거스르지 않는 거다."

"흐음, 알렉산드르 쪽은 말이 잘 되었어?"

"그쪽이야 뭐, 그냥 하라는 대로 하는 쪽이긴 한데."

위그가 미간을 찌푸렸다. 오히려 그래서 더욱더 불안한 상대였다. 그는 하라면 하는 사람이었다. 왕족으로서 공작가의 비위를 맞추는 것도 마다하지 않을 정도로 꽤 왕위를 갖고 싶다는 거다. 하지만 그런 모습을 위그는 이미 오래전에 제이슨에게서 보았다. 결국, 다시 도돌이표가 아닌지 걱정되었다.

그런 동생을 보며 엘리미아가 길게 한숨을 쉬었다. 왕위 계승자가 와글와글한 이 시점에서 적당한 후계자를 하나 찾기가 그렇게 힘든가. 그렇게 생각하던 그녀가 조용하게 입을 열었다.

"로건은?"

"뭐?"

"그럼, 로건을 왕위로 세우는 건 안 되는 거야?"

로건은 예술을 사랑한다. 통치에 관심이 없다. 그가 왕이 된다면, 이디에트에게 전권을 위임할 가능성이 전혀 없는 것은 아니라고 생각했다.

하지만 과연? 그는 비록 훌륭한 통치자는 아니나, 그렇다고 공작가에 휘둘려 줄 만큼 멍청하지는 않았다.

그는 나름대로 자신이 왕족임을 자각하고 있었다. 더군다나 비비안이 중간에 얽혀 있는 이상, 그가 위그와 손을 잡는 건 꽤 어려운 일이었다.

그래서 엘리미아의 말에 위그는 코웃음으로 화답했다.

"그건 불가능해."

위그가 조소를 머금었다. 그러나 그것과 반대로 그의 심정은 꽤 착잡했다. 적당하게 제이슨을 상대할 만한 강단이 있으면서도, 공작가의 인형이 되어 주길 자처하는 자. 그런 자가⋯⋯.

'크리스티나.'

순간 그녀의 이름을 떠올린 위그가 이맛살을 찌푸렸다. 말도 안 되는 생각이다, 절대 그럴 일은 없다. 크리스티나를 왕으로 추대하려면 일단 건너야할 산이 어마어마했다. 단순히 후계자를 전부 죽여 버리는 걸로 끝나지도 않는다. 자칫하면 그녀의 언니들과 그 남편도 엮일 수 있는 문제였다.

그렇게 생각한 그는 그 생각을 깔끔하게 지워 버렸다.

* * *

"오랜만이에요, 원장님."

예델의 법학원 원장실을 방문한 비비안이 화사하게 웃었다. 그런 그녀의 방문에 놀란 눈을 한 세믄 교수가 잠시 멈칫하더니, 이내 온화하게 웃으며 그녀를 반겼다.

그도 그럴 것이 비비안은 웬만해서는 이렇게 예고도 없이 바로 찾아오는 경우가 드물었기 때문이었다.

"조금 드릴 말씀이 있어서 왔어요."

비비안이 생긋 웃었다. 그에 소파에 앉으라는 제스처를 취한 세믄 교수가 차를 내오는 사이 자신의 외투를 벗어 옆에 걸친 비비안이 느긋하게 소파에 기댔다. 따뜻한 차를 나오자, 찻잔을 든 비비안이 입을 열었다.

"이렇게 불쑥 찾아와서 죄송해요."

"괜찮습니다. 혹시 무슨 일이라도 있는 겁니까?"

세믄 교수의 목소리가 다소 불안정하게 떨렸다. 그는 현재 비비안의 유언장을 들고 있었으며 누구보다도 위그를 경계하고 있는 인물이었기 때문이었다.

그러나 그의 경계가 무색하게도, 비비안이 웃음을 흘리며 고개를 저었다.

"그건 아니에요."

"다행입니다."

"하지만, 드릴 말씀은 있죠."

비비안이 찻잔을 내려놓았다. 방금까지 생글생글거리던 그녀의 얼굴에 미소가 가시고, 조금은 차가워진 얼굴 위로 스치는 표정이 꽤나 섬뜩했다. 그에 세믄 교수가 살짝 미간을 좁히자, 비비안이 입을 뗐다.

"원장님께서 제 유언장을 갖고 있죠."

"그렇습니다."

"제 남편은, 그 유언장을 이미 확인했고요. 언제든지 수정 또한 할 수 있겠죠."

"그렇습니다."

"그래서 생각해 봤어요, 이제는 슬슬, 저도 제 목적을 위해 움직일 때가 아닌가 하고."

비비안이 낮게 읊조렸다. 그녀는 잠시 시선을 아래로 내리다가, 다시 고개를 들고 세믄 교수를 직시했다. 이윽고, 곱게 칠한 그녀의 입꼬리가 말려 올라갔다.

"예전에 제가 그랬죠. 저는 이상을 좇지 않는다고."

"……그렇습니다."

"맞아요, 그런데 왜, 제가 원장님의 부탁을 그렇게 쉬이 들어줬는지에 대해서 혹시 생각해 본 적이 있으신지요."

객관적으로 봐도 비비안에게는 군이 세믄 교수의 부탁을 들어줄 이유가 없었다. 그녀는 완전히 그의 부탁을 무시하고, 그보다 더 유명한 법학 교수를 원장직에 세울 수 있었으며, 동시에 그녀의 사립학교를 남자들로 가득 채울 수 있었다.

하지만 비비안은 그러지 않았다.

"저처럼 철저히 이익에 움직이는 사람은 이상으로 흔들기 힘들죠."

"……."

"그래서 사실 만약 세믄 교수님이 아니라 다른 사람이 와서 그렇게 말했다면, 저는 아마도 거절하지 않았을까 생각해요. 뭐, 물론 적당하게 교섭을 통해 이익 최대화를 시도해 보았을 수는 있지만, 그렇게 쉬이 제게 내재된 모순과 무지를 인정하지는 않았겠죠."

"무슨, 말씀이십니까."

"교수님, 리디아 양의 성적은 어떤가요?"

뜬금없는 비비안의 물음에 세믄 교수가 고개를 갸웃거렸다. 그러나 이내, 제 조카의 성적표를 상기하고는 조금 말을 고르다가 답했다.

"괜찮은 편입니다."

"단순히 괜찮은 편이라면 곤란해요, 그녀는 다른 남자들보다 훨씬 더 뛰어나야 하거든요."

"……네?"

"그러니까 제 말은, 그녀는 남자들 못지않게 잘해서는 안 된다는 말이에요. 개척자는 언제나 괴롭고, 피를 동반하죠. 권력을 가진 이들은 언제나 자신이 가진 것이 권리인 줄 알아요. 사실 특권층의 권리와 의무는, 아무리 좋게 포장해도 결국 권력인걸요."

비비안의 입꼬리를 끌어 올렸다. 그녀의 말이 어쩐지 알 것 같기도 하고 모를 것 같기도 해서 세믄 교수는 마치 탐색하듯 눈을 가늘게 떴다. 그럼에도 불구하고, 비비안이 담담하게 말을 이었다.

"그래서 리디아 양은, 이 모든 것들을 밟고 올라갈 자신이 있나요?"

"……."

"그녀를 마녀라고 욕하는 사람들에게, 웃어 줄 만한 힘이 있을까요?"

"그건 그 아이의 선택이고, 저는 그것을 답할 재주가 없습니다."

리디아는 쾌활한 아이이다. 비록 풍족한 집안은 아니었지만, 그래도 부모한테서 꽤나 잘 보호받은 아이였다. 그런 아이가 과연 어디까지 견딜 수 있을까, 세믄 교수가 잠시 고민했다. 하나 그것은 그 아이의 판단이다.

리디아는 홀로 서는 법을 알아야 했다.

비비안이 피식 웃었다.

"저는 이익주의자죠. 그런 제가 이상을 위해 움직일 때는, 단 한 가지, 이익과 이상이 같이 공존할 때."

"리디아를 법학원에 입학시킨 것이, 단주님의 개인 이익과 연관이 된다는 것입니까?"

"그래서 묻는 거예요. 지금, 연관이 될지 안 될지."

"……."

"원장님, 리디아 양은 지금 어떤가요? 그녀는 잘하고 있나요? 원장님의 뒤를 이을 만한가요?"

비비안의 물음에 세믄 교수는 침묵했다. 그는 그제야 비비안이 왜 그를 찾아왔는지 깨달았다. 곧, 그가 길게 한숨을 내쉬는 사이, 비비안이 우아하게 웃으며, 한 자 한 자 물었다.

"그래서 그녀는 과연, 제가 들인 본전을 하고 있나요?"

"……."

"졸업 뒤, 바첼론에서 가장 돈이 많은 이의 유언장을, 관리할 정도로, 우수한가요?"

그리고 그녀의 남편을 속일 만큼, 과연 그녀가 강단이 있을까요?

순간 원장실에 침묵이 돌았다.

비비안의 말이 끝나기가 무섭게 세믄 교수가 길게 한숨을 쉬었다. 그가 곧, 의자에 등을 기대며 말했다.

"그건, 리디아의 뜻에 달려 있습니다."

"그럼 제가 리디아 양을 찾으면 되는 건가요?"

"단주님."

"그렇게 무서운 표정 지을 것 없어요, 이건 강요가 아니에요. 권유지."

비비안이 피식 웃었다. 그녀는 누군가를 강요할 의지가 전혀 없다. 더군다나 이런 일은 강요의 수준이 높으면 높은 만큼 위험성을 동반한다. 하지만 비비안은 리디아가 필요했고, 그래서 제안을 할 뿐이었다. 원래 그녀의 모든 목적은 제안을 통해 달성되었다.

"원장님."

비비안이 느긋하게 입을 뗐다. 하지만 그녀의 얼굴은 전혀 여유로움이 없었다. 대신 그 자리를 차지하고 있는 것은 괴이한 미소였다.

이윽고, 비비안이 천천히 입을 열었다.

"저는 오롯한 제 편이 필요해요."

"저는 아닙니까?"

"그럴 리가요. 원장님은 누구보다도 충실하고 훌륭한 변호사였어요. 하지만 사실, 아시잖아요. 그것이 영원히 지속될 수는 없다는 걸."

"……."

"원장님, 저는 사람이 필요해요, 그게 꼭 여자일 필요는 없지만, 우연하게 리디아 양이 여자고, 현재 저는 그녀를 안심하고 채용할 수가 있죠."

리디아의 졸업장은 이사장인 비비안의 승인이 필요하다. 비비안이 그녀의 졸업장을 승인하지 않는다면 리디아는 영원히 제대로 된 학위를 갖지 못할 것이다.

남자였다면 달랐을 것이다. 하지만 여자라서 결국 지금 리디아가 잡을 수 있는 손은 비비안밖에 없다.

물론 비비안은 전혀 그러고 싶은 생각이 없었다. 굳이 제 권력을 쥐고 리디아를 휘두르는 취미는 없다. 그녀가 거절하면 거절하는 대로 그냥 흘려보낼 것이다. 사실 굳이 그녀일 필요는 없었다. 최선이 안 되면 그다음은 차선이었다.

하나 손에 쥐고 있는 게 있는 것과 없는 것은 확연한 차이가 있다.

결국 그런 것이다. 비비안은 끝까지 뭔가 확실한 것을 요구했다. 그래서 그녀는 사람을 옆에 두지 못한다. 그게 아니라면 그녀가 불안해 살지 못한다.

세븐 교수는 그런 비비안을 응시했다. 그저 순수한 호의라 생각했는데 그것 또한 아닌가, 하지만 그것이 순수한 호의가 아니더라도 리디아의 입장에서 보자면 어쩌면 그것이 크나큰 기회가 될 수 있다.

여기서 핵심은, 리디아가 과연 이것을 좋아할까 하는 것이다.

"저는, 제 조카를 보호하고 싶습니다."

"그런가요."

"하지만 그럴 거면 애초에 학원에 넣지 말아야 하겠죠."

"……."

"리디아를 불러 드리겠습니다."

결국 선택은 그의 조카가 하는 것이다. 그녀는 법학원에 들어왔다. 자신의 손으로, 자신의 선택으로 자신의 인생을 선택하는 것이다. 그것이 옳든 틀리든, 무수한 선택지를 주는 것은 어른의 몫이고, 결국 선택은 아이가 한다.

세른 교수의 말을 들은 비비안이 화사하게 웃었다.

그럴 줄 알았다.

미소를 흘리는 그녀를 보며, 세른 교수가 길게 한숨을 쉬었다.

* * *

오늘 아침까지만 해도 도서관에서 책을 읽던 리디아는 뜬금없는 호출에 신나게 원장실로 들어갔다. 하지만 언제나 그렇게 쾌활하게 "삼촌!"을 외치려던 그녀는, 원장실 안쪽에 있는 비비안을 보고 쩌적 굳고 말았다.

"어, 이, 이사장님."

비비안이 우아하게 웃었다. 마치 화사하기 그지없는 만개한 장미 같아 넋을 잃고 그녀를 보는 리디아를 향해 웃어 준 비비안이 손짓했다.

"어서 와요."

"아, 저, 원장님의 호출을 받고 왔어요."

"알아요. 내가 그렇게 해 달라고 부탁했거든요."

리디아가 비비안의 눈치를 보다가 이내 방에 들어왔다. 조금 당황하긴 했으나 그럼에도 불구하고 얼굴에 쾌활함이 넘쳐나는 그런 아이였다. 비비안이 부드럽게 웃었다.

그러나 그것은 리디아를 더욱더 긴장하게 만들 뿐이었다. 결국 먼저 찻잔을 들어 차를 한 번에 다 마셔 버린 리디아가 침을 꿀꺽 삼켰다. 그것을 보며 비비안이 천천히 입을 열었다.

"아카데미 생활은 마음에 드나요?"

"괜찮은 것 같습니다."

"어디 불편하거나, 그런 건 없고?"

"없습니다."

"다행이네요. 혹시 적응 못 할까 봐 무서웠거든요."

"네?"

"그냥, 그래도 넣어 줬는데 다른 말이라도 나오면, 내가 곤란하잖아."

"아……."

비비안이 마치 탐색하듯 리디아의 얼굴을 보았다. 그러나 리디아의 얼굴에는 난감함이 있을 뿐, 딱히 다른 감정은 없었다. 그것을 응시하다가, 비비안이 말을 이었다.

"그래서 내 말은, 열심히 하란 말이에요."

"네."

비비안이 피식 웃었다. 리디아의 얼굴에는 긴장감이 넘쳤다. 하지만 그런 그녀의 얼굴을 보다가, 비비안이 천천히 입을 열었다.

"오늘 이렇게 리디아 양을 부른 건, 물을 게 있어서예요."

"말씀하세요, 이사장님."

"졸업 뒤 이미 준비된 계획은 있는가요?"

"……네?"

갑작스러운 미래 계획 얘기에 리디아가 고개를 갸웃거렸다. 이사장씩이나 되는 인물이 갑자기 그녀에게 미래 계획을 묻다니. 거창한 꿈이라도 말해야 할 것 같았다. 그래서 리디아는 잠시 고민하다가, 조심스럽게 말했다.

"졸업 뒤 시험을 봐서 법관을 해 보려고 해요."

"좋은 꿈이군요. 대법관까지 올라가면 더 좋고?"

"네."

"그렇군요."

"저, 그런데 왜 그걸 물으시는지."

리디아가 조심스럽게 물었다. 그녀는 오늘 갑자기 자신을 불러내 만담이나 하고 있는 이사장을 보며 길게 숨을 들이쉬었다. 왠지 모르게 긴장한 것은 결코 그녀의 탓만은 아닐 것이다. 리디아가 비비안을 응시했다.

"그냥, 묻고 싶은 게 있어서요."

"저한테요?"

"혹시, 변호사에 관심이 있지 않을까 하는."

"⋯⋯변호사요?"

"알다시피 현재 바첼론에는 여성 대법관이 없죠. 아카데미 졸업 뒤 법관을 하려면 엄청난 노력이 필요할 거고, 어쩌면 상황에 따라 불이익을 가질 수도 있어요."

"그래서요?"

"그래서, 내 변호사를 하지 않겠느냐는 말이에요."

"⋯⋯."

"바첼론에서 가장 많은 돈을 가진, 제 변호사요."

비비안이 여유롭게 웃었다. 그러나 동시에 리디아의 얼굴은 조금 어두워졌다. 비비안이 한말이 너무 예상 밖인것도 있지만, 동시에 비비안이 틀린 말을 한 것은 또 아니기 때문이었다.

리디아는 처음으로 법학원에 입학을 허락받은 여자였다. 그런 그녀에게 변호사 제의가 들어왔다. 사실 끌릴 만도 했다. 하지만 리디아는 법관이 되고 싶었다. 그것은 그녀의 꿈이었다. 하지만 지금 이 시점에서, 과연 어떻게 선택을 해야 하는 걸까.

그때 비비안이 계속 말을 이었다.

"물론 강요가 아니에요. 리디아 양은 충분히 거절할 수 있어요. 그걸로 뭐라고 하지도 않을 거예요."

"……."

"다만, 제 손에 리디아 양의 졸업증이 달려 있다는 건 불가피한 일이겠죠?"

리디아가 입술을 살짝 깨물었다. 그녀도 알고 있었다. 비비안은 현재 그녀의 목줄을 잡고 있는 사람이었다. 그런데 어떻게 해야 하나? 흔쾌히 받아들여야 하나? 바첼론의 거상의 변호사가 되는 건 사실 나쁜 선택이 아니다. 최소한 교육 자격조차 없었던 그녀에게는 너무 좋은 기회였다.

게다가 졸업증…… 리디아가 고개를 살짝 숙였다.

"저, 생각을 조금 더……."

일단은 시간을 벌고 고민을 해 보는 게 좋을 것 같다. 리디아가 말했다. 일단은 삼촌과도 토론을 해 봐야겠고, 자신도 더욱더 시간을 갖고 마음의 정리를…….

"리디아 양."

그때였다. 조용하게 차를 마시던 비비안이 갑자기 입을 열었다. 리디아가 천천히 고개를 들자, 방금 전과 완전히 다른 얼굴을 한 채, 비비안이 꽤 진지한 표정으로 그녀를 응시하고 있었다.

"리디아 양, 당신은 학교를 다니면서 예델의 교칙에 어긋나는 행동을 한 번이라도 한 적이 있나요?"

"없어요. 당연히 없습니다."

행여나 책이라도 잡힐까 봐 리디아가 고개를 붕붕 저었다. 그 모습을 보며 비비안이 재미있다는 듯이 피식 웃었다. 그러나 곧 비비안은 다시 한번 얼굴을 살짝 굳히고 물었다.

"그럼 퇴학을 당할 만한 일이나, 졸업장을 가지지 못할 일을 한 적은요?"

"없어요, 절대 없어요. 이사장님."

"그런데 왜, 제가 리디아 양의 졸업장을 놓고 협박질을 하는데, 거기서 가만히 입을 다물고 있나요?"

"······!"

"왜 내가 대단한 은혜라도 베푼 양 리디아 양을 학교에 '넣어 주고' 그 대가로 함부로 행동하는데 정작 리디아 양은 거기에 아무런 말도 하지 않나요?"

비비안의 말에 리디아가 멍해졌다. 무슨 말인지 이해가 잘 되지 않아서 눈을 깜박이는 그녀를 보며 비비안이 말을 이었다.

"리디아 양은 예델의 시험을 합격했고, 퇴학을 당할 만한 일을 하지도 않았고, 졸업증을 타지 못할 일을 하지도 않았으며, 자신의 커리어를 선택할 자격이 있고 권리가 있어요."

"알고 있어요."

"그런데 왜 아무 말도 하지 않죠?"

비비안의 말에 리디아가 입을 꾹 다물었다. 왜 아무 말도 하지 않았겠는가. 그럴 수밖에 없었다.

비비안 로젤리스라는 단어는 많은 사람에게 서로 다른 의미를 갖고 있었다. 누군가에는 희대의 악녀, 누군가에게는 희대의 미친 인간이고 누군가에게는 사실 동경의 대상이 되기도 했다.

리디아는 비비안이 어떤 식으로 단주가 되었는지 모르지 않았다. 사실 바첼론의 대부분 사람들이 알았다. 다만 증거가 없어 그저 뒤에서 혀를 놀릴 뿐이었다.

그럼에도 불구하고 참 대단하다고 생각했다. 말하자면 사실 그럴 만도 했다. 그녀에게 학교를 다닐 기회를 주고 졸업할 기회를 주고 변호사로 취직할 기회까지 주었는데 감지덕지하면서 받아먹어야 하는 게 아닌가.

하지만 정작, 비비안은 그렇게 생각하지 않은 듯했다.

"리디아 양이 틀렸다고 생각하지 않아요. 하지만 최소한 나는, 당연한 권리를 거드름 피우면서 하사하다시피 하는 사람들 앞에서 리디아 양이 고개를 들었으면 좋겠어요."

"……."

"사실 지금 이런 내 말도 결국에는 설교질이고 선생질이겠지만. 사실 싫어도 별 상관은 없어요. 리디아 양이 왜 그러는지 나도 모르는 게 아니니까."

비비안이 왜 모르겠는가. 왜 적극적으로 네가 가져야 하는 것을 위해 싸우지 않느냐고 회초리를 들이밀기에는 비비안은 너무 세상을 잘 알았다. 모든 사람이 그녀처럼 살지 않는다. 그건 당연하기 그지없는 것이었다.

그래도 나름 알려 주고 싶었다. 그런 선택지도 있다고.

"저는, 대법관이 되고 싶어요."

"알았어요. 제안은 없던 걸로 하죠. 물론 졸업증을 갖고 협박하는 일도 없을……."

"하지만 생각해 보니 이사장님의 말이 맞는 것 같아요."

"으음?"

"저는 여자고, 바첼론에는 아직 여성 법관이 없어요."

"……그렇죠?"

"하지만 이사장님의 변호사를 했다는 것만으로도 법관이 되는 데 어마어마한 영향을 끼칠 건 뻔한 일이죠. 이사장님은 바첼론에서 가장 돈이 많고, 파급력이 큰 사람이니까."

비비안이 눈을 가늘게 떴다. 그녀는 이 깜찍한 아가씨가 무슨 말을 하는지 알 것 같은 기분이었다. 그러니까 지금…….

"혹시 제가 이사장님의 변호사 역할을 잘 하게 되면, 저를 대법관으로 추천해 줄 수 있나요?"

"내가요?"

"네. 이사장님은 공작 부인이시고, 단주님이시고, 아는 분들이 많으니까, 누구보다도 좋은 추천장을 받아 올 수 있다고 생각해요."

"……."

"그, 그래서, 가능할까요?"

마지막 말은 조금 떨렸다. 비비안은 리디아의 손이 바들바들 떨리고 있음을 깨달았다. 그 모습이 누군가와 겹쳐 보여서 비비안이 피식 웃었다.

"제가 왜 그래야 하죠?"

"대법원에 여자가 한 명 있다는 것만으로도 이사장님은 이미 괜찮은 줄을 얻은 거예요."

"이런. 그것 말고도 사실 저는 줄이 많은데요."

"하지만 저만 한 줄도 없겠죠. 저는 단주님께서 직접 후원하여 교육한 사람이니 그만큼 단주님께 충성을 보일 수 있고, 제 능력이 어느 정도인지 또한 쉽게 가늠할 수 있으니까요."

리디아가 비비안을 직시했다. 비비안 같은 사람이 그녀에게 고작 기회 하나 주겠다고 부른 건 아니라 생각했다. 그 말인즉 리디아가 비비안의 변호사가 되면 비비안도 분명 이익을 얻는 게 있다는 것이었다.

그렇다면 그녀라고 왜 딜을 제안할 수 없겠는가. 비비안의 말대로라면, 그녀는 비비안에게 굽힐 이유가 없었다.

왜냐하면 그녀는 응당한 것을 요구하고 있으니까.

"학습 능력이 좋네."

비비안이 우아하게 미소 지었다. 그녀는 똑똑한 사람을 좋아했다. 특히 그게 나름 옆에 두고 싶은 사람이라면 더욱더 좋은 일 아닌가. 거기까지 생각한 비비안이 환하게 웃었다.

"그럼, 어디 한번 생각해 보죠."

제안은 비비안이 했는데 정작 마지막에 생각해 보는 것도 비비안이다. 아무것도 없는 크리스티나의 제안과 달리 리디아는 나름대로 저 자신을 걸고 한 제안이었다. 나는 이토록 우수한 인재이니, 나를 쓰고 나를 네 편으로 만들어 달라는 일종의 딜.

살아남으려면 반드시 할 줄 알아야 하는 것이다. 네가 내가 필요해 보이니, 나는 이제 내 몸값을 조금 높이겠다는.

비비안은 자신감 있는 사람을 좋아했다. 그래서, 그녀는 리디아의 말에 꽤 긍정적인 미소를 지어 주었다.

* * *

리디아가 어떤 선택을 할지 비비안도 알 수 없었다. 그러나 최소한 그녀의 제안에 빛나던 그 눈을 상기하며 비비안이 피식 웃었다.

의외로 시간은 꽤 빠르게 간다. 어느 순간엔가 아이가 졸업을 하게 되면, 이 세상에 밀려 나가는 것을 봐야 한다.

그녀는 수많은 여자아이들이 세상에 밀려가는 것을 보았다. 대부분은 제 의지와 상관없이 밀려갔고, 그러다가 간혹 다시 잡혀 오는 것을 보았다. 눈물범벅이 되어 누군가의 아내가 된다. 그러나 살다 보면 행복해질 거란 예상처럼 또 행복해졌다. 원래 행복은 주관적이니까.

비비안은 자신이 유일무이한 존재였으면 했다. 하나 동시에 자신이 유일무이하지 않았으면 했다.

원하는 것을 얻기 위해 대가를 치러야 한다는 것은 간단한 상식이다. 그것이 그동안 그녀를 지탱해 온 일종의 의지였을지도 모른다. 그러나 최소한 적게 버리고 많이 가지고 싶은 것은 인간의 욕심이었다.

그 욕심을 채워 주고 싶다고 하면 너무 이기적인 것일까?

리디아를 만난 뒤 비비안은 상단으로 돌아갔다. 집무실에 들어온 그녀는, 의외의 인물이 저를 방문한 것을 보고 잠시 미간을 살짝 찌푸렸다.

"다니엘?"

"오랜만이에요, 비비."

"그렇게 부르지 말라니까."

"공작께서 없는데도?"

"그 인간이 있든 말든 나랑은 상관이 없지. 내 선택이니까."

"언제나 칼 같으시군요."

"왜 왔어?"

비비안이 의자에 앉으며 물었다. 결혼하기 전까지만 해도 두 사람은 소파에서 밀어를 나누던 사이였다. 그녀의 살결을 쓰다듬고, 물고, 핥으면서 체온을 나누던 게 벌써 반년을 훨씬 넘었다.

하지만 지금의 모습은 두 사람에게 그런 과거가 있었다고는 전혀 상상도 할 수 없을 만큼 건조했다.

"말씀드릴 게 있어서 왔어요."

결국 다니엘은 그녀에게 매달리지 않기로 했다. 사람 마음이 그리 쉬이 깨어지는 것이 아니라, 여전히 미련이 남긴 했지만.

"무슨 말씀?"

비비안이 웃었다. 살짝 고개를 갸웃거리는 그녀의 얼굴을 응시하다가, 다니엘이 온화하게 웃었다.

"앉아도 되죠?"

"아, 미안. 앉아."

비비안의 미소를 보며 다니엘이 살짝 눈을 감았다. 짙은 향기가 여전히 남아 있다. 비비안이 좋아하는 향수였다.

"상인 협회에서 저를 찾아왔어요."

"뭐?"

약간의 침묵을 깨고 다니엘이 입을 열었다. 대수롭지 않게 펜을 들던 비비안이 고개를 들었다. 내용은 어마어마했으나 다니엘은 담담했다.

상인 협회라, 비비안에게 좋은 내용일 리가 없다. 그쪽에서 갑자기 회개를 하고 비비안에게 다시 잘해 보자고 하지 않는 한은. 그리고 상인 협회는 절대 그럴 무리들이 아니었다.

"왜?"

"저와 단주님의 관계를 알고 있더군요."

"모르는 이는 없지. 숨길 게 아니었으니까."

극장가와 예술가에 비비안의 정부가 얼마나 있었는지, 그녀와 관계를 맺은 남자가 얼마나 많은지는 굳이 숨길 만한 것이 되지 않는다. 가끔 어떤 이들은 그녀의 후원을 받는 것을 일종의 자랑으로 여기기도 했다.

그녀가 만든 예술가들이 하나같이 두각을 드러냈기에, 비비안의 정부였다는 것만으로도 재능이 있다는 평가를 받을 수 있었다.

그러나 그들이 상인 협회가 함부로 건드리라고 있는 존재는 아니다. 비비안이 살짝 미간을 찌푸렸다.

"뭐라고 하던?"

"단주님의 후원을 받을 때, 혹시 들은 건 없느냐 하는 거예요."

"예를 들자면?"

"예를 들자면, 사생아라든가."

악의적이고 노골적인 목적에 그녀가 눈썹을 찡그렸다. 공작 부인이 된 그녀에게 숨겨 둔 사생아가 있는지 없는지 캐고 다니는 이유는 발가락으로 생각해도 알 것이다.

비비안이 헛웃음을 지었다.

"재산 때문에 멀쩡한 피붙이를 전부 골로 보낸 내가, 이 거지 같은 나라에서 미혼인 채로 아이를 가지면 당연히 낳을 거라 생각하는 건 대관절 뭐 하자는 거지?"

"있었던 적은 있나요?"

"있겠니?"

"당신은 철저했으니까요, 당연히 없겠죠. 하지만 그런 거 있잖아요, 사랑해 마지않는 남자에게 몸을 바치는."

"있겠니?"

"사실 그것도 없다고 봐요."

다니엘이 담담하게 대답했다. 비비안은 그가 아는 사람들 중에서 가장 끝마무리가 깔끔했다. 사생아가 생길 일말의 여지도 주지 않았고, 설사 생긴다고 해도 낳을 여자가 아니었다.

"그래서 그 인간들이 이제는, 당신이 아이를 가졌는데 지웠다는 길로 가려나 봐요."

"그렇게 해서 얻는 게 뭔데? 이미 망할 대로 망한 내 평판이 더 바닥으로 치닫는 거?"

다니엘이 비비안을 응시했다. 진짜로 몰라서 묻느냐는 눈빛이었다. 언제나 그렇듯 온화함을 담뿍 담은 시선을 응시하다가 비비안이 혀를 찼다.

"그래, 뭐, 우리 남편이 들으면 기함을 하긴 하겠네."

"공작 각하께서는, 당신의 과거를 듣고 어떤 생각을 하는 사람이죠?"

"아직 그 수준의 과거는 터뜨려 본 적이 없어서 모르겠어. 없는 스캔들에 엮여 본 적은 많지만 이렇게 황당한 수준은 또 처음이거든."

비비안이 입꼬리를 말아 올렸다. 이 장소에 없는 이를 향한 멸시와 조롱이었다. 상인 협회, 입으로 읊조리던 그녀가 갑자기 뭔가가 생각난 듯 물었다.

"그런데, 그자들이 너에게 입막음을 시키지 않던?"

상식적으로 이런 것을 찌르고 다니면서 입막음 하나 시키지 않을 리가 없었다. 상인 협회는 언제나 비비안에게 조롱받는 존재들이었으나 객관적으로 꽤 치밀하고 생각이 있는 자들이 많았다. 어쨌든 바첼론에서 비비안을 제외한 대부분의 상단주들이 모여 있는 곳이니.

비비안의 물음에 다니엘이 피식 웃었다. 그가 외투의 안쪽에서 반짝거리는 다이아몬드 시곗줄을 꺼냈다.

"대가예요."

입막음 비용으로 받은 것이란 뜻이었다. 비비안이 자리에서 일어났다. 곧 다니엘이 건네주는 다이아몬드 시계줄을 이리저리 훑던 그녀가 미간을 팍 찌푸렸다. 그리고 이내 손에 든 줄을 거칠게 테이블에 던졌다.

챙.

좌르륵.

거친 소리를 내며 시계줄이 테이블에 부딪쳤다.

"겨우 이딴 걸로 네 입을 막을 생각을 했다고? 그자들은 나를 뭐로 보는 거야?"

"글쎄요."

"이 정도로 네 입을 막을 수 있다고 생각했다니, 내가 평소에 남자들에게 쏟는 돈을 너무 과소평가하는 거 아닌가?"

겨우 다이아몬드 시곗줄이다. 다른 이들의 입장에서는 확실히 어마어마한 것이었다. 심지어 한정판으로 나온 제품이다. 돈이 있다고 살 수 있는 게 아니었다.

하지만 세상에 있는 모든 비싼 것들은 비비안의 손에 들어가면 그저 그런 것이 된다. 바첼론의 변방에 그녀가 남자들에게 선물한 별장이 몇 채나 있는지는 차마 헤아릴 수 없다. 다니엘에게 쏟은 돈으로 이까짓 시곗줄 백 개는 살 수 있을 것이다.

비비안은 남자들에게 돈을 아끼는 타입이 아니었다.

중요한 건 마음이 아니다. 마음을 얼마나 돈으로 표현할 수 있나 하는 것이지.

"자기들이 정부들한테 딱 이 정도로 쓰나 보지."

비비안이 고개를 저었다.

그것을 보며 다니엘이 입을 열었다.

"저 하나라고 생각하지 않아요."

"알아. 이쯤이면 아마 너 말고 다른 놈들도 찾아갔겠지."

"그리고 그중에는 간혹 넘어가는 이들도 있을 거고요."

"조만간 애 하나 생기겠네. 아니면 내 배 속에서 애가 죽었거나."

섬뜩하면서 독한 말을 하면서도 비비안은 눈 하나 깜짝하지 않았다. 그저 괘씸한 상대들에 대한 분노만이 드러날 뿐이었다.

다니엘이 침묵했다. 그는 비비안을 사랑했다. 사실 그건 아직도 그러했다. 과연 그게 사랑인가 싶다가도 그럴 거라고 생각했다.

그럼 그녀의 남편은? 그녀의 남편은 과연 그녀를 사랑할까? 그 오만하다 소문난 남자가 과연 아내의 '흠'을 받아 줄까? 어떻게 받아들일까?

사실 다니엘이 이런 물음을 품는 것과 달리 상인 협회는 아마 이런 물음을 갖지도 않았을 것이다. 그들은 비비안의 이런 소문이 반드시 두 사람의 파국을 초래할 것이라 생각했다.

협애한 것일까, 아니면 여전히 비비안을 이해하지 못하는 것일까.

그렇게 생각하며 다니엘이 일어났다.

"전 가 볼게요."

"기다려."

발걸음을 옮기려는 다니엘을 비비안이 붙잡았다. 높은 하이힐의 굽이 또각또각 소리를 냈다. 드르륵 서랍이 열리고 하얀색 종이를 꺼낸 비비안이 입을 열었다.

"갈 땐 가더라도 받을 건 받고 가."

사각사각 펜촉이 소리를 냈다. 하얀색 종이에 화려한 사인이 새겨졌다. 쾅 도장을 찍은 뒤 비비안이 그것을 내밀었다.

수표였다. 금액이 써지지 않은 백지 수표.

"네가 올 줄 몰라서 뭐 줄 건 없고, 가져가."

"딱히 이걸 바라고 온 건 아닌데."

"하지만 주는 걸 거절할 이유는 없지 않아?"

비비안이 우아하게 웃었다.

"내 취향에나 맞는 걸 억지로 네 몸에 걸치게 할 수는 없잖아. 이제는 정부도 아니고 명분도 없는데."

"전 당신이 주는 건 다 좋아했어요."

"알아. 하지만 이번에는 네가 골라. 난 네가 뭘 좋아하는지 모르거든."

그가 좋아하는 게 뭔지 몰라 백지 수표로 건넨다는 건가. 더 이상의 정성을 들이지 않는 딱, 그 정도까지의 관계였다.

다니엘이 수표를 받았다. 비비안이 생긋 웃었다.

"고마워. 앞으로 종종 재미있는 이야기로 부탁해."

"네."

그런 비비안을 보며, 다니엘 또한 미소로 화답할 수밖에 없었다.

* * *

"나 조만간 엄마 되겠네."

"푸우우웁."

우아하게 와인 마시던 모양새가 흐트러졌다. 허공을 수놓는 와인 방울을 혐오감 어린 시선으로 보던 비비안이 쯧 혀를 찼다.

"더러워."

"그게 무슨 말이지?"

"상인 협회에서 내 뒤를 캐고 다니거든. 조만간 사생아 하나 나올 것 같다는 이야기야."

"사생아가 있었나?"

위그가 눈을 크게 떴다. 비비안이 한심하다는 얼굴로 냅킨을 내밀었다.

"잘생긴 얼굴 망가뜨리지 말고 빨리 입이나 닦아."

비비안의 손에서 냅킨을 받아 들고 위그가 입을 닦았다. 비비안의 기색을 살피던 그가 곧 그녀의 뜻을 알아채고 한숨을 푹 쉬었다.

"당신 스캔들을 만들고 있다는 건가?"

"그럼 내가 진짜 애가 있겠어? 혹시 처음에는 임신으로 알아들은 건 아니지?"

"그럼 말 좀 똑바로 해. 당신 내 반응 즐기는 거지?"

"그걸 설마 이제 알아차렸어?"

비비안이 눈알을 데굴데굴 굴리다가 생긋 웃었다. 까르르 웃음을 터뜨리자 위그가 이마를 짚었다. 그런 일 따위 절대 발생하지 않는다는 걸 알면서도 내심 놀랐던 것은 사실이었다.

위그가 한숨을 쉬었다. 시종이 테이블을 다 닦은 뒤 물러나자 그가 외투를 벗으며 말했다.

"그래서, 상인 협회에서 당신의 있지도 않은 사생아 스캔들을 억지로 캐고 다닌다는 말이지? 그치들한테 뭐 밉보였나?"

"말은 똑바로 해야지, 게네들이 나한테 밉보인 거야."

"아, 본인이 혼자서 상인 협회를 따돌리고 있다?"

"그렇지? 그런데 왜 비꼬듯 말해?"

요즘따라 은근히 그녀의 말에 깐죽대는 게 은근히 신경에 거슬렸다. 뒤통수를 맞기 전에는 달이고 별이고 다 따 줄 것처럼 굴더니. 비비안이 고개를 저었다.

"어쨌든 다니엘 말로는 그렇다고 해."

"그 새끼랑 만났어?"

"핵심이 그게 아니잖아."

"사생아 스캔들이라면 나도 몇 번 있었다."

위그의 말에 비비안이 반색했다. 흥미롭다는 아내의 기색에 위그가 어이없어했다.

"물론 말도 안 되는 소리고."

"혹시 먼 훗날에 '이게 네 아버지다'라고 어떤 여자가 사생아 데리고 오는 거 아니야?"

"그럼 어쩔 거지?"

"그걸 왜 나한테 물어? 그때는 이미 이혼했을 텐데."

비비안이 피식 웃었다. 그녀의 대수롭지 않은 얼굴에 위그가 고개를 돌렸다. 곧, 비비안이 서늘하게 웃었다.

"하지만 당신 스캔들이랑 내 스캔들은 성질이 달라. 그걸 모르는 건 아니지?"

바첼론에서 여자한테 사생아 스캔들이 난다. 그게 어떤 뜻인지 위그가 모르는 것은 아니었다. 심지어 그 여자가 이미 결혼했다면.

"주로 누굴 찌르고 다니는 거지?"

"뭐, 나와 만났던 정부라거나, 연인이었던 이들이나, 그런 남자들. 그런데 그런 남자들이 어지간히 많아야지. 진짜로 그중에서 하나 만들려면 못 만들 것도 없긴 해."

"이런. 생각보다 최악이군."

"나와의 스캔들이 터지면 당신 처지가 곤란해지고, 우리 둘은 파국으로 치닫겠지. 우리 둘이 이혼하면 가장 득을 볼 인간이 누군 것 같아?"

"……."

"아무래도 제이슨이 움직인 것 같아, 남편님."

"그 이전에, 디텔이 움직인 것 같군."

그것도 상인 협회와 손을 잡고 말이야. 위그가 작게 중얼거렸다.

"디텔이 움직였다기보다는 제이슨이 움직였겠지. 로건이 돌아와서 기분이 더럽고, 그 와중에 이디에트에서는 무슨 일을 꾸미고 있는 게 확실해진 거야."

"이쯤 되면 움직일 때도 되었다고 생각했어. 당신한테부터 손쓸 줄은 몰랐지만."

위그가 대수롭지 않게 중얼거렸다. 그러나 정작 그의 마음은 그리 편하지 않았다. 원래라면 이디에트의 가장 큰 장기말이 되어야 하는 알렉산드르가 심각하게 못 미더웠기 때문이었다.

그의 기색을 알아챈 비비안이 훗 웃었다.

"카티야를 빼내야겠네."

"뭐?"

갑작스러운 말에 위그가 고개를 들었다. 비비안이 팔짱을 끼며 말했다.

"원하는 건 다 줬잖아."

"엄격히 말하자면 본인이 원하는 것만 가져간 거 아닌가? 대체 내가 카티야 그 여자로 득을 본 게 뭐지?"

"그간 제이슨의 동향을 파악하면서 행동할 수 있었으면 그걸로 만족해. 그리고……."

"그리고?"

"그리고 카티야가 위험해."

제이슨이 상인 협회에까지 손을 뻗었다. 그만큼 급했다는 것이었다. 그 와중에 카티야가 위험하지 않을 거라 생각하는 게 더 멍청했다.

하나 위그는 그녀와 생각이 다른 듯했다.

"제이슨은 카티야를 버리지 않는다."

"흐음?"

"생각 이상으로 제이슨이 카티야를 아끼고 있어."

가끔 사람의 환경은 상상력을 제한시킨다. 위그가 딱 그 짝이었다. 그는 제이슨이 카티야를 얼마나 아끼고 총애하는지 누구보다도 가까이서 지켜봐 왔다. 자연스럽게 그 뒤로 붙은 결론은 제이슨이 카티야에게 해를 입히지 않을 거라는 것이었다.

그가 그랬으므로.

비비안의 유언장을 확인해도 결국에는 일종의 경고에 불과했다. 그는 직접적으로 비비안을 죽일 생각도, 그녀를 제거하려는 생각도 없었다.

그러나 비비안은 잘 알았다.

"카티야는 예쁘고 아름답지."

"그러니까……."

"하지만 아름답고 예쁜 여자는 내 말을 들을 때만 매력적이야."

"……"

"인형이 생각을 갖고, 그것이 내 생각과 다를 때는 본격적으로 수틀리기 시작하는 거지."

위그가 미간을 찌푸렸다. 사실 그건 그도 잘 알았다. 비비안이 감히 그의 약점을 잡고 흔들려고 할 때, 그만큼의 배신감이 몰려왔다. 그 이상으로 그녀를 이해하려고 하긴 했지만 그것이 그의 분노를 막지는 못했다.

"하지만 그렇다고 해코지는……"

"할 거야."

"……"

"위그, 당신, 맞아 봤어?"

"무슨 소리를 하는 거지?"

"나는 맞아 봤어."

"……"

"그래서 알아. 말 잘 듣고 예쁜 애완견이 감히 내 명령을 거역할 때, 어떻게 손이 나가는지."

위그가 멈칫했다. 맞아 봤다고? 그게 상징적인 의미인지 아니면 진짜로 맞아 봤다는 것인지 잘 이해가 가지 않았다. 그러다 순간, 얼마 전 빌케르 백작이 그녀에게 손을 댔던 것을 상기하며 입을 열었다.

"누가 때렸는데?"

"누구인 것 같아?"

"당신…… 오빠?"

비비안이 한쪽 입꼬리를 말아 올렸다. 그녀의 눈빛에 위그가 미간을 찌푸렸다.

"당신, 당신 오빠가 꽤 예뻐했다고……"

"한 번도 안 때렸다는 말은 안 했어."

"좋은 사람이라고 했잖나."

"여동생을 훈육 차원으로 몇 번 때렸다고 나쁜 사람이 되진 않아. 그리고 원래 몇 마디 말로는 사람을 판단하지 못해."

아리송한 말을 하면서 비비안이 자리에서 일어났다. 그런 그녀의 뒷모습을 보면서, 위그가 입을 꾹 다물었다.

"당신."

"그런데 리즈의 생일 선물은 준비했어?"

위그의 말을 끊고 비비안이 물었다. 잘려진 말이 다소 마음에 들지 않아 위그가 한숨을 푹 쉬었다. 그러나 결국 그녀에게 끌려 나갈 수밖에 없었다.

"준비했다."

"그래? 잘됐네, 시간 못 맞출 줄 알았는데."

"모레 아닌가? 당신은?"

"나야, 당연히 준비했지. 그것도 어마어마한 걸로."

비비안이 살짝 눈꼬리를 접었다. 그녀의 요사스러운 눈빛에 위그가 탐탁찮은 얼굴을 했다. 왠지 모르게 불안한 건 왜일까, 대체, 뭐가 문제란 말인가. 말할 수 없는 느낌에 더더욱 기분이 미묘해져 왔다.

Chapter 10
그리고 무대 위에는 모두가 서 있었다

리즈의 생일 파티는 이디에트 저택의 파티 홀에서 이루어졌다. 더 많은 친구들을 불러도 된다는 말에 리즈가 아는 친구들을 신나게 부른 터라 이디에트는 오랜만에 수많은 꼬마 손님들을 맞이해야 했다.

"생일 축하드려요."

카트린이 빌케르 백작과의 이혼을 선포했으니 사실 이 연회에 참석해도 빌케르 백작가와의 관계에는 일말의 영향도 없었다. 게다가 현재 진행 중인 이혼 과정에 비비안이 빌케르 백작가를 심각하게 제 입맛대로 휘두르려 하고 있는지라, 후계자도 아닌 아이의 생일 따위에 빌케르 백작가의 그 누구도 관심을 주지 않았다.

그럼에도 북적북적한 홀에는 바첼론에서 내로라하는 귀족들이 전부 모여 있었다. 어린 자녀를 둔 귀족들은 어떻게든 비비고 들어오지 못해 안달이 났다. 그리고 그것은 너무나 당연하게도 이디에트 공작이 처조카를 사랑한다는 소문에 홀려 어떻게든 아이에게 잘 보이고자 하는 이들의 몸부림일 뿐이었다.

커다란 4층짜리 케이크에는 리즈가 좋아하는 것들이 가득 있었다. 과자 집을 받지는 못했지만 커다란 케이크에 리즈가 활짝 웃었다.

"이모부야!"

"왜?"

"이거 이모부가 만든 거야?"

아이의 스스럼없는 부름에 귀족들이 위그의 눈치를 보았다. 무섭기로 소문난 이디에트의 가주가 제 처조카의 반말에도 웃어 주는 것을 보며 사람들이 더더욱 수군거렸다.

"내가 이런 걸 만들 사람으로 보였나?"

"하긴, 이모부가 만들었으면 이렇게 예쁘지 않았을 거야, 그렇지, 이모?"

"그전에 네 이모부는 케이크 자체를 먹어 본 적이 얼마 없을 거란다."

비비안이 웃음을 흘리며 대답하자 주변에서 귀족들이 웃음을 터뜨렸다. 대부분 귀족들은 어떻게든 이디에트 공작의 비위를 맞추고자 안간힘을 쓰며 그의 사소한 취향 따위를 알아내려 했기에, 위그가 단것과 향수 냄새 같은 것들을 싫어한다는 것은 이미 사교계의 공공연한 비밀이었다.

위그는 미소를 지었다. 한껏 띄워진 분위기 속에서 모두가 즐거워했다. 이런 식의 파티는 좋아하지 않았지만, 오늘의 주인공은 리즈이니 그는 그저 넘어가기로 했다.

곧 사람들의 선물 세례가 쏟아졌다. 예쁘고 앙증맞은 장신구들이나 드레스, 간혹 리즈가 눈을 빛내는 선물들이 쏟아졌으나 그중에서 리즈가 가장 좋아한 건 다름 아닌 먹을 것이었다.

비비안의 눈치를 힐끔힐끔 보던 리즈가 어느 귀족이 내민 과자 세트를 품에 꼭 안았다. 그것을 눈에 넣고도 못 본 척하면서 비비안이 입을 열었다.

"거봐, 당신 말고도 애한테 먹을 거 사 주는 사람들 많지?"

"안 말리나?"

"생일인데 오늘은 그냥 내버려 둬, 내일 전부 몰수할 거야."

"참 잔인하군."

위그가 고개를 절레절레 저었다. 그러나 비비안은 가차 없었다.

"그리고 내가 안 빼앗아도 빼앗을 사람은 있어."

비비안의 말에 위그가 잠시 뭔가 생각하듯 눈을 깜박였다. 그러다 알겠다는 듯이 웃음을 흘렸다. 커다란 선물을 준비했다더니, 뭔지 알 것 같았다.

그러나 여전히 비비안의 눈치를 보면서 입에 과자 하나를 넣은 리즈가 아리아의 손에도 과자를 하나 쥐여 주는 것을 보던 위그의 입가에서, 순간 미소가 사라졌다. 그의 시야 속에, 리즈에게 다가가는 어린 남자아이가 보였기 때문이었다.

물론 핵심은 그 어린 남자아이가 아니었다. 핵심은, 그 남자아이의 뒤에 서 있는 부모였다.

"저거 저거."

"음?"

왠지 모르게 짜증 나는 얼굴을 한 남편을 보고 비비안이 고개를 돌렸다. 무슨 일인지 몰라 갸웃거리는 그녀에게 위그가 입을 열었다.

"하이그 백작?"

"하이그 백…… 아, 그 치마?"

비비안이 잠시 기억을 더듬다가 고개를 끄덕였다. 그러고 보니 익숙한 얼굴이긴 했다. 리즈의 치마를 들춘다고 하던 하이그 백작가의 아들, 마크라고 했나.

"어디 가?"

"애한테 무슨 짓을 할지 어떻게 알아."

위그의 말에 비비안이 한숨을 푹 쉬며 그의 옷깃을 잡았다. 이미 몇 걸음 앞으로 나선 그를 다시 쭉 잡아당기며 비비안이 말했다.

"혼자 처리하게 내버려 둬."

"여섯 살짜리를?"

"그 정도는 혼자 처리해야 돼."

"여섯 살짜리라니까?"

"언제고 당신이 나설 거야? 우리 조카 건드리면 가만 안 둔다고? 늙어 죽을 때까지 옆에서 싸고돌 일 있어? 리즈가 혼자 알아서 하게 내버려 두라니까."

"저 녀석이 훗날에 무슨 짓을 할지 어떻게 알아."

"아, 당신 생각보다 훨씬 극성이야. 가만히 좀 있어. 리즈가 바보인 줄 알아?"

비비안이 위그를 타박하며 혀를 찼다. 결국 위그가 상당히 탐탁잖은 얼굴을 한 채 다시 제자리로 돌아왔다.

왠지 모르게 불안한 남편의 얼굴을 보며 비비안이 피식 웃었다. 리즈가 도움을 줄 만한 사람 하나는 잘 찾았군. 그래도 리즈는 혼자서 이 문제를 처리할 필요가 있었다.

게다가 지금 마크의 표정은, 생각 이상으로 진지했다.

"사과하는 것 같은데?"

"잘못은 이미 다 해 놓고 사과하면 없던 일이 되는 건 아니고?"

"하지만 최소한 반성의 기회는 줘야지. 어린아이니까."

"리즈도 어린아이다."

"알아, 그래서 두 사람은 지금 평등한 상황이야. 평등한 상황에서 한 사람이 다른 한 사람에게 상처를 줬고, 그 다른 한 사람은 더 높은 이에게 도움을 청했어."

비비안이 피식 웃었다. 그녀는 손에 든 선물을 쭈뼛쭈뼛 리즈에게 내미는 마크를 보며 한숨을 길게 쉬었다.

"거기에 당신은 보호자로서 저 아이의 보호자와 중재를 했고, 저 아이는 사과를 하러 왔어."

"뻔뻔하군."

"……당신, 여섯 살보다 더 여섯 살 같은 건 알지?"

"나보다 당신이 더 화를 낼 줄 알았는데?"

위그가 이상한 듯이 물었다. 그에 비비안이 피식 웃었다.

"화나지. 금쪽같은 내 조카가 울면서 도움을 청하러 왔어, 당신이라면 화가 안 날까? 하지만 지금은 아니야."

"……."

"리즈는 굳이 당신에게 보호받을 필요 없는 아이야. 여기서 교육이 필요한 건 저 마크라는 녀석이고. 그리고 이제 저 녀석은 교육을 받아 왔어."

그러니까 선택은 리즈가 해야지.

얼굴을 발갛게 물들인 채 마크가 선물을 내밀었다. 그것을 힐끔 본 리즈가 아리아를 쳐다보았다. 제 언니에게 몇 마디 물은 뒤, 아리아의 대답을 들은 리즈가 입을 꼭 다물었다.

그리고 이내, 리즈가 고개를 홱 돌렸다.

"아, 용서 안 하기로 했나 보네."

마크의 눈에 눈물이 그렁그렁 달렸다. 발간 얼굴이 이번에는 부끄러움으로 가득 찬 것 같았다. 뒤에서 난감한 얼굴로 하이그 백작 부부가 서 있었다. 두 아이의 행동으로 주변의 귀족들이 웅성거렸다. 비비안이 혀를 쯧 찼다.

"하여튼 애들 일에 어른들이 끼어들어서는."

"그나저나 저건 어떡하지? 분위기가 엉망인데?"

마크의 눈가에 그렁그렁 눈물이 달리는 것을 본 리즈가 살짝 입을 삐죽 내밀었다. 그러나 그때, 아리아가 제 손을 꼭 잡은 동생에게 뭐라고 몇 마디 하는 것이 보였다.

아리아의 말을 들은 리즈가 잠시 고민하는 듯 보였다. 그리고 이내, 그녀가 마크에게 뭐라 읊조렸다.

"가서 들어 봐, 뭐라고 하는지."

"내가?"

"빨리."

비비안이 잔뜩 흥미 어린 얼굴로 위그의 등을 떠밀었다. 조금 전 잡을 때는 언제고, 위그가 기가 막힌 얼굴을 했다.

"애들로 가득한 저런 곳에 내가 가라고?"

"빨리 가, 우리 남편은 할 수 있어. 당신의 숨겨 왔던 침투력을 발휘해 봐."

위그가 헛웃음을 지었다. 결국 비비안에 의해 반강제적으로 리즈에게 다가간 위그가 한숨을 푹 쉬었다. 귀족들이 제게 인사를 하는 것을 받아 주던 위그는, 곧 팔을 벌렸다.

폴짝 이모부의 품에 안긴 리즈가 그의 목을 꼭 껴안았다. 위그가 입을 열기도 전에, 리즈가 갑자기 마크한테 크게 외쳤다.

"거봐, 너 다시 나 괴롭히면 내가 이모부한테 이른다!"

그 말에 위그가 피식 웃었다. 기껏 위그를 보내고는 바로 리즈에게 다가온 비비안이 물었다.

"그래서, 용서해 주기로 한 거야?"

"앞으로 하는 거 봐서 선물 받겠다고 했어."

"그래?"

비비안이 기특하다는 듯이 리즈의 뺨을 살짝 꼬집었다. 갑작스러운 공작의 등장에 잔뜩 긴장한 하이그 일가를 보며 비비안이 다정하게 웃었다.

"그래도 반성은 좋은 거예요. 그렇죠?"

"부끄럽습니다."

"아이들이니까요, 물론, 아이들이라서 더더욱 신경 써야 하는 거죠."

비비안의 말에 하이그 백작이 고개를 끄덕였다. 그것을 보다가 비비안이 곧 위그의 품에 안긴 리즈에게 물었다.

"리즈, 생일 선물은 다 마음에 드니?"

"응!"

"이제 이모부랑 이모만 남았나?"

"어, 그렇네? 이모, 선물 줘. 이모부야, 선물."

당당한 리즈의 말에 비비안이 풋 웃었다. 그리고 곧, 그녀가 작게 속삭였다.

"이모는 선물을 조금 많이 준비했는데, 첫 번째 거부터 보여 줄까?"

"응!"

리즈가 고개를 끄덕였다. 그때, 비비안이 문 쪽으로 고개를 돌렸다.

"들어오라고 하세요."

비비안의 말이 떨어지기가 무섭게 문이 열렸다. 모두의 시선이 모두 문 쪽으로 쏠린 가운데, 비비안이 위그를 톡톡 치며 말했다.

"애 내려 줘."

품에서 리즈를 놓은 뒤 위그가 몸을 일으켰다. 순간, 그는 비비안의 판단이 옳았음을 알아챘다.

문이 열렸다. 그리고 거기에 서 있는 인영을 보는 순간, 리즈가 울먹거리며 달려갔다.

"엄마!"

"리즈, 아리아, 이리 온."

그곳에, 카트린이 서 있었다.

"어머, 백작 부…… 아니, 로젤리스의…….."

일순 카트린을 어떻게 불러야 할지 몰라 당황하던 사람들 틈에서 아리아가 입술을 꼭 깨물었다. 도도도 달려가는 동생의 뒷모습을 보면서 눈물을 글썽거리는 아리아를 보며 비비안이 말했다.

"뛰어가도 돼."

몇 달간 엄마를 보지 못한 아이들이 울먹울먹거렸다. 의젓한 척해도, 좋은 집에서 좋은 것만 먹어도 아이들은 엄마가 더 좋았다. 순간 울컥한 채 카트린의 품에 안긴 두 아이가 엉엉 울었다.

"많이 기다렸어?"

오랜만에 보는 두 딸의 뺨에 키스를 하며 카트린이 화사하게 웃었다. 그 따뜻한 미소에 위그가 작게 중얼거렸다.

"당신 언니는, 어떻게 저렇게 웃을 수 있지?"

빌케르 백작과의 아이를 낳고, 불행한 생활을 하면서도 카트린은 언제나 웃었다. 그 모습이 사뭇 이상하면서도 대단해 보였다.

위그의 물음에 비비안이 쓰게 웃었다.

사실 그건 그녀도 모른다. 보통 사람이 감당하기 어려운 고통을 겪고도 웃는 사람이었다. 비비안이 잠시 말을 골랐다. 엄마의 품에서 엉엉 우는 아이들을 보며, 그녀가 말했다.

"모르겠어."

모른다. 사실 영원히 모를 것이다. 모르니 당연히 이해를 할 수도 없었다. 그럼에도, 아니, 어쩌면 그래서 비비안은 결코 카트린을 질책할 수 없었다.

곧 아이들의 손을 잡고 일어난 카트린이 비비안을 보았다. 몇 달 만에 본 동생을 향해 카트린이 밉지 않게 살짝 눈을 흘겼다.

"너는, 꼭 이렇게 나를 극적인 등장을 시켜야겠니?"

"재미있잖아."

"옆방에서 하루 종일 기다렸어. 대체 이렇게 해서 얻는 게 뭐야?"

"나도 모르겠어. 이런 걸 좋아하는 걸 보니까 내 몸 안에 대배우 오드리나의 피가 흐르는 것 같기도 해."

몇 달 만에 만난 자매가 서로 보며 웃었다. 그 모습이 지독하게 평범해서, 위그는 오히려 이질감을 느껴야만 했다.

오랜만에 본 엄마를 향한 아이들의 눈빛이 초롱초롱 빛났다. 한껏 신나서 카트린의 치마에 얼굴을 비비고 있는 리즈와 달리, 울음을 멈추고 발갛게 부은 얼굴을 한 아리아가 엄마를 올려다보았다.

"그런데 케이트는……."

막내를 이야기하는 것이었다. 이 와중에도 제 동생이 어디 있는지 묻는 게 기특해서 카트린이 그녀의 머리를 쓰다듬어 주었다.

"유모가 방에서 보고 있단다. 파티가 끝나면 같이 보러 갈까?"

아리아가 고개를 끄덕였다. 카트린이 부드럽게 웃었다. 꽤 오랜 시간 아이들을 떠나, 홀로 그렇게 요양을 하는 것이 싫지 않았다. 오히려 좋았다. 너무 긴 시간 동안 그녀를 가두고 있던 족쇄를 부수고 다시 한번 세상에 나오는 느낌이었다. 카트린 빌케르가 아니라 카트린 로젤리스로서. 물론 그녀는 잘 알았다. 세상의 호의는 의외로 쉽게 사라진다는 것을.

빌케르 백작 부인이 아닌 그녀를 기다리고 있을 세상은 생각보다 훨씬 혹독할 게 뻔해서 그간 외면해 왔다고 해도 무방했다.

하지만 아이들을 보는 순간, 우습게도 또다시 행복해졌다.

"리즈."

그때 한쪽에 서 있던 비비안이 리즈를 불렀다. 이모의 목소리에 눈을 깜박거린 리즈가 뭔가 생각났다는 듯이 감탄했다.

"아, 선물!"

"그래."

"이게 선물이야? 엄마가 오는 게?"

"그게 왜 선물이야."

엄마가 아이를 보러 오는 걸 선물로 퉁칠 만큼 쩨쩨한 인간이 아니었다. 비비안이 리즈의 이마를 살짝 튕겼다.

"이모 선물은 이거야."

커다란 빨간색 상자를 내밀며 비비안이 말했다. 궁금증 어린 시선이 상자로 쏟아졌다. 작은 손으로 커다란 상자를 열자, 리즈가 감탄했다.

"우아!"

"예뻐?"

"예뻐!"

리즈가 고개를 끄덕였다. 상자 속에 있는 것은 커다란 보석함이었다. 섬세한 세공에 반짝거리는 진주와 보석이 달린, 리즈가 딱 좋아하는 종류의 커다란 보석함.

조심스럽게 보석함을 열어 본 리즈가 눈이 휘둥그레졌다. 안에는 그녀가 좋아하는 레이스가 나풀나풀한 리본과 각종 장식들이 즐비하게 있었다.

"이거 다 이모가 고른 거야?"

"그럼."

아이가 아니라 어른한테도 해 주기 꽤 어려운 선물이었다. 그러나 이모를 닮아 비싸고 예쁜 것을 좋아하는 리즈에게 까짓것 보석함 하나 선물하는 것은 비비안에게 그리 큰일이 아니었다.

옆에서 카트린이 혀를 찼다.

"애한테 뭘 이렇게 비싼 선물을 해."

"좋아하잖아."

"그래도, 이제 겨우 여섯 살짜리한테 이런 장식품이라니. 얘가 이거 비싼 줄은 알겠어?"

그래도 성의가 보이는 것만큼은 확실했다. 보석함의 밑부분에는 리즈의 이름까지 새겨져 있었고, 디자인은 딱 리즈의 취향에 맞춘 것이었다. 그것을 보며 흥분된 얼굴을 하는 리즈의 시선이 이번에는 위그에게 떨어졌다. 그것이 무슨 의미인지는 명백했다. 당연하게 아이의 시선을 따라 사람들도 위그에게 눈길을 돌렸다.

단주의 조카 사랑에 대한 기대는 절로 위그에게까지 이어졌다. 자신에게 집중된 이목에 위그가 가볍게 한숨을 쉬었다.

"가져오라고 해."

위그의 명령에 요한이 턱짓을 했다. 애한테 뭘 선물해 줄지 비비안도 궁금했던 터라 그녀 또한 열린 문에 집중했다. 그러나 문이 열리는 순간, 비비안의 얼굴이 팍 일그러졌다.

"이 남자가 진짜……!"

비비안이 위그를 째려보았다. 그렇게 안 된다 안 된다 했는데 기어코 애한테 과자 집을 선물하나. 딱 봐도 손이 엄청나게 갔을 듯한 과자 집은 커다란 유리 상자 안에 마치 전시품처럼 놓여 있었고, 순간 홀에 모인 아이들 사이에서 부러움 섞인 경탄이 흘러나왔다. 당연하게도 과자 집을 보면서 가장 흥분한 사람은 리즈였다. 그녀는 순식간에 비비안이 준 상자를 아예 바닥에 놓고 위그에게 달려갔다.

"우아! 이모부야!"

"마음에 드나?"

"완전, 아주아주 마음에 들어!"

"대신 양치 꼬박꼬박 하고, 하루에 적당한 양만 먹어. 시녀한테 감시하라고 이르겠다, 알겠지?"

"응! 응! 이모부야, 고마워!"

리즈가 두 눈을 반짝거리면서 폴짝폴짝 뛰었다. 순간 위그의 뺨에 쪽 뽀뽀를 하자 주변에서 웃음이 터져 나왔다. 카트린이 웃으면서 제 딸을 보는데 모두가 즐거운 그 와중에 비비안만 뒷골을 잡고 있었다.

"위그 이디에트."

스산한 비비안의 목소리를 애써 무시하며 위그가 딴청을 피웠다. 신기한 얼굴로 제 앞에 온 과자 집을 이리저리 둘러보면서 배시시 웃는 조카의 얼굴을 힐끔 본 뒤, 그녀가 입을 열었다.

"하여튼 말은 죽어도 안 들어."

"양치 꼬박꼬박 하겠다고 하지 않나."

"그걸 애가 퍽이나 듣겠어."

"시녀에게 양치하는 거 감시하라고 일러뒀어."

"그냥 안 사 줬으면 됐을 거 아니야."

비비안이 살짝 저를 흘기자 위그가 시선을 돌렸다. 그런 두 사람을 발견한 카트린이 화사하게 웃으며 말했다.

"괜찮아, 생일인데 뭘. 오히려 하나도 못 먹게 하면 뒤로 쿠키 숨겨 놓고 그래."

"언니까지 그렇게 말하면 내가 뭐가 돼?"

툴툴거리는 비비안을 보며 위그가 웃음을 흘렸다. 그런 그녀의 어깨를 감싸 안으며 그가 입을 열었다.

"애 생일이잖나."

비비안이 위그를 흘겼다.

"당신 부인이 불쌍해. 아주 애 교육 싹 망치는 걸 남편이라고 둬야 한다니."

"내 부인은 당신이지?"

"그거 말고. 어디서 은근슬쩍 얹혀 가려고 해?"

비비안이 비웃음을 지었다. 그녀의 눈길이 과자 집을 보면서 눈을 빛내는 리즈에게로 향했다. 그때, 카트린이 입을 열었다.

"리즈, 생일 선물이야."

"우아. 엄마도 준비했어?"

"그럼."

카트린이 웃으면서 살짝 눈짓했다. 그에 언제 왔는지 대기하고 있던 시녀 하나가 품에 안긴 상자를 들고 앞으로 다가왔다. 그것을 받아 든 리즈는 상자 안에 있는 것을 확인하고 얼굴을 활짝 폈다. 카트린이 준비한 것은 커다란 인형이었다. 하얀색 털이 뽀송뽀송한 고양이 인형.

오늘 아이가 가장 행복한 날이긴 한가 보다. 비비안이 어쩔 수 없다는 듯이 한숨을 쉬었다. 그런 비비안의 허리에 팔을 감으면서 위그가 말했다.

"새삼 다시 생각하는 거지만 당신은 조카한테 약해. 애를 좋아하는 성격으로는 안 보였는데."

"귀엽고 약하고 사랑스러운 생물이라 좋아하는 것일 뿐, 저렇게 다른 애 치마나 들추고 다니는 녀석은 안 좋아해."

비비안의 눈길이 하이그 백작가의 아들에게 향했다. 조금 전부터 이쪽을 계속해서 힐끔거리고 있었는지 바로 눈이 마주쳤다. 갑자기 비비안의 시선을 받게 된 아이가 움찔했다. 하지만 이내 리즈에게로 고개를 돌리며 리즈의 옆에 살짝 몸을 감추었다.

분위기는 한껏 달아올랐다. 리즈는 과자 집과 보석함에서 눈을 떼지 못했고, 엄마가 준 인형도 품에 꼭 안은 채 방글방글 웃고 있었다. 곧 어른들이 빠져나간 채 아이들만 남은 홀의 중앙을 보다가, 비비안이 소파에 앉았다. 그런 그녀에게 위그가 샴페인을 내밀었다.

"애 생일 파티에 샴페인을 올렸어?"

"어른들이 마셔야 하니까."

"이런 장소라도 어떻게든 비벼 보겠다고 온 걸 보면 참 저러고 싶을까 싶어. 리즈가 있어서 말은 안 했지만."

"리즈가 좋아하지 않나."

"아이니까. 원래 순진한 것도 있고. 아리아를 봐, 벌써 무슨 상황인지 다 눈치채고 있잖아."

"자매인데 성격이 다르군."

"나랑 언니도 달라."

위그가 납득하듯 고개를 끄덕였다. 그때, 마침 홀의 중앙에서 카트린이 빠져나와 두 사람에게 다가왔다. 언니의 모습에 비비안이 입을 열었다.

"힘들어? 힘들면 먼저 방으로 돌아가."

"힘들지 않아. 충분히 쉬었는걸."

"겨우 몇 달 쉬고는 무슨."

비비안의 말에 카트린이 온화하게 웃었다. 순간 그녀의 시선이 위그에게 향했다. 그에 위그가 잠시 카트린과 비비안을 번갈아 보더니 부드럽게 웃으며 자리를 떴다. 아이들에게로 향하는 위그의 뒷모습을 응시하다가 카트린이 비비안의 옆에 앉았다.

"공작 각하는 아이를 의외로 좋아하나 봐?"

"딱 보면 몰라? 지금 하나 낳자고 하고 싶어 죽겠는데 말 못 하고 있잖아."

비비안이 웃었다. 그녀가 위그의 뜻을 모를 리 없었다. 얼굴만 봐도 애

갖고 싶어서 움찔대는 입술이 딱 그의 뜻을 알려 주고 있었다. 물론 비비안은 절대 그러고 싶은 마음이 없었다. 그녀는 이제 2년의 기한을 채운 뒤 이혼해야 한다. 위그 또한 그것을 알고 있었다. 다만 아이를 갖고 싶은 것과 현실은 다른 문제이므로.

그러나 사정을 모르는 카트린의 눈에는 그게 퍽 좋은 일로 보였다.

"남편이 아이를 좋아하는 건 잘된 일이지. 아이가 태어나면 잘 놀아 주고 그럴 것 같은데."

"애랑 놀면 어떡해? 애를 키워야지."

"그래도 아이에게 관심이 많은 남자는 흔하지 않아. 특히 공작 같은 고위 귀족이라면."

"언니."

"비비."

비비안이 또 시작이냐는 듯이 질린 얼굴을 했다. 사람이 변하지 않는다는 사실은 누구보다도 잘 알았지만 이렇게 빨리 그녀에게 이런 말을 할 줄은 몰랐다.

아니, 어쩌면 카트린은 그래서 더 바라고 있는 것일 수도 있었다. 이혼으로 끝을 맞은 자신의 결혼 생활 때문에 비비안에게서는 행복한 삶을 보고 싶은 것일지도 모른다.

그 마음을 모르는 것은 아니지만 그것이 자신을 향한 잔소리로 변질되면 말이 달라진다. 하지만 비비안의 눈빛과 달리 카트린은 꽤 진지했다.

"이 몇 달간 계속 고민했어, 뭐가 잘못되었는지."

"빌케르의 개새끼가 잘못됐지. 그리고 우리 아버지랑 오빠, 그 외에는 잘못된 거 없어."

"내가 그때 조금 더 반항했다면, 용기를 냈다면 달라졌을까?"

"그건 모르지. 그 상황은 이미 지났고, 언니는 용기를 내지 않았어. 이건 사실이야. 하지만 언니가 겪은 일은 언니가 용기를 내지 않아서가 아니야."

"내가 너무 의존적으로 굴었던 것 같아."

"그것도 언니 탓 아니고."

"……."

"약한 게 잘못은 아니잖아."

비비안이 무심하게 말했다. 비록 이해는 할 수 없지만 카트린의 선택이 잘못됐다고 말하고 싶은 생각은 없었다. 나약은 죄가 아니다. 강한 것은 잡아먹고 약한 것은 잡아먹힌다. 잘못된 것은 약한 사람을 용납하지 못하는 세상이다. 약한 사람이 아니라.

카트린이 피식 웃었다.

"비비. 나는 말이지."

크게 숨을 들이쉬며 카트린이 살짝 머뭇했다. 하지만 곧바로 우아하게 웃으며 말했다.

"나는, 빌케르 백작을 용서하기로 했어. 내가 살아야 했으니까."

"……."

"하지만 너는 용서하지 말렴."

"……."

"아니면, 누군가는 또다시 아프게 될 거니까."

나는 그를 용서했다. 내가 행복하고 싶었으니까. 하지만 너는 용서하지 마. 누군가가 불행해지지 않기 위해서.

"언니가 제발 용서해 달라고 빌어도 용서해 줄 생각 없어."

비비안이 시니컬하게 내뱉었다. 그런 동생을 응시하다가 카트린이 길게 숨을 내뱉었다. 이 몇 달간 생각하고 또 생각했던 문제였다. 언제나 모든 잘못을 제 탓으로 돌리는 게 습관이 되었던 그녀였지만, 이번만큼은 그냥 그러지 않기로 했다.

카트린이 다시 고개를 돌렸다. 제 딸들을 안고 과자 집의 굴뚝을 떼어 내는 위그를 보다가 그녀가 입을 열었다.

"공작은 너를 사랑하니?"

"안 사랑한다던데?"

"진짜?"

비비안이 입꼬리를 말아 올렸다. 한때는 사랑한다고 했다. 그러다가 배신의 맛을 본 뒤에는 전략적으로 사랑한다고 했지, 그건 진짜 사랑이 아니라고 했다. 사랑한다고 달콤하게 굴 때는 어떻게든 제 사랑을 밀어붙이지 못해 안달 내던 남자가, 사랑하지 않는다고 말하면서는 조금 느긋해졌다.

잘 모르겠다. 그녀에게 사랑을 속삭이던 남자는 딱 두 종류였다. 하나는 그녀를 위해 모든 것을 다 버릴 수 있다는 남자, 다른 하나는 자기를 사랑해 달라고 밀어붙이는 남자.

위그는 세 번째였다.

"나도 모르겠어."

"넌 그를 사랑하니?"

"아니."

이건 꽤 명쾌하다. 비비안은 자신 있게 말할 수 있었다. 그녀는 위그를 사랑하지 않는다. 하지만 그녀의 단호하기 짝이 없는 대답은 카트린의 웃음을 자아냈다.

"왜 웃어?"

비비안이 미간을 살짝 찌푸렸다. 그때 카트린이 입을 열었다.

"나는 처음 들어."

"뭘?"

"네가, 누군가를 사랑하지 않는다고 이렇게 단호하게 말하는 거."

카트린의 말에 비비안이 무슨 소리를 하느냐는 듯이 헛웃음을 흘렸다. 무슨 말도 안 되는 소리인가. 사실이긴 하지만 그게 무슨 의미가 있는지 모르겠다.

"무슨 말도 안 되는 소리를 하는 거야."

너무 허무맹랑해서 그녀는 부정했다. 그럴 만했으니까.

하지만 그녀의 부정에도 카트린이 묘한 미소를 지었다.

"빈말이라도 사랑한다고 해 주는 거 아니었어?"

"빈말이 필요한 사람이 아니니까."

"왜?"

"그럴 만한 가치가……."

카트린의 다정한 목소리는 딱히 질책하는 의미가 없었다. 그러나 그것은 의문도 아니었다. 답을 내려놓고 묻는 질문이다. 비비안이 길게 숨을 들이쉬었다가 다시 내쉬었다.

하마터면 말릴 뻔했다.

"그래, 사랑해."

사랑한다. 두 사람은 결혼을 했고, 그사이에 사랑해야 했으니까. 비비안은 입꼬리를 말아 올리며 말을 바꾸었다. 그녀의 시선이 리즈를 품에 안고 웃고 있는 위그에게로 닿았다.

이내, 고혹적으로 살풋 웃은 그녀가 카트린을 보면서 다시 입을 뗐다.

"사랑하니까 결혼했겠지?"

카트린은 두 사람 사이에 어떤 거래가 있었는지 모른다. 그러므로 사랑한다고 말해야 정상이었다. 그런데 지금 카트린은 되레 더 웃음을 띠고 있었다.

비비안은 가끔 카트린 앞에서 아이가 되는 자신을 발견했다. 저를 가르칠 때 말고, 이럴 때. 언제나 자신이 언니를 돌봐 줘야 하는 입장이라고 생각했는데 카트린은 그녀가 생각하는 그 이상으로 사실, 더 영리했다.

"비비, 네가 진짜로 공작을, 신문에서 말하는 그 정도로 사랑해서 결혼했다고 생각하지 않아. 사실 제일 처음 결혼 발표가 났을 때부터 그건 어느 정도 예상하고 있었어."

비비안이 살짝 고개를 돌렸다.

"하지만 네가 결혼한다는 사실에 나는 그냥 기뻐하기로 했단다. 최소한,

그는 너를 지켜 줄 수 있는 남자니까."

"누군가가 지켜 주는 거 필요 없어. 그건 속박이야."

"하지만, 그래도 나는 누군가가 네 옆에 있어 주었으면 해."

"내가 그렇게 말했는데……!"

"최소한, 나는 네가 외롭지는 않았으면 좋겠어. 물질적으로 누군가에게 기대라는 게 아니야. 하지만 나는 그렇게 생각해, 사람은 생각 이상으로 정신으로 살아가."

"……."

"누군가의 아내는 되지 않더라도, 나는 최소한 누군가가 네가 무슨 모습을 보이든 무조건적으로 네 옆에 있어 줬으면 좋겠어."

비비안이 쓰게 웃었다. 카트린이 말하는 것이 무엇인지 그녀도 알고 있다. 하지만 비비안은 고개를 저었다.

"그런 사람은 없어."

"있을 수도 있지."

"아니, 없어."

있다고 해도 그건 저 남자가 아니야. 비비안이 눈을 감았다. 그리고 다시 떴을 때, 그녀의 시선은 여전히 위그를 향해 있었다.

오만한 남자다. 누군가를 지킬 줄은 알아도 그 방법은 모른다. 저를 사랑한다고 하면서 제 배신에 분노했다. 그게 인간으로서 기본적인 감정임을 안다. 무조건 바닥에 엎드려 달라는 게 아니었다.

하지만 상황이라는 게 있다. 절대적으로 이루어질 수 없는.

"나는 위그를 사랑하지 않아."

비비안이 우아하게 웃으며 말했다. 강한 부정에 카트린이 고개를 끄덕였다.

"네가 그렇다면 그렇겠지."

비비안이 살짝 입술을 깨물었다. 그리고 입을 뗐다.

"언니, 에단 기억나?"

"한때 네가 만났던 남자 아니니?"

카트린이 눈을 동그랗게 뜨고 물었다. 갑자기 왜 그 사람의 이름이 나오는지 궁금한 눈치였다. 비비안이 그런 카트린과 눈을 마주치며 말했다.

"그 사람, 왕족이래."

"뭐?"

"진짜 이름은 로건."

"혹시."

카트린이 놀란 눈을 하며 입을 크게 벌렸다. 그에 비비안이 말을 이었다.

"내가 그때 그 사람과 결혼했다면, 나는 아마 여기에 없었을 거야."

"……."

"왕실의 한구석에 박혀서 후계자를 만들라는 명령이나 받고 있겠지. 그때는 사업을 시작한 지 얼마 되지 않았을 때라 불안정했고, 아마 나를 구해줄 수 있는 사람은 아무도 없었을 거야."

"……."

"나한테 결혼은 그런 거야."

누군가에겐 낭만적인 해후가, 결국에는 생존이 되어 버리는.

카트린은 입꼬리를 내리며 쓰게 웃었다.

"그래."

결국 여기까지다. 비비안은 생각했다. 그녀는 위그를 사랑하지 않는다. 왜냐하면, 그는 그녀가 사랑하는 상대가 아니었으므로.

카트린은 비비안을 응시했다. 알 수 없는 표정이 그녀의 얼굴 위에 비쳤다. 순간, 카트린이 한숨을 푹 쉬면서 말했다.

"사실, 말하지 않으려고 했는데."

"……."

"여기에 오기 전에, 리암에게 다녀왔어."

카트린의 말에 비비안이 피식 웃었다. 그럴 줄 알았다. 카트린이 간 곳은 요양지로 유명한 곳이다. 그리고 그 부근에는 리암이 있는 요양원도 있었다. 카트린은 가족을 아끼는 성정이니 거기에 가 보는 건 이상한 일이 아니다.

"그래? 잘됐네."

"잘 지내냐고 안 물어봐?"

"물어봐서 뭐 하게. 빼 줄 것도 아닌데."

"그래도, 리암은 나한테 묻더라."

"뭘?"

"비비 누나는, 잘 지내냐고."

"……."

"잘 지낸다고 했어."

비비안이 입을 다물었다. 그리고 그녀가 웃었다.

"잘 지내는 거 맞으니까 뭐, 잘 말했네."

카트린은 더 이상 말이 없었다. 그저 조용하게 홀만 바라볼 뿐이었다. 자매 사이의 침묵 속에서, 비비안도 덩달아 입을 닫아 버렸다.

* * *

리즈의 생일 파티는 꽤 늦게 끝났다. 손님들이 삼삼오오 떼를 지어 떠나가는 것을 하나하나 배웅하고 방으로 돌아온 비비안이 침대에 앉았다. 그런 그녀를 보며 위그가 물었다.

"힘드나?"

비비안이 고개를 저었다. 하지만 왠지 모르게 평소와 다른 모습에 위그가 그녀의 옆에 앉았다. 출렁, 매트가 움직이는 감촉에 비비안이 고개를 들었다. 그녀의 시선이 위그에게 향했다.

"왜 그러나?"

"……."

"아직 화났어?"

"뭐가?"

"리즈에게 과자 집을 선물한 거 말이야."

비비안이 웃음을 흘렸다. 그걸 여태 생각하고 있었나. 내심 그녀의 눈치를 보는 남자에 비비안이 고개를 저었다. 하지만 맥없이 저어지는 고개에 위그가 잠시 얼굴을 일그러뜨렸다.

그거 빼고는 딱히 문제없는데. 무슨 일이지?

위그는 결국 침대에서 일어나 비비안의 앞에 무릎을 꿇고 자세를 낮추었다. 아래에서 위로 올려다보자 비비안이 꽤 낯설었다. 그는 그제야 자신이 여태껏 이런 각도에서 그녀를 본 적이 거의 없음을 깨달았다.

"어디 아픈가?"

"아니."

"그럼?"

비비안이 시선을 살짝 내렸다가 다시 올렸다. 그녀의 시선이 위그에게 꽂혔다. 그리고, 그녀가 우아하게 웃으면서 물었다.

"아이, 갖고 싶어?"

"무슨 헛소리야?"

"갑자기 생각나서 묻는 거야. 언니가 그러는데, 당신이 애를 퍽 좋아한대. 그리고 아이를 좋아하는 남자는 흔치 않다고 했어."

"……"

비비안의 고혹적인 표정은 끔찍하리만치 아름다웠지만 위그는 그에 차마 웃을 수 없었다. 왠지 모르게 달라 보이는 얼굴이 생소했다. 흔들리는 것 같지만 단단했다. 언제나 그를 놀리던 그 미소가 아니었다.

위그가 잠시 고민하다가 답했다.

"당신은, 낳고 싶나?"

"답 알면서."

"그럼 나도 싫다."

비비안이 한쪽 입꼬리를 말아 올렸다. 그 말이 무슨 뜻인지 알아서 더 웃음이 흘러나왔다. 비비안이 싫어하니 자신도 싫다는 것이었다. 일단 왜 그녀가 낳기 싫어한다고 생각하는지 제외하더라도 객관적으로 절대 불가능한 답이었다. 그는 공작이었고, 후계자가 필요했다. 언젠가는 다른 여자와 아이를 낳아야 했다.

그게 질투 난다거나 싫다는 건 절대 아니었다. 그 정도까지 오지도 않았다. 하지만 너 아니면 아이를 갖지 않겠다는 한마디가, 꽤나 진심으로 들려서 비비안은 놀랐다.

그녀가 손을 뻗어 위그의 뺨을 만지작거렸다. 그리고 그녀가 살짝 속삭였다.

"기특하게."

"당신 진짜 오늘 무슨 일 있나?"

"기특한 아이한테는, 선물을 줘야지?"

비비안이 가볍게 읊조리면서 위그의 어깨를 잡았다. 그리고 곧, 그녀가 그의 팔을 잡고 일어나라는 듯이 살짝 당겼다. 그녀의 몸짓에 따라 엉거주춤하게 자리에서 일어난 그가 갑자기 자신을 확 잡아당기는 손길에 침대에다 엉겁결에 무릎을 댔다.

"뭐 하는 거……."

어디서 그런 힘이 났는지 비비안이 그를 잡아당겨 침대에 눕혔다. 살랑거리는 연회색 머리카락이 귓가에서 하늘거렸다. 파란 눈동자가 저를 직시했다. 위그가 얼굴을 굳혔다.

"무슨 일 있나?"

"무슨 일 없는데?"

"아니, 있어."

"……."

단호하기 그지없는 말이었다. 비비안이 생긋 웃었다. 곱게 휘어지는 눈동자가 지독하게 관능적이었다. 하지만 그에 드리워진 풍성한 속눈썹은 한없이 잠잠했다. 위그는 침대를 짚고 일어났다. 마주 보는 비비안의 입술을 살짝 쓸던 그가 물었다.

"무슨 속상한 일이라도 있나?"

"왜 있을 거라 생각하는데?"

"흐트러질 때마다 당신은 그런 표정이니까."

"무슨 표정?"

"아무 일 없다는 표정."

비비안이 눈썹을 까닥였다. 그게 무슨 뜻인지 그녀도 몰랐다. 아무 일도 없다는 표정이 뭐가 잘못되었나. 그러나 이내, 그녀는 깨달았다. 저는 내보이고 싶지 않은 게 있으면 지독하게 그것을 감추려 악을 쓴다는 것을. 그리고 동시에 카트린이 하던 말이 생각났다. 그녀가 이렇게 누군가를 사랑한다는 것을 부정하는 것은 처음 본다고.

거기에 갑자기 자신의 감정을 깨달았다는 그런 말도 안 되는 전개는 아니었다. 다만, 그저 자신의 그 동요를 알아챈 이 남자가 신기해졌다.

비비안이 살짝 시선을 아래로 내렸다. 그때, 위그가 물었다.

"카트린이 무슨 말이라도 했나? 아이를 낳으라고 그랬어?"

"……"

"혹시 그런 말 한 거면 신경 쓰지 마. 애초에 당신 언니는 우리 둘 사이의 거래를 모르지 않나."

"위그 이디에트."

위그의 말이 더 이어지기 전에 비비안이 그의 말을 잘랐다. 그리고, 그녀가 그의 눈을 똑바로 보면서 웃었다.

"내가, 그런 말에 휘둘릴 사람으로 보여?"

위그는 입을 다물었다. 속을 알 수 없는 말에 그 또한 답답했다. 하지만 금방 아무 일도 없다는 듯이 다시 화사하게 웃는 그녀를 보며 결국 그는 팔을 뻗었다.

"아니."

말랑한 입술이 벌려졌다. 틈 사이로 매끄럽게 밀어 넣은 혀로 상대의 모든 체온을 잠식했다. 비비안은 눈을 감았다. 그녀의 허리를 감던 손이 꽉 조여 왔다.

털썩, 침대에 등이 닿았다. 빨간 입술을 베어 물던 또 다른 입술이 턱을 쓸었다. 눈을 감으며 비비안이 고개를 들었다. 목에 뜨뜻한 열기가 느껴졌다. 숨결이 모공 하나하나를 쓸어 넘겼다.

커다란 손이 그녀의 어깨를 감아쥐었다. 그것을 타고 흘러내리는 드레스를 잡아 아래로 내리자 보드라운 살결이 잡혔다.

"피곤하면 말해."

"내가 먼저 시작했어."

위그가 속삭이듯 그녀에게 말했다. 제 목과 어깨 사이에 얼굴을 묻은 남자의 목에 팔을 감으며, 비비안이 답했다. 그것이 마치 신호라도 되듯, 그가 거칠게 그녀의 치마를 헤집었다.

그리고 곧, 예고된 시간이 흘렀다.

* * *

살짝 열린 창문 사이로 바람이 흘러들어 왔다. 가볍게 나부끼는 커튼 사이로 팔을 뻗은 그가 달칵하는 소리와 함께 창문을 닫았다. 곧바로 고요해진 방 안, 달빛이 비낀 침대를 본 위그가 물컵을 들었다.

목구멍으로 차가운 물이 흘러내려 갔다. 침대로 다가간 뒤, 입 안에 찬물을 머금은 위그가 이불 안쪽으로 들어갔다.

푹 젖어 잔뜩 흐트러진 비비안이 반대편으로 몸을 누이고 있었다. 그런 그녀를 잡아 제 쪽으로 향하게 한 위그가 그녀의 입에 입을 맞추었다.

꿀꺽꿀꺽.

나른하게 뻗어 힘도 없는 듯 비비안이 체온으로 덥혀진 물을 받아 마셨다. 눈을 감고 마지막 물 한 방울까지 다 넘기자, 이번에는 진득한 입맞춤이 달라붙었다.

이내, 비비안이 눈을 감은 채 고개를 확 돌렸다.

"으응…… 싫어."

그 모습에 위그가 웃음을 흘렸다. 손가락으로 입술을 훑자 비비안이 이불 속으로 꾸물꾸물 들어갔다. 이불 안쪽에 느껴지는 뜨거운 체온을 품에 안으며 위그가 그녀의 이마에 키스했다.

"힘든가?"

"자게 내버려 둬."

"그래, 자."

비비안이 뜻 모를 소리를 내며 웅얼거렸다. 하지만 이내 급하게 잠에 빠진 그녀의 모습에 위그가 얼굴을 살짝 굳혔다.

무슨 일인지 몰라 더욱더 답답했다. 리즈의 생일 파티 때까지만 해도 분명 멀쩡했다. 그런데 이런 모습이라니. 궁금했지만 결국 위그는 입을 다물었다. 결국 비비안을 품속에 안으며, 그가 길게 숨을 내쉬었다.

* * *

리즈의 생일 파티 이후 두 사람 사이는 별다를 바 없이 흘러갔다. 비비안은 여전히 바빴고, 가끔 위그를 놀려 먹는 것으로 시간을 보냈다. 그러나 그 별다를 바 없는 일상 속에서 유일하게 이질적인 것이 있다면 바로 비비안이었다. 그녀는 그날 밤 그러했던 것처럼 가끔 의미심장한 눈빛으로 위그를 응시하곤 했는데, 그 묘한 태도에 위그가 뭔가 입을 떼려고 했으나 정작 요사스럽게 입을 부딪쳐 오는 그녀에게 결국 입을 다물 수밖에 없었다.

어쨌든 겉으로 보기에는 평범한 하루하루였다. 그러나 그동안 그 안에 묵혀 두고 쌓아 두었던 어떤 것이 천천히 고개를 들이미는 것 또한 쉬이 넘길 바가 아니었다. 누구보다도 비비안은 그것을 잘 알았다.

그녀는 제 앞에 있는 편지를 보며 미소를 흘렸다.

"누가 보냈어?"

"로건 왕자님께서 보내셨어요."

클로에가 담담하게 대답했다. 이제는 아무리 큰일을 만나도 웬만해서는 당황하지 않는 법을 배운 그녀가 비비안의 눈치를 힐끔 보았다. 로건에게서 편지가 올 줄은 몰랐는데. 클로에가 말을 이었다.

"단주님께 직접 드리라고, 꼭 직접 손에 쥐여 줘야 한다고 하셨대요."

"누가?"

"왕실에서 비밀리에 편지를 배달하는 분께서."

그래 봤자 시종일 뿐이었다. 로건의 귀환으로 시끌한 왕실을 모르는 게 아니었다. 사실 이 편지도 누군가에게 뒤를 밟혔을 가능성이 컸다. 지금쯤이면 수많은 사람들이 비비안과 로건의 관계를 추측하지 못해 안달복달하고 있을 것이다.

그것을 모를 리가 없었다. 비비안이나 로건이나.

그럼에도 이렇게 편지라.

"어디 한번 읽어 볼까?"

비비안이 편지를 펼쳤다. 달콤한 향내가 나는 것이 딱 그녀의 취향이었다. 어린 시절 몇 번이고 곱씹고 또 곱씹으며 읽었던 연서, 그때와 별로 달라진 것 없이 여전히 정갈한 글씨체가 단정하게 수놓아졌다.

하나, 그 내용을 훑은 비비안은 결코 웃을 수가 없었다.

"단주님?"

점점 굳어지는 비비안의 얼굴에 클로에가 작게 읊조렸다. 그러나 비비안의 얼굴은 펴질 줄 몰랐고, 평소에 얼굴에 띠던 그 마지막 여유조차 모조리

빼앗긴 듯했다.

비비안이 입을 꾹 다물었다. 서늘하게 빛나는 얼굴이 지독하게 차가웠다. 그녀의 옆에서 차를 따르던 헤더조차도 놀랄 정도로.

"상인 협회가, 나를 뭉개 버리려고 작정을 했네."

차가운 얼굴치고는 참 담담한 말이었다. 그러나 그 속에 내재된 분노는 폭발 직전에 있었다.

"왜 이렇게 편지를 대담하게 보냈나 했더니, 이미 들킨 거였어?"

"이미 들켰다면……."

"나와 로건의 관계. 상인 협회에서 이미 알아냈어."

비비안이 고개를 숙였다. 편지지에는 깔끔하게 딱 세 줄이 적혀 있었다.

[상인 협회가 형님과 손을 잡았어. 이제 곧 로튼의 경영에 개입할 거고, 아마도 이디에트에서 손을 쓸 수 있는 지경이 아닐 거야.
추신: 상인 협회에서 날 찾아냈어.]

비비안이 눈을 감았다. 이 편지 자체의 함의에 대해 그녀가 곱씹었다. 편지를 힐끔 본 클로에가 놀란 얼굴을 했다.

"부인과 왕자 전하의 관계가 드러나는 건가요?"

"요 며칠 수도에 가십이라든가 터진 스캔들이 있어?"

"아직이요. 있다면 이미 이디에트에 계를 둔 귀족 가문의 부인들이 알리러 왔겠죠."

비비안이 그저 미혼의 단주라면 상관이 없지만, 이디에트의 안주인이라는 이름을 갖고 있는 한, 그게 과거였던 현재이든 왕자와의 스캔들은 꽤 치명적이다. 그것을 어디서 듣는다면 필히 공작가에 먼저 보고가 들어올 것이다.

한데 아직이었다.

그럼 뭘까.

"로건 왕자 전하께 더 자초지종을 물어야 하는 거 아닐까요?"

클로에가 조심스럽게 제 의견을 말했다. 그러나 비비안이 고개를 저었다.

"아니."

"그럼, 어떻게 막을 방법이 없을까요?"

"그 이전에."

비비안이 편지를 들었다. 달콤한 향이 풍기는 편지를 손가락 사이에 끼워 넣고 이리저리 흔들던 그녀가 빙그레 웃었다.

"이 편지의 진실성은?"

"왕자 전하께서 직접 보내신 거예요. 시종분도 귀족 패를 갖고 있었고요."

"아니, 내 말은, 로건 왕자가 나한테 미끼를 던질 확률을 말하는 거야."

"그, 그분이 어떻게……."

클로에가 놀란 얼굴을 했다. 당황스러워하는 기색이 그녀의 얼굴에 비쳤다. 헤더가 한숨을 쉬며 그럼 그렇지, 라는 얼굴을 했다. 그녀는 비비안을 잘 알았다. 이쯤에서 덥석 이 편지를 믿는 것도 그녀답지 않았다.

"그래도 에단, 아니, 로건 왕자 전하는 단주님을 사랑하지 않으셨을까요?"

"맞아요, 그리고 왕자 전하께서 왜 단주님을 해하려 하시겠어요?"

헤더의 담담한 말에 클로에가 급하게 한마디 더 얹었다. 그러나 정작 비비안은 꽤 느긋한 얼굴을 하고는 어깨를 으쓱했다.

"그거야 모르지."

그건 모른다. 비비안은 로건과 몇 년을 헤어져 있었다. 그사이에 어떤 마음을 품었을지는 누구도 모르는 것이다. 물론 그렇다고 무조건 로건이 나쁜 마음을 품고 있었다는 게 아니라.

비비안이 편지를 태웠다.

"일단 더 알아봐야겠어."

"어떻게?"

"카티야한테 편지, 아니, 소식을 전해. 네가 직접 가서. 제이슨의 동향을 좀 확실히 파악해서 보고해 달라고."

비비안의 말에 클로에가 고개를 끄덕였다. 그리고 그녀가 몸을 돌리려는 찰나, 갑자기 비비안이 그녀를 불렀다.

"아니, 일단 가지 마."

"네?"

"내가 편지를 제대로 작성해서, 그녀에게 보낼 거야."

그녀가 무슨 생각을 하는지 도통 알 수 없었다. 클로에가 입을 꼭 다물고 고개를 끄덕였다. 이내 방 안에 정적이 흘렀다. 비비안이 쯧 혀를 찼다.

상인 협회와 제이슨이 손을 잡은 건 기정사실이다. 두 치들의 목적은 당연히 이디에트 공작과 로튼 단주를 무너뜨리는 것.

제이슨이야 뭐 원래 이디에트와 그다지 친하지 않았으니…… 알렉산드르를 왕으로 추대한다는 것이 아직 표는 안 났을 것이다. 카티야가 가져온 목줄도 따지고 보면 제이슨에게는 큰 해가 없다. 두 귀족 가문을 멸문으로 밀어붙일 수 있을 뿐.

현재 상황은 지금까지 암암리에 견제해 왔던 것과 다르다. 만약 이번에 진짜 로건과 비비안의 스캔들이 터지고 그 근원이 제이슨 측으로 밝혀진다면, 이디에트는 사실상 로건에게 등을 돌릴 수밖에 없었다.

비비안은 길게 한숨을 쉬었다.

그럼 상인 협회의 목적은 뭐지? 비비안을 무너뜨리는 것? 그녀가 이디에트에 버림받는 것? 그렇다 해도 비비안은 잃을 게 그리 많지 않다.

두 사람은 아직 결혼한 지 3년이 지나지 않았다. 지금 이혼해도 비비안은 제 재산과 경영권을 갖고 고스란히 이디에트에서 물러날 수 있다.

겨우 하찮은 결혼 생활 하나 깨뜨리는 게 상인 협회의 목적은 아닐 텐데. 그럼 사생아를 캐고 다닌 것은 뭐지.

"아, 머리 아파."

비비안이 이마를 꾹꾹 눌렀다. 요즘따라 점점 나른해지는 게 기분이 더러웠다. 며칠 전에는 위그 때문에 고민했다가, 이번에는 별 같잖은 게 와서 신경을 거슬리게 하고 있었다.

"좀 쉬실래요?"

"아니, 됐어."

클로에의 물음에 비비안이 고개를 저었다. 뭐가 되었든 일단 지켜볼 일이었다. 그렇게 생각하며 펜을 드는데, 갑자기 누군가가 방문을 거세차게 열어젖혔다.

이 저택에서 이렇게 방문을 여는 인간은 하나밖에 없었다.

비비안이 팔짱을 끼며 입을 뗐다.

"리즈, 너 예절 선생님을 바꾸어야겠구나?"

"꺄아, 이모, 이모! 그러지 마. 그건 너무 잔인한 일이야."

"노크하기에 문이 너무 단단했니?"

"으음. 이모, 오늘 기분 나빠?"

리즈의 물음에 비비안이 뜨끔했다. 눈치는 빨라서. 그녀가 헛웃음을 지으며 고개를 저었다.

"사실 조금 나쁘긴 한데, 그건 네 예절 문제랑은 상관없어."

"쳇."

"엄마는?"

"언니랑 같이 꽃꽂이하셔."

"너는?"

"난 뛰쳐나왔지. 이모는 내가 얌전하게 꽃을 다듬을 애로 보여?"

꽃을 먹었으면 먹었지, 얌전하게 꽂고 앉아 있을 아이로는 보이지 않았다. 그런 점은 자신과 한없이 닮아서, 비비안이 웃었다. 그때 뒤편에서 조금 소란스러운 소리가 들리더니 이내 카트린이 들어왔다.

"리즈! 또 이렇게 마구 뛰어다니니?"

"이모, 도와줘."

그리고 무대 위에는 모두가 서 있었다 183

"미안. 오늘은 이모도 조금 힘들어."

"이모 미워! 이모부를 부를 거야."

"이모부는 왕궁에."

리즈가 결국 카트린의 손에 잡혔다. 카트린은 여전히 공작가를 제집처럼 활보하는 딸에 상당한 걱정을 느꼈다. 좀 공작가에서 뭔가 배우기는커녕, 왜 더 본성을 마구 날뛰게 하는 것 같지? 카트린이 한숨을 쉬었다.

"앞으로는 이모 서재에 막 들어오면 안 돼, 알겠니?"

"그럼 이모부 서재는?"

"아, 거긴 막 들어가도 돼."

"비비!"

카트린이 대답하기도 전 비비안이 한 말에 그녀가 제 동생을 흘겼다. 하지만 곧, 다시 리즈를 타일렀다.

"그건 더 안 돼. 공작 각하는 바쁜 분이셔."

"칫, 그래도 내가 들어가면 맨날 날 안아 줬단 말이야."

"그거야 공작 각하께서 다정한 분이셔서 그런 거고."

카트린의 말에 비비안이 말도 안 된다는 표정을 지었다. 그러나 그것을 눈치채지 못한 듯 카트린이 비비안을 보며 입을 뗐다.

"그럼 난 갈게. 넌 하던 거 마저 하렴. 자, 가자. 리즈. 어머, 넌 또 어딜 구르다가 온 거야, 치마 싹 흐트러진 거 좀 봐."

딸의 치마를 툭툭 털면서 잔소리를 흘리는 카트린의 뒷모습을 보며 비비안이 웃었다. 달칵 문이 닫히고 다시 찾아온 서재의 침묵에 비비안이 고개를 저었다.

"가끔 생각하는데, 대체 어떻게 언니랑 그 새끼 사이에서 저런 게 나온 거지?"

"카트린 님과 단주님도 성격이 다르시잖아요."

헤더의 말에 비비안이 그녀를 힐끔 보았다. 그에 다시 고개를 숙이고 딴청을 피우던 헤더의 말을 이으며 클로에가 입을 뗐다.

"아이라고 꼭 부모를 완전히 닮아야 하는 건 아니니까요. 저랑 제 오빠도 성격이 제법 다른걸요. 물론 저희는 이복 남매라 조금 설득력이 떨어질지도 모르지만."

"뭐, 그럴 수도 있지. 나랑 우리 언니 성격이 다른 건 사실이니까. 난 우리 첫째 오빠랑 꽤 닮은 면이 있었지."

"그런가요?"

"그래, 이복 남매이긴 하지만 그래도 묘하게 언니랑 둘째 오빠랑 막내인 리암이 닮은 점이 많았고."

형제라도 닮은 점이 있고 다른 점이 있다. 그렇게 생각하며 비비안이 피식 웃는데, 클로에가 물었다.

"그래도 단주님은 형제가 많으셔서 외롭지는 않으셨겠어요? 전 거의 집에서 부엌데기 신세였거든요."

"아, 꼭 그런 건 아니었어. 가끔은 형제가 없는 게 오히려……."

순간 말을 이으려던 비비안이 멈칫했다. 뭔가 머릿속을 스치고 지나가는 생각에 그녀가 얼굴을 굳혔다.

클로에가 눈을 깜박거렸다.

"왜 그러세요?"

서재에 침묵이 감돌았다. 비비안이 입을 꾹 다물고 의자에 기댔다. 사실 뭔가 하나하나 떠오르긴 한데, 너무 황당한 가설이라 저조차도 입 밖에 내기가 어려웠다. 그렇다고 현실성이 떨어지는 것은 아니었다.

비비안은 고개를 숙였다가 다시 들었다.

"내 인생에서 가장 소중한 게 뭔지 알아?"

"글쎄요? 로튼 상단?"

"맞아. 로튼이지."

그러니까 비비안을 완전하게 바닥으로 끌어내리는 유일한 방법은 그녀의 손에서 로튼 상단을 빼앗는 것이었다. 상인 협회에서 그것을 몰랐을까?

비비안이 호흡하는 법도 잊은 듯 숨을 멈추었다. 입술을 깨문 그녀가 심각한 얼굴로 눈알을 데굴데굴 굴렸다. 그리고 곧, 그녀가 말했다.

"내 경영권."

"네?"

"내 경영권을 빼앗으면, 어떻게 되지?"

무슨 그런 끔찍한 말씀을 하시는 거냐고 클로에가 말하려고 했으나, 뭔가 생각이 나서 그녀도 덩달아 입을 다물었다. 그녀가 알기로는 비비안은 제 형제가 모두 상속권을 상실했으며, 여자 형제의 배우자가 상속권을 포기함으로써 경영권을 받을 수 있었다.

그럼 그녀의 경영권을 부정할 수 있는 이가 세상에 더 있나?

"내가 그동안 다른 정부들에게 얼마나 돈을 쏟았는지 알아?"

"알죠. 소문이 자자한데요."

"그게 분명 다이아몬드 시곗줄 따위로 퉁칠 수 있는 건 아니었을 거야, 그렇지?"

"그렇죠."

"그런데 상인 협회에서는, 다니엘에게 입막음 비용으로 그 가는 줄을 줬어. 내가 그동안 정부들에게 써 온 돈을 생각해 본다면, 겨우 그 정도로 입을 막지 못할 거라는 걸 잘 알 텐데 말이야."

무슨 말을 할지 몰라 클로에가 입을 다물었다. 그러나 비비안의 얼굴이 점점 일그러져 갔다.

상인 협회는 애초에 다니엘이 비비안을 찾아올 것을 알고 있었다. 시곗줄은 그저 눈속임용이겠지. 그럼 다니엘이 비비안을 찾아오면? 비비안은 다니엘의 말을 듣고 상인 협회가 자신에 대한 스캔들을 퍼뜨릴 것을 충분히 예측하겠지. 비비안은 아마 그 정도는 막을 수 있을 것이다.

한편, 자연스럽게 다른 쪽으로 눈길을 돌릴 여력이 적어진다.

예를 들자면.

'리암이 네 안부를 물었어.'

이 세상에 그녀의 경영권에 위협을 주는 인간은 누구일까?
아직 멀쩡하게 살아 있는, 그녀의 남동생.
당시 리암은 상속권을 완전히 잃어버렸다. 그는 어렸고 '병'이 있었으므
로. 하지만 시간은 이미 10년 넘게 지났다. 리암이 요양원을 나와서 상속권
전쟁에 끼어들 확률은 적었지만, 문제라면 이제 장성한 그의 증언이 분명
10년 전보다는 훨씬 더 믿음직할 것이라는 사실이다. 그러면 이 시점에서
상인 협회가 취할 수 있는 행동은 과연 무엇일까?
비비안이 이를 갈았다. 상인 협회는 완전히 그녀를 부숴 버리려고 하고
있었다. 로튼을 그녀에게서 빼앗는 정도가 아니라, 온전히 그녀를 죽여 버
리려고.
"정신과 신체의 제한으로 상속권을 잃은 청년의 증언 효력이 어디까지
인정되는지 알아?"
"네?"
"모두가 내가 나쁜 년이라는 사실을 알게 되는 정도까지는 인정이 돼."
거기에 설탕 가루와 꿀을 더 얹어서, 보기 좋고 먹음직스럽게 만들면 더
좋다.
비비안은 깨달았다. 모든 것은 아직 추측일 뿐이다. 하지만 그 추측이 현
실이 되게 내버려 둔다면, 그녀는 정말 멍청이겠지.
그렇게 생각하며 그녀가 빠르게 걸음을 옮기려는데, 갑자기 집사가 문을
노크하고 들어왔다.
그리고 곧, 그가 무엇인가를 내밀었다.
"부인. 방금 왕실에서 온 전보입니다."

카티야가 즐겨 쓰는 향수와 그녀의 글씨체였다. 전보를 읽은 비비안이 거칠게 종이를 찢고는 그것을 내동댕이쳤다.

종이에는 내용이 많지 않았다. 그저, 한 구절이 적혀 있을 뿐이었다.

[디텔에서, 당신을 친족상해죄로 귀족 재판에 올리려 하고 있어요.]

바닥에 나뒹구는 전보를 본 클로에의 얼굴이 하얗게 질렸다. 그녀는 그게 무슨 뜻인지 모르지 않았다.

"귀, 귀족 재판이라면."

"판이 다 짜진 식탁에 나만 올리겠다는 거지."

귀족 재판은 본질적으로 청문회에 가까웠다. 귀족원들이 보는 앞에서 심문을 받고 재판을 받는 것, 귀족원으로 구성된 배심원, 그리고 그 위에 있는 것은 귀족원의 수장.

하나 이번에는 다를 것이다. 피심문인이 귀족원의 수장과 긴밀한 관계가 있을 경우 두 번째 의석을 차지하는 쪽에서 재판을 주도한다. 그게 바로 이번에 그녀를 귀족 재판에 올리려고 하는 이유였다.

평범한 재판이라면 이디에트에서 미리 그 재판관을 매수할 가능성이 있지만 그녀가 이디에트의 안주인이라는 이유로 위그가 이 귀족 재판에서 밀려나게 된다면 당연히 모든 것은 디텔의 손아귀에서 놀아나게 된다.

비비안이 눈을 꾹 감았다.

누군가의 손에 쥐어진 장난감이 된 느낌이었다. 그 장난감과 연결된 실을 잡고 모두를 조종하고 있는 것은 과연 누구일까?

비비안은 다시 의자에 다가갔다. 다급하게 밖으로 나갈 것처럼 굴던 방금과 달리 침착한 기색이 비쳤다. 그 위로 서늘하게 드리워진 분노의 장막이 마치 그녀의 얼굴만큼이나 차가웠다.

의자에 천천히 기대던 그녀가 두 손을 깍지 꼈다. 허공을 응시하는 시선

끝에 무엇이 있는지 누구도 몰랐다. 이윽고 비비안이 입을 열었다.

"위그는?"

"각하는 아직 왕궁에 오지 않으셨습니다."

"그래?"

비비안이 우아하게 웃었다. 그리고 헤더를 응시하며 말했다.

"그럼, 왕궁으로 가자."

* * *

이날은 꽤 평범한 하루였다. 원래대로라면.

주기적으로 이루어지는 회의는 언제나 그토록 재미없었고, 하던 말이 오가고 또 오가고를 반복했다. 그 사이에서 이미 지칠 대로 지친 것은 비단 위그뿐만이 아닌지라 많은 귀족들이 내심 이 지루한 보고가 빨리 끝나기를 빌었다.

그러나 회의가 거의 끝나려는 무렵, 이제는 더 보고할 것이 남아 있지 않겠지, 라는 기대감을 안고 위그가 입을 열자 예상 밖의 인물이 손을 들었다.

"이디에트 공. 할 말이 있소."

손을 든 이는 다름 아닌 디텔 공작이었다. 그는 귀족 회의에서 웬만해서는 직접적으로 손을 드는 이가 아니었다. 그럼에도 이렇게 발언 기회를 차지하는 것이 평소와 달라서 위그가 미간을 찌푸렸다.

또 무슨 헛소리를 하려고.

지금까지의 경험으로 비추어 볼 때 디텔이 말을 해서 좋은 일이 없었다. 그러나 기회는 기회. 위그가 다소 싫은 얼굴로 어디 한번 말해 보라는 듯이 턱짓했다.

"무슨 말?"

곱게 나가지 않은 대답에 디텔 공작이 조롱 섞인 얼굴을 했다. 언제나 기분 나쁜 얼굴이라 그리 이상할 것 없는데도 왠지 모르게 느낌이 이상했다. 위그가 가늘게 눈을 떴다.

디텔 공작이 입을 열었다.

"요즘 흉흉한 소문이 많던데, 특히 공작과 관련해."

"나와 관련해 흉흉한 소문이 도는 것이 어디 하루 이틀 일이던가? 그것도 대부분 경께서 좋아할 법한 소문이 아닌가."

"이번은 좀 다르지. 이번은 나도 조금 기분이 나빠서 말이야."

어떻게든 위그를 헐뜯느라 디텔에서 낸 각종 스캔들을 비꼬는 말이었다. 그러나 위그의 비꼼에도 디텔 공작은 꽤 담담했다.

아니, 오히려 제가 더 아쉽다는 듯이 입을 열었다.

"귀족가의 명예를 이런 식으로 실추시키다니."

"무슨?"

"이래서 가문에 계집이 제대로 들어와야 하는 것 아니겠나."

"자기소개를 하는 것인가?"

"무슨 소리, 내 부인은 정숙하고 우아한 귀족 부인이지. 누구와는 다르게."

위그가 쯧 혀를 찼다. 하다 하다 귀족 회의에서 별 개소리를 다 듣겠다. 그가 고개를 절레절레 저었다. 그는 누구를 말하는 것인지 도저히 모르겠다는 얼굴로 천연덕스럽게 답했다.

"누군지는 모르겠지만 부인만 정숙해 무슨 쓸모가 있겠나, 남편이 두 사람 몫의 지저분함을 맡고 있는데."

위그의 말에 디텔 공작의 눈가가 파르르 떨렸다. 그는 내심 위그가 비꼬고 있다는 것을 알고 있었다. 그러나 디텔은 언제 그랬냐는 듯이 다시 안정을 찾았다. 그리고 곧, 그가 천천히 답했다.

"그건 공작께서 알 바가 아니고."

"왜 화를 내고 그러나? 누가 보면 디텔을 콕 집기라도 한 줄 알겠어."

디텔 공작이 콧방귀를 꼈다. 그리고 이내, 그가 천천히 입을 열었다.

"하지만 뭐가 되었든 제 욕심을 채우려고 혈족에게까지 손을 댄 이보다는 더 고상하지."

"이런, 태자께서 들으시면 정말 좋아할 말씀이군."

제이슨이 제 형을 죽이고 태자 자리에 오름을 비꼰 말이었다. 그것을 알아차린 디텔이 이를 빠득 갈았다. 그러나 위그는 여전히 환한 미소만 짓고 있었다.

두 귀족 수장의 싸움에 나머지 귀족들만 긴장을 품었다. 그 와중에서 가장 담담한 건 엘버린 공작과 노아 프레스트뿐이었다.

디텔 공작이 섬뜩한 표정을 지었다. 웬만해서는 다정하게 말을 내뱉으려 했더니 이디에트 놈은 언제나 저렇게 기고만장해 있었다. 그러나 저것도 오래가진 못한다. 거기까지 생각한 디텔 공작이 천천히 입을 열었다.

"이렇게까지 말했는데도 눈치를 못 챈 건가? 공작, 현실은 직시해야 하는 것이지 도피하는 것이 아니야."

"나는 무척 현실을 잘 직시하고 있다만."

"공작의 부인께서는, 안녕하신가?"

"무척."

"아직 후계자 소식은 없는 것 같은데 두 사람 관계는 아직 좋고?"

"이런 말도 안 되는 잡담을 할 거면 빨리 회의를 끝내는 게 좋겠군. 기껏 무슨 말을 하려나 두고 보려 했더니."

위그가 짜증 나는 듯이 서류를 확 덮었다. 겨우 시비 따위나 걸자고 이렇게 손을 들었나 싶었다. 그러나 그의 귀찮은 목소리가 장내에서 사라지기도 전, 디텔 공작이 입을 열었다.

"부인께서 받은 상속권에 문제가 있다더군."

제 앞에 놓인 물건들을 하나하나 정리하던 위그의 손이 멈칫했다. 상속권? 그게 무슨 말이지? 위그가 미간을 찌푸렸다. 비비안의 상속권이라면 멀쩡하다. 일단 뭐가 되었든 첫째 오빠는 사망, 둘째 오빠는 완전히 무능력자로 확정이 되었고, 막냇동생은 제한 능력자로 판정이 되었으니 상속권을 물려받는 건 불가능했다.

그런데 갑자기 무슨 상속권에 문제? 위그가 잠시 머리를 굴렸다.

혹시……. 예전에 비비안이 말하던 것이 생각나 그가 입을 열었다.

"또 무슨 말도 안 되는 헛소문이 도는 거지?"

"아직 돌지는 않았지. 하지만 곧 돌 거야."

"뭐?"

"오늘 이 자리에서, 내가 처음 말하는 거니까."

디텔이 주변에 앉아 있는 귀족들을 눈으로 쓸었다. 득의양양한 얼굴을 한 채 마지막으로 위그를 본 그가 말을 이었다.

"부인께서 경영권과 재산권을 상속받는 도중에 상당히 험한 짓을 저질렀더군."

"험한 짓이라고 해 봤자 공작보다 더하겠나. 그건 공작의 전매특허 아니었나?"

"이디에트 공!"

"또 무슨 헛소리를 하든지 받아 줄 생각 없어. 나 하나로 개소리를 지껄일 거면 마음대로 해. 하지만 내 아내는 아니야."

위그의 얼굴이 서늘하게 굳었다. 마치 으르렁거리듯 그가 한 자 한 자 박으면서 말했다.

"쓸데없이 함부로 찌르고 다니다가 진짜 찔리는 수가 있어. 공작. 아직 살날이 많이 남지 않았나?"

"건방진 새끼."

"공작만 하겠나? 비겁하게 남의 부인한테 손댈 생각 말고 제 앞가림이나 해. 지금까지 참아 준 건 어디까지나 나에 한정해서였지. 내 부인은 아니야."

"그게 살인자라도?"

"웰리스 디텔, 언사를 조심해."

위그의 말에 디텔 공작이 차가운 표정을 지었다. 그러나 위그는 여전히 더 없이 굳은 얼굴을 할 뿐이었다. 사실 그는 비비안이 어떤 짓을 했는지 잘 알고 있었다. 다른 사람들 역시 다 알고 있었다. 바첼론에서 진짜로 순진하게 비비안이 '우연하게' 이 모든 것을 상속받았다고 믿고 있는 사람은 없었다.

다만 그와 다른 이들의 차이라면, 그는 그녀의 옆에서 그녀가 직접 한 말을 들었다는 것이다.

내가, 오빠들을 제거했다고.

하지만 그걸 여기서 드러낼 이유가 없었다. 다른 이들이 어떻게 알고 추측을 하든, 어떻게 소문으로 내든 간에 위그 이디에트는 여기에서 제 아내의 무죄를 주장할 필요가 있었다.

사실, 그럴 수밖에 없었다.

"더러운 소문에 휘둘려서 귀족가의 명예를 실추시키는 것은 디텔 공작이야."

"증인이 있는데도?"

"어디서 굴러 나온 증인이지?"

"그걸 내가 말하면, 큰일이겠지? 공작께서 아내의 죄행을 감추기 위해 어떤 짓을 저지를지 내가 어떻게 아나."

"마음대로 해. 어차피 진실은 내가 알고 있는 것이니까."

위그의 얼굴에 대수롭지 않은 기색이 흘러 나갔다. 그는 진정으로 제 아내의 무고함을 믿는 남자처럼, 그래서 디텔의 언사에 진심으로 분노를 느낀 듯이 행동했다.

"공작도 속은 건가?"

디텔 공작의 목소리에 위그가 더 이상 상대할 가치가 없다는 듯이 고개를 완전히 돌렸다. 그리고 이내, 그가 차갑게 말했다.

"오늘 회의는 여기서 끝내지."

그의 말이 구원 줄이라도 된 듯이 귀족들이 우르르 자리에서 일어났다. 디텔 공작이 위그를 응시했다. 그리고, 그가 천천히 입을 열었다.

"뭐, 굳이 그렇게 외면하겠다면 나도 할 수 없고. 며칠 뒤 다시 보지."

디텔 공작의 목소리에 위그가 눈을 감았다. 더 이상 상대하기 싫다는 듯이 이마를 짚는 그를 보다가 디텔 공작이 자리에서 일어났다. 곧 사람들이 하나하나 빠져나가기 시작한 회의실에서 조용하게 침묵을 만끽하려던 위그는, 순간 왠지 모르게 밖이 시끌해진 것을 느끼고 낮게 읊조렸다.

"요한, 가서 회의실 문을 닫아."

말이 떨어지기가 무섭게 문이 닫혔다. 생각 이상으로 빠른 행동에 의문을 느낄 새도 없이, 카펫을 밟고 누군가가 걸어오는 소리가 들렸다.

"너도 나가 있어, 잠시 혼자……."

그러나 요한이라고 생각했던 발걸음 소리가 생각보다 훨씬 가벼운 것을 알아챈 그가 눈을 뜨려는 찰나, 갑자기 묵직한 무엇인가가 그의 무릎에 자리를 잡았다.

위그가 고개를 들었다. 그와 동시에 화려한 레이스에 싸인 팔이 그의 목을 감았다.

"흐음."

낯설지 않은 감각이었다. 자연스럽고 또 자연스러운 감각이었다. 낭창낭창한 허리를 품에 안자 달콤한 향기가 훅 들어왔다. 새빨간 입술에 바른 립스틱에서 달달한 맛이 느껴졌다. 입 안에 미끄덩 들어온 혀가 능숙하게 그를 잡는다. 얼마나 지났을까, 입술을 떼고 비비안이 나른하게 물었다.

"나갈까?"

비비안의 목소리에 위그가 길게 숨을 내쉬었다. 왜 갑자기 여기에 왔는지는 모르겠으나 비비안이 직접 온다는 건 절대 작은 일이 아니었다. 더군다나 이렇게 방긋방긋 웃고 있을 때는 더더욱.

"무슨 일이지?"

비비안은 대답 대신 그저 웃기만 했다. 그녀가 손가락으로 위그의 입술을 살짝 훑었다. 그리고 다시 입을 맞추려는데, 위그가 그녀를 저지했다.

"대체 무슨 일이야?"

"귀족원에서 아직 말이 안 나왔어? 오늘쯤이면 나올 거라 생각했는데."

"무슨 말?"

"내 상속권 문제에 관한."

비비안의 말에 위그가 피식 웃었다. 무슨 말인가 했더니 그거였나.

"그것 때문에 그래? 생각보다 훨씬 담이 작은 거 아닌가? 예전부터 나왔던 말이잖나."

"예전부터 사람들이 쌍심지를 켜고 내 꼬리를 잡으려고 하긴 했지. 하지만 이번에는 좀 달라."

"뭐가?"

"카티야가 말하길, 내가 귀족 재판에 올라갈 수 있대."

비비안의 말이 떨어지자 위그의 얼굴이 설핏 굳었다.

"말도 안 되는 소리다. 귀족 재판이 그렇게 쉽게 열릴 수 있는 게 아니야."

"하지만 증인이 있다면 달라지지."

"내가 인정하지 않아."

"피심판인이 나라면 당신의 인정은 필요 없고."

비비안의 말에 위그가 그제야 뭔가 있음을 감지한 듯 그녀와 시선을 맞추었다. 평소처럼 한번 찔러 보는 것인 줄 알았는데 진짜로 그쪽으로 뭔가를 준비한 것인가. 위그가 잠시 얼굴을 굳혔다.

"증인이 될 사람이 누군지 한번 찾아보지."

"그전에, 가장 적격인 사람을 알고 있어."

"누구지?"

"내 동생."

비비안이 화사하게 웃었다. 리암이라면 좋은 증인이 되어 줄 것이다. 설사 제한 능력자라고 해도 디텔에서 좋은 증인이라고 인정하면 말이 달라진다. 그 사실을 위그도 알아차렸다.

그는 그제야 디텔에서 내놓은 카드가 뭔지 깨달았다.

"일단, 하나하나 짚어 보지. 당신 첫째 오빠 쪽에서 문제가 난 건가?"

"아니. 내 첫째 오빠는 카티야와 관련된 문제야."

"하지만 카티야가 당신이 사주했다고 말하면……."

"그건 불가능해. 당시 나와 카티야가 나눴던 서신이 내 손에 있어. 그녀가 나한테서 살인 사주를 받았다고 말하면, 나는 카티야가 당시 일부러 첫째 오빠의 약을 바꿔치기했다고 편지를 내놓을 거야."

"그럼 둘째는…… 둘째는, 증인들이 있었다고 하지 않았나? 당신 오빠가 했던 행동들의 목격자가……."

"만약 리암이 나와서 증언을 한다면, 아마 그는 이렇게 말할 거야."

비비안이 잠시 미소를 띠었다. 그리고 곧, 천천히 한 자 한 자 입 밖에 내뱉었다.

"누나가, 둘째 형이 즐겨 마시는 주스에 정신을 교란시키는 독을 탔다고. 그걸 자신이 봤다고."

침묵이 흘렀다. 비비안의 말에 어찌 대답해야 할지 몰라 위그가 입을 다물었다.

그녀가 둘째 오빠의 주스에 독을 탔다. 어느 정도 예상하긴 했지만 훨씬 더 잔인한 방식이었다. 하나 멀쩡한 사람이 그렇게 미쳤다는 데서 이미 예상했어야 했다. 저한테도 독을 타던 사람이었다. 엄연히 말하자면 제 피붙이에게도 독을 탈 수 있어서 가능한 일이었지만. 그동안 잊고 있던 사실이 다시 떠올랐다.

비비안이 웃었다.

"그럼, 어떻게 되는지 알아?"

"……."

"심판원이 나를 친족상해죄로 고소할 거야. 상속권의 정당성을 부정할 거고, 둘째 오빠가 풀려나거나 하겠지. 아니면 리암이 풀려날 수도 있고. 제 형제에게 손을 쓴 희대의 악녀보다는 그년에게 희생당한 이들이 더 불쌍하니까."

"방법이, 그것밖에 없었나?"

"아니, 있었어."

위그의 묵직한 목소리에 비비안이 고개를 저었다. 그녀가 다정하게 속삭였다.

"죽여 버릴 수 있었지."

"……."

"알잖아, 전혀 저지르지 못할 일은 아니야. 죽일 수 있었는데 죽이지 않았고, 나는 그렇게 주장하지만 사람들은 다르게 생각할 거야."

비비안이 한쪽 입꼬리를 말아 올렸다. 사실 그녀가 특이하다. 상속권을 위해 오빠와 동생을 처리한 사람이라니. 카트린에게 상속권이 있었다면 아마 그녀는 제 언니도 제거했을 것이다.

생각해 보자면 꽤 섬뜩했다. 목적을 위해 물불을 가리지 않는 이들은 언제나 그토록 악랄하다. 그녀의 남편은 아마 지금쯤 다시 한번 느꼈을 것이다.

새삼스럽게, 그녀가 꽤 나쁘다고.

"오빠를 죽이지 않고 얌전하게 결혼하는 방법도 있었어."

"누구랑?"

"아마도, 언니가 결혼한 사람과 비슷한 남자랑? 아니면 운이 좋게 나이가 있는 고위 귀족이라든가, 아내와 사별한 귀족이라든가, 혹은 더 운이 좋다면 꽤 다정하고 날 존중해 주는 남자를 만나서 결혼할 수도 있었겠지."

"……그렇게 되면, 어떻게 되지?"

"그렇게 되면 난 당신을 못 만났겠지?"

비비안이 생긋 웃었다. 최악의 최악을 가정하자면 끝이 없지만, 사실 행운 중의 행운을 가정하자면 그 또한 무한정이다. 세상이 거지 같다고 사람까지 거지 같으라는 법은 없다. 어쩌면 그녀를 이해해 주는 다정하고 상냥한, 사려 깊은 남자를 만나 좋은 아내, 좋은 엄마로 행복하게 사는 방법도 있었다.

"사람이 하고 싶은 것만 하면서 살 수는 없어. 모든 기회가 평등하게 돌아갈 수도 없고. 그러니까 나는 정당하지 않아."

"가끔 당신은 꽤 아이러니한 말을 해."

"뭘?"

위그가 비비안과 시선을 마주했다. 아주 오래전부터 느껴온 일종의 모순이었다. 그가 그녀에게서 느낀. 그리고 오늘도 느낀.

"당신은 당신의 선택에 후회하나?"

"전혀."

"그런데 왜, 그런 식으로 자신이 틀렸다는 것을 어떻게든 알리고 싶어 하지?"

"……."

"최소한, 내가 맞는다고 뻔뻔하게 말해 볼 수 있는 거 아닌가?"

위그의 물음에 비비안이 입을 다물었다. 하지만 이내, 그녀가 뭔가 생각하는 듯하다가 다시 피식 웃음을 흘렸다. 곧, 말을 고르는 듯하던 그녀가 천천히 입을 뗐다.

"위그, 다시 말하지만, 나는 내가 유일했으면 좋겠지만 유일하지 않았으면 좋겠어. 사람의 마음이라는 게 원래 그렇게 모순적이니까. 보고 싶은 게 있으면서 보기 싫은 게 있지. 원하지만 원하지 않는 게 있어. 나한테는 내가 그런 존재야."

"자신의 모습이 싫은가?"

"아니, 싫지 않아. 나만큼 자기애에 도취되어 사는 사람이 어디 있어. 그리고 가장 중요한 건."

비비안이 크게 숨을 들이쉬었다. 그녀의 나른한 목소리에는 일말의 분노도, 어떠한 감정도 없었다. 그저 당연한 사실을 진술하듯, 그녀가 말했다.

"인간은 자기 자신을 잘 알아야 해. 그래야 모든 전쟁에서 살아남을 수 있어."

위그는 비비안을 직시했다. 알 듯 하다가도 모르겠다. 대체 무슨 생각인지. 하지만 한 가지 확실한 건 지금 눈앞의 사람이 위험에 처했다는 것이었다. 그가 한숨을 쉬었다.

"어쨌든 방법을 강구해 보지. 최대한 귀족 재판은 열리지 않는 쪽으로."

"……."

"왜 그렇게 보는 건가?"

비비안이 살짝 눈을 가늘게 떴다. 예상밖이라는 듯한 얼굴로 그녀가 그를 직시했다. 그 시선에 묘한 감정이 섞여 있어서 위그가 미간을 찌푸리는데, 비비안이 물었다.

"의외네?"

"뭐가."

"내가 상단을 빼앗기면 사실 당신 입장에서는 나쁠 것 없잖아."

"무슨 소리야, 자금줄이 사라지는데."

"나 같으면 지금 이 순간 당장 내 재산을 최대한 공작가 명의로 빼돌릴 거야. 세믄 교수를 찾아가면 못 할 것도 없잖아. 그 정도는 쉬우니까. 그리고 귀족 재판에서 내가 진짜로 친족상해죄를 인정받게 되면."

"……."

"그냥 빼도 박도 못하게 나는 바닥으로 추락하게 되는데. 그건 생각을 못하네?"

위그가 눈을 깜박거렸다. 그가 어이가 없다는 듯이 헛웃음을 지었다.

"그런 악랄한 방법은 정말 생각해 내기도 어려운데…… 당신 머리는 어떻게 된 게."

"그럼 내가 지금 방법을 대 줬네."

"……."

"안 해? 안 할 거야? 날 옆에 꽁꽁 매 둘 수 있는 절호의 기회인데?"

"퍽이나. 무슨 보복이 어떻게 날아올 줄 알고."

"언제 그런 걸 신경 썼어? 나 그렇게 대단하게 안 봤잖아. 더군다나 재산도 빼앗겼는데 내가 무슨 방법이 있겠어?"

"이제는 당신이 제일 무서워. 그리고."

위그가 한숨을 쉬었다. 이건 무슨 줘도 안 먹는 방법인가. 그는 세믄 교수를 찾아가 유언장을 확인하긴 했지만 진짜로 그녀를 옆에 묶어 두고 싶었다면 진즉에 유언장을 고쳤을 것이다.

그럼에도 불구하고 하지 않았다. 그녀에게 목줄이 잡혀 있다는 걸 제외하고서라도, 그는 하지 않았다.

하지 않았는데.

순간 위그가 고개를 들었다. 차가운 파란색 눈동자가 그를 직시했다. 기묘한 느낌에 휩싸여 그가 미간을 좁혔다.

"언제 그렇게 날 생각해 줬다고 그런 방법을 알려 주지?"

"……."

"내가 진짜로 그렇게 해 버리면 어떻게 하려고?"

위그의 말에 비비안이 눈을 동그랗게 떴다. 예상 밖의 반문에 어떻게 대답할지 고민하기 그 이전에, 순간 순진하게 물어 오는 남자가 웃겨서 그녀가 웃음을 흘렸다.

"내가 그 정도도 예상하지 못했을까 봐? 방법이 없을까 봐 날 걱정해?"

"그게 아니라, 지금 나 떠보는 것 같은 생각이 드는데 착각이겠지?"

위그의 물음에 비비안이 멈칫했다. 하지만 이내 그녀가 곱게 눈을 휘며 말했다.

"착각이야. 내가 당신을 떠보면 무슨 좋은 점이 있을까?"

"흐음."

"쓸데없는 생각 말고 최대한 귀족 재판을 상대할 생각이나 해, 공작씩이나 돼서 이 정도도 못 해 주면 그동안 내가 당신한테 쓴 돈이 정말 정말 아까울 거 같거든."

"나도 당신한테 많이 해 줬어."

"내가 더 많이 해 줬어."

"돈 번다고 생색인가?"

"어머, 이 정도로 새삼스레 무슨 생색이야. 진짜 생색을 못 봤구나, 우리 남편?"

위그가 드물게 웃으면서 한 말에 비비안이 그의 입술에 입을 맞추었다. 그러고는 그의 다리 위에서 일어난 그녀가 말했다.

"그럼, 발바닥에 불이 날 만큼 열심히 뛰어 봐. 먹은 값은 해야지?"

"열심히 해 보긴 하지."

꽤 대수롭지 않은 얼굴로 말했지만 사실 어마어마하게 어렵고 큰일인 것을 누구보다도 잘 알았다. 위그의 답에 비비안이 만족스럽게 웃었다.

* * *

"어머, 빨리 오셨네요?"

"빨리 와 달라고 보낸 거 아니었어?"

새하얀 장미가 만개한 정원, 햇볕이 따뜻하게 내리비치는 곳에서 얇은 슬립 하나만 걸친 채 누워 있던 카티야가 환하게 웃었다.

"뭐, 나름대로 혼신의 힘을 다해 가장 빠르게 알린 거였는데, 생각보다 그렇게 빠르지는 않았나 보네요?"

"꼭 그렇지도 않아. 덕분에 중요한 가설을 하나 세우게 되었거든."

"예를 들자면?"

"예를 들자면, 내가 자칫하면 모든 것을 잃을 수도 있다는 거?"

무심한 듯 말을 내뱉었지만 그 무게를 모를 리 없었다. 카티야가 앉아 있던 소파에서 몸을 일으켰다. 새하얀 몸뚱어리가 햇빛에 반사되었다.

"어디까지 잃을 수 있나요."

"내가 가진 것 전부, 다?"

"공작 각하는?"

"그 인간이 내가 가진 거에 속하긴 해? 방해나 안 되면 다행이지."

"어머, 너무 평가 절하 하는 거 아니에요? 단주님이 너무 나빠서 상대적으로 공작 각하가 착해 보이는 거지, 사실 두 분 비슷비슷한 거 알죠?"

"넌 정말 웃으면서 마음에 비수를 꽂는구나."

"그 마음이 제가 찌른다고 어디 상처를 받는 마음인가요."

카티야가 나른하게 웃으면서 대답했다. 어린 나이에 뒷골목에 팔려 가 수많은 종류의 인간들을 봐 왔던 그녀는 다른 건 몰라도 말로는 절대 비비안에게 뒤지지 않았다. 그 달콤한 혓바닥에 뭐가 있는지 누구보다도 잘 아는 비비안 또한 카티야를 굳이 나무라지는 않았다.

곧 카티야가 소파에서 내려왔다. 그녀가 옆에 있던 모피를 몸에 두르고 입을 열었다.

"그럼 어떻게 하시려고요?"

"어떻게 할까?"

"저한테 물으시는 건가요?"

비비안의 무심한 표정에 카티야는 고민하는 듯했다. 그러나 몇 초 지나지 않아서 그녀가 말했다.

"별생각 없어요, 아시잖아요, 저 머리 나쁜 거."

"네 목숨 줄도 같이 걸렸는데?"

"아, 그렇게 되는 건가요?"

만약 비비안이 둘째 오빠의 주스에 독을 탄 것 이외에도 비비안이 카티야를 사주했다는 식으로 증언이 흐르면 곤란하다. 공식적으로 첫째 오빠의 사인은 건강 악화로 인한 심장 마비였다. 함께 도주했던 정부가 있긴 했으나 그게 카티야라는 것을 사람들은 몰랐다.

그러나 리암은 카티야를 잘 알지는 못해도 그녀의 존재를 알고 있었다. 당시 첫째 오빠를 유혹하려 카티야가 자주 저택에 드나들었으니까.

"곤란하긴 하네요, 전 살아 있을 수는 있을까요?"

"리암의 증언이라면 살아 있을 수 있겠지. 뭐, 그 아이가 아무리 안다고 해도 결국 그저 대충 아는 것뿐이니 사실 너는 그리 큰 문제가 아니야."

"그걸 말하는 게 아니라는 걸 잘 아시면서."

카티야가 살풋 눈을 접었다.

지금 상황이 어떻게 빚어졌는지 그녀는 잘 알았다. 머리가 나쁘다고 하나 눈치가 없지는 않다. 제이슨은 지금 로건의 존재 때문에 상당히 기분이 상했고, 심지어 이디에트는 움직임이 수상했다. 그 와중에 카티야가 제이슨의 옆에서 알짱대는 것이다. 잠자리가 좋아 품고 있어도 결국 거기까지였다.

카티야는 가장 본질적인 문제를 묻고 있었다. 제이슨이 그녀를 살려 둘까 하는.

"예상하지 못했던 건 아니지만……."

"뭘 예상해?"

"태자 전하의 검 끝이 언젠가는 제게 향할 거라는 걸 말이죠. 거기에 죽을 수도 있고요."

카티야가 웃었다. 그 정도도 예상하지 못하고 들어온 건 아니었다. 이 왕궁이 어떤 곳인지, 제이슨이 어떤 사람인지 말하지 않아도 알았다. 물론 실제로 보고 더 확실히 알았지만.

하지만 카티야의 말에 비비안이 잘 이해를 못 했다는 듯이 미간을 찌푸렸다.

"그걸 왜 예상해?"

"단주님, 저는 바보가 아니에요."

"그러니까, 그걸 네가 예상할 이유가 없잖아. 나는 너를 정보 캐내라고 보냈지 죽으라고 보낸 건 아니야. 왜 죽을 걸 예상하고 그래?"

카티야가 순간 멈칫했다. 이 왕실에 들어오는 순간 죽음을 예상하지 못할 이는 없다. 누군가의 첩자가 된다는 것은 꽤 위험하다. 그럼에도 죽지 말라고? 그걸 예상하지 말라고? 그녀는 매 순간순간 죽음 앞에 있었다.

그런데 정작, 당연히 죽으라 할 줄 알았던 여자는 차분하게 왜 죽느냐고 묻는다.

카티야는 여전히 비비안을 몰랐다. 사실 알고 있었는데도 어느 정도 부정하고 있었을지도 모른다. 쓸모없는 희망을 갖고 싶지 않아서.

"카티야. 난 널 죽으라고 보낸 적이 없어."

"하지만 태자 전하는 저를 가만히 내버려 두지 않을 거예요. 최소한 지금까지는 절 예뻐한다고 해도, 그다음은."

"그러니까 그건 내가 생각할 일이지. 어떻게 하면 널 살릴까 하는. 넌 내체스 말이야. 난 체스 말을 움직이는 사람이고. 그러니까 너를 살릴 생각은 내가 하는 게 맞아. 잡혀서 판에서 쫓겨날지언정 산산조각은 나지 않도록."

"……."

"쓸데없는 생각 말고 가만히 있어, 죽으라는 말이 없었으면 죽을 걱정 하지 않아도 돼. 난 최소한 약속을 지켜. 난 널 첩자로 보냈어, 방패가 아니라. 너도 죽으러 온 건 아니잖아?"

체스 말. 인간 취급도 하지 않는다는 말이었지만 우습게도 그녀를 예쁜 인간으로 취급하는 말보다 더욱더 희망적이라서, 카티야는 입을 다물었다. 저 자신도 그리 관심 없었던 제 목숨을 누군가가 대신 지키기 위해 힘을 쓴다는 것은 꽤 기묘한 일이었다.

약간의 침묵이 흐르고, 곧 제 생각을 갈무리한 뒤 카티야가 물었다.

"그럼 저는 앞으로 어떻게 해야 하나요?"

"그냥 하던 대로 해."

"하던 대로?"

"그래, 지금까지 하던 대로, 그냥 그렇게 살아. 맛있는 거 먹고, 예쁜 거 입고, 제이슨 비위 맞춰 주고."

"……."

"나머지는 내가 할 테니까."

카티야의 차분한 얼굴 위로, 비비안이 담담하게 말했다.

사실 비비안은 누군가를 지키거나 원하는 목표를 위해 열심히 분투하는 사람은 아니었다. 정확히 말하자면 그 목표가 타인의 이익에 궤를 두고 있을 때는.

그러나 카티야는 그녀가 잡은 폰이었고, 카티야의 안위 역시 당연하게 그녀의 손에 잡혀 있었다. 판 위에서 먹혀서 산산조각이 나느냐, 아니면 일찌감치 잡아먹히는 척하면서 판에서 떨구어 놓느냐.

둘을 비교하자면 당연히 전자가 더 쉬웠다. 맞아 죽든 어떻게 죽든, 그렇게 내버려 두는 것만큼 쉬운 일도 없었다. 사람이 악을 저지르는 것은 어려워도, 악을 외면하는 것은 쉬우니까.

그래서 카티야는 비비안을 결코 이해할 수 없었다. 첫째 오빠를 상대해 달라는 명령 그 뒤에도 후환을 대비하기 위해 편지를 남겨 둘지언정 우습게도 그간 저를 제거하지는 않았다.

사실 그 이유를 알고는 있었다.

카티야는 생긋 웃었다.

"안심이네요, 그럼 전 계속해서 방긋방긋 웃기만 하면 되는 건가요?"

"아, 사실 하나 더 있긴 해."

"네?"

카티야가 눈썹을 까닥였다. 무슨 일이 더 있느냐는 그녀의 표정 위로, 비비안이 의미심장하게 웃으며 말했다.

"일단, 계획은 장기적으로 잡는 게 좋겠지?"

예상했다면 했고, 하지 못했다면 못했다.

그날 뒤로 카티야의 예고와 디텔의 조롱처럼 확실히 사교계에서 은근하게 비비안을 비방하는 무리들이 생겨났다. 정확히 말하자면 비방보다는 사실에 가까웠으나 위그는 그것이 비방이라고 확정시키면서 최대한 힘을 써 그들의 입을 막았다.

그러나 10년 만에 수면 위에 드러나기 시작한 '진실'에 사람들은 한껏 흥분해 있었다.

비비안은 너무 강했고, 너무 오랫동안 위에서 군림해 왔다. 그녀는 세상이 온통 적이었고 대부분이 그녀와 이익 충돌을 일으키는 이였다. 눈에 거슬린다거나 하는 사소한 이유가 귀여울 정도로, 이디에트와 디텔의 영향력 싸움이 되어 버린 시국에서 가장 불안한 것은 다름 아닌 카트린이었다.

그녀는 누구보다도 이 모든 소문이 진실임을 알고 있었다.

"비비."

카트린의 목소리가 살풋 떨렸다. 불안한 얼굴로 그녀를 응시하는 카트린의 얼굴이 다소 일그러져 있었다.

"소문, 들었어?"

"들었어."

"어, 어떻게 하지? 소문을 잠재울 방법은 없는 거야? 공작 각하는 뭐라고 하시던?"

"그 인간이야, 열심히 사교계 구설을 통제 중이지. 하지만 저쪽은 왕실에, 귀족에, 상인 협회까지 끌어들인 데다 평민까지 합세해서 날 공격하고 있어, 이디에트가 아무리 대단하다고 해도…… 으음. 뭐, 곤란하지 않을까?"

"그럼, 어떡해? 진짜로 귀족 재판에 올라가는 거야?"

비비안이 눈을 곱게 휘었다.

"아마도."

"비비!"

"왜 또 소리를 지르고 그래?"

"지금 그렇게 태평하게 웃을 때가 아니야. 진짜로 그 사람들이 너를 재판에 올리고 싶어 한다면, 리암에게 무조건적으로 이미 갔을 거라고."

"우리 언니 대단하네, 그것도 알아차리고?"

비비안이 느긋하게 팔짱을 꼈다. 동생의 태평한 모습은 카트린의 불안감을 가중시킬 뿐 아무런 좋은 영향도 끼치지 못했다. 결국 카트린은 고개를 푹 숙이고 말았다.

"나는, 리암이 진짜로 너를 걱정해서 그러는 줄 알았어. 그래서 네 안부를 묻는 줄 알았어."

"……"

"그저 누나가 그리워서 그러는 줄 알았어."

"요양원에 가둬 놓은 누나를?"

"하지만 그 아이는 착했으니까."

"언니는 나도 착하다고 하는 거 알지? 언니 세상에 안 착한 인간이 있어?"

"하지만 너도 알잖아."

카트린이 말을 골랐다. 그녀가 눈물이 그렁그렁한 얼굴로 비비안을 응시했다.

"리암은, 진짜 착했어."

"……"

"오빠들이 괴롭힐 때는 언제나 구석에서 혼자 울었고, 네가 어쩌다가 구해 주러 가서 오빠들을 때려도 언제나 '누나, 그러지 마'라고 했어."

"사람은 변하니까. 이 길고 긴 10년 동안 그 아이가 어떻게 변했을지는 아무도 몰라."

"하지만 그 아이가 요양원에 들어간 것도 사실은 자발적인 선택 아니었니?

그 아이는 끝까지 너와 싸울 생각이 없었잖아."

카트린의 말에 비비안이 조소를 지었다. 첫째 오빠가 죽고 둘째 오빠가 병원에 들어간 날, 리암이 다가와 그녀의 손을 꼭 쥐고 말했다. 누나, 내가 그냥 상속권을 포기할게, 그러니까 살려 줘, 라고.

"언니, 선택지를 하나만 주는 건 자발적인 선택이 아니야."

"······."

"누구보다도, 우리가 그 사실을 잘 알고 있지 않았어?"

비비안의 말에 말문이 막힌 듯 카트린이 입을 다물었다. 인간은 이기적이다. 그러나 그 이기심을 질책할 수 있는 이 또한 없었다. 카트린은 결국 눈을 꾹 감았다. 그에 비비안이 길게 한숨을 쉬었다.

사실 그 아이를 회유해서 살리는 방법도 있었다. 그럼에도 그러지 않았던 이유는 리암도 알고 비비안도 알았다.

리암의 존재는 비비안 목구멍에 걸린 가시였다. 그것이 진짜로 있든 없든 언제나 목구멍에 있는 것 같은 느낌 하나만으로도 불안감을 유발하는.

그래서 보냈다. 아이의 협조하에 깔끔한 증명서 하나 만들어서. 정신이 불온전하니 상속 활동이 정상적으로 이루어지지 않을 거라는 진단서와 함께.

"리암은 진짜로 너를 끌어내리고 싶어 하는 거야?"

비비안이 고개를 돌렸다. 카트린의 불안한 눈빛에 그녀가 웃었다.

"그래도 언니한테는 별 영향 없잖아. 뭘 그렇게 불안해해?"

"하지만······."

"리암이 언니를 버릴 성격도 아니고, 우리 집 사람들은 사실 대부분 언니한테 친절했어. 특히 리암은 언니를 좋아했고."

"······."

"그래도 싫어?"

비비안의 물음에 카트린이 말문이 턱 막힌 듯 다시 한번 입을 다물었다. 그녀 또한 알았다. 자신이 얼마나 이기적인 존재인지. 그저 자신이 힘들다는 이유로, 제게 상냥하다는 이유로 비비안이 가족을 궁지로 밀어 넣는 걸 방관했다.

사실 그녀 또한 피해자라고 할 수 있었으나 그렇다고 해도 카트린은 비비안에 의해 잃은 것보다 얻은 게 더 많았다.

카트린이 겪은 일은 리암과는 상관없다. 사실 둘째인 메이슨 또한 그녀에게 직접적으로 해를 끼친 적은 없었다. 방관은 언제나 쉽다. 언젠가는 그것이 그들의 것이었고 지금은 그것이 그녀의 것이었다.

"그래도, 나는 지금 상태가 좋아. 나도 비겁한 거 알지만……."

"됐어, 비겁은 무슨."

비비안이 피식 웃었다.

"가끔 방관도 꽤 좋은 선택이야. 그러니 그런 얼굴 할 필요 없어. 언니는 알아서 언니의 일만 잘 처리하면 돼."

물론, 방관으로 인해 빚어지는 참상 또한 언니가 감당해야겠지만.

마지막 말을 삼키며 비비안이 느긋하게 말했다. 카트린은 결국 고개를 끄덕였다. 이 상황에서 어떤 식으로 말하든 그것은 비겁했다. 최소한 카트린은 그렇게 생각했다. 두 자매는 그렇게나 다르면서도 또 이런 데서는 비슷했다.

"이번 일은 걱정하지 마. 어차피 나는 끝까지 살아남아."

살면서 수도 없이 부딪쳤다. 그녀를 노리는 인간들을. 하지만 그렇다고 해서, 비비안이 진 적은 없었다.

그 어떤 순간에도.

"그럼 어떻게……."

"리암을 보러 가야겠어."

"뭐?"

"리암을, 보러 가야겠어."

카트린의 놀란 눈을 뒤로 하고, 비비안이 단호하게 말했다.

* * *

"뭐, 일단 리암을 보러 가겠다고 한 건 나이긴 한데, 당신이 왜 여기 있어?"

마차에 타기도 전, 자신의 앞을 가로막은 사람을 보며 비비안이 얼굴을 구겼다. 생뚱맞은 등장에 기분이 나빠진 그녀가 고개를 들자, 위그가 빙그레 웃으면서 말했다.

"같이 가려고."

"쓸데없는 짓거리를 하네. 그냥 내버려 둬."

"나도 볼일이 있어서 말이지."

"언니가 말했어?"

정곡을 찔린 듯 위그가 크흠 헛기침을 했다. 비비안은 2층 발코니에서 걱정하는 얼굴로 그녀를 내려다보는 카트린을 살짝 흘겼다. 그러나 카트린은 시선을 피할지언정 딱히 미안한 표정은 짓지 않았다.

"당신이 따라가서 뭐 하려고."

"나야 뭐, 할 일 많겠지?"

"리암을 보려고? 당신이?"

"아니, 당신을 보려고."

앞을 가로막고 있던 위그가 자연스레 비비안의 뒤편에 서서 그녀를 살짝 떠밀었다. 저도 모르게 마차 위로 옮겨진 비비안이 한숨을 쉬는데, 덩달아 커다란 마차 안쪽으로 들어오면서 위그가 말했다.

"당신이 무슨 짓을 저지를지 어떻게 알고. 한 번도 못 본 아내의 동생도 동생이지."

"이제는 하다 하다 별……."

"오고 가는 데 꽤 오래 걸리지 않아? 피곤할 텐데 무슨 일이 일어나기라도 하면 어쩌나."

위그의 이유는 하나도 틀린 게 없어서 결국 비비안이 이마를 짚었다. 사실 못 데려갈 것도 없었다. 굳이 데려갈 이유도 없어 그렇지. 하지만 위그가 따라붙는다고 해서 나쁠 건 없었다. 그녀가 말했다.

"그럼 나와 리암이 만날 때는 가까이 오지 마."

"알았다."

확답을 받아 낸 뒤 비비안은 마차 문이 닫히는 것을 그저 보기만 했다. 덜컹거리기 시작한 마차 속에서 비비안이 탐탁잖은 얼굴로 앉아 있었다. 이럴 줄 알았으면 미리 헤더를 앉혀 놓을걸. 밖에 마부와 함께 앉겠다는 걸 그냥 내버려 뒀더니 하필이면 둘이 앉게 되었어.

비비안이 고개를 돌려 창밖을 내다보았다.

마차 안에 침묵이 새어 들었다. 그 와중에 처리할 서류는 많은지 펜을 들어 종이에 뭔가를 적는 위그의 모습이 창문에 비쳤다. 진지하기 짝이 없는 얼굴이 한없이 차분했다.

문득 비비안은 이 남자가 생각보다 훨씬 더 크다는 사실을 깨달았다.

"당신이 있으니까 마차가 꽉 차."

"그래?"

"좁아."

"그럼 내가 내릴까?"

"지금?"

"마부석에 앉아서 고귀한 부인님이 혼자 마차를 사용하게 할까?"

마치 아이를 달래는 듯한 어조에 비비안이 고개를 홱 돌렸다. 평소와 사뭇 다른 얼굴이었다. 비비안이 코웃음을 쳤다.

"그러든가."

"……."

"안 내려?"

"진짜?"

"자기가 내리겠다고 하고서는."

비비안이 샐쭉 웃었다. 그 모습을 응시하다가 위그가 길게 숨을 내쉬었다.

"리암을 만나서 뭐 할 건가?"

위그의 물음에 비비안은 답을 하지 않았다. 그저 피식 웃으면서 다시 고개를 돌렸을 뿐이었다.

이윽고 마차에 침묵이 감돌았다. 얼마나 오랜 시간이 흘렀는지 몰랐다. 중간에 몇 번 내려서 휴식을 취하긴 했으나 비비안은 생각 이상으로 길을 재촉했고, 결국 예상보다 그들은 훨씬 더 빨리 에스크에 도착할 수 있었다.

그리고 곧, 아미르타 요양원이 보였다.

"단주님."

요양원은 생각보다 훨씬 더 컸다. 사실상 요양원보다는 별장에 가까운 양상에 위그가 놀라기도 전, 원장이 비비안을 향해 고개를 숙였다.

"연락을 받고 기다렸습니다."

"오랜만이에요. 아, 이쪽은 제 남편이에요."

"아, 공작 각하!"

원장이 놀란 얼굴로 고개를 다시 한번 숙였다. 그에 위그가 고개를 살짝 끄덕이는데, 비비안이 웃으며 물었다.

"리암은 안에 있나요?"

"네."

"저번에 올 때와 많이 변했군요."

"10년 전이니까요."

"아, 그게 10년 전이긴 하네요."

동생을 요양원에 보내고 한 번도 오지 않았다는 소리다. 위그는 생각보다 훨씬 단호한 비비안의 판단에 잠시 놀랐다. 그러나 그것이 끔찍하게 그녀다워서 별다른 말을 하지는 않았다.

"당신은 여기서 기다려."

"접대실로 모시겠습니다. 각하."

요양원에 들어가자 간호원으로 보이는 이들이 빠르게 뛰어다녔다. 그제
서야 이곳이 나름대로 병원의 역할을 하고 있다는 것이 느껴졌다.

"환자는 몇 명이지?"

"거의 열 명 정도의 고객님이 계십니다."

"고객님?"

위그가 고개를 들었다. 환자가 아니라 고객님이라. 사실 그렇긴 했다. 요
양원의 이름을 뒤집어쓰고 병원인 척해도 결국에는 이윤을 추구하는 곳에
불과했다. 딱 봐도 돈이 없으면 있을 수 없는 곳이었다.

이름 모를 이에게 접대실로 안내를 받으며, 위그는 천천히 위층으로 향하
는 비비안의 뒷모습을 보았다.

그녀에게는 일말의 긴장감도 없었다. 기대도 없었다. 10년 만에 보는 동
생인데 얼굴은 한없이 건조했다. 가뭄이라도 일었나, 비단 그렇게 느낀 것
이 그뿐만은 아닌 듯 주변에서 수군거리는 소리가 들렸다.

"저 여자가 로튼의 단주야? 로젤리스의……."

"제 동생을 보러 왔나 보네."

"그런데 왜 표정이 저래?"

"진짜로 소문대로 그런 건가?"

여기저기서 입방아를 찧는 것이 그녀에게 들리는지 들리지 않는지 위그
는 알 수 없었다. 결국 그는 바로 접대실로 들어갔다. 그와 동시에 곁눈질
로 위그를 살피던 비비안이 피식 웃었다.

그가 무슨 생각을 하고 따라왔는지 비비안은 알고 있었다. 리암을 보러
온 게 아니다. 저를 보러 온 것이었지.

자신을 뭐라고 생각했을까, 비비안이 천천히 발걸음을 옮겼다. 그리고 옅
은 아이보리색과 하얀색으로 장식된 내부를 훑다가, 그녀가 문 앞에서 멈춰
섰다.

"여기인가요?"

"네."

똑똑, 문을 두드린 뒤 허락이 떨어지기도 전 원장이 문을 열었다. 순간 하얀 햇빛이 그녀의 눈을 찔렀다.

가벼운 바람에 커튼이 하늘하늘 춤을 췄다. 깔끔한 방 안에는 특이한 것이 없었고, 그저 평범하디평범한 누군가의 방처럼 그토록 흔했다.

그리고 그 사이에, 익숙하지만 익숙하지 않은 얼굴이 있었다.

비비안은 발걸음을 옮겼다. 한 걸음, 딱 방에 들어가자마자, 낯선 목소리가 그녀를 불렀다.

"누나."

하얀 햇빛을 맞으며 조용하게 책을 읽던 청년이 그녀를 보고 있었다. 다정하고 부드러운 목소리, 마치 세상에 다시없을 친한 이를 부르듯 상냥하고 유약한 목소리에 비비안이 웃었다.

"리암."

"왔어?"

"그래."

"올 줄 알았어."

"날 오라고 그런 것 아니었니?"

비비안의 물음에 리암이 조용하게 책을 덮고는 일어섰다. 그녀와 비슷한 머리카락과 비슷한 눈동자. 하나 다른 느낌. 남매의 재회에 원장이 문을 닫고 나갔다. 순간, 리암이 부드럽게 웃으며 눈을 접었다.

"그래."

"……."

"누나는 여전하네."

10년 만에 본 동생은 훌쩍 커 있었다. 그러나 그의 표정만큼은 여전히 아이 같아서, 비비안은 그저 그렇게 서 있을 수밖에 없었다. 그때, 리암이 입을 열었다.

"보고 싶었어, 누나."

리암과 비비안의 관계는 묘했다. 두 사람은 남매이면서 닮지 않았고, 그럼에도 많은 부분이 닮았다고들 그랬다.

두 사람의 과거를 돌이켜 보자면, 비비안과 리암은 꽤 접점이 많았다.

비비안은 천천히 걸어갔다. 새하얀 방 안, 마치 바스러질 것 같은 분위기 속에서 조용하게 서 있는 리암의 모습은 어린 시절 유약한 소년의 모습을 그대로 하고 있었다.

옅은 회색 머리카락이 하늘하늘거리고, 준수하게 생긴 청년의 모습은 도저히 이곳에 있을 것 같은 얼굴을 하지 않았다.

"그래."

나도 보고 싶었다는 말은 하지 않았다. 깔끔하게 끝낸 한마디에 리암이 피식 웃는 듯했다. 그리고, 그가 천천히 손을 뻗었다.

"누나, 안아 봐도 돼?"

허락이 떨어지지는 않았지만 침묵은 곧 긍정이었다. 이내 요양원 특유의 쓰디쓴 약 냄새와 정원에 흐드러지게 핀 장미 향이 함께 섞인 냄새가 훅 끼쳤다. 비비안은 눈을 감았다.

"많이 컸구나."

"10년이니까."

"그래."

뜻 모를 중얼거림이었다. 제이콥에게 괴롭힘을 당해 구석에서 혼자 훌쩍거리던 아이는 이제 비비안보다 반 뼘 정도 더 컸다. 아이가 소년이 되고, 소년이 청년이 되었다.

스무 살이 되는 청년의 모습은 도저히 어린 시절, 제이콥과 세기의 대결을 펼치던 비비안의 뒤에서 숨어 있던 아이 같지 않아서, 비비안은 애매하게 웃어 보였다.

"누나. 잘 지냈어?"

"나름."

"카트린 누나가 다녀갔어. 나한테 조카가 셋이나 있다고."

"그래."

"나는 아리아밖에 보지 못했는데, 리즈랑 케이트도 보고 싶어."

선대 로튼 단주는 딸이 아이를 데리고 자주 친정으로 오는 걸 달가워하지 않았다. 그래서 그가 아리아를 본 것은 딱 한 번이었지만 그마저도 나름 그에게는 애틋했던 걸까. 최소한 리암의 목소리에는 전혀 가식이 없었다.

사실 그럴 만도 했다. 카트린과 리암 사이에는 별다른 원한이 없었다. 화살 끝은 비비안을 향해야 했다. 그녀가 모든 일의 원흉이니까.

"누나는 결혼했다며?"

"응."

"축하해."

"고마워."

"잘 살아."

"안 그래도 그럴 참이야."

"행복……해지고."

마지막 말을 내뱉을 때는 잠시 멈칫하는 듯했다. 비비안이 시선을 내렸다. 그녀의 얼굴에 미소가 걸렸다.

얼마나 지났을까, 비비안이 길게 한숨을 내쉬었다. 저를 품에 안은 남동생의 몸에서는 알싸한 약 냄새가 풍겼다. 멀쩡한 아이를 요양원에 가둬 놓고 주기적으로 약을 먹이는 시늉이라도 하고 있다는 증거였다.

제 명령을 누구보다도 잘 이행하는 원장에 대한 믿음이 와중에 생겨났고, 그다음으로는 동생에 대한 이름 모를 감정이 흘렀다.

비비안이 입을 열었다.

"그래서 나를 보고 할 말이 이거였어?"

비비안의 말에 리암이 멈칫했다. 곧 팔을 풀고 그녀와 세 걸음 정도 떨어진 곳에 선 그가 부드럽게 웃었다. 그에 덩달아 미소로 화답하면서 비비안이 입을 뗐다.

"이렇게 해서라도 나를 여기로 부르고 싶었니?"

"그러지 않으면 누나가 여기로 올 이유가 없으니까."

"카트린 언니한테 말하지 않고, 최소한 편지라도 썼으면⋯⋯."

비비안이 말을 내뱉다가 멈칫했다. 그리고 이내, 그녀가 피식 웃었다.

"아, 내가 안 왔겠구나."

"나는 누나가 보고 싶었어."

리암이 길게 숨을 들이쉬었다. 10년 만에 보는 누이를 향한 그의 해사하고 맑은 얼굴은 우습게도 마치 열흘 만에 본 것처럼 그토록 차분했다.

그러나 이 순간에 비비안의 얼굴이 그의 것보다도 더 평온해서, 두 남매의 재회는 외부인이 보기에는 괴이하기 그지없었다.

리암이 비비안과 눈을 마주쳤다. 그러고는 천천히 말을 이었다.

"카트린 누나가 온 건 상인 협회가 다녀간 뒤였어."

"그래?"

"상인 협회가 온 날, 나는 그게 기회라고 생각했어."

"그래."

"누나와 마주 보고, 이야기를 나눌 수 있는 기회."

"⋯⋯."

"상인 협회는 누나를 제거하지 못해 안달이 났고, 나름대로 어떻게 머리를 써서 누나 몰래 나를 회유하려고 하는 것 같았지만 누나가 그걸 모를 리가 없었지."

비비안이 한쪽 입술 끝을 끌어 올렸다. 그러나 그녀는 웃지 않았다.

"누나가 알게 되면, 상인 협회가 나를 회유하려 했다는 사실을 알게 되면 꼭 내게 오리라고 생각했어."

"자신이 엄청났구나. 내가 바로 너를 죽여 버리면 어쩌려고?"

"그럴 리가 없어."

"천진하게 웃지 말고."

"나는 누나를 믿어. 정확히 말하자면 누나의 정확성을 믿고, 그다음으로는 누나를 믿어."

마지막 말은 속삭이듯 작게 중얼거렸다. 방금까지 처연하게 웃고 있던 그가 고개를 살짝 숙였다. 그러다 다시 리암이 고개를 들었다.

"나는 누나의 마지막 인간성이야."

"……."

"그러니까 누나는 나를 죽이지 못해."

리암의 말에 방금까지 애매한 표정을 짓고 있던 비비안이 활짝 웃었다. 마치 대단한 발견을 한 아이를 긍정이라도 하는 듯한 표정이었지만, 정작 후련하기 그지없는 그녀의 얼굴에는 일말의 기쁨도 없었다.

비비안이 입을 열었다.

"리암. 그동안 많이 컸구나."

그동안 그녀의 머릿속에 있던 동생은 언제나 그녀 앞에서 바들바들 떨던 아이였는데, 그 아이가 커서 벌써 이런 말을 할 줄 안다. 그 사실이 지독하게 대견하고 또 동시에 너무 가소로웠다.

"그래서 상인 협회의 지시대로 할 거니?"

"사실이니까."

"뭐가?"

비비안이 고개를 들었다. 동생과 시선을 마주친 그녀가 은은하게 웃었다. 그런 누나에게 다정하게 웃어 주며, 리암이 말했다.

"누나가 첫째 형의 죽음을 사주하고, 둘째 형의 주스에 약을 탔잖아."

"네가 직접 봤고?"

"아니. 하지만 내가 봤다고 하면, 사람들은 믿을 거야."

"10년 동안 요양원에서 정신 치료를 한 사람의 말을?"

"최소한 누나의 상속권은 흔들 수 있겠지. 어쨌든 본 건 본 거고, 누나의 상속권이 정상적인 게 아니라는 건 사람들이 다 아는 사실이잖아."

"똑똑하구나."

비비안이 길게 한숨을 푹 쉬었다. 그때, 그녀의 시선이 한구석에 있는 수많은 책에 머물렀다.

"그동안 열심히 공부라도 했나 봐?"

"요양원에 있는 거라고는 의학 서적밖에 없어서, 그냥 심심풀이로 봤어. 잘 이해되지는 않았지만."

"넌 화가가 되고 싶어 했잖아."

"응."

비비안의 기억 속에 리암은 예술적 재능이 있는 아이였다. 그는 언제나 붓을 들어 뭔가를 그리기를 좋아했고, 그 대상이 가끔은 가족이, 그중에서 더 가끔은 비비안이 되기도 했다.

그는 그것이 집안에서 유일하게 그의 취미를 인정해 주던 이에 대한 나름의 보답이라고 했지만, 사실 비비안은 누구보다도 잘 알았다.

리암은 비비안을 많이 좋아했다. 그 사실은 비가 내리던 열 살의 어느 오후, 제이콥의 장례식이 끝난 뒤 살려 달라고 눈물을 뚝뚝 흘리던 그 순간에도 적용되는 것이었다.

"제이콥 형이 내 물감을 뺏어서 버렸던 거 기억나?"

"기억나. 그리고 나한테 머리를 쥐어뜯겼지."

"그리고 결국 나한테 사과했잖아."

"그 인간이야 뭐, 맨날 그렇게 단순했으니까."

"첫째 형 보고 싶네. 둘째 형도. 둘 다 꽤 좋은 사람들이었어, 누나도 알지?"

비비안이 리암과 눈을 맞췄다. 그리고 곧, 입을 열었다.

"좋은 사람이었지."

선악 여부는 언제나 상대적이다. 최소한 카트린이 겁탈당하던 그날 밤의 진실을 모르는 리암의 눈에 그녀의 가족은 전부 좋은 사람들이었다. 비비안은 굳이 리암에게 그 사실을 알리지 않았다. 카트린도 알리지 않았다.

그저 카트린의 결혼식 날 입이 째지게 웃던 아버지와 반대로 울음을 터뜨리던 누나의 모습에 의문을 표하던 어린아이에게, 작게 속삭였을 뿐이었다.

아버지가 카트린 누나에게 큰 잘못을 저질렀다고.

"하지만 누나에게는 그렇지 않았겠지?"

"글쎄, 네 생각에는 어땠을 것 같니?"

비비안의 질문에 리암은 고민하지 않았다. 그저 담담하게 대답했을 뿐이었다.

"그랬던 것 같아."

"……."

"누나. 나는 상인 협회의 말을 따를 거야."

"그래."

"상인 협회의 말에 따라서, 내가 본 것을 그대로 말할 거야. 진실대로."

"그래."

"그러니까, 그때 다시 인사해."

리암의 말에 비비안이 의미심장하게 웃었다. 그녀가 곧, 천천히 고개를 들더니 고개를 끄덕였다.

"그러렴."

* * *

"얘기는 잘 끝났나? 설득은 했어?"

"나 설득하려고 온 거 아닌데?"

"뭐? 그럼 왜 왔지?"

"그냥 새삼 보고 싶어서."

위층에서 내려오자마자 언제 나와서 기다렸는지 빠르게 그녀에게 달려오는 위그를 보며 비비안이 헛웃음을 지었다. 덩치에 어울리지 않게 바로 그녀의 옆에 들러붙어서 묻는 꼴이 퍽 웃겼지만, 그녀의 대답에 더더욱 어이없는 얼굴을 하는 남편의 모습이 나름대로 좋은 구경이라서 비비안은 어깨를 으쓱했다.

"리암은 진실을 말하겠대."

"무슨……! 꼭 그래야겠나? 회유나 거래 같은 거 안 먹혀?"

"글쎄."

비비안이 위층을 힐끔 보았다. 올라갈 때와 명백히 다른 표정에 위그가 조금 의아한 얼굴을 했다. 별 소득 없이 돌아왔지만 아까와 분위기는 달랐다. 뭔가 암시라도 오간 것일까?

하지만 그러기에는 리암은 여전히 비비안을 위협하고 있었다.

"가자."

"……."

멀어져 가는 비비안의 뒷모습을 보면서 위그가 잠시 눈을 가늘게 떴다. 동생을 보러 온다기에 뭔가 감정 변화라도 있나 싶어 걱정했더니, 꼭 그런 것 같지는 않았다.

하지만…….

"비비안 로젤리스."

갑작스러운 풀 네임에 비비안이 고개를 돌렸다. 우뚝 멈춰 선 제 남편을 빤히 응시하던 비비안이 고개를 까닥거리자, 위그가 입을 열었다.

"내가 필요하면 말해."

"으음, 나를 두고 칼을 가는 인간을 상대로? 내 유언장을 확인한 남자를 상대로?"

"최소한 나는 당신에게 공격을 가하지는 않아."

"못 믿어."

"상관없어."

비비안의 얼굴에 흥미로운 표정이 걸렸다. 그러나 위그는 여전히 담담하고 더없이 차분하게 말을 이어 갔다.

"내가 당신을 공격하지 않을 거니까."

"……."

"그리고 당신에게 공격받지 않으려고 노력할 테니까."

비비안은 침묵했다. 첫 번째 말은 그저 흔한 것이라서 코웃음을 흘렸지만, 정작 두 번째 말의 무게는 어마어마해서 웃을 수가 없었다. 한평생 누군가를 공격하느냐 마느냐의 기로에 있던 남자였다. 그럼에도 이 순간 그녀에게 공격받지 않기 위해 노력하겠다는 그 의미 모를 말에 어쩐지 감정이 실린 것 같아서, 비비안이 쯧 혀를 찼다.

"쓸데없는 소리 하고 있네. 그게 당신 마음대로 되는 거야?"

"최소한 지금까지는 가만히 있었잖아."

"당신을 죽이는 것보다야 살리는 게 더 효율적이니까. 빨아먹을 것도 많고."

"그래."

다행이네. 작게 속삭인 위그가 어깨를 으쓱했다. 비비안이 미련 없이 발걸음을 옮기고 그녀의 뒤를 성큼성큼 따라붙은 위그가 이번에는 밖에서 위층을 힐끔거렸다. 요양원의 가장 높은 곳, 하얀색 커튼이 나부끼는 방이 눈에 밟힌 그가 잠시 얼굴을 찌푸렸다.

그러나 곧, 그가 다시 웃었다.

상관없다.

그리고 며칠 뒤, 비비안 앞으로 귀족 재판에 출석하라는 귀족원의 소환장이 내려왔다.

* * *

귀족 재판에 대한 소환장이 이디에트 공작가에 도착한 날, 공작가는 물론이요 바첼론 전체가 뒤집어졌다.

비비안은 그럴 줄 알았다며 담담하게 출석 의사를 밝혔지만 사실 소환장을 눈에 넣지 않는 인물은 오직 그녀뿐이었다. 덕분에 며칠 전까지만 해도 쉬쉬하면서 뒤에서 수군거리던 사람들이 이제는 대놓고 사교계에서 가십거리로 그녀를 입에 올리기 시작했다.

수면 위에 드러난 리암이라는 존재에 사람들의 의견이 분분히 모아졌다.

비록 희대의 악녀이긴 했지만 그래도 누나인데 설마 그럴까, 그래도 형이 죽지 않았냐, 하지만 단주가 진짜로 다 죽이고 싶었다면 동생을 왜 살려 뒀을까, 등등 추측만 난무하는 상황에서 가장 초연한 사람은 비비안이었다.

그녀는 소환장의 날짜만 보고 바로 그것을 서랍 안쪽에 집어넣었는데, 덕분에 그런 그녀의 행동에 클로에만 속이 타들어 갔다.

"단주님."

"왜?"

비비안은 펜을 들어 어제 처리하지 못한 서류에 마저 사인을 하면서 건성으로 대답했다.

그 목소리에는 귀족 재판에 피심판인으로 올라갈 사람이 가져야 할 두려움이나 긴장감 따위는 하나도 보이지 않았다.

"진짜 괜찮은 건가요?"

"뭐가?"

"그, 귀족 재판이요. 무죄로 풀려날 확신은 있으신가요?"

"없어. 세상에 그렇게 확신으로 가득 찬 일이 어디 있어. 뭐든 모험을 해 봐야 결과를 아는 법이야."

하지만 단주님은 언제나 이기셨잖아요. 클로에가 속으로 중얼거렸다. 비비안은 언제나 이겼다. 모든 순간을 승리자로서 끝냈다. 모두가 그녀를 지키기 위해 돌아가고 있었다. 그것이 자의든 타의든.

"저는, 잘 모르겠어요."

"뭘?"

"진짜로 자기 누나를 끌어내리고 싶을까요?"

비비안의 펜이 뚝 멈췄다. 그녀는 요즘따라 두통이 심해 약을 입에 달고 다니는 편이었다. 이번에도 약을 하나 입 안에 넣고 물을 한 모금 마신 뒤 비비안이 느긋하게 말을 내뱉었다.

"못 할 거야 없지."

"하지만 저라면, 그래도 차마 손을 댈 수 없을 것 같아요."

"그저 본 걸 그대로 말하라는 건데 뭘."

"하지만, 그래도 형제잖아요."

"……."

"저는 미워하지 못할 것 같아요."

비비안이 쓰게 웃었다.

"리암은 사생아였어. 다행히 아들이라 입적이 되었지만."

"저도 사생아였어요."

"아, 그랬지."

"요한 오빠가 유일하게 제게 친절하게 대해 줬어요. 덕분에 조금 고달프 긴 했어도 수도로 올라와서 돈 걱정 없이 살긴 했어요. 오빠가 제 생활비를 감당해 주었거든요. 물론 그 뒤로 각하의…… 아, 죄송해요."

실언을 했음을 깨달은 클로에가 입을 막았다. 그 뒤로는 요한을 보러 이디에트 공작가에 들락날락거리면서 위그의 눈에 띄었고, 그의 정부가 되었다. 요한은 그런 그녀를 굳이 말리지는 않았지만 사실 탐탁지 않게 생각하긴 했다.

클로에의 뜻을 알아들은 비비안이 눈가를 곱게 휘며 웃었다.

"위그가 잘해는 주던?"

"죄, 죄송해요. 그 말을 꺼내는 게 아니었는데."

"그냥 물어본 건데 뭘."

"아니에요. 제가 실언을 했어요."

아무리 비비안이 신경을 안 쓰는 척해도 클로에는 남편의 전 정부였다. 클로에는 빠질빠질 타들어 가는 속으로 제 방정맞은 입을 탓했다. 그러나 비비안이 대수롭지 않은 듯 웃었다.

"별로. 따지고 보자면 나와 위그의 관계도 딱 그 정도까지야."

"네?"

감정 교류가 없는 딱 그 정도의 관계. 비비안이 얼굴을 서늘하게 굳히며 웃었다. 그저 도장 하나 딱 찍은 관계. 그저 서로가 서로의 정부에 불과할 뿐. 하나는 돈을 내고 하나는 권력을 내는.

그러나 비비안의 뜻을 알아들을 리 없는 클로에가 고개를 갸웃거렸다. 그때 비비안이 물었다.

"만약 요한이 멀쩡한 너를 10년 동안 요양원에 가두어 놓았다면, 너는 용서할 수 있어?"

"글쎄요…… 어렵긴 하네요."

"그렇지?"

인간이면 기본적으로 그러하다. 더군다나 비비안과 리암의 관계는 더욱 미묘했다. 어렸을 때부터 몸이 약했던 리암은 언제나 제이콥의 표적이었고, 그래서 제이콥은 늘 비비안한테 머리를 쥐어뜯기곤 했다.

그때마다 리암이 어떤 표정을 지었더라. 옆에서 안절부절못하며 그녀를 본 것 같다. 그리고 매번 싸움이 끝난 뒤에는 곧바로 와서 누나의 품에 꼭 안겨 있었다.

형이랑 싸우지 말라고.

사춘기가 지난 뒤 비비안과 제이콥의 신체 격차는 크게 벌어졌고, 두 사람은 더 이상 몸싸움을 할 만한 나이가 아니었다. 일방적으로 비비안이 당할 수밖에 없는 상황이긴 했지만, 그쯤에는 리암이 제이콥의 바지를 잡고 힘겹게 뒤에서 말렸었다.

물론 신체 격차가 곧 비비안이 졌음을 의미하지는 않는다. 오빠가 먹을 음식에 설이약을 통째로 부어 오빠의 엉덩이가 마를 새가 없게 만들던 그 날처럼, 가장 최후의 최후의 최후는 비비안의 승리로 끝났다.

그 사이에서 리암이 꽤 고생했을 터였다. 메이슨은 여동생한테 꼭 그래야 하겠냐고 제이콥을 타박했었다. 카트린이야 그저 가만히 입을 다물고 있을 뿐이었고.

비비안은 그랬다. 언제나 제가 이길 때까지 덤벼들었다. 악바리가 따로 없었다. 작게는 남매간의 싸움부터, 크게는 상속권 싸움까지.

"나라면 용서 못 해."

"네?"

"가정의 화목을 깨뜨리고, 형을 죽인 뒤 나를 요양원에 넣었잖아?"

"아……. 그, 그러셨……."

"나는 용서 못 해."

"……."

"그런데 그 아이는, 왜 웃었을까?"

비비안의 중얼거림에 클로에는 어떻게 대답해야 할지 몰라 안절부절못했다. 같은 사생아지만 그들은 달랐다. 그녀가 대답할 문제가 아니었다.

그래서 클로에는 그저 묵묵히 사인을 마친 서류를 품에 안았다.

그때였다.

"부인."

누군가가 문을 두드렸다. 서재의 문을 열고 들어온 집사에게 비비안이 잠시 눈썹을 까닥이자, 그가 말했다.

"부인. 손님이 왔습니다."

"그럴 줄 알았어."

비비안이 씨익 웃었다. 왜 안 오나 했다. 기다리는 사람이라도 있나 싶어 클로에가 고개를 갸웃거리는데, 집사가 말을 이었다.

"상인 협회의 협회장이 왔습니다."

비비안이 천천히 자리에서 일어났다. 마치 어릿광대를 보기라도 하듯 은은하게 얼굴에 배어 있는 미소를 보면서 클로에가 불안한 얼굴을 했다.

그러나 비비안은 그저 고개를 끄덕이며 말했다.

"알았어. 이제 곧 갈 테니까 안내해."

* * *

"오셨네요?"

예의와 상식 따위 말아먹은 등장이었다. 비비안은 문을 벌컥 열고 거리낌도 없이 바로 입을 열었다. 순간 방 안에 앉아 있던 몇몇 남자들의 고개가 들렸다.

"언젠가는 오리라고 생각하긴 했는데, 생각보다 늦게 와서 놀랐어요."

"늦게 왔다고? 충분히 빨리 왔다고 생각했는데."

비비안이 비릿한 미소를 지었다. 족제비 같은 얼굴로 앉아 있는 협회장의 얼굴에는 득의양양한 미소가 올라갔다. 이미 제가 이긴 것처럼 구는 표정에 비비안이 어깨를 으쓱했다.

"글쎄요, 제 정부가 온 그다음 날 바로 오실 줄 알았거든요."

"정부가 다녀갔나?"

"예상하셨으면서."

비비안이 눈을 곱게 접었다. 협회장의 얼굴에 조소가 비꼈다.

"무슨 뜻인지 모르겠군."

"제 스캔들을 파신다고 들었는데, 이제는 기자로 직업을 바꾸셨나 봐요?"

"단주의 스캔들이 무어 그리 재미있다고?"

"제 사생아를 캔다고 들었는데. 아닌가요?"

"헛소리."

"저런. 아쉽네요. 나름 똑똑하다고 칭찬해 주려고 했는데. 사생아를 설마 하니 눈치챌 줄이야."

비비안의 말에 협회장이 눈을 가늘게 떴다. 사실 사생아를 찌르고 다닌 것은 그저 비비안의 눈을 돌리기 위한 것이 맞긴 했지만, 설마하니 진짜로 있을 줄은 몰랐다.

예상치도 못했던 수확에 협회장의 눈이 반짝반짝 빛났다. 그러나 짐짓 관심이 없는 척 거드름을 피우며 그가 말했다.

"단주에게 그런 과거가 있는 줄은 몰랐군."

"어머, 있죠."

"그래? 공작께서는 아시나?"

"우리 그이는 모른답니다."

"공작께서 아시면 노발대발하시겠군."

"그럼요. 어쩜 아이도 저런 걸 낳았냐고 분노하시겠죠."

비비안이 소파에 앉았다. 섬뜩하게 웃은 그녀가 협회장을 한 번, 나머지 다른 이들을 한 번씩 쭉 훑으면서 말했다.

"제가 '애새끼'들이 좀 많죠."

"그래? 그 아이는 지금 어디 있는지 궁금하군."

"지금쯤이면 많이 컸을 텐데, 저한테 원한이 있는지 무리를 지어서 제 스캔들을 파고 다니더라고요."

"……뭐?"

"나한테 사생아가 없는지 정부를 하나하나 찔러 가면서, '형제'라도 찾는지 분주하더라고요."

"단주, 지금 그게 무슨 뜻이오!"

"그래서 묻고 싶어요, 왜 그러고 다니는지. 그 시간에 제 일이나 좀 잘할 것이지, 안 그런가요?"

"……"

"이 지랄 맞은 '애새끼'들아?"

방금부터 방구석 한쪽에서 비비안의 시중을 들기 위해 서 있던 헤더가 가볍게 한숨을 쉬었다. 한동안 얌전하다 싶더니 드디어 폭발했군. 사람 욕하는 데는 천부적인 재능이 있는 비비안이었다. 결혼 전까지만 해도 여과 따위 없이 입에서 나오는 대로 그냥 막 뱉고 다녔었다. 결혼 뒤에는 나름 조심하는 것처럼 보였지만.

"어머, 제가 협회분들을 보니 미혼 시절이 막 생각나서, 그만 익숙한 말투가······."

"지금 우리를 모욕한 거요?"

"그걸 꼭 물어보셔야 아시나요?"

"단주! 단주는 내 어머니를 모욕했소! 어디서 감히 그런 말을 입 밖에 내뱉는단 말이오."

"내가 당신들 협회를 얼마나 먹여 살렸는데, 그 정도면 내가 당신들 엄마 정도는 할 자격 있지 않나? 물론 당신 같은 아들 새끼는 줘도 안 가지지만."

"조용하게 대화나 나누려고 왔더니 여전히 무례하기 짝이 없군."

"왜, 참아 줄 때 작작해 줬으면 했는데 한 대 맞고도 이렇게 여전히 꼿꼿하게 고개를 들고 있으려니까 자존심이 상하나요?"

비비안이 느긋하게 소파에 기댔다. 그녀가 은은하게 미소를 띤 얼굴로 말했다.

"서로 잊고 살았으면 좋았을 텐데, 제가 그렇게 싫었어요?"

"큰 오해를 하고 있군."

비비안의 말에 협회장이 쯧 혀를 찼다. 그는 비비안의 말에 상당히 분노하는 듯하면서도 동시에 무슨 생각을 하는지 상당히 차분하게 얼굴을 굳혔다. 그에 비비안이 눈썹을 까닥였다.

"우리는 단주에게 유감이 없어. 다만 단주의 행위에 깊은 도탄을 보낼 뿐."

"제가 뭘 했나요?"

"친족 상해라니, 그런 짓을 함부로 하다니, 제정신인지 모르겠어. 단주의 능력은 인정하나 행위는 상당히 지탄받을 것이지."

"그 말씀. 태자 전하께도 전해 주세요."

상당히 불경한 비비안의 말에 협회장의 얼굴이 와그작 일그러졌다. 그것을 흥미진진하게 보다가, 비비안이 물었다.

"그래서 대체 무슨 일로 오셨나요? 설마하니 내가 울고 있나 보러 온 건 아니겠고."

비비안의 목소리에는 빨리 말하고 빨리 꺼지라는 태도가 스며 있었다. 그에 협회장이 마음에 들지 않은 듯 멈칫했지만, 이내 말을 제대로 가다듬은 듯 다시 조용하게 말했다.

"이번 귀족 재판에서 단주가 빠져나갈 길은 없을 것이오."

"그거야 두고 볼 일이고."

"진실은 언제나 밝혀지는 법이니까."

"우아, 우리 협회장님, 저번이랑 태도와 사뭇 다른데. 그 진실이라는 것에 엄청난 자신이 있으신가 봐요?"

"그래서 언제까지 단주의 독주가 계속될 것 같았나."

협회장이 서늘한 얼굴로 비비안을 쏘아보았다. 그러나 그에 돌아오는 것은 겁먹은 눈빛이 아니라, 그저 조롱 섞인 얼굴일 뿐이었다. 그에 협회장이 미간을 찌푸리고 말을 이었다.

"제안을 하지. 이번 귀족 재판 전까지가 기한이야."

"말씀해 보세요."

"로튼에서 지금까지 하고 있는 사업의 감독권을 협회에게 넘겨."

"……."

"그러면 이번 재판은 최대한 단주를 배려하는 쪽으로 가 보지."

협회장의 말에 비비안이 길게 숨을 들이쉬었다. 그리고 곧, 그녀가 천천히 입을 열었다.

"협회장님."

"그래."

"설마 그걸 제가 받아들일 거라고 생각하고 오신 건 아니죠?"

비비안의 목소리에는 분노와 어이없음이 고스란히 담겨 있었다. 그러나 협회장의 얼굴은 한없이 차분했고, 차분하다 못해 비비안이 되레 더욱더 분노할 정도였다.

애초에 호의적이지 않은 자였으나 이토록 노골적으로 굴 줄 몰랐다. 이미 우리 손에 네 모든 것이 잡혀 있으니 꿇고 들어오라는 것이었다. 비비안의 성정을 안다면 그녀가 절대 응할 리가 없다는 것 역시 알고 있을 게 분명함에도, 협회장은 그따위 조건을 조건이라고 내놓았다.

명백한 우롱이고 농락이었다.

"아니."

비비안이 입을 꾹 다물었다. 탐색하듯 가늘게 뜬 그녀의 눈에 은근한 분노가 배어 나왔다. 그러나 그것을 무시하듯, 협회장이 말했다.

"딱히 들어 먹으리라고는 예상하지 않았지."

"헛걸음을 하셨군요. 귀한 시간을 내서."

"하지만 단주가 지금 이리 고고하게 굴 때가 아닌 것 같은데."

"그런가요?"

"마음 좀 곱게 쓰는 게 어떤가. 그러니 하나뿐인 동생이 그리 구는 것 아니겠나. 솔직히 설득이 너무 쉬워서 놀랐네. 그래도 누나랍시고 어느 정도는 도와줄 줄 알았는데."

협회장의 얼굴에 은은하게 비낀 표정에 분노한 비비안이 웃음을 흘렸다. 그리고 이내, 그녀가 천천히 말했다.

"고작 그거 하나 알리려고 오셨나요? 그럼 알렸으니 좀 꺼져 주실래요?"

"단주, 우리는 단주에게 기회를 주고 있어."

"기회는 무슨, 같잖은……."

비비안의 말에 협회장이 차분하게 답했다. 말도 안 되는 언사에 비비안이 어이없다는 얼굴로 대꾸하려는데, 갑자기 언제 열렸는지 모를 문틈 사이로 흘러온 목소리가 협회장의 얼굴에 파문을 일으켰다.

"협박을 기회라고 포장하는 건 또 처음 보는군. 상대할 가치도 없겠어."

순간, 협회장이 자리에서 일어났다.

"공작 각하."

"내 아내에게도 그렇게 대했나?"

"네?"

"내 아내가 이 방에 들어와서 네게 말하는 그 순간, 지금처럼 그렇게 일어나서 내 아내를 대했느냐고 물었다."

비비안은 입을 다물고 소파에 기대 있었다. 무슨 생각을 하는 것인지 알 수 없었으나, 그것을 힐끔 본 위그가 협회장에게 물었다.

지독하게 우스운 권력의 소용돌이였다. 위그의 말에 방금까지 얼굴을 굳히던 협회장이 고개를 숙였다.

"죄송합니다. 각하."

"안 그래도 몸이 아파서 힘든 사람을 멋대로 불러내서 화만 돋우고, 정신이 나갔군. 디텔이 그리 시키던가? 협회에는 최소한의 배려도 모르는 자들만 모였나?"

순식간에 비비안을 아픈 몸을 이끌고 손님을 맞이한 사람으로 만든 위그가 낮게 읊조렸다. 협회장의 시선이 어디 가서 사람을 아프게 했으면 아프게 했지 절대 본인이 아플 것 같지는 않은 비비안의 얼굴을 향했다.

"왜, 더 말해 보시지."

"부인께서 편찮으신 줄 몰랐습니다."

"단주를 보러 온 거 아니었나? 호칭 정리가 왜 그렇게 오락가락하지?"

"각하께서 귀부인으로 대접해 달라 여기시는 것 같기에."

"귀부인과 단주가 무슨 모순되는 개념이라도 되나? 내 아내는 아직도 로튼의 단주다."

"송구스럽습니다."

"송구스러운 말은 하는 게 아니지."

마치 으름장이라도 놓듯 위그가 말했다. 그에 비비안이 피식 웃었다. 명백하게 썩은 미소에 위그가 그녀의 어깨를 잡았다. 곧 협회장과 시선을 맞춘 뒤, 그가 천천히 한 자 한 자 박아서 말했다.

"협회장, 이제는 내 집에서 나가."

"저는 아직 단주님과 대화가……."

"내 아내에게 도움이 되는 제안을 내놓지 못할 거면 나가. 심기를 어지럽히지 말고, 협회장과 디텔의 밀약에 관한 보고를 듣지 못한 게 아니고, 아쉽게도 나는 아직도 귀족원의 원장이다."

"……."

"디텔이 아니라. 그리고 그건 이번 귀족 재판에서 어떤 결과가 나오든지 변하지 않는 사실이지. 귀족원은 내 것이다. 그러니까 작작 해."

뭐라 더 항변하려던 협회장을 비롯해 그와 함께 자리를 한 몇몇 이들의 낯빛이 명백히 어두워졌다. 그러나 위그의 목소리는 전혀 흔들림이 없었고, 심지어 그는 거의 씹어 먹을 듯이 사람들을 보고 있었다.

비비안의 어깨를 잡은 손에 살짝 힘이 들어갔다. 협회장은 소파에 앉아 조용하게 있는 비비안을 힐끔 보고 말했다.

"내 제안을 받아들이지 않을 건가?"

"그 제안을 받아들일 거면 애초에 그런 짓을 하지 않았을 거예요."

"그런 짓?"

"그래요, 그런 짓. 당신들이 말하는 친족상해죄."

직접적으로 제 죄를 털어놓는 비비안의 말에 협회장의 얼굴에 놀란 빛이 머물렀다. 그와 함께한 협회 사람들이 수군거리기 시작하고, 이내 협회장이 그녀에게 물었다.

"잘못을 시인하는 건가?"

"네, 시인하는 거죠."

"그럼……."

"그런데 시인해 봤자 어쩔 거죠?"

"……."

"법정에서 증인으로 설 인간들이 없는데? 당신들이야 어차피 귀족 재판에 나를 올린 이들이니 무조건 내가 친족 상해를 저질렀다고 할 것이고, 그래 봤자 여기서 그나마 중립적인 거야……."

비비안이 자신의 뒤편에 서 있는 위그를 힐끔 보았다. 그녀가 곧, 피식 웃으면서 말했다.

"그나마 중립적인 거야 내 남편뿐인데, 어떻게 좀 제 남편을 설득해 보시죠?"

"그……."

"위그, 말해 봐. 어쩔 거야? 내가 친족 상해를 저지른 천하에 둘도 없는 미친년인데 어떻게, 날 죽이기라도 할 거야, 아니면 이혼이라도 할 거야? 아니면, 날 내쫓기라도 할 거야?"

말을 하는 비비안은 웃고 있었다. 목소리에도 웃음기가 배어 있었다. 그러나 그 안에 있는 짙은 조롱은 그녀의 분노를 보여 주고 있었고, 협회장은 그것을 쉬이 알아차릴 수 있었다.

애초에 이디에트는 비비안의 행위를 알고 있었다.

그 끔찍한 사실을 품고도 그녀를 사랑할 수 있다는 것 자체가 말도 안 된다고 생각했다. 사내들끼리 권력을 앗기 위해 죽고 죽이는 거야 예로부터 이어져 온 암묵적인 전통이었지만 계집이 그러는 것은 애초에 다른 문제였다. 그럼에도 불구하고 지금까지 그녀와 함께 지내 온 것이다.

위그는 피식 웃었다. 무슨 헛소리를.

"내가 감히?"

비비안이 뒤로 고개를 돌렸다. 순간 쪽 하는 소리와 함께 입술이 맞닿았다.

그와 동시에 위그가 속삭였다.

"나더러 어떻게 살라고."

위그의 말에 협회장의 얼굴이 울그락불그락해졌다. 비비안과 위그 사이의 거래를 모르는 그로서는, 현재 이디에트의 공작은 미친 자가 분명하다고 여길 수밖에 없었다. 어떻게 저런 미친 여자를, 건방지고 되먹지 못한 계집, 그 이상으로 말도 안 되는 년을 아내라고 품을 수 있단 말인가.

그렇다고 이디에트 저택에서 그런 말을 입 밖에 내뱉을 정도로 그는 멍청하지 않았다.

결국, 협회장이 길게 숨을 들이쉬더니 이내 다시 내뱉으면서 말했다.

"공작께서 부인의 과오를 잘 알고 있는 것 같으니, 제가 끼어들 사항은 아닌 것 같습니다."

"설사 내가 부인의 과오를 모른다고 해도 협회장이 끼어들 사항이 아니야."

"안녕히 계십시오. 그럼 이제 재판에서 뵙겠습니다."

"잘 가세요. 가는 길에 부디 돌멩이에 부딪쳐서 코가 깨지길 빌게요. 깔끔하게 즉사하면 더 좋고."

비비안이 조롱 섞인 목소리로 읊조렸다. 순간 기특하디기특한 눈빛으로 그녀를 본 위그가 웃음을 흘렸다. 묘하게 유치한 구석이 있는 저주였지만 이미 화가 머리끝까지 난 협회장의 귀에는 그마저도 마녀의 속삭임으로 들릴 게 뻔했다.

결국, 협회장이 방을 나가고 위그가 말했다.

"마지막까지 한마디를 안 져."

"당신은 갑자기 느끼하게 무슨 짓이야? 그리고 집에는 왜 왔어? 지금 왕궁에 있어야 하는 거 아닌가?"

"클로에가 전보를 쳐서."

"뭐?"

비비안이 고개를 홱 돌렸다. 문가에서 두 사람을 힐끔힐끔 보던 클로에가 깜짝 놀라 뒤로 물러났다.

그에 비비안이 말했다.

"이제 두 사람, 사적으로 대화 금지야."

"그냥 대화해도 된다고 할 때는 언제고."

"그거야 두 사람이 사적으로 무슨 짓을 하든 상관하지 않겠다는 거였고, 지금은 상황이 다르잖아. 이제야 물어보는데 혹시 로건이 온 날도 클로에 가……. 그래, 뭐, 클로에밖에 없겠지."

비비안이 쯧 혀를 차며 고개를 저었다. 그러나 곧, 그녀가 뭔가 이상함을 감지한 듯 다시 위그를 응시했다.

"그런데 왕궁에서 여기까지 거리가 꽤 되지 않았나? 어떻게 이렇게 빨리……."

"각하!"

그때였다. 비비안의 말이 끝나기도 전에 요한이 헥헥거리면서 달려왔다. 그에 비비안이 고개를 돌리는데, 요한이 위그에게 급하게 말했다.

"그렇게 마음대로 말을 하나 빼 가시면……! 저번부터 그러지 말라고 말씀드렸는데!"

"……."

"……."

"……왜."

"……말 하나 빼서 타고 온 거였어?"

비비안의 목소리에 어이없음이 묻어났다. 마차보다 말 한 마리 타고 오는 게 훨씬 빠르긴 하다만은, 보통 인간이 할 만한 발상은 아니었다. 비비안이 기가 막혀 한숨을 푹 쉬었다.

천연덕스럽게 위그가 그녀에게 말했다.

"내가 승마를 좀 잘해서."

"그래, 기특해."

비비안이 자리에서 일어났다. 마치 아이에게 칭찬을 날리는 어른처럼 무미건조하게 말을 건넨 그녀의 얼굴에 위그가 입꼬리를 말아 올렸다. 협회장 개새끼. 속으로 중얼거린 그가 말했다.

"귀족 재판은 다음 주에 열릴 거다. 정확히 열흘 뒤."

"알아. 소환장에 쓰여 있었어."

"심판인은 예상대로 디텔의 사람이고, 증인 신청은 아직이야. 하지만 아마 리암이 선정될 가능성이 커."

"내가 모르는 사실을 좀 말해 줄래?"

"하지만 이번 재판은 무조건 당신이 이겨."

"……뭐?"

비비안이 미간을 찌푸렸다. 무슨 말인지 해명을 요구하는 얼굴로 비비안이 물었지만 위그가 의미심장하게 웃었다.

"내가 설마하니 놀고먹었을까."

"……무슨 수를 쓰는 거야?"

"난 당신 말고 다 이겨."

"……."

"사실 당신도 이겼으면 하지만, 아직은 그럴 때가 아닌 것 같으니 보류해 두고."

"잠깐만, 언질은 줘, 무슨 일인지 아무것도 모른 채 당하는 거 싫어."

비비안이 얼굴을 일그러뜨렸다. 그녀는 서프라이즈를 지독하게 싫어하는 사람이었다. 그것이 좋은 것이든 나쁜 것이든, 계획 밖에서 뭔가가 일어나는 걸 끔찍하게 증오했고, 통제가 불가능한 것을 경멸했다.

그리고 무엇보다도 이번에는 더 그러했다.

위그가 자리에서 일어났다. 비비안이 소환장을 받은 즉시 그가 무슨 방법을 모색하지 않았다면 거짓말이었다. 그저 손가락만 빨면서 구경할 생각은 없었다. 더군다나 그는 비비안이 필요했다. 사랑이니 뭐니 그런 것 따위가 아니라 일단 그녀가 생존해야 한다. 왕을 세우기 위한 자금줄이 그녀에게 달려 있었다.

비비안이 사라지면 로튼이 무너진다. 돈은 유한하지만 비비안의 돈은 무한했다. 그래서 그는 아직 비비안이 필요했다.

사실, 겸사겸사 그녀를 구하면 더 좋고.

"우리 측의 주장은 아래와 같아."

"뭔데?"

"이 모든 것은 형제의 상속권 다툼의 결과다."

"······뭐?"

"거기서 당신은 그저 우연하게 이익을 취한 것뿐이야."

위그의 말에 비비안이 멈칫했다. 위그의 말이 무슨 뜻인지 잘 알았다. 그러니까 그녀가 한 모든 짓을······.

"그 열 살짜리에게 뒤집어씌우겠다고? 열 살짜리가 제 상속권을 위해 형제에게 손을 썼다고?"

"열 살짜리라면 어폐가 있겠지만, 그 뒤에 다른 사람이 있다면 말이 달라지지."

"뭐?"

"리암은 사생아고, 뭐, 사생아 하나 갖고 완벽한 시나리오 하나 만드는 건 일도 아니지 않나? 이복형제들 사이의 상속권 분쟁은 사실 다섯 살을 매개체로 해도 이상하지 않아. 왕실이 그랬거든."

그러니까 이 모든 것은 상속권이 없는 딸이 자신의 잇속을 위해 오빠들과 동생을 제거한 이야기가 아니라, 배다른 형제들 사이의 난투로 인해 빚어진 비극에서 비비안이 그 이득을 취했을 따름이라는 것이었다.

생각보다 훨씬 더 악독한 대본에 비비안이 어이가 없어 웃음을 흘렸다.

그래, 이런 남자였다. 비비안은 이 와중에 새삼 위그의 신분을 상기하며 혀를 내둘렀다. 제게 달콤하게 대해 줄 듯하다가 머리는 또 어쩜 이렇게 잘 돌아가는지. 대체 제이슨은 왜 이디에트를 버리고 디텔에 붙었는지 궁금하여 가끔 생각했는데, 확실히 제가 제이슨이라도 이디에트가 꼴 보기 싫을 것 같다. 그 어떤 상황에서도 제 입맛대로 원하는 것을 이루는 치라니, 정말 재수 없지 않은가. 물론 이디에트를 버리지는 않겠지만.

"어떻게, 계속 이 대본대로 가는 게 좋을까?"

"마음대로 해."

비비안이 고개를 휙 돌렸다. 그녀가 이미 알아차린 이상, 다른 건 의미가 없다. 그에 위그가 잠시 고개를 갸웃거리는데, 비비안이 말을 이었다.

"어차피 결론은 하나일 테니까."

방을 나가는 비비안의 뒷모습을 보는 위그의 눈빛이 묘하게 변했다. 결코 가볍지 않은 소환장을 받아 든 여자는 이 며칠 내내 아무 일도 없는 것처럼 행동했고, 그녀의 행동은 마치 이 귀족 재판이 아무런 의미도 없는 듯한 착각을 공작가에 심어 주었다.

그러나 정작, 이 귀족 재판으로 인해 나라가 어느 정도로 뒤집혔는지 위그조차도 결코 쉬이 단언할 수가 없었다.

그중 가장 대표적인 일례로, 귀족원부터가 불안불안했다.

"각하. 귀족원 일은 어떻게 처리할까요?"

요한의 물음에 위그가 소파에 기댔다. 귀족원 회의가 끝나기도 전에 바로 회의장을 빠져나온 이유는 간단했다.

상인 협회에서 비비안을 찾아왔다. 딱 봐도 그리 우호적인 얼굴은 아니더라. 이어지는 말이 없어도 알 법했다. 사실 비비안이 협회장과 다른 상단주들에게 밀릴 거라 생각한 건 아니었다. 마지막까지 어떻게 해서든 바득바득 이기고 마는 여자였다. 그렇게 독했고, 그렇게나 끈질겼다.

그리고 그 여자를 그가 지금 보호해야 했다. 비비안 로젤리스는 물론 보호가 필요한 여자가 아니었지만 현재로서는 보호해야 했다. 그는 그래야 한다고 생각했다.

비비안의 이 며칠간의 행보를 되짚어 보던 그가 이마를 짚었다. 이내 그가 요한을 향해 말했다.

"귀족원은 바로 해산하라고 하고, 오늘 회의는 여기서 끝마친다."

원장의 지시가 있기 전까지 회의는 무산될 수 없다. 위그의 말에 요한이 고개를 끄덕이고 밖에 나갔다. 그때, 언제부터 서 있었는지 클로에가 한숨을 푹 쉬었다.

"단주님께서 몸 상태가 안 좋으신 것 같았어요."

"머리가 아픈 것 같긴 하더군."

요즘따라 거의 두통약을 달고 사는 비비안을 상기하며 위그가 말했다. 예전에도 종종 약을 먹긴 했지만 요 근래만큼 자주 먹었던 적은 없었다. 겉으로 괜찮다고 해도 속은 문드러지는 것일까. 그렇게 대단하게 홀로 꿋꿋하게 버티는 여자가 아니었다.

그러니 그녀가 입을 다물 때는 필히 뭔가가 있었다. 숨기고 있는 어떤 것.

"비비는 요즘 뭐 하나?"

"어, 그냥 평소와 다름없이 서류를 처리하시고, 간혹 조카분들과 놀아 주시기도 하고, 그러세요."

"그래?"

"다른 건 없어요."

위그가 발걸음을 옮겼다. 그는 여전히 비비안을 몰랐다. 사실 그가 알 필요는 없을지도 모른다. 애초에, 언젠가는 헤어질 여자니까. 그녀 말마따나.

아, 잠깐만.

'헤어져?'

복도에 나가려던 위그가 우뚝 멈춰 섰다. 그러고 보니 헤어져야 하지. 두 사람이 언젠가는 헤어져야 한다는 사실을 언제나 알고 있었지만, 이 순간 갑자기 그게 새삼스러웠다.

비비안은 그의 옆에 있을 여자가 아니었다. 묶어 두고 싶지만 그럴 수 없었다. 그는 저렇게 가시 돋친 인간을 옆에 둘 만큼 너그럽지도 못했고, 어떻게든 제 잇속을 지키려 사랑한다는 남자마저 공격할 만큼 독한 여자에게 매달릴 정도로 비굴하지도 못했다.

사실을 말하자면, 제일 처음에는 나름대로 제 옆에 묶어 두고 싶었고, 그 뒤에는 그녀의 굴복을 원했다.

그럴 수밖에 없었다. 그는 그렇게 살아왔으니까.

그런데 지금 왜 자신은 그 여자를 도와주고 있나.

문득 얼마 전 비비안의 물음이 생각났다. 그냥 이대로 무너지게 내버려 두면 옆에 묶어 놓을 수 있지 않나. 그 오만한 계집애를, 그 독한 계집애를, 누구도 눈에 넣지 않는 악마 같은 계집애를, 그 바첼론의 마녀, 악녀를 제 발아래 굽힐 수 있었다.

그와 그녀가 결혼하던 순간, 모든 신문에서 말하던 것들이 진실이 될 수 있었다.

그녀가 꺾인다고.

꺾인다. 그것은 꽤나 기묘한 단어였다. 흥분되기도 하고 자극적이기도 했다. 바첼론에서 가장 아름다운 여자도, 가장 고귀한 여자도 만족시켜 주지 못한 일종의 천박한 정복감이었다.

태생적으로 아래에 있어야 하는 이를 제 옆에 묶어 두려는 본능. 꺾이지 않으려는 자와 꺾으려는 자의, 아니…… 사실은 그 시도마저도, 행해지는 것과 행하는 것의 그 차이마저도 적나라한 추악함이었다.

"뭐 해? 안 와?"

그때였다. 이미 혼자 나갔을 거라 생각한 비비안이 복도의 끝에서 그를 향해 물었다. 팔짱을 끼고 그를 오만하게 보는 여자의 눈빛이 서늘했다. 저게 저를 향한다.

저를 보던 그 눈빛이, 저 오만한 눈빛이, 제 아래서 애걸복걸하면서 저를 보겠지. 사랑해 달라고 애원하면서, 산산이 부서져서 그만을 보고, 그밖에 볼 수 없는…….

"무슨 거지 같은 생각을 하는 거야? 표정 좀 봐. 지금 상당히 변태 같았어."

"당신은 꺾일지언정 그냥 부서지는 쪽이지?"

"뭐?"

"굴복하느니 죽는 스타일이고."

"무슨 말도 안 되는 소리를 하는 거야."

"그럼 만약 내가 당신의 목숨을 좌우지할 수 있다면, 나한테 왔을 텐가?"

비비안이 멈칫했다. 위그의 눈길을 빤히 본 그녀가 피식 웃었다.

"아마도? 왜, 기대돼?"

"……나름?"

"그런데 왜 그렇게 안 하는 거지?"

비비안의 물음이 다시 처음으로 돌아왔다. 위그가 잠시 생각하다가 쯧 혀를 찼다.

"그럴 만한 이유가 없어. 당신 손에는 내 목숨 줄이 여럿 쥐어져 있는걸."

"그럼 그 목숨 줄이 없다면. 내가 그걸 갖고 있지 않다면 어쩔 건데?"

마치 탐색하는 듯한 물음에 위그가 얼굴을 굳혔다. 이내, 그가 말했다.

"당신, 가설 좋아하지 않잖아."

"그냥 궁금해서 물어봤어."

"그럼 대답하지 않을 권리도 있지?"

"물론."

"대답은 거절하지."

비비안이 눈을 곱게 접었다. 그것을 응시하다가, 갑자기 위그가 입을 열었다.

"후회하나?"

"뭘?"

"동생을 살려 둔 것을."

위그가 물었다. 사실 이 문제는 그가 오래전에 묻고 싶었던 것이었다. 그 때는 왜 동생을 살려 두었냐고 묻고 싶었다. 그냥 어려서? 비비안은 아이를 사랑하는 훌륭한 어른이 아니었다.

그럼 사랑해서? 사랑하는 식구를 10년 동안 요양원에 가두지는 않는다.

그럼에도 살려 두었다. 따지고 보자면 형제자매를 제거하는 중에 비비안이 직접 죽인 이는 없었다. 첫째 오빠의 죽음은 카티야와의 작당에서 이어진 결과였고, 둘째 오빠는 교묘하게 파 놓은 함정에 스스로 빠지도록 했으며, 동생은 어찌 되었든 제 발로 요양원에 들어갔다.

그것은 과연 자비일까, 아니면 비겁함일까.

위그의 얼굴을 응시하던 비비안이 어깨를 으쓱했다.

"글쎄, 나도 그건 모르겠어."

"뭐?"

"그냥 그 아이가 내게 와서 요양원에 들어가겠다고 한 순간, 그냥 대답했어. 그러라고."

"……."

"생각해 보면, 나는 그때 왜 그 아이를 죽이지 못했던 것이지? 아, 첫째 오빠는 왜 직접 죽이지 못했지? 둘째 오빠한테는 왜 더 치명적인 독을 풀지 않았지? 생각해 보니까 나도 모르겠어."

"그래."

비비안의 말에 위그가 답했다. 그가 곧 걸음을 성큼성큼 옮겼다. 그 모습을 보던 비비안이 자연스레 발걸음을 옮기며, 두 사람이 나란히 섰다. 그때 문득 뭔가가 떠올라 위그가 말했다.

"당신이 그랬지. 당신의 최후는 그리 행복하지 못할 것이라고."

"……."

"그거 혹시……."

"쓸데없는 생각 말고 눈앞의 일이나 빨리 처리해. 오늘따라 왜 이렇게 감성적으로 굴어?"

비비안의 목소리에 밴 묘한 짜증에 위그가 얼굴을 일그러뜨렸다. 뭔가 기분이 이상했다. 하지만 그 근원을 몰라, 결국 그는 입을 다물었다.

* * *

"오랜만이에요, 공작."

"오랜만에 뵙겠습니다. 왕녀 전하."

왕실에서 왕녀를 마주치는 것은 그리 이상한 일이 아니다. 하지만 귀족 재판이 열리는 왕실 재판장 부근에서 마주치는 것은 꽤 이상한 일이었다.

며칠 뒤 열릴 재판에서 쓰일 재판장을 죽 훑고 나온 위그가 얼굴을 일그러뜨렸다.

"여기서 뵙게 될 줄은 몰랐습니다."

"그야 제가 일부러 찾아온 것이니까요. 공작께서 이곳에 왔다는 소식을 들었거든요."

"무슨 일이라도?"

"이번 재판에서 단주의 승률을 묻고 싶어서 왔어요."

"왕녀 전하께서 관여하실 일이 아닙니다."

"확실히 제가 관여할 일이 아니긴 한 건가요? 저는 지금 공작 부부께 어마어마한 기대를 품고 있는데?"

"누가 멋대로 기대를 품으라고 했습니까?"

상당히 귀찮아하는 얼굴로 위그가 말했다. 그의 목소리에는 제법 짜증이 배어 있었고 따라서 그가 얼마나 이 왕녀의 등장을 꺼리는지 알 수 있었지만 정작 크리스티나 본인은 그저 여유롭게 웃어 보일 뿐이었다.

"기대를 품는 건 제 마음이죠. 그걸 만족시켜 달라고 한 적 없어요."

"언어유희일 따름입니다. 송구스럽지만 이만 자리를 먼저 비키겠습니다."

크리스티나를 만날 때마다 드는 묘한 불쾌감에 위그가 발걸음을 옮겼다. 결혼 전에는 이런 느낌이 없었는데. 그때는 그저 어리고, 작고, 여리고, 순진한 왕녀에 불과했다. 그와 혼담이 오가긴 했지만, 그래서 그저 몇 번 본 게 다인.

그때까지만 해도 크리스티나는 분명, 하고 싶은 말도 제대로 못 하던 왕녀였다.

하지만 오늘 크리스티나의 태도는 사뭇 달랐다.

"단주께서 귀족 재판에 오르신 데에, 다른 생각은 없으신가요?"

"무슨 말씀이십니까."

"사실 막을 방법은 있겠죠."

"또 상속권 문제입니까?"

"그녀에게 상속권이 있었다면 최소한 오늘 이 지경까지 오지는 않았을 거예요."

"왕녀 전하."

크리스티나의 말에 위그가 헛웃음을 지었다. 이건 또 무슨 엘버린 공작 같은 말이란 말인가. 익숙한 논리에 잠시 기억을 되짚어 보던 그는, 엘버린 공작가의 영애가 크리스티나의 시녀였다는 사실을 상기하며 그럼 그렇지, 라는 표정을 지었다.

"상속권이 있는 형제들끼리도 서로 죽이면서 싸움을 합니다. 왕녀 전하의 오라버니처럼."

"하지만 기회를 가진 이들끼리의 싸움이죠. 단주님은 없는 기회를 만들었고. 결과적으로 비슷하지만, 그게 진짜로 비슷하다고 생각하시는 건 아닐 거라 믿어요. 최소한 죄책감과 질타의 무게가 다른걸요."

크리스티나가 여유롭게 웃었다.

"이번 재판은 나름 꽤 중요한 순간이 되겠군요. 하지만 어느 쪽으로 판결이 나든, 그게 단주님께 전혀 도움이 되지 않을 거란 사실은 확실하다고 생각해요."

"기회를 잘 잡는 건 칭찬할 법하나, 시기가 틀렸습니다."

"과연 그럴까요?"

"……."

"과연, 시기가 틀렸을까요?"

순간 크리스티나의 얼굴에 비비안의 미소가 겹쳐 보였다. 그러나 비비안의 것과 다르게 묘하게 그의 신경을 건드리는 것이라서, 위그가 비릿하게 웃었다.

"왕녀 전하는 이 모든 것을 왕위 싸움에 써먹으려고 하시지만, 송구스럽게도 제가 왕녀 전하의 뜻대로 움직이는 일은 없습니다."

"공작."

"엘버린 공작 각하의 말씀은 들어 드렸습니다만, 같은 얘기를 왕녀 전하께 다시 한번 듣고 싶지는 않군요. 제 아내는 당신이 말하는 것처럼 그렇게 안쓰러운 사람은 아닙니다."

"……."

"이 모든 것은, 그녀가 만든……."

결과물입니다, 라고 말을 내뱉으려던 위그의 얼굴이 서서히 굳어 갔다. 이 며칠간 계속해서 그를 괴롭히던 묘한 느낌의 정체가 잡히는 것 같아 그가 멈칫했다. 그에 크리스티나가 잠시 미간을 좁혔다. 그녀는 어떻게든 단독으로 공작과 대화를 나눌 수 있는 기회를 잡으려고 하는 것 같았다. 그러나 위그는 그녀의 말을 잔인하게 잘라 버렸다.

"하지만 단주에게 다른 기회가……."

"왕녀 전하. 이 이상의 대화는 딱히 가치가 없을 것 같습니다."

"공작?"

"그럼 이만, 실례하겠습니다."

더 이상 듣고 싶지 않다는 듯이 위그가 바로 고개를 돌렸다. 그가 곧 빠르게 발걸음을 옮겨 재판장을 나갔다. 그러나 순간, 그는 멀리에서 보이는 디텔의 마차에 멈춰 서고 말았다.

이디에트에 지지 않는 화려한 마차의 문양이 눈에 들어왔다. 그리고 마차의 문이 열리는 순간 언제나 그가 욕하던 디텔 공작의 얼굴이 드러나고, 그 뒤를 따라 내리는 것은······.

"리암 로젤리스?"

그의 아내, 로튼의 단주, 비비안 로젤리스의 동생이 거기에 서 있었다. 더없이 온화한 미소를 달고.

위그가 얼굴을 굳힌 채 리암을 응시했다. 그는 오늘 처음 그를 보는 것이었고, 비비안과 지독하게 닮았지만 닮지 않은 얼굴이 묘한 느낌을 일으켰다. 그것을 빤히 보는데 어느새 디텔 공작과 리암이 천천히 다가왔다.

"리암 로젤리스?"

위그가 다시 한번 입을 뗐다. 그에 리암이 부드럽게 미소를 지으며 고개를 끄덕였다.

"이디에트의 공작 각하이십니까?"

"······."

"처음 뵙겠습니다."

새하얀 얼굴을 가진 청년이 고개를 숙였다. 금방이라도 바스러질 것 같은 얼굴은 비비안의 동생이라고는 도저히 믿을 수 없을 정도였다. 위그가 얼굴을 굳혔다.

"왜 여길 온 거지?"

"그건 공작이 상관할 바는 아니오."

위그의 물음에 대답한 것은 리암이 아니었다. 위그는 어느새 리암의 앞을 막아선 디텔 공작을 보며 명백한 분노를 얼굴에 띄웠다.

"디텔 공작."

"이번 재판의 중요한 증인이지. 미리 재판장에 왔을 뿐이오."

"내 아내의 동생을 데리고?"

"이번 재판이 중요한 증인이오, 다시 말하지만. 단주의 동생이기 이전에."

"……."

"그리고 무엇보다도 단주는 이번 재판의 피심판인이지."

위그가 피식 웃었다. 그의 눈길이 리암에게 향했다. 요양원에 갇혀 있었음을 증명하듯 가는 팔다리에 유약한 느낌을 풍기는 청년이었다. 그러나 그 이전에, 그는 리암이 비비안과 비슷한 듯 비슷하지 않다는 것에 놀랐다.

위그가 길게 한숨을 쉬었다. 그때, 리암이 입을 열었다.

"누나와 결혼하셨다고 들었습니다."

"그렇지."

"잘 부탁드립니다."

"그건 로젤리스의 도련님 따위가 관여할 일은 아니고. 누나를 잘 부탁드린다고 말하고 싶으면 이번 증인으로 나설 생각 자체를 하지 말아야 하는 거 아닌가?"

묘하게 날이 선 위그의 말에도 리암은 별다른 말을 하지 않았다. 그저 웃으면서 서 있는 그의 모습이 묘하게 심기가 거슬려서 결국 위그가 말을 이었다.

"그래서, 이번에 비비를 끌어내리고……."

"각하."

그때였다.

방금까지 가만히 듣고 있던 리암이 천천히 고개를 들었다. 환한 햇빛이 그의 머리에 쏟아지고, 마치 그대로 사그라질 듯 리암이 말했다.

"저는 누나를 사랑합니다."

"……."

"최소한 공작께서 제 누나를 아끼시는 것에 못지않게."

"그렇다는 사람이……."

"하지만 사람 마음이 절대 한 가지는 아니지요."

"……."

"그렇지 않습니까?"

리암의 아리송한 말에 위그가 얼굴을 굳혔다. 조곤조곤한 말투가 묘하게 카트린을 닮은 듯하기도, 비비안을 닮은 것 같기도 했다. 결국 그는 리암과 계속해서 말을 나누는 것을 포기했다.

곧, 그의 시선이 디텔 공작에게 향했다.

"공작께서 무엇을 기대하든, 그것이 뜻대로 될 것 같지는 않군."

"글쎄, 너무 오만한 것은 좋지 않아."

"오만이 아니라 자신이지."

말을 마친 위그가 바로 발걸음을 옮겼다. 리암을 스쳐 지나가면서 위그가 얼굴을 굳혔다. 뭐가 어떻게 되든 왠지 모르게 기분이 그리 좋지 않았다. 문득, 리암의 그 온화한 얼굴 아래 뭔가가 숨겨져 있다는 생각을 버릴 수가 없었다.

* * *

"비비안 로젤리스."

벌컥 문을 열고 들어온 남편의 등장에 비비안이 천천히 고개를 들었다. 입 안에 뭔가를 넣고 물을 한 모금 머금은 뒤 비비안이 무슨 일이냐는 듯이 눈썹을 까닥였다. 그리고 곧, 물을 삼킨 그녀가 말했다.

"왜. 무슨 일인데?"

"당신 대체 무슨 생각이야?"

"또 그 얘기야? 이제는 지겹지도 않아?"

비비안의 성가신 목소리에 위그가 성큼성큼 그녀에게 다가갔다. 귀찮은 얼굴로 고개를 돌리는 그녀를 막아서면서 위그가 말했다.

"리암을 만났어."

"뭐?"

"디텔 공작이 그를 데리고 왔더군, 재판장 부근에."

비비안이 우뚝 멈춰 선 뒤 고개를 들었다. 그녀의 시선이 그의 얼굴에 머물렀다. 석고상처럼 굳어 있는 남편의 얼굴을 응시하다가, 비비안이 말했다.

"그래서? 그래서 뭐라고 했는데?"

"내가 뭐라고 할 수 있겠어? 당신이 무슨 짓을 하려는지도 모르는데."

"그래서, 내가 무슨 짓을 하려고 하는 것처럼 보이는데?"

물음에는 물음으로. 비비안을 향한 물음은 다시 한번 위그에게 돌아왔다. 반복되는 대화에 지친 위그가 한숨을 쉬었다. 그리고, 그가 한 자 한 자 내뱉었다.

"리암과 당신의 관계는 당연히 나쁠 거라 생각했어."

"틀린 말은 아니야. 10년이라는 시간은 절대 짧은 시간이 아니지."

"하지만 과연 나쁘기만 할까?"

결국 모든 물음의 원점은 그렇게 돌아온다. 두 사람의 관계. 남매의 관계. 누나와 동생의 관계. 그 관계의 본질을 잘 알아차리지 못하면 누구도 풀 수 없는 수수께끼였다.

결국, 그렇게 할 수밖에 없었다.

"리암은, 당신을 잘 부탁한다고 하더군."

"……뭐?"

"당신을, 잘 부탁한다고 했어."

그저 의례적인 말이라고 할 수도 있었다. 그러나 그 말 한마디가 리암의 입에서 나왔다는 것만으로도 위그는 그저 웃어넘길 수 없었다. 결국, 비비안이 입을 열었다.

"리암과 내 관계는 단순해. 그렇게 복잡하지도 않고, 사실 복잡할 수도 없어. 10년을 함께 있었고 10년을 떨어져 있었어, 대체 어디까지 복잡할 수 있을 것 같아?"

"그는 당신을 사랑했나?"

"그 아이는 언제나 약했고, 나는 그 아이의 앞을 막아서는 역할이었어. 마지막에는 결국 그 아이를 구렁텅이로 내몰았지만."

그저 단순한 사랑, 증오라고 퉁치기에는 지나치게 복잡한 문제였다. 논리적이지 못한 비비안의 행동은 논리적일 수 없는 추측을 불러왔다. 결국, 위그가 말했다.

"나라면 당신이 밉겠군."

"그럴지도."

"하지만 가장 힘들고 괴롭힘을 당하던 와중에 유일하게 앞을 막아서 준 사람을, 과연 진심으로 미워할 수 있나?"

"뭐?"

"말해 봐, 비비안 로젤리스."

위그가 비비안의 팔을 잡았다. 그가 그녀와 시선을 맞추며 또박또박 말했다.

"리암 로젤리스는, 대체 어쩔 예정이지?"

"그걸 왜 나한테 물어."

"알지 않나."

"⋯⋯."

"당신도 알고 있잖나. 리암은 당신을 미워하지 않아, 하지만 미워하지. 인생의 절반을 은인으로, 나머지 절반을 원수로 여겼을 당신에게 그리 단순한 감정일 리가 없어."

"⋯⋯."

"안 그래?"

낮게 으르렁거리는 목소리에 비비안이 얼굴을 굳혔다. 그러나 순간, 그녀가 대답 대신 우아하게 미소를 지었다. 그리고 곧 위그의 팔을 뿌리쳤다.

"혼자 알아서 상상해."

비비안은 여전히 대답하지 않았다. 그저 위그를 벗어났을 뿐이었다.

결국, 위그는 거기서 입을 다물 수밖에 없었다. 혼자만의 추측을 곱씹으면서.

비비안의 입에서 뭔가를 캐내는 것은 어렵다. 특히 그것이 그녀의 상단에 엮인 문제라면 더욱더. 어쩔 수 없이 위그는 입을 다물 수밖에 없었고, 그렇게 그녀에 대한 문제에 호기심을 품고 하루하루를 보내던 어느 날.

귀족 재판이 열렸다.

* * *

귀족 재판이라 함은 사실 귀족들 사이에서 공공연히 열리는 청문회나 마찬가지였다.

소위 '고귀한' 핏줄을 가진 귀족들을 평민이 서는 평범한 재판에 서게 해서 그 품격을 함부로 떨어뜨리게 할 수가 없다는 것이 취지였지만, 가끔은 귀족 사이에서 벌어지는 권력 다툼의 도구로도 쓰이곤 했다.

상속권을 인정받는 순간에도 법정에 서 보았던 비비안이었다. 그런 그녀가 귀족 재판에 선다고 해서 긴장할 리가 없었다. 안주인의 재판에 잔뜩 신경을 곤두세우고 있던 공작가 사람들은, 재판 당일이 되자 한 상 거하게 차려서 그녀의 앞에 내놓았다.

"뭐야, 사형수한테 주는 마지막 식사야?"

비비안의 물음에 셰프가 고개를 푹 숙였다. 평소에 내무에 전혀 관여를 하지 않아 비비안과 공작가의 고용인들은 별로 친하지 않았다. 그래도 명색이 공작 부인이었다. 아랫것들이 함부로 평론하면 안 되는 공작 부인. 공작가의 명예와 직속되는 공작 부인.

"귀족 재판이 길게 열린다고 하여, 혹시 부인께서 힘드실까 봐 준비했습니다."

비비안은 눈썹을 까닥였다. 뭔가 했더니 나름대로 신경을 쓴 것이었다. 그러나 그녀는 아침을 먹는 습관은 있어도 많이 먹는 습관은 없었다. 결국 제 앞에 있는 샐러드와 주스만 앞으로 끌어당긴 채 나머지는 전부 맞은편에 있는 남편에게 돌렸다.

"뭐 하는 거지?"

"안 먹을래, 많이 먹으면 속이 안 좋아."

"그렇다고 나한테 주나?"

"많이 드시라고. 오늘 제법 힘든 하루가 될 텐데."

미묘한 뉘앙스가 풍기는 비비안의 말에 위그가 미간을 찌푸렸다. 담담한 척을 하지만 위그라고 이 분위기가 아무렇지 않을 수는 없었다. 하지만 당사자가 저렇게 담담하니 아무리 남편이라고 해도 대신 긴장해 주기도 뭣했다.

결국 위그는 한숨을 쉬며 고개를 저었다.

그때, 갑자기 다이닝 홀의 문이 열렸다.

"이모!"

쪼르르 달려온 리즈와 아리아를 보며 비비안이 한숨을 쉬었다. 애들한테는 왜 또 알려 준 거야.

"이모, 이모, 이모, 오늘 진짜 귀족 재판에 서는 거야?"

울먹거리는 리즈의 모습에 비비안이 그녀를 안아서 무릎 위에 앉혔다. 다정한 목소리로 비비안이 말했다.

"별거 아니니까 뚝."

"하지만, 사람들이 다 그랬어, 이모가……."

뒷말은 아이가 말하기에는 지나치게 잔인한 사실이다. 감히 아이 앞에서 별소리를 다 지껄인 주범을 꼭 찾고야 말겠다며 비비안이 속으로 이를 가는 사이, 아리아가 조심스럽게 비비안의 옷자락을 잡았다. 입을 꼭 다문 아이의 얼굴을 보다가 비비안이 웃음을 흘렸다. 별걱정을 다. 세상이 다 호들갑을 떠는데 정작 그녀는 평온했다. 아리아의 머리를 다정하게 쓰다듬은 뒤, 비비안이 말했다.

"둘 다 방에 들어가. 이제 곧 수업 있지 않니?"

"나도 가면 안 돼?"

"당연히 안 돼."

리즈의 말을 딱 자른 뒤 비비안이 그녀를 바닥에 내려놓았다. 결국 입을 삐죽인 리즈가 고개를 푹 숙였다.

"이모."

아리아의 미약한 목소리에 비비안이 다시 고개를 옆으로 돌렸다. 순하게 처진 아리아의 눈꼬리에는 걱정이 담겨 있었고, 그것은 분명 그 나이 대 아이가 보이기에는 지나치게 성숙한 눈길이었다.

비비안은 웃었다.

"괜찮아."

비비안의 미소를 본 위그가 착잡한 표정을 지었다. 대체 무슨 생각인지, 사실 그로서도 알 수 없는 것이었다.

* * *

영광스럽지는 않았지만 그렇다고 참석을 하지 않을 수도 없는 노릇이었다. 웬만해서는 이익 충돌이 일어나지 않는 한 재판석에서 서로를 볼 일이 없는 귀족들이 저마다 착석을 하면서 미간을 찌푸리고 있었다.

"계집 하나가 귀족가의 물을 흐리는군."

"이디에트 공께서는 대체 무슨 생각이신 건가."

"하여튼 간에 그 계집 주위는 바람 잘 날이 없어."

공작 부인을 말하는 것치고는 지나치게 무례한 언사였다. 정작 말을 하는 본인들도 그것은 알고 있는지 저마다 주변을 살피며 작게 읊조리는 것이 퍽 우스웠다. 멀찍이 그것을 보던 노아 프레스트가 피뜩 웃었다.

"흐음······."

그의 시선이 재판장 밖으로 향했다. 곧 발걸음을 옮겨 재판장의 옆문으로 빠져나간 그가 복도를 걸었다. 이내 나타난 작은 방, 문을 열자 그곳에는······.

"뭐야, 아직도 안 왔어?"

아무도 없었다.

원래라면 오늘 재판에 서는 당사자가 일찍 와서 기다려야 하는 곳이었다. 으레 위그와 비비안이 미리 와서 기다리고 있을 거라는 노아의 예상이 보기 좋게 빗나간 곳에는 아무도 없었다.

"이거, 너무 긴장을 안 하는 거 아닌가?"

노아가 뒤통수를 긁적였다. 사실 저번에 만났을 때, 딱 봐도 순순히 당하고 살 인간은 아니라고 생각했지만 귀족 재판까지 늦을 줄은 몰랐다. 신기하단 말이야. 노아가 속으로 읊조렸다.

그때였다.

"그러게 누가 그렇게 치렁치렁한 드레스를 입고 오라고 했나?"

"원래 주인공은 예쁘게 차려입어야 하는 거야."

"당신 무슨 착각을 하는 모양인데, 여긴 귀족 재판이지 당신 무대가 아니다."

"난 어딜 서나 다 무대야."

"무슨 자신감이지?"

"왜, 우리 남편 눈에는 내가 배우보다 영 못해 보이나 봐? 예쁜 배우들을 너무 많이 봐서?"

뒤편에서 들려오는 목소리에 노아가 바로 몸을 돌렸다. 그곳에는 팔에 여성 코트를 걸치고 뭔가 잔뜩 불만인 듯한 얼굴의 위그가 서 있었다. 그리고 그가 잡은 문을 스쳐 지나가며 몸에 딱 들어맞는 화려한 드레스 차림의 비비안이 모자를 풀며 말했다.

"나도 안 긴장하는데 당신은 뭘 그렇게 긴장해서 내 드레스까지 밟아.

대체 그동안 여자들은 무슨 정신으로 만난 거지? 그 여자들 드레스도 막 밟고 그랬어?"

"그럼 당신은 한 번도 남자한테 드레스를 밟혀 본 적이 없나?"

"물론이지, 내 남자들은 내 옆에서 내 옷깃도 조심스럽게 건드리는 사람들이었다고."

"허어……."

"당신처럼 거칠지 않고."

탁.

문이 닫히고 방 안으로 성큼성큼 걸어 들어온 위그가 기가 막힌다는 듯이 혀를 찼다. 팔에 걸린 비비안의 코트, 로 추정되는 것……을 소파에 던진 뒤, 위그가 노아를 발견하고는 눈썹을 까닥였다.

"뭐지, 왜 네가 여기에 있나?"

"어, 아침부터 부부 싸움이야? 그것도 이렇게 중요한 날에?"

"싸움은 무슨."

위그가 무슨 말도 안 되는 소리를 하느냐는 듯이 소파에 다가갔다. 모자를 풀어 역시 휙 소파에 던진 비비안이 드레스를 잡았다.

"당신은 내 드레스나 와서 털어. 자국 났잖아."

"어, 부인, 시녀를 부르면……."

"귀족 재판에는 시종을 함부로 들일 수가 없어서요."

그 오만한 제 친우에게 드레스를 털라는 명을 내리는 비비안을 보며 노아가 기겁했다. 그러나 정작 위그는 자주 있는 일인 듯, 소파에 다가간 비비안의 드레스를 툭툭 털었다.

"이러면 됐나?"

"됐어."

털썩.

비비안이 소파에 앉았다. 자연스럽게 다리를 꼰 그녀가 팔짱을 꼈다.

"어머, 그러고 보니 프레스트 후작께서 계셨네요?"

"방금부터 있었습니다만."

"무슨 일이죠?"

누가 부부 아니랄까 봐 똑같이 영문을 묻는 비비안의 안색을 살핀 노아가 어깨를 으쓱했다. 나름대로 걱정과 불구경의 의도가 있었지만, 지금 비비안과 위그의 상태는 아무리 봐도 재판에 회부된 사람들의 얼굴이 아니었다.

그래도 며칠 전에는 꽤 긴장했던 것 같은데……. 노아가 위그의 안색을 살폈다.

"아, 여보, 거기 저 사과."

하얀 레이스 장갑을 낀 손가락으로 곱게 세팅된 과일을 짚으며 비비안이 말했다. 그에 사과 조각을 그녀에게 넘겨준 위그가 기가 막힌다는 듯이 입을 열었다.

"봤지? 이런 상태야."

"생각보다 부인께서 훨씬 더 여유로운데? 무슨 계획이라도 있는 건가?"

"그걸 알면 내가 이럴 리가 없지."

두 남자의 대화를 듣던 비비안이 사과를 아삭아삭 씹었다. 곧 그녀가 피식 웃으면서 입을 뗐다.

"사람들은 많나요?"

"우글우글하죠."

"저런, 대체 무슨 구경을 할 게 있다고."

"오늘 재판으로 이디에트냐, 디텔이냐가 크게 갈릴 게 뻔하니까요."

"그렇다고 해도, 이디에트는 영원히 이디에트죠."

비비안이 사과를 마저 입 안에 넣으며 말했다.

"디텔은 감히 올라오지 못할."

귀부인의 소양이라고는 눈곱만치도 보이지 않는 여자였지만 노아는 그것 하나만큼은 인정할 수밖에 없었다. 최소한 비비안은 그가 생각하는 것보다

본인이 이디에트의 사람이라는 자각이 뚜렷한 것 같았다. 그러니 이렇게 쉽게 이디에트가 디텔보다 더 우위를 선점한다는 자신감이 흐르지. 그것만큼은 위그와 똑같았다. 노아가 결국 고개를 절레절레 저었다.

"어찌 되었든 간에 부인의 행운을 빌겠습니다."

"행운의 신은 언제나 저와 거리가 멀었어요. 목이 터져라 불렀지만 와 준 적이 한 번도 없었거든요."

"하지만 부인께서는 이 바첼론에서 누구도 못 해낸 일을 하셨죠. 그것은 행운의 신의 덕택이 아닙니까?"

"그게 진짜 행운의 신이 있어서라고 생각해요?"

노아의 말에 비비안이 여상스럽게 웃었다. 곧, 그녀가 살짝 눈꼬리를 접으며 말을 이었다.

"제가 너무 잘나서 그런 거지."

옆에서 듣던 위그가 그럴 줄 알았다는 듯이 고개를 절레절레 저었다. 이제는 거의 해탈의 경지에 오른 그와 달리, 비비안의 노골적인 말에 노아는 잠시 어떤 표정을 지어야 할지 몰라 당황했다. 하지만 그는, 호탕하게 웃음을 터뜨렸다.

"저번에 부인을 뵈었을 때와 참 다른 것 같습니다."

비비안은 대답하지 않았다. 그것이 딱히 그를 상대하고 싶지 않다는 표식임을 깨달은 노아가 잠시 눈썹을 까닥하더니 이내 위그에게 작게 말했다.

"왕실에서도 사람을 보내온다고 하니. 열심히 해."

위그가 한숨을 푹 쉬었다. 그래, 예상하지 못했던 것은 아니었으나 괜히 짜증이 울컥 올라와 위그가 비비안을 보았다.

다 저 여자 때문이다.

"뭘 그렇게 봐?"

"준비는 다 되었나?"

"응."

드물게 확신 어린 대답이 들려왔다. 위그가 의외라는 얼굴을 하는데, 갑자기 비비안이 환하게 웃으며 자리에서 일어났다.

"원장님, 오셨나요?"

문을 열고 들어온 이는 세픈 교수였다. 평소 편안한 옷차림과 달리 깔끔하게 정장을 차려입은 그의 모습은 꽤 법정에 어울리는 모습이라서, 비비안이 우아하게 웃었다. 그때, 세픈 교수의 뒤로 붉은 머리를 짧게 자른 소녀가 모습을 드러냈다.

"공작 각하와 부인을 뵙습니다."

리디아의 등장이 예정된 것이었다는 듯이 비비안이 담담하게 웃었다. 하지만 뭐가 그리 불쾌한지 위그가 미간을 살짝 좁혔다.

"교수께서는 내 아내의 무죄를 입증할 수 있나?"

사과를 씹던 비비안이 살짝 고개를 들었다. 이내 뭘 생각하는지 그녀는 훗, 웃음을 흘렸다. 세픈 교수가 담담하게 말했다.

"각하께서 원하시는 결과는 나올 겁니다."

"내가 모르는 뭔가가 있군."

"며칠 전에 주신 자료는 잘 받았습니다."

로젤리스가에 벌어진 '상속 다툼', 일명 '형제의 난'이라 불릴 만한 사실을 대충 꾸며 내어 만든 자료를 말하는 것이다. 내색은 하지 않았지만 사실 세픈 교수는 그것을 받아 들자마자 귀족들의 잔인함에 혀를 내둘렀다. 이런 식으로 상상의 나래를 펼치는 것도 모자라 문서를 꾸며 내기도 힘들 텐데, 그걸 또 꾸며 냈다.

물론 잔인으로 치자면 이 방에서 비비안만큼 잔인한 인간이 있겠냐마는.

그때였다. 입에 넣은 사과를 전부 다 목구멍으로 씹어 넘긴 비비안이 곱게 눈을 휘었다. 그녀의 눈길이 리디아에게 향했다.

"오늘 재판, 나름 역사적일 텐데 잘 봐 둬요."

"아, 네."

"리디아 양이 진짜로 원하는 걸 얻고 싶다면."

애매한 말이었지만, 그 뜻을 이해한 듯 리디아가 결연한 얼굴을 했다. 곧 재판이 열림을 알리는 소리에 그녀는 방을 나섰다. 그러자 비비안이 두 손을 털면서 말했다.

"그럼 들으러 가 볼까요? 내 사랑하는 동생이 무슨 말을 하는지?"

나긋한 목소리와 함께 비비안이 일어났다. 위그는 그녀의 뒷모습을 응시하다가 함께 발걸음을 옮겼다. 그리고 방문을 여는 순간, 그녀의 입가에 섬뜩하고 비릿한 미소가 걸렸다.

Chapter 11
승자는 없다

재판장의 분위기는 엄숙하기 그지없었다. 한없이 짙은 긴장감이 머무르다 간 자리에 귀족들이 앉아 있었고, 그 틈틈이 적의 어린 시선들이 끊임없이 움직이고 있었다.

재판인지, 그저 귀족 간 권력 암투의 또 다른 현장인지 도통 구분이 가지 않았다. 최소한 사면이 적으로 둘러싸인 곳에 홀로 우아하게 서 있는 비비안은 그렇게 느낄 법했다. 그녀의 앞에는 고고하게 앉아 있는 세 명의 재판관이 있었고, 흉흉한 눈길을 한 디텔과 상인 협회의 무리들이 그녀의 왼쪽에, 그리고 세븐 교수와 이디에트의 세력들이 오른쪽에 있었다.

다만 아쉬운 것은 그녀는 현재 자신이 등지고 있는 이들의 표정을 볼 수가 없다는 것이었다.

비비안은 우아하게 턱을 들었다. 아름다운 얼굴 위로 드러난 미소를 힐끔 보던 재판관이 다시 고개를 서류로 내렸다.

"비비안 로젤리스 이디에트, 이디에트 공작 부인."

"네."

"지금부터 부인의 10년 전 친족상해 및 살해죄에 대한 재판을 시작하도록 하겠습니다."

비비안은 느긋하게 눈을 깜박였다. 격식도 예우도 없는 태도였다. 무죄 추정이고 뭐고 이미 충분히 유죄를 결정짓고 시작되는 장소였다. 원래 귀족 재판이라는 게 그렇다고 듣긴 했지만 이건 생각보다 훨씬…….

"10년 전 로젤리스의 상속권 계승 과정에 친족이었던 메이슨 로젤리스를 상해한 죄를 시인합니까?"

"그런 일은 없습니다. 저는 무고합니다."

재미있었다.

예상했던 대답이었지만 그것이 무척이나 놀라운 듯이 뒤편에서 웅성거리는 소리가 들렸다. 그러나 비비안은 태연자약하게 서 있었다. 그녀의 대답에 재판관이 무심한 얼굴로 서류를 다시 한번 훑었다. 그리고 곧, 그가 디텔을 향해 말했다.

"디텔 공, 제출한 증거에 대한 진술을 시작해 주십시오."

디텔 공작이 자리에서 일어났다. 그의 시선이 비비안을 한 번 훑었다. 얄팍한 득의양양함과 멸시가 섞인 그의 눈길이 마지막으로 뒤편에 있는 귀족들에게 향하고, 이내 그가 입을 열었다.

"피셀리어 재판관님, 그리고 이 자리에 계신 바첼론의 영광을 함께하는 경들, 여러분들은 아마 죽어도 이 아름다우신 이디에트의 공작 부인께서 10년 전, 어떠한 악독한 행동을 했는지 모를 겁니다."

비비안이 피식 웃었다.

"10년 전, 로젤리스 상단의 단주 부부에게 일어난 비극은 모두가 알고 계실 겁니다."

헛소리. 그깟 눈에 치이지도 않는 상단주가 뒤졌든 말든 귀족들이 알 바가 뭐야. 그녀의 부모의 죽음은 그 흔한 가십지에도 실리지 않았다. 로젤리스

일가가 본격적으로 사람들의 눈에 제대로 띄기 시작한 것은 그녀의 두 오빠가 줄줄이 나가떨어졌을 때였다.

"안타까운 일이었습니다. 바첼론에서 각광받는 대단한 상인의 죽음은."

장례식에 온 적도 없으면서.

"하지만 저희는 걱정하지 않았습니다. 왜냐하면 로튼 단주께서는 그의 죽음과 함께 그 누구보다도 우수한 후계자를 우리에게 남겨 놓았으니까요. 로튼 단주께서는, 그의 위대한 유산을 그의 자식들에게 남겨 주셨죠."

'선대' 로튼 단주가 아니었다. 겨우 수식어 하나 덜 붙이는 걸로 디텔은 온전히 비비안의 단주 지위를 무시해 버렸다.

"그러나 단주가 돌아가신 지 3주 되던 날, 단주의 자랑스러운 후계자, 제이콥 로젤리스가 심장 마비로 숨을 거두었습니다. 그리고 그 자리에는, 이름도, 신분도 모를 그의 정부가 함께했죠."

"……."

"현 태자 전하께서 총애하시는 이디에트의 선물과, 같은 눈동자 색을 한 창부가."

디텔이 말을 맺기도 전, 재판장에서 탄식이 흘러나왔다. 그 사실까지 조사했을 줄은 몰랐는지 위그가 미간을 찌푸렸지만, 애초에 리암이 카티야의 존재를 기억하고 있다는 것을 아는 비비안은 그리 놀란 얼굴을 하지 않았다.

그때, 디텔이 비비안에게 물었다.

"역시, 우연의 일치겠지요?"

음산한 목소리였다. 물음이었지만 그것이 정말로 궁금해서 던지는 질문이 아님을 비비안도, 이 자리에 있는 그 누구도 모르지 않았다. 당연히 그녀가 부정할 것임을 확신하듯이, 디텔이 은근하게 물어 왔다.

비비안이 고개를 살짝 돌렸다. 그녀의 시선이 아래를 힐긋 보다가 다시 위로 향했다. 디텔의 뱀 같은 얼굴을 마주한 비비안이 흐음, 길게 한숨을 내쉬다가 입을 열었다.

"창부야 뒷골목에 널리고 널렸고."

"역시."

"녹색 눈이야 제 남편도 갖고 있고."

"이런."

"태자비 전하도 녹색 눈인데."

"그럼 부정하시는 겁니까?"

"정말 우연하게도, 제 오라비의 임종을 지켰던 그분께서 태자 전하의 옆에 있던 분이셨군요."

"……."

"맞아요. 같은 사람이에요. 정확히 말하자면 제 오라비의 그녀가, 태자 전하의 옆을 지키고 있는 그분이 맞는답니다."

비비안의 입에서 긍정의 말이 나왔다. 그 찰나 웅성거리던 법정이 더욱 시끌시끌해졌다. 그중에는 간간이 그녀의 무례를 질타하는—그런 음험한 계집을 태자 전하의 옆에 두다니—말 따위가 나왔지만, 비비안은 전혀 당황하지 않은 채 세믄 교수에게 시선을 돌렸다.

그녀의 눈길을 받은 세믄 교수가 고개를 끄덕였다.

'단주님의 죄목을 직접적으로 증명할 만한 증거 외에는, 만약 그게 사실이라면 인정하시는 편이 좋을 겁니다.'

'그럼 오히려 더 안 좋은 인식이 남을 수 있지 않을까요?'

'대신 단주님의 동생분께서 직접 지목할 만한 사실에 한정해서.'

'예를 들자면?'

'법정은 단주님의 말보다 단주님 동생분의 증언을 더욱더 신뢰할 겁니다. 증거 규칙에 맞지 않아도 재판관의 마음을 움직이기엔 충분하죠.'

'저런.'

'단주님께서 부인하시고 단주님의 동생분께서 인정하는 사실이 있다면 그들이 온전히 그것만 물고 늘어질 게 뻔합니다. 그럴 바에는 차라리 인정하시는 편이 좋을 겁니다. 가령 첫째 오라버님의 죽음과 관련된 사항이라든가.'

비비안이 빙그레 웃었다. 어차피 카티야가 제이콥의 죽음과 함께한 것은 가능한 한 숨겨야 할 사실이지만 또 그렇게까지 극비인 사항은 아니었다.

"부인, 그런 이를 태자께 진상하다니, 이런 무례가 어디 있습니까!"

"재판관님, 현재 디텔 공작께서는 이번 재판과 전혀 관계없는 문제를 공작 부인께 묻고 있습니다."

"관계성에 대해서는 제가 판단하는 바입니다. 디텔 공작, 계속해서 질문을 진행하십시오."

세믄 교수가 미간을 찌푸렸다. 예상했던 일이었지만 귀족들의 암투란 원래 이토록 논리적이지 못하다. 귀족 재판에 자주 오르지 않았던 그에게 이런 상황은 당연히 불쾌하게 다가올 수밖에 없었다.

그러나 비비안은 느긋하게 웃었다.

"제 오라비는 심장 마비로 돌아가셨습니다."

"그렇습니다, 부인. 이게 무슨 의미인지 아십니까?"

"그러면, 제 오라비께서 어디서 심장 마비가 오셨는지는 아셨나요?"

"부인, 질문은 제가 합니다."

"침대 위에서죠. 이건 또 무슨 뜻인지 아시나요?"

"……."

"디텔 공께서 말씀하시는 그 계집이, 태자 전하께서 만족할 만큼의 제 가치를 한단 말입니다."

크흠, 헛기침 소리가 장내를 메웠다. 나른하게 말을 내뱉던 비비안이 곱게 눈꼬리를 접었다.

"저는 제가 아는 범주 내에서 태자 전하께 가장 좋은 '물건'을 드린 죄밖에 없습니다. 존경하는 재판관님, 카티야는 제가 본 모든 여자들 중에서 가장 '제 가치'를 하는 이예요. 그리고 이 자리에 있는 모든 분들께서 그녀가 좋든 싫든 그 사실을 인정할 거라 믿습니다."

철저한 상품 취급이었다. 언제나 그랬듯이, 카티야도 알고 비비안도 알고 모두가 다 아는 상품, 비비안은 그저 제집에 걸려 있는 미술품을 평가하듯 그렇게 카티야를 말하고 있었다.

잠시 침묵하던 디텔 공작이 다시 한번 입을 뗐다.

"공작 부인, 그녀는 사람입니다. 그녀가 부인의 지시를 받아 부인의 오라비를 죽이고, 이제는 태자 전하께까지 접근했다고 의심하기에 충분한 상황이지 않습니까?"

"사람이라니, 각하, 그녀는 뒷골목 출신의 계집이에요. 침대 위에서 남자를 다루는 것 외에는, 그녀가 할 줄 아는 건 없답니다. 안 그런가요? 각하께서는 한낱 천박한 계집에게 당하실 건가요?"

"그녀가 단주의 지시를 받는다면 말이 달라지죠."

"단주라, 제 아비를 말씀하시는 건가요?"

디텔 공작이 멈칫했다. 하지만 그가 재빨리 말을 붙였다.

"부인을 말씀하는 겁니다."

"안타깝게도 저는 일개 창부가 위대한 태자 전하를 휘두를 수 있다고 생각하지도 않았을뿐더러, 천박하기 그지없는 그녀가 고귀한 태자비 전하의 자리를 꿰찰 수 있다고도 생각하지 않았어요."

"……."

"저는 그저, 디텔 공작께서 지금까지 해 오신 것처럼, 예쁘고 아름다운 물건을 태자 전하께 올린 죄밖에 없습니다. 제 오라비가 그녀를 생각했던 것처럼요. 하물며 디텔 공께서는 제가 카티야에게 지시를 내려 제 첫째 오라비를 해하라 명한 증거조차도 없지 않나요?"

비비안이 살풋 웃었다.

"겨우 예쁘장한 계집 하나일 뿐입니다. 디텔 공. 저 뒷골목에 채이고 채이는, 공께서는 한 번도 사람으로 인정하지 않으셨, 아, 방금, 인정하셨죠? 태자 전하를 홀릴 수 있다고. 죄송합니다. 공작께서는 제 생각 그 이상으로 인간의 범주를 넓게 잡으시는 분이셨어요."

비비안의 말에 디텔 공작이 서늘한 눈빛을 했다. 하지만 언제 그랬냐는 듯이 그가 웃음을 흘렸다. 방금 전의 그 뱀 같은 미소와 달리 그의 얼굴에는 재미있다는 식의 여유가 흘렀다.

비비안이 옆을 힐끔 보았다. 그와 동시에 디텔 공작이 뒤로 고개를 돌렸다.

"존경하는 재판관님, 제이콥 로젤리스의 죽음과 관련된 질문은 이상입니다."

"부인께서는 더 하실 말씀이 없으십니까?"

"없습니다. 애초에 한 일도 없으니까요."

비비안은 변명이든 이유든 딱히 내놓고 싶지 않다는 듯이 웃었다. 애초에 제이콥의 죽음으로 온 자리가 아니었다. 그것을 증명하기라도 하듯, 디텔 공작이 입을 뗐다.

"그럼, 이제부터 본론으로 들어가 보죠."

비비안은 눈을 가늘게 떴다. 그녀의 눈썹이 살짝 꿈틀거리자, 디텔 공작이 느긋하게 손짓했다.

"닥터 글로즈를 불러 주십시오."

입은 재판관을 향해 있었으나 애초에 그의 손짓은 제 부하를 향해 있었다. 그것이 웃겨서 비비안이 웃었다. 닥터 글로즈, 바첼론에서 가장 유명한 의사인 동시에 메이슨이 독에 취해 난리를 치던 그날, 그 자리에서 메이슨을 진료했던 의사였다.

탁.

문이 닫히고 들어오는 닥터 글로즈와 눈이 마주친 비비안이 생긋 웃었다. 담담한 얼굴로 그녀를 보는 의사의 얼굴에는 일말의 감정도 없는 듯했다.

비비안이 나른하게 웃었다.

"닥터 글로즈, 당시 로젤리스의 차남, 메이슨 로젤리스의 정신 이상 행각에 대한 진료에 관한 진술을 다시 한번 해 주실 수 있습니까?"

"환자의 상태는 독성에 의한 환각, 환청이 끊임없이 주위를 맴도는 상태였습니다."

"그렇군요. 환각, 환청이라, 아무런 징조도 없이 갑자기 발병하기에는 다소 특이한 병명이긴 하군요. 당시 인근 이웃의 증언 및 로튼과 거래를 유지하던 상인들의 증언에 의하면, 메이슨 로젤리스의 평소 정신 상태는 무척 멀쩡했다고 들었는데요."

"그렇습니다. 하지만 정신 질환은 꼭 겉으로 보기에 멀쩡하다고 해서 존재하지 않는다고 쉽사리 판단하기가 어렵습니다."

"그렇습니까, 이 말씀을, 당시 부인의 상속권을 확인하는 법정에서도 말씀하셨겠군요."

"그렇습니다."

"그럼, 이 자리에서 다시 한번 묻겠습니다."

자연스럽게 의사와 말을 이어 가던 디텔 공작이 비비안을 힐끔 보았다. 그 순간, 그는 비비안 너머 자리에 앉아 있는 위그와 눈이 마주치고는 얼굴을 찌푸렸다. 왜냐하면, 위그가 웃고 있었기 때문이었다. 그가 곧 다시 고개를 돌리고 입을 뗐다.

"당시 하신 진술이, 정확합니까?"

순간 재판장이 고요함으로 가득 찼다. 직설적인 물음에 사람들이 모두 숨을 죽였다. 디텔 공작의 눈길이 의사를 뒤따르자, 닥터 글로즈가 천천히 답했다.

"정확하지 않습니다."

"……!"

"저는, 이 자리에 있는 이디에트 공작 부인의 사주를 받아, 거짓 증언을 했습니다."

의사의 말이 끝을 맺자마자 장내가 폭발하듯 소란스러워졌다. 개중에는 희열도, 충격도, 욕설마저도 다분히 섞인 목소리가 오갔고, 대부분은 비비안에게 호의적이지 못한 태도였다.

비비안은 나지막이 한숨을 쉬었다. 지끈거리는 머리를 꾹꾹 누르던 그녀가 쯧 혀를 찼다. 오늘 아침 약을 잊고 못 먹은 사실이 그제야 생각났다. 위그한테 부탁해 볼까, 고민하던 그녀가 고개를 살짝 돌리는데, 담담한 얼굴로 앉아 있는 위그가 눈에 보였다.

순간, 두 사람의 시선이 허공에 부딪쳤다.

"이런, 위증을, 하셨단 말씀이십니까?"

"그렇습니다."

"위증죄가 어떤 의미인지 모르지 않으실 텐데."

"의사로서의 양심을 저버릴 수 없었습니다. 이 자리에 선 것도 그래서였습니다."

디텔 공작과 의사의 대화에 비비안이 곱게 눈을 휘었다. 그녀의 눈웃음에 가만히 앉아 있던 위그가 무슨 일이냐는 듯이 미간을 살짝 좁혔다. 비비안이 손가락으로 관자놀이를 톡톡 짚자, 위그가 알겠다는 듯이 종이를 꺼냈다. 이내, 펜으로 위에 뭔가를 쓴 그가 저 멀리에 있는 요한에게 종이를 건넸다.

"그럼 닥터 글로즈. 당시 메이슨 로젤리스의 상황은 정확히 어떤 상황이었습니까?"

"중독이었습니다."

"중독이라."

"정확히 말하자면 페타니아, 시중에서 구하기 어려운 무색무취의 독약으로 극소량으로 복용하면 단순히 잠드는 것에 그치나, 일정한 양에 도달하면 환각과 환청이 생기며, 과량으로 복용하면 죽음에 이릅니다."

"정확히 어떤 환각과 환청입니까?"

"사람에 따라 다르긴 하지만, 대체로 타인을 공격하기보다는 저 자신의 환상에 사로잡혀 이상한 행동을 하는 경우가 많습니다. 당시 메이슨 로젤리스가 보인 현상이 바로 그러했습니다."

"그렇군요. 그럼, 이 문제에 대해 조금 조심스러운 질문일 수 있으나."

디텔 공작이 잠시 멈칫했다. 그러나 그는, 곧 천천히 입을 열었다.

"왜, 당시 거짓을 말했습니까?"

"······."

의사가 침묵했다. 모든 이들이 그의 대답에 귀를 기울이고 있었다. 그의 시선이 비비안의 얼굴에서 맴돌았다.

"이디에트의 공작 부인께서, 그러니까 당시 로젤리스의 아가씨셨던 부인께서 돈을 주며 제게 그리 증언해 달라 부탁했기 때문입니다."

"······!"

찬물을 끼얹은 듯 고요하기만 하던 재판장이 다시 한번 끓어오르기 시작했다. 그러나 그 와중에도 조용하게 있던 세믄 교수가 느긋하게 입을 뗐다.

"재판관님, 이의 있습니다."

"허용합니다."

"닥터 글로즈의 말은 그의 일방적인 주장일 뿐입니다. 뒷받침할 수 있는 아무런 물증도 없습니다."

"인정합니다."

디텔 공작의 눈썹이 꿈틀거렸다. 사실 그는 어느 정도 예상했다. 비비안의 상속권 확인은 그 특수성 때문에 바첼론의 왕실 소속 대법원에서 내린 판결이었다. 여기서 의사가 당시 위증을 했음을 그대로 인정하게 된다면 필히 왕실에 소속된 재판관들 전체가 싸그리 연루되어야 했다. 자칫하면 왕실의 명성에까지 영향을 미칠 수도 있고. 그러니 저 스스로 제 뺨을 때릴 리가 없었다.

디텔 공작이 쯧 혀를 차고는 서류를 내렸다. 그래 봤자 아직 가장 중요한 증언이 나오지 않았다. 방금부터 무슨 생각을 하는지, 위그는 아무 말도 없었다.

디텔 공작이 고개를 끄덕였다. 그리고 그가 재판관을 향해 입을 뗐다.

"닥터 글로즈의 증언은 확실히 그 물증이 존재하지 않습니다. 하지만 당시 상황을 종합, 분석해 보건대 충분히 우리는 메이슨 로젤리스가 약물 중독에 걸렸다고 판단할 수 있습니다."

"그것을 입증할 만한 자료를 내오십시오."

"여기, 메이슨 로젤리스의 근 10년간의 병원 진료 기록이 있습니다. 증거물 제2호를 보시면, 그간 메이슨 로젤리스는 병원에서 행실이 양호하고 의사의 지시를 그 누구보다도 잘 따랐으며, 단 한 번도, 당시 파티에서 보인 이상 행동을 보인 적이 없다고 합니다."

"음."

"그럼에도 불구하고 10년간 메이슨 로젤리스의 보호자인 비비안 로젤리스는 그를 정신 병원에서 퇴원시킬 시도를 하지 않은 채, 로튼의 재부를 이용하기에 급급했습니다."

재판관이 안경을 고쳐 썼다. 이미 혼란스럽기 그지없는 상황에도 비비안은 일말의 동요도 없었다. 다만 그녀는 뭔가를 기다리는 듯이 문 쪽만 응시하고 있었다. 그런 그녀를 본 디텔 공작이 계속해서 말을 이어 나갔다.

"하여, 저와 당시 로튼 단주로 좋은 관계를 유지하고 있던 상인 협회의 맥스 웰로는 이디에트 공작 부인께서 부정당한 방법으로 그 단주 위를 꿰찼다고 판단한 결과."

"……."

"당시 파티에서 이디에트 공작 부인이 저지른 악행을 입증해 줄 아주 중요한 증인을 이 자리에 모셔 왔습니다."

"들라 하십시오."

"그럼 이 자리에."

순간 비비안의 감흥 없던 눈동자에 흥미로운 기색이 스쳐 지나갔다. 차분한 얼굴로 문을 응시하던 비비안의 입술이 호선을 그었다. 그와 동시에, 기색을 읽을 수 없던 위그의 표정에도 약간의 긴장감이 흐르기 시작했다.

"리암 로젤리스, 로튼 단주의 막내아드님을 증인으로 요청하도록 하겠습니다."

말이 떨어지기가 바쁘게 장내가 다시 한번 수그러들었다. 모든 이들의 눈길이 문 쪽으로 향하고, 조용하게 문이 열림과 동시에 온화한 얼굴의 청년이 법정에 들어왔다.

리암 로젤리스였다. 비비안의 막냇동생이자 이복동생.

그녀의 파란 눈동자가 리암의 얼굴을 향하고, 곧이어 저와 똑같은 눈을 한 제 동생의 시선 끝에 주의를 돌렸다. 약간이지만 희미한 미소를 담고 있는 얼굴이 지독하게 온순하고 유했다.

비비안과 달리 부서질 것만 같은 인상에 사람들이 숨을 죽였다.

비비안은 리암의 모습을 보고 쓰게 웃었다. 환자복을 입고 있는 것과는 또 다른 느낌이었다. 어머니의 손에 어른처럼 양장을 갖춰 입고 파티에 향하던 어린 소년이, 짙은 녹색의 정장을 입고 이 자리에 서 있었다.

키가 크고 유하다. 부드럽고 온순하다. 순간 드는 그 이질적인 감정에 비비안이 웃었다.

10년은, 아이가 크기에는 정말 충분한 시간이다.

"리암 로젤리스."

마치 제 절친한 친구라도 본 듯이 디텔 공작이 반가운 얼굴을 했다. 그러나 이내 그의 시선이 비비안의 얼굴에 머무르더니 비웃는 듯한 표정으로 바뀌었다. 그러고는 다시 안타까운 얼굴을 했다.

"아픈 몸을 이끌고 예까지 와 주셔서 감사합니다."

"제 가족의 일입니다. 당연한 의무를 다했을 뿐입니다."

리암의 사근사근한 목소리가 장내를 울렸다. 비비안과 정반대의 인간이다.

위그는 그것을 새삼 깨닫고 눈을 가늘게 떴다. 하지만 별 상관은 없다. 어차피 그는 오늘 필요한 것을 전부 세믄 교수에게 넘겼고, 이 재판의 결과는 형제들의 싸움으로 번질 것이다.

다만 여기서 궁금한 것은, 대체 비비안이 어떻게 나올까 하는 것이었다.

위그는 왠지 모르게 자신과 싸우고 있는 것이 디텔이 아닌 것 같은 감각에 휩싸였다. 이 재판장의 사냥감은 분명 비비안이었고 자신은 분명 비비안의 편이었다. 그런데 왜, 정작 제가 싸우는 상대는 비비안인 듯한 생각이 드는 것일까.

위그는 다시 고개를 돌렸다. 비비안이 묘한 얼굴을 하고 리암을 응시하고 있었다. 순간, 그는 다시 한번 두 사람이 닮았다고 생각했다.

그때였다.

"리암 로젤리스, 이 자리에 선 당신은 더 이상 힘없고 나약한 열 살의 소년이 아닙니다."

디텔의 목소리에 위그가 비웃음을 지었다.

"당신에게는 이제 그날, 당신이 본 것을 솔직하게, 그리고 확실하게, 성실하게 답할 자격이 있습니다."

"알겠습니다."

"그리고 무엇보다도, 당신이 한 말은 당신의 자랑스럽고 위대한 아버지와, 형제들의 명예와 목숨값, 그리고 긍지와 결백이 함께한다는 사실을 잊지 마십시오."

"물론입니다."

"거짓을 고하지 않을 것을 맹세하시겠습니까?"

"맹세합니다."

"그날 본 것을 그대로 말할 것을 맹세하겠습니까?"

"하겠습니다."

"더럽게 말이 많군."

디텔 공작과 리암 로젤리스의 극적인 대화에 위그가 작은, 하지만 확실한 목소리로 중얼거렸다. 순간 비비안이 피식 웃음을 흘리고 이디에트 쪽에 앉아 있던 귀족들이 고개를 끄덕였다.

"정말이지 무슨 대단한 개소리를 준비하기에."

위그의 말에 디텔 공작이 얼굴을 찌푸렸다. 그러나 그는 곧 비비안의 파멸을 예상이라도 하듯이 다시 야비하게 미소를 지었다. 그때, 재판관이 위그를 향해 말했다.

"이디에트 공작 각하, 언사에 주의해 주십시오."

"그러지."

오만한 위그의 대답에 재판관이 헛기침을 했다. 그 장면을 보던 리암이 슬그머니 웃었다.

디텔 공작이 리암을 향해 고개를 돌렸다. 이윽고 찬물을 뿌린 듯 고요한 재판장에서, 디텔 공작이 천천히 묻기 시작했다.

"로드 로젤리스, 당시 로튼 단주께서 세상을 뜨신 뒤, 메이슨 로젤리스의 상태는 어떠했습니까?"

"슬픔에 잠겨 있었습니다. 정확히 말하자면 매일 우울한 모습을 보여 주었습니다."

"혹시 집 밖에 자주 나왔습니까?"

"집 밖은 아니지만, 매일 함께 식사를 하곤 했습니다. 비록 우울한 모습이었지만 저희 남매와 함께 식사를 하는 일은 거르지 않았습니다. 아버지께서 돌아가시고 큰형마저 없는 집에서 형님이 저희를 책임져야 한다고 말하곤 했습니다."

"그럼 혹시 이상 증세라거나, 환청, 환각을 호소하지는 않았습니까?"

"그런 증상은 없었습니다."

"그렇군요. 같은 식구인 로드께서 그리 말씀하시니, 역시 메이슨 로젤리스가 정신 분열이 있었다는 증언은 배제를……."

"하지만 형님은, 자주 아버지의 서재에서 뭔가를 중얼거리곤 했습니다."

"……네?"

의외의 대답에 디텔 공작이 눈썹을 까닥였다. 그에 비비안이 피식 웃었다. 리암 로젤리스의 말은 거짓이 없었다. 확실히 당시 메이슨은 자주 아버지의 서재에서 혼자 무엇인가를 중얼거리곤 했다. 다만 그 내용인즉슨 아버지와 형이 집에 없으니 자신이라도 집을 지키겠다는 일종의 맹세였다.

물론 지금 이 상황에서는 디텔에게 일말의 쓸모도 없는 증언이었지만.

디텔 공작이 헛기침을 했다.

"메이슨 로젤리스가 많이 슬프긴 하셨나 봅니다."

"형님은 아버지를 존경했으니까요."

리암이 조곤조곤 말했다. 디텔 공작은 그를 응시하다가, 그가 더 말을 하는 것이 위험하다는 것을 알았다는 듯이 빠르게 제 손에 들린 서류를 넘겼다. 그리고 이내, 가장 마지막 페이지로 종이를 넘긴 그가 말했다.

"그럼, 단도직입적으로 묻겠습니다. 로드 로젤리스."

"……."

"당시 메이슨 로젤리스가 파티에서 이상 행동을 보였었지요."

"그렇습니다."

"그 이상 행동을 초래한 것이, 비비안 로젤리스 이디에트, 현 이디에트의 공작 부인이 맞습니까?"

디텔 공작의 목소리는 마치 심해에 가라앉은 듯 무겁기 그지없었다. 그 어떤 군더더기도 없는 물음에 비비안마저도 굳은 얼굴을 한 채 리암을 응시했다. 숨 막힐 정도의 긴장감이 들었다. 리암은 말을 하지 않았다.

"로드 로젤리스. 대답하기 어려우신 것을 알지만."

"아닙니다."

"그래도 이 자리에서 진실만큼 빛나는 것도 없습니다. 친족을 상해한 죄는 어마어마합니다. 어쩌면, 그것이 로드 로젤리스가 당시 요양원에 들어가고, 심지어 성인이 된 지금도 그 요양원에서 나오지 못한 데에 대한 해답이 될 수도 있습니다. 그리고 무엇보다도."

"……."

"로젤리스 일가의 평화를 깬 누군가의 음모를 파헤칠 수 있지요."

로젤리스의 평화라.

비비안이 서늘하게 웃었다.

평화.

평화라.

"로드 로젤리스, 다시 한번 묻겠습니다. 당신은 우리 앞에서 신의 이름을 걸고 진실을 말할 것을 맹세했습니다."

"네."

"당시 메이슨 로젤리스의 음식에, 이디에트 공작 부인께서 무엇인가를 넣는 것을 보았습니까?"

리암의 눈길이 비비안을 향했다. 유하고 부드러운 눈길에 상냥함이 담뿍 담기고, 이윽고 리암이 곱게 눈을 휘었다.

진실, 그리고 거짓.

어느 쪽을 선택할까, 너는. 비비안이 속으로 생각했다. 너는 나를 원망하니? 비비안의 눈길을 읽어 낸 리암이 빙그레 웃었다.

이윽고, 그가 천천히 입을 뗐다.

"저는, 보지 못했습니다."

"로드 로젤……!"

"왜냐하면 형님께서 이상 행동을 보이던 그 파티가 열리던 며칠 동안, 누님은 로젤리스 저택에 없었으니까요."

'리암, 누나는 잠시 저택을 비울 예정이란다.'

'어디로 가는 거야?'

'몸이 불편해서 잠시 병원에 있을 예정이야. 걱정 말렴. 하루 종일 의사 선생님이 내 곁을 지켜 주실 거야. 하루 종일. 1분 1초도 빼먹지 않고.'

'꼭 나아서 돌아와야 돼, 누나.'

'물론이야. 아, 그리고 리암. 이제 파티가 시작되면, 오빠에게 그 주스를 주는 걸 잊지 말렴.'

'주스? 내가 마시면 안 돼?'

'안 돼, 그것을 마시면.'

"우리 둘 다 죽을 거야."

비비안은 웃었다.

그녀의 사랑스러운 동생이 선택한 것은, 누구도 원하지 않은 진실이었다. 지독하게 잔인한.

리암의 목소리는 온화했고, 담담했고, 오직 진실만을 말하고 있었다. 그러나 정작 그의 말이 떨어지자마자 그를 제외한 모든 이들이, 정확히 말하자면 그와, 비비안과, 세믄 교수를 제외한 모든 이들의 얼굴이 평온하지 못했다.

비비안이 집을 비웠다. 완벽한 알리바이는 아니나, 최소한 메이슨이 옷을 벗고 춤을 출 때 비비안이 집에 없었다는 사실만으로, 그리고 그게 비비안이 그동안 요양원에 가두었던 동생, 원한이 있었으면 있었지 절대로 애정 따위 없는 이, 의 입에서 나왔다는 사실만으로 디텔은 오늘 손에 가진 패를 전부 잃어야 했다.

그 사실이 분노를 부추겼는지 디텔 공작이 리암 앞에 세워진 난간을 쾅하고 내리쳤다.

"로드 로젤리스! 진실만을 말한다고 하지 않았습니까?"

"이게 진실입니다."

"로⋯⋯."

"그 시각 누님은 집에 없었습니다. 부모님의 부고와 첫째 형님이 집을 나간 터라 누님께서는 한동안 바쁘게 내무를 처리하셨고, 그것 때문에 몸이 허약해진 상태셨습니다."

이것 또한 사실이었다. 비비안은 당시 엄청난 두통에 시달려야 했다.

"당시 누님께서는 의사의 진료 때문에 장기간 병원에 입원해 있었습니다."

"무슨 말도 안 되는 헛소리를!"

"디텔 공작, 이쯤 하면 내려오는 게 좋을 것 같습니다."

그때였다.

분노에 가득 차 길길이 날뛰는 디텔 공작의 말을 가로채며 세믄 교수가 느긋하게 자리에서 일어났다. 방금까지 잔뜩 굳은 얼굴로 앉아 있던 위그가 더더욱 굳은 얼굴로 세믄 교수를 힐긋 보았다.

세믄 교수의 얼굴에는 미소가 감돌고 있었다. 마치 이미 예상했다는 듯이. 그리고 이 순간만을 기다려 왔다는 듯이.

"존경하는 재판관님, 당시 로튼 단주님께서 병원에 입원해 있었다는 기록입니다."

조금 전 몰아치던 디텔의 언사와는 확연히 다른 모습이었다. 여유작작한 모습에 나타나는 은근한 멸시. 디텔 공작은 한낱 교수 따위에게 조롱받았다는 모멸감에 치를 떨 뻔했으나, 정작 세믄 교수는 하나도 개의치 않은 듯 천천히 입을 열었다.

"존경하는 재판관님, 그리고 이 자리에 계신 모든 경들께, 제이콥 로젤리스와 메이슨 로젤리스의 정신 이상에 대한 진실을 밝혀 드리겠습니다."

진실.

비비안이 웃었다.

"당시 제 의뢰인이자 오늘 이 자리에 계신 이디에트 공작 부인, 로튼 단주님께서는 부모님을 동시에 잃게 되었습니다. 단 한 번, 예정에도 없던 마차 전복 사고로 말이죠."

그렇지.

"그런 그녀에게 남은 것은 두 명의 오빠, 한 명의 언니, 그리고 한 명의 남동생이었습니다. 아시다시피, 언니인 카트린 로젤리스는 당시 빌케르 백작님과 혼인 중이었고, 자연스레 로젤리스 부인께서 맡아 하시던 로젤리스의 내무를 현 단주님께서 맡게 되었습니다."

이것 또한 사실이었다.

비비안이 살짝 시선을 내렸다. 다만, 그녀는 결코 그 내무에 흥미를 느끼지 못했지만.

"겨우 열일곱이었습니다. 아직 스무 살도 되지 않은 어린 아가씨에게 떨어진 막중한 의무는 단순히 로젤리스 내무 그 이상으로 다가왔습니다."

왜냐하면 비비안이 아버지의 거래 장부를 훔쳐 냈으니까.

"하지만 그 중요한 시기에 평소에도 행실이 바르지 못했던 제이콥 로젤리스는 마침 여인에게 빠져 집을 나가고, 그 짐마저 자신의 동생들에게 지웠죠. 고인의 사생활을 이리 담론하는 것이 그리 명예로운 일은 아니나, 산 자의 미래를 위해 저는 이 자리에 기꺼이 당시 제이콥 로젤리스의 사생활에 대한 증언을 해 줄 증인을 세울 수 있습니다."

'행실이 바르지 못한 자'를 향한 전형적인 모욕.

"결국, 로튼 단주님은 당시 지독한 수면 부족으로 인한 편두통에 시달렸고, 오늘, 여기에 당시 단주님의 진료 기록을 증명해 줄 10년 전 자료를 이 자리에 있는 모든 분들께 바치도록 하겠습니다."

"……."

"더불어 진료가 끝난 뒤 돌아온 그녀에게, 단 하나뿐인 오빠가 정신을 놓아 버린 이 상황이 어떻게 다가왔을지, 이 자리에 계신 모든 분들께서 감히 헤아려 주십사 말씀드립니다."

완벽했다.

비비안은 쓰게 웃었다. 어차피 비비안을 이곳에 세운 것은 디텔 공작이었다.

그에게는 비비안이 메이슨에게 독을 썼다는 증거가 필요했다. 그러나 그는 그것을 증명하지 못했다.

의사의 증언도 부정당한 상태.

이 자리에서, 비비안의 유죄를 증명해 줄 증인도, 증거도 없었다.

그 사실을 깨달은 듯 디텔 공작의 얼굴이 하얗게 질렸다. 방금까지 차분하게 앉아 있던 상인 협회의 협회장도 얼굴이 잔뜩 굳어 있었다. 이윽고 비비안이 느긋하게 웃으며 말했다.

"저는 지금까지 로튼의 모든 사무를 훌륭하게, 아니, 그 이상으로 해 왔습니다. 그리고 제가 무너지면 로튼이 무너지고, 로튼이 무너지면."

비비안이 숨을 골랐다.

"바첼론 절반 이상의 사람들이 실직을 하게 되겠죠."

"……."

"고귀하신 바첼론의 귀족들께서는, 진심으로 그 수많은 사람들이 밥줄이 끊긴 채 가족들과 함께 죽어 나가길 바라는 것인가요?"

내 미래는 창창하다. 그것이 내 죄를 지우지는 못하겠지만, 그게 뭐 대수인가. 앞길이 창창하다고, 달린 목숨 줄이 많다고 연명해 온 악마의 부역자들은 이 세상에 수도 없이 많았다.

그저 거기에 제 이름 하나 새겨 넣는 것이었다.

비비안이 입꼬리를 말아 올렸다. 그녀의 앞에서 재판관이 판결문을 선고하고 있었다.

결과는 정해졌다.

그녀는 '무죄'였다.

* * *

"먹어."

재판이 끝나기가 무섭게 이디에트 쪽의 귀족들이 위그에게 달려갔다. 그러나 정작 위그는 요한의 손에서 뭔가를 집어 든 뒤, 물과 함께 그것을 비비안에게 건넸다.

유유자적하게 단상에서 내려오던 비비안이 그것을 보고 멈칫했다. 위그의 행동에 귀족들이 뒤에서 숨을 죽이고 있었으나 비비안은 싱긋 웃으며 위그의 손에서 약을 받아 들었다.

조금 전 그녀가 원했던 두통약이었다. 하얀색 알약을 입에 넣은 뒤 물까지 털어 넣고 비비안이 다시 컵을 위그에게 돌려주었다. 그것을 책상 위에 놓고, 위그는 이번에는 책상 안쪽에 챙겨 놓았던 코트를 집어 들고 비비안의 어깨에 씌웠다.

"가지."

"부인!"

위그의 말이 떨어지기가 무섭게 뒤편에서 누군가의 외침이 들려왔다. 순간 위그의 매서운 눈길이 그에게 꽂히고, 비비안에게 뭔가 말을 걸려고 하던 귀족이 입을 다물었다.

그 모습에 비비안이 환하게 웃었다.

"잠깐만."

"상대할 필요 없어."

"그게 아니라."

비비안이 위그의 팔에서 벗어났다. 제 어깨에 걸친 외투를 다시 위그에게 넘겨준 뒤, 그녀가 발걸음을 돌렸다. 이내 재판장에서 나가는 그녀의 뒷모습을 응시하다가 위그가 말했다.

"알고 있었나? 리암 로젤리스가 저렇게 말할 것을?"

옆에서 서류를 정리하며 리디아와 대화를 나누던 세믄 교수가 고개를 들었다. 비비안이 나갔으니 질문은 저를 향한 것일 터였다. 세믄 교수가 느긋하게 답했다.

"그 질문을 왜 단주님께 하지 않으시고."

비비안의 유언장을 확인하려 했다는 것만으로도 세븐 교수에게 이디에트 공작은 경계해야 하는 존재였다. 오랜 세월 동안 무수하게 많은 이런 존재들을 봐 왔는지라 세븐 교수에게 위그는 반가운 존재가 아니었다.

바로 저치들이 리디아를 법학원 밖으로 밀어내지 않았던가.

하지만 위그가 얼굴을 굳히며 말했다.

"아니. 그저 물어본 거다."

말을 마친 위그가 비비안을 따라 재판장을 나갔다. 이내 그가 성큼성큼 비비안을 따라잡았다.

"뭘 하려는 거지?"

"어머, 빨리 나왔네?"

"머리 아프다며, 집에 빨리 가는 편이 좋지 않……."

그때였다. 비비안의 발걸음이 멈춰 섬에 따라 위그도 우뚝 발걸음을 멈췄다. 정장을 차려입고 모여서 뭔가를 토론하고 있는 신사들에게 두 사람의 시선이 닿았다.

그리고 그들과 조금 떨어진 곳에, 조용하게 리암이 홀로 앉아 있었다.

"쓸모없어지니 바로 버린다."

"웃기는 치들이군. 요양원에서 멀쩡하게 살고 있던 사람을 꺼내 놨으면 다시 돌려놓는 게 예의 아닌가."

"그래. 그렇네."

비비안이 나른하게 웃었다. 그리고 그녀가 갑자기 앞으로 걸어 나갔다. 그녀의 발걸음은 다름 아닌 앞쪽의 신사들 틈에서 심각한 얼굴로 서 있는 디텔 공작을 향하고 있었다.

"공작 각하."

비비안 특유의 목소리에 디텔 공작이 고개를 돌렸다. 협회장의 쓰레기 씹은 표정이 그녀에게 꽂혔다. 비비안은 생긋 웃었다. 그녀의 진한 미소에 리암의 시선이 비비안을 향했다. 그리고 곧 비비안이 말했다.

"이렇게 가시려고요?"

"부인, 오늘 일로 너무 오만하게 굴지 않는 게 좋을 거요."

"그 뜻이 아니라. 저와 계속 할 얘기가 남지 않았나요?"

어느새 비비안을 따라 나온 세믄 교수와 리디아가 위그의 뒤에 섰다. 이윽고 재판장 밖에서 비비안을 기다리던 헤더와 클로에가 그녀에게 다가왔다.

"나는 부인과 할 얘기가 없어."

"보호자인 제 동의 없이 마음대로 제 동생을 요양원에서 꺼내고, 할 얘기가 없다, 라."

"증인 신청의 법적 절차를 밟았지."

"증인 신청의 법적 절차에도 제 동의가 필요하죠. 저 아이는 현재 온전히 법적 책임을 질 수가 없으니까."

"……."

"원래는 눈감아 드리려고 했는데, 생각하면 생각할수록 기분이 더럽더군요."

비비안이 작게 중얼거렸다. 그에 디텔 공작의 눈썹이 꿈틀거렸다. 겨우 한 번 이겼다고 이러는 꼬락서니가 눈에 거슬렸다.

악마 같은 계집, 어떻게 제 동생을 구워삶았는지는 몰라도…….

아니, 어쩌면 애초에 두 사람은 한편일 수 있었다. 한편이어서 일부러 그를 욕보이려고, 그에게 망신을 주려고 여기까지 온 것일지도. 순간 디텔 공작의 표정이 험악해졌다. 그것을 눈치챈 비비안이 웃으며 말했다.

"어쨌든 저는 제 것을 돌려받으러 왔어요."

비비안이 활짝 웃었다. 그때, 뒤편에 서 있던 세믄 교수가 입을 열었다.

"디텔 공작 각하. 왕국법상 리암 로젤리스의 후견인은 로튼 단주님입니다. 그런 이유로 각하께서는 이제 로드 로젤리스와 대면하실 수 없습니다."

"누가 대면을……!"

"후견인인 로튼 단주님께서, 현재 공작 각하를 비롯한 뒤편에 계신 모든 경들의 접근을 금지하셨습니다."

기가 막혀 디텔 공작이 얼굴을 일그러뜨렸다. 그 모습이 꽤나 즐거워서 피식 웃던 위그는, 문득 세븐 교수의 손에 들린 접근 금지령을 보고 미간을 찌푸렸다. 때마침, 비비안이 웃으면서 그의 어깨에 머리를 톡 기대고는 말했다.

"그럼, 저는 제 동생을 데려가도록 하겠습니다."

"제 친동생도 요양원에 처넣다니, 부인의 인간성은 언제나 그렇게 바닥을 보이는군."

"어머, 제가 언제 제 동생을 요양원에 다시 데려가겠다고 했나요?"

"뭐?"

"멀쩡한 집 내버려 두고 왜 요양원에 다시 넣겠어요."

비비안이 화사하게 웃으면서 고개를 들었다.

"그렇지, 여보?"

접근 금지령에서 리암 로젤리스의 후견인에 비비안 외에 한 사람이 더 있는 것을 방금 알아챈 위그가 한숨을 푹 쉬었다. 그래, 어차피 마음대로 해, 당신이 언제 내 말을 들었나. 그렇게 쓰여 있는 위그의 표정을 보며, 비비안이 말을 덧붙였다.

"제 남편이, 제 동생을 잘 돌봐 줄 거예요."

말을 마친 뒤 그녀가 걸음을 옮겼다. 그 뒤로 디텔 공작과 협회장의 분노 서린 눈빛이 뒤따랐다.

* * *

덜컹거리는 마차 안은 침묵으로 가득 찼다. 재판장에서 나온 뒤 자연스럽게 먼저 리암을 마차에 올라타게 하고 그 옆자리를 차지한 비비안 덕에 위그는 본의 아니게 로젤리스 남매와 얼굴을 마주하고 앉아 있어야 했다. 평소와 달리 세 사람을 실은 마차 안의 공간은 여전히 넓고 조용했으나, 다른 한편으로 이유를 알 수 없는 어색하고 기묘한 분위기를 흘리고 있었다.

비비안은 자신의 맞은편에 앉은 위그를 힐끔 보았다. 방금 전 재판장에서 나오는 그 순간부터 위그는 단 한 마디도 하지 않았다. 리암이 이런 증언을 할지도 몰랐으면서, 놀랐을 게 분명함에도, 그녀의 남편은 그 어떤 것도 묻지 않았다.

"안 물어봐?"

비비안의 목소리에 창밖을 보던 위그가 고개를 돌렸다. 깊게 가라앉은 녹색 눈동자가 그녀를 응시했다. 묘한 빛을 띠고 있는 시선에 비비안이 생긋 웃었다. 곱게 휘어지는 그녀의 눈가를 보던 위그가 그녀의 옆에 있는 리암에게로 고개를 돌렸다.

"뭘?"

"리암이……."

비비안이 말을 잇다가 리암을 힐끔 보았다. 리암의 시선이 그녀에게로 향하고, 비비안이 다시 활짝 웃으며 말을 이었다.

"리암이, 왜 그런 증언을 했을까 하는? 당신 몰랐잖아, 오늘 결과가 이렇게 될 거."

"몰랐지."

"그런데도 안 물어봐? 왜 내가 숨겼는지, 왜 내가 말을 하지 않았는지."

"별로 궁금하지 않다."

"진짜?"

"나는 당신 남매 사이의 사정에는 별 관심이 없어, 내가 관심 있는 건."

위그가 가볍게 숨을 골랐다. 리암의 묘한 시선이 그에게 꽂혔다. 순간, 평소 비비안이 그를 보는 시선이 두 배로 늘어난 것 같은 착각에 위그가 저도 모르게 몸서리를 쳤다.

로젤리스가 특유의 분위기인가, 지독하게 기분이 더럽다. 비비안의 시선이 그를 탐색하는 듯한 눈빛이라면, 리암의 눈길은 지독하게 방어적이었다. 비슷하지만 비슷하지 않다.

그것을 인지한 순간, 위그가 입을 꾹 다물었다. 여기서 더 하고 싶은 말은 없다. 사실, 그가 진짜로 궁금한 것은 다른 것이었다.

마차가 덜컹거리는 내내 리암은 그 어떤 말도 내뱉지 않았다. 그의 모습에 위그가 미간을 찌푸렸다.

기분이 나쁘다. 그런데 왜 기분이 나쁜지 모르겠다. 왠지 모르게 술수에 걸려든 것 같다. 어쩐지, 아직 일이 다 끝나지 않은 기분이었다.

곧 마차가 멈춰 서고 문이 열렸다. 위그가 성큼 내리자 리암이 내리고 그 뒤로 비비안이 내렸다. 탁, 위그의 손을 잡고 마차에서 가볍게 내린 그녀가 공작저 앞에 서 있는 인영을 보며 피식 웃었다.

"뭐 하는 거야, 이게?"

공작가의 식솔들이 공작저 앞에 도열해 있었다. 이건 무슨 전장에서 돌아온 승자를 맞이하는 것 같지 않나. 그렇게 생각하는데 멀리 서 있던 헤더가 눈을 동그랗게 떴다. 그녀는 비록 리암과 직접적인 접촉은 없었지만 비비안이 단주를 하기 바로 직전 고용되었기 때문에 리암의 모습은 대충 기억이 있었다.

"리암 로젤리스야. 내 동생."

"로드 로젤리스를 뵙습니다."

공작가의 절도 있는 인사에 리암 로젤리스가 잠시 묘한 표정을 지었다. 이내, 그가 조곤조곤하게 입을 뗐다.

"환대에 감사드립니다."

리암의 모습은 요양원에 10년 동안 갇혀 있던 사람답지 않게 더없이 예의와 품위가 흘렀다. 마치 그렇게 키워진 듯, 부드럽고 온화한 표정. 비비안의 성격이 조금 더 너그러웠으면 저런 얼굴이 나왔을까, 묘하게 닮은 두 남매의 모습에 위그가 길게 한숨을 내쉬었다.

"일단 로드 로젤리스의 방을 준비해 둬."

"알겠습니다."

"당분간."

말을 잇던 위그가 비비안을 힐끔 보았다. 리암이 얼마나 긴 시간 동안 공작가에 있을지 묻지 않았음을 깨달았기 때문이었다. 그러나 비비안이 대답하기 전, 리암이 웃으면서 답했다.

"빠른 시일 내로 공작가를 떠날 겁니다."

"그런가."

"제 누이께 폐를 끼칠 수는 없으니까요."

리암의 말에 위그가 흐음 길게 숨을 내쉬었다. 카트린도 있고 아리아도 있고 리즈도 있는 마당에 식솔 하나 더하는 것쯤이야 별거 아니지만, 카트린 일가와 다르게 리암은 묘하게 뭔가 꺼림칙한 구석이 있었다. 하지만 그렇다고 해도 비비안의 동생이었다. 그리고 오늘, 비비안은 리암 덕분에 살았다.

"상관없다. 내 아내의 가족이니 내가 대접하는 것은 당연해."

"아내라……."

리암이 묘한 표정을 지었다. 마치 바스러질 것 같은 그의 모습에 비비안과의 차이를 느껴 버린 공작가의 식솔들이 놀란 얼굴을 했다.

그때, 갑자기 저 멀리서 인영 하나가 빠르게 뛰어왔다.

"비비……!"

"아, 언니네."

비비안이 작게 중얼거리기가 무섭게 울음기 섞인 목소리가 마차에 접근했다. 카트린의 등장에 살짝 몸을 비킨 고용인들이 물러나자, 카트린이 급히 비비안에게 다가왔다. 그리고 그녀가 비비안과 리암을 보고 눈물을 뚝뚝 흘렸다.

"비비, 그, 비비, 그러니까 결과는……."

"못 들었어?"

새하얀 뺨을 타고 눈물이 뚝뚝 떨어졌다. 홀로 제 동생을 걱정했을 게 뻔한 반응이라 비비안이 가볍게 웃음을 흘렸다. 언제나 비비안의 행보를 탐탁지 않게 여겨 왔던 카트린이었다. 비비안이 장난스럽게 말했다.

"왜, 오늘 판결에서 내가 지면 차라리 좋은 거 아니야? 어쩌면 내가 단주 자리를 못 차지할 수도 있고, 언니가 바라는 삶을 살 수도 있을 텐데."

"너는 무슨 말을 그렇게 하니?"

카트린이 눈물을 뚝뚝 흘리면서 비비안을 노려보았다. 순간, 그녀의 눈길이 리암에게 꽂히고 리암이 온화하게 웃으며 입을 열었다.

"누나, 오랜만이야, 저번에 보고 꽤 오랜 시간이 흘렀네?"

"리암……."

비비안이 무죄로 풀려났다. 그리고 둘이 같이 왔다는 게 무슨 뜻인지 알고 있는 카트린이 리암에게 다가갔다. 그녀는 어렸을 때처럼 리암을 품에 꼭 안았다. 정확히 말하자면, 리암이 그녀를 안은 꼴이 되었지만.

"다행이야, 다행이야."

연신 다행이라고 내뱉는 카트린을 힐끔 보다가 비비안이 관자놀이를 짚었다. 곧, 그녀가 위그를 보며 말했다.

"우린 들어가. 나 좀 피곤해."

"그러지. 켄슨 부인, 로드 로젤리스를 방으로 안내하고, 오늘 저녁에는 그 와인으로 준비해. 저번에 알렌사에서 들여온 와인 말이야."

"알겠습니다."

말을 마친 뒤 위그와 비비안이 저택으로 들어갔다. 고용인들의 인사를 받으며 조용하게 자신의 방으로 들어가던 비비안은 습관처럼 문을 잡아 준 위그를 지나치며 방에 들어갔다.

그러나, 탁 하는 소리와 함께 문이 닫혔음에도 적막으로 가득 찬 방에 그녀가 천천히 고개를 돌렸다.

"왜 그래?"

"……."

비로소 둘만의 시간이 되었다. 위그가 비비안을 응시했다. 답답하기 그지
없는 그녀의 얼굴은 평소보다 조금 기운이 없어 보였으나 그것은 약효 때
문일 거라고 그가 판단했다. 하지만 지금의 비비안은 기운이나, 평소보다
훨씬 힘이 빠진 목소리나, 그런 게 문제가 아니었다.

위그가 미간을 찌푸렸다. 오늘 아침부터 이어진 재판, 그리고 재판에서
흘러나왔던 모든 말을 하나하나 짚던 그가 이윽고 입을 뗐다.

"이대로 끝인가?"

위그의 물음에 눈을 감고 관자놀이를 짚던 비비안이 다시 고개를 들었다.
방금 전까지 차분하고 담담하던 표정에 비릿한 미소가 감돌았다. 조소, 비웃
음과 미소 그 사이 어디쯤에 있는 그녀의 표정에 위그가 가늘게 눈을 떴다.

비비안이 힐끔 위그를 보았다. 이내, 그녀가 발걸음을 옮겨 침대에 다가
갔다.

툭.

어깨에 걸친 외투가 떨어지고 비비안이 머리를 헤집었다. 굽이굽이 물결
을 치는 옅은 회색빛 머리카락이 손가락 사이로 빠져나가는 것을 보다가,
비비안이 말했다.

"왜, 끝이 아닌 것 같아 보여?"

비비안이 살짝 눈을 치켜떴다. 긴 속눈썹 아래 드리워진 파란 눈동자가
위그를 응시했다. 그 모습을 서늘한 얼굴로 응시하던 위그가 입을 열었다.

"끝이 아니군."

"나 아직 대답 안 했는데."

"끝이었으면 끝이었다고 당신이 대답했겠지. 당신은 절대 거짓말은 안 하
잖아."

"아, 그래?"

"애매하게 말할 때는 분명 뭔가가 있어, 그리고 난 그런 당신을 잘 알아."

"누군가에게 잘 파악된다는 거, 의외로 기분 나쁜데."

"그래서, 대체 무슨 심산이야?"

비비안이 흐음, 길게 숨을 내쉬었다. 그러고는 침대의 기둥에 머리를 살짝 기댔다. 나른하게 웃던 그녀가 눈을 깜박거리다가 다시 고개를 들고 말했다.

"리암이 왜 나를 위해 그런 증언을 해 줬는지는 궁금하지 않고?"

"별로."

"왜?"

"이해할 수 있으니까."

위그의 말에 비비안이 눈을 동그랗게 떴다. 그러다 풋 소리를 낸 그녀가 갑자기 크게 웃음을 터뜨렸다. 방을 가득 채운 낭랑한 웃음소리가 한동안 지속되었고, 그녀의 모습을 응시하던 위그가 눈썹을 까닥였다.

"그래서 그건 별로 궁금하지 않아."

"당신이 리암을 이해해?"

"그래, 이해해."

"이건 또 무슨 기막힌 소리야. 축하해, 나를 웃기는 데 성공하다니. 방금 그 말로 1년 동안 웃을 수 있을 것 같아."

"하지만 핵심은, 왜 당신은 그런 리암의 의도를 파악하면서도 그렇게 굴었냐는 거겠지."

"파악하지 못했어, 말하자면 나도 도박이었을 뿐이야."

"도박이라."

"뭐, 승률이 크긴 했어."

방금까지 나른하게 퍼질러 있던 그녀가 벌떡 침대에서 일어났다. 조금 힘이 들어간 걸음으로 화장대까지 걸어간 뒤, 그녀는 털썩 의자에 앉았다.

"당시 리암은 어느 정도 눈치챘을 거거든."

"뭘?"

"내가 메이슨 오빠의 주스에 수작질을 했다는 걸."

비비안의 말에 위그가 눈을 크게 떴다. 거울 너머로 그 반응을 보던 비비안이 향수를 집어 들었다.

"물론 메이슨 오빠가 마시기 전에는 몰랐을 수도 있지, 그래도 사람의 감이라는 게 있잖아?"

"그래서."

"그래서 뭐, 어느 정도 도박이긴 했어."

거짓말.

위그가 가늘게 눈을 떴다. 눈앞에 있는 여자는 그런 허황한 것에 도박을 할 정도로 허술한 여자가 아니었다. 분명 다른 뭔가가 있었다. 그럼에도 말하지 않는다는 것은, 분명 또 숨기고 있는 게 있다는 것이다.

위그는 문득 다시 한번 기이한 느낌에 휩싸여야 했다. 재판장에서 오롯이 느꼈던 감정이었다. 분명 비비안과 같은 편에 서 있으나 왠지 모르게 자꾸 그녀에게서 밀어 내지는 기분.

사실 근본적으로 두 사람은 이익을 달리했고, 개처럼 싸워 보자는 말까지 내뱉었던 주제에 같은 편 운운하는 것도 웃겼지만 그럼에도 그것과 다른 묘한 감각이 그를 휩싸 안았다.

리암, 비비안 로젤리스.

대체 로젤리스 가문에는 어떤 일이 있었나.

"진짜 당시 병원에 있었나?"

"그건 사실이야."

"그 주스에 약을 탔고?"

"우리 오빠밖에 마시지 않거든. 고용인들이야 하나뿐인 도련님의 주스에 손을 댈 리가 없고, 우리 리암은."

비비안이 향수를 목에 톡톡 뿌렸다.

"내가 마시지 말라면 마시지 않는 착한 아이니까."

"아이의 호기심을 얕봤군."

"아니, 리암은 마시지 않아, 그건 확신할 수 있었어."

"어떻게?"

"위그 이디에트. 나는 말이지, 10년 동안 거의 그 아이를 키우다시피 했어. 그 아이가 말을 하면서 걷기 시작할 때부터 그 아이를 키운 건 나야. 일곱 살 연상인 나."

"……."

"나는 그 아이의 눈만 봐도 그 아이가 뭘 원하는지 알아. 애초에 그 정도의 분별력도 없으면 곤란하지 않겠어? 이래 봬도 장사치인데?"

"그럼."

달콤한 꽃향기가 방 안을 가득 메웠다. 이번에는 짙은 빨간색 립스틱을 꺼낸 비비안이 입에 톡톡 색을 입혔다. 그 모습을 보던 위그가 말을 이었다.

"당신은 그 아이를 어떻게 하고 싶나?"

"제자리로 돌려보내야지."

"어떻게?"

"그거야 뭐, 방법이 있겠지."

긴 머리를 살짝 손으로 쓸어 넘긴 비비안이 자리에서 일어났다. 긴 드레스 자락이 카펫에 끌리고 이내 비비안이 나른하게 웃으며 위그에게 다가왔다. 자연스럽게 제 몸에 밀착해 오는 그녀의 허리에 손을 감으며, 위그가 서늘한 목소리로 말했다.

"허튼짓하지 마."

"안 해."

"내 말은, 당신 몸에 허튼짓하지 말라는 거야."

"내가 얼마나 나 자신을 끔찍하게 아끼는지 몰라서 하는 말이야?"

"하지만 이익 비교라는 게 있어. 당신은 당신 몸과 다른 이익을 비교했을 때 스스럼없이 더 큰 이익을 선택할 여자야."

"아, 뭐야. 소름 끼쳐. 날 너무 잘 알잖아."

비비안이 위그의 목을 감았다. 한 뼘도 안 되는 거리에서 서로의 눈을 마주한 뒤 위그가 그녀의 입에 가볍게 입을 맞췄다. 그리고 곧, 그가 낮게 으르렁거렸다.

"나랑 싸우는 건 상관없어."

"그래?"

"그러니까 허튼짓하지 마."

"당신 기준으로 당신과 싸우는 것 빼고 허튼짓이 또 있어?"

비비안의 말에 위그가 멈칫했다. 글쎄, 객관적으로 보자면야 없다. 하지만 그도 모를 묘한 감정에 스멀스멀 피어오르는 직감이 그에게 속삭이고 있었다.

다치지 마…….

내 손이 아닌 다른 이의 손에.

"상 줘."

비비안의 다디단 목소리에 위그가 눈썹을 까닥였다. 그는 여전히 이 여자를 잘 몰랐다. 그녀가 뭘 원하는지, 그리고 그녀가 하고 싶은 게 뭔지. 하지만 그것 하나는 알 것 같다.

그는, 생각 이상으로 그녀에게 감정을 소모하고 있었다.

사랑이든, 증오든.

* * *

"삼촌?"

작은 머리통이 작게 호선을 그렸다. 반짝반짝거리며 리암을 올려다보던 두 눈이 이윽고 다시 제 언니를 보았다. 아기 때 본 게 다인지라 리암을 만난 기억이 없는 아리아 또한 긴장한 얼굴로 제 동생을 보았다.

이내, 리즈가 다시 시선을 리암에게 돌렸다. 곧, 그녀가 작은 손을 내밀며 밝게 웃었다.

"처음 뵙겠습니다아."

리즈의 모습에 멈칫한 리암이 부드럽게 웃었다. 묘하게 비비안을 닮은 그 미소에 리즈가 눈을 깜박거리자, 리암이 무릎을 꿇고 자세를 낮춘 채 리즈의 머리를 톡톡 쓰다듬었다.

"안녕?"

"안녕하세요?"

"리즈, 그럴 때는."

"네가 아리아지?"

"아, 네. 안녕하세요."

말똥말똥 두 눈을 빛내며 말하는 리즈를 작게 타박한 아리아는 리암의 말에 저도 모르게 예의에 어긋나게 인사했음을 깨닫고 얼굴을 발갛게 물들였다. 그러나 그런 것 따위 상관없다는 듯이 리암이 아리아의 머리를 쓰다듬었다.

"엄마를 닮았구나."

"아, 네."

"그리고 넌 이모를 닮았고."

"왜 다들 그러지? 혹시 나 알고 보면 이모 딸이라든가, 그런 거야?"

"리즈, 넌 또 무슨 그런 말을……!"

요즘따라 묘하게 공작가의 서재를 들락거리더니 이상한 책이라도 접했는지 이상한 말을 하는 동생을 보며 아리아가 작게 질타했다. 리암이 옅게 웃으며 말했다.

"비비 누나가, 어렸을 때 너 같았어."

"진짜, 이모가 나 같았어?"

"으음, 응. 그랬어."

"어땠는데?"

"장난스러웠고, 밝았고, 뭐든 다 입 밖에 내야 직성이 풀렸고, 그래서 아 버지한테 혼도 많이 났지."

"진짜? 외할아버지가 많이 엄했어? 아빠 같았어?"

리즈의 순진무구한 말에 리암이 멈칫했다. 그는 빌케르 백작을 몇 번 본 적이 없었다. 애초에 카트린이 결혼하던 날 그는 아이에 불과했고, 어른들 의 사정이란 원래 복잡하기 마련이므로 별로 관심을 두지 않았던 그는 빌 케르 백작이 어떤 사람인지 잘 몰랐다.

그럼에도 불구하고 아이의 입에서 그 말이 나온 순간, 그것이 무슨 뜻인 지 알 것 같아 리암이 가볍게 대답했다.

"아마도?"

"뭐가 아마도인데?"

리암의 답이 끝나기가 무섭게 뒤편에서 목소리가 들려왔다. 나긋하게 웃 으며 팔짱을 낀 비비안의 허리를 감싼 위그가 리암을 응시했다. 곧, 리즈가 활짝 웃으면서 비비안에게 달려갔다.

"이모야!"

"어이쿠."

비비안이 드물게 아픈 소리를 내며 뒤로 한걸음 밀려났다. 그에 리즈가 깜짝 놀라 고개를 들었으나 비비안이 웃으며 몸을 낮췄다.

"삼촌 보니까 좋아?"

"좋아!"

"삼촌은 어떤데?"

"잘생겼어!"

"이모부랑 비교하면?"

"애한테 참 쓸데없는 걸……."

"이모부가 더 잘생겼어."

"고맙다."

비비안의 물음에 그녀를 타박하려던 위그는 순진무구한 리즈의 말에 얼떨결에 대꾸하고는 저도 어이가 없는지 이마를 살짝 짚었다. 리암이 가볍게 웃었다. 삼촌 앞에서 대놓고 이모부가 더 잘생겼다고 평가한 주제에 일말의 죄책감이나 눈치도 보지 않는 리즈의 작태에 아리아가 두 손으로 얼굴을 감쌌으나, 이내, 리암이 아리아를 보면서 작게 말했다.

"동생 때문에 많이 힘들겠구나."

"아니에요."

"어렸을 때 케이트 누나도 비비 누나 때문에 많이 힘들어했는데. 넌 엄마를 닮아서 착하구나."

리암의 목소리에 아리아가 얼굴을 발갛게 물들였다. 어쨌든 아리아의 눈에 엄마는 언제나 가장 완벽한 사람이었다. 엄마를 닮았다는 말에 그녀가 수줍어 고개를 떨구는데, 리암이 한마디 덧붙였다.

"그래도 가끔은 네 멋대로 하렴."

"네?"

"가끔은, 아주 가끔은 네 동생처럼 어리광도 부리고 그래."

"전…… 괜찮아요."

"하지만 리즈가 안 괜찮을걸?"

리암의 말이 잘 이해가 되지 않아 아리아가 눈을 깜박였다. 하지만 리암은 알 듯 말 듯 한 미소를 지으며 말을 이었다.

"아마 리즈가 크면, 네게 미안해할 거야."

"……왜요?"

"그냥. 모르겠어. 비비 누나는 가끔 케이트 누나에게 미안해했거든."

"아."

"내가 그랬던 것처럼."

의미 모를 말을 한 리암이 아리아의 머리를 헤집었다. 곧 자리에서 일어난 리암이 비비안에게 뭔가 어리광을 부리고 있는 리즈를 보며 피식 웃었다. 오늘 처음 보는 조카는, 생각 이상으로 사랑스러웠다.

"그러니까 이모, 이모, 그 디저트 가게에서 이번에는 인형 모양으로 생크림 케이크를 만들어 주거든?"

"리즈, 그렇게 원하는 거 다 입 안에 넣다가는 충치들이 파티를 벌일 수도 있단다."

"괜찮아, 내쫓으면 되잖아!"

"자, 위그 이디에트, 당신이 사 준 과자 집으로 빚어진 후과를 좀 봐."

"이모부야, 이모부는 내 편이지?"

"미안하지만 그 생크림 인형은 좀 과했다. 대신 진짜 인형을……."

"먹지도 못하는 게 뭐가 좋아!"

"너한테 물건의 가치는 먹는 것과 먹지 못하는 것으로 나뉘는가?"

"당연하지! 먹지도 못하는 걸 왜 사!"

리즈의 난동에 위그가 이마를 짚었다. 이내 그 모습을 보던 비비안이 고개를 절레절레 저었다. 그러다, 그녀는 묘하게 미소를 짓고 그들을 응시하는 리암을 보고 멈칫했다.

두 쌍의 파란색 눈동자가 허공에서 부딪쳤다.

"리즈."

비비안을 응시하던 리암이 고개를 숙였다. 이내, 리즈를 따뜻하게 부른 그가 다정하게 읊조렸다.

"그 생크림 케이크, 삼촌이 사 줄게."

"진짜?"

"그래."

리암의 말에 날 듯이 기뻐하는 리즈를 착잡한 얼굴로 보던 아리아가 결국 참지 못한 채 리즈를 질질 끌고 방을 나갔다. 하지만 언니의 표정이 어떻든 간에 일단 생크림 케이크를 받아 냈다는 것만이 기분이 좋은 리즈가 헤실거리면서 언니를 따라갔다.

곧, 딸각하는 소리와 함께 문이 닫히고 비비안이 입을 열었다.

"돈은 있고?"

"누나가 있잖아."

"애한테 케이크 사 주는 돈을 나한테서 받아 내겠다고? 야망도 크구나."

"누나는 쉽게 자기 물건을 다른 사람에게 빼앗기지 않았지."

"기억은 하는구나."

"그래도 내가 달라고 하면 줬잖아."

비비안이 피식 웃었다.

"그래, 그랬던 것 같기도 하고."

"누나는, 사실 누군가를 보살피는 걸 즐겼으니까."

리암의 말에 위그가 얼굴을 일그러뜨렸다. 누군가를 보살핀다는 단어와 기가 막히게 안 어울리는 사람이 바로 비비안이었다. 그 비비안이 누군가를 보살핀다? 딱히 상상이 가지 않는 장면에 그가 눈썹을 까닥였다. 그것을 발견한 리암이 피식 웃었다.

"누나는, 다정했으니까."

"처남께서 10년간 요양원에 있었더니 과하게 추억을 미화하고 계시는군. 쓸데없는 말은 그만 접어 두고 저녁이나 먹으러 가지."

왠지 모를 공기를 끊고 위그가 차갑게 말했다. 이상하게 흐르는 두 남매 사이의 기류가 불편했다. 이것은 이방인으로서 절대 끼어들 수 없는 분위기에 몸을 담그는 것과는 또 다른, 태풍의 옆에 서 있는 듯한 묘한 불안감이었다.

리암의 말에 비비안은 대답하지 않았다. 다만 위그의 팔을 살짝 잡으며 물었을 뿐이었다.

"오늘 저녁 메뉴는 뭐지?"

"그건 주방장에게 물어야겠지?"

"가능한 한 당근을 팍팍 뿌리라고 해. 우리 리즈는 세상이 자기 마음대로 안 돌아갈 때가 있다는 걸 알아야 돼."

"알았다."

"그럼 리암, 식사하러 갈까?"

"그래."

말을 마친 위그와 비비안이 팔짱을 끼고 방을 나갔다. 문 옆에 서 있던 헤더가 두 사람을 따라 나가려다 곧 리암이 나오지 않았음을 깨닫고 문을 잡고 섰다. 그러나 한동안 기척이 없음에 헤더가 고개를 들었다.

"저, 도련님?"

생소한 부름이었지만 일단은 도련님이었다. 아가씨, 도련님, 한때 비비안이 그렇게 불렸다고 생각하니 나름 신기하긴 했다. 헤더에게 비비안은 언제나 단주였다.

헤더의 부름에도 아랑곳하지 않고 리암이 벽을 응시했다. 공작가 곳곳에 걸려 있는 위그와 비비안의 초상화였다. 일단 구색은 맞추려고 결혼한 뒤 얼마 되지 않아 그린 초상화들.

그것을 빤히 보던 리암이 피식 웃었다.

이윽고, 그가 작게 중얼거리며 방을 나섰다.

"역시, 어울리지 않네."

* * *

"당근 괴물이다!"

"오늘은 브로콜리도 널 공격하러 왔단다."

"꺄악, 싫어!"

"리즈, 가리지 말고 먹으라고 엄마가 몇 번을 말했니?"

이럴 때만큼은 똑같이 사악한 비비안과 카트린의 말에 리즈가 하늘이 무너질 듯이 포크를 집고 얼어붙었다. 그녀는 자신의 접시에만 가득 들어간 당근과 브로콜리를 보면서 결국 작게 중얼거렸다.

"생크림 인형 안 먹으면 이거 안 먹어도 돼?"

"안 돼."

"허어어엉."

"리즈! 버릇없게!"

결국 리즈 눈물 한 방울 없는 어리광에 아리아가 그녀를 엄격하게 다잡았다. 그러나 이미 며칠간 지속된 딸의 어리광에 화가 머리끝까지 난 카트린이 자리에서 벌떡 일어나더니 리즈를 잡고 다이닝 홀을 나갔다. 이내 문틈 너머로 아이의 절망 어린 목소리와 울음소리가 들려오고, 비비안이 한숨을 폭 쉬며 말했다.

"그래도 어디 가서 당하고 살지는 않겠네."

"꼭 저렇게 해야 하는 건가."

"원하는 걸 다 손에 넣으면서 살게? 인생이 그렇게 만만한 줄 알아?"

"돈이 없는 것도 아니잖나."

"필요한 건 안겨 줄 수 있지만 필요하지 않은 것, 특히 자신의 몸에 해로운 물건이 무엇인지는 제대로 가리면서 살 필요가 있지. 그러지 못하고 뭐든지 다 손에 넣기 시작하면……."

"시작하면?"

"우리 큰오빠처럼 되거든."

예상을 벗어난 대답이었다. 그러나 비비안이 대수롭지 않게 웃으며 말했다.

"정말 놀랍게도 나를 만든 건 그거였어. 오빠는 뭐든 다 가졌고, 나는 가질 수 있는 게 제한되었지. 부족함, 타인이 갖고 있는 걸 나도 손에 넣고 싶다는 욕망이 나를 만든 거야."

부족함은 언제나 사람의 욕망을 일깨운다. 좋은 집에서 예쁜 얼굴을 타고 난 비비안은 객관적으로 꽤 완벽한 소녀였지만, 정작 그녀는 언제나 욕심이 넘쳐났다. 그녀는 모든 것을 갖고 싶어 했고, 모든 것을 제어할 수 있길 바랐다.

그녀는 자신의 계획이 틀어지는 것을 지독하게 싫어했고, 손바닥 안에 있는 사람이 계획의 틀을 벗어나는 것을 싫어했다. 물론 싫어하는 것과 받아들이고 대처하는 것은 또 다른 분야의 문제였지만.

비비안이 와인 잔 다리를 두 손가락으로 집었다. 물처럼 흐르는 일련의 행동이 자연스럽기 그지없었다. 그녀의 옆에 앉아 있던 리암이 같이 와인을 들었다.

"와인, 마셔도 된다니?"

"되지 않을까?"

"아, 우리 동생은 멀쩡했지. 몸이나 정신이나."

비비안의 말에 리암이 길게 숨을 내쉬었다. 입가로 가져가던 와인 잔을 다시 테이블 위에 놓았다. 그리고 곧, 그가 포크를 들었다.

"많이 먹어 두렴. 공작가의 주방장은 솜씨가 꽤 좋아."

"고마워, 누나."

"요양원 음식은 어때?"

"좋았어."

"그래?"

"누나가, 요양원의 건물도, 장식도, 주방장도 전부 바꿔 줬잖아."

"아, 그랬던가? 기억이 안 나네."

비비안이 스테이크를 썰며 답했다. 모르겠다. 리암이 요양원에 들어간 뒤 그런 짓을 하긴 한 것 같았다. 낡아 빠진 건물을 무너뜨려서 새로 짓고, 다시 장식한 뒤 최상급의 물질적 대우를 해 줬다.

글쎄, 그런데 그것이 중요한가?

어차피 멀쩡한 인간을 거기에 가두었다. 비비안은 그 사실만을 기억했다.

"원한다면 공작가의 주방장만큼은 아니더라도, 솜씨가 좋은 주방장을 붙여 줄게."

"아니야. 괜찮아. 그냥 오늘 많이 먹어 둘게."

"그래도 너무 많이 먹지는 말렴."

"……."

"시간은, 앞으로도 많단다."

말라붙은 얼음처럼 무의미한 말이었다. 차갑기 그지없는 빙판 위를 걷듯, 옅은 눈동자가 제 동생을 직시했다. 긴 속눈썹 아래 드리워진 인영이 제 누나를 마주 보았다. 예쁜지 끔찍한지 모를 인상을 품은 눈가가 곱게 휘어졌다. 그것을 응시하다가, 리암이 포크를 놓았다.

그리고 언제 웃었냐는 듯이, 리암이 담담하게 말했다.

"아니, 시간은 앞으로도 없을 거야."

"……과연?"

"없을 거야. 누나가, 없게 할 거잖아."

"나를 너무 잔인하게 생각하는 건 아니야? 난 널 죽이지 않았단다."

순간 묵묵하게 스테이크를 씹던 위그가 시선을 올렸다. 고개를 숙인 채 두 사람의 대화를 듣던 그는, 비비안의 나른한 목소리에 손짓을 잠시 멈추었다. 그러나 곧, 그가 다시 스테이크를 잘랐다.

위그의 얼굴이 차갑게 굳어 있었다.

"누나는 나를 죽이지 않았지."

"그랬지?"

"그게, 나를 위해서야?"

이번에는 비비안이 멈칫할 차례였다. 하지만 꽤 오래 멈추었던 위그와 달리 비비안은 느긋하게 바로 와인 잔을 잡았다.

찰랑. 피처럼 흔들거리는 와인을 입 안에 흘려 넣으며, 비비안이 답했다.

"결론적으로 너는 죽지 않았지. 그거면 되지 않나?"

"……."

"왜, 설마하니 내 진실한 사랑과 눈물겨운 가족애를 바랐니, 리암?"

본격적으로 수면 위로 떠오른 남매간의 대화에 위그가 뒤를 힐끔 보았다. 그의 시선을 알아들은 집사와 켄슨 부인이 노련하게 고용인들을 내보냈다. 문밖에서 들리던 리즈의 눈물 섞인 목소리가 어느새 자취를 감추고 그 자리를 대신하고 있는 것은 지독한 고요함이었다.

정적, 고요함.

위그는 포크를 내려놓았다. 느긋하게 냅킨을 들어 입을 닦은 그는 마치 아무런 일도 일어나지 않았다는 듯이 이번에는 물을 들어 입을 축였다.

그때, 리암이 답했다.

"아니, 그런 적 없어."

"그래, 다행이구나."

살벌하기 그지없는 대화 속에서도 여상한 표정이 가능했나. 위그는 비비안의 얼굴을 응시했다. 은은한 미소, 나긋한 목소리, 그리고 다정하기까지 한 말투. 언제나 그를 홀리고 유혹하고, 그리고 그에게 독을 탈 때도 비비안은 저 목소리로 달콤하게 속삭였었다.

리암은, 그 사실을 아나?

10년 동안 변한 그녀의 누나, 아니, 어쩌면 변한 적 없는 그녀의 누나를, 리암은 알고 있을까?

그래서 두 사람은 대체 무엇을 하려는 걸까.

이내 조용한 식사 시간이 흐르고 다이닝 홀의 문이 열렸다. 눈물범벅이 된 채 원한이 가득한 얼굴로 다다다다 달려들어 온 리즈가 자신의 의자를 꺼내 자리에 앉았다. 그 뒤로 엄격한 얼굴을 한 카트린이 들어온 뒤 다시 제자리로 돌아갔다. 그 모습을 보다가, 갑자기 리암이 입을 열었다.

"누나."

카트린과 비비안이 동시에 고개를 들었다.

누구를 불렀는지 알 수 없었으나, 리암은 개의치 않은 채 입을 열었다.

"우리, 집에 한번 가 볼까?"

* * *

"요한."

"무슨 일이십니까, 각하."

식사가 끝난 뒤 위그는 침실 대신 집무실로 돌아갔다. 환하게 방 전체를 비추는 샹들리에의 빛 대신 주변을 작게 빛내는 촛불에 위그의 얼굴이 밝게 비쳤다. 촛대 위에서 하늘하늘하게 춤을 추는 불빛을 보다가, 위그가 입을 열었다.

"사람을 붙여."

"······네?"

목적도 이유도 없는 명령이었다. 여태껏 정확하고 확실한 명령만 내려 왔던 위그의 갑작스러운 대화 방식에 당황한 요한이 잠시 눈을 깜박거렸으나, 혹시나 하는 마음에 그가 입을 열었다.

"혹시, 부인께 말입니까?"

"아니."

위그가 고개를 저었다. 비비안은 묘하게 귀신 같은 구석이 있어서 누군가가 자신을 감시하거나 따라잡으면 언제나 그것을 기가 막히게 잡아내곤 했다. 비비안 몰래 누군가를 붙인다는 것은 거의 불가능에 가까웠다. 위그가 직접 붙으면 모를까. 그녀는 그렇게 감이 예민한 이였다.

거기까지 생각한 위그가 요한을 향해 차갑게 명령했다.

"리암 로젤리스에게, 사람을 붙여."

"로드 로젤리스에게 말입니까? 어떤 의미의 사람을 붙이는 겁니까?"

"감시."

"알겠습니다."

"그리고, 보호."

위그의 말에 요한의 미간이 찌푸려졌다. 리암 로젤리스는 위협을 당할 만큼 현재 위험한 상황이 아니다. 디텔에서 사람을 보내온다고 한들, 그 정도면 굳이 사람을 몰래 붙이지 않아도 상대가 가능할 정도의 병력이 공작가에는 있었다.

지금까지 디텔에서 보내온 자객들이 전부 공작가의 문턱을 밟아 보지도 못한 채 죽은 것을 상기해 본다면야, 어쨌든 위그의 걱정은 쓸모없는 것이었다.

그럼에도 불구하고.

위그의 표정은 그렇게 말하고 있는 것 같았다. 그럼에도 불구하고.

결국 요한은 고개를 끄덕이며 답했다.

"알겠습니다."

"하루 스물네 시간 동안 빠짐없이 감시해."

"알겠습니다."

"그리고, 절대 들키지 말고."

위그의 당부에 요한이 종이에 뭔가를 적은 뒤 허리를 굽혔다. 이내 홀로 남은 방 안에서 잠시 의자에 기댄 위그가 눈을 감았다.

사실 모든 일은 해결되었다. 리암이 법정에서 그렇게 증언한 이상, 비비안의 친족상해죄는 분명 문제없이 해결될 게 뻔했다. 하지만 대체 이 불안감은 뭔가.

위그가 창밖을 보았다.

가을이 이제 슬슬 자취를 감추고 있었다.

시간은, 지독하리만치 빠르게 지나간다.

* * *

"도련님, 귀환을 축하드립니다."

전날 비비안이 보낸 전보를 받고 허겁지겁 저택의 정리를 마친 고용인들이 허리를 굽히며 리암을 맞이했다. 그 뒤를 따르던 비비안이 자신의 코트를 벗기는 헤더에게 장갑마저 건넨 뒤 카트린을 향해 입을 열었다.

"이제 몸조리가 다 되면 로젤리스 저택에 옮겨 와."

"지금 바로 옮겨 와도 되지 않아?"

"상관없긴 한데. 그래도 옆에 사람들이 많은 게 좋지 않아? 언니는 사람 많은 거 좋아했잖아."

"사실 나도 네 옆에 있는 게 좋긴 하지만, 아무래도 리즈의 교육상 로젤리스 저택에 있는 게 낫긴 하다 싶어."

"공작가의 사람들이 애를 좀 과하게 귀여워하지. 위그 꼬락서니를 보아하니 왜 그렇게 컸는지 알겠더라고."

"비비, 험담은 좋은 버릇이 아니야. 그리고 공작 각하는 아이를 좋아하는 것뿐이야. 세상에 아이를 그렇게 좋아하는 남자가 어디 흔한 줄 아니?"

"앞에서 할 수 있는 말은 뒤에서 해도 돼. 그리고 말하자면 그놈은 아이를 좋아하는 게 아니라 그냥 리즈와 아리아만 좋아하는 거야. 나처럼."

비비안의 말에 카트린이 한숨을 가볍게 쉬었다. 이내 천천히 발걸음을 옮기는 리암을 따라가며 카트린이 다정하게 웃었다. 옅은 웃음기가 섞인 큰누나의 모습에 리암이 해사하게 웃었다.

"누나도 오랜만이지?"

"결혼 뒤에 거의 오지 않았어. 아, 내 말은 네 둘째 누나의 결혼 뒤로 말이야."

"그 전에는 자주 왔어?"

"잔소리하러 온 거야."

비비안의 시큰둥한 말에 카트린이 새침하게 입을 삐죽였다. 그런 카트린의 어깨를 감싸며 리암이 상냥하게 말했다.

"누나가 고생이 많네."

"말도 하지 말렴. 네 둘째 누나가 얼마나 내 말을 듣지 않았는지 네가 봤어야 해. 여자는 스무 살을 넘기면 가치가 점점 떨어진다고 그렇게 말했는데."

"스무 살 못 넘기면 요절한 거라니까."

"그 뜻이 아닌 거 알잖아."

"그래서 무슨 뜻인데? 스무 살 넘기고 가치가 사라지면 뭐 어쩌라는 거야. 영원히 아름다운 상태로 남아 있게 그냥 스무 살에 죽어? 시체랑 살 거래? 죽지도 못하는데 가치 운운하는 거 무슨 헛소리야?"

"봤지? 리암, 나와 네 둘째 누나는 저렇게 말이 안 통한단다."

카트린이 가볍게 한숨을 쉬며 밉지 않게 비비안을 흘겼다. 그러나 언니의 잔소리에 이미 강철 심장을 장착한 비비안에게 그녀의 눈길은 일말의 상처도 남기지 못했다. 그런 두 자매를 보다가, 리암이 입을 뗐다.

"누나는 언제나 그랬잖아."

"난 어렸을 때 장난식으로 하는 말인 줄 알았지. 커서 진짜로 그럴 줄 누가 알았……."

말을 잇던 카트린이 멈칫했다. 로젤리스 저택에 돌아와서 마음이 놓이기라도 했는지 아무 말이나 잇새를 타고 흘러나갔다. 어렸을 때, 커서, 진짜로, 이 몇 가지 단어만으로도 생각이 어디까지 닿았는지 알 법한 카트린의 표정에 리암이 그녀의 어깨를 세게 감싸 안았다.

"괜찮아, 누나."

"나는, 그럴 생각이 아니었어."

"알아. 누나는 잘못이 없어. 누나 탓이 아닌걸."

리암이 여상스럽게 웃으면서 고개를 저었다. 그의 얼굴을 보다가, 카트린이 저보다 두 뼘이나 큰 동생의 품에 얼굴을 묻었다.

완벽한 모습이었다. 누나, 동생, 그리고 누나. 오랜만에 찾아온 로젤리스 가족에 집사가 물러났다. 헤더는 무슨 생각을 하는지 모를 자신의 주인을 보다가 이내 세 사람만의 시간을 위해 고개를 돌렸다.

그러나 그때, 비비안이 갑자기 그녀를 불렀다.

"헤더."

"네, 단주님."

"차를 내오렴."

"어디로……."

"접대실로."

본관의 접대실이라면 원래 놀이방으로 쓰였던 곳이었다. 지금은 차갑기 그지없는 곳이지만 한때는 따뜻한 장작이 타던 곳이었다. 그 사실을 알 리 없는 헤더가 뒤로 물러났으나, 그 추억이 여전히 남아 있는 카트린과 리암이 잠시 침묵했다.

그런 그들을 보다가, 비비안이 말했다.

"뭐 해? 안 가?"

"가자."

곧 리암과 카트린이 서로 위층으로 올라가고 그 앞을 비비안이 안내했다. 사실 말하자면 세 사람 다 그 위치를 알고 있지만, 이 저택은 명백히 로젤리스 저택이었다. 가주의 저택, 로젤리스의 저택, 로튼의 저택, 그리고 비비안의 저택.

곧 위층으로 올라간 세 남매가 접대실의 문을 열었다. 간간이 복도에서 보이는 고용인들이 신기한 얼굴로 리암을 보았다. 저택의 주인이 바뀌고 대부분 물갈이된 고용인들은 초상화로밖에 보지 못했던 소년의 모습에 다소 의문이 생긴 모양이었다.

세 사람이 방 안으로 자취를 감추자, 고용인들이 수군거렸다.

"저분이 단주님의 동생이셔?"

"단주님이랑 똑같게 생겼네?"

"음, 그래도 분위기는 다르지 않아? 빌케르 백작 부인, 아, 아니, 첫째 아가씨랑 비슷한 것 같지 않았어? 둘 다 부드럽게 생겼잖아."

"아니, 내가 보기에는 단주님이랑 더 닮았어."

"그런가, 그런 것 같기도 해."

"그래도 너무 잘생기지 않았니? 로젤리스에 그런 변고만 없었어도 저분이 가주가 되었을 거야, 안 그래? 어머, 저런 분이 가주라면 난 아마 충성을 바칠 거야. 그리고…… 꺄아악, 너무 로맨틱하지 않니?"

"그 전에 너네가 잘려."

무슨 생각을 하는지 모를 시녀들 사이에서 피어오르는 망상의 향기를 싹 둑 자르며 헤더가 차갑게 말했다. 갑작스러운 그녀의 등장에 시녀들이 소스라치게 놀랐으나, 헤더는 한숨을 푹 쉬며 접대실로 들어갔다.

뒤에서 안절부절못하는 얼굴로 시녀들이 발을 동동 굴렸다.

"단주님. 차를 내왔습니다."

"고마워."

탁자에 차를 놓고 방을 나가는 헤더를 보며 홀로 소파에 앉아 있던 비비안이 느긋하게 다리를 꼬았다. 접대실의 한구석에 있는 초상화 앞에 서 있던 리암과 카트린이 무엇이 그리 즐거운지 웃고 있었다.

"뭐가 그렇게 재밌어?"

"누나, 아버지 초상화, 아직 안 버렸어?"

"아, 버린다 버린다 하면서 아직 안 버렸네."

비비안이 벽에 걸린 선대 가주의 초상화를 보다가 한쪽 입꼬리를 말아 올렸다. 원래라면 올해 초에 버릴 예정이었다. 떼 버린다 떼 버린다 입으로 되뇌면서도 흐지부지해지고 말았던 것이었다.

"그러고 보니 다이닝 홀에도 초상화가 있었지?"

"있었지. 다이닝 홀의 초상화가 제일 컸어."

로젤리스 저택의 다이닝 홀은 파티 홀로도 쓰이는 곳이었다. 그만큼 크고, 그만큼 웅위한 곳에 '가주의 권위'를 거는 것은 그다지 이상한 것이 아니었다. 다만 의외였던 것은, 10년이 넘도록 그것을 떼어 내지 않은 비비안의 의도였다.

물론, 비비안조차도 그 이유를 말하지 못했다.

"이제 떼 버릴 거야. 내 초상화가 창고에서 썩고 있겠네."

"이미 결혼까지 했는데 굳이 그럴 필요 있어?"

카트린의 물음에 비비안이 조소를 머금었다.

"있어. 뭐가 됐든 로젤리스는 내 거야. 로튼 상단도 내 거고."

비비안의 말에 리암이 고개를 끄덕였다. 그는 다시 한번 아버지의 초상화를 응시했다. 이내, 그가 작게 읊조렸다.

"아버지는, 여전히 늙지 않았네."

"초상화가 늙을 수도 있다니?"

"어렸을 때도 이런 모습이었는데, 지금 살아 계셨으면 여전히 이랬을까?"

"그럴 수도 있지."

"아버지는 우리 모습을 보면서 무슨 말을 할까?"

"별로 관심 없어."

비비안이 답했다.

"어차피 내 거니까."

내 거.

다소 아이 같은 대답이었다. 리암은 비비안의 서늘한 눈동자를 한 번, 선대 가주의 초상화를 한 번 보다가 가볍게 한숨을 쉬었다. 그의 시선이 방 안에 닿았다.

"예전에 놀이방이었는데, 그렇지?"

"여기서 많이 놀았지. 추수절 때는 여기서 꽃도 만들었고."

"아, 예전에 딱 한 번 그랬었지? 리암, 기억은 나니?"

"아니, 나지 않아. 너무 어려서."

"그래? 그때 버베나로 표본도 만들었어. 아직 있을지 모르겠네."

카트린의 중얼거림에 비비안이 멈칫했다. 하지만 곧, 미지근한 차를 입 안에 털어 넣고 비비안이 일어났다.

"그래서, 겨우 이것 때문에 저택에 오려고 했어?"

"그냥, 보고 싶었어. 어느 정도로 변했는지."

"이제 식사하고 돌아봐. 꽤 많이 변했을 거야. 본관은 아니더라도, 그 뒤 에 별관을 확장해서 건설했거든. 하루 종일 돌기에는 충분해."

리암이 고개를 끄덕였다. 여전히 부드러운 미소를 담고 있는 그의 얼굴을 보다가, 비비안이 미련 없이 고개를 돌렸다.

그때였다.

갑자기 그녀의 시선이 창밖을 향했다. 정확히 말하자면 굳게 닫힌 문 뒤 에 있는 테라스의 사각지대로. 아무도 없는 곳이었지만 그럼에도 그녀의 시 선은 그곳에 붙박여 있었다. 뭔가 고민하는 듯하다가 그녀가 피식 웃었다.

"귀엽게."

작게 중얼거린 그녀의 말에 카트린이 눈을 동그랗게 뜨고 깜박거렸다. 그 러나 리암은 딱히 비비안의 말에 관심이 없는 듯, 다정하게 입을 열었다.

"이제 식사하러 갈까?"

"그럴까? 배고프니?"

"조금?"

"그래, 비비, 오늘 점심을 준비하라고 일렀겠지?"

"이르지 않았어도 준비했어야지. 내 돈을 받아먹으면서 그 정도 준비성도 없으면 대체 뭐 하자는 거야?"

비비안의 말에 리암이 피식 웃었다. 자신이 주는 돈에 대한 수확욕이 확 실했다. 돈의 가치를 제대로 하라, 돈을 주는 것만큼은 일하라, 마치 선대 가 주가 했을 법한 말을 하는 비비안을 보며, 왠지 모르게 오묘한 표정을 짓던 리암이 곧 카트린과 함께 접대실을 나갔다.

세 남매의 탐방 아닌 탐방기는 평화로웠다. 진짜로 원하는 게 저택을 참 관하는 것이었던지 리암은 진짜로 얌전하게 저택을 둘러보기만 했다.

더없이 온순한 모습이었다.

상냥하고, 유약하고, 일말의 상해 따위 입히지 못하는 모습이었지만 정작 그 모습에서 묘한 위화감이 느껴졌다. 결국 하루 종일 저택을 돈 뒤 돌아온 세 남매를 보며 위그가 계단에 기댄 채 입을 열었다.

"즐거웠나?"

"어머, 마중 나왔어?"

커다란 저택에 우뚝 서 있는 위그의 인영에 비비안이 활짝 웃었다. 그러 나 그녀의 표정과 다르게 위그의 얼굴은 한없이 굳어 있었고, 그의 시선은 비비안이 아닌 리암의 얼굴에 붙어 있었다.

마치 적을 위협하는 맹수의 그것이라, 지독하게 노골적인 적의에 리암이 입을 열었다.

"각하, 무슨 일이라도."

"그래서 우리 처남께서는, 하루 종일 즐거웠나?"

"덕분에."

"내가 한 것도 없는데 덕분은 무슨."

"그래도, 덕분에 안심하고 하루를 보낼 수 있었습니다."

리암의 말에 위그가 미간을 찌푸렸다.

설마……. 속으로 중얼거리던 그가 이내 조소를 머금었다. 그리고 곧, 계 단의 절반 지점쯤에 서 있던 그가 뚜벅뚜벅 아래로 내려왔다.

"그럼, 즐겁게 하루를 마무리하길 바라겠어. 나는 내 아내를 데리고 가지. 온종일 못 봤더니 꽤 걱정돼서 말이야."

위그의 말에 비비안이 헛웃음을 흘렸다. 그러나 그녀는 굳이 위그의 말에 토를 달지 않은 채, 켄슨 부인이 걸쳐 준 숄을 두르고 위그와 함께 발걸음을 옮겼다.

그때, 갑자기 리암이 입을 열었다.

"공작 각하."

위그가 뒤를 돌아보았다.

"각하, 제 누이는 강한 이입니다."

"그걸 굳이 로드 로젤리스가 말할 문제는 아닌 것 같군."

이번에는 호칭이 바뀌었다. 처남에서, 로드 로젤리스로. 그 미세한 변화를 읽어 낸 듯, 리암이 온화하게 웃었다.

"물론 공작께서는 알고 계실 겁니다. 다만 그저……."

"그저?"

"그저, 알고 계시라는 것뿐입니다."

말을 마친 뒤 리암이 계속해서 웃었다. 그 모습을 보다가, 비비안이 피식 웃었다.

* * *

비비안의 재판이 끝난 지 일주일이 지났다. 그사이 공작가는 전례 없는 시끌시끌한 분위기에 휩싸인 채 하루하루를 보내고 있었다. 결국 리암의 손에서 생크림 인형을 받아 낸 리즈는 하루 종일 그 인형을 보고 있기만 해도 즐거운지 헤실거리고 있었고, 그런 그녀의 양치 상태를 점검하느라 아리아만 이마를 짚고 있었다.

리암은 그 며칠 동안 별다른 모습을 보이지 않았다. 그저 가끔씩 리즈와 아리아를 데리고 시내에 놀러 가거나, 공작가의 서재에서 책을 보거나, 더 가끔은 정원에서 그림을 그리는 게 다였다.

"로드 로젤리스, 정말 훌륭하시네요, 그림 솜씨가 이만저만이 아니세요."

"과찬입니다."

어쨌든 공작 부인의 남동생이니만큼 잘 보여서 나쁠 것 없다는 생각인지 리암의 옆에서 호들갑을 떠는 하인과 하녀들을 보다가, 비비안이 창문을 탁 닫았다. 쌀쌀해진 날씨에 몸이 떨리자 비비안이 자연스럽게 숄을 들고 몸에 걸쳤다.

"이제는 날씨가 꽤 차가워졌어요."

"슬슬 겨울이니까요."

"오는 길은 힘들지 않으셨나요?"

"괜찮았습니다."

장작이 타들어 가는 방. 집무실의 소파에 앉아 세믄 교수가 답했다. 그의 대답에 비비안이 웃더니 그의 맞은편에 자리를 잡았다. 조용하기 그지없는 방 안에 침묵이 한층 더 짙해지고, 이내, 그것을 깬 채 세믄 교수가 입을 열었다.

"아미르타 요양원에서 로드 로젤리스의 퇴원 수속을 이미 마쳤습니다."

"그런가요."

"잠시 로드 로젤리스의 거처가 필요해서, 말씀하신 대로 로젤리스 본가를 지목했습니다. 현재 공식적으로 로드 로젤리스는 집에서 요양 중입니다."

"그렇군요. 정신이 불온전한 아이가 집이라."

비비안이 작게 중얼거렸다. 디텔에서 리암을 요양원에서 빼낸 뒤, 리암은 정식적으로 요양원에서 나왔다. 퇴원에 필요한 각종 수속이 조금 번거롭긴 했지만, 미래를 위해 이 정도 투자쯤이야.

비비안이 조용하게 입을 뗐다.

"그럼 남은 건, 앞으로의 거처뿐인가요?"

"말씀하신 대로 알렌샤의 바스테 타운에 구매를 예약해 놓은 상태입니다."

세믄 교수의 말에 비비안이 고개를 끄덕였다. 알렌샤의 바스테 타운은 커다란 대양 너머 건너편 대륙의 중립국에 있었다. 제국과 왕국에 종속되지 않고, 영원한 평화를 맹세한 작은 중립국. 그 말인즉슨, 군대나 병사가 들어갈 수 없는, 비무장 지대란 뜻이었다.

"바첼론 왕실이 움직여도 함부로 건드리기가 어렵겠군요."

"물론입니다."

"한낱 디텔 또한 마찬가지구요."

"엄격히 말하자면, 등록된 사유 재산은 목숨을 걸고 지켜 주는 곳이니 안전은 보장될 겁니다."

"그렇죠?"

비비안의 눈꼬리가 접혔다. 마치 세상에서 가장 재미있는 이야기를 하듯, 비비안이 입을 열었다.

"왕실도, 귀족도, 그 어떤 정치적인 세력의 손도 닿지 않는 곳이라, 딱 좋은 곳이군요. '죽은' 사람이 있기에는."

"그렇습니다."

"사실 이렇게까지 하고 싶지는 않았지만……."

"……."

"나는 꽤 욕심이 큰 사람이니까요. 어차피 손에 묻은 피, 피로 다시 한번 씻어 내린다고 봐도 무방하죠."

묘하게 씁쓸한 비비안의 목소리에 세믄 교수가 얼굴을 굳혔다. 그러나 섣불리 입을 여는 대신, 그는 입을 다무는 것을 선택했다. 타닥타닥거리는 장작 소리에 몸을 맡기다가, 세믄 교수가 한숨을 쉬었다.

"그럼, 부탁하신 대로 일을 진행하도록 하겠습니다."

"수고해 주세요. 일이 진척되는 대로, 소식을 전해 드리도록 하죠."

세믄 교수가 자리에서 일어났다. 그는 더없이 깔끔하고 우아한 비비안의 집무실을 죽 훑다가, 새삼 공작이 그녀에게 큰 서재를 내주었음을 깨닫고 기묘한 느낌에 휩싸였다. 그리고 곧, 그가 비비안에게 물었다.

"공작 각하께서는 아십니까?"

"똑똑한 남자니까요."

"……."

"왜 그러시죠?"

"그분은, 어떤 생각을 하시는지 궁금합니다."

주름이 진 세믄 교수의 얼굴에 짙은 허탈함이 흘렀다. 그런 그의 얼굴을 보다가, 비비안이 고개를 살짝 갸웃거렸다. 이내, 세믄 교수가 말을 이었다.

"저는, 제가 제 조카에게 무엇인가를 주는 것만으로는 문제 해결이 되지 않는다는 것을 알았을 때, 꽤 큰 무력감을 느꼈습니다."

"제 남편은 그렇게까지 양심이 있는 인간은 아니에요."

"압니다."

비비안이 피식 웃음을 흘렸다. 그러나 세믄 교수는 진지하게 말했다.

"저는 오랜 시간 동안 수많은 귀족들을 상대하면서 지냈습니다. 교수직을 박탈당할 뻔도 했고, 학계에서 영구 제명 당할 뻔도 했습니다."

"그런가요."

"그럼에도 불구하고 잘 모르겠습니다, 저는. 단주님은, 알고 계십니까?"

정확히 무엇을 지칭하는지 모르는 애매한 물음이었다. 그러나 비비안이 유하게 웃으면서, 입을 열었다.

"알죠."

"……."

"저는, 언제나 무엇이든지 알 수 있어요."

비비안의 대답에 세믄 교수가 허리를 굽히고 방을 나갔다. 적막이 찾아든 집무실에서 가볍게 한숨을 쉰 비비안이 느긋하게 책상에 다가갔다. 그리고 그녀는, 방금까지 창밖에서 재잘거리던 하인과 하녀들, 그리고 그녀의 동생이 사라졌음을 깨달았다.

그와 동시에, 갑자기 그녀의 집무실 문이 열렸다.

"누나."

"무슨 일이니?"

"저번에 로젤리스 저택에 두고 온 게 있는데."

"……."

"같이, 찾아줄래?"

리암의 목소리에 비비안이 얼굴을 굳혔다. 하지만 언제 그랬냐는 듯이, 그녀가 활짝 웃었다.

"그래."

* * *

모든 기억의 시작은 언제나 그곳으로부터 시작된다.

길고 긴 복도, 그 길을 뛰어가는 공단 리본, 하얀색 레이스, 그리고 까르륵거리는 아이의 웃음소리, 그 뒤를 쫓는 소년의 고함 소리, 그 고함 소리를 말리는 다른 한 소년의 침착한 목소리, 까르륵거리는 아이를 혼내는 다정한 소녀의 목소리, 그 모든 것을 눈에 넣으며 손뼉을 부딪치는 어린아이의 웃음소리.

로젤리스의 남매들은 언제나 그 길고 긴 복도에서 뛰어놀곤 했다. 반복되는 하루, 반복되는 이틀, 그리고 반복되는 사흘, 나흘, 닷새, 그리고 수많은 밤과 낮의 교체 속에서 쳇바퀴처럼 흘러가던 남매들의 시간.

그리고 그 모든 시간이 종식되는 순간.

조용하게 빛을 뿌리는 촛불이 복도에 걸려 있었다. 며칠 전에 왔지만 여전히 낯설고 또 낯선 그곳에는, 아무도 없었다.

그 어떤 아이도.

"뭘 놓고 왔니?"

우두커니 복도에 서 있는 리암의 뒤를 보며 비비안이 물었다. 그녀의 물음에는 일말의 불안도, 일말의 주저도, 그리고 일말의 공포도 없었다. 여상스럽기 그지없는 물음이었다. 평범하고, 그저 그렇게 평범한.

리암은 조용하게 고개를 들었다. 평소와 비슷하나 비슷하지 않은 그의 모습에 비비안이 눈썹을 까닥였다. 평소와 달랐다. 언제나 그러하듯 온화하고, 다정하고, 바스러질 것 같은 소년, 아니, 청년.

"누나. 로젤리스 저택은, 하나도 변하지 않았어."

"겨우 며칠 전이니까."

"그게 아니라, 내가, 이 집을 떠나기 전과."

리암의 목소리는 평온했다. 마치 유유하게 흐르는 고요한 바다처럼, 물결 하나 없는 투명하기 그지없는 흐름처럼.

비비안은 주변을 쭉 훑었다.

"글쎄, 잘 모르겠구나."

"아버지의 초상화는 여전하잖아."

"그래."

"누나도 여전히 여기에 있고."

"그래."

"나도, 여전히 여기에 있고."

"……."

"카트린 누나는 없고."

"……."

"제이콥 형도, 없고."

"……."

"메이슨 형도, 없고."

하나하나 수를 세는 아이처럼 작게 읊조리던 리암이 잠시 멈칫했다. 하지만, 그는 입가에 미소를 띤 채 고개를 돌렸다.

"그래도, 누나와 나는 있네."

"하고 싶은 말이, 그거였니? 잃어버린 게, 그거였고?"

비비안의 물음에 리암이 애매하게 웃었다. 하얀 얼굴, 파란 눈, 높은 코,

발그스름한 입술. 다시 높은 코, 파란 눈, 하얀 얼굴, 그리고, 이미 커. 버린 아이. 비비안은 별다른 대답이 없는 리암을 굳이 독촉하지 않았다. 마치, 어떤 일이 일어날 것인지 알고 있는 이처럼. 차분하고, 또 차분하게, 그녀가 발걸음을 옮겼다.

그러나 그때, 갑자기 리암이 입을 뗐다.

"누나, 사실 나는, 알고 있었어."

"뭘?"

"누나가, 메이슨 형의 주스에 뭔가를 탔다는 걸."

"저런."

"그리고 누나도 알고 있었을 거야. 내가, 메이슨 형의 주스에 꼭 손을 댔을 거라는 것을."

지독하게 잔인한 진실의 파편을 입 밖에 내뱉는다. 오장육부를 찌르던 유리 파편들이 식도를 타고 올라와 목구멍을 잔인하게 찔러 댄다. 그리고 입을 틀어막고, 모든 것을 억누르던 인간의 본성이, 유리 파편에 잘려 갈가리 찢어졌다.

"아니야?"

리암의 물음에 무심하게 서 있던 비비안이 잠시 한숨을 쉬었다. 살짝 눈알을 굴려 뭔가를 생각하던 그녀가 다시 시선을 리암에게 고정시켰다. 질식할 것 같은 침묵이 흐르고, 이내, 차가운 공기 속에서 비비안이 서서히 입꼬리를 말아 올렸다. 진실을 대면한 이의 섬뜩한 위협이 적나라하게 드러났다. 간사하기 짝이 없는 인간의 본성이었다.

그리고 그 모든 것들이 여과 없이 비비안의 얼굴에 걸렸다.

"그래. 알고 있었어."

비비안이, 나른하게 읊조렸다.

"나는, 알고 있었단다."

비비안은 단 한 번도 거짓을 말한 적이 없었다. 그녀는 리암을 거의 키우다시피 했고, 아이의 호기심을 얕본 적이 한 번도 없었다. 그녀는 리암을 잘 알고 있었고, 리암이 어떤 식으로 나올지도 알고 있었다.

"너는, 말을 잘 듣는 아이였잖니. 내가 먹지 말라고 하면 먹지 않았겠지."

"하지만 누나는 나를 잘 알아."

리암이 작게 속삭였다.

"누나는, 내가, 메이슨 형의 주스를 아주 살짝, 아주 살짝 맛보리라는 것쯤은 알고 있었을 거야. 그리고 누나가 탄 약은, 극소량으로는 환각이 나타나지 않지만."

"최소한 너를 재울 수는 있지. 열 살밖에 되지 않은, 독에 내성이 없는."

비비안이 고혹적으로 웃었다.

"그러니까, 너는 알았을 거야. 아, 비비안 누나가, 메이슨 형의 주스에 뭔가 해 두었구나."

"맞아."

"그리고, 그것을 메이슨 오빠에게 말하지 않았지."

짙은 웃음이 비비안의 얼굴에 퍼졌다. 남매 사이에 공유되던 그 비밀이, 비밀 아닌 비밀이 온전히 세상에 드러나는 순간이었다. 그럼에도 불구하고 두 사람 중 그 누구도 동요하지 않았다. 하나는 언제나 그렇듯 웃고 있고, 다른 하나 또한, 그렇게 웃고 있었을 뿐이었다.

"누나는 나를 잘 알지."

"잘 알지."

"내가, 누나를 얼마나 사랑하는지도 잘 알지?"

이번에는 대답이 없었다. 비비안은 대답 대신 고개를 살짝 갸웃거렸다.

"글쎄."

"그러니까, 누나는, 처음부터 알고 있었던 거야. 내가, 절대 법정에서 누나가 무엇을 했는지 말하지 않으리라는 걸."

그 순간, 비비안이 길게 한숨을 내쉬었다.

"그래."

10년 전의 진실은 언제나 고통을 동반한다. 그녀는 아이에게 주스를 맡겨 두고 집을 나갔다. 병원에 입원해 있는 모든 순간, 그녀의 옆을 의사나 간호사가 함께했다. 그 어느 때에도 그녀는 알리바이가 있었다. 그리고 집, 그 집에 있는 어린아이는, 누나의 말을 잘 들었으므로 주스를 끝까지 마셔 버리지는 않았다. 하지만 호기심은 그에게 선악과에 입을 대게 했고, 따라서⋯⋯.

"나는, 그럼에도 불구하고 내 손으로 형에게 주스를 주었어."

따라서, 죄인이 되게 했다.

방금까지 평온하던 아이의 목소리가 흔들리기 시작했다. 아련한 먼 과거를 회상하듯 바스러질 것 같던 모습이 와장창 깨졌다. 리암은 몸을 돌렸다. 아이와 소녀, 이 긴 복도를 메우던 두 사람이, 서로를 마주 보고 있었다.

"나는 몰랐어. 그게 어떤 의미인 줄. 그저 마시고 기분이 좋아졌고, 그래서 잠이 들었을 뿐이야."

"그래."

"그리고 그걸 형에게 줬어. 누나가, 누나가⋯⋯ 누나가, 형에게 나쁜 걸 줄 리가 없었다고 여겼으니까."

"그래."

"그냥 기분이 좋아지는 거라고 생각했어. 내가 훔쳐 먹던 아버지의 와인처럼, 마시면 기분이 좋아지는, 그렇게 한잠 자고 나면 다시 깨어날 수 있는 그런 거라고 생각했어."

"그래."

"그런데⋯⋯!"

무너지듯 리암이 크게 외쳤다. 차분하기 짝이 없는 비비안의 앞에서 그토록 평정을 유지하던 청년이, 고통스러운 듯 눈을 꾹 감았다.

"그런데, 그게 아니었어."

"……."

"나는, 누나가 한 일을 말하지 못했을 거야. 그 어떤 순간에도, 그 누가 와도, 그 누가, 어떻게 물어도."

"……."

"형에게 주스를 준 건 나였고, 누나는, 누나는 내가 그 행동 하나만으로도 평생 죄책감을 가질 것을 알았던 거야."

"……."

"누나는, 내가, 그렇게 자책할 것을 알았을 거야."

아이의 탓은 아니나 아이의 탓이다. 한 치의 거짓도 없이 순수한 열 살짜리 아이였다. 일말의 죄악도 묻지 않은 순수함을 이용해, 아이에게 독이 묻은 선악과를 쥐여 주었다. 그리고, 아이가 죄인으로 타락하게 만들었다. 평생 자책 속에서 살게 만들었다.

열 살짜리 아이가 정신 붕괴의 변두리에서, 자신만 아니었다면 형에게 아무 일도 없었을 거란 사실에 고통스럽게 만들었다.

그것은 일종의 폭력이었다. 상냥하고 아름답던 누나의 갑작스러운 진실된 모습과, 그에 대한 공포 속에서 몸서리치는 아이를 향한 일종의 방치, 폭력, 그리고 지독한 힘의 압박.

"네 탓이 아니란다."

영혼 없이 건조한 비비안의 목소리에 리암의 얼굴이 일그러졌다. 10년 전과 똑같다. 네 탓이 아니란다, 정신 병원에 실려 가는 형의 뒷모습을 보며 달달 떨던 아이를 향해 내뱉던 이복 누나의 지독하게 메마른 주문이었다.

여전히 하나도 변하지 않은 그녀의 목소리에, 리암이 입을 열었다.

"알아, 나도."

"……."

"하지만 그날의 기억은 여전히 나를 죄책감에 몸부림치게 해. 결국, 나는 법정에서 누나가 그랬다고 하지 않았어, 진실을 말했지. 아, 진실, 모르겠어,

그게 진실이었나?"

리암의 목소리에도 비비안의 얼굴에는 일말의 동요도 없었다. 차갑고 냉정한 모습이 지독하게 싸늘했다. 그런 그녀의 얼굴을 보다가, 리암이 처연하게 웃었다.

"누나. 나는, 누나가 나를 사랑한다는 걸 알고 있었어. 그리고 누나가 누구보다도 내게 사랑을 퍼붓던 것도 알고 있었어."

"……."

"제이콥 형은 맨날 나를 괴롭혔고, 그걸 말리던 것은 누나였어."

살짝 떨리던 리암의 목소리가 온전히 평화를 찾아 갔다. 언제 그토록 동요했느냐는 듯이 리암이 점점 냉정한 목소리로 말을 이었다.

"이웃집에 살던 하버가 날 괴롭혔던 거 기억해? 그때마다 누나가 가서 혼내 줬잖아. 아, 형도 있었지. 제이콥 형은 자기는 맨날 나를 괴롭혀도, 다른 녀석이 날 괴롭히는 건 못 견뎠어. 그렇게 누나는 하버의 머리채를 잡고, 제이콥 형은 하버를 바닥에 깔아 눕히고."

"……."

"그래도, 매 순간 매초, 나를 지키던 사람은 누나밖에 없었어."

"리암."

"난 그걸 기억해."

"……."

"난 그걸, 기억해. 형들에게 괴롭힘당하고 구석에서 울면, 누나가 날 계속해서 위로해 줬지. 카트린 누나도 외면했는데, 형들에게 맞서 싸우던 것은 언제나 누나였어."

"……."

"고마워. 누나."

"……."

"누나는, 내 어린 시절의 영웅이었어. 누나는 내 눈에서 가장 아름다웠고,

가장 강했고, 가장 사랑하는 사람이었어."

말을 마친 리암이 천천히 비비안에게 다가왔다. 터벅터벅. 청년의 발걸음 소리가 비비안에게 다가왔다. 그 모습을 온전히 보던 비비안이 입꼬리를 말아 올렸다. 그럼에도 불구하고, 그녀는 웃지 않았다. 그것은 미소보다는, 일종의 반응에 불과했다.

몸에 밴, 이 몇 년간 익숙해진, 원하는 것을 얻기 전에 의례적으로 짓는 일종의 습관.

"나는, 누나를 지켜 주고 싶었어."

리암이 비비안의 지척에 다가왔다. 얼마 되지 않는 거리. 길고 긴 복도의 한구석을 차지한 두 남매의 모습이 길게 복도의 벽에 비꼈다.

"나는, 커서 누나를 꼭 지켜 주고 싶었어. 누나가 내게 그랬던 것처럼. 나도 멋진 어른이 되어서, 누나 옆에서 누나를 평생 지켜 주고 싶었어."

비비안은 고개를 들었다. 아이에게 그런 꿈이 있었는지 딱히 기억이 나지 않는다. 지독하게 긴 시간의 연속이라 잊어버린 걸까. 사실, 그녀의 인생에 중요하지 않은 기억이라 삭제했을지도 모른다. 하지만, 그럼에도 그녀는 웃었다.

웃었다.

"그랬니?"

"그래. 그랬어, 나는 누나를 지켜 주고 싶었어."

"……."

"그런데 누나는 내가 지켜 주는 걸 필요로 하지 않았지. 누나에게 필요한 건, 나를 지켜 줄 힘이었어. 아니, 어쩌면, 누나 자신을 지킬 힘이었는지도."

결국 그러했다. 아이의 동심이 짓밟히고, 소녀의 야망은 생각 그 이상으로 컸다. 순수하기 그지없는 시간이 흐르고 모든 것들이 수면 위로 드러나 마치 정글에서 움직이는 짐승의 가장 본능적인 감각이 눈을 뜰 때…….

"내가 물었지, 나를 살려 둔 게 진짜 나를 위해서였냐고."

조곤조곤한 목소리가 귓가에서 울려 퍼졌다. 비비안은 가볍게 웃음을 흘렸다. 모든 것은 그녀의 의지대로, 모든 것은 그녀의 예상대로, 그렇게 흘러갈 뿐이다. 그리 생각하며 그녀가 다시 고개를 들었다. 파란 눈동자가 그녀를 응시한다. 그녀가 다른 이를 보면 딱 이런 눈빛일까, 파랗게 얼어붙은 눈동자가, 지독하게 차갑다.

"아니."

비비안이 입을 열었다. 새빨간 입술이 호선을 그었다.

"너를 살려 둔 건, 나를 위해서야."

"알아."

예상된 대답이었다는 듯이 리암이 답했다.

"나는, 누나의 마지막 인간성이니까."

나는 누나의 마지막 인간성이야.

인간이 짐승으로 변하는 것은 한순간이다, 본능에 모든 것을 맡기고 권력을 향해, 무리의 우두머리를 향해 돌진하는 습성을 토해 내는 것은 그토록 쉽다. 그녀는 그렇게 모든 것을 얻었다. 권력, 욕망, 그리고 마지막 한 가닥의 인간성.

인간과 짐승의 가장 근본적인 차이는, 욕망을 향한 통제력이었다.

거기까지 생각한 비비안이 눈을 천천히 감았다. 작게 읊조린 리암의 미소가 눈앞에 보였다. 웃는다. 그녀의 동생이, 더없이 날카로운 칼과 함께, 그의 마지막 미소를 담아.

그를 봤던 그 순간부터, 그녀의 어린 동생의 얼굴에 담겨져 있던 그 미소의 뜻을 읽어 낸 순간부터, 그리고 이 자리에 오기까지 머릿속으로 그리고 또 그린 모습이 눈앞에 펼쳐졌다.

그리고 그 모든 것들을 기억해 내는 순간, 그 미소에 담긴 칼이, 사랑스러운 동생의 손에 실려 그녀의 몸을 꿰뚫었다.

푹.

'그러게, 위그, 이것 봐. 나는 곱게 죽지 못한다니까.'

지독한 고통이 그녀의 몸을 타고 흘러왔다. 작달막한 칼이 차례로 모피, 실크, 속옷을 찌르고 살갗을 파고든다. 10년간의 원한이 담긴 지독한 애증의 칼날이 그녀의 몸을 관통한다.

이 모든 것들이 그렇게나 생생해서 비비안은 순간 어이없이 들어맞은 자신의 예상에 칭찬을 해 주고 싶었다. 웃기게도, 이 며칠간 아이가 준비해 온 것들이 이런 것이었다니, 알고 있었지만 그래도 기분이 이상했다.

그리고 그 순간, 비비안이 리암의 어깨를 꽉 잡았다.

"쿨럭."

선혈이 바닥에 떨어졌다. 배인지 위인지 폐인지 어느 쪽인지 가늠이 되지 않았다. 그저 내장을 헤집는 지독한 피비린내만이 몸을 진동하고, 목구멍을 철썩철썩 쳐 대는 짙은 피의 움직임만이 제 존재를 뽐내고 있었다.

서서히 몸에 감각이 사라진다. 모든 것들이 그렇게 끝나 간다. 아니, 이건 끝이 아니다, 그렇게 생각하며 비비안이 입꼬리를 당겼다.

이건, 예정된 끝이었다.

"누나."

그때였다.

카펫에 점점이 떨어지는 피를 보며 멍하니 쓰러져 있던 비비안이 고개를 들었다. 이내, 리암의 다정한 목소리에 그녀가 미간을 찌푸렸다. 눈앞이 희뿌옇게 질려 왔지만 리암의 표정을 짚어 내는 데에는 그다지 큰 어려움이 없었다.

그러나 그것이, 외려 비비안의 얼굴을 구기고 말았다.

"리암?"

리암은 웃고 있었다. 거기까지는 괜찮았다.

하지만 리암은 울고 있었다.

왜?

"누나. 나는 누나를 이해해."

"으윽."

"나는 누나를 이해해. 누나가 왜 그랬는지, 어떻게 그런 선택을 했는지 충분히 이해할 수 있어."

"……."

"언제나 반항해서 몰랐는데, 사실 생각해 보면 우리 집에서 가장 크게 맞은 건 누나였어. 카트린 누나는 얌전해서 괜찮았고, 형은 장남이라 괜찮았고, 둘째 형은 사고를 칠 일이 없었고, 나는 어려서 괜찮았지."

"쿨럭."

"생각해 보니 우리 집에서 언제나 당하는 사람은 누나였어."

"……."

"그래서, 누나를 이해할 수 있어."

"이, 이해를."

비비안이 입을 열었으나 그 순간 다시 한번 피가 목구멍을 타고 올라왔다. 대체 어떻게 찌른 것인지 그 작은 칼로 이렇게까지 아플 수 있나. 대체 어떻게, 무슨 힘으로 찌른 것이기에…….

그러나 그녀의 생각을 자르고, 리암이 말을 이었다.

"나는 누나를 이해해."

"……."

"하지만 그래도, 그래도, 조금만, 아주 조금만."

뒤로 주춤주춤 물러나는 동생의 모습이 그제야 안겨 왔다. 일주일간 단 한 번도 보지 못했던 리암의 모습에 비비안이 미간을 찌푸렸다. 그녀의 예상이 맞는다면 이 뒤로 흐르는 것은 도망치는 동생의 모습이었다. 그러나 왠지 모르게 그녀의 동생은 도망 대신 후퇴를 선택하고 있었다.

순간, 묘하게 기분이 이상해졌다.

아프다. 더없이 아팠다. 더없이 고통스러웠고 아팠다. 그럼에도 불구하고 왠지 모르게 불안감이 드는 것은 왜일까.

"조금만 참지 그랬어."

"쿨럭."

다시 한번 선혈이 뿌려졌다. 그것을 보던 리암이 쓰게 웃었다.

"아니, 미안해, 누나……."

"……허억."

"그러니까, 미안해, 이렇게 말해서. 나만 좋은 평화였지만 미안해."

미안해……. 자신이 무슨 말을 하는지 아는지 모르는지 작게 읊조리던 리암이 뒤로 물러났다. 순간, 주춤주춤거리던 그가 언제 빼냈는지 모를 칼을 손에 잡았다.

그의 얼굴에는 커다란 동요가 없었다. 파란색 눈에는 눈물이 뚝뚝 차오르고, 그뿐이었다.

그럼에도…….

"잠깐만."

그녀의 직감은 언제나 옳았다. 희미해지는 정신을 겨우 붙들고 있던 비비안이 손을 뻗었다.

아, 잠깐만, 이건 안 돼…….

"누나. 나는 누나가 모든 것을 얻었으면 좋겠어. 누나가 원하는 거, 나를 요양원에 보내고, 형들을 모두 제거하면서까지 원했던 그 모든 재부, 명예, 그리고 그 모든 것들을."

"리……리암. 리…… 커헉."

"하지만, 행복해지는 마."

"……."

"행복해지는 마."

"……."

"누나가 행복해지면, 내가, 너무, 억울할 것 같으니까."

작게 속삭이는 리암의 목소리는 한 치의 억울함도 보이지 않았다. 그럼에도 불구하고 그가 원하는 것이 무엇인지 너무 잘 알 것 같아서, 순간 비비안은 눈을 크게 떴다.

"안 돼!"

"누나, 나는 누나의 마지막 인간성이야."

"아, 안 돼."

"내가 사라지면, 누나는 아마 평생 죄책감 속에서 살겠지."

"안 돼. 리암, 하지 마, 하지…… 쿨럭."

"그리고 누나는 더 이상…….'"

인간이 아니게 되는 거야.

모든 시작은 그 길고 긴 복도에서 시작된다. 괴물 같은 세상에서 웃고 떠들던 아이들은 그렇게 괴물 같은 이의 괴물 같은 시선 속에서 괴물로 태어났다.

그리고 그 마지막에서 우아하게 웃고 있는 이는.

"리암!"

"누나, 나는 누나의 마지막 인간성이야. 그리고 인간성은 누나의 마지막 약점이지."

"……!"

"원하는 대로 승자로 살아남기를 빌게. 모든 이의 시체 위에 세워진 권력의 탑에서, 왕이 되어서 살아남아."

왕…… 왕, 어린아이가 되고 싶었던 권력의 끝단.

저주인지 축복인지 모를 것이 허공에 맴돌았다. 순간, 속절없이 떨어지는 몸과 바닥을 메우는 지독한 선혈에 비비안은 그제야 잊고 있었던 사실을 하나 깨달았다.

10년은, 아이가 미치기에는 충분한 시간이었다.

꿈을 꿨다.

꿈속에서의 비비안은 로젤리스의 저택에 있었다. 그녀는 아직 어렸고, 작았고, 약했고, 누군가와 맞서 싸울 만큼 강하지 못했다. 그것을 알기라도 하듯 그녀를 둘러싼 사람들은 그녀에게 감히 손을 대지 못했다. 마치 깨지기 쉬운 유리처럼, 마치 공주님처럼, 그렇게 그녀를 대했다.

정확히 그들이 누군지 알 수 없었다. 어린 여자아이는, 자신을 둘러싸며 웃고 있는 인영을 멍하니 보다가 곧 정신을 차렸다. 회색으로 칠해진 세상이 점점이 채색되어 물들어 갔다.

그래서, 여기는 어디인가…….

"비비, 이리 와."

비비안은 멍하니 고개를 들었다. 그녀의 오빠가, 제이콥 오빠가 마치 메이슨처럼 말하고 있었다. 언제나 그녀의 것을 빼앗던 오빠가 다정하게 그녀를 부르고, 옆에 앉아 있던 메이슨이 다정하게 차를 따라 주었다.

조용하게 책을 펼치고 읽던 카트린이 티포트를 받아 들었다. 이내, 그녀가 비비안을 향해 입을 열었다.

"비비, 안 오니?"

"아, 가고 있어."

어린 소녀가 답했다. 비비안은 작은 발걸음을 옮겨 천천히 테이블에 다가갔다. 이제 보니 메이슨과 카트린 옆에 리암도 앉아 있었다. 오물오물 수프를 먹던 리암이 배시시 웃으면서 비비안을 불렀다.

"누우나아?"

"누나."

"누나, 누나."

뭐가 그렇게 좋은지 리암이 까르륵 웃었다. 그 모습을 보며 카트린이 입을 뗐다.

"뭐가 그렇게 좋은지 보는 사람마다 누나 누나 거리고 있어. 덕분에 네 오빠는 순식간에 누나가 되었단다."

"어린 녀석이 배울 거면 좀 잘 배울 것이지."

제이콥이 툴툴거리자 메이슨이 그를 살짝 흘기며 입을 뗐다.

"비비랑 카트린이 리암을 하루 종일 데리고 있었으니 당연한 거지."

"쳇."

제이콥이 혀를 차며 쿠키를 들었다. 그 모습을 보다가, 비비안이 문득 생각났다는 듯이 입을 뗐다.

"그런데, 어머니는?"

"잊었냐? 일주일 전부터 오늘 공연이 있다고 그렇게 얼굴이며 몸매 관리를 해 댔는데 그걸 잊었어?"

"공연?"

"오늘 블로나 거리에 상연되는 연극, 그거 주인공이잖아. 덕분에 아버지는 일주일 전부터 내무에 외무에 바빠서 눈코 뜰 새가 없고."

"그거, 그 여자가 주인공인 거 아니었어? ……메이슨 오빠의 어머니?"

비비안이 고개를 갸웃거렸다. 그녀의 말에 제이콥과 메이슨이 얼굴을 찌푸리더니 이내 헛웃음을 쳤다.

"얘가 뭘 잘못 먹었나. 메이슨의 어머니면 우리 어머니잖아. 왜, 새삼 메이슨이 갑자기 꼴 보기 싫어졌냐? 역시 세상에 오빠는 나 하나뿐이지."

"형은 헛소리 좀 작작 해. 이 집에서 비비안한테 제일 처음 버림받을 사람이 있다면 그건 형이야."

"야, 나랑 얘가 사이가 얼마나 좋은데!"

"퍽이나 좋겠다. 어제도 싸워 놓고."

"그거야 얘가 나보다 숙제를 더 잘하니까."

"질투 나서?"

"질투는 무슨 놈의 질투야!"

제이콥이 우렁차게 외치며 일어났다. 그러나 그는, 곧 다시 털썩 의자에 앉으며 말했다.

"그, 그래도 후계자 자리는 내 거야."

"오빠, 객관적으로 로젤리스의 번영을 위해 제 주제를 아는 게 어때? 아무리 봐도 비비안이 오빠보다 낫거든?"

"야!"

"아버지도 인정한 사실을 오빠만 인정 못 하고 있어."

카트린의 말에 제이콥이 머리를 벅벅 긁었다. 그러다가 갑자기 고개를 확 돌리며 심술궂게 말했다.

"두고 봐, 이제 성인이 되면 너 따위는 내가 밀어내고 가주가 될 거야."

비비안이 고개를 갸웃거렸다. 그러곤 피식 웃으면서 찻잔을 들었다.

"못 되면 어쩔 건데?"

"정당하게 경쟁하면 내가 이기거든?"

"정당하게 경쟁하면 내가 이겨. 그건 아버지도 인정한 사실이야."

"내 말이, 아버지도 비비안을 더 신임하잖아. 형, 그냥 나랑 같이 집에서 보좌관이나 하는 게 어때? 물론 형은 무식해서 보좌관도 못 할 것 같지만."

메이슨의 말에 제이콥이 으아악 포효했다. 그 커다란 소리에 놀랄 법도 하지만, 정작 카트린과 메이슨은 고개를 절레절레 저었다. 그저 수프를 먹던 리암이 깜짝 놀라 스푼을 떨궜을 뿐이었다.

"그래서 언니는, 뭘 어쩔 건데? 결혼할 거야?"

"무슨 결혼?"

비비안의 물음에 카트린이 눈을 동그랗게 떴다. 이내 그녀가 뭔가 생각난 듯이 얼굴을 팍 찌푸렸다.

"아, 빌케르의 그놈?"

"카트린, 내 눈에 그놈은 정말 아니야."

"오빠 눈만이 아니라 인간의 보편적인 생각 아닐까? 인간적으로 나보다 열 살이나 많고, 염문설이 대체 얼마야?"

카트린이 고개를 절레절레 저었다.

"어머니가 저번에 너무 화가 나서서 빗자루로 그 인간을 팰 뻔했잖니. 아버지가 말려서 다행이었지만."

카트린의 말에 메이슨이 피식 웃었다. 화기애애한 남매의 대화에 오도카니 앉아 있던 비비안이 눈을 깜박였다.

"왜 그러니, 비비안?"

카트린의 다정한 목소리가 들려왔다. 그에 비비안이 고개를 저었다. 아니, 아무것도 아니야……. 그렇게 읊조리는 그녀를 보다가, 문득, 카트린이 생각났다는 듯이 입을 뗐다.

"그러고 보니, 우리 동생은 공자님이랑 어떻게 지내니?"

"카트린, 제발 가십거리에 좀 관심 꺼. 그리고 우리 비비는 아직 어려."

"아니, 어리다고 무시하는 거야? 어려도 남자 친구 있을 수 있어! 원래 소꿉친구라는 게 다 그런 거 아니겠어? 풋풋하고 두근두근거리는 거 말이야."

"비비, 너무 이른 연애는 좋지 않아."

"아니, 오빠는 애한테 이상한 걸 가르치고 있어. 비비, 오빠 말 듣지 말렴. 네가 하고 싶은 대로 해. 언니는 네 연애를 응원한단다."

"연애?"

비비안이 고개를 갸웃거렸다. 마치, 그 단어가 이해가 안 된다는 듯이.

"그래, 남자는 얼굴이야. 게다가 키도 크지. 젊지."

"카트린, 제발 좀. 얼굴이 전부는 아니야."

"얼굴이 전부는 아니지만 아주 중요한 일부인 건 사실이잖아. 빌케르 백작처럼 생겨 먹으면 입맛도 떨어질 거 같아."

"신이시여. 누가 내 동생 가치관 좀 구해 줘."

메이슨이 절망하듯 읊조렸다. 그 사이에서, 비비안이 의문스러운 얼굴을 한 채 끊임없이 고개를 갸웃거렸다. 그때, 갑작스럽게 카트린이 고개를 들었다.

"어머, 오셨네."

"누구?"

"저기."

비비안이 한숨을 쉬고 고개를 돌렸다. 얼핏 보이는 인영이 누구의 것인지 가늠이 되지 않았다. 기억을 더듬어 봐도 누군지 모르겠다. 누구지? 큰 키에 다부진 몸매다. 애티가 가시지 않았지만 소년미가 넘치는 이였다.

그것을 보다가, 비비안이 가볍게 한숨을 쉬었다.

"내 스타일 아니야."

"어머, 아니야?"

"우리 비비 장하다! 역시 남자 보는 눈이 정확해!"

메이슨이 다정하게 웃으면서 그녀의 머리를 헤집었다. 그것을 얌전하게 받던 비비안이 천천히 다가오는 발걸음 소리에 귀를 기울이며 입을 열었다.

"그리고, 난 결혼 안 할 거야."

"어머, 왜 안 할 건데?"

"그거야, 난 로튼의 단주가 될 거니까."

"하지만……."

뭔가를 속삭이던 카트린의 목소리가 멈칫했다. 그에 비비안이 고개를 돌리는데, 갑자기 메이슨이 입을 열었다.

"……결혼은 그냥 네 혼자의 문제인걸?"

"……뭐?"

"결혼이랑 로튼의 단주가 되는 게 딱히 모순이 아니잖아."

"……무슨 말을 하는 거야?"

"음, 역시."

메이슨이 잠시 고민하는 듯하다가 말을 이었다.

"역시, 우리 비비는 이래도 우리를 경계하는구나?"

메이슨의 말이 끝나기가 바쁘게 비비안이 쩌적 굳었다. 순간, 다정하던 오빠의 얼굴, 카트린의 미소가 삽시간에 굳어 버렸다. 마치 그 시간이면 원래 그렇게 멈추듯. 그리고 그 자리를 대신하는 건……

'비비……!'

…….

'비비안! 비비안 로젤리스!'

……?

'비비안, 비비안, 제발 눈 떠 봐, 비…….'

'각하, 출혈이 심합니다! 어서 의사를……!'

'……단주님!'

'……병원, 병원에 어서 빨리…….'

'일단 의사의 응급 처치가 필요합니다……!'

흐린 시야 속에서 누군가가 그녀의 이름을 외치고 또 외쳤다. 갈라 터진 목소리가 허공을 메우고 그 사이를 차지하는 것은…….

'위그?'

몸이 나른했다. 몸에서 빠져나가는 것은 과연 피인가 아니면 목숨인가. 진득한 통증에 몸을 맡기고, 그녀는 자신을 안아 든 단단한 품에서 멍하니 눈을 깜박였다. 남자가, 그 남자가, 그 전쟁통에서 구르고 구르던 전장의 미친개가, 새하얗게 질린 얼굴로 그녀를 보고 있었다.

이까짓 상처, 그게 뭐라고…….

"비비안, 비비, 제발 눈 좀 떠 봐."

"각하, 의사가 왔습니다. 일단 응급 처치를 하고 마차에 싣는 게……!"

"각하!"

다시 한번 희미해진 기억 속에서 비비안이 미미하게 웃었다. 질기고 질긴 목숨 줄이었다. 한 번, 또 한 번, 수도 없이 그녀를 노리는 칼날 위에서 아슬

아슬하게 줄타기를 하는 삶이 27년, 그럼에도 불구하고 이토록 끔찍하게 죽음이 지척으로 다가온 적은 없었다.

그리고 그 죽음을 초래한 것은…….

"각하, 로드 로젤리스는 어떻게."

"병원으로 옮겨!"

자신의 몸이 들려지는 듯한 감각이었다. 분명 빠르게 뛰는 것이 분명한데 지독하게 평온했다. 상처를 꾹 누른 손이 크다. 크고, 단단하고, 따뜻했다. 저 손이 한때는 자신의 입술을 잡았던 것 같은데.

그렇게 생각하며 비비안이 웃었다.

아, 그녀의 '적'이, 그녀를 구하러 왔구나.

그녀의 남편이.

* * *

대체 어떻게 하면 이럴 수가 있지?

위그 이디에트는 단 한 번도 이런 결말을 생각해 보지 못했다. 아니, 정확히 말하자면 생각해 보지 않았다. 그는 30년 동안 수도 없는 죽음을 목격했고, 심지어 그중에는 그의 손으로 초래된 죽음도 있었고 친족에 의한 죽음 또한 수도 없이 많았지만 지금 이 순간처럼 심장이 튀어나올 것 같은 경험은 처음이었다.

저택에 간다고 했을 때 말렸어야 했는데……!

그는 분명 아침까지만 해도 느긋하게 집무실에 있던 저 자신을 자책했다. 뭔가 미리 눈치챘어야 했는데 그러지 못했다. 붙여 둔 사람은 영문도 모른 채 저택 밖에 밀려났고, 자신은 한량처럼 서류를 처리하고만 있었다.

그리고 오후.

따뜻한 햇살이 비껴들던 오후의 침실, 온기가 없는 비비안의 외투를 들어

책상에 놓은 그는, 갑작스럽게 침실에 노크도 없이 달려온 클로에에 의해 뭔가 잘못되었음을 눈치채야 했다.

'단주님께서 칼에 찔리셨대요!'

인간이 그렇게 정신이 없을 수 있을까. 평정을 잃어 본 적이 없는 그의 머릿속이 새하얘지고 일순 모든 것들이 공백으로 돌아갔다. 심장이 바닥에 내려앉고 본능에 몸을 맡긴 그의 정신이 말짱하게 돌아온 것은, 어느새 로젤리스 저택에 도착한 뒤였다.

위그가 이를 악물고 침대의 캐노피를 잡아 쥐었다. 순간 찌지직하는 소리와 함께 거칠게 찢어진 캐노피에 비비안의 상처를 처리하던 의사가 움찔했다. 의학과를 나와 한평생 사람을 구하는 데 시간을 쓴 그는, 오늘 인생에서 가장 무서운 환자의 가족을 마주해야 했다.

"다 됐나?"

"네, 다 되었습니다. 다행이게도 칼이 요해를 빗나갔고, 너무 깊게 찌르지 않아 생명에 무리는 없습니다만."

"없습니다만?"

위그가 눈썹을 까닥였다. 그런 그의 얼굴을 보며 의사가 난감하게 말했다.

"단주님께서 다년간 수면 부족과 두통, 그 외 등등 몸 관리 때문에 면역력이 저하되셨고, 아무래도 찌른 부위가 부위다 보니…… 완치는 조금 어려울 것 같습니다."

"상처가 벌어질 수도 있단 말인가?"

"상처가 벌어지지 않더라도, 각종 후유증의 위험이 남아 있습니다. 게다가 칼에 소량의 독이 묻어 있어서 더욱더 고생을 할 것이고요."

"뭐?"

"그리 엄중한 상황은 아니나 부디 건강에 유념하실 수 있게 공작 각하의 보살핌이 필요합니다. 그렇지 않으면 남은 생을 통증 속에서 보내셔야 할 수 있습니다."

말을 마친 의사가 허리를 숙이고 나갔다. 달칵하는 소리와 함께 문이 열리고 다시 닫히는 순간, 위그는 침대 위에 천사처럼 누워 있는 비비안을 보며 한숨을 쉬었다.

"당신은 대체."

그래도 생명의 위협은 없다. 그 사실만큼이나 안도의 순간으로 다가온 시간이 있던가. 베개에 펼쳐진 화려한 회색 머리카락, 새하얀 얼굴, 곡선을 그리는 이목구비 위에 평온이 펼쳐졌다.

평화.

어떻게 당신은 이렇게 태평할까.

한평생 통증 속에서 보내야 한다. 그게 무슨 의미인지 모르지 않았다. 가끔 전쟁에서 돌아온 기사들은 전투 중에 우연하게 맞은 검에, 약에, 탄알에, 그리고 수많은 위험에 상처를 입고 평생을 고통 속에서 보내야 했다. 독이 묻은 칼에 맞은 것이 전쟁의 상처와 비교하면야 작아 보일 수 있을지 몰라도.

그래도, 그게 비비안이라는 이유로, 그게 평생이라는 이유만으로도 그에게는 가슴을 조여야 하는 이유가 백 개는 되었다.

위그는 의자를 꺼내 와 앉았다. 누군가의 침대맡에 이렇게 앉아 보는 것은 처음이었다. 살았다, 네가……. 그렇게 입으로 읊조리는 그가 처음으로 누군가의 생존 소식에 희열이 느껴짐을 깨달았다.

위그가 두 손으로 얼굴을 감쌌다.

대체 당신은 왜.

당신은 왜.

왜.

어째서.

당신은 왜 그 칼을 맞아야 했나.

리암에게 사람을 붙인 것을 알았다고 했다. 그는 방금 전 변명처럼 말을 늘어놓던 이를 생각하며 이를 악물었다.

저택에 들어오지 말라고 비비안이 말했다고 했다. 대문을 걸어 잠그고, 가까이 오지 말고, 시간이 길어지면 그때 다시 들어오라고.

그 긴 시간이 얼마인지 몰라 한참을 기다렸고, 자신의 존재를 들킨 게 수치스러워 결국 그는 공작 부인의 말을 들어야 했다. 그리고 저택에 들어갔을 때는 이미 피바다였다.

집사도 물리고 고용인도 물렸다. 자신의 목숨을 구할 첩자는 마련해 두었다. 다름 아닌 누가? 그녀의 남편이.

이것은 철저하게 꾸며진 무대였다. 비비안은 리암이 자신을 죽일 거라 확신한 게 분명했다. 위그도 어느 정도 눈치챈 것을 비비안이 몰랐을 리가 없었다.

동생의 손에 죽임을 당하려다 살아 돌아온 누나. 그럼 그 뒤는 어떻게 흘러야 하나? 요양원에서 억지로 끌려 나온 리암에게 동정의 눈길이 쏟아지고, 정신이 온전치 못한 이를 법원에 세운 디텔에 질책과 힐난이 떨어지고, 리암은 귀족, 그러니까 귀족 부인 살인미수죄로 사형에 처해진다.

그러나 진짜 동생을 그렇게 죽이는 게 목적이었나, 당신은? 진짜 그게 목적이었다면 리암의 자살 앞에서 당신은 그런 눈빛을 짓지 말았어야 했다.

내 품에서, 필사적으로 리암이 있었던 곳을 향해 기어가려는 그 몸부림을 내게 보이지 말았어야 했다.

그러다가 그가 문득 깨달았다.

당신은, 이런 식으로 당신 동생을 보호하려고 했나? 그를 '죽여서', '없는 사람'으로 만들어서, 누구도 리암 로젤리스의 존재를 모르는 곳에, 그렇게? 하나 그게 또 무슨 의미가 있나. 대체 왜 그렇게까지 번거로운 일을 하나. 그건 당신과 어울리지 않는 조치다.

위그가 비비안을 응시했다. 모든 답은 비비안이 깨어난 뒤에나 밝혀진다.

그러니까 제발.

'깨어나 줘.'

부디 깨어나 달라.

당신이 왜 이렇게 해서까지 당신의 동생을 보호하려 했는지, 그럼에도 불구하고 당신 동생이 왜 당신을 죽이려 했는지, 그리고, 왜 이렇게 서로를 죽이면서 살아야 하는지, 왜, 당신은 결국 이리 될 수밖에 없었는지 묻지 않겠다.

나는 그 답을 알고 있으니까.

사실, 오래전부터 알고 있지 않나.

위그는 눈을 감았다.

그러니까 제발, 깨어나 줘.

제발.

위그가 작게 속삭였다.

그리고 한 해가 지나가기 전, 폭설이 하늘을 메우는 어느 겨울날 오전. 칼에 찔린 지 일주일 만에 비비안이 눈을 떴다.

＊　＊　＊

"각, 각하, 단주님께서······!"

비비안의 얼굴을 닦아 주던 헤더의 호들갑스러운 소리에 잠시 눈을 붙이고 있던 위그가 번쩍 눈을 떴다. 약간 흐트러진 셔츠를 신경 쓸 새도 없이 위그가 자리에서 일어나고, 이내, 그의 시야에 여전한 파란 눈동자가 들어왔다.

"비비안!"

"무······."

"네? 단주님, 뭐가 필요하신 거죠?"

갈라 터진 비비안의 목소리에 헤더가 고개를 갸웃거렸다. 그 순간, 위그가 헤더를 향해 입을 열었다.

"물, 물을 가져와."

"아, 네, 잠시만요."

곧 따뜻하게 데워진 물을 가져온 헤더가 위그에게 잔을 넘겼다. 그것을 들고 비비안에게 먹이려던 그는, 그녀가 아직 누워 있음을 깨닫고 스푼을 들었다.

며칠 동안 침상에 누워 있던 것을 증명하기라도 하듯 비비안의 얼굴은 초췌하기 그지없었다. 그러나 위그가 주는 물을 한 술 한 술 받아먹던 그녀가 길게 한숨을 쉬었다. 한결 나아진 목소리로 비비안이 물었다.

"며칠이나, 크흠, 지났지?"

"일주일."

"겨우 칼에 찔린 걸로 호들갑을 부리긴 했네."

"겨우 칼이라니, 독이 묻어 있었어."

그건 몰랐는지 비비안이 눈을 크게 떴다. 그러나 그녀는 문득 위그의 얼굴을 확인하고 피식 웃었다.

"그래?"

"……웃음이 나오나?"

"못 나올 건 없지."

"죽다 살아났으니 날 법도 하겠군."

위그의 말에 헤더가 먹을 걸 가지러 가겠다며 방을 나갔다. 둘만 남은 방 안에서 비비안이 차분하게 입을 열었다.

"리암은?"

"……."

위그는 대답하지 않았다. 어떻게 이 말을 전해야 할지 몰라 주저하는 그를 힐끔 보다가, 비비안이 쓰게 웃었다. 며칠 동안 정신을 잃긴 했지만 기억 상실이 걸리지는 않았다. 그런 그녀의 예상을 증명하듯이, 위그가 답했다.

"······죽었다."

"그래."

"동맥을 바로 찌르고 지나갔어. 치료의 여지가 없이 즉사였다."

"그래."

"······."

비비안은 가볍게 답했다. 자신을 찌르고 자결한 동생의 죽음을 듣고도 지독하리만치 담담한 그녀의 반응에 위그가 입을 꾹 다물었다. 그의 차갑게 굳은 눈매를 힐끔 보며, 비비안이 입꼬리를 말아 올렸다.

"안 물어봐?"

"알고 있어."

"······."

"알고 있다. 리암에게 사람을 붙인 사실을 당신이 알고 있었다는 것까지, 그리고."

위그가 말을 골랐다.

"애초에 이럴 거였다는 거."

"똑똑하네."

비비안이 길게 숨을 내쉬었다.

"나는 그 아이를 잘 알아. 그 아이의 눈을 보자마자, 그 아이가 나를 죽일 걸 알았어. 그리고 그걸 보는 순간, 깨달았지. 아, 이 아이는 나를 증오하는구나."

"······."

"차라리 좋은 기회라고 생각했어, 이 아이가 나를 죽이는 걸 이용해 그 아이에게 귀족 상해 죄명을 내리고, 그 아이를 사형에 처하면, 아니, 정확히 말해서 그 아이를 사형에 처한다는 명목을 대고 빼돌려서, 외국에 보내자."

"죽은 사람으로 만들어서?"

"그래, 그렇게 리암 로젤리스는 사라지고, 그 아이는 나한테서 벗어나는 거야. 영원히."

"그런데 왜, 그렇게 하려고 했지?"

위그가 말을 덧붙였다.

"그냥 죽일 수도 있었잖나."

비비안이 피식 웃었다. 그러게, 왜일까. 사실 이 부분은 그녀도 끊임없이 생각했다. 칼에 찔리는 그 순간까지, 지독하게 아팠던 그 순간까지 그녀가 이성과 냉정을 유지할 수 있었던 것은 분명 이 모든 계획이 틀어지지 않고 그대로 이루어질 수 있다는 믿음 때문이었다.

그리고 이 모든 게 다 그대로 진행되면, 그녀는 더 이상 불안에 떨지 않아도 되었고 리암은 더 이상 요양원에 갇혀 있지 않아도 되었다.

깔끔한 엔딩이었다.

그러나 그 사이에서 비비안이 예상하지 못했던 것은.

"리암이 나를 생각보다 더 증오했어."

"……."

"그걸 몰랐어. 내가. 그 아이를 잘 안다고 생각했는데, 사실은 잘 몰랐던 거야. 매 순간 그 아이를 리암 로젤리스라고만 생각했지, 인간임을 망각했어."

"……."

"나는 그 아이를 죽이지 못했어. 둘째 오빠를 죽이지 못했던 것처럼, 첫째 오빠도, 차마 내 손으로는 죽이지 못했던 것처럼."

비비안의 말에 위그가 얼굴을 일그러뜨렸다. 죽이지 않은 게 아니라 죽이지 못했다고? 그게 무슨 말인가 곱씹던 그가, 이내 천천히 비비안을 응시했다.

"로젤리스는 내 마지막 인간성이야. 리암은 그걸 잘 알아."

"……."

"나는 끝까지 인간으로서 승자에 남고 싶었는데, '악인'이 되어서라도 살아남고 싶었는데 결국 그 아이는 그걸 나한테 용납하지 않았어."

악인, 악한 '인간'.

비비안이 가볍게 한숨을 쉬었다. 담담하게 말하는 그녀의 얼굴에 위그의 복잡한 시선이 꽂혔다.

악인, 악한 인간, 악녀, 마녀, 그 사이 어디쯤에 있는 비비안. 아니, 어쩌면 이미 그 모든 것들을 벗어나 버린 비비안 로젤리스.

리암 로젤리스는 대체 왜 그렇게 죽었나. 그는 정말로 누나가 그렇게 증오스러웠을까?

그러면 그 증오는 대체, 비비안이 어떻게 받아야 하나.

왜.

시작은 그저 권력 다툼이었는데 이 모든 것들이 지독히 다르게 다가왔다.

왜?

그저 흔한 남매간의 다툼. 그저 그런 다툼이었는데.

"위그 이디에트."

생각에 빠진 위그를 부르며 비비안이 나지막이 읊조렸다. 사색에서 빠져나온 위그의 암녹색 눈동자가 비비안을 응시하자, 그녀가 작게 말했다.

"리암의 장례식을 치러야겠어."

"뭐?"

"로젤리스의 막내아들이 죽었어."

"……."

"가주인 내가 치러야지."

그렇게 말하는 비비안의 얼굴에는, 일말의 슬픔도 없었다.

* * *

"세상에, 이게 무슨 일이죠?"

"이런 비극이…… 대체 로젤리스 가문에 무슨 마가 씌었기에."

"쉿. 함부로 말하지 마세요. 공작 각하께서 듣고 계시면 어쩌려고."

"그러게 왜 멀쩡하게 요양원에 있는 사람을 데려와서."

"제 말이요. 법정에서 볼 때도 어쩐지 정신이 불안정해 보였는데."

"그나저나 공작 부인은 이렇게 오빠에 이어서 동생도 잃게 생겼네요. 저런."

"아니, 그런데 진짜로 자살한 게 맞긴 한 걸까요? 혹시……."

리암의 장례식은 생각보다 더욱더 빨리 치러졌다. 커다란 장례식장의 가장 맨 위 단상에 검은 관이 들여져 있었고, 은은하게 빛나는 수많은 촛불, 그리고 숨이 막히게 하얀 장미들이 곳곳에 가득했다. 양쪽으로 늘어선 촛불이 사람들의 인영을 바닥에 비추고, 검은색 상복을 입은 사람들 가장 맨 앞에, 비비안이 있었다.

"흑, 리암……."

검은색 드레스와 검은색 모자를 쓴 카트린이 손수건으로 끊임없이 얼굴을 닦아 냈다. 그 옆에 아리아가 눈물을 뚝뚝 흘리고 있었고, 비록 며칠밖에 못 본 삼촌이지만 그럼에도 어떤 일이 생겨났는지 잘 알고 있는 리즈가 엉엉 울고 있었다.

그리고 그 옆, 목까지 채워 올린 새까만 상복에, 얼굴을 가린 새까만 베일을 쓴 채 비비안이 앉아 있었다.

"공작 부인은, 울지도 않나 봐요."

"제 말이요. 손수건도 없고, 딱히 얼굴을 닦지도 않고, 베일은 역시 울지 않는 걸 가리려고……."

"혹시 웃고 있는 거 아닐까요?"

"이런, 그럼 너무 끔찍한데."

사람들의 웅성거리는 소리에 위그가 고개를 돌렸다. 순간, 지독하게 날카로운 그의 눈빛에 수군거리던 사람들이 입을 다물었다.

이어서 대신관의 기도문이 홀을 메웠다. 눈물을 흘리는 사람들이 차례로 리암의 관에 꽃을 넣고, 그의 앞에 고인에 대한 예를 취한 후, 뒤로 물러났다.

하나둘씩 몰려오는 사람들을 어떤 표정인지 모를 눈빛으로 보던 비비안이 두 손을 맞잡았다.

그때, 갑자기 익숙한 얼굴이 나타났다.

"단주님은 여전하시네요."

카티야의 목소리에 위그가 무심하게 고개를 돌렸다. 방금 리암에게 꽃을 놔 준 뒤 무슨 의도로 왔는지 모를 그녀를 향해 위그는 딱히 아무 말도 하지 않았다. 그것을 보다가, 카티야가 입을 가렸다.

"제이콥의 장례식에서도 단주님은 저 베일을 썼죠."

"기억력도 좋군."

"그때 얼핏 봤는데, 단주님은 웃고 계셨어요."

"……."

"그때 느꼈죠. 참, 대단한 사람이구나. 어쨌든 이번 일로 단주님은 경쟁자를 확실하게 전부 제거하셨네요."

말을 마친 카티야가 뒤로 돌아섰다. 멀어져 가는 그녀의 뒷모습을 보다가 위그가 다시 비비안에게로 고개를 돌렸다. 빳빳하게 들린 허리, 그리고 목, 턱, 한 치의 흐트러짐도 보이지 않는 모습으로 비비안이 서 있었다.

마지막으로 관에 다가간 비비안이 천천히 무릎을 꿇었다.

"잘 가렴."

작게 속삭일 뿐이었다. 물기 하나 없는 목소리에 사람들의 웅성거림이 더욱더 거세졌다. 역시…… 뭔가 있다니까요. 입방아를 찧는 사람들의 목소리가 들리지 않는 듯 비비안은 리암의 얼굴에 키스를 했다.

그리고 곧, 관이 닫혔다.

상객들이 흩어진 장례식장은 조용함을 가져왔다. 울다가 까무러친 카트린을 따라 아리아와 리즈가 나가고, 이내 사람들이 전부 빠져나간 커다란 홀에, 하늘거리는 촛불 사이에서 하얀 장미에 둘러싸인 채 비비안과 위그가 서 있었다.

겨우 열흘.

그녀가 칼에 찔리고 열흘이 지났다. 아직 상처도 낮지 않았을 게 분명함에도 그녀의 모습은 그렇게나 꼿꼿하고 완벽했다.

그때, 갑작스러운 침묵을 깨고 위그가 입을 열었다.

"울어도 돼."

비비안이 고개를 돌렸다.

"울어도 돼."

위그가 덧붙였다.

"울고 싶으면 울어."

위그의 목소리는 차분했다. 달래려는 그 어떤 의도 없이, 질리도록 뿌려진 동정 따위 없이 건조한 목소리였다. 그러나 그의 말에도 비비안은 미동도 하지 않았다. 검은색 베일 안에 대체 어떤 표정이 숨어 있는지, 위그는 몰랐다.

그때, 정적을 깨고 비비안이 입을 열었다.

"울라고?"

"그래, 울어."

"내 동생이 죽었는데."

"당신 동생이 죽었으니까."

"내 동생이 나 때문에 죽었는데."

비비안의 말에 위그는 위로의 말을 전하지 않았다. 당신 때문이 아니라는 말도 하지 않았다. 그렇게 말해 봤자 저 여자를 움직이지 못한다. 위그는 본능적으로 그것을 눈치챘다.

이내 그가 성큼성큼 발걸음을 옮겼다. 촛불로 인해 열기가 달아오른 공기 속에서 비비안의 앞에 다가간 위그가 멈춰 섰다.

그가 비비안의 베일을 향해 손을 뻗었다.

사륵.

얼굴을 가렸던 가면이 벗겨지고, 모든 이들이 궁금해했던 진실이 드러났다. 모든 이들이 수군거렸듯이 비비안의 눈가에는 물기가 하나도 없었다. 그리고 그 자리를 대신한 것은, 얼마나 힘을 주었는지 모를 빨간 눈가, 그리고 사정없이 터진 실핏줄.

"울어도 돼."

똑같은 말의 반복이었다. 위그가 다정하게 읊조렸다. 그러나 그런 그의 말에도, 평소라면 월권이라고 차갑게 쏘아붙였을 비비안은 피식 웃기만 할 뿐 아무런 반응도 보이지 않았다.

그리고, 그녀가 고개를 살짝 들었다.

"울라고, 나한테."

"……."

"내 동생이 자살했어. 나 때문에."

"자살은 자살이야. 자기 스스로 죽은 거라고. 그런 데에 죄책감을 가질 정도로 착한 사람 아니지 않나?"

"하지만 결국 그건 희생이었지."

비비안의 얼굴은 창백했다. 그것은 공포나 어떤 감정 때문이 아닌, 그저 허여멀겋게 분칠을 해 놓은 결과물이었다. 그리고 곱게 말려 올라간 속눈썹, 오뚝한 콧날, 쉼 없이 이로 쥐어뜯은 입술이 전부 헤져 있었다.

비비안이 나른하게 웃었다.

"그 아이는 희생당한 거야. 내 욕심에, 내 인생에, 내가 원했던 내 삶에."

"……."

"내가, 그토록 싫어했던 삶이 그 아이에게 옮겨 갔어. 왜? 내가 거부했으니까."

"그건 당신 탓이 아니다."

"아니, 그건 내 탓이야. 그 아이를 궁지로 몰고 갔고, 그 아이를 이용했어, 그리고 결국 죽음을 초래했지. 그건 또 다른 폭력이야, 나는 권력을 가졌고, 힘을 가졌어. 그리고 그 아이는, 내 그림자 안에서 덜덜 떨다가 결국 죽음을 택한 거야."

어마어마한 내용이었지만 비비안은 떨지 않았다. 다만 그녀는 계속해서 건조하게, 그리고 냉소적인 말투로 말을 이었다.

"내가, 희생당할 뻔했던 것처럼."

"……."

이번에 위그는 굳이 부정하지 않았다. 왜냐하면 부정할 수가 없었기 때문이었다. 그것을 눈치챈 듯이 비비안이 말을 이었다.

"어차피 내가 죽지 않으면 그 아이가 죽어야 했어. 내가 살았으니 그 아이가 죽어야겠지."

"비비안 로젤리스."

"그러니까 내가 당신의 품에서 가련하게 울 일은 없어. 애초에 내게는 이것보다도 더 좋은 결말이 없어. 이익을 취한 자로서 나는 내가 가진 것들을 즐길 의무가 있어."

그것이 무엇이 되었든.

누나, 나는 누나의 마지막 인간성이야…….

그렇게 속삭이던 아이는 칼로 자신의 목을 찌르고 죽었다. 그 의미가 무엇인지 비비안은 너무 잘 알았다. 그래, 네 말이 맞는다. 너는 내 마지막 인간성이다. 그리고 네가 죽은 이상, 나는 더 이상 인간이 아니다.

그렇게 작게 속삭인 뒤, 비비안이 사정없이 고개를 돌렸다.

그리고 그녀의 뒤로, 위그의 차갑게 내려앉은 시선이 따라붙었다.

그의 아내는, 끝까지 울지 않았다. 그가 그랬던 것처럼.

* * *

"단주님."

"다이닝 홀에 있던 초상화 있지?"

리암의 장례식장에서 빠져나온 뒤 비비안이 향한 곳은 로젤리스의 저택이었다. 갑작스럽게 찾아온 그녀의 등장에 집사와 고용인들이 울음을 멈추고 고개를 끄덕였다. 그러나 빠르게 위층으로 향하던 그녀는, 이내 도착한 다이닝 홀의 인영을 보고 멈칫했다.

"언니?"

비비안이 미간을 찌푸렸다. 카트린이 다이닝 홀에 서 있었다. 검은색 상복을 입고, 눈물범벅이 된 채로, 아버지의 초상화가 있는 곳에.

비비안이 멈칫했다. 욱신거리는 눈가를 되짚으며 비비안이 미간을 살짝 찌푸렸다. 왜 갑자기 카트린이 여기에 있는가, 자신의 방에 있어야 하는 거 아닌가? 의문 섞인 얼굴로 비비안이 천천히 다가갔다. 그런 그녀를 보며, 카트린이 입을 뗐다.

"몸도 다 낫지 않았을 텐데, 왜 왔어."

"그러는 언니야말로, 쓰러지기까지 해 놓고 여기는 왜 왔는데?"

"그냥, 갑자기 생각이 나서."

카트린의 목소리는 온전히 물기에 잠겨 있었다. 그에 비비안이 잠시 눈썹을 까닥였다. 정적을 깨고 카트린이 다시 물었다.

"비비, 알고 있었니?"

"……뭘?"

"리암이, 널…….""

카트린은 말을 잇지 못했다. 급기야 다시 한번 눈물을 터뜨린 그녀가 두 손으로 얼굴을 막았다. 그런 언니의 앞에서, 비비안이 길게 한숨을 쉬었다. 그녀는 그제야 카트린이 하고 싶었던 말을 알아챘다.

하지만 언제 그랬냐는 듯이, 비비안이 은은하게 웃었다. 이내 그녀가 더 없이 침착한 목소리로 말했다.

"그래, 알고 있었어."

"너는……!"

"그럼 언니는, 애초에 내가 그 아이를 그렇게 살려 둘 거라고 생각했어?"

"······!"

"진짜로?"

비비안의 목소리는 다정하고 나긋하고 나른하기 그지없었다. 일말의 질책도, 일말의 책망도 일말의 분노도 그 어떤 압박도 없었지만, 그래서 더욱더 공포스러웠고 그래서 더욱더 카트린을 어쩔 줄 모르게 했다.

순간 두 자매 사이에 침묵이 흐르고, 카트린이 두 손을 내렸다. 눈물이 한껏 차올라 가득 부은 두 눈을 하고 카트린이 고개를 푹 숙였다. 얼마나 시간이 지났을까, 카트린이 다시 고개를 들었다.

"아니."

"······."

"생각해 보니, 아닌 것 같아."

결국 그런 것이었다.

다른 사람들은 다 몰라도 카트린은 알았다. 비비안은 절대 리암을 그대로 두지 않을 것이다. 비비안은 자신에게 존재하는 위협을 절대 용납하지 않았다. 그리고 리암은 언제든지, 어떤 식으로든지 비비안을 찌를 수 있는 검이었다.

카트린이 그걸 몰랐나? 아니, 알고 있었다. 알고 있었음에도 그냥 가만히 있었다. 자신의 인생이 너무 버거워서, 그것을 외면하며, 언제나 그랬듯이 사랑스러운 내 동생을 믿으면서.

하지만 종국에 두 사람은 남이었다. 하나는 비비안 로젤리스, 하나는 카트린 로젤리스. 카트린의 인생에 비비안이 정신적으로 의지가 될지언정, 비비안이 카트린을 대신해 살아 줄 수는 없었다. 그것은 물질과 또 다른 것이었다. 자매 사이의 유대, 그러나 절대로 동일시될 수 없고, 동일시되어서도 안 되는.

카트린은 오랜 시간 동안 잊고 있었던 것을 다시 상기해 냈다.

그래서 이 모든 것들에, 카트린의 몫은 없나?

없다. 하지만 있었다.

최소한 그녀의 인생에는 그녀의 선택이 만들어 낸 몫이 있었다. 그것이 그녀의 죄는 아니었지만, 적어도 그 책임을 질 줄은 알아야 한다. 그녀의 아름다운 동생이 그랬던 것처럼.

그것은 누구인가의 문제를 떠나 인간으로서 반드시 해야 하는 것이었다. 비비안은 그것을 묻고 있었다. 이내, 그녀의 말 중에 담긴 뼈를 골라낸 카트린이 길게 숨을 내쉬었다. 물기가 잔뜩 서린 목소리였다. 그것을 응시하다가, 비비안이 입을 뗐다.

"집으로 돌아가. 일단은, 오늘은 너무 무리했……."

그러나 그때, 드물게 비비안의 말을 자르고 카트린이 말했다.

"비비, 나 잠시 떠나 있을게."

"……뭐?"

"아리아와 리즈는 네게 맡기고, 케이트도 잠시 돌봐 줘. 돌아오면 그에 대한 보상을 할게."

"갑자기 무슨 말을 하는 거야."

"생각해 보니까, 나는 언제나 네게 받기만 한 것 같아."

카트린이 처연하게 웃었다. 그 모습이 순간, 아주 오래전 보았던 언니의 모습에 겹쳐서 비비안이 멈칫했다. 비비안은 잠시 아버지의 초상화를 향해 고개를 돌렸다.

"……휴식하러?"

"아니, 잠시, 찾을 게 있어서."

"혹시나 해서 말하지만, 언니는 잘못이 없어."

"아니, 나는 잘못이 있어."

카트린의 단호한 말에 비비안이 미간을 찌푸렸다. 그러나 여태껏 그렇게 읊조리던 카트린의 죄책감 어린, 그 나약하던 목소리와 달리 현재 카트린의 목소리는 온화하기 그지없었다. 평온하고, 온화하고, 파란이 없는.

"나는 내 인생에 책임을 질 필요가 있는 것 같아."

"……책임?"

"비비안, 나는 말이지. 네 언니야."

"알아."

"그리고 나는 내 시간에 책임을 질 필요가 있어. 나는 네 언니고, 성인이고, 인간이고, 생각해 보니까 엄마이기까지 했네."

카트린의 말에 비비안이 설핏 굳었다. 그러나 이내, 비비안이 가볍게 한숨을 쉬었다. 그리고 언제 동요했냐는 듯이, 비비안이 가볍게 대답했다.

"그래, 가."

"……."

"가."

눈물을 뚝뚝 흘리는 언니에게 냉정하게 말하면서 비비안이 우아하게 웃었다. 조금도 동요하지 않는다. 언제 카트린의 말에 놀라워했냐는 듯이, 비비안은 언제나 그러하듯 그렇게 고고하게 말했다.

"그래."

말을 마친 카트린이 천천히 다이닝 홀을 나갔다. 순식간에 일어난 일에 비비안이 못 박힌 듯 그렇게 서 있었다. 다이닝 홀에 정적이 흐르고, 아무도 없는, 아니, 오직 한 사람과 한 초상화밖에 남지 않은 곳에서 비비안이 주위를 훑었다.

다이닝 홀. 모든 사람들의 시간이 시작되고 끝이 난 곳.

비비안은 천천히 발걸음을 옮겼다. 길게 늘어진 식탁의 가장 상석, 가주이며 가장의 자리고, 이 저택에서는 가장 높은 권력의 왕좌였다. 그녀가 항상 탐냈던 그녀의 아버지가 그토록 당연하게 앉던 자리.

끼이익.

의자가 당겨지고 검은색 드레스가 퍼진다. 그리고 그녀의 맞은편에, 아버지가 있었다.

아버지.

선대 로튼 단주.

그녀의 아버지.

그녀가 그토록 흠모했고 혐오했던 아버지.

그리고 어쩌면, 그녀가 되고 싶었던 사람.

"리암……."

비비안이 작게 읊조렸다. 온화하게 웃던 그 아이는 대체 어떤 마음으로 자신을 찔렀을까. 어떤 생각이었을까. 아니, 사실 굳이 생각할 필요도 없었다. 그 아이는 최소한 알고 있었다. 민감한 아이였다, 예민한 아이였다, 그녀와 리암은 지독하리만치 닮아 있었고 어쩌면 비비안이 리암을 사랑했던 것은 그래서였을지도 모른다.

그 아이는, 애초에 그녀를 죽일 생각이 없었다.

"리암."

비비안이 나지막이 읊조렸다.

자신의 품에서 울라며 팔을 벌린 남자의 품에 안기지 못했다. 그럴 이유가 없으니까. 왜냐하면 그래서는 안 되니까. 그렇게 하면, 모든 것이 수포로 돌아가니까.

인간은 극한의 상황에서 가장 강해진다.

비비안은 두 손으로 이마를 짚었다. 눈을 감자 세상이 암흑으로 다가왔다. 책상에 기댄 두 팔이 단단하게 그녀의 이마를 받쳐 들었다. 그리고 이내, 암흑으로 다가왔던 짙은 어둠 속에서 리암의 마지막 한마디가 다시 흘러들어 왔다.

'누나, 나는 누나가 모든 것을 얻었으면 좋겠어.'

'……'

'하지만 행복해지지는 마.'

리암 네 말이 맞는다. 나는 행복해질 자격이 없다. 희생당하고 싶지 않아 너를 희생했다. 어쩌면 내 검 끝에서 죽어 나간 것은 너뿐만이 아닐지도 모른다. 결국 그렇게 망가져 버린 우리의 시간을 조각조각 붙여서, 회상에 젖으며 그랬었지, 라고 말하는 것조차 기실은 죄악이었다.

나는 너무 오만했고, 나를 몰랐던 것처럼 너를 몰랐다. 모든 것을 손아귀에 거머쥘 수 있다고 생각했는데 네가 인간이었다는 사실도 잊었다. 나도 인간이라는 사실을 잊었다. 그래서 결국 당한 것이다. 자업자득이었다.

지독하게 거만한 자기 연민이었다.

비비안은 피식 웃었다. 새빨간 입술이 호선을 그렸다. 그러나 웃음을 머금던 입술과 달리, 이마를 짚은 두 손으로 뜨뜻한 것이 흘러내렸다.

"흑……."

비비안은 웃었다. 그녀는 웃어야 했다. 모든 것을 다 가졌으니 웃고, 결국 또 다른 하나의 시체를 밟고 그녀는 올라갔다.

시대에 밟힌 성녀보다는 시대를 밟고 올라간 악녀가 되고 싶었다.

그리고 이제, 그녀는 더 이상 성녀나 악녀에 연연하는 '인간'이 아니었다.

"흐으윽."

새까만 드레스에 물이 점점이 떨어졌다. 흐느끼듯 경련하는 어깨에 옅은 머리카락이 부서졌다. 그리고 결국 그 모든 것들이 종말을 걸어 올쯤.

"단주님?"

"초상화."

"……."

"찢어서 버려."

"……."

"그리고 저 자리에는 내 것을 걸어 놔."

그녀는 결국 그 자리에 서 있을 것이다.

그토록 원하던 승자의 자리에. 그 정점에.

그녀가 가장 증오했던 이의 가죽을 뒤집어쓰고.

* * *

리암은 로젤리스의 공동묘지에 묻혔다. 그의 옆으로 선대 로튼 단주와 그의 아내가 자리를 잡았고, 맨 끝에 새로운 무덤이 더해진 것을 누구도 입밖에 내지 않았다.

카트린은 리암의 장례식을 치른 뒤 나흘이 지나지 않아 공작가를 비웠고, 아이들에게 곧 엄마가 돌아올 것이라는 말을 남긴 채 이유도 모르고 목적도 모르는 묘한 여행을 떠났다.

비비안이 준비해 준 마차 대신 기어코 자신의 지참금으로 쓰였던 보석들을 팔아 품삯을 마련한 카트린을 보며, 위그가 물었다.

"당신 언니, 저렇게 보내도 괜찮나?"

"못 보낼 건 또 뭐가 있어?"

"저렇게 혼자서 보내도 괜찮은가? 사람을 붙이는 게 어때?"

위그의 물음에 비비안이 침묵했다. 엄마와의 이별이 아쉬운 듯이 아리아와 리즈가 침울한 표정을 지었다. 그것을 위층에서 보다가, 비비안이 찻잔을 입에 댄 채 답했다.

"본인이 원하니까."

칼 같은 대답이었다. 본인이 원하니 말리지 않는다. 비비안은 언제나 그러했다. 본인이 원하면 그게 얼마나 탐탁잖은 길이든지 그저 그렇게 하도록 내버려 두었다. 그녀의 간섭은 아직 성인이 되지 않은 아이의 생활에 그칠뿐, 다 큰 어른들에게는 끔찍하게 냉정했다.

위그가 비비안을 돌아보았다. 리암의 장례식을 마친 뒤 비비안은 별다른 점이 없었다. 평소와 비슷하게 서류를 검토하고, 가끔은 로젤리스 휘하의 브랜드를 점검하고, 가끔은 아리아와 리즈의 숙제를 돌봐 주곤 했다.

마치 리암의 죽음 따위 없었다는 듯이, 그녀의 동생이 여전히 요양원에 있고, 그녀가 공작 부인이고 위그가 공작이며, 카트린이 여행을 하러 갔듯이, 비비안은 그토록 침착하고 또 침착했다.

변한 것은 없었다.

아, 단 하나.

"으⋯⋯."

블라우스의 등 뒤에 달려 있는 리본을 차례로 묶던 헤더는, 갑작스럽게 들려오는 비비안의 신음에 화들짝 놀라 손을 뗐다. 무슨 의미인지 모를 조용하기 그지없는 눈빛으로 두 사람이 있는 곳의 칸막이를 보던 위그가 자리에서 벌떡 일어났다.

촤르륵.

커튼이 거둬지고 위그가 시선을 내렸다. 하얀색 블라우스의 끈에서 손을 떼고 안절부절못하는 헤더가 보였다. 그리고 그녀의 앞에, 벽을 손으로 짚은 채 상처를 꾹 누르고 있는 비비안이 보였다.

"상처, 벌어졌나?"

"아니, 아직 아무는 중이니까 호들갑 떨지 않아도 돼."

"이리 와 봐."

"괜찮다니까."

"당신이 이렇게 말해 봤자 내 동정심을 불러일으키는 역할밖에 못 해."

"⋯⋯."

"당신이 이러면 이럴수록 난 당신이 강한 척하는 거라고밖에 생각을 못 하겠거든."

"헛소리 좀 작작⋯⋯."

"헛소리가 아니야, 경험담이지. 내가, 그랬거든."

위그의 말에 비비안이 멈칫했다. 예상치도 못한 말에 그녀가 눈을 크게 떴다. 길게 드리워진 속눈썹이 파르르 떨리고, 비비안이 피뜩 웃었다. 이내,

그녀가 미묘한 미소를 지으며 말했다.

"왜, 내가 당신 같아?"

"……헛소리는 당신이 하는군."

"새삼스럽게 그게 떠올랐어? 내가 공격을 받는 모습이, 안타까웠어, 아니면 동질감이 느껴졌어? 왜, 세상 강한 사람이 공격받는 꼬라지를 보니까 무섭고 그래?"

"아니."

비비안의 비꼬는 듯한 목소리에 위그가 고개를 저었다. 눈짓으로 헤더를 향해 나가라고 명한 위그가 다시 고개를 돌렸다. 달깍. 문이 닫히고 위그가 비비안의 블라우스 끈을 잡았다.

"당신이 죽으면 내가 손해거든."

툭, 바닥에 레이스 장식이 떨어졌다.

"하아, 웃기지도 않아서. 우리 개처럼 물고 뜯고 그러는 사이 아니었던가?"

비비안이 나른하게 웃었다.

"그렇긴 했지만, 그건 어디까지나 당신과 나 사이의 협약이었지."

"언제는 아니었어?"

"언제나 그랬지만, 그걸 미처 눈치채지 못한 것 같다."

블라우스가 살짝 헤집어졌다. 손쉽게 그것을 벗기다가, 위그가 옆에 놓인 코트를 그녀의 어깨에 둘러 주었다. 뜨뜻한 감각이 다시 몸을 휩쌌다. 반쯤 내려간 블라우스 사이로 보이는 상처 자국이 시퍼렇게 안겨 왔다.

위그가 무릎을 살짝 굽혀 그녀의 상처를 살폈다. 다행이게도 벌어지지는 않았다. 하지만 독이 묻어 있는 칼이라 아무는 게 늦을 거라는 의사의 말마따나, 생각보다 훨씬 더 흉측한 흔적을 남기고 있었다.

그것을 응시하다가, 비비안이 입을 열었다.

"그걸 왜 이제야 눈치챘는데?"

"나는 당신을 사랑했어."

"했어?"

과거형이다. 그것을 눈치챈 듯이 비비안이 웃으며 읊조렸다. 그러나 위그는 여전히 차가운 얼굴을 한 채 말을 이었다.

"했었지. 예쁘고, 사랑스럽고, 품에 쏙 들어오는 여자를."

"흐음."

"그리고 당신에게 호되게 당했고, 공격을 받고 분노했어."

"그리고?"

"그리고 당신을 적으로 간주했지. 어떻게든 당신을 무너뜨리려고."

"아, 그래."

"그런데 결국, 디텔은 나를 무너뜨리는 패로 당신을 사용했다."

비비안이 피뜩 웃었다. 그녀의 상처를 살핀 위그가 천천히 일어났다. 그리고 곧, 그녀와 눈을 맞추며 말했다.

"결국, 우리는 한패가 된 셈이었던 거군."

아리송한 말에 비비안이 눈을 가늘게 떴다. 그의 말이 딱히 놀랍지 않은 듯, 그녀가 빠르게 블라우스를 입었다. 조용하게 서 있는 위그를 또각또각 지나치며, 그녀가 말했다.

"우리는 언제나 한패였어."

"……."

"당신만 몰랐을 뿐."

의미 모를 말을 중얼거리는 비비안의 의중을 묻지도 않은 채 위그가 얼굴을 굳혔다. 아마도……. 그가 작게 읊조렸다.

* * *

"각하. 이상 귀족원에 올라온 이달의 안건들입니다. 빨리 검토해 보시고, 다음 주에 열릴 회의에 관련 법안을 토의해 보시는 게 좋을 것 같습니다."

"알았어. 나가 봐."

묘하게 침착하고 차가운 얼굴의 위그를 보며 요한이 허리를 숙였다. 리암의 장례식 이후로 더욱더 냉랭해진 그의 분위기에 요한은 그 이유가 비비안이 아파서라고 단정 지었다.

곧 요한이 나가고 홀로 남은 집무실, 위그가 책상 위에 놓인 서류를 보며 느긋하게 팔짱을 끼었다.

'우리는 언제나 한패였어.'

우아하게 읊조리던 비비안의 목소리가 귓가에서 맴돌았다. 무슨 의미인지 딱히 알 수가 없었으나, 왠지 모르게 자신의 직감이 그 의미를 알고 있는 것 같기도 해서 기분이 미묘해졌다.

한패, 같은 편, 같은 무리, 같은 집단, 이익을 공유하는.

이 모든 단어를 입 속으로 중얼거리던 그가 한숨을 쉬었다. 리암의 장례식, 아니, 그 이전에 비비안이 리암에게 찔린 이후로 그는 도저히 차분하게 자신의 생각을 갈무리할 수가 없었다. 그저 어떻게 된 영문인지, 머릿속이 미로처럼 엉켜서 모든 것이 해결되지 않는 느낌이었을 뿐이었다.

비비안 로젤리스.

무섭게 차가운 그 얼굴이 생각났다. 그 어떤 때도 석고상처럼 차가운 그 얼굴, 냉정하게 얼어붙어 있는 눈빛, 곱게 휘어지는 눈매, 맹수.

그녀는 언제나 그러했다. 언제나 그렇게 차분했고, 그래서 동생의 장례식에 울지도 못했다. 그녀는 그의 죽음이 자신의 탓이라고 했지만, 그것이 과연 죄책감에서 오는 것인지 그는 판단할 수가 없었다.

하지만 그게 문제인가.

리암 로젤리스는 자신의 누이를 찌르고 자살했다. 그리고 그 모든 것이 비비안의 머리 위에 지워진다. 그녀는 그렇게 친족의 피를 밟고 위에 올라갔다.

꽤 평범했다. 피를 나눈 형제끼리의 싸움이라는 것은 원체 흔한 것이어서, 어렸을 때부터 귀족들의 알력 싸움을 봐 온 위그는 그것을 아무렇지도 않게 넘겨야 했다.

그럼에도 불구하고 이번에는 그냥 넘기지 못했다.

왜?

왜?

뭐가 달라서.

혼잡해진 머리를 부여잡고 고민해 봤자 결론은 나오지 않았다. 결국 어떻게든 숨통을 뚫어 보고자 자리에서 일어나는데, 갑자기 누군가가 문을 두드렸다.

"각하."

"무슨 일이지?"

"손님이 있습니다."

위그가 미간을 찌푸렸다. 오늘 예정된 손님은 없다. 하필이면 시간을 잡아도……. 그렇게 생각하는데 갑자기 요한이 말을 덧붙였다.

"크리스티나 왕녀 전하께서, 방문하셨습니다."

순간 위그가 멈칫했다. 크리스티나 왕녀가 갑자기 왜 그를 찾지? 왠지 모르게 불안한 느낌이 들어 그가 크게 숨을 쉬었다. 원래라면 예정에 없던 것을 핑계로 들어 돌려보내야 마땅하겠지만, 위그는 결국 자리에 앉으며 말했다.

"들여보내."

그리고 얼마 뒤, 짙은 망토를 뒤집어쓴 크리스티나가 고고하게 들어왔다.

"무슨 일입니까, 왕녀."

"이제는 호칭마저 생략하는 거로군요."

"쓰잘데 없는 사담은 나눌 시간이 없습니다. 크게 중요한 일이 아니라면, 왕궁에 있는 제 누이를 통해서 얼마든지 대화가 가능했을 텐데."

위그의 차가운 목소리에 크리스티나가 살짝 미간을 좁혔다. 하지만 언제 그랬냐는 듯이 그녀가 상냥하게 웃으면서 말했다.

"태자비 전하를 통해서는, 말할 수가 없어서죠."

"또 말 같잖은 말씀을 하시려는 겁니까? 허무맹랑한 꿈 따위 꾸지 말고……."

하루빨리 본분이나 지키길 바라겠습니다.

그렇게 말하려는 순간이었다. 위그의 매정한 목소리가 다 떨어지기도 이전, 허락도 없이 멋대로 그의 앞에 있는 의자를 끌어당겨 앉은 크리스티나가 우아하게 웃으며 입을 뗐다.

"단주님께서 목숨의 위협을 받으셨다지요."

크리스티나의 말에 위그가 얼굴을 일그러뜨렸다. 하필이면 이 시점에, 가장 심란한 때에 찾아와서 하필이면 그 주제를 꺼내나. 순간, 속에 꾹꾹 눌러 담았던 분노가 울컥 치밀어 올랐다. 크리스티나의 말이 떨어지기가 무섭게 목구멍을 타고 올라오는 포효를 억지로 눌러 붙이며 위그가 으르렁거리듯 읊조렸다.

"이 틈을 타 저를 설득하러 오신 거라면, 지독하게 때를 잘못 잡으셨습니다."

"그리고, 그 목숨의 위협이라는 게 결국에는 단주님의 동생 때문이고요."

"왕녀."

"비극이네요. 아쉽게도."

"왕녀!"

"그 비극을 막을 수 있었다는 게, 더 비극이고요."

결국 참지 못한 위그가 책상을 쾅 눌러 쳤다. 그의 아내는 며칠 전에 목숨의 위협을 받았다. 그로 인해 하마터면 영원히 눈을 뜨지 못할 뻔했다. 의사야 리암이 애초에 죽일 의도가 없었을 것이라고 판단했지만, 그로 인해 비비안은 평생 아파야 했다.

그 흉측한 상처는 영원히 갈 것이다. 그리고 비비안이 거울을 보는 순간

순간 악몽처럼 그녀를 따라다니겠지. 그럼에도 불구하고 왕녀는, 이 허무맹
랑한 왕녀는 그녀의 상처를 끌어들여 감히 그를 설득하러 왔다.

그에 깜짝 놀란 듯 크리스티나가 고개를 홱 들었다. 그러나 이내, 그녀가
두 손을 꼭 맞잡았다. 마치 작정이라도 한 듯싶었다.

크리스티나의 태도에 결국 위그가 문을 손으로 가리키며 말했다.

"꺼져."

"무례하기 짝이 없군요."

"이게 내 마지막 예의다."

"날 죽이기라도 할 것인가요?"

"못 할 것도 없지요."

"진짜요?"

크리스티나가 고개를 들었다. 그녀의 녹색 눈동자가 올곧게 위그를 보았
다. 순간, 위그는 그 기묘한 눈빛에 뭔가 잘못되었음을 인지했다.

"대체, 무슨 생각으로 여기에 오신 겁니까? 왕이 그렇게도 하고 싶으십니
까, 사람의 상처를 헤집고, 그것을 핑계로 자신의 목적을 이루고 싶을 만큼?"

"네, 하고 싶어요."

"대체 왜!"

"하고 싶으니까요."

위그의 분노 서린 목소리에 크리스티나가 차분하게 대답했다. 그 이질적
이도록 간단한 대답에, 위그가 멈칫했다. 그런 그를 보며 크리스티나가 답
했다.

"제가 하고 싶으니까요."

"그게, 이유입니까?"

"공작 각하는 공작이 되는 데에 이유가 필요했나요?"

"……."

"그럼 단주님은 단주가 되는 데에 이유가 필요했나요?"

"왕녀. 제 아내를 함부로 입에 올리지…….."

"결론적으로 공작 각하는 자연스럽게 공작이 되었고, 단주님은 단주가 되었죠. 하지만 공작 각하는 손에 피 한 방울도 묻히지 않았어요. 아니, 정확히 말하자면 친족을 살해하는 천륜을 저지를 이유가 없었죠."

"제 아내는 막내, 아니…….."

"그런 문제가 아니라는 걸 각하도 아실 텐데요."

크리스티나가 온화하게 웃었다.

"애초에, 공작 각하도 위로 태자비 전하가 있으셨잖아요."

위그는 오늘따라 당당하기 그지없는 왕녀의 눈빛에 미간을 찌푸렸다. 굳이 왜 이 틈을 타 다가온 것인가. 여왕을 시켜 달라고? 왕이 되고 싶다고? 그래서 원하는 게 대체 뭐지? 하고 싶은 말이 대체 뭐지?

머릿속이 엉망이었다. 어떻게 답을 내려야 할지 몰라 위그가 한숨을 쉬었다. 그때, 크리스티나가 입을 열었다.

"단주님이 공격받은 건, 결국 로드 로젤리스의 원한 때문이었죠. 그리고 그 근원에는 무고하게 요양원에 갇혀야 했던 로드 로젤리스의 시간이 있었고."

"상속권이 균등하게 있었다고 해도, 제 아내는 그런 선택을 했을 겁니다."

"하지만 최소한, 단주님은 정당하게 그 경쟁에 참여할 수 있겠죠."

"…….."

"제 오라비가, 제이슨 오라버니가 그러했던 것처럼."

형제의 권력 다툼은 그야말로 여상스러운 것이었다. 그것은 약육강식의 귀족 사회에서 더없이 자연스러운 것이었고, 그래서 위그는 단 한 번도 거기서 잘못된 점을 느끼지 못했다.

원래 그러했다. 작위를 위해, 왕위를 위해 형을 죽이는 남동생. 얼마나 자연스러운가, 형제를 도륙하고 왕의 자리에 오른 이. 영웅적 서사였다. 선과 악으로 나뉠 필요가 없는, 네가 죽지 않으면 내가 죽는 싸움.

그럼에도 불구하고 그 모든 주체가 비비안이 되는 순간, 성질은 달라졌다.

그녀는 말했다. 시대에 밟힌 성녀로 살 바에는 시대를 밟고 올라간 악녀가 되겠다고.

그런데 애초에, 권력을 위해 위로 올라가는 이는, 영웅이 되어야 하지 않나?

그렇다면 비비안 로젤리스는 영웅이 아닌가?

그녀는 형제를 도륙하고 권력의 정점에 올라 모든 것을 거머쥐었다. 권력을 장악하고 재부를 손에 넣었다. 그녀는 그렇게나 쉽게 10년간 역사에 전무후무한 상단을 만들어 냈고, 그 자리에 걸맞은 이가 되었다.

그렇게나 대단한데, 그렇게나 욕심이 많은데.

그게, 뭐 어쨌다고.

모르겠다.

"저는 근본적으로 권력 다툼을 싫어해요. 사실 손에 피 한 방울 묻히지 않고 권력을 휘어잡을 수 있다면 좋았겠지만, 그게 불가능하니 싸워야죠."

"근본적으로 피할 수 없는 전쟁이었습니다."

"알아요. 하지만 그것이 누군가에게는 영웅이 되는 길이고, 누군가에게는 인간임을 버려야 하는 길이라면, 지독하리만치 불공평하지 않나요?"

"……."

"뭐, 그럼에도 불구하고 그녀는 영웅이 되었죠. 그 영웅이, 공작의 아내이시고요. 그리고 이제 공작께서 가장 싫어하는 디텔에서, 공작과 단주님을 끊임없이 공격하겠네요."

"……."

"귀족원은 그 어떤 상황에서도 뭉치죠. 왜? 귀족원은 이익 공동체거든요."

"하고 싶은 말이 무엇입니까."

"그러니까 제 말은, 단주님과 공작께서 같은 편이라는 말이었어요."

"같은 편?"

"왜, 같은 편으로 느껴지지 않으시나요? 저는 공작과 단주님이 지독하게 닮았다고 생각했는데."

크리스티나의 물음에 위그가 입을 다물었다. 모르겠다. 사실 그는 어렴풋이 그것을 이해할 수도 있었고, 그럼에도 그것을 이해할 수 없었다.

살기 위해 제게 독을 풀던 여자, 그리고 자신의 죽음으로 제 동생의 안녕을 빌어 보고자 했지만 결국에는 악녀로 전락해야 했던 여자, 그리고 어쩌면 영웅이 될 수 있었음에도 되지 못한 인간.

그 사이에는 대체 뭐가 있었나.

무엇이, 그녀를 끝까지 울지 못하게 했나.

분명, 두 손으로 눈물을 훔치며 자신이 꽂아 넣은 칼에 죽은 동생을 안고, 사랑하는 내 동생, 안쓰러운 내 동생, 내가 미안하다며 가증스럽게 울면서 살 수 있었는데 대체 왜.

위그가 미간을 찌푸렸다. 사실 알고 있었다, 그 이유를. 선대 공작이 죽은 뒤 입술이 하얘지도록 얼굴을 굳히고 가만히 서 있던 그날의 청년. 홀로 이 모든 권력을 감당해야 한다는 압박과, 그럼에도 그 권력을 갖고 싶었던 그날.

새까만 베일을 쓰고 우아하게 서 있던 그날의 비비안이 지독하게 그와 닮아서, 그는 문득 저도 모르게 침을 꿀꺽 삼켜야 했다.

그러니까 그것은 동정보다는 동질감에 가까웠다. 권력을 향한 집착, 권력을 위해 싸우는 여자. 그와 비슷한 위치에 있음에도 불구하고 결국 인정받을 수 없는 이.

모든 것이 복잡하게 얽히고 있었다. 여태껏 그녀를 향해 품어 왔던 그 모든 것들이, 동정이나 안타까움에서 공포로 변하고, 공포에서 이번에는 동질감으로 변한다.

"하지만 이 모든 것들은 각하께서 움직일 만한 이유가 되지 못하죠."

서늘하게 굳은 위그의 얼굴에 크리스티나가 가볍게 말했다.

"알렉산드르는 왕이 된다 한들 제이슨 오라버니의 뒤를 따를 수밖에 없어요. 이건 총명하신 공작께서도 알고 계시는 사실이겠고."

"……."

"그럼 나는 이것을 약조드리죠."

위그가 고개를 숙여 크리스티나와 눈을 맞췄다. 평소 바들바들 떨던 유약한 왕녀 대신, 그 자리에는 틈을 타 협상을 하러 온 왕족이 앉아 있었다.

"내가 왕이 된다면, 이디에트를 바첼론 귀족의 우두머리로 만들어 드리겠어요."

"이디에트는 원래 귀족의 우두머리."

"그러니까 제 말은, 디텔을 없애 버리겠다는 뜻이에요."

"……."

"단순히 패배자의 길을 걷는 것이 아니라, 몇백 년 동안 지속된 이디에트와 디텔의 상황을 깨고, 디텔이라는 이름을 역사의 뒤안길로 보내 버리겠다는 뜻이죠."

크리스티나의 목소리는 단호했고, 말투는 조곤조곤했으나 정작 그 의미는 엄청났다. 지금까지 디텔과 이디에트는 꾸준하게 서로서로 견제하면서 암투를 이어 왔다. 그럼에도 불구하고 서로가 서로를 죽이지 못한 것은, 그 어느 왕도 감히 공공연히 한쪽 편을 들어 주지 못했기 때문이었다. 혹시라도 도박이 잘못되면, 자신이 죽으니까.

"이 정도면 거의 이디에트에 모든 것을 걸었다고 봐도 무방하지 않나요?"

"……그렇게, 왕이 되고 싶으십니까?"

"어쩌겠어요. 저는 단주님만큼 담도 크지 못하고, 머리도 좋지 못하고, 제이슨 오라버니처럼 비겁하지도 못하니 공작의 발치에 무릎을 꿇을 수밖에."

"그럼에도 그렇게 왕이 하고 싶으십니까?"

"네."

크리스티나가 웃었다.

"객관적으로 어찌 되었든 간에, 나는, 한번 그 자리에 앉아 보고 싶어요. 내 어미의 생사를 좌우지하고, 그 오만한 귀족들을 모두 내 발치에 엎드리게 할 수 있는 자리요."

크리스티나의 말에는 묘한 느낌이 묻어 있었다. 마치 비비안처럼 말하는 그녀의 말을 듣다가 위그가 길게 한숨을 쉬었다. 이내, 그가 자리에 털썩 앉았다.

"아직 약조는 드릴 수가 없습니다."

"공작."

"일단, 왕녀 전하께서 제게 줄 것이 있습니다."

"……?"

"이디에트만을 남기겠다는 그 약조, 그 결심, 왕녀의 인장이 박힌 확인서와."

크리스티나가 숨을 죽였다. 방금까지 분노로 차 있던 위그의 눈동자는 차갑게 얼어 있었고, 결국 그녀는 그의 입에서 떨어지는 말을 기다릴 수밖에 없었다. 약간의 침묵이 흐르고 위그가 천천히 입을 열었다.

"……왕녀께서 왕이 되기 위해 필요한 왕족 한 명의 목이 필요합니다. 물론, 거기에는 이디에트가 손을 얹을 겁니다. 이디에트가 필요한 건 혼자서 다 하는 왕이 아니라, 이디에트에 잘 이용당하는 왕이므로."

"……!"

"그리고 이 모든 것은, 그다음에 결정하도록 하겠습니다."

필요한 것은 네 목줄과 그 목줄이 가치 있음을 증명하는 힘. 엄청난 시험이었지만 그럼에도 불구하고 사실 이것은 승낙에 가까웠다. 너는 절대 안 된다며, 너는 절대 꿈도 꾸지 말라고 하던 오만한 공작의 입에서 나왔다는 그 사실만으로도, 크리스티나는 희망을 보아 냈다.

"물론 왕녀 전하께서 제 몫을 해 주지 못하시면 저는 서슴없이 전하를 버릴 겁니다."

"물론이에요."

"그럼, 부디 왕녀 전하께서 저를 실망시키지 않으셨으면 좋겠습니다."

위그의 말에 크리스티나가 환하게 웃었다. 그리고 이내, 그녀가 가볍게 답했다.

"그 말을 다시 돌려 드릴 수 있도록 하죠."

"……."

"가능하면, 1년 뒤 제 대관식에서."

말을 마친 그녀가 자리에서 일어났다.

위그의 집무실에서 나온 뒤 망토를 뒤집어쓰려던 크리스티나는 문득 복도의 끝에 보이는 인영에 살짝 멈춰 섰다. 그러나 그녀는 언제 그랬냐는 듯이 차분하게 앞으로 걸어 나갔다.

얼마나 지났을까, 지척에 온 그녀의 그림자에, 비비안이 고개를 돌렸다.

"오셨네요."

동생에게 칼을 맞았다더니 거짓이라고 믿어도 될 정도로 비비안은 멀쩡하기 그지없었다. 대체 얼마나 남매 사이가 좋지 않았기에 저 정도로 차분한 걸까, 크리스티나가 고민하는데, 갑자기 비비안이 그녀를 보며 우아하게 웃었다.

"그래서, 제 남편과의 담화는 잘되었나요?"

비비안의 물음에 크리스티나가 고개를 살짝 숙였다. 방금까지 뻣뻣하게 조여졌던 신경 줄이 그제야 안정을 찾았다. 숨도 제대로 못 쉰 것 같은 자신의 쿵쿵거리는 심장과 들키지 않게 숨겨 두었던 떨리는 두 손을 맞잡으며 크리스티나가 입을 뗐다.

"단주님께서는 어차피 알고 계시지 않으셨나요?"

"제가요?"

비비안이 나른하게 물었다. 여유롭기 그지없는 그녀의 얼굴에 크리스티나가 침을 꿀꺽 삼켰다.

그리고 곧, 그녀가 품에서 종이를 꺼냈다.

"이걸, 저한테 보내셨잖아요."

고급스럽기 그지없는 종이였다. 오직 고위 귀족만이 쓸 수 있게 특수 제작된 하얀 종이에는 교육을 받은 자만이 쓸 수 있는 유려한 필기체가 수놓아져 있었다. 그리고 그것에 시선을 보낸 비비안이, 피식 웃었다.

[내 남편을 설득하고 싶다면, 지금이 가장 좋은 시기일 거예요.]

"알고 계셨나요? 각하께서 동의하실 거라는 걸?"
"글쎄요."
"그래서 저를 불러오셨고요."
"기회니까요."
"기회라……."
비비안의 나른한 목소리를 따라 읊조리던 크리스티나가 고개를 들었다. 평소 비비안을 향했던 그 흠모의 눈빛 대신에 그 자리를 차지한 것은 짙은 경외심이었다. 어쩌면, 공포에 가까운.
"단주님께서, 만들어 낸 기회 말이죠."
크리스티나의 말이 끝나자마자 갑자기 비비안이 웃음을 터뜨렸다. 복도를 메우는 낭랑한 목소리에는 조소인지 기쁨인지 의미를 알 수 없는 감정이 가득 들어가 있었다. 그렇게 한참을 웃던 비비안이 갑자기 웃음을 뚝 멈추고 크리스티나를 보았다.
"하지만 어쨌든 기회는 기회죠."
"……."
"어찌 되었든 간에 제 남편은 궁지에 몰렸고, 제 처지에 하마터면 저를 잃을 뻔했고, 결론적으로 흔들렸잖아요?"
"그것이 목적이었나요?"
크리스티나의 물음에 비비안이 흐음, 길게 숨을 내쉬었다. 잠시 뭔가 고민하던 그녀가 설핏 웃으며 말했다.
"뭐, 감정적으로 흔들리기야 했겠죠. 그럼에도 그이는 동정이나 연민으로 움직일 만한 사람이 아니에요."

"······사랑인가요?"

"설마요. 사랑해서 내 아내에게 무엇인가를 하사한다? 세상에, 너무 재수 없잖아. 그 남자의 쓰잘데 없는 동정이나 베풂으로 얻어지는 권리였다면, 그거, 너무 보잘것없지 않나요? 그렇게 손에 넣을 권리였으면, 여자들에게 얻어지는 상속권이 겨우 공작 나부랭이 사랑 따위로 얻을 수 있는 거였다면 너무 비참하잖아. 내가 어떻게 이 자리까지 올라왔는데."

"그럼 대체······."

"왕녀의 귀족원 이론은 잘 들었어요."

비비안의 말에 크리스티나가 멈칫했다. 방금 전 위그에게도 속삭였던 그 말이, 갑자기 떠올랐기 때문이었다.

"······설마."

"제 남편이 저를 자신의 이익 공동체에 넣기 위해 거쳤을 수많은 고뇌가 꽤 보고 싶군요."

"······!"

"뭐, 어찌 되었든 간에 디텔이 난리를 쳐 준 덕분에 제 남편은 이제 좀 나와 자기가 같은 편이라는 걸 조금씩 인정하기 시작한 모양이에요."

"그러니까, 결론적으로 그 집단에 들어가기 위해서."

"그 재미도 없는 집단에 왜 들어가죠? 어차피 들어가 봤자 변두리에서 홀로 비위를 맞춰야 할 게 분명한데. 정확히 말하자면 세계관과 편의 재정립이겠죠? 귀족원들끼리 끈끈하게 묶였던 그 세계가 와르르 무너지고, 저들끼리 만들었던 그 유대가 와장창 깨지면서 새롭게 다시 정립된 편싸움?"

결국 전쟁은 그런 것이었다. 적이 누군지, 아군이 누군지 정확히 인지한 순간부터 시작된다. 그러면 어떻게 전쟁에 이기겠는가. 가장 강한 적수를 끌어들여 내 편으로 만들고, 작게 속삭인다.

자, 내가 죽으면, 너도 죽을 거야.

나는 힘이 있단다.

"디텔은 계속해서 저를 공격할 테고, 저와 제 남편이 한편에 서 있는 이상, 내 상속권 문제는 이제 우리 둘의 가장 큰 아킬레스건이 될지도 모르죠."

"……그럼, 공작께서는 감정적으로 흔들린 게 아니라."

"흔들리기야 했겠죠. 감정적으로 한 번 흔들리고, 그 사이를 이성이 파고 들어간다. 꽤 좋은 전략 아닌가? 원래 인간은 이성과 감성의 혼돈체예요. 둘 중 어느 하나도 부족하면 안 되죠. 따라서 이번은 꽤 좋은 기회였어요."

그녀의 동생이 그녀를 죽이려고 하고 있다. 동생의 칼에 맞는 순간, 그녀의 남편은 필연코 동요할 게 분명했다.

디텔이 그녀의 동생을 이용해 비비안과 위그를 무너뜨리려고 했다. 논리적으로 두 사람은 같은 경계선 안에 밀어 넣어졌다.

이성과 감성으로 동시에 한 사람을, 그것도 위그 이디에트씩이나 되는 남자를 흔들 수 있는 기회가 흔한 줄 아나. 결국 비비안은 그렇게 해 주었다. 디텔의 공격을 굳이 적극적으로 방어하지 않았고, 리암이 자신을 죽이려고 하는 걸 알면서도 가만히 맞아 주었다.

법정에서 은근하게 불안해하던 남자의 감은 옳았다. 결국 전체적인 판에서 싸우고 있는 두 사람은 비비안과 디텔, 혹은 리암이 아닌 비비안 로젤리스와 위그 이디에트였다.

자신의 반대편에 서 있는 무리들 중에서, 가장 쉽게 끌어올 수 있고 가장 큰 힘을 가진 남자.

"물론 몇십 년 동안 정립된 그 세계관이 쉽게 무너지지는 않겠지만, 그게 대수인가요. 나는 내 목적만 달성할 수 있다면 상관없어요."

비비안이 곱게 눈을 접었다. 만개한 꽃처럼 활짝 웃은 그녀가 말을 이었다.

"어쨌든 저는 덕분에 왕녀 전하의 덕을 보게 생겼네요."

"……."

"그럼, 앞으로 잘 부탁드릴게요."

말을 끝낸 비비안이 천천히 발걸음을 옮겼다. 멀어져 가는 그녀의 뒷모습을 보던 크리스티나가 고개를 확 돌려 크게 외쳤다. 아니, 정확히 말하자면, 외치는지 우기는지 악을 쓰는지 아니면 억울함에 몸부림치는지 알 수 없는 감정으로, 그녀가 외쳤다.

"저는 단주님의 폰인가요?"

비굴하고 처절하기 짝이 없는 물음이었다. 그 질문에 비비안이 나긋하게 답했다.

"아니요. 왕녀 전하는 제 퀸이죠."

"……."

"체스판을 가로질러 적의 킹을 무너뜨릴."

비비안의 대답에 크리스티나가 입술을 꼭 깨물었다. 사실 이 관계에서 그녀는 얻은 것밖에 없었다. 결론적으로 자신은 제 욕망을 실현할 수 있게 되었고, 덕분에 공작의 지지를 얻어 낼 수 있었다. 그리고 따라오는 것은, 비비안 로젤리스의 지지.

그럼에도 불구하고 이용당했다고 느낀 그 순간은 그녀의 본능일까 아니면 그저 쓸데없는 걱정일까.

크리스티나는 결국 고개를 돌려 발걸음을 옮겼다. 뭔가 잘못된 듯이 얼굴을 잔뜩 찌푸리고 떠나가는 그녀를 보다가, 비비안이 가볍게 한숨을 내쉬었다.

"퀸이라……."

작게 읊조린 그녀가 피뜩 웃었다.

결국 모든 것은 그녀의 의지대로 되었다. 리암은 그녀의 의지대로 '사라졌고', 동생에게 찔린 채 눈물 한 방울 흘리지 못하는 그녀를 보며 그녀의 남편은 번뇌에 빠졌다. 편 가르기에서 그녀의 남편은 갈팡질팡하다가 마침내 그녀의 손을 잡았다.

바늘로 찔러도 피 한 방울 흘리지 않을 것 같은 그녀의 남편은 크리스티나를 여왕으로 만들고, 이제 크리스티나는 이디에트의 이름 아래에 움직일 것이다. 그리고 바첼론 최초의 여왕이 탄생하고.

비비안이 나른하게 한숨을 쉬었다. 그녀는 형제를 제거하고 그 자리에 올랐고, 결국 원하는 것을 모두 손에 넣었다. 단주의 자리도, 재력도, 명예도, 위대한 그 모든 것들이 그녀의 손에 들어왔고, 그녀는 이제 고고하게 위로 올라갈 일밖에 남지 않았다.

크리스티나는 자신이 그녀의 폰이냐고 물었지만.

글쎄, 애초에 이 체스판 위에, 적아 구분이 있었나? 그녀는 인생 모든 순간이 전쟁의 연속이었다. 그리고, 그녀는 바로 그 체스판을 움직이는 자였다.

바첼론에서 미혼 여성이 '정상적으로' 재산을 상속받는 방법은 없다.

하지만 그게 무어 그리 큰 문제인가.

세상에 적응하기 싫으면, 세상을 바꾸면 그만. 힘을 가진 자의 '비정상'은 곧 '정상'이 된다.

길고 긴 복도, 정적으로 가득 찬 공작가의 그곳에서, 그녀가 입꼬리를 말아 올렸다.

내가, 이겼다.

막간극
다시는 돌아오지 않을

　카펫이 정연하게 깔린 복도를 걸으면서 비비안은 미간을 찌푸렸다. 그녀가 결혼한 지 몇 달이 지났다. 주인 없는 로젤리스 저택에 오랜만에 들른 그녀는, 생각보다 훨씬 어지러운 저택의 관리 상황에 대놓고 불편한 표정을 지었다.

　"대체 일 처리를 어떻게 하는 거지?"

　"죄송합니다."

　"내가 날마다 오지 않으면 청소도 하지 않는다, 그거야? 세상에, 난 무슨 흉가에 들어온 줄 알았어. 먼지는 풀풀 날리지. 하녀랑 하인들은 어디 갔는지 보이지도 않지. 이게 수도에서 가장 큰 저택이 보일 꼬락서니라고 생각해?"

　"죄송합니다."

　"월급 받은 값은 제대로 해! 난 세상에서 내 돈 떼먹는 새끼들이 제일 싫어."

　말을 마치고 비비안은 거칠게 머리를 쓸어 넘겼다. 아무리 그녀가 완전히 이디에트 쪽으로 넘어가 산다고 해도 그렇지, 어떻게 저택 관리가 이 정도로 엉망이란 말인가.

충성심 따위 기대하지도 않았다. 하지만 사람으로서 최소한 월급 받은 만큼은 일해야 하지 않는가. 카트린이 산후조리를 위해 요양을 떠나고, 마침 그녀에게 전해 줄 물건을 찾으러 왔던 비비안은 제 방 문을 열기가 바쁘게 코를 막던 먼지를 상기하고는 매서운 눈길로 집사를 노려보았다.

귀족 가문의 충심 가득한 노집사의 모양은 바라지도 않았다. 하지만 최소한 밥값은 해야 하는 게 인지상정. 결국, 비비안이 집사를 향해 거칠게 말을 내뱉었다.

"오늘 내로 저택을 전부 깔끔하게 청소해."

"네? 하루 동안?"

"안 해? 잘리고 싶어?"

"아닙니다."

"해, 그럼. 내가 끝까지 지켜볼 거니까."

로젤리스 저택의 급여는 다른 곳보다 못해도 1.5배는 더 높다. 높은 급여를 받는 것도 사실이었고, 무엇보다도 가주의 명령이었기에 집사는 결국에는 비비안의 말에 울고 싶은 표정을 지으며 고용인들을 소집해야 했다.

접대실의 소파에 앉아 하녀가 우린 차를 마시며, 비비안은 길게 숨을 내쉬었다. 그녀가 현재 위치한 곳은 다름 아닌 선대 로젤리스 가주가 있을 때 지었던 곳으로서, 현 로젤리스 저택의 본관을 담당하는 곳이었다. 참고로 그녀는 가주가 되어 돈을 번 뒤 근방의 땅을 전부 사들여 저택의 별관을 만들었다.

그녀의 눈치를 보며 슬금슬금 움직이는 고용인들을 짜증 섞인 눈으로 보다가, 비비안은 옆에 놓인 서류를 들어 거기에 시선을 고정했다. 부스럭거리는 소리가 약간 거슬렸지만 그렇다고 집무실에 들어갈 수는 없었다. 주인 없는 집무실이라 청소를 한 번도 하지 않은 건 아닌지 의심이 갈 정도로 더러웠으니까.

결국 그녀는 소파에 앉아 서류로 시선을 고정했다. 그리고 얼마나 흘렀을까, 갑자기 누군가가 그녀에게 말을 걸었다.

"저, 단주님."

"왜."

비비안이 고개를 들자 그 섬뜩한 눈길이 앞에 서 있는 어린 하인에게 꽂혔다. 한평생 살면서 이토록 매서운 눈빛은 본 적이 없는 하인이 덜덜 떨면서, 제 앞에 놓인 작은 상자를 그녀에게 건넸다.

"저, 저, 저."

"왜, 말이나 똑바로 해."

"이, 이 꽃은 어떻게 할까요?"

"꽃?"

비비안이 미간을 찌푸렸다. 그리고 곧, 시선을 살짝 내려 하인의 손에 들린 액자를 보고 멈칫했다.

침묵이 흘렀다. 하인은 두 손바닥보다 조금 더 큰 액자 안에 곱게 끼운 꽃 표본을 조용하게 보는 단주를 긴장한 눈빛으로 보았다. 접대실의 한쪽 구석에 있는 서랍장 가장 안쪽에 있기에 뭔가 했다. 화려한 것을 좋아하는 단주의 취향과는 다르게 지독하게 소박한 꽃 표본이었다. 이미 말라비틀어진, 그럼에도 정성스럽게 표본으로 만들어 유리 액자 안에 끼워 넣은 보라색 꽃.

비비안은 하인의 손에서 그 액자를 받아 들고, 뭔가를 생각하는 듯하더니 눈앞에 있는 하인을 물렸다. 그녀의 시선이 다시 액자에 고정되었다. 먼지가 가득 쌓인, 작은 꽃 표본. 액자.

버베나.

비비안은 웃었다.

그래, 그랬었지.

＊ ＊ ＊

하늘하늘한 빨간색 공단 리본이 연회색 머리카락과 함께 나풀나풀 흔들렸다. 오늘 아침 처음 입은 하얀색 레이스 치마를 잡고, 아홉 살한테는 조금 긴 복도를 달려가던 아이가 커다란 문을 온몸으로 부딪쳐 열고는 쩌렁쩌렁하게 외쳤다.

"작은오빠! 큰오빠가 또 나 괴롭혀!"

"이게! 누가 누굴 괴롭혀!"

소녀의 목소리가 울리기가 바쁘게 그녀보다 훨씬 큰 소년이 집이 날아갈세라 커다랗게 외쳤다. 그러거나 말거나 소녀는 후다닥 놀이방의 안쪽으로 달려가더니, 방금까지 책을 읽고 있던 둘째 오빠에게로 안겨들었다.

"저 새끼가 또 내 거 빼앗아 먹었어. 흑."

"비비안. 말 예쁘게 해야지. 그리고 형은 왜 또 애 것을 빼앗아 먹어?"

"야, 안 빼앗았다니까?"

"거짓말! 내 쿠키 오빠가 먹었잖아!"

둘째 오빠, 메이슨은 제 품에 안긴 여동생을 토닥거리며 뒤로 걸어오는 로젤리스의 장남 제이콥을 흘겼다. 지금쯤이면 제이콥의 배 속에서 소화되고 있을 쿠키를 향해 훌쩍거리며 애도의 뜻을 표하는 비비안을 보며 메이슨은 다정하기 그지없는 음성으로 그녀를 달랬다.

"비비안, 착하지? 오빠가 쿠키 사 줄게."

"진짜?"

"응. 어떤 쿠키인데?"

"초콜릿 쿠키, 딸기 쿠키, 그리고 우유 쿠키. 모두 합쳐서 이만큼 많아."

짧은 팔로 커다랗게 원을 그리며 말하는 비비안을 보며 메이슨이 웃으며 고개를 끄덕였다. 사실 진짜 그 정도로 많을 리가 없었지만, 그는 눈에 넣어도 아프지 않을 사랑스러운 여동생을 위해 쿠키쯤은 쉽게 사 주리라

결심했다.

하지만 그 꼴을 보던 제이콥이 기가 막힌 표정으로 퉁명스럽게 말을 내뱉었다.

"야, 너너너, 너 그 쿠키 두 개밖에 안 되던데 무슨 이만해. 너 거짓말하는 수준이 일품이다?"

순간 비비안의 눈빛이 매섭게 빛났다. 방금까지 청순하고 사랑스럽게 메이슨의 품에서 훌쩍거리던 그녀가 바로 고개를 홱 돌려 제이콥을 노려보았다. 그리고 곧, 그녀가 음산하게 말했다.

"오빠가 어떻게 알아? 쿠키가 두 개밖에 안 된다는 거?"

"어?"

"그거 내가 침대 밑에 숨겨 둔 건데 오빠가 어떻게 아냐고."

"어, 야, 그, 그거 알 수도 있지."

"오빠가 먹었지? 역시 오빠가 먹은 거였어!"

"야! 그래, 내가 좀 먹었어! 그깟 쿠키 좀 먹은 걸로 거참 쩨쩨하게 구네."

"내놔! 그거 내가 언니 주려고 만든 거란 말이야!"

"그걸 네가 만들었냐? 넌 옆에서 초콜릿밖에 안 넣었잖아. 나머지는 다 요리사가 했지!"

남매간의 전쟁이 다시 시작되었다. 메이슨은 고래고래 소리치며 난리를 치는 비비안과 제이콥을 보며 이마를 짚었다. 하여튼 바람 잘 날이 없는 남매였다. 그는 제이콥을 보았다. 저건 성실한 것인지 무식한 것인지.

그렇게 남매간의 쿠키 대란이 점점 더 열이 오를 무렵. 갑자기 놀이방의 문이 열리고 로젤리스 부인이 들어왔다. 그녀는 집이 떠나갈세라 소리를 지르며 싸우는 제 아들과 딸을 보다가, 기가 막혀 목청을 높였다.

"둘 다 뭐 하는 거야!"

"흐읍."

"쳇."

비비안은 제 엄마와 그 뒤에 얌전하게 서 있는 카트린을 보다가 바로 언니의 품에 안겼다. 카트린은 갑자기 달려와 자신에게 안기는 여동생을 토닥였다. 이미 익숙해질 대로 익숙해진 광경이라 놀랍지 않았다. 자신의 팔을 꼭 잡고 입을 삐죽 내민 비비안을 향해, 그녀가 부드럽게 웃어 주었다.

로젤리스 부인은 한 걸음 나서 제 아들들을 보았다. 그중 하나는 제 배로 낳은 것이 아니지만 그렇다고 해도 제 남편의 아들이었다. 무릇 훌륭한 부인이라면 남편의 실수 정도는 웃으며 넘겨야 한다. 그것이 저를 얼마나 무시하는 행위든 간에 불문하고.

로젤리스 부인은 제이콥을 보며 엄하게 입을 열었다.

"제이콥. 넌 오빠가 돼서 또 동생 괴롭히는 거니?"

"쳇. 쟤가 먼저 시비 걸었단 말이야."

"웃기고 있네. 오빠가 먼저 내 거 먹었잖아!"

"비비안!"

카트린의 품에 안겨 있다가 비비안이 꽥 소리를 지르자 로젤리스 부인이 그녀를 나무랐다. 그에 비비안이 입을 오리처럼 뿌루퉁하게 내밀고는 다시 카트린에게 안겼다. 카트린은 어색하게 웃으며 비비안의 손을 잡고 소파로 다가갔다.

로젤리스 부인은 잠잠해진 제 아이들을 쭉 보다가 곧 막내인 리암이 없다는 사실을 깨달았으나 오늘 아침 제 남편과 함께 나간 것을 상기하고는 우아하게 몸을 돌려 뒤에 있는 하인들과 하녀들에게 눈짓했다. 그리고 동시에, 수많은 상자를 들고 사람들이 들어왔다.

"우아."

비비안이 감탄을 흘리자 로젤리스 부인이 턱을 들고 우아하게 웃었다. 한때 바첼론 최고의 배우였던 그녀는 아직도 배우 시절의 품위를 잃지 않고 있었으며 어떤 행동을 하든 무대 위의 여주인공처럼 고고하게 서 있었다. 그리고 그녀의 남편은 그런 그녀의 모습을 무척 좋아했다.

삼삼오오 떼를 지어 들어오는 상자를 보며 비비안은 카트린을 보았다. 그에 카트린이 제 동생의 삐뚤어진 리본을 단정히 해 주고는, 다시 로젤리스 부인을 향해 고개를 돌렸다.

상자의 행렬이 끝나자 로젤리스 부인이 입을 뗐다.

"오늘 마침 카트린의 옷을 보러 나갔다가. 몇 개 마음에 드는 것들이 있어서 사 왔어."

"우아. 언니, 언니는 옷 샀어?"

"으응."

"카트린은 마침 코르셋과 슈미즈가 필요해서 샀단다."

"어, 언니 코르셋이랑 슈미즈 많잖아."

"어, 그, 그게."

카트린이 뜸을 들였다. 아직 열네 살밖에 안 된 여자아이에게 신체 변화를 입 밖에 내는 것은 너무 부끄러운 일이었다. 더군다나 로젤리스 부인은 여자아이가 함부로 경박하게 그런 이야기를 하고 다니면 안 된다고 했다. 그녀는 제 어머니의 말을 누구보다도 잘 들었고, 그래서 비비안의 말에 그저 웃어 줄 수밖에 없었다.

하지만 대답은 뜻밖에 한쪽에서 블루베리 타르트를 세 개째 해치우고 있는 제이콥에게서 들려왔다.

"흥, 보나마나 가슴이 커져 옷이 맞지 않아 그런 거겠지."

"세상에, 제이콥, 그런 말은 또 어디서 들은 거니?"

"헤블 부인이 그러던데? 계집들은 원래 이맘때면 가슴도 커지고, 아, 엉덩이도 커지고, 그리고 그 뭐더라. 아무튼 막 몸이 이상해진다던데?"

"제이콥! 아무리 동생이라고 해도 엄연한 숙녀를 그렇게 놀리면 못써! 그리고 그건 이상한 게 아니라 성장 과정에 자연스러운 거야."

로젤리스 부인은 울음을 터뜨리려고 하는 카트린을 보며 비웃음을 단 채 얄미운 얼굴로 말하고 있는 제 첫째 아들을 엄격하게 꾸짖었다. 하지만 워낙에 말을 듣지 않기로는 이 구역에서 둘째가라면 서러울 제이콥이었기에, 그는 토마토처럼 빨개진 카트린의 얼굴을 보며 조롱조로 말을 이었다.

"왜, 원래 계집애들은 다 그렇지 않아?"

"오빠."

타르트를 다섯 개째 욱여넣으며 깔깔거리는 제이콥의 목소리 위로 비비안이 음산하게 그를 불렀다. 그에 방금까지 호탕하게 웃던 제이콥의 몸이 흠칫 떨렸다. 그는 이 집안에서 무법자였고, 알아주는 악동이었지만 희한하게 비비안이 그를 부를 때만큼은 마치 강아지처럼 깨갱거릴 수밖에 없었다.

하지만 그는 곧 어깨를 펴고 비비안을 노려보았다. 왜, 뭐, 왜……. 그런 그의 얼굴을 보며, 비비안이 아이 같지 않은 비웃음을 한껏 담아 그를 향해 입을 열었다.

"언니를 걱정할 게 아니라 오빠부터 걱정해야 할 것 같아. 내가 보기에 더 그렇게 처먹다가 가슴이랑 엉덩이 크기가 우리 집 사람들 다 합친 것보다 더 커질 거 같거든? 멀쩡하게 걸어 다니는 게 용할 지경이야!"

"이, 이 계집애가!"

"내가 어제저녁에 책을 읽었는데, 삽화에 오빠랑 똑같이 생긴 게 나왔어!"

"무슨 책이야? 이 계집애가 또 쓸데없는 책을……."

"아기 돼, 아니, 돼지 새끼 삼 형제! 거기에 나오는 돼지 새끼랑 오빠가 똑같게 생겼어! 난 오빠가 그 안에 들어가 있는 줄 알았다고!"

비비안의 외침에 분노에 물든 제이콥의 얼굴이 터질 듯이 부풀어 올랐다. 그러거나 말거나 비비안은 꿋꿋하게 제 오빠를 조롱했고, 결국 제이콥이 참지 못하고 자리에서 튀어 나갔다. 그것을 보던 메이슨이 놀라 제 형을 말렸다.

"형, 형! 뭐 하려고!"

"저, 저년 오늘 내가 죽여 버릴 거야! 저 오리 새끼처럼 꽥꽥거리기만 하는 게!"

"형, 미쳤어?"

"죽여 보시든가! 내가 오빠한테 죽으면 비비안 로젤리스가 아니다!"

"이게 무슨 소란이야!"

꽥꽥거리며 소리를 지르는 남매 사이를 지르고, 낮게 깔린 로튼 단주의 목소리가 들려왔다. 그리고 곧, 오리와 돼지의 의례적인 전쟁을 조용하게 지켜보던 메이슨이 길게 한숨을 쉬며 허리를 굽혔다.

"아버지 오셨어요."

"집에 들어올 때부터 시끄럽더니. 이건 무슨 소란이야? 당신은 대체 여기서 뭘 하는 거지? 애들 싸우는데도 말리지 않고."

"죄송해요. 말려 봤는데 소용이⋯⋯."

"그걸 지금 말이라고 해? 어미가 되어서는 애들 관리 하나도 못 하고."

남편의 말에 로젤리스 부인이 입을 꾹 다물었다. 뭐가 되었든 이 집에서 그의 권위를 부정하는 사람은 없었다. 모두 그를 두려워했고, 그의 위압감에 부들부들 떨고 있었다. 심지어 방금까지 소리를 지르던 제이콥마저도 얌전하게 고개를 숙이고 있었다.

물론, 이 '모든'에 비비안은 들어가지 않았다.

"아빠⋯⋯!"

나 억울해요, 나 슬퍼요, 쟤가 나 괴롭혔어요, 의 세 가지 호소를 전부 담은 부름에 단주는 제 막내딸을 쳐다보았다. 눈가에 눈물까지 그렁그렁 달고 있는 비비안이 그를 향해 호소 가득한 눈빛을 보내고 있었다. 그에 그가 길게 한숨을 쉬었다.

사실 비비안으로 치자면 이 집구석에서 그의 말을 제일 듣지 않는 자식이었다. 하라는 짓은 하지 않고 맨날 괴상한 짓만 하고 다니고, 계집 같지 않은 모습으로 굴러다니는 꼴을 보아 하면 속이 터지는 가장 말썽꾸러기였지만 정작 모든 자식 중에서 그는 비비안을 제일 예뻐했다. 비록 제 말은 죽어도 듣지 않지만 원래 우는 애들한테 손이 한 번 더 가기 마련이고, 그럼에도 애교를 부리는 자식 새끼가 더 예쁜 법이다.

그런 의미에서 로튼의 단주는 비록 공식적인 자리에는 제 딸을 잘 데리고 다니지 않았지만 그래도 집에서는 막내딸을 제일 예뻐했다.

비비안은 저를 보며 조금 풀어지는 아빠의 얼굴에 활짝 웃었다. 어렸을 때부터 영악해 빠진 그녀는 집안의 실세에 붙어먹는 법을 잘 알았고, 그것으로 제 실속을 지킬 줄도 잘 알았다. 그토록 싫어하는 큰오빠가 설설 기는 유일한 사람. 그녀는 제 아빠의 품에 달려가 안기면서 입을 삐죽 내밀었다.

"큰오빠가 저 괴롭혀요."

"비비안, 네가 또 뭘 잘못한 건 아니고?"

"아니에요. 전 잘못한 거 없어요."

"없긴 왜 없어!"

"난 진짜 없어! 아빠, 큰오빠 좀 혼내 줘요."

제 손을 잡고 흔드는 비비안을 내려다보다가, 결국 단주가 엄격한 눈빛으로 제이콥을 보았다.

"오빠가 되어서 한다는 짓이 동생 괴롭히는 것밖에 없다니."

"아니, 전……."

"아직도 반성하지 않고!"

"죄송합니다."

아버지의 호통에 제이콥이 머리를 떨구었다. 그에 비비안이 방긋방긋 웃으며 단주의 손등에 쪽 뽀뽀했다. 그러고는, 생글생글 웃으며 제이콥의 무시무시한 눈길을 받아 냈다.

원래 살기 위해 뭐든 해야 하는 법이다.

그렇게 생각하며, 비비안이 제이콥에게 혀를 날름 내밀었다. 물론 그에 제이콥의 얼굴이 다시 새빨개졌다.

비비안은 아버지의 옆에 찰싹 달라붙어 얼굴이 벌게지는 오빠를 보며 방글방글 웃었다. 곧 로튼의 단주는 제 막내딸을 품에 안아 들고, 제 목을 꼭 끌어안은 채 예쁘게 웃는 딸을 보며 입을 열었다.

"오늘은 얌전하게 잘 있었어?"

"네!"

"얌전은 무슨, 방금 꽥꽥거릴 때는 언제고."

"내가 언제!"

"제이콥, 또 동생 괴롭히는 거냐. 이 아비가 그렇게 가르쳤나?"

단주의 말에 제이콥이 다시 고개를 푹 숙였다. 이 집안에서 그가 가장 무서워하는 사람은 다름 아닌 제 아버지였고, 그다음으로는 비비안이었다. 물론, 그가 이 집안에서 가장 좋아하는 것도 제 아버지였고, 그다음으로도 웃기게도 비비안이었다.

그의 막냇동생은 얄미웠지만, 그는 그만큼 좋아했다. 카트린 저 계집애는 온종일 얌전하게 앉아 있어서 놀리는 재미가 없었고, 메이슨과 리암은 형제긴 하나 배가 다른 데다가 묘하게 제 위치에 위협을 주는 것 같아 싫었다.

그의 유치찬란한 행태에 반응을 해 주는 건 비비안밖에 없었다. 그렇게 생각하며 다시 고개를 드는데, 비비안이 아버지의 목을 꼭 끌어안고 칭얼거리고 있었다.

"아빠, 오빠가 내 쿠키를 다 뺏었어요."

"뭐야?"

"혼내 줘요. 내가 직접 구운 쿠키인데. 아빠 주려고 만든 건데."

눈물을 그렁그렁 달고 말하는 비비안을 보며 제이콥은 방금 비비안을 좋아한다는 말을 전부 다 취소하기로 했다.

야, 언니한테 주려고 만든 거라며!

……라고 외치고 싶은 것을 꾹 참고, 제이콥은 우물쭈물 아버지를 보았다. 아니나 다를까, 단주의 매서운 시선이 그에게 꽂혔다.

"이젠 하다 하다 별, 먹을 것까지 뺏다니 제이콥, 네 상태를 좀 봐라. 어디 남의 걸 먹을 처지가 되는지."

"죄송합니다. 아버지."

"아빠, 그 쿠키 맛있는데……."

"비비안, 아빠가 더 맛있는 걸로 사 주마."

비비안은 얼굴을 활짝 폈다. 사실 그녀의 쿠키는 카트린을 주려고 구운 게 맞았다. 하지만 원래 살다 보면 상황에 맞게 말도 예쁘게 할 줄 알고 그래야 하는 거 아닌가. 비비안은 그런 의미에서 상당히 저 자신을 꾸밀 줄 알았다.

쿠키를 사 주겠노라고 고개를 끄덕이는 단주의 뺨에 뽀뽀를 쪽 한 비비안이 달콤하게 웃었다. 단주는 그런 막내딸을 보며 고개를 끄덕였다.

뒤에서 옷을 갈아입은 리암이 아장아장 걸어 들어왔다. 아직 두 살밖에 안 돼 보호자가 필요한 그의 뒤를 따르는 유모 메리를 보다가, 단주가 막내딸을 품에서 놓고 입을 열었다.

"이제 곧 추수절을 맞아서 우리도 작은 가족 모임을 준비하기로 했다. 준비는 당신이 맡아."

"알겠어요."

단주의 말에 로젤리스 부인이 고개를 끄덕이며 우아하게 웃었다. 그 옆에서 아빠의 손을 꼭 잡는 것을 잊지 않은 비비안이 눈을 깜박였다. 추수절은 1년에 한 번씩 열리는 축제나 마찬가지인 기간이었다. 대충 일주일 동안 진행되고, 사람들은 1년 동안의 수확을 자랑하며 새로운 한 해에도 더 좋은 결과를 얻게 해 주십사 기원한다. 그리고 보통은 가족들이 모여서 식사를 하며, 한 해의 결과를 총괄하는 식으로 이어진다.

로젤리스 저택은 매번 추수절 때마다 모여 식사를 함께했으니 그다지 이상하지는 않았다. 다만 올해는 다르게 꾸며 보고 싶었다. 그래서 그녀가 단주의 손을 톡톡 잡아당겼다.

"아빠, 아빠."

"왜 그러지?"

"우리도 이번 해에는 집 안을 장식하면 안 되나요?"

"장식?"

"엘레나가 그러는데, 원래 추수절에는 집을 꽃으로 장식한대요. 되게 예쁘다는데."

"흐음……."

비비안은 방긋방긋 사랑스럽게 웃으면서 단주를 보았다. 아니나 다를까, 단주가 약간 동요하는 얼굴로 그녀를 보았다.

단주는 웬만해서는 집 안에 식물이 있는 것을 좋아하지 않았다. 예쁠 때를 지나면 금방 시들어져서 집을 어지럽힌다고 생각했기 때문이었다. 하지만 제 딸의 기대 어린 모습을 보고, 그는 결국 길게 한숨을 쉴 수밖에 없었다. 곧 그가 비비안에게 조용하게 말했다.

"대신, 추수절이 지나면 다 치워야 한다."

"네!"

비비안이 활짝 웃으며 고개를 획 돌려 카트린을 보았다. 사실 그녀는 카트린과 오래전부터 꽃으로 집을 장식하고 싶었다. 다만 아버지의 눈치가 보여 선택하지 못했을 뿐.

카트린은 꽃을 좋아했다. 향기롭고 예쁘니까. 그런 의미에서 카트린은 꽃 같다는 말을 무척 좋아했다.

단주가 나가고 비비안이 쪼르르 카트린에게 달려가 안겼다. '언니, 나 잘했지?'라고 묻는 동생의 머리를 쓰다듬어 주며, 카트린이 고개를 끄덕였다.

* * *

"오빠! 또! 또 내 쿠키 먹었어?"

"어, 천상의 맛이던데?"

"아아악!"

비비안은 절규했다. 그리고는 쿠키의 원수를 향해 달려갔다.

메이슨은 한쪽으로 꽃을 정리하며 길게 한숨을 쉬었다. 추수절 준비를 하라니 또 시작이다. 어제 비비안에게 쏟아진 쿠키 선물을 하룻밤 사이에 해치운 제이콥은 부른 배를 탕탕 쳤다. 그리고 저를 향해 달려드는 막냇동생과 또 전쟁을 시작했다.

메이슨은 고개를 돌려 얌전히 앉아 꽃을 다듬는 카트린을 보았다. 그리고, 그가 입을 열었다.

"네가 비비안 좀 말려 봐."

"으음…… 나도 좀, 어려워."

카트린이 어색하게 어깨를 으쓱했다. 그녀와 비비안은 사이는 좋았지만 그렇다고 해서 카트린이 비비안을 이기는 일은 없었다. 그도 그럴 것이 비비안은 제 심기를 거스른다 싶으면 죽기 살기로 덤벼드는 사람이었고, 죽기 살기로 덤벼드는 비비안을 이길 수 있는 사람은 이 세상에 없었다.

카트린은 며칠 전에 제 치마를 들췄다는 이유로 비비안이 올챙이 백 마리를 옆집 잭의 옷 안에 부어 넣은 사건을 기억하고 한숨을 쉬었다. 듣기로 잭은 그 뒤로 날마다 올챙이 백 마리가 개구리가 되어 자신을 덮치는 꿈을 꾼다고 했다.

"비비, 이리 와. 언니랑 꽃 다듬자."

"꺄아아악! 돼지가 날 덮친다!"

"이 쪼끄만 게 어딜 달려들어?"

"비비!"

"비비안, 이리 와, 오빠가 더 맛있는 거 사 줄게."

"내 쿠키의 원수! 널 응징하겠어!"

"으아악! 머리! 머리! 야, 너 어딜, 끄아악 아파! 으아악!"

네 남매가 피우는 소란이 놀이방을 가득 메웠다. 그 와중에 막내인 리암만이 얌전하게 주저앉아 꽃을 보며 헤실거리고 있었다.

그리고 얼마나 지났을까, 머리가 반쯤은 뜯긴 비비안이 우아하게 카트린의 옆에 앉았다. 그리고 제이콥은 너덜너덜해진 옷을 보며 망연자실하게 서 있었다.

"아, 힘들어 죽는 줄 알았네."

방금까지 악을 쓰며 체구가 두 배나 차이 나는 첫째 오빠를 구타한 범인치고는 어이없을 정도로 차분한 말투였다. 카트린은 손을 뻗어 비비안의 머리를 쓰다듬었다.

"이리 와, 언니가 머리 다시 빗겨 줄게."

비비안은 얌전하게 돌아앉았다. 카트린이 옆에 있던 시녀한테서 빗을 받아 들고, 산발이 된 비비안의 머리카락을 조금씩 빗어 내렸다. 다만 제이콥한테 뜯긴 터라 중간중간 털인지 머리인지 구별이 되지 않을 정도로 엉켜 있었지만.

결국 카트린은 비비안의 머리털을 조금씩 정리한 뒤, 다시 리본을 들어 곱게 묶어 주었다. 출렁거리는 연회색 머리카락이 우아한 파도를 만들었다.

"비비, 여자아이는 이러면 안 돼."

"오빠가 나 먼저 건드렸어."

"그래도 비비."

"그럼 오빠한테 처맞으라는 뜻이야?"

비비안이 확 돌아앉아 자신을 노려보자, 카트린이 어색하게 웃으며 한숨을 푹 쉬었다. 제이콥이 너덜너덜해진 셔츠를 갈아입으러 씩씩거리며 방을 나갔다. 입술 한끝을 삐뚜름하게 올리고 그 모습을 보다가, 비비안이 툭 말을 내뱉었다.

"내가 조만간 저 새끼 꼭 조져 버리고 말 거야."

"비비안, 말 예쁘게 해야지."

"그럼 내가 조만간 저 인간 꼭 처리하고 말 거야."

"어떻게?"

"로튼을 내가 먹을 거야. 흥."

비비안의 말에 카트린과 메이슨이 피식 웃음을 흘렸다. 그리고 메이슨이 비비안의 머리를 쓰다듬으며 자상하게 말했다.

"그런데 어쩌나, 우리 동생은 여자라서 로튼을 이어받을 수가 없는데."

"흥. 꼭 받고야 말 거야."

"그래그래. 꼭 받아서 오빠도 호강시켜 줘."

메이슨이 다정하게 읊조리는 말에 비비안이 그를 빤히 보았다. 그리고 나이에 어울리지 않게 새침하게 웃으며 입을 열었다.

"그래, 둘째 오빠는 꼭 편하게 해 줄게."

"역시, 날 생각해 주는 건 우리 비비안밖에 없어."

"그럼 언니는?"

"언니도 내가 지켜 줄 거야."

"우리 막내는?"

"우리 막내는…… 나 괴롭히지 않아서 아직 모르겠어."

비비안이 고개를 갸웃거리며 말했다. 그에 메이슨과 카트린이 웃음을 터뜨렸다.

비비안은 다시 바닥에 놓인 꽃들을 보다가 한 송이 집어 들었다. 새빨간 장미의 가시를 잘라 버린 뒤, 꽃병에 꽂았다. 카트린처럼 능숙하지는 못하지만 그래도 나름 열심히 하는 모습에 카트린이 흐뭇하게 웃었다.

"그래도 비비안, 결혼은 꼭 해야 해."

그때 한쪽에서 꽃을 정리하던 메이슨이 부드럽게 말했다. 그에 비비안이 고개를 들고 갸웃거렸다.

"결혼?"

"응. 결혼. 이제 우리 비비안이 크면, 오빠가 제일 좋은 남자를 골라서 시집보내 줄 거야."

"어떤 남자가 제일 좋은 남자인데?"

"우리 비비안을 지켜 줄 수 있는 남자지. 웬만한 재산과 권력이 아니면 우리 비비안 쳐다도 못 보게 오빠가 막아 줄게."

"흐음…… 결혼을 꼭 해야 해?"

"그렇지?"

비비안이 입을 꼭 다물었다. 왜 그런 재미없는 걸 해야 하는지 모르겠다. 누구도 제이콥과 메이슨의 결혼 얘기를 꺼내지 않았다. 그런데 왜 자신은 맨날 커서 결혼이니 아내니 뭐니 하는 소리를 들어야 하는가.

그게 의문이었지만, 옆에서 고개를 끄덕이는 카트린을 보며 그냥 말을 하지 않는 것을 택했다. 대신, 그녀가 오빠를 향해 물었다.

"그럼 오빠, 바첼론에서 가장 높은 사람은 누구야?"

"당연히 국왕 폐하시지."

"아, 나 왕비는 싫어."

"비비안, 왕비님은 아무나 하는 게 아니야."

"그럼 여왕님."

"여왕님도 아무나 하는 게 아니야. 비비안."

비비안의 말에 메이슨과 카트린이 웃음을 터뜨렸다. 옆에 앉아 있던 리암도 영문을 모르고 누나와 형의 웃음소리에 따라서 까르륵 웃음을 흘렸다.

하지만 비비안은 매우 진지했다.

"그럼 여왕님은 누가 하는 거야?"

"글쎄, 아마도 공주님이 하겠지. 하지만 공주님은 아마 여왕님이 되고 싶지 않을지도 몰라."

"왜?"

"공주님은 왕자님과 결혼해야 하거든. 우리 비비안, 동화책 봤지? 공주님들은 다 왕자님이랑 결혼하지?"

"으음…… 그럼, 왕자님이랑 결혼하고 싶지 않은 공주님이 여왕 하면 되겠네. 그래, 그런 공주님이 여왕님 하면 되겠네. 그리고 여왕님이 멋지게 사람들을 구하는 거야!"

비비안의 말에 메이슨과 카트린은 바첼론에서 왕녀가 왕위를 이을 가능성이 거의 불가능에 가깝다는 사실을 가르쳐야 말아야 하나 고민하다가, 그저 입을 다물기로 했다. 아이의 동심을 지켜 주는 건 나쁘지 않다. 더군다나 비비안 또한 언젠가는 크고, 세상을 알고, 그리고 수긍하는 법을 배울 것이다.

그래서 메이슨은 부드럽게 웃으며 화제를 돌렸다.

"그럼, 여왕님이 있으면 우리 비비안은 어떤 남자랑 결혼하고 싶은데?"

"세상에서 가장 잘난 남자. 내가 세상에서 가장 잘난 여자가 될 거거든!"

"그래그래, 우리 동생 장하다. 꼭 세상에서 가장 잘난 여자가 되는 거야."

"응."

메이슨이 기특해 죽겠다는 얼굴을 하면서 비비안을 품에 안았다. 그로서는 동생의 대답이 마음에 들 수밖에 없었다. 세상에서 가장 잘난 여자는 무릇 우아하고, 아름답고, 부드러운 그런 여자다. 비비안과 거리가 좀 멀긴 하지만, 그래도 제 동생만큼 귀엽고 예쁜 아이가 어디 있단 말인가. 그렇게 생각하며 메이슨이 비비안의 뺨에 뽀뽀했다.

그때였다. 놀이방의 문이 탕 열리더니, 로젤리스 부인과 제이콥이 놀이방에 들어왔다. 그리고 비비안은 비로소 제이콥 저 새끼가 제 엄마한테 일렀음을 깨달았다.

"비비안 로젤리스!"

"……네."

"버릇이 없어도 어떻게 이렇게 없을 수가 있니! 엄마가 그렇게 가르쳤어?"

"죄송해요."

비비안은 언제 제 오빠와 그렇게 뜯고 싸웠느냐는 듯이 바로 고개를 푹 숙이고 반성하는 자세를 취했다. 그에 제이콥이 기가 막혀 허, 하고 탄식을 내뱉었다. 저, 저, 어른 앞에서 앞뒤 다른 거 좀 보소.

"비비안. 엄마가 말했지……."

엄마가 말했지……로 시작되는 로젤리스 부인의 설교에 비비안은 제 영혼을 잠시 몸 밖에 내보냈다. 이윽고 여자아이의 몸가짐, 여자아이의 품성, 여자아이가 마땅히 갖춰야 할 미덕에 대해 설명하는 엄마의 말을 한쪽 귀로 듣고 한쪽 귀로 싹 다 여과 없이 내보낸 뒤, 비비안은 비로소 "알겠니?"라고 묻는 로젤리스 부인의 말에 고개를 끄덕였다.

곧 딸을 혼낸 로젤리스 부인이 놀이방을 나가고, 비비안이 제이콥을 노려보았다.

"왜, 뭐, 왜!"

"……오빠 미워."

"으……."

파란 눈동자에 물기가 어리자 제이콥이 뒤로 주춤 물러났다. 파란 눈동자에 서서히 차오르는 눈물에 제이콥이 머리를 긁적였다. 어, 이게 아닌데?

"오빠랑 안 놀 거야."

"야야. 그, 그럴 필요는 없잖아."

"흐읍. 애들 싸움에 어른이 끼어드는 게 어디 있어."

"……그거 이때 쓰는 말은 아닌 것 같은데."

"흐윽."

억울해 죽겠다는 표정을 지으며 비비안이 눈가를 쓱 닦았다. 그러고는, 저를 보며 당황함을 온 얼굴에 써 붙인 제이콥을 보며 속으로 웃었다.

그녀는 제 오빠를 구워삶는 법을 잘 알았다. 맨날 저를 괴롭혀도, 사실 속은 그냥 저와 놀아 준다고 생각하고 있는 단순하고 무식한 새끼라 이런 식으로 다뤄야 한다. 이것 봐라, 제가 우니까 당황해서 쩔쩔대지 않는가.

비비안이 훌쩍거리는 걸 보며 제이콥이 당황한 표정을 지었다. 그리고 메이슨의 매서운 눈길이 제 형한테 꽂혔다. 애 울려 놨으면 빨리 사과나 하라는 뜻이었다.

"흐어엉, 언니. 나 엄마한테 혼났어."

"응, 그래그래, 비비, 뚝. 응?"

결국 울음을 터뜨리며 비비안이 카트린의 품에 안겼다. 그 모습을 보며, 제이콥은 결국 안절부절못하다가, 비비안에게 사과할 수밖에 없었다.

제이콥의 사과를 기어코 그의 용돈을 희생시킨 쿠키 세트로 받아 낸 비비안은 소파에 앉아 와그작와그작 쿠키를 씹어 댔다. 옆에서 얌전하게 앉아 있던 제이콥이 손을 뻗자, 비비안이 그 손을 찰싹 쳤다.

"오빠는 안 돼."

"야! 그거 내 돈이거든?"

"생색질은."

비비안의 말에 제이콥이 눈치를 슬금슬금 보더니, 입을 열었다.

"야, 그럼 내가 그거 안 먹으면 나랑 놀아 주는 거다?"

"생각해 보고."

"아까랑 말이 틀리잖아!"

"……."

"아, 알았어."

비비안의 매서운 눈길이 제이콥에게 꽂히자 그가 바로 꼬리를 내렸다. 어찌 되었든 간에 이 집에서 그와 놀아 줄 사람은 비비안밖에 없었다. 그래서 그는 얌전하게 한구석에 앉아 있었다.

"비비안, 제이콥. 다이닝 홀로 오렴."

그때 로젤리스 부인이 문을 열고 들어왔다. 그녀는 오랜만에 보석으로 자신을 치장하고, 바첼론의 극장가를 주름잡던 시절처럼 고고하게 서 있었다. 고아하게 핀 장미처럼 아름다운 엄마의 모습에 비비안이 손을 툭툭 털고 엄마한테 쪼르르 달려왔다.

"엄마! 정말 정말 예뻐!"

"어머, 그래? 고마워, 딸."

로젤리스 부인은 뺨을 살짝 짚더니 우아하게 웃었다. 그녀는 한때 모든 바첼론 사람들의 눈길을 받던 배우였다. 평민이고 귀족이고 구분 없이 모두가 그녀에게 빠졌고, 수많은 귀족이 꽃바구니를 들고 그녀를 보러 극장에 왔다.

오드리나 켈리어.

그리고 지금은 로젤리스 부인.

그녀의 명성은 이미 사라지고, 극장에는 더 어여쁜 여자아이들이 넘쳐났다. 사실 메이슨의 생모 또한 그중 하나였다. 활발하고 사랑스러운 신인 여배우. 눈물과 질투로 밤을 지새우고, 남편을 수도 없이 원망했으나 그럼에도 변하는 건 아무것도 없었다.

그래서 그 뒤로 로젤리스 부인은 틈만 나면 저를 꾸몄다. 그리고 비비안은 그런 엄마가 예쁘다고 엄지를 치켜들었다.

로젤리스 부인은 언제나 딸을 혼냈으나 그래도 딸을 사랑했다. 조용하고 얌전한 카트린 또한 그녀의 마음속에는 아픈 손가락이었다.

그럼에도 제이콥에게 더 신경을 쓸 수밖에 없는 건, 사실, 그녀도 이유를 알 수 없었다.

로젤리스 저택의 다이닝 홀에 가족들이 나란히 모였다. 가장 상석에는 단주가 앉고, 다음으로 로젤리스 부인과 제이콥이, 메이슨과 리암이, 비비안과 카트린이 차례로 마주 보며 앉았다. 곧 식사가 시작되고, 단주가 입을 열었다.

"추수절은 한 해의 풍작을 기원하고, 단란한 가족을 기원하는 날이지. 그런 의미에서 오늘 이 자리를 빌려 내 가족들에게 감사를 전한다. 먼저 오드리나, 내 아름다운 아내."

단주의 말에 로젤리스 부인이 뺨을 붉혔다. 단주는 그런 로젤리스 부인의 손을 잡아 주며 말했다.

"이 집안의 안주인으로서 누구보다 제 소임을 다했지. 무슨 일이 있든지 내 마지막은 당신 옆이 될 거야."

"고마워요. 여보."

"그리고 우리 장남, 미래의 로튼 단주. 동생들을 잘 보살피는 모습이 믿음직해. 앞으로도 장남으로서 이 집을 이끌어 가야 한다."

"네!"

"그리고 메이슨, 넌 네 형 옆에서 언제나 형을 돕고, 로튼의 미래를 위해 힘써야 해, 알겠지?"

"알겠습니다."

"우리 막내 리암은 무럭무럭 잘 자라기만 하면 되고, 그리고 카트린, 네가 어엿하게 훌륭한 숙녀로 크는 걸 보면서 난 꽤 흐뭇하단다. 이제 좋은 집안을 찾아 혼담을 넣어 주마."

"고맙습니다. 아버지."

"그리고 비비안, 아빠가 말하는데 뭘 먹고 있지?"

"아, 죄송해요."

"그래, 비비안, 넌 언니를 따라 배워야 해. 이제는 숙녀처럼 예쁘게 말할 줄도 알아야 하고."

"……네."

비비안은 고개를 작게 끄덕였다. 그 모습이 만족스러운 듯, 로튼 단주의 서늘한 얼굴에 미소가 걸렸다.

곧 식사가 시작되고, 훈훈한 추수절이 이어졌다. 제이콥은 혼자서 칠면조 요리를 다 해치운 것도 모자라 하나를 더 요구했고, 비비안은 또 그런 오빠한테 면박을 주다가 로젤리스 부인에게 욕만 잔뜩 얻어먹었다. 물론 오늘처럼 좋은 날에 아이를 꾸짖을 필요 없다고 단주가 말리긴 했지만.

카트린은 제 앞에 놓인 칠면조를 먹기 좋게 잘라 비비안의 접시에 놔 주었고, 메이슨은 비비안이 가장 좋아하는 포도 타르트를 집어 주었다. 그 모습을 보던 제이콥이 슬금슬금 먹던 샐러드를 내려놓고 비비안의 입에 샐러드를 구겨 넣어 주었다. 물론 비비안은 왜 이러느냐는 눈빛을 했지만.

꽤 화목한 식사였다. 흠잡을 데 없이. 모두가 행복한.

식사가 끝나고 아이들은 다시 놀이방에 모였다. 각종 꽃으로 장식한 집 안에서 리암이 까르르 웃으며 장난을 쳤다. 비비안은 그런 리암의 입에 작 게 썰린 사과를 넣어 주고 있었고, 메이슨은 한쪽에서 어제 다 보지 못한 책을 펼쳤다. 옆에서 그 모습을 보던 제이콥이 비비안 옆에 와서 끼워 달라 징징댔다.

타닥타닥 타오르는 난로 옆에서 노는 아이들을 보다가, 로젤리스 부부는 놀이방을 떠났다.

"잘 자렴."

"아빠 엄마도 안녕히 주무세요!"

곧 문이 닫히고, 밖에서 인기척이 들리더니 이번에는 카트린이 들어왔다.

"어, 언니! 어디 갔었어?"

"꽃 가지러."

카트린은 손에 한 아름 꽃을 들고 있었다. 비비안이 활짝 웃으며 카트린 의 손에 들린 보랏빛 꽃을 보았다. 그에 카트린이 그녀의 옆에 앉고, 손을 뻗어 꽃을 입가에 가져가려는 리암을 저지하면서 입을 열었다.

"이번에 장식하고 남은 꽃이야."

"그래? 예쁘다. 버리기에는 아까운데."

"그래서 표본으로 만들려고. 영영 볼 수 있게."

"그럼 나도 할래!"

비비안의 말에 카트린이 고개를 끄덕였다. 옆에 있는 시녀가 꽃을 다듬을 때 쓰는 가위를 두 개 내오고, 자매는 꽃을 다듬기 시작했다.

그때 비비안이 입을 열었다.

"아빠가 꽃으로 장식하는 걸 허락해 줘서 다행이야."

"그러게."

카트린이 고개를 끄덕이자, 고개를 푹 숙이고 꽃을 열심히 다듬던 비비안이 카트린에게 가까이 다가왔다. 그녀가 두 오빠의 눈치를 보더니, 카트린에게 소곤소곤 말했다.

"나 그런데 아빠 무서워."

"왜?"

"아빠는 엄숙하고, 무서워."

비비안의 말에 카트린이 우아하게 웃었다. 사실 이 집에서 단주를 무서워하지 않은 사람이 있긴 할까. 하지만 그래도 아빠다. 집을 위해 고생하고, 상단을 이끌어 가기 위해 책임을 짊어지는 사람이다. 무섭긴 하지만 그렇다고 싫지는 않다.

그래서 카트린이 비비안에게 웃어 주며 그녀의 머리를 쓰다듬었다.

"아버지는 그래도 가족을 사랑하셔."

"그런데 둘째 오빠랑 리암이 있어?"

"그건…… 그저 실수일 뿐이야. 우리 비비도 실수할 때가 있잖아?"

"그렇긴 하지만……."

비비안은 입을 삐죽였다. 사실 그녀는 엄마가 혼자 우는 것을 몇 번 보았다. 그럼에도 눈물을 닦고, 예쁘고 환하게 웃고 있는 엄마를 보면서 기분이 이상하지 않았다면 말이 안 된다.

실수? 하지만 엄마는 그렇게 아픈데. 그게 실수라는 말로 용서가 되나?

비비안의 속마음을 들여다본 듯, 카트린이 조곤조곤하게 말을 이었다.

"아버지는 어머니를 사랑하셔, 오늘도 보았잖아?"

"하지만…… 그 정부는……."

"그래도, 아버지는 꼭 어머니의 품에 돌아오실 거야. 여기가 집인걸."

"……."

"정부는 그런 존재야. 비비. 생각해 봐, 매일 스테이크만 먹다가, 가끔 자극적인 디저트를 내밀면, 우리 비비도 혹하겠지?"

카트린은 로젤리스 부인이 제게 교양을 가르칠 때 하던 말을 상기하며

비비안에게 말했다. 무릇 교양 있는 아내라면 남편의 정부 또한 끌어안아야
한다. 원래 아내와 정부의 관계는 주식과 디저트 같은 관계였다. 주식은 없
으면 안 되지만, 디저트는 가끔만 먹어도 되는 그런.

비비안은 입을 삐죽 내밀었다.

"하지만 사람은 먹을 게 아니란 말이야."

"비비."

"……."

"아버지는 우리를 사랑하셔. 사실 요즘도 내 혼처를 찾기 위해 열심히 뛰
어다니시는걸?"

"그게…… 사랑일까?"

"그럼, 사랑이지."

카트린의 말에 뭔가 석연찮음을 느낀 비비안이 고개를 갸웃거렸다. 하지
만 곧, 머리를 털고 활짝 웃었다.

"그래, 언니가 그렇다면 그런 거지."

"비비, 언니는 믿어. 아버지는 비록 엄하시지만 그래도 우리한테 나쁜 일
을 하는 분은 아니셔. 그분은 우리가 모두 행복하시길 바라는 분이셔."

"……."

"아버지는 꼭 우리를 행복하게 지켜 주실 거야."

카트린의 말에 비비안이 고개를 끄덕였다. 그런 동생의 모습을 보며 카트
린이 희미하게 웃었다.

비비안에게 단호하게 말한 것만큼이나 카트린은 아버지를 믿었다. 비록
무뚝뚝하고 근엄하지만, 그래도 우리들을 진심으로 사랑하는 분이시라고.
대부분 아버지가 그러하듯이.

그때 한쪽에서 책을 읽던 메이슨이 마지막 페이지를 다 넘기고 카트린과
비비안에게 다가왔다.

"도와줄까?"

"응!"

힘차게 고개를 끄덕이는 비비안의 머리를 쓰다듬고, 메이슨도 꽃을 하나 집어 들었다. 그때 옆에서 눈치만 살피던 제이콥이 끼어들어 징징댔다.

"나도 나도."

"아 오빠, 꽃은 먹는 게 아니야."

"야! 나도 알거든?"

비비안의 말에 제이콥이 소리를 질렀다. 그에 비비안이 비웃음을 짓고 카트린이 제이콥에게 말했다.

"그럼 오빠, 저기 있는 액자 가져와 줘. 이제 꽃 표본을 만들어서 안에 넣을 거야."

카트린의 말에 제이콥이 시큰둥한 표정으로 액자를 가져왔다. 그리고 그것을 받아 든 뒤, 카트린이 꽃을 곱게 다듬기 시작했다. 곧 놀이방에 조용함이 흐르고, 다섯 남매는 제각각 손에 꽃을 들고 열심히 꽃을 다듬기에 열중하고 있었다.

그때 갑자기 생각난 듯이 비비안이 카트린에게 물었다.

"어, 그런데 언니. 이 꽃 뭐라고 했더라?"

"버베나."

"우아. 그런데 왜 이 꽃을 산 거야? 우리 장미 많이 샀잖아."

"아, 그게…… 꽃집 아주머니가, 버베나 꽃을 집에 걸어 놓으면, 행복이 찾아온다고 해서."

"왜?"

"꽃말이 예쁘거든."

카트린의 말에 비비안과 메이슨, 제이콥이 고개를 들었다. 그리고 비비안이 물었다.

"꽃말이 뭔데?"

그에 카트린이 우아하게 웃으며 답했다.

"버베나의 꽃말은……."

* * *

"단란한 가족."

비비안은 손에 들린 버베나의 표본을 보며 중얼거렸다. 접대실에 침묵이 가득 차고, 그녀는 손에 들린 액자를 보며 웃음을 흘렸다.

집무실을 청소하던 하녀와 하인들은 이미 청소를 마치고 방을 나갔고, 오직 그녀만이 소파에 앉아 있었다.

비비안은 고개를 들어 주변을 훑었다. 한때는 이곳도 놀이방이었다. 저와 큰오빠는 서로 뜯어먹지 못해서 안달이고, 작은오빠는 거기서 말리느라 낑낑대고, 카트린은 당황해서 안절부절못하고, 막내인 리암은 까르륵대면서 웃고.

뭐가 그렇게 좋았다고.

비비안은 고개를 들었다. 제가 단주가 된 뒤 접대실이 된 이곳에는 사람의 흔적이 사라져 갔다. 접대실에는 손님들이나 가끔 들어왔고, 그녀 또한 딱히 이곳에 발을 내딛지 않았으니까.

그녀는 다시 고개를 숙여 손에 든 액자를 바라보았다.

버베나, 단란한 가족.

하지만 그녀는 가족이 없고, 하나뿐인 언니에게는 딸들이 있다. 남편? 그자는 어차피 곧 저와 헤어지게 될 것이다. 그 오만한 남자가 배신당한 기분을 감당할 수 있을 리 없지 않은가.

그래서 그녀에게는 누구도 남지 않을 것이다. 그리고, 이 모든 것들을 자처한 것은 그녀 자신이다.

평화로운 가족을 깨고, 단란함을 박살 내고, 종국에 파멸 속으로 모든 것을 끌고 간 것은 그녀. 다름 아닌 그녀의 손에 흐르는 피.

비비안은 자리에서 일어났다. 그때 접대실의 문을 열고 집사가 들어왔다. 그는 비비안의 모습을 보고 흠칫하더니 바로 허리를 숙이고는 입을 열었다.

"본관 청소는 다 끝났습니다."

"그래?"

"별관은 어떻게 할까요?"

"계속해."

"네."

"아, 그리고."

비비안은 발걸음을 옮겼다. 이제 여기서 지체할 필요가 없었다. 이디에트의 저택으로 돌아가야 했다. 벌써 시간이 이렇게 지났나. 그렇게 생각하며 접대실을 나간 비비안이 손에 든 액자를 집사에게 넘겼다.

"이건……?"

곤혹스러운 표정의 집사를 힐끔 보고 비비안이 서늘하게 웃었다. 그러고는, 다시 발걸음을 옮기며 가볍게 한마디를 내뱉었다.

"버려."

2 부

Chapter 12
위기 속에 잠긴 것들

이디에트의 아침은 언제나 그랬듯이 하녀들의 바쁜 발걸음으로 시작된다.

밤새 환하게 복도를 비추던 전등을 하나하나 끄고 미리 창문을 열어 놓는다. 그새 쌓인 먼지가 한 톨도 보이지 않게 걸레질을 하고 카펫을 턴다. 장미 정원에서 금방 딴 싱싱한 장미는 가시를 하나하나 깨끗하게 손질하고 다시 꽃병에 예쁘게 장식한다. 그야말로 귀족가의 귀감인 듯, 완벽하기 그지없는 아침의 소란은 오늘도 어김없이 찾아왔다.

"메이, 환기하는 것 잊지 마렴."

"알겠어요."

켄슨 부인의 부름에 메이는 급히 창문을 열었다. 소리도 없이 활짝 열리는 창문 사이로 겨울의 냉기가 훅 쳐들어왔다. 어젯밤 또 눈이 내린 듯 소복이 쌓인 바깥 풍경이 유난히 예뻤다. 아직 일출이 다가오지 않아 그저 언뜻언뜻 보이는 빛에 반사된 이디에트의 새벽은 생각보다 훨씬 매혹적이었다.

창문을 열어 놓은 뒤 메이가 환하게 웃었다. 한 해가 어느새 저물어 간다.

추수절이 어제 같은데 벌써 모레면 감사절이었다. 이번 해에도 공작가는 감사절을 보내지 않을까? 그래도 새로운 공작 부인도 있고 어린 아가씨들도 있는데 올해는 평소와 달리 조금 소란스럽게 보내도 좋을 것 같다.

그렇게 생각하며 그녀가 뒤로 걸음을 옮겼다. 그때, 갑자기 긴 팔이 쑥 그녀를 스쳐 지나가며 창문을 쾅 닫았다.

"어?"

"이제부터 아침에는 창문을 열지 마라."

"공작 각하!"

조금 잠겼으나 여전히 차가운 목소리에 메이가 화들짝 놀라 뒤로 물러났다. 아직 열여섯 살인 그녀는 이 공작의 위압감을 감당할 수 없었다. 저택에 들어온 지 얼마 되지 않았을 때야 멋모르고 조각 같은 그의 얼굴에 홀렸었다. 그러나 지금은 그가 얼마나 무서운 사람인지 알았다.

"하, 하지만 환기를 하지 않으면 실내 공기가 좋지 않을지도 몰라요."

메이가 달달 떨면서 말했다. 비록 공작은 무서웠지만 그래도 그녀는 자신의 임무를 착실하게 완수해야 했다. 게다가 아침마다 환기를 하는 것은 공작가의 일상이었고, 심지어 지금은 공작 부부의 기침 시간도 아니었다.

한데 왜 오늘 갑자기 이러는 것인지 알 수 없었다. 그녀가 불안한 얼굴로 서 있는데, 위그가 이마를 짚더니 입을 열었다.

"환기가 필요하다면 새벽에 해 둬라."

"네?"

"아침에 환기를 하는 터라 공기가 차가워졌잖나. 비비가 그것 때문에 감기에 걸렸어."

위그의 말에 그제야 메이가 알아차린 듯이 고개를 끄덕였다. 저번에 동생에게 습격당한 뒤, 바늘로 찔러도 피 한 방울 날 것 같지 않던 공작 부인은 종종 앓곤 했다. 의원의 말을 빌리자면 여독이 아직 몸에 남아 있어 면역력이 떨어진 것 같다고 했지만, 실상 하녀들의 말을 들어 보자면 그 여독이라는 게 평생 갈 것이라고 그랬다.

"알겠습니다."

공작 부인이 편찮으시다는데 당연히 아침에 복도를 차갑게 내버려 둘 수 없었다. 그녀는 공작이 얼마나 제 아내의 건강을 챙기는지 알았다. 특히나 요즘은 그녀가 기침만 해도 소스라치게 놀라서 되레 가문의 고용인들이 더욱더 신경 줄을 잡고 있었다.

메이가 위그에게 꾸벅 인사를 한 뒤 걸음을 옮겼다. 멀어져 가는 그녀의 뒷모습을 보다가, 위그가 발걸음을 옮겨 방에 들어갔다.

그나마 커튼을 열어 둬 약간의 빛이 스며드는 복도와 달리, 방 안은 어두컴컴하기 그지없었다. 한 자락의 불빛조차도 용납 못 하고 있었지만, 위그는 능숙하게 침대를 찾았다. 그리고 곧, 그가 이불을 살짝 들추자 침대에 있던 누군가가 뒤척거렸다.

"으음."

위그는 손을 뻗었다. 푹신한 베개에 묻힌 얼굴이 시야에 살짝 안겨 왔다. 구불구불한 연회색 머리카락이 아무렇게나 흐트러졌다. 조금 평온해진 얼굴에는 식은땀이 아직 마르지 않은 채 송골송골 맺혀 있었다. 그 위에 가닥가닥 붙은 머리카락을 떼 주다가, 그가 이마, 뺨, 목에 차례로 손을 댔다.

아직 미열이 있었다.

어젯밤 고열과 비하면야 새 발의 피 수준이었다. 평소라면 그저 웃고 넘겼을 것이다. 하나 그게 비비안이라서 눈을 뗄 수가 없었다. 이대로 죽는 게 아닐까 하는 수준으로 이 며칠간을 꼬박 앓기만 했다. 한데 그 와중에 곱게 침대에 누워 있는 성정은 아니라서 더 답답했다.

그깟 서류 며칠 처리 안 하면 어떻다고 꼬박꼬박 상단에 나가다가 이 지경까지 왔다. 자신이 대신 처리해 주겠다고 하니 그건 죽어도 안 넘겨줬다. 상단의 내부 자료를 어떻게 바깥 사람한테 주느냐는 것이었다.

사람이 아픈 거야 의지와 상관없다지만 그래도 이건 좀 화가 났다. 그러나 제 몸뚱어리인데 네가 왜 화를 내느냐고 또 웃을까 봐 화도 못 냈다. 상단에서 퇴근한 뒤 습관적으로 그녀를 안는 버릇만 없었더라면 고열인지도 몰랐을 것이다. 가문의 의사는 어떻게 이 상황에서 일을 했느냐면서 놀라워했다.

그러나 비비안은 여전했다. 열이 펄펄 끓어 눈물을 쏟아 내면서도 끝까지 입만큼은 질 생각을 하지 않았다. 이 상태면 진짜 죽는 게 아닐까 겁이 날 정도였다. 리암에게 찔린 뒤 누워 있던 그 며칠간이 연상될 정도였다.

"으음."

위그가 비비안을 빤히 응시했다. 약도 먹고 물수건도 써 봤다. 조금 더 기다리다가 정 안 되면 그놈의 상단을 그냥 폭발시키고 비비안한테 죽는 게 나을 것 같았다. 물론 현실성은 없지만.

그때였다. 방금까지 이불속에서 뒤척거리던 비비안이 몸을 살짝 돌렸다. 그녀의 시선이 그에게로 향했다. 감겨 있던 눈까풀이 움찔거리더니 이내 그녀가 눈을 떴다.

"……몇 시야?"

"5시 조금 넘었다. 조금만 기다려, 물을 줄 테니 마시고 더 자."

"8시에 깨워."

"……."

위그가 탐탁잖은 얼굴을 했다. 헤더가 밤중에도 몇 시간에 한 번씩 따뜻하게 물을 교체하는지라 물은 아직 따뜻했다. 컵에 물을 따른 뒤, 다시 침대에 털썩 앉은 그가 조심스레 다른 한쪽 팔로 그녀를 일으켰다.

비비안은 굳이 저 혼자 하겠다는 말을 하지 않았다. 그녀는 작은 일에서는 오기를 부리지 않았다. 오히려 더 알차게 주변 사람들을 써먹는 타입이었다. 그의 품에 살짝 머리를 기댄 그녀가 눈을 감은 채 물을 받아 마셨다. 그래도 지금은 혼자 물을 마실 수 있는 정도지만, 며칠 전에는 물을 넘기지도 못해 위그가 억지로 먹여야 했다.

"오늘은 쉬면 안 되나?"

"조세슨 상단과 회의가 있어."

"그놈의 회의는 어떻게 된 게 매일 있어? 대륙의 회의는 당신이 혼자 다 하나?"

"우리 남편, 나를 5분이라도 더 재우고 싶다면 입을 다무는 것을 추천하는 바야."

"그렇게 일해서 일은 돼? 머리는 아프지 않나?"

"내가 당신 같은 줄 알아? 그리고 다시 말하지만 나를 조금이라도 더 자게 하고 싶다면 입 다무는 게 좋을 거야."

결국 위그가 조금 화가 난 듯 잔을 테이블에 거칠게 놓았다. 그러나 확실히 피곤했는지 비비안은 그 소리에도 금세 잠이 들었다.

위그가 이를 꽉 깨물었다. 의사는 비비안이 이제 평생 이렇게 몸에 병을 달고 살아야 한다고 했다. 면역력이 떨어져 독감은 타인보다 훨씬 더 쉽게 걸리고, 상처가 나도 감염이 쉽다고 했다. 두통이나 신경 쇠약은 원래부터 달고 있었던 것이지만 그것도 더 심해질 거라고 했다. 겨울이니 천식이나 폐렴을 주의시키는 것도 잊지 말라고 했다.

선대 공작 부인이 독감으로 눈을 감았기 때문에 그는 독감이 얼마나 무서운지 잘 알고 있었다. 그런데도 말릴 방법이 없었다. 이쯤 되면 일부러 그를 고문시키느라 이러는 것인지 헷갈릴 정도였다. 물론 비비안이 저 자신을 망치면서까지 그의 고통을 원할 만큼 그가 그리 중요한 존재가 아님을 위그 본인은 잘 알고 있었다.

결국 그가 다시 침대에 앉았다. 조금이나마 더 재우는 게 상책이라면 그럴 수밖에 없었다. 비비안에게 다시 이불을 덮어 주며, 그가 한숨을 쉬었다.

* * *

결국 오전 일찍 상단에 나간 비비안을 이기지 못하고 위그는 다시 저택으로 돌아왔다. 그래도 오늘은 빨리 올 것이라며 웃던 여자가 아침에 진통제 한 알을 먹고 나간 걸 그가 모를까. 그렇다고 해도 이건 방법이 없었다. 제 것이 아니니 어찌 해 볼 방법이 없었다. 제일 처음 만났을 때 사랑한다고 속삭이던 상태였다면 그녀를 묶어서라도 침대에 가둬 놨을 것이다.

물론 후과는 엄중하지만.

그때였다. 조용하게 서재로 올라가던 그가 복도의 끝에서 문을 열고 나오는 인영을 보고 멈춰 섰다. 그리고 그 인영 또한 그를 발견했는지 차분하게 드레스를 잡고 인사했다.

"좋은 아침이에요, 공작 각하."

항상 이모부를 입에 달고 다니는 리즈와 달리 아리아는 언제나 그를 공작 각하라고 불렀다. 원래 교육을 잘 받은 귀족 영애들은 아무리 친척이라고 해도 절대 호칭을 함부로 부르지 않았다. 반대로 귀족들 또한 어린아이라고 해서 함부로 취급하지 않았다. 그러나 되레 그 모습이 묘하게 거리감이 느껴져서 그가 고개를 까닥였다.

"잘 잤나?"

"공작 각하의 배려로 항상 즐겁게 보내고 있어요."

"리즈는?"

"지금 깨우려고 했는데 아직 일어나지 않아서."

아리아가 난감한 듯이 웃었다. 해가 중천인데 아직도 깨어나지 않는 숙녀는 없다. 그러나 위그는 대수롭지 않게 발걸음을 옮겼다. 그때, 갑자기 아리아의 뒤쪽에 있던 문이 벌컥 열렸다.

"하아아암."

"리즈."

"어? 언니, 여기서 뭐 해? 어라? 이모부야, 거기서 뭐 해?"

눈을 비비면서 나온 리즈가 토끼 인형을 바닥에 질질 끌면서 주변을 두리번거렸다. 평소에도 질질 끌고 다니는지 인형은 꼬질꼬질한 상태였다. 저걸 안고 잤다고. 없던 병도 생길 지경이었다. 안 그래도 근간에 일어난 일 때문에 그는 건강에 꽤 민감하게 반응했다.

"리즈. 벌써 오전이야."

"아직 오전이야? 나 더 자면 안 돼?"

"안 돼!"

아리아가 엄격하게 리즈를 나무랐다. 끝까지 눈을 비비는 리즈의 얼굴에는 더 자고 싶은 기색이 역력했다. 하지만 오늘 오전에는 수업이 있었다. 카트린이 떠난 뒤 비비안이 본격적으로 두 소녀에게 엄청난 양의 공부를 떠안겼기 때문이었다.

결국 리즈가 토끼 인형을 품에 꼭 안으면서 한숨을 쉬었다. 그것을 보다가 위그가 입을 열었다.

"그 인형은 좀 빠는 게 좋겠군."

"응? 이모부야, 아직 안 갔어?"

리즈가 눈을 동글동글하게 떴다. 위그가 한숨을 쉬었다.

"그 인형은 꼭 하녀에게 맡겨라. 알겠나?"

"이모도 똑같은 소리 하던데. 아, 이모는 어디 갔어?"

"상단에 갔다."

"이모 아프다고 하지 않았어?"

리즈가 고개를 갸웃거렸다. 이 며칠간 감기 때문에 비비안은 아이들을 저로부터 격리시켰다. 그에 위그가 어떻게 대답해야 하나 고민하는데 아리아가 리즈에게 답했다.

"이모는 바쁜 분이시잖아."

"하지만 쉬지 않으면 낫지 않는걸."

"그래, 그 말 제발 네 이모한테 좀 전해 주는 게 좋겠다."

위그가 한숨을 쉬며 고개를 저었다. 물론 처들은 인간은 더욱더 아니었다. 그때, 리즈가 입을 삐죽했다.

"이모가 아프면 올해 감사절은 못 보내겠네?"

"감사절?"

"한 해가 저무는 날 저녁에 새로운 해를 기약하면서 보내는 날이잖아. 이모부야, 설마 몰랐어?"

"아니, 그저 지금까지 보내 본 적이 없어 신경 쓰지 않았다."

"뭐야. 그럼 진짜 안 보내는 거야? 그럼 안 되는데."

"꼭 보내고 싶은 이유라도 있나?"

"그건 아니지만."

리즈가 어깨를 축 늘어뜨렸다. 그러던 그녀가 다시 눈을 반짝 빛내면서 웃었다.

"그래도 꼭 보내면 안 돼?"

"리즈, 또 공작 각하께 생떼를!"

"하지만 감사절은 성대하게 보내는 게 전통이라고 책에서 그랬단 말이야. 아빠는 우리랑 한 번도 보낸 적이 없는데."

리즈의 속삭임에 위그가 잠시 얼굴을 굳혔다. 그러나 이내, 그가 한숨을 쉬었다.

"못 보낼 것도 없지."

"진짜? 그럼 맛있는 것도 먹는 거야?"

"공작가가 너를 굶겼나?"

"그건 아닌데! 이번에는 블로나 거리에서……."

"또 디저트가 나왔나?"

"응!"

"네 이모가 알면 내가 죽어 나간다."

"그러니까 몰래."

"그 거리는 네 이모 거다."

"쳇. 뭐야. 완전 쓸모없어."

리즈의 투덜거림에 아리아가 기겁했다. 하지만 위그는 헛웃음을 지었다.

"네 눈에 나는 그저 맛있는 것을 사 주는 사람인가?"

"아직 그 정도까지는 아닌데."

"아직?"

"어쨌든 감사절을 꼭 보내는 거야, 맞지?"

"비비안이 다 낫는다면 축제처럼 보내는 것도 못 할 건 아니지."

위그는 활짝 얼굴이 펴서 고개를 끄덕이는 리즈를 보면서 피뜩 웃었다. 비록 말리긴 했지만 아리아도 나름대로 기대가 되는 모양이었다.

'그것보다도, 감사절이라면 왕실에서 이번에 뭔가 일을 벌이긴 하겠군.'

위그가 얼굴을 살짝 굳혔다. 잠시 뭔가 생각하던 그가 위층으로 올라갔다.

* * *

"단주님, 진짜 괜찮으신가요?"

"안 괜찮아 보이니?"

"네."

"잘 봤어. 나 확실히 안 괜찮아."

클로에는 창백한 얼굴로 서류를 처리하는 비비안을 보며 난감한 표정을 지었다. 비비안이 요즘따라 많이 아픈 것만큼은 사실이었다. 동생과 그런 일이 있고도 멀쩡할 거라고는 생각하지 않았기에 그리 놀라운 일은 아니었다. 그러나 그녀가 예상하지 못한 것은, 단주가 진통제를 입에 쏟아부으면서 상단에 나왔다는 것이었다.

"감사절은 가장 수익이 많은 기간이야. 이 기간에 내가 빠지면 되겠어? 이렇게 중요한 건이 수북이 쌓였는데?"

"하지만 안 힘드세요?"

"힘들어. 그러면 뭐가 달라져?"

"조금이라도 쉬시지."

"앞으로 아플 때마다 쉬면 난 일 못 해. 나는 직원이 아니라 상단주거든. 게다가……"

비비안이 살짝 시선을 내리깔았다. 원래 다른 때라면 하루 이틀 정도는 가볍게 몸조리를 했을 것이다. 비록 그녀가 상단주이긴 하나 그래도 그녀 또한 알았다. 이렇게 몸을 혹사시키는 것은 장기적으로 봤을 때 효율 좋은 방식이 아니었다.

하지만 문제라면, 의사의 말에 있었다.

'앞으로 종종 편찮으실 겁니다. 비록 최대한 그 손실을 줄여 보겠으나……'

'앞으로 계속 아프다면, 말이 달라지지.'

하루 이틀이 아닌 장기적인 휴양은 어렵다. 최소한 그녀는 그랬다. 게다가 아픈 것도 사실 습관이 되면 참을 만했다. 가끔 미열이 나는 거야 여독이 풀리지 않은 탓이니 며칠 지나면 나을 것이라 그랬다. 문제라면 머리가 아픈 것인데 그쯤이야 진통제가 있지 않은가. 약은 이럴 때 쓰라고 있는 것이었다.

거기까지 생각한 비비안이 다시 서류를 펼쳤다. 클로에가 미묘한 얼굴로 그녀를 응시했다. 그렇게 큰일을 겪었는데 정작 비비안을 제외한 모든 사람들만 변했다. 그 사이에서 당사자만 가장 담담했다. 예상했다기에는 그럴 낌새가 보이지 않았다. 그럼, 그저 성정이 그렇게 타고난 것일까?

클로에는 입을 꼭 다물었다. 그녀는 비비안을 이해하지 못했다. 동경하고 존경했지만 그렇다고 이해할 수 있는 인물은 절대 아니었다.

"각하께서 걱정하셨어요. 오늘도 혹시 단주님께서 어디 편찮으실까 봐 약도 따로 챙겨 주시던데."

"알아. 눈깔이 멀지만 않았다면 그 인간이 얼마나 내 건강을 걱정해 주는지 보이지 않을까?"

"그래도 저는 단주님께서 종종 각하께 기대셨으면 좋겠어요."

"충분히 기대고 있어. 나는 쓸데없는 데서 힘을 빼지는 않아."

비비안이 생긋 웃었다.

"그저, 중요한 데서 죽음을 각오하고 달려들 뿐."

나는 원하는 건 꼭 손에 넣거든.

틀린 말은 아니었다. 클로에가 크게 숨을 들이쉬었다.

"그나저나 상인 협회에서는 벌써 날 상대할 방안을 가득 짜 났다고 들었는데."

"아, 들었어요. 처음으로 동쪽 대륙에 있는 작은 왕국과 손을 잡았다죠? 신기한 보석을 들여온다던데."

"어차피 내가 놀다 남은 걸 주워 먹는 것뿐이야. 나름대로 나를 상대하려고 애를 쓰긴 하겠지만…… 게네들이야 맨날 그랬으니. 게다가 저번에 나한테 뒤통수 맞은 것도 있고. 아, 정확히는 뒤통수는 리암이 때렸구나."

리암이라는 이름에 클로에가 화들짝 놀라 비비안의 눈치를 보았다. 그러나 비비안은 담담했다. 오히려 입가에 미소까지 달고 있었다.

"역시 내 동생이야. 사람 빡치게 하는 데는 재능이 있어."

"그나저나 감사절이면 왕실에도 뭔가 보내야 하지 않을까요?"

"아, 그렇긴 하네. 왕실에 뭘 보내지? 이미 좋은 것들은 다 보내서 뭔가 보낼 만한 게 없어. 역시 그 태자의 입맛에 맞는 걸로 보내야겠는데."

비비안이 느긋하게 시선을 내렸다. 그녀가 손가락으로 테이블을 두드렸다.

"게다가, 이번이 선물을 받는 마지막일 수도 있고."

"네?"

"아니야. 생각해 보니 그 인간이라면 아마 쓸데없이 돈만 많이 드는 물건을 좋아할 것 같아. 평범한 인간이 보기에는 쓰레기지만, 이 정도 선물을 받았다는 데서 엄청난 뿌듯함을 느낄 정도?"

"그런 게 있긴 한가요? 사실 지금까지 저는 왕궁에 단주님만큼 귀한 것을 바치는 인물을 보지 못했어요."

"창의력이 없어서 그래."

"그런가요."

"그리고 창의력이 없는 건 돈이 없어서 그렇고. 돈은 흔히 사람의 상상력을 제한하거든."

비비안의 말에 클로에가 쓰게 웃었다. 틀린 말은 아니다. 그녀는 비비안의 비서를 하면서 세상에 있는 각종 귀한 것들을 전부 보았다. 세상에 이런 것도 있나 싶을 정도로 귀한 것들을 보노라면 가끔 상상도 못 했던 삶이 그녀의 앞에 펼쳐졌다.

"뭐, 그럼 이번 왕실에 바칠 선물은 이걸로 하지."

클로에는 상념에서 벗어났다. 선물은 무엇일까, 그녀가 비비안의 손에서 서류를 받아 들었다. 곧 서류 속 내용을 읽은 클로에가 바로 이해가 안 된다는 듯이 종이를 제 눈앞에 가져갔다. 비비안이 웃었다.

"그렇게 본다고 달라지지 않아."

"정말로 이걸 바치실 건가요?"

"저번에 내가 뭘 바쳤는지 알아? 온갖 보석과 비싼 것들을 카티야한테 걸어다가 융단에 싸서 태자 앞에 보냈어."

클로에가 숨을 들이쉬었다. 아, 그러고 보니 그랬지. 그건 수도에서 꽤 유명한 이야기였다. 이디에트가 보석으로 뒤덮인 여인을 융단에 싸서 태자한테 바쳤다더라. 그 덕분에 태자가 며칠간 방에서 나오지 않았다더라.

그래서 그러는 것인가. 원래 기대란 것은 가면 갈수록 높아진다. 한번 받으면 더 받고 싶은 게 사람의 마음이라는 것이다. 비비안은 입꼬리를 살짝 말아 올렸다. 어서 가 보라는 그녀의 눈빛에, 클로에가 고개를 끄덕였다.

탁.

문이 닫히자 비비안은 다시 고개를 숙였다. 진통제의 약효가 가셔서 뒤통수가 계속해서 아파 왔다. 그녀는 다시 서랍에서 진통제를 꺼냈다. 어쨌든 약이 있어 다행이었다. 의사는 많이 먹으면 안 좋다고 하나 두통이 과하면 일을 못 한다.

비비안은 물과 함께 약을 다시 한번 넘겼다.

곧, 그녀가 다시 펜을 들었다.

* * *

위그는 요즘따라 표정이 좋지 않았다.

눈이 있다면 모두가 알 법한 사실이었고, 머리가 있는 자라면 대부분 알 만했다. 이디에트의 가련한 공작 부인, 실제로 그녀를 본 이들은 '가련한'이라는 수식어에 학을 뗐지만 사정을 모르는 이들은 그렇게 오해할 수밖에 없었다.

가문에서 버려질까 봐 첫째 오라비에게 아름다운 여인을 보냈는데 오라비가 그만 죽고 말았다더라. 둘째 오라비는 부모를 잃은 충격에 정신이 나갔고 하나뿐인 동생은 신경 쇠약으로 요양원에서 요양을 한다더라. 유일한 언니와 결혼한 빌케르 백작은 알고 보니 제 아내를 겁간하고 폭행하는 미친자였다더라. 그 커다란 상단을 혼자 이끌며 지금까지 와 겨우 사랑하는 사내와 결혼했는데 그 악마 같은 디텔 공작은 그런 공작 부인의 동생을 억지로 끌고 와 공작 부인을 모함했다더라. 미쳐 버린 동생이 결국 제 누이를 찌르고 자살했다더라. 공작 부인은 충격에 앓아누웠다더라. 그래서 누구보다도 제 아내를 사랑하는 공작은 요 며칠 심기가 아주 불편하다더라.

실상 대부분 귀족들은 그 소문이 얼마나 허무맹랑한지 알았다. 하나 허무맹랑한 것보다도 겨우 평민 남매에게 저들이 우롱당했다는 것이 그들을 더욱 고통스럽게 했다. 결국 그들은 입을 다물었다. 어차피 단주에게는 아직 둘째 오라비가 남아 있었다. 그것까지 어찌 잘 구슬리면.

그들이 그리 생각할 때였다. 리암의 장례식이 치러지고 이디에트가 거의 절망에 빠져들 즘, 디텔의 앞으로 상자가 왔다.

그리고 그 안에 있는 것은, 다름 아닌 피 묻은 단도였다. 정확히 말하자면 피가 말라붙은.

[작작해.]

단도 위에는 고급스러운 카드가 놓여 있었다. 귀족가의 초대장에나 쓰일 법한 카드 위에 있는 글씨는 귀족의 것처럼 우아했다.

상자의 내용을 본 디텔 공작 부인은 쓰러졌다. 디텔 공작은 본능적으로 이것이 무엇인지 알아차렸다. 칼자루에는 리암 로젤리스의 이니셜이 새겨져 있었다.

이건, 리암이 비비안을 찌르고 자살한 그 칼이었다.

이걸 왜 닦지도 않고 보관하고 있었는지는 둘째 치고서라도 이걸 그의 저택에 보낸 그 정신머리가 이해되지 않아 디텔 공작은 잠시 분노와 당황에 부들부들 떨었다. 지금 설마 제 남동생의 죽음이 그의 탓이라는 것인가. 헛소리, 리암을 자살로 몰고 간 것은 비비안이었다. 안 그래도 농락당한 게 화가 나 죽겠는데 이런 것까지 받으니 그의 분노는 그야말로 폭발 직전이었다.

"이 며칠 동안 아팠다더니, 이제 슬슬 도발을 해 오겠다는 것인가."

디텔 공작의 말을 들은 귀족들은 입을 다물었다. 실상 그들 또한 이번 사태에 분노하고 있었다. 하나 분노는 분노고 공포는 공포다. 리암의 장례식이 끝나고 로젤리스 저택을 나온 비비안을 본 이들은 그녀가 미친 게 아닌가 걱정하고 있었다.

그도 그럴 것이 제 동생의 장례식 날에 웃는 누이가 어디 있나. 그것도 제 손으로 키우다시피 했다던 동생인데.

"뭐, 좋아. 어차피 이렇게 된 이상 우리도 놀아 주긴 해야겠지."

"어쩌실 요량입니까."

"공작이 제 아내를 싸고돈다? 뭐 그리 끈끈한 정이라고 그러는지 모르겠지만 결국에는 이익이지."

"그 이익을 어찌……."

"그 이익은 잘 모르겠고."

디텔의 눈빛을 타고 흘러가는 것은 명백한 야비함이었다. 뭔가 셈이라도 세듯 허공을 응시하던 그가, 천천히 입을 열었다.

"이디에트를 미치게 하는 방법은 수백 가지 아니겠나."

"공작을 미치게 한다고요?"

"뭐, 미치게는 못해도 제 아내의 목을 조를 만큼의 분노는 일으킬 수 있겠지. 저들끼리 싸우다가 죽으라고 그래. 어차피 이렇게 된 이상, 나 또한 참을 생각은 없으니."

귀족들은 그게 무슨 뜻인지 몰라 어리둥절한 눈빛을 했다. 그러나 디텔 공작은 어렴풋이 느꼈다. 위그 이디에트와 비비안 로젤리스를 붙여 놓으면 그는 절대 승산이 없었다.

상인 협회의 협회장이 말했다. 부모를 한꺼번에 보낸 계집이 불쌍해서 등을 토닥여 주었더니 그걸 매몰차게 뿌리치더라고. 그리고 마치 협회장이 무슨 개새끼라도 되는 듯이 보더라고. 그 계집은 절대 남자를 사랑하지 않는 계집이다. 공작과는 절대 사랑해서 만난 사이가 아니다. 그 계집이 협회에 있을 때 내놓은 제안은 하나같이 정상적인 여자가 할 만한 말이 아니었다.

디텔 공작은 그런 협회장을 한심하게 보았지만 그래도 그의 말 중에 하나는 동의할 수 있었다.

그 계집은 정상이 아니었다.

그리고 위그 이디에트 또한 권력을 위해서라면 꽤 정상이 아닐 수 있는 남자였다.

'하필이면 정신 나간 것들끼리 모였어.'

"저, 디텔 공. 그럼 어찌하시겠습니까."

디텔 공작은 입매를 슬며시 굳혔다. 이윽고 그가 천천히 입을 열었다.

"우리한테는 아직 재미있는 패가 있지."

"재미있는 패라면."

"왕자와 공작 부인, 공작과 정부였던 계집. 꽤 재미있지 않아?"

"저, 각하, 왕자 전하는 아무래도 함부로 건드리지 않는 것이 좋을 듯합니다. 차라리 그 배우를 쓰는 게 어떻습니까."

"흥. 겨우 배우로 이디에트 놈을 상대한다고? 어림도 없어."

디텔 공작의 말에 귀족들이 한숨을 쉬었다. 그때 누군가가 입을 열었다.

"한데 그 정부였던 계집……은 뭡니까."

"있어. 그런 계집이. 돈만 주면 못 할 게 무어 있나. 단주가 태자 전하를 계집으로 흔들었으니, 어디 한번 제 남편도 계집에게 흔들리는 꼴을 보라지. 그 난봉꾼 본능이 어디 다른 데로 가겠나."

비비안이 칼을 보내온 것은 애초에 더 이상 우아하고 고상한 수법을 쓰지 말자는 선전 포고나 다름없었다. 마지막 한계를 뚫은 그녀의 행동에 분노하는 귀족들을 어찌 써먹을까 고민하던 디텔 공작의 머릿속에는 이미 둘 중 누구 하나는 죽는 모습이 떠올랐다.

곧, 그가 명령했다.

"라니사를 불러. 재미있는 일이 벌어질 거다."

* * *

비비안이 돌아온 것은 저녁 9시쯤이었다. 마차에서 내린 그녀는 저택 현관의 기둥에 기대 있는 남편을 보고 피식 웃었다. 그러나 웃음을 띠고 있는 그녀와 달리 한없이 굳은 얼굴의 위그가 가볍게 한숨을 내쉬었다.

"뭐 하는 거야?"

비비안은 분명 위그가 왜 이러는지 알았다. 그러나 짐짓 모르는 체하는 그녀의 모습에 위그는 대답 대신 손을 올려 그녀의 이마를 짚었다. 그리고 그녀가 다시 고열이 올랐음을 발견한 뒤, 바로 명령을 내렸다.

"의사를 불러와."

비비안은 굳이 그런 남편을 말리지 않았다. 열이 오른 이치고 그녀는 퍽 멀쩡해 보였다. 그뿐만 아니라 평소와 상당히 다른 모습은 위그를 의아하게 만들었다. 그런 위그를 힐끔 본 클로에가 작게 입을 열었다.

"각하, 단주님께서는 열이 나지 않으세요."

그렇게 말하는 클로에의 손에는 보드라운 털에 감싼 주머니가 있었다. 쌀쌀해진 날씨에 귀부인들이 안고 다니는 것이었다. 시녀들은 수시로 뜨거운 물을 갈아 제 주인이 감기에 걸리지 않도록 주의를 더했다.

위그는 그제야 비비안이 일부러 이걸 이마에 대고 있었음을 깨달았다. 어쩐지 평소와 달리 팔팔해 보이더라니. 계단에 서서 요사스럽게 웃고 있는 비비안을 본 그가 공작저에 들어갔다. 죽음의 문턱에서 배회하고 있는 이는 정작 아무렇지도 않은데 저만 안절부절못하는 게 짜증이 치밀었다.

지금 누구 때문에 이러는데……. 속으로 생각하다가 위그는 문득 혀를 찼다. 누구 때문도 아니었다. 결과적으로 그가 불안해 그러는 것이었다.

그는 비비안과 눈을 맞췄다. 시리도록 파란 눈동자에는 일말의 감정도 없었다. 내가 당신을 놀려 먹었어, 그런데 어쩔래. 그저 담담한 눈동자에 비낀 빛에 위그는 분노를 느끼다가도 저도 모르게 식고 말았다.

"올라가지."

"열이 나는데."

"안 나는 거 알아."

"화 안 내?"

"화내길 바라는 건가?"

"응."

위그는 할 말을 잃었다. 웬만해서는 그도 화를 낼 것이었다. 그러나 한밤 중에 옆에서 눈물범벅이 되어 바들바들 떠는 이가 지금 열이 안 난다고 어떻게 안심할 수 있겠는가. 비비안은 그런 제 상태를 깨닫지 못했고 다음 날 아침이면 다시 멀쩡하게 일어났다. 그러나 어떤 밤은 경련을 일으키다가 깨고 어떤 밤은 울다가 소리를 지르면서 깼다.

그리고 놀란 눈으로 저를 보는 남편을 보며 어쨌더라.

'아, 미안. 자.'

나른하게 눈을 접으면서 웃는 얼굴은 제 동생을 잃은 것 같지가 않았다. 계약 결혼을 결심한 그날, 계약서에 사인을 하던 그 순간 그대로 비비안은 옆자리에서 잠을 청했다. 그런데 그게 더 이상했다.

그게, 더 이상했다.

"이 며칠간 주인 잃은 개새끼처럼 낑낑대길래 놀려 봤어. 화낼 줄 알았는데 안 내네. 역겹게."

그러나 마음속에 자리 잡은 착잡함은 겨우 한마디로 산산이 부서졌다. 위그가 얼굴을 일그러뜨렸다.

"정신 나갔군."

"그건 당신이고. 누가 알았겠어, 그 피 묻은 칼을 버리지도 않고 보관하고 있었을지. 심지어 닦지도 않고 말이야."

"그걸 상자에 정성스럽게 포장한 인간이 할 말은 아니지."

"보낸 건 당신이잖아."

"카드는 당신이 썼고."

"어차피 디텔은 이디에트를 노릴 텐데 뭘."

비비안의 말은 맞았다. 그러나 틀리기도 했다. 지금 이디에트와 로튼은 한데 묶여서 거론될 수밖에 없었다.

사실 위그가 그 칼을 보관한 건 순전히 충동이었다. 며칠 동안 그것을 보며 대체 비비안이 왜 찔려야 했나 고민하다가, 어느 순간 크리스티나가 찾아오고 결국 반쯤 충동적으로 그녀의 제안을 승낙한 그날 밤, 우연하게 위그의 서재에 온 비비안에게 그 칼의 존재가 들키고, 그 칼은 디텔 공작에게 보내졌다.

"디텔 공작이 미쳐 날뛰겠네."

"그치는 원래 미쳐서 날뛰었어. 더 날뛴다고 하늘로 올라가겠나."

"엄연히 말하자면 나와 내 동생한테 제대로 당했는데 칼을 갈겠지. 아, 리암도 참 잘 죽었어. 덕분에 그쪽만 쓰레기가 되었거든. 내가 가련한 여자로 변모한 건 기분 더럽지만."

"……그래."

"그래서 말인데. 이번 감사절은 어쩌지?"

갑자기 화제가 돌려졌지만 이미 익숙해져 위그는 딱히 이상함을 느끼지 않았다. 그는 인형을 질질 끌고 나온 리즈를 상기하며 한숨을 쉬었다.

"리즈가 성대하게 보내고 싶다고 하더군."

"그건 아마 감사절에 선물을 주고받는 풍습 때문이 아닐까. 내가 방금 지나오면서 봤는데 과자 집이 또 생겼더라고."

"그걸 우리 집 애 빼고 사 가는 인간이 있긴 해?"

"탐내는 사람은 많지만 군이 큰돈 들여서 금방 썩을 게 뻔한 먹거리를 애한테 사 주는 인간은 우리 집 남자 하나뿐이지."

비비안이 한심하다는 듯이 고개를 저었다. 여상스러운 표정에 위그가 얼굴을 찡그렸다. 곧 방에 도착한 뒤 헤더가 비비안의 시중을 들었다. 길게 드리워진 휘장 뒤에서 옷을 갈아입는 소리가 들려왔다. 바스락거리는 침묵을 듣다가, 위그가 입을 뗐다.

"감사절에 왕실에도 뭔가를 보내야 할 텐데."

"이미 준비해 뒀어. 클로에한테 시켰고."

"이번에는 사람 말고 물건으로 보내."

"같은 수법은 두 번 다시 써먹을 생각이 없어. 그리고 카티야가 자리를 지키고 있어야 하는데 무슨."

옷을 갈아입은 뒤 비비안이 휘장 뒤에서 나왔다. 헤더가 자연스럽게 모피를 걸쳐 주자, 비비안이 침대에 앉았다.

"그나저나 디텔에서 가만히 있지 않을 텐데. 어쩌지."

"지금 그걸 나한테 물어보는 건가. 본인이 저지른 일이야. 본인이 해결해."

"야박하기는."

말은 그렇게 했지만 비비안의 얼굴에는 딱히 불안함이 없었다. 마치 네가 어떻게 나올지 이해된다는 얼굴. 그는 크리스티나가 왜 하필 딱 그 시점에서 나타나 그를 흔들었는지 알 수 없었다. 그는 굳이 그것이 당신 짓이냐고 묻지 않았다. 묻는다고 달라질 게 없었지만 무엇보다도 묻기가 겁나기도 했다.

과연, 이 여자는 언제부터 무엇을 생각해 왔고, 지금 생각하고 있는 건 언제 저지를 것인가.

이런 여자의 손에 제 목줄이 잡혀 있다고 생각하니 입 안이 바짝바짝 말랐다. 크리스티나를 왕으로 세우려면 이디에트의 이름이 필요하니 괜찮겠다 싶다가도 비비안이라면 애초에 원하는 게 여왕이 아닐지도 모른다는 생각이 들었다.

"뭐, 그래도 일단 대충 짐작 가는 건 있으니 해결을 보거나 해야겠지."

"짐작?"

"디텔이 대가리가 있다면 눈치채지 않았을까? 이디에트와 로튼은 이제 더 이상 떼려야 뗄 수 없다는 거."

"그건 이미 알았을 거 아닌가. 아니면……."

"굳이 리암을 끌어내서 로튼을 망하게 하려고 하지 않았겠지. 하지만 지금은 달라. 그들의 목적은 이제 당신과 나이지 않을까? 우리 둘이 찢어지는 거…… 말이야."

"우리 둘 사이가 찢어질 여지가 있나? 언제 붙어먹었다고?"

위그가 코웃음을 쳤다. 그러나 바로 수긍이 돌아오리라는 예상과 달리 비비안은 입을 다물고 그를 응시하고 있었다. 파란 눈동자가 불편하게 부딪쳐와 위그가 눈썹을 까닥였다. 휘어진 눈매가 나긋했다가 다시 섬뜩해졌다.

"글쎄, 과연?"

"이 며칠 당신 수발들었다고 뭔가 오해라도 했나 본데……."

"아, 머리 아파. 열이 다시 나려나."

위그는 미간을 살짝 찌푸렸다. 비비안의 말이 진심인지 아닌지 알 수 없어 멈칫했다. 그러나 결국 그는 비비안에게 다가갔다. 커다란 손이 그녀의 이마를 덮고서야 그는 그녀가 다시 그를 놀렸음을 깨달았다.

"양치기 소년 이야기를 아나?"

"왜 몰라."

"계속해서 거짓말을 하다 보면 언젠가는 나도 오지 않을 거다."

"상관없어. 그럼 죽으면 되지."

비비안의 입가를 타고 나온 말에 위그는 얼어붙었다. 죽는다는 말을 해본 적이 없는 여자였다. 아니, 있었나? 아, 제가 언젠가는 타인에게 찔려 죽을 거라 했던 것도 같다. 그러나 결국에 그녀는 살았다.

"진짜 죽음 앞에서 그런 말이 나오는지 보고 싶군. 죽고 싶지 않으면 건방지게 굴지 마. 필요에 의해 크리스티나를 왕으로 올리고……."

"아, 그러고 보니 그랬지. 왜 갑자기 생각을 바꾼 거야? 의외네."

"……우리의 거래가 완성되는 그날까지 당신은 무사하게 살아 있어야 돼. 숨만 붙여서라도 침대에 눕혀 놓을 거다. 설사 당신이 죽어서 시체가 되더라도, 다른 사람들이 보기에 당신은 '살아 있어야' 해."

그의 굵은 손가락은 그녀의 턱을 잡아 쥐었다. 그러나 평소와 달리 힘은 꽤 빠져 있었고 비비안은 그에 고개를 들었다. 비비안은 환하게 웃었다. 그것이 이질적이라 위그의 눈가가 꿈틀거리는데, 순간 비비안이 그의 손목을 잡아당겼다.

툭.

본의 아니게 침대에 누운 남자의 옆을 짚으며 비비안은 싸늘하게 식은 얼굴로 그를 내려다보았다. 구불거리는 은회색 머리카락이 좀 많이 길었는지 끝이 이불 위로 얌전하게 쌓였다.

"당신이 진짜로 날 포기할 수 있을 것 같아?"

위그는 미간을 찌푸렸다. 이건 또 무슨 헛소리지, 그가 생각하는데 비비안이 읊조렸다.

"양치기 소년은 결국 거짓말로 죽었지. 왜냐하면 마을 사람들은 소년에게 그저 마을 사람일 뿐이거든."

"……나에게 당신 또한 파트너일 뿐이다."

"언제는 사랑한다며."

"사랑하는 파트너지."

"전략은 어디로 빼먹고?"

"전략적으로 사랑하는…… 뭐 하는 거지."

순간 비비안이 그의 배에 앉았다. 무게가 실리긴 했지만 아프지는 않았다. 그러나 뱀처럼 똬리를 튼 비비안이 느긋하게 몸을 엎드렸다. 말캉한 여체가 몸에 오롯이 느껴지고 위그는 드레스 너머의 살결이 평소보다 뜨겁다고 생각했다.

"내가 죽을까 봐 왔던 주제에."

"아, 그건 그래. 당신이 죽을까 봐 걱정되긴 했어."

"로건은 어쩌고?"

"그 새끼도 마음에 들지 않는 건 매한가지야."

"나한테 칭얼거린다면서 하는 짓은 왜 이렇게 예쁘지 않을까."

비비안은 눈가를 곱게 접고는 천천히 몸을 일으켰다. 그러나 그 순간, 평소보다 억센 힘이 그녀를 단숨에 잡아당겼다. 그리고 순식간에 윗몸을 일으킨 위그가 그녀와 시선을 맞춰 왔다.

"당신과 나는 찢어질 이유가 없다. 애초에 우리 둘은 맺어지지 않았으니까. 시작부터 찢어진 상태로 만나서 대충 이어 맞춘 관계 아니었나."

"디텔은 생각이 다를 거야."

"아마도."

"로건이 나올지도."

"아마도."

"내가 로건과 외도라도 하면 어쩔 거지?"

비비안의 물음은 의중이 담겨 있는 듯, 담겨 있지 않았다. 그리고 그 순간, 그녀를 안고 있던 남자가 몸을 빙글 돌렸다. 거센 몸짓과 달리 부드럽게 눕힌 손길에 비비안은 웃었다. 위에서 섬뜩한 눈길로 그를 보는 위그의 손이 가슴께에 달린 드레스의 리본을 풀었다. 보정 속옷 안에 꽉꽉 눌린 통통한 살덩이를 보던 그가 이번에는 안에 있는 리본을 한 겹 더 풀었다. 곧, 매끈한 살결이 흘러내렸다.

"배에 상처도 있는데 이딴 거 입지 말라니까."

"별로 안 불편해."

"가슴이 다 짓눌렸는데 안 불편하다고?"

"예쁘잖아. 언제 죽을지도 모르는데 예쁘게 죽어야지."

"죽긴 누가 죽어."

"양치기 소년."

"웃기지 마. 당신 목숨이 붙어 있는 한 나는 수백 번이고 당신한테 갈 거다."

"귀찮게?"

"그래. 단 0.1퍼센트의 가능성도 무시 못 할 만큼……."

커다란 손이 살결을 쓸어내렸다. 확실히 체온이 평소보다 높다. 아닌 척

해도 미열이 있나 보다. 위그는 가볍게 한숨을 쉬었다. 이윽고 앞섶에 달린 리본을 하나하나 풀었다. 이제는 능숙하게 보정 속옷까지 풀어낸 그는 제 앞에 익숙하게 펼쳐진 몸과 그 위에 상처를 보고 얼굴을 찌푸렸다.

"내가 매력이 그렇게 없나. 어떻게 내 몸을 보고도 반응을 하지 않지? 예전에는 안 이랬잖아."

"당신 상처……."

"아, 저런. 예쁘지 않은 몸은 안 동한다 그거야? 취향 한번 더럽게 고상하네."

"……가 아물지 않았어."

"그거랑 당신 반응은 다른 문제고."

"그리고……."

위그는 손을 뻗었다. 커다란 손이 뜨거운 살결을 훑고 예민한 곳을 건드리자 비비안의 잇새에서 신음이 흘러나왔다.

"……이미 충분히 흥분했어."

말을 마친 그가 이불을 끌어당겨 그녀에게 덮어 주었다.

"괜히 허튼 생각 하지 마. 로건 그 새끼가 당신을 생각하는 것도 짜증 나는데 외도라니."

"하면 어쩔 거냐니까."

"생각은 못 해 봤으니 본능에 움직이도록 하지. 그때 가서 봐. 딱히 일어날 것 같지는 않지만."

위그가 침대에서 내려가며 비비안을 일으켰다. 비비안은 애매한 얼굴로 제 남편의 뒷모습을 응시했다. 그러다 곧, 그녀가 다시 앞섶의 리본을 잡고 물었다.

"어디 가?"

"흥분했다니까."

"아, 왜 저렇게 불쌍해."

비비안이 웃음을 터뜨렸다. 귀엽기는. 사실 애초에 그녀는 현재 누군가와 잠자리를 가질 만한 상황이 아니다. 그렇다고 그를 위해 한 몸 바치는 자선 사업가 취향은 더 아니고. 비비안은 길게 숨을 들이쉬었다. 상황이 영 복잡했다.

'이번 감사절에는……'

속으로 속삭이다가 비비안이 다시 침대에서 일어났다. 헤더가 들어와 그녀의 옷을 정리했다. 이윽고 그녀가 빙그레 웃었다.

* * *

"아……."

위그는 오늘도 시작되는 신음에 조용하게 몸을 돌렸다. 식은땀이 이마를 적시고 꼭 다물어진 입술이 새빨갛다. 그는 조용하게 팔을 뻗어 그녀를 품에 안았다. 그렇게 앙칼지게 굴던 것이 무색하게 비비안은 바들바들 떨고 있었다.

아픔과 공포에 떨리는 신음은 계속되고 결국 새벽까지 이어졌다. 그리고 그것이 잦아들 무렵, 위그는 길게 숨을 내쉬며 잠을 청했다. 가능한 한 아침까지 열이 나지 않았으면 좋겠는데. 그래도 겨울이 가장 큰 고비라 겨울만 넘기면 그럭저럭 괜찮을 수도 있다고 들었다.

그리고 침묵으로 젖어 든 방 안, 얼마나 지났을까, 눈을 뜬 비비안은 제가 위그의 품에 있는 것을 보고 눈을 서늘하게 빛냈다.

정말 가증스럽다.

무슨 비련의 여주인공이라도 되는 듯 보이는 반응이 역겹지 않은가.

꿈의 내용은 생각나지도 않고 그게 무슨 감정인지도 모르는데 몸이 이런 걸 보면 정말 지독하게 싫었다.

위그가 그녀를 안고 있는 걸 보면 또 무슨 헛소리라도 한 모양이었다. 몸이 질펀하게 젖은 걸 보니 식은땀이었다. 심장이 미친 듯이 뛰기 시작해서 잠을 청할 수가 없었다. 결국 그녀는 천천히 그의 품에서 벗어나 화장대로 향했다. 드륵, 서랍이 열리고 익숙하게 진정제를 꺼내 든 그녀가 테이블로 향했다. 약병을 열고 손에 약을 턴 뒤 물을 들었다. 그러나 그게 입에 가기도 전…….

콱.

투툭.

"먹지 마. 진통제는 먹어도 진정제는 안 돼."

"한 알만 먹는데."

"하루에 한 알씩 매일 먹잖아. 내성이 생기면 되레 불면증이 오는 거 모르나?"

"불면증은 이미 왔는데."

"그래도 안 돼."

언제 일어났는지 위그가 그녀의 손목을 거칠게 잡아당겼다. 마치 벌레를 입가에 가져가는 아이를 저지하듯 그녀의 손을 털어 버려 진정제가 바닥에 떨어졌다.

이내 그는 나머지 진정제까지 전부 가져갔다. 뭐 하려나 싶어 비비안이 미간을 좁히는데, 안에 있는 약을 다 털어 손에 넣은 뒤, 위그가 바로 그걸 전부 으깨 버렸다.

"저 비싼 걸."

"앞으로 사 오면 다 이 꼴 날 줄 알아."

"숨겨 놓고 먹을 거야."

"그렇게 해서라도 먹어야 하나?"

"잠을 못 자겠어."

순간 담담한 그녀의 목소리에 위그가 숨이 턱 막힌 듯 입술을 짓이겼다. 그러나 그는 바로 그녀를 안아 들고 침대로 다가갔다.

"당신, 새벽에 몇 번이나 일어나서 저걸 먹은 거지?"

"오늘 처음이야. 애초에 내가 일어났다면 당신이 모를 리가 없잖아."

위그는 비비안을 억지로 침대 안으로 밀어 넣었다. 비비안은 불만스러운 표정을 했지만 굳이 그걸로 싸우려 들지는 않았다. 그때였다. 체온으로 뜨뜻해진 침대 안쪽에서 위그가 몸을 붙여 왔다.

"뭐 해?"

"잠 못 자겠다며."

"자장가라도 불러 주려고?"

"아니, 질릴 때까지 이야기나 해."

"미친 거 아니야? 기껏 생각했다는 수 하고는."

"그럼 뭐 어쩌려고. 하다못해 잠자리라도 가지면 피곤해서 곯아떨어질 것 같은데 당신 열 있어."

"그래서 수다를 떨자고?"

"말해. 들어 줄게. 밤새 얘기하다 보면 잠이 오겠지."

정말 단순무식해서 할 말이 없었다. 그러나 비비안은 제 어깨 아래로 팔을 받치고 몸을 완전히 끌어안은 남자를 굳이 밀어 내지 않았다. 우습게도 체온이 닿자 편안해졌다. 비비안은 눈을 감았다. 그리고 곧, 수마에 빠졌다. 그리고 꿈에는, 여전히 피에 물든 그 긴 복도만이 존재했다.

* * *

감사절이 코앞으로 다가오면서 수도는 더욱더 시끌벅적해졌다. 상단들은 앞다투어 감사절을 맞이해 새로운 신상품을 내오거나 여러 가지 수단을 이용해 고객들을 끌어모았고, 당연하지만 올해에도 가장 큰 이목을 끈 것은 블로나도 모자라 옆에 있는 카스타나 거리까지 사 버린 비비안의 '만행'이었다.

마치 침상에 누워 있던 시간들이 전부 이번만을 위한 노림수였다는 듯이 카스타나 거리에 있는 모든 상점들이 동시에 문을 열었고, 새로운 가게면 몰라도 새로운 거리가 통째로 쇄신되는 경험은 해 보지 못했던 이들의 발걸음은 자연스레 카스타나로 향해, 올해는 로튼 혼자서 상인 협회 전체를 상대해 이겨 먹었다는 진실성 어린 소문이 나돌았다.

그리고 흡족한 얼굴로 첫날의 매출 상황을 확인하던 비비안을 보며, 위그가 어이없는 눈길로 입을 열었다.

"그렇게 좋나?"

"우리 남편, 내 재산을 불려야 앞으로 당신이 크리스티나를 왕으로 만드는 과정이 더 원활해짐을 잊지 마."

"그렇다고 해도 과하게 좋아하는데."

위그는 지금까지 본 표정 중에서 단연코 손에 꼽을 정도로 활짝 웃고 있는 비비안을 보며 떨떠름한 얼굴을 했다. 며칠 전까지만 해도 열에 젖어서 안쓰럽던 얼굴이 그럭저럭 상처가 완치되면서 생기를 되찾은 건 좋았으나, 그래도 그는 저 여자를 저렇게 웃게 할 만한 것이 돈밖에 없다는 사실에 미묘한 감정을 느끼고 있는 중이었다.

그러나 비비안은 그게 뭐가 문제냐는 듯이 눈썹을 까닥였다.

"나는 상인이야. 이윤에 목을 매는 게 당연하지."

"당신은 이미 대륙의 재부를 끌어모았어."

"돈과 미인은 많을수록 좋은 거야."

위그는 이제 태연하게 비비안의 이런 말을 넘길 수 있는 자신이 놀라웠다. 어쨌든 비비안이 득세를 할수록 그에게 유리한 것은 사실이었다. 이렇게 생각하던 그는 다시 한번 제가 비비안과 이익을 함께한다는 사실에 적응한 자신을 발견했다. 일이 언제 이 지경까지 되었나. 분명 계약을 할 때까지만 해도 그는 딱히 그녀를 신경 쓸 날이 있을 거라 생각하지 않았다.

그렇게 생각하며 한숨을 쉬는데, 비비안이 입을 열었다.

"게다가 가장 좋은 것이라면 당연히 상인 협회에 제대로 물을 먹였다는 점이겠지?"

"그러고 보니."

상인 협회라는 말이 나오자 위그는 잠시 생각났다는 듯이 눈썹을 까닥였다. 올해 감사절을 맞이하면서 부산스러워지던 귀족들의 행동이 생각났기 때문이었다. 그가 말꼬리를 흐리자 뭔가 감지를 한 듯 비비안이 피식 웃었다. 아니나 다를까 위그가 목소리를 낮게 깔며 입을 뗐다.

"이번 감사절에 이디에트에서 왕궁에 무슨 선물을 바칠지 알고 싶어 다들 난리가 났어. 나는 물론이고 당신이 오가는 행적이 하나하나 사람들의 눈에 들어가고 있다는 걸 말해 줘야겠군."

"그걸 알아서 뭐 하게?"

"저 나름대로 대책을 세워 보자는 거겠지?"

"나는 대책을 세울 만한 공격을 하지 않아. 내가 뭘 준비하는지 알면, 그자들이 나를 이길 수 있을 것 같아?"

비비안은 마치 세상에서 가장 웃긴 이야기를 듣고 있다는 듯이 까르르 웃음을 터뜨렸다. 그녀의 말이 맞았다. 그치들은 설사 비비안이 무슨 선물을 준비하는지 알고 있다고 해도 그것을 이길 엄을 하지 못해야 맞았다. 그리고 그 정도로 비비안은 어마어마한 선물을 준비하고 있었고. 일전에 그녀와 이와 관련한 대화를 나눈 위그는 눈을 가늘게 떴다.

"무슨 대단한 걸 준비하는지 나도 궁금하군."

"사실 이전부터 궁금했는데 말이야. 왕의 비위를 맞추는 거야 뭐 귀족들의 의무라고 하지만, 아무리 그래도 굳이 이렇게까지 해 가면서 제이슨의 비위를 맞춰야 하는 건가."

"맞추지 않아도 딱히 큰일 날 건 없다. 그저 기분과 위신 탓이지."

"귀족들은 이런 허례허식을 즐긴다니까. 이게 다, 너무 배불러 터져서 그래. 위신이니 명예니, 하찮기 그지없는 것들이잖아. 아, 아닌가. 귀족들은 그게 목숨 줄이나 마찬가지이니."

비비안이 나른하게 웃으며 의자에 등을 기댔다. 손에 들린 장부를 곁눈질하던 그녀를 빤히 응시하던 위그는 가볍게 한숨을 쉬었다. 그의 날카로운 시선 속에 담긴 묘한 감정은 그 외에도 다른 이유가 있음을 암시해 주고 있었다. 그리고 비비안은 위그의 눈빛을 응시하다가, 갑자기 피식 웃었다.

"인질이 있었지?"

"엘리미아가 태자비로 있는 한, 이디에트는 왕실과 우호적일 수밖에 없다."

"왕실을 손에 넣으려고 보낸 딸인데, 정작 어떨 때는 인질이 되기도 하는군."

"엘리미아가 아이를 낳았다면 모를까, 아직 후계도 없는 상황에서 그녀의 입지가 좁은 것은 사실이지."

비비안은 꽤 신기한 얼굴로 위그를 보았다. 그녀가 기억하기로 엘리미아와 위그의 관계는 절대로 그렇게 친밀하지는 않았다. 게다가 엘리미아의 성정 또한 아버지와 남동생의 그늘 아래에서 바들바들 떠는 이 같지는 않았다. 굳이 말하자면 엘리미아의 오만한 성격은 위그와도 꽤 닮아 있었다.

문득 비비안은 위그와 엘리미아 사이의 관계가 궁금해졌다. 누나와 남동생, 과거라면 아마 신경도 쓰지 않았을 주제였겠지만 그래도 나름 제 누나의 생사를 생각하고 있는 것이라면 마지막 양심 정도는 챙겨 두고 있는 것일까. 속으로 그렇게 읊조리던 비비안이 입을 뗐다.

"제이슨은 카티야와 얼마나 자주 붙어 있어?"

물론 비비안은 제이슨이 카티야를 얼마나 제 옆에서 떼어 놓지 않고 있는지 잘 알고 있었다. 그러나 비비안의 물음의 핵심이 가르키는 것은 카티야가 아니었다. 그녀는 카티야와 제이슨의 관계가 엘리미아에게 어떤 영향을 끼치고 있는지 묻고 있었다. 그리고 그 빙빙 돌려진 물음 속에서 너무 쉽게 그녀의 의중을 읽어 낸 위그가 담담하게 대꾸했다.

"주기적으로 제이슨과 잠자리를 가져야 했던 게 인생의 고통이던 엘리미아의 얼굴에서 빛이 나는 정도. 물론 지금도 부부의 의무는 행하는 것 같지만, 어쨌든 전보다는 확연히 덜한 모양이다."

"뭐야, 카티야가 나타나기 전에 주기적으로 잠자리를 가졌는데도 아이가 없었어? 왕실은 꾸준하게 질보다는 양을 밀고 나갔던 모양이야? 쓸 만한 인재가 하나도 없는 것도 그렇고."

"그 수많은 양 속에…… 로건도 있어."

로건의 이름은 갑작스러울 정도로 튀어나왔다. 그중에 로건도 있을 텐데 정말 '질적'으로 별로라고 말하고 싶은 거냐, 아니면 그중에 로건이 있으니 '질적으로' 예외가 있다는 거냐, 어느 쪽이든 위그의 의중은 지나치게 노골적이었다. 그리고 불행하게도 비비안은 그것을 알아채지 못할 정도로 멍청하지 않았다. 또 거기에 장단을 맞춰 줄 정도로 착하지도 못해서, 그녀는 싱긋 웃었다.

"재수 없게 굴지 마."

"……."

"날 떠보려고 하다니, 정말 당신은 천년의 욕정도 식게 만드는 건방짐이 있어."

비비안은 나른하게 웃으면서 의자에 기댔다. 그리고 그 모습이 지독하게 그녀다워서 위그는 당황하지 않았다.

"로건이라는 이름에 그렇게 반응하는 건 꽤 기분이 나쁜데."

"기분은 당신 때문에 나쁜 거고."

"저번 상인 협회가 일을 벌이기 전에 로건이 당신에게 미리 경고를 내렸다지. 그렇다는 건, 아마 그자도 어느 정도 왕실 돌아가는 꼴을 알고 있다는 것이겠군."

"아니면, 나에 대한 순수한 사랑이라거나?"

비비안은 눈썹을 까닥이며 빙그레 웃었다. 그러나 싸늘하게 식은 눈동자 속에는 일말의 기쁨이나 애정도 없었다. 예전이라면 안 이랬을 것이었다. 부드럽게 웃으면서 그의 속을 긁을지언정 눈길에서 오는 포식자의 느낌은 덜했을 것이었다. 하나 지금 그녀는 너무 노골적으로 그를 노려보고 있었고,

더욱더 위그를 불안하게 만든 것은 그 눈빛이 그 하나만을 향한 게 아니라는 것이었다.

"자신을 도발하지 말라면서, 당신은 나를 도발하나?"

"기분 나쁘면 날 순수하게 사랑하든가."

"그건 못 하지."

"알아. 했으면 역겨울 뻔했어."

비비안은 자리에서 일어났다. 화려하게 펼쳐지는 그녀의 옅은 회색빛 머리카락이 우아하게 웨이브를 그렸다. 나른한 얼굴로 화장대 앞에 앉은 그녀가 서랍을 열었다. 그 속에는 잘 동봉된 편지 봉투가 있었다.

이윽고 다시 자리에서 일어난 그녀가 이번에는 위그에게 향했다. 무슨 일인가 싶어 그가 고개를 드는데 늘씬한 여자의 무게가 다리 위에 실렸다. 비비안은 일말의 주저함도 없이 마치 그것이 제 의자라도 되는 양 위그의 다리 위에 편하게 앉아 다리까지 꼬았다. 그녀가 즐겨 쓰는 향수와 체향이 섞였다. 코끝에서 번지는 여자 특유의 향이 그의 몸에 얹어졌다.

"자…… 이것 봐."

비비안은 제 남편의 품을 의자 등받이로 사용하며 살짝 몸을 기댔다. 긴 손가락이 편지를 뜯었다. 남자의 손이 그녀의 허리에 감겼다. 비비안이 봉투 속에서 종이 한 장을 꺼내 펼쳤다.

"당신의 걱정거리를 덜기 위해 내가 준비한 거야."

위그는 제게 감겨 오는 여자의 몸을 두 팔로 안으며 편지로 시선을 돌렸다. 하나 편지라고 생각되었던 것은 실상 편지가 아니었고 그 위에 있는 것은 엄연한 거래 명세서였다. 그리고 그 거래 명세서의 아래에는 빈칸이 있었고, 리스트를 확인한 위그의 눈빛이 떨렸다.

"지금 이게……."

"제이슨에게 최고의 선물을 준비하기 위한 포섭이지."

비비안은 눈을 접어 나긋하게 웃었다. 사륵 풀리는 미소가 달콤하다면 달콤했고 요사하다면 요사했다. 하나 이미 그녀의 웃음에 몇 번이나 당했던 위그는 이제 학습 능력이라는 것이 생겼고, 그녀의 얼굴에 넋이 나가 입을 맞추는 대신 종이 위에 있는 것들을 다시 확인한 후 그녀를 응시했다.

"제이슨에게 선물을 준비해야 하는데, 왜, 군수 물자가 필요한 거지?"

"글쎄."

"혹시 뭐 감사절 선물로 반역의 포화 같은 걸 선물할 예정이라면 집어치워."

"그렇게 재미없는 걸 내가 왜 해? 그래서, 해 줄 거야, 말 거야?"

"안 해 주면 어떻게 되나?"

"아마 내 마음속에 무능한 남자로 남겠지? 우리 남편, 남편도 알다시피."

비비안은 말꼬리를 늘였다. 그녀가 천천히 위그의 입에 키스했다. 닿을락 말락 하는 거리에서 속삭이면서 비비안은 부드럽게 그의 입술을 갈랐다. 곧 제 혀를 밀어 넣어 상대의 속살을 찾던 그녀가 그의 입 속을 헤집더니, 갑자기 그의 입술을 꽉 깨물었다.

"윽."

"……알다시피, 개새끼는 상대해도 무능한 남자는 상대하지 않아."

"……."

"이제 어떻게 해야 하는지 알지?"

비비안의 목소리는 마치 꿀이나 버터로 범벅을 해 놓은 것 같았다. 하나 그 속에 있는 것은 결국 칼이었다. 위그는 알았다. 비비안은 절대 이걸 포기할 사람이 아니었다. 그리고 딱히 그녀를 포기시키고 싶지 않았다. 아, 아닌가, 그녀는 그가 포기시킬 수 있는 사람 또한 아니었다.

결국 위그는 탐탁잖은 얼굴로 종이를 받았다. 방금 전과 달리 무표정하게 식어 있는 그의 얼굴은 약간의 체념과 어이없음, 어찌 보면 당신이 그럴 줄 알았다는 일종의 예견까지 들어 있었다. 그가 시선을 들어 비비안을 응시했다. 눈이 마주치는 순간 비비안이 침으로 반들거리는 입술을 살짝 핥으며 웃었다.

"당신은 이럴 때만 나한테 나긋하지."

"달달한 거 하나 쥐여 줘야 뭐든 하지 않겠어?"

"나를 유혹하는 게?"

"이런 작은 일은…… 그게 제일 빠르니까."

"써먹을 수 있는 건 다 써먹는군."

"언제 한번 나와 자자."

"……."

"잘하면 나도 하나 들어줄게."

"꿈 깨."

"윽."

그때였다. 갑자기 그녀의 허리를 감은 손이 꾹 상처를 눌렀다. 그에 비비안이 옅게 신음하며 입술을 꽉 깨물었다. 그럴 줄 알았다는 듯이 그의 눈빛이 복잡해졌다. 그러나 그는 곧바로 표정을 갈무리하며 싸늘하게 읊조렸다.

"당신 몸뚱어리 꼴을 봐, 지금 그딴 말을 할 때인지."

순간 비비안의 어이없어하는 눈빛이 그에게 꽂혔다. 위그는 여전히 담담하고 무심하게 말을 이었다.

"약 먹을 시간이야."

"잔소리는."

비비안은 흥, 콧방귀를 끼며 자리에서 일어났다. 그리고 그가 건네주는 약과 물을 들고 제 입 안에 털어 넣었다.

* * *

비비안의 건강이 호전됨에 따라 안도의 한숨을 내뱉은 이는 비단 위그뿐만이 아니었다. 가까이로는 그녀의 시녀인 헤더, 멀리까지는 그녀의 도움이 필요한 크리스티나까지. 아이러니하게도 비비안은 태어나서 가장 많은 걱정과 주목을 받고 있었다. 그것이 과연 진심으로 그녀의 안위를 걱정하는 것인지 아니면 고용주와 파트너를 잃을지도 모른다는 걱정인지는 알 수 없었다. 어쨌든 비비안은 그들을 굳이 안심시켜 줄 만큼 상냥하지는 못해서, 헤더가 괜찮냐고 물을 때마다 안 괜찮다는 답을 내놓았다.

그런 그녀라도 적절하게 선을 시키며 예의상 괜찮다는 답을 내놓아야 하는 상대가 있었는데, 다름 아닌 세믄 교수였다.

뜨거운 차를 내놓은 세믄 교수는, 리암의 장례식 이후로 정식으로 처음 마주 보는 단주의 얼굴을 찬찬히 보다가, 한숨을 푹 쉬며 입을 뗐다.

"괜찮으십니까?"

"요즘따라 많이 듣는 물음이군요."

"그도 그럴 것이, 그런 일들을 겪으셨으니."

"그런 일들이라…… 제 동생이 죽어서, 이제 제가 한시름 놓게 된 걸 말씀하시는 건가요?"

세믄 교수는 생각보다 직설적인 그녀의 말에 침묵했다. 주름진 눈가에 드리워진 안경은 일전에 볼 때보다 두께를 더했다.

비비안은 부드럽게 웃었다. 그녀는 언제나 자신을 존중하는 사람한테는 존중과 예의를 다했다. 위그가 들었다면 기함을 할 테지만 그건 사실이었다. 위그가 처음 찾아온 날에도 사근사근 웃으면서 그리 굴지 않았던가. 다만 세상에 그녀에게 예의를 차리는 인간이 적어 그녀의 매너를 보여 줄 기회가 적었을 뿐이었다.

그렇게 생각하며 비비안이 말을 이었다.

"교수님이 하시는 말씀이라면 기꺼이 들어 드리죠. 제 안위와 관계된 말일지도 모르는데, 굳이 그것까지 비꼴 이유는 없답니다."

"제 조카를…… 대법원에 추천하신다고 들었습니다."

"네."

"그전에, 단주님의 변호사로 쓰시겠다고요."

"대법원은 아무나 들어갈 수 있는 데가 아니니까요. 왕실 법원이라 이 바첼론에서 가장 보수적인 곳인데, 어느 정도 뭘 보여 준 게 있어야 추천할 만한 여지라도 있지 않을까요?"

"그 아이가, 진정으로 잘하시리라고 보십니까?"

"이제 와서 그런 말은 의미 없어요. 돈까지 투자해 줬는데."

비비안은 살풋 웃었다. 그러나 세믄 교수는 웃지 못했다. 그는 한숨을 쉬며 무엇인가를 내밀었다. 기실 오늘 세믄 교수를 찾아온 것은 비비안이었으나, 차라리 이참에 그녀에게 보여 주는 것도 괜찮지 않나 싶었다.

비비안은 느긋하게 종이를 펼쳐 들었다. 그녀는 꽤 놀랍다는 얼굴을 했다. 그녀의 손에 들린 것은 리디아의 성적표였다. 짧디짧은 두 개 학기의 성적표는 가히 놀라울 정도였다. 웬만해서는 칭찬에 인색한 비비안조차도 나름의 감탄을 내뱉었다.

"대단하네요. 이렇게 눈에 띄는 성적이라니. 입학 초기에 비하면 그야말로 놀라운 성장인데요."

"영특한 아이니까요."

"서술로 채워진 시험지에서 만점에 가까운 점수를 맞는 건 꽤 어려운 일이죠. 그것도 까다로운 학술원의 교수들한테는 더욱더."

비비안은 나름 기특하다는 얼굴을 했다. 실제로 그녀는 리디아가 꽤 기특하다고 생각했다.

"저는 학교를 다녀 보지 못했지만, 이게 꽤 어렵다는 건 잘 알아요. 제 오빠가, 첫째 오빠가 매번 꼴찌가 아니면 꼴찌로 향하는 성적표만 들고 왔거든요. 뭐, 그치가 특별히 멍청한 것도 사실이긴 하지만."

"단주님께서 학술원에 다니셨다면, 아마 더 좋은 성적을 가질 수 있을 겁니다."

"저도 그렇게 생각해요. 실제로, 공작가에서의 수업은 아직도 계속되는데, 교수도 제 성적에 대해서는 별말을 못 했거든요. 첫날에 저한테 시비를 걸던 그 교수…… 아, 아시겠군요. 티즌 교수, 꽤 유명하다고 들었는데."

"유능한 자입니다."

"알아요. 똑똑하기도 하고. 하지만 공부를 잘하는 것과 출세 길을 트는 건 다른 일이죠. 말하는 꼬락서니를 보니까 알겠더라고요, 왜 아직도 출세를 못 하고 있는지."

"전형적인 학자입니다."

"그렇겠죠. 그리고 인간적이기도 하고. 어쨌든 그치도 이제 제 학업에는 뭐라고 트집을 잡지 못해요. 뭐, 무서워서 안 하는지 더러워서 안 하는지는 다른 문제라고 치고."

비비안이 웃었다. 그녀는 리디아의 성적표를 테이블에 던졌다. 그녀의 시선이 이번에는 세믄 교수를 향해 내리꽂혔다. 비비안이 곱게 눈을 접었다.

"그래서. 이걸 저한테 주는 이유는?"

"그 뒷면에 있습니다."

"아, 빨리 말하시지, 괜히…… 이런."

그때였다. 다시 성적표를 집어 들던 비비안은 성적표의 뒷면에 빼곡하게 적힌 글자들, 정확히 말하자면 글자들로 채워진 평가표를 보고 눈썹을 까닥였다. 아직 첫 번째 줄만 훑었음에도 불구하고 더럽게 기분이 나쁘다. 각종 신랄한 말이 적혀 있는 평가표에는 점잖은 척 모욕적인 언사를 내뱉던 이들의 모습이 그대로 담겨 있는 듯했다.

"이건 뭐죠?"

"1학년 2학기 말에 진행되는 실무 평가입니다."

"겨우 1년 배우고?"

"평가를 보시면 1년의 문제가 아니라는 걸 알게 되실 겁니다."

비비안은 빠르게 눈으로 뒷면을 훑었다. 앞부분이 그녀의 시험지 답에서 나온 결과라면, 뒷면은 그녀의 행실에 대한 평가원들의 철저하게 주관적인 시각이 담겨 있었다.

이성적이지 못하고 논리적이지 못하다. 쉽게 타인의 행동에 끌려간다.

당사자의 논술에 휘말린다. 지나치게 정의감에 차 넘친다. 실무에 적합하지 않으니 학자의 길을 걷는 게 좋을 거다.

듣기에는 지나칠 정도로 객관적인 듯했으나 그 속에 들어 있는 시각이 문제인지 아니면 리디아가 문제인지 비비안은 한눈에 알아볼 수 있었다. 굳이 말하자면 둘 다 문제였다. 리디아는 아직 어렸고, 미숙했고, 인간에게 쉽게 흔들렸다. 그것은 기실 리디아의 문제라기보다는 시간의 문제에 가까웠다.

"폭언이로군요."

"아무리 폭언이 사람을 성장시킨다지만······."

"폭언은 사람을 성장시키지 않아요. 상처만 주죠. 그래서 제가 다른 이들에게 폭언을 퍼붓는 걸 즐긴답니다."

"······이것 때문에 한동안 우울해했습니다."

"그랬군요. 별로 큰 문제는 아니라고 생각해요."

"아니, 이건 큰 문제입니다."

비비안은 계속 말해 보라는 듯이 살짝 고개를 들었다. 세믄 교수는 한숨을 쉬었다.

"단순히 리디아의 실무 성적이 낮은 거라면 훈련을 통해 어떻게든 해결될 겁니다. 하지만 문제라면······ 이 교수들은 타 학생들, 그러니까 성적이 낮거나 별 능력이 없는 이들에게는 그래도 가능성이라는 평가를 내렸습니다."

"그런데 리디아 양은, 그 흔한 가능성 하나도 없다?"

세믄 교수는 고개를 끄덕였다. 비비안은 이제 웃지 않았다.

"그걸 믿으시는가요?"

"믿지 않습니다."

"그럼 교수님께서 걱정하시는 문제는 다른 것이군요. 예를 들면······ 그녀의 자존감이라든가. 그나마 교수들이니 이리 너그럽게 말할 수 있는 것이지, 이제 세상으로 나가면, 결국 그녀는 더 큰 문제와 직면하게 되겠군요······. 이 말씀을 하고 싶은 것인가요?"

"단주님께 말씀드리기에는 지나치게 사소하고, 사실 저번에 이미 한 번 말씀드린 문제입니다. 하지만 단주님께서 그 아이를 변호사로 쓰시겠다면, 그리고 설사 쓰지 않아도, 후원자로서 이 상황을 아셔야 할 것 같았습니다."

비비안은 꽤 기묘한 눈빛을 했다. 세믄 교수는 현재 그녀에게 리디아의 상황을 알려 주면서 그 화살을 다른 곳으로 돌리고 있었다. 그녀는 지금 리디아의 자존감 문제를 걱정하기보다는, 그로 인해 비비안이 리디아를 미흡하게 볼 것을 걱정하고 있었다.

사실 비비안은 그 이유를 알 것 같았다. 누구라도 조카가 어렵사리 기회를 얻었다면 어떻게 해서든 보호해 주고 싶을 것이었다. 하나 비비안은 그런 세믄 교수의 우려와는 무척 다른 사람이었다. 비비안은 뭔가 생각하는 듯하다가 입을 뗐다.

"일전에 교수님께서 그러셨죠. 학술에는 이제 여자들의 생각이 필요하다고."

"네."

"리디아는, 여자들의 생각을 하고 있는 학생인가요?"

세믄 교수는 그녀의 의중을 헤아리는 듯하다가 입을 다물었다. 왠지 모르게 여기서 섣불리 말하면 비비안에게 뭔가 한마디 공격당할 것 같은 직감이 흘렀다. 그리고 그의 느낌은 꽤 들어맞았는데, 실제로 비비안은 현재 드물게 세믄 교수를 질책하고 있었다.

"저는 교수님을 존경해요."

"감사합니다."

"그래서 리디아 양을 받아들였고."

"네."

"리디아 양이 여자가 아니라 남자라도 마찬가지였을 거예요. 그리고 저는 학술 따위에 관심이 없으므로, 뭐, 여자가 필요하든 남자가 필요하든 그런 것에도 별로 관심을 두지 않을 거예요. 다만…… 리디아 양이 진정으로 이 교수들이 말하는 것처럼 감상적이든 아니든, 중요한 건 리디아 양이 어떻게 생각하는 것이냐 하는 거겠죠."

"그 말씀은."

"일전에 말씀드렸죠. 저는 세상에 제가 혼자가 아니었으면 좋겠지만 동시에 또 혼자였으면 좋겠다고."

세믄 교수는 알고 있었다. 그는 그 말의 함의를 어렴풋이 이해할 수 있었으나 동시에 온전히 이해하는 것을 포기했다. 그는 비비안이 아니었다. 그녀가 이곳까지 오면서 무슨 생각을 했는지 알 수 없었다.

"시련이 사람을 만든다는 건 헛소리예요. 물론 시련은 성장을 동반하지만, 그것은 보상보다는 핍박에 가까운 성장이죠. 누군들 평범하고 안락한 환경에서 크고 싶지 않겠어요? 그런 의미에서 저는 제 주변 사람들이 저처럼 수단과 방법을 가리지 않고 자라는 걸 무척 동의하지 않는답니다."

사실, 그럴 수도 없겠지만.

"리디아는, 곱게 자란 아이입니다."

"알아요. 적당하게 곱게 자랐고, 적당하게 의지가 있겠죠. 하지만 그게 무슨 상관일까요? 이 학술원에 깔린 평민이라고, 여자라고 저를 경멸하는 그 수많은 치들과 달리 리디아 양은 똑똑한 데다가 내 말까지 잘 들어요."

"그 아이가 자신의 가치를 하도록 해야겠군요."

"뭐든 적당히가 필요한 법이죠. 리디아 양의 시련에 관한 문제는 전적으로 리디아 양에게 맡기도록 해요. 하지만 만약 그 아이가 고뇌라는 걸 한다면, 한 번쯤은 내 별장에 놀러 오는 것도 말리지는 않겠어요. 그리고……
사실 이게, 제가 오늘 교수님을 찾아온 이유고요."

비비안은 빙그레 웃었다. 세믄 교수는 지나치게 자신의 이야기에 집중한 나머지 비비안이 이곳에 온 의중을 묻는 것을 깜빡했음을 알아챘다. 비비안은 찻잔을 비웠다.

"자존감은 꽤 큰 문제죠. 사람은 천성적으로 자신을 사랑할 수밖에 없게 태어났어요. 그걸 마모시키는 게 타인이라는 존재고."

"……저는, 그 아이가 언젠가는 자신을 잃을까 봐 두렵습니다."

"그것보다, 저한테 버림받는 게 두려운 건 아닐까요? 그 아이에게 이렇게 관대함을 베풀 수 있는 이는 존재하지 않으니까요."

세믄 교수는 정곡을 찔린 얼굴을 하다가 한숨을 쉬었다. 비비안은 피식 웃었다.

"그래서, 제 별장에 오라는 거예요. 저도 한번 리디아 양과 친밀한 접촉을 해 보고 싶거든요. 그리고 무엇보다도…… 소개해 줄 사람도 있고."

"소개해 줄 사람이라면, 공작 각하 말씀하시는 겁니까?"

"그이도 있고, 따로 또 있어요. 우리 경애하는 학술원의 교수님들께서 리디아 양이 학술 연구를 가장해 연구실에서 썩으라고 저주를 퍼붓고 있으니, 그럼 어디 한번 그 학술 연구도, 실무도 제대로 해 보라고 하죠. 무대를 만들어 줘야 춤을 추든 노래를 하든 하지 않겠어요?"

"……."

세믄 교수는 조금 의아한 얼굴을 하다가 고개를 끄덕였다. 비비안은 자리에서 일어났다. 자신의 외투를 집어 든 뒤, 그녀가 웃었다.

"아, 그러고 보니, 그 일은 어떻게 되었죠? 저희 언니요."

"아, 거의 처리되고 있는 중입니다. 애초에 재산으로 얽힌 문제와 양육권이 가장 큰 분쟁인데, 양육권은 워낙 따님이 셋이니."

"하여튼 귀족들은 이게 문제야. 허례허식만 가득 들어서."

"원래 그것이 영광인 치들입니다."

비비안은 빙그레 웃고 외투를 걸쳤다.

"그래서, 제가 그들을 좋아하죠. 파악하기 쉽거든."

* * *

세믄 교수와 헤어진 뒤 비비안은 공작가 대신 새롭게 오픈한 카스타나

거리로 향했다. 번화한 상가 사람들이 거리의 주인을 보고 인사를 하고 있었고 그것들을 여유롭게 넘긴 뒤 비비안이 향한 곳은 다름 아닌 화려한 레스토랑이었다.

"어서 오십시오."

비비안을 알아본 웨이터가 고개를 숙였다. 손님들의 이목이 그녀에게 꽂혔다. 이제 이 수도에서 그녀를 모르는 이가 과연 존재할까. 비비안은 새삼스럽게 웃으면서 위층으로 올라갔다. 그리고 곧 문이 열리고, 비비안은 안에 있는 인영에게 웃으며 입을 열었다.

"미안해요. 제가 늦었죠."

"그럴 리가요. 제가 너무 일찍 온 거죠."

"원래 미인은 기다리게 해서는 안 된다고 하던데."

"저도 원래는 기다리게 하는 쪽인데, 단주님이라 일찍 왔어요."

"제 남편도 기다리게 했나요?"

"물론이죠."

방 안에서 달콤하게 웃고 있는 이는 다름 아닌 일리야였다. 대륙 최고의 미인, 극장의 여왕, 오드리나의 전기를 다룬 연극으로 극장가에서 재평가를 받으며 승승장구한 그녀는 며칠 전에 보낸 초대장을 비비안이 받았다는 것에 꽤 놀라고 있는 중이었다.

"하지만 그때는 대부분 공작 각하께서 제게 식사 대접을 하는 편이었고, 오늘은 제가 단주님께 감사의 인사를 올리는 것이니. 딱히 이상할 건 없겠네요."

"아. 그렇기도 하군요."

"그리고, 언젠가는 꼭 식사를 대접해 드리고 싶었거든요."

"굳이 그럴 필요는 없는데. 저는 목적 없이 누구와 식사하지는 않거든요."

"그래서 지금까지 제 식사 요청을 거절하셨나요?"

비비안은 부드럽게 웃었다. 그러나 그녀의 말 속에 들어 있는 목적이라는 단어는 일리야를 긴장하게 만들었다. 사실 일리야는 일전에 몇 번쯤 비비안에게 식사 요청을 해 왔다. 대륙의 미인. 그녀에게 어마어마한 돈을 쓰는 스폰서들은 대부분 그녀의 재능을 칭찬한다고 말을 번지르르하게 늘어놓았지만 정작 일리야와 식사를 할 때면 자연스레 그녀에게 손을 올리곤 했다.

마치 그녀와 밥을 먹으면 반드시 그녀와 자기라도 해야 하는 것처럼.

물론 일리야는 거절했다. 그 정도 스폰서 따위로 흔들릴 사람이 아니었다. 그녀는 대륙에서 가장 아름답다고 칭해지는 배우다. 겨우 목걸이 하나쯤으로 정부가 되었다면 그녀의 이름이 지독하게 아까웠으리라.

"뭐, 그렇다고 볼 수도 있죠. 그리고 알다시피, 내가 워낙에 바빠서."

"이디에트 공작 각하는, 초면에 바로 노골적으로 제안부터 해 오더군요."

"재수 없게 굴었네."

"그렇지만 승낙했어요."

"잘생겨서?"

"단주님이라면 그렇겠지만, 이디에트 공작이라는 이름이 저를 도도하지 않게 만들었거든요. 그리고 잘생겼고."

비비안은 웃음을 터뜨렸다. 말장난 같은 대화가 오가는 사이사이로 애피타이저가 올랐다. 워낙에 고급스러운 레스토랑이었지만 신경을 쓴 흔적이 여실했다. 레스토랑의 지배인이 정중하게 인사를 올리고 방을 나갔다. 비비안은 느긋하게 구운 연어를 올린 바게트 조각을 하나 들고, 입을 뗐다.

"저한테 요청을 보낸 이유가 뭐죠?"

"감사의 인사를 드리고 싶었어요. 단주님께서 기회를 주셨고, 그걸 제가 잡을 수 있었으니."

"그건 이미 받은 것 같은데. 연극이 올라오는 그날에."

"그리고, 그 뒤로 종종 꽃바구니와 보석과 드레스, 수표를 보내 주신 것도 감사드리고요."

"그건 내가 편하려고 그랬어요. 당분간은 레이디 일리야께서, 내가 원하는 연극에만 얼굴을 내밀기를 바랐거든요. 그러려면 돈보다 더 좋은 건 없죠."

"단주님께서는 예술을 진심으로 사랑하시나 봐요."

"별로. 사실 저는 음악도 문학도 딱히 뭔가에 정통해 본 적이 없어요. 고개를 절레절레 저으면서 떠나간 가정 교사만 수십이었으니. 그건 제 언니가 잘했죠."

"그래도 지금까지 제게 돈을 준 남자들은 이 정도로 하지 않았어요."

"재능은 상품이죠. 일리야 양도 상품이고."

일리야의 말에 별다른 감흥이 없는 듯 비비안은 바게트 조각을 입에 넣었다. 새콤한 연어와 소스의 향이 입 안에 들어왔다. 살짝 비린 듯 미간을 찌푸리던 그녀는, 곧이어 퍼지는 레몬 향에 만족스러운 듯이 고개를 끄덕였다.

"상품을 멋대로 휘두르기 위해 더 많은 돈을 쓰는 것뿐이에요. 그게 시장의 룰이고. 나는 지금까지 그걸 위해서 살아왔거든요. 원하는 걸 더 높은 가격으로 손에 넣기 위해서."

"그렇군요. 그러면 감사하다는 말씀은 집어넣을게요."

"좋아요. 연어 향이 괜찮네요. 바게트는 조금 질긴 것 같은데, 구워서 올리지."

"그럼 연어랑 맛이 어울리지 않을 것 같아요."

"어울리지 않는 걸 어울리게 만드는 게 실력이고 맛이죠. 어울리는 건 존재 자체만으로도 맛있잖아요."

손에 묻은 빵가루를 닦던 비비안은 이제 일리야와 시선을 맞췄다. 일리야는 조금 긴장한 얼굴을 했다. 이제 그녀는 비비안이 슬슬 본론을 말하려고 한다는 것을 깨달았다. 방금 전 그녀의 말마따나, 목적이 없이 밥을 먹을 여자가 아니었다.

"다니엘에게 들었어요. 단주님은 절대 예술의 발전 따위에 무조건 돈을 퍼부을 분이 아니시라고."

"재밌군요."

"다니엘과는 금전과 시간, 몸의 거래가 있었으니, 저와는 무슨 거래를 하실 생각이시죠?"

"아, 역시 똑똑해. 제 남편이 의외로 예쁘고 몸매 좋고 머리까지 좋은 여자만 골라서 좋아하나 봐요. 당신도 그렇고, 클로에도 그렇고."

"그렇지 않은 이도 있어요."

"뭐, 어쨌든 쓸데없는 말은 집어치우고 본론만 말하죠. 내게, 눈이 필요해요."

예상했던 일이었으나 일리야는 숨을 들이쉬었다. 당연하지만 거액의 돈을 제시하고 이런 일을 제안하는 사람은 엄청나게 많았다. 그렇지만 이 정도의 돈을 제시하는 사람은 없었고, 이런 일을 제시하는 여자도 없었다.

"지금 저더러 그…… 단주님이 태자 전하께 바쳤다는 여자의 역할을 하라는 것인가요?"

일리야의 얼굴이 조금 굳었다. 아무리 배우와 귀족 사이의, 특히나 여자 배우와 남자 귀족 사이의 거래가 극장가에서 빈번하게 벌어지는 것이 암묵적인 룰이라고 하나 그녀는 그래도 언제나 자신의 마지막 선은 지켰다. 물론 그 본질이야 거기서 거기라고 귀부인들은 웃었겠지만, 그래도 일리야에게는 배우로서의 제 자존심이 있었다.

그것을 읽어 낸 비비안은 풋 웃었다.

"설마."

남자에게 여자를 붙이는 건 카티야 한 명만으로 족하다. 게다가 남자를 유혹하는 수법은 한 번 써먹으면 거기서 끝이었다. 게다가, 굳이? 비비안은 제 일은 알아서 하라는 주의여서 딱히 누군가를 심연에서 구제할 생각은 없었으나, 그렇다고 구태여 모든 이들을 심연에 밀어 넣을 생각은 더더욱 없었다.

그래서 굳이?

"당신은 대륙 최고의 미인이고, 극장가에서 가장 몸값이 높은 여배우죠. 그런 당신에게 선망의 눈길이 따라붙으리라고 생각해 보지 못했나요?"

"질투밖에 읽지 못했는데요."

"질투는 선망의 또 다른 이름이죠. 당신은 예쁘고, 그렇기 때문에 많은 이들이 질투하고, 한철이라도 미모가 어마어마한 부를 가져다주는 세상에서 당신은 그야말로 여자들의 우두머리나 다름없어요."

"단주님이 그런 말을 하실 줄은 몰랐어요."

"왜, 내가 하면, 안 되나?"

순간 비비안의 입꼬리가 올라갔다. 그러나 그녀의 눈빛은 지독하게 서늘해졌다. 그야말로 냉정한 그 모습에 일리야가 흠칫 떨었다. 저런 여자였나? 처음 보았다. 다니엘이 어쩌면 위그보다도 더 위험한 사람일지도 모르니 주의하라고 한 말이 폐부로 느껴지기는 처음이었다.

일리야는 애써 손에서 나는 땀을 감추었다. 파랗게 빛나는 눈동자에는 미소가 배어 있었다. 왠지 모르게 일리야는, 마지막으로 비비안을 본 그날과 지금의 비비안이 묘하게 달라져 있다고 생각했다.

"당신은, 미모가 아닌 것으로 이겼으니까요. 미모로 누군가를 질투하고 시기하는 것을 굉장히 하찮은 것으로 여기는 줄 알았어요."

"왜? 나는 예쁜 게 꽤 좋은 것이라고 생각해요. 미모도 결국에는 소유할 수 있는 것이에요. 누릴 수 있다면 누려요. 그것을 지켜 줄 힘과 권력의 부재를 노리는 치들이 문제지, 아름다움은 꽤 대단한 것이에요."

"……미모 따위로 싸우고 경쟁하는 거, 웃기다고 생각하지 않아요?"

"미모로 가장 큰 덕을 본 주제에 그런 말을 하는 게 더 웃기는군요."

"……!"

"아름다움은 훌륭한 자산이에요. 유효 기간이 가기 전에 충분히 써먹어야죠. 당신의 몸에서 나올 수 있는 모든 가치를 짜서 당신이 누릴 수 있는 모든 것들을 누려요. 재능이든, 미모든, 돈이든 권력이든. 세상에 고귀한 싸움 방식은 없죠. 이기면, 그게 승자야."

일리야는 일순 질식할 것 같았다. 눈앞의 비비안은 그녀가 지금까지 짐작해 왔던 모습과 완전히 달랐다.

"그래서 대체 무엇을 어떻게 하라는 것이죠?"

"간단해요. 나 대신 여자들을 감시해 줘요. 그녀들의 시기와 질투를 즐기고, 그녀들의 선망을 즐겨요. 그렇게 점차 그들의 친구가 되어 가는 거죠. 여자들은 가끔 여자라는 이유로 끊임없이 서로를 미워하지만, 또한 같은 여자라는 이유로 밑도 끝도 없이 서로를 믿기도 하거든요. 애증이라니 재밌잖아. 물론 나는 그 기준이 그리 이해 가지는 않지만, 객관적으로 그러하니까."

"목적이 필요해요. 이유와 함께."

"내 동생이 죽었어요. 날 찌르고 자살했죠."

화제가 다시 무거워지자 일리야는 멈칫하고 말았다. 이것은 그녀가 나름대로 비비안의 역린이라고 생각했던 것이었다. 그런데 그것은 너무 쉽게 비비안의 입에서 나왔다. 일리야는 침을 꿀꺽 삼켰다. 비비안이 말을 이었다.

"그건 그치들이 생각할 수 있는 내 가장 큰 약점이었을 거예요. 뭐, 내 약점을 나를 강제로 범해 얻으려고 하지 않은 건 꽤 기특하지만, 그렇다고 기분이 좋은 건 아니죠."

"그, 그건 엄연히 겁탈이에요. 어떻게 그런 짓을."

"여자에게 주어질 수 있는 가장 큰 시련 아니었나요? 차라리 죽는 게 낫다고 사람들이 말하던데."

"아니에요. 물론 그것은 엄청나게 고통스러운 일이고, 감당하기 버거운 일이지만 그렇다고……."

"다행이군요. 나도 아니라고 생각해요. 하지만 여자가 인간이라고 생각하지 않는 치들은 여자를 무너뜨릴 유일한 방법으로 겁탈을 선택하곤 하죠. 참 다행이게도, 내 적들 또한 그 정도로 멍청하고 비겁하지는 않았던 모양이에요. 뭐, 어쨌든 그들로서는 내 가장 큰 약점을 잡고 흔들었고…… 그것이 실패했어요. 이제, 그들이 뭘 할 것 같나요?"

"다른 약점을 잡고 흔드는 거요?"

"가장 큰 패가 뒤집어졌어요. 다른 판으로 옮겨야죠."

"······!"

"위그 이디에트. 내게 이제 약점이 보이지 않으니, 이제 내 남편이 표적이 되겠죠?"

"그런데 그게 저한테 한 제의와 무슨 상관이 있죠?"

"내 남편에게 쓸 만한 수법이라면 나와 결혼하기 전에 다 써 봤겠죠. 그럼 이제 쓸 만한 수법은 나와 연관된 것일 테고. 나와 내 남편 사이를 갈라놓으려고 별 개수작을 다 부리던 그들이 생각할 만한 수법이, 뭐가 있을 거라고 생각해요?"

"설마······."

"남자들의 권력은 항상 여자와 얽혀 있죠. 물론 정부나 사생아 따위가 그자의 권력에 타격을 주지는 못하겠지만······ 내가 등을 돌리면, 우리 남편도 아주 엿 같아질 거예요."

"그냥 단주님이 등을 돌리지 않으면 될 문제 아닐까요?"

"흐음. 그렇지만 나는 내 집에서 내 남편의 여자랍시고 나와 기 싸움 따위를 벌이려는 걸 무척 싫어해요. 다른 남자도 아니고 위그 이디에트를 두고. 별 재미도 없이. 그리고 당신도 알겠지만······."

"······."

"모든 여자 문제는, 언제나 권력과 직결되어 있답니다."

"정말 고리타분한 명제군요."

"덕분에 너무 뻔해서 대처가 쉬워졌죠."

"언제부터 이걸 계획하셨나요?"

"저는 겨우 대륙 미인 따위를 보겠다고 남편을 자극하면서까지 옛 연인을 만나러 가지는 않아요. 뭐, 그래도 생각보다 훨씬 더 예뻐서 기분이 좋아진 건 사실이에요. 덕분에 당신도 대륙에서 가장 돈이 많은 사람을 스폰서로 두고 있지 않나요?"

일리야는 그제야 알았다. 비비안은 일리야에게 지금까지 위그와 연관이 있던 모든 여자를 감시할 것을 명하고 있었다. 정확히 말하자면 디텔과 그녀들의 관계를. 그리고 이건 꽤 오래전부터 시작된 계획이었다.

"새로운 여자를 만들면 어떡하죠?"

"그것도 같이, 봐야겠죠?"

"정말 어려운 임무를 주는군요. 여자를 감시하라고 하다니, 차라리 제가 원래 생각했던 게 더 나았겠어요."

"이런 건 예쁘고 능력 있는 여자밖에 못 해요. 그리고 레이디 일리야는 제가 아는 가장 예쁘고 가장 능력 있는 여자죠. 여자들의 선망의 대상이라니, 남자들의 뮤즈보다는 여자들의 우상이 더 즐겁지 않나요?"

"후자는 단주님이 만들어 주신 거죠."

"그래서 제가 써먹을 만한 구실이 생겼잖아요. 회수 없는 투자는 하지 않는답니다."

비비안은 와인 잔을 들었다. 그녀의 입가에 물든 미소가 음산했다. 일리야는 처음으로 자신이 받은 것들을 주인에게 다 돌려주고 싶은 충동에 휩싸였다.

* * *

"어딜 다녀온 거지?"

비비안은 오늘도 어김없이 셔츠 하나 입은 채 현관 밖에서 저를 기다리는 남편을 보며 묘한 얼굴을 했다.

"예전부터 묻고 싶었는데. 집에서 놀아? 왜 매번 밖에서 기다리는 거지. 심지어 밖에서 기다리는 건 언제나 당신이야."

"그냥 당신이 늦게 온 거고, 당신이 일찍 온 날은 따뜻한 화롯가에 앉아 있지, 나를 배웅하지 않으니까. 누구 만나고 왔어?"

"남자."

"어느 남자."

"이제는 놀라지도 않네. 자신인 거야, 체념인 거야?"

"아니라는 걸 아니까 이러는 거다. 오늘 아침 나한테 일리야를 만나러 간다고 하지 않았나?"

"이게 무슨 재미인지 모르겠어. 대체 현관까지 왜 나와서 기다리는 거야. 맛 들였어?"

비비안은 고개를 절레절레 저었다. 하늘에서는 눈이 푸슬푸슬 내리고 있었지만 저 남자는 여전히 셔츠 하나뿐이었다. 건강한 거 티 내고 다니나. 비비안은 눈썹을 깜박이며 제 외투를 벗었다. 그러자 아직 현관으로 들어가지 않은 위그가 놀라 그녀에게 다가왔다. 물론 비비안은 그를 스쳐 지나갔다.

"왜 벗어?"

"당신이 벗고 있으니까."

"논리가 앞뒤 안 맞는 거 알지?"

"괘씸하게, 나는 매일 미열에 골골 앓는데 당신은 셔츠 하나만 입고 돌아다녀도 흔한 재채기 한번 안 하잖아."

"전쟁터에서 산 나와 집무실에서 산 당신이 같아? 억울하면 전장에 나가든가."

"아까워서 내보낼 수는 있어?"

홀에 들어서자마자 비비안이 빙글 몸을 돌렸다. 그녀의 뒤를 성큼성큼 따라가던 위그는 오늘도 어김없이 현관에서 벌어지는 그녀의 행동에 한숨을 쉬었다.

"당신이 내가 말린다고 말려지는 인물인가?"

"잘 알고 있네. 하지만 내가 하기 싫어하는 걸 당신이 말린다면, 그냥 넘어가 주는 척하면서 안 할 수도 있어. 잊지 않았지? 생각이 일치할 때는 당신 결정대로, 생각이 일치하지 않으면 내 결정대로."

비비안은 달콤하게 웃었다. 곱게 휘어지는 그녀의 눈가가 달콤했다. 위그는 문득 그녀가 요즘따라 이렇게 웃는 순간이 많아졌음을 인지했다. 그리고 곧, 습관적으로 그녀의 입술에 키스했다. 늘씬한 팔이 그의 목에 감기고, 알아서 사라진 고용인들과 함께 고요해진 홀에, 진득한 접촉만 남았다.

"일리야와 무슨 이야기를 했어?"

침으로 반들거리는 그녀의 입술을 살짝 깨물며 그가 물었다. 방금 키스를 끝냈지만 그의 목소리는 한없이 냉정했다. 비비안은 빙그레 웃었다.

"부탁을 했지."

"명령을 했겠지."

"그게 그거지."

"내용은?"

"몰라도 돼. 돈을 내가 냈는데 정보를 당신이 왜 받아, 안 그래?"

"우리는 이제 생사를 같이하는 관계다."

"그 정도까지는 아닐 텐데."

"백번 부정해 봤자, 디텔이 그렇게 느낄걸? 예를 들자면…… 오늘 군수 물자를 준비하라 명령한 데에 디텔이 엄청나게 불편한 얼굴을 하더군. 단주가 또 무슨 계획을 꾸미고 있냐면서."

비비안은 멈칫했다. 그러나 그녀는 다시 까르르 웃었다. 세상에…… 비비안은 자신이 군수 물자를 준비한다는 사실에 디텔이 얼마나 불안했을지 대충 상상하고 웃었다. 그리고 그 웃음은 종국에 폭소가 되어서, 공작가의 홀을 메웠다.

"그렇게 재밌나?"

"응."

"다른 사람의 불행을 보고 웃는 데에 당신을 따라올 자는 없을 거다."

위그는 실소를 터뜨렸다. 그의 팔이 비비안을 감쌌다. 비비안은 자연스레 그에게 반쯤 기대, 계단으로 향했다.

"어, 이모, 이모부야!"

그리고 두 사람의 방이 있는 층에 도달하기도 전, 발랄한 목소리가 터졌다.

비비안은 웃음기가 남아 있는 얼굴로 고개를 돌렸다. 아리아가 드물게 활기찬 얼굴로 서있었다. 그리고 그 옆에는 언제 빨았는지 새하얘진 토끼 인형을 질질 끌고 나온 리즈가 있었다. 자매의 등장에 그간 건강으로 인해 조카들을 보지 못했던 비비안이 활짝 웃으며 몸을 돌렸다. 위그 또한 덩달아 두 아이를 향해 몸을 돌릴 수밖에 없었다.

"이리 오렴."

비비안은 모처럼 다정하게 웃으며 몸을 낮췄다. 리즈가 도도도도 달려와 비비안의 품에 폭 안겼다. 그러나 그 짧디짧은 사이에 확 커 버렸는지, 아니면 비비안이 명확히 몸이 나빠졌는지 평소라면 바로 리즈를 안아 들어야 할 비비안은 아이의 힘에 잠깐 휘청거리기까지 했다. 그리고 눈치 좋게 그것을 발견한 아리아가 얼굴을 찌푸리고 리즈를 나무랐다.

"이모를 밀면 어떻게 하니, 리즈."

"아니, 나는 안 밀었는데. 이모, 괜찮아?"

"괜찮아. 이모가 중심을 못 잡아서 그래."

그렇지만 단순히 중심을 잡지 못했다기에 비비안은 리즈를 안아들 엄두를 하지 않았다. 위그는 비비안을 힐끔 보고, 미약하게 한숨을 쉬었다. 몸 상태가 나아졌다지만 그뿐이었다. 예전으로 돌아가기는 힘들었다. 그리고 그것이 그를 가장 큰 고뇌에 빠뜨렸다.

"이모, 이모. 이번 감사절에는 뭘 먹어?"

"뭐가 먹고 싶은데?"

"과자."

"과자에 무슨 지독한 집념이라도 있나?"

위그가 얼굴을 찡그렸다. 리즈가 입술을 삐쭉였다.

"아니거든. 그 과자가 그 과자가 아니거든!"

"그 맛이 그 맛이다. 그 달달한 게 뭐가 좋다고."

"칫."

"이번 감사절에는 공작가에서 작은 만찬을 갖지. 원래 감사절은 가족끼리 먹는 거다."

"어, 그럼 아빠랑 엄마는?"

순간 아리아의 얼굴이 창백해졌다. 그녀가 황급히 리즈의 입을 막으려고 했으나 비비안과 위그는 겨우 아이의 질문에 당황할 정도로 미숙하지 않았다. 위그는 아리아를 향해 괜찮다는 얼굴을 했다. 그리고 아리아가 손을 내리자, 위그가 시큰둥하게 말했다.

"네 아빠는 바빠서 안 될 거다."

"아빠가 이모부보다 더 바빠?"

"이모부가 부려 먹었거든."

"이모부 나빠."

"그래. 내가 나빴다. 그렇지만 엄마는 될 거다. 자세한 건 네 이모가 알아서 할 거고."

비비안은 우아하게 웃었다. 카트린은 현재 외국에 있었다. 그리고 그녀가 무엇을 하는지 비비안은 굳이 묻지 않았다. 그렇지만 감사절에 딸들이 보고 싶다면 아마 올 것이었다. 카트린은 카트린이 되기 위해 간 것이지 딸을 버린 게 아니니까.

"뭐, 그건 이제 이모가 알아서 할게."

"과자 아니면 뭘 줄 거야?"

"뭐, 그것도 이모가 알아서 하겠지?"

비비안은 자리에서 일어났다. 위그는 눈치 좋게 그녀를 부축했다. 덕분에 비비안은 시야가 흐려졌음에도 쉽게 걸음을 옮겼다.

두 사람은 꽤 자연스럽게 방으로 돌아왔다. 달칵, 문이 닫히고 일상이 다시 반복되었다. 비비안은 침대에 앉았고 위그는 잔에 물을 따른 뒤, 약과 함께 그녀에게 내밀었다. 두 사람 다 거기에 의문을 표하지는 않았다. 그저, 비비안이 옅게 웃었다.

"군수 물자…… 해결은 됐어?"

위그는 말없이 화장대 위에 놓인 서류를 그녀에게 내밀었다. 허가서였다. 그것도 왕실의 인장이 찍힌. 아무나 얻을 수 없는 것임에도 그녀의 남편은 이런 걸 잘 얻어 왔다. 물론 이디에트의 일이니 그런 것이겠지만 비비안은 그게 새삼 웃겨서 약을 삼키며 말했다.

"오늘 일리야를 만나서 잠시 당신의 과거에 대해 이야기를 나눴어."

"디텔이 이제 곧 움직인다면, 아마 당신과 나를 갈라놓으려고 할 거야. 그러기에 여자는 꽤 좋은 수단이지. 당신을…… 다니엘로 움직였던 것처럼."

"그렇지."

오해를 불러일으키기에 딱 좋은 언사에도 위그는 굳이 휘말려 들어가지 않았다. 이제 그는 그녀의 화법을 완벽하게 파악했다. 그래서 그는 그저 여상스럽게 제 대답을 내놓았다. 그리고 비비안의 외투를 받아 들고 의자에 정확히 걸쳐지게 던진 뒤, 물었다.

"저녁은 잘 먹었나?"

"잘 먹었어."

"뭐 먹었는데?"

"이것저것? 샐러드, 스테이크, 후식으로 케이크까지 먹고 왔어."

"일리야가 그렇게 많이 먹는 사람이 아닌데."

"맞아. 역시 배우라서 그런지 많이 먹지는 않더라고. 하지만 나는 배우가 아니니 그냥 먹었어. 예전에 다니엘이 몸매 관리를 한답시고 풀떼기만 먹을 때도 나는 눈치 안 보고 내가 먹고 싶은 걸 아주 당당하게 다 먹었거든."

"당신만 잘 먹으면 돼."

"흐음."

"그럼 됐어."

위그는 그렇게 읊조리며 그녀의 손에서 컵을 가져갔다. 남자의 커다란 뒷모습을 응시하다가, 비비안은 묘한 표정을 지었다. 그리고 그녀가 다시 자리에서 일어났다. 때마침 헤더가 방으로 들어왔다. 그리고 곧, 비비안이 욕실로 들어가고, 위그는 한숨을 쉬었다.

* * *

비비안과 헤어진 뒤 일리야는 극장으로 다시 돌아왔다. 저녁 시간의 극장가는 언제나 그렇듯 복작거렸고, 그녀를 향해 알은체를 하는 사람들을 향해 고개를 끄덕이다가 일리야는 피곤한 얼굴로 분장실로 향했다.

"왔어?"

일찍이 화장을 마치고 서 있던 다니엘이 그녀를 맞이했다. 오랜만에 두 사람은 다시 같은 무대에 오르게 되었고, 극장가에서 가장 몸값이 비싼 두 배우가 비비안의 손에서 나왔다는 사실은 일리야에게 묘한 느낌을 안겨 주었다.

"비비와의 식사는 잘 마쳤어?"

"그렇게 불러도 돼?"

"나름의 소중한 추억이야. 비밀로 해 줘. 그래서…… 식사는 잘 했어?"

"코로 들어가는지 눈에 들어가는지 구분도 되지 않았어."

"저런."

"그 여자의 정부를 할 때…… 그 여자가 너한테 이런 일을 시켰어? 예를 들면 정보를 캐 오라든가."

"비비는 정부들에게 일을 시키지 않아."

다니엘은 부드럽게 웃었다. 그리고 그의 말은 사실이었다. 비비안은 자신의 정부들에게 일을 시키지 않았다. 그녀는 언제나 그들에게 좋은 환경과 좋은 선물들을 안겨 주고, 그들이 가장 좋은 상태로 그녀와 함께 시간을 보내길 바랐다. 그녀는 그렇게 선이 확실했다. 간혹 선을 넘는 남자들은 그다음 날 바로 이별 통보를 받았다.

"기뻐해야겠네. 이용당했다는 것에."

"정보를 빼 오라고 했어?"

"뭐, 그것까지 알 필요는 없어."

일리야가 가볍게 한숨을 쉬었다. 그러나 다니엘은 살짝 굳은 얼굴로 말을 이었다.

"만약 그런 거라면 어서 전해 주는 게 좋을 거야. 디텔 공작이 오늘 갑자기 극장에 나타났어. 그리고…… 그 옆에 굉장히 익숙한 여자가 있었어."

"뭐?"

순간 일리야가 자리에서 벌떡 일어났다. 뭔가 이상함을 느낀 듯 그녀가 미간을 좁혔다. 이렇게 빨리? 속으로 그녀가 읊조렸다. 그러나 그녀는 더 생각을 하지 않았다. 그저 분장실을 나갔을 뿐이었다. 다만 그녀가 나갔을 때 디텔 공작은 이미 극장가를 벗어난 상황이었고, 일리야는 그것이 뭔가 이상함을 본능적으로 눈치채고 말았다.

*　*　*

비비안은 꽤 늦게 잠이 들었다.

수면제와 진정제를 보이는 족족 쓰레기통으로 집어넣었기에 비비안이 잠 드는 방법은 오롯이 제 체력을 완전히 방전시키는 일이었다. 다행이게도 저 녁에 와인 한 잔 정도는 괜찮다고 의사가 말했기에 그녀는 오늘도 와인을 한 잔 한 채 위그의 품에 안겨 있다가, 그가 고른 소설의 마지막 페이지를 다 읽을 즘 잠에 들었다.

장장 300페이지에 달하는 소설이었으나 위그는 딱히 힘든 기색이 없었다. 그저 술의 기운을 빌려 평소와 달리 잠에 쉽게 든 비비안을 쿠션에 눕히고,

이불을 덮고, 하느작거리는 촛불을 끈 뒤 자신도 이불 속으로 들어갔다.

그러나 정작 이불 속으로 들어갔음에도 비비안이 그의 잠기운을 전부 가져갔는지, 그는 정신이 점점 맑아져 왔다. 결국, 어두컴컴한 방에서 비비안을 품에 안은 채, 살짝 그녀의 이마에 뺨을 대고 온도를 확인한 뒤, 그가 한숨을 쉬었다.

'다행이군.'

비비안은 열이 없었다. 거의 매일 저녁마다 진행되는 의례적인 확인이었다.

이유는 그도 몰랐다. 그러나 열이 난다는 것은 그에게 모종의 불안감을 안겨 주었고 그 불안감은 그녀가 칼에 찔렸던 그 순간보다 덜하지 않았다. 이대로 열이 나다가 갑자기 죽으면…… 그 가능성은 기실 평범한 인간이라면 꽤 희박했으나, 그게 비비안이라서 그는 절대 희박 따위에 희망을 걸 수가 없었다.

그러다가 문득 위그는 비비안의 얼굴을 응시했다. 평온하게 잠든 그녀의 얼굴을 빤히 보던 그는 순간 그녀가 죽을 수도 있다는 생각을 하다가 흠칫 떨었다.

그러나 흠칫 떤 뒤에는 으레 몰려오는 의문이 있었다.

왜 그게 떨 일인가.

그가 죽인 것도 아니고 병사라면…… 그저 자연사라면 그녀의 유언장은 꽤 쉽게 그의 손에 떨어진다. 의문사도 아니고 병사한 이의 죽음까지 굳이 세믄이 의심할 이유는 없었고, 당연하지만 비비안이 자연스럽게 이대로 죽는 것만큼 위그에게 유리한 상황도 없었다.

그러나 죽는다.

순간 그는 속으로 그 말을 되뇌다가 한숨을 쉬었다.

지금 그는 그녀를 살리고 싶어 하는가. 살려야 하는가. 굳이? 아니, 왜? 무수한 의문들이 마음속에서 요동치다가, 언제나 그러하듯 다시 가라앉는다. 죽는 게 그에게 이득인 여자. 그리고 죽는 게 모두에게 이득인 여자.

그럼에도 불구하고 그는 그녀를 살렸다. 그는 결국 그녀를 살렸고……
거기까지 생각하다가 위그는 다시금 지금까지 그가 풀지 못했던 난제에 봉
착했다.

그는 그녀를 살렸다.

그녀는, 그가 자신을 살릴 걸 알고 있었나?

그날 그는 자신의 사람을 보냈다.

동생에게 찔려 죽은 걸로 처리하려면 그 사람 하나만 입 다물면 그만이
었다. 그 모든 것들을 동생이 누나에게 저지른 복수의 결말로, 로젤리스의
비극으로 처리하고 유언장마저 냉큼 삼키면 기실 세븐 교수라도, 카트린이
라도 어쩔 수 없었을 것이었다.

그런데 그는 그녀를 살렸다.

그리고 더 기이한 것은, 그가 보낸 사람을, 그녀가 믿었다는 것이었다.

왜?

그는 답을 얻지 못했다. 그래서 결국 그렇게 그녀를 품에 안고 잠을 청했
다. 언제든지 그를 죽일 수 있는 칼을 안고 자는 느낌이었다. 그녀가 그를
죽이지 않아서, 그도 그녀를 죽이지 않았다 따위로 퉁치면서. 평화롭게.

그때였다.

갑작스럽게 밖이 소란스러워지더니 시끌한 목소리가 들려왔다. 위그는
눈을 뜨고 조심스럽게 몸을 일으켰다. 비비안은 모처럼 깊게 자고 있었다.
비비안의 건강으로 말미암아 공작가는 저녁 10시부터 아침 8시까지 절대
큰 소리를 내서는 안 된다. 그것을 모르지 않을 터이니 소란의 근원은 필연
코 외부의 누군가였다. 그러나 이 시간에 누가 공작가를 감히 방문할 것인
가. 간이 붓지 않고서야 불가능했다.

그렇게 생각하며 위그가 침대에서 일어났다. 다행이게도 공작가의 기사
들과 고용인들이 빠르게 처리를 했는지 아래는 다시 잠잠해졌다. 비비안이
깨어나면 '아내를 사랑하는 남편의 기본적인 태도'에 따라 위그의 안색이

얼마나 안 좋을지 그들은 알고 있었다. 거기에 그들은 비비안의 분노와 짜증까지 받아 내야 했다. 그에 다행이라고 생각할 무렵이었다.

똑.

미약하다 못해 잡아 내기도 힘든 노크 소리가 울렸다. 세 번도 아니고 한 번. 비비안을 깨우고 싶지 않지만, 위그로서는 쉬이 잡아 낼 것을 아는 이가 낸 기척. 클로에일 게 뻔해서 위그는 문을 열었다. 아니나 다를까, 클로에가 낯이 새하얘진 채 서 있었다.

위그는 비비안을 힐끔 보고 복도에서 스며들어 오는 빛이 그녀의 얼굴에 드리워지지 않게 한 뒤 방을 나갔다. 그리고 곧, 낮게 물었다.

"무슨 일이지."

"큰일 났어요."

"말해."

"라니사가 왔어요."

"라니사?"

위그는 얼굴을 찌푸렸다. 익숙한 이름이었다. 얼굴은 얼핏 기억이 날 듯 말 듯 한데 그렇게 확실한 건 아니었다. 그러나 클로에는 그가 아예 그녀의 존재 자체를 기억하지 못한다고 생각했는지 황급히 말을 붙였다.

"한때 각하의 정부였잖아요. 거의…… 2년 전?"

"알아. 그런데 왜 갑자기?"

"라니사가 와서, 각하를 찾아요. 그런데 문제는 지금."

클로에가 말을 더듬었다. 그녀는 이 상황 자체가 지금 무척 분노스럽지만 어쩔 수 없다는 듯이 고개를 들었다. 그리고 원망이 가득한 목소리로 말을 이었다.

"그녀가, 각하의 아이를 가졌다고 주장하고 있어요. 3개월째요."

"무슨 헛소리지? 나와 비비의 1주년 결혼기념일이 코앞이야."

위그는 어이없다는 듯이 헛웃음을 쳤다. 그야말로 당황함으로 가득 찬 채 안절부절못하는 클로에와 달리, 당사자인 그는 숨소리 하나 흐트러뜨리지 않은 채 차분하게 말을 이었다.

"대충 짐작하건대 라니사가 문제가 아닌 것 같군. 하여튼 디텔의 대가리란……. 일단 난리 안 부리게 진정시켜서 접대실로 보내. 비비 자야 돼."

"이미 했어요."

위그는 대답 대신 걸음을 옮겼다. 방문 앞이라 가급적 말을 낮추던 그의 얼굴은 접대실에 가까워질수록 더욱더 싸늘해졌다.

그리고 침묵으로 점철된 걸음의 끝. 접대실 바깥에 선 위그가 클로에를 향해 읊조렸다.

"너는 비비안에게 가 있어."

"무슨 말씀이세요. 왜……."

클로에는 가늘게 눈을 떴다. 그녀는 왠지 모르게 수상쩍다는 얼굴로 위그를 응시했다. 나를 이렇게 보내서 좋을 게 뭐가 있지? 그녀의 얼굴에 씌어진 감정이 지나치게 노골적이어서 위그는 되레 할 말을 잊어야 했다.

"아니……. 비비안이 깨어나지 않는지 보라는 거다."

"아."

클로에는 크흠 헛기침을 했다.

위그는 한숨을 쉬었다. 비비안의 비서로서 클로에는 마치 위그의 일거수일투족을 감시해야 하는 것처럼 굴 때가 종종 있었다. 그것이 비비안의 명령이라면 오히려 위그는 좋았겠지만, 그럴 가능성이 거의 0에 수렴하므로 위그는 더욱더 착잡해졌다.

"비비안이 깨면 나는 일이 있어서 잠시 서재에 있다고 해."

"아니시잖아요."

"……."

"저는 단주님을 속일 수 없어요. 접대실에 계신다고 말씀드릴 거예요. 물론, 단주님이 깨시지 않게 조심할 거지만 말이죠."

"그래."

"저 그런데……."

"왜?"

"진짜 아니죠?"

"건방지다. 네가 내 정부라면 한 번쯤 눈감아 줄 수 있지만 비비안의 비서라면 네 이런 월권을 비비안이 용납해 줄 것이라고 생각하나?"

낮게 깔린 위그의 목소리에 클로에가 움찔했다. 그녀는 제가 주제넘었음을 빠르게 인지하고 고개를 숙이고 사과의 인사를 건넸다. 그러나 동시에 그녀는 놀랐다. 예전까지만 해도 위그는 이런 식으로 클로에와의 선을 확실히 긋지 않았다. 위그는 언제나 그녀를 한때 자신의 정부였으나 비비안의 갑작스러운 변덕에 비서가 된 여자로 보고 있었을 뿐이었다.

'흐음.'

예전이라면 위그의 호통에 움츠러들 그녀였으나 클로에는 이제 담담하게 뒤로 몇 걸음 물러났다. 위그의 말이 맞았다. 비비안은 이런 식으로 아랫사람이 선을 넘는 걸 즐기지 않았다. 그것은 그녀가 비비안의 총애를 받는다고 해도 바뀌는 게 아니었다. 그래서 그녀는 그저 예를 한 번 더 올린 채, 위그의 명령대로 비비안의 방으로 향했다.

마지막 근심 한 자락까지 다 처리한 위그는 이제 접대실로 눈길을 옮겼다. 라니사, 라니사……. 속으로 이름을 읊조리던 그는 그녀와의 추억 따위 머릿속에 하나도 남지 않았음을 상기하고 얼굴을 더 굳혔다. 하필이면 찾아도 이런…… 별로 기억에 남지도 않는 여자를 찾나. 그래서 더욱더 성가셨다. 어디서 어떤 식으로 무엇을 들고 나올지 몰랐으니까.

'뭐, 그래도 3개월이라면 간단하군.'

이미 태어난 아이를 안고 온 것만 아니라면 무마는 어떻게든 가능하다. 물론 이미 태어난 아이를 데리고 왔다고 해도 위그는 무마가 가능했다. 결혼 전 그는 그 어느 때든 절대적으로 후환을 남겨 두지 않도록 행동했다.

그의 명예는 물론이요 목숨으로 담보할 수 있는 문제였다. 그것은 제 아들에게 여자를 보내면서 아버지가 신신당부했던 것이었다.

'여인은 남자가 넘어야 하는 가장 큰 선이지. 그걸 제대로 제어하지 못하면, 결국 언젠가는 큰일이 생기고 말 것이다.'

'모종의 의미에서 그렇긴 하군.'
물론 선대 공작이 그런 의미로 말해 준 것은 아니겠지만 위그는 조소를 머금고 쯧 혀를 찼다. 그리고 곧, 그가 문을 벌컥 열었다. 접대실의 샹들리에의 빛이 강하게 그를 덮쳐 왔다. 비비안이 가장 아끼던 샹들리에였다. 외국에서 공수해 왔다며 자기 집에는 많으니 너네 집에나 달라고 하던 그 샹들리에.
그 샹들리에 아래에 작달막한 체구의 여자가 서 있었다.
라니사 블레이드.
한때 위그의 정부이자, 귀족들과 염문이 자자한 여자였다.
"위그."
문을 열기가 무섭게 들리는 목소리가 달콤하기 그지없었다. 라니사 특유의 달달한 목소리는 한때 극장에서 오페라 가수를 준비했다는 말이 거짓이 아님을 알려 주듯 남자를 녹이는 매력이 있었다. 마치 사탕을 물에 녹인 듯 다디달게 퍼지는 목소리.
그러나 그것보다도 더 눈길이 갈 수밖에 없는 것은 단연코 요정처럼 아름다운 그녀의 외모였다. 우아하고 고고한 미인인 일리야와 달리, 그녀는 마치 신화에 나오는 작은 숲의 요정 같았다. 창백한 얼굴을 아름다움으로 여기는 바첼론에서 보기 드문 상앗빛의 피부, 위로 올린 밤색 머리카락이 하늘하늘하게 얼굴 옆으로 흐트러져 내려왔다.
잡티 하나 없는 얼굴은 성인 남자의 손으로도 가릴 수 있을 만큼 작고 앙증맞았다. 그 위에 있는 동그란 눈매는 마치 사슴 같았고 길게 드리워진 속눈썹이 팔랑팔랑거리며 그림자를 만들어 내 한없이 아련해 보였다. 오똑한 코와 발그스름한 입술은 또 아름답기 그지없었는데, 자연스럽게 사내라면 마음이 동할 정도였다.

그의 가슴팍에도 닿지 않을 작은 체구였다. 드레스는 한동안 비비안의 드레스 룸만 보던 위그가 보기에는 상당히 검소하고 수수한 것이었다. 그리고 그것이 그녀를 더욱더 가련하게 보이게 했는데, 그녀의 옆에서는 클로에마저도 늘씬하고 키가 커 보일 지경이었다.

위그는 한때 그런 라니사를 꽤 좋아했다. 어쨌든 그가 그런 여자를 좋아했다는 것은 틀림이 없었다.

물론 지금 이 모든 것들은 전부 허상에 불과했다. 라니사가 몸에 진주를 칭칭 감고 오든, 거적때기를 입고 오든 위그의 눈에는 비비안의 단잠을 깨울 수 있는 잠재적인 방해꾼으로밖에 보이지 않았다.

"왜 왔지?"

꽤 단도직입적인 물음에 라니사의 눈가에 눈물이 고였다. 그러나 그녀는 손등으로 제 눈가를 한 번 쓸고, 우아하게 미소를 지으며 입을 뗐다.

"위그."

"우리가 언제 이름을 부르던 사이였나?"

위그의 목소리는 딱히 그렇게까지 차갑지는 않았다. 일부러 화를 낸 흔적 따위도 없었고 라니사를 위협하려고 하는 기색도 없었다. 그러나 그 목소리에 깃든 묘한 감정은 충분히 현재 상황에 대한 그의 심정을 보여 주고 있었는데, 그것을 눈치챘는지 라니사가 침을 꿀꺽 삼켰다.

"죄송해요. 저는 당신이 이름을 불러 주면 좋아하니까."

"내가?"

"제가 처음 당신에게 안길 때……."

"……."

"그날, 제가 당신 이름을 불렀잖아요. 그리고 침대 위에서는 언제든지 이름을 불러도 괜찮다고 했으면서."

"내 접대실은 침대가 아니다. 못 본 사이에 눈이 멀었나?"

위그는 시큰둥하게 소파에 앉았다. 디텔이 왜 라니사를 이곳으로 보냈는지 그는 조금 알 것 같았다. 라니사는 그가 만난 모든 여자들 사이에서 가장 그의 취향에 가까운 여자였다. 그래서 그가 가장 아끼기도 했고, 귀족들 사이를 전전하던 그녀 또한 언제나 그의 품에서 그가 최고라고 속살거리기도 했다.

"이제 예를 갖추지, 좀."

"······네."

"그래서 왜 왔다고?"

위그는 딱히 분노를 하지는 않았다. 그러나 라니사는 그의 눈치를 보면서 작게 읊조렸다.

"제가······."

"임신을 했다고."

그리고 길어질 것 같은 대답에 앞서, 위그가 깔끔하게 입을 뗐다.

라니사는 놀란 얼굴을 하다가 다시 고개를 숙였다. 그녀의 눈가에 그렁그렁 달린 눈물은 언제나 그랬던 것처럼 쉼 없이 얼굴에서 흘러내렸다. 그게 한때는 꽤 좋았긴 했다. 작은 것 하나 던져 줘도 좋아하던 사람이었다. 물론 그가 작은 것을 줄 리 없으니 그런 것일지도 모르겠지만.

"제가. 그만 각하의 아이를······."

"······."

"죄송해요. 각하. 이러려고 한 것은 아니었어요. 사실 그저 홀로 낳아서 키우려고 했을 뿐인데······."

"3개월이라고?"

"네."

"이상하군. 우리는 약 2년 동안 만나지 못한 것 같은데."

재밌다는 듯이 위그가 코웃음을 쳤다. 아이? 정부? 여자와의 스캔들? 겨우 그 정도로 자신을 견제할 수 있을 것이라고 생각했나? 그는 대수롭지 않게, 그러나 확실한 어조로 말을 이었다.

"라니사 블레이드. 디텔에서 뭘 시켰는지 모르겠지만, 원하는 게 있다면 이쪽에서 줄 테니 그만해도 좋아."

"……각하!"

"내가 비비와 결혼을 한 게 1년 전이야. 생각이라는 걸 해 봐. 내가 너랑 무슨 일이 일어날 이유가 대체 뭐지?"

객관적으로 생각해 보자면 딱히 불가능한 일은 아니었다. 결혼을 해도 정부와 자지 말라는 법은 없었다. 비비안이 위그를 방에 가두어 놓지 않는 한, 다른 이들이 보기에는 충분히 의심이 들 만한 상황이었다. 그러나 위그는 너무 자연스럽게 그 선택지를 배제하고 있었다. 그는 비비안과 계약을 했다. 계약서에는 그런 내용이 있었다. 두 사람은 서로를 제외한 이성과 긴밀한 접촉을 즐기지 말 것. 그렇지 않으면 어마어마한 위약금이 서로에게 간다.

그리고 설사 그 계약이 없다고 해도 애초에 그럴 이유도 없었다. 3개월 전이면 그녀가 그의 목줄을 잡고 그가 그녀의 유언장을 확인하고도 꽤 지난 뒤의 시간이었다. 그 뒤로 두 사람은 만날 때마다 널 죽이네 마네 해도, 자연스럽게 식사를 하고 자연스럽게 저녁이면 서로를 품에 안았다. 그런데 굳이?

"좀 말이 되는 소리를 해."

"각하는, 그날 밤이 기억이 나지 않으신가요?"

"네 머릿속에만 존재하는 기억 말인가?"

"공작 부인에게 지쳤다면서…… 질렸다면서. 그렇게 말씀을 하셨으면서."

"내가 왜 비비안한테 지쳐? 질린다고? 나도 좀 그 여자한테 질리고 싶군."

그에 라니사는 억울한 얼굴을 했지만 위그는 진심이었다.

"내가 비비안한테 질리는 날이 온다면 그날은 내가 죽었거나 그 여자가 죽었거나 둘 중 하나야. 서로의 장례를 치러 주지 않는 한, 서로에게 질릴 일은 없어."

목숨이 달린 일에 질리는 인간은 없다. 정신머리를 놓고 살다가 가문이 망하게 생긴 일이 지금 1년도 채 지나지 않았다. 위그는 한때 자신이 멍청했음은 인정했지만 그렇다고 해서 꾸준하게 멍청할 이유가 없었다.

어쨌든 위그는 그렇게 담담했다. 한 짓이 없으니 당당할 수밖에 없었다. 그러나 그의 그런 태도에 물러날 만큼 허술하지는 않은지, 라니사는 천천히 손등으로 제 눈가를 쓸었다.

"저는, 그날 진심이었어요."

"그러니까 어느 날."

"제 배 속의 아이가 생긴 그날이요."

"그러니까 네 배 속의 아이가 어떻게 생겼냐니까? 차라리 비비안이 임신했다는 게 더 현실성이…… 없겠군. 그 철저한 여자가."

"공작 부인을 사랑하시나요?"

"그게 너랑 무슨 상관이지?"

"제가 방해가 되나요?"

"설마 앞의 물음과 연관이 있다고 생각하는 건 아니지? 라니사 블레이드. 일단 본론만 말해. 대체 왜 이렇게 헛소리만 지껄이면서……. 원하는 게 뭐지?"

결국 위그는 참다못해 한숨을 푹 쉬었다. 방금까지만 해도 시큰둥하던 그의 눈동자에 은근한 분노가 깃들었다. 디텔이 라니사를 이렇게 보낸 이상, 라니사는 죽어도 배 속의 아이가 그의 아이라고 우길 것이었다. 그녀와 이렇게 말씨름을 하는 것 자체가 멍청한 일이었다. 그렇게 생각하며 그가 다시 고개를 드는데, 라니사가 천천히 입을 뗐다.

"제 아이를, 이디에트의 핏줄로 인정해 주세요."

"……뭐?"

그리고 라니사가 입을 여는 순간, 위그는 불길한 느낌에 얼굴을 일그러뜨렸다.

"지금 뭐라고?"

"제 아이를 이디에트에 입적해 주세요. 그리고 저는, 후계자의 생모로서 합리한 지위를 얻고 싶어요."

"가주의 정부로 집에서 살고 싶다는 말로 들리는 건 내 착각인가?"

"……착각이 아니라, 사실이에요."

마치 울먹이듯 라니사가 대답했다. 그러나 한없이 가엾은 그녀의 얼굴을 보고도 위그는 전혀 불쌍함을 느끼지 못했다. 대신 그의 머릿속은 갑자기 새하얘진 듯했는데, 왠지 모르게 디테일이…….

'미친 건가. 설마.'

……말도 안 되는 개수작을 부리고 있다는 생각이 든 것이다.

"제 아이를 이디에트의 후계자로 인정해 주세요. 아니, 후계자가 아니라고 해도 괜찮아요. 그저…… 그저 각하의 아이로."

"그 아이는 내 아이가 아니다."

"각하의 아이가 맞아요!"

라니사는 이제 눈물범벅이 되고 말았다. 온전히 연극에 몰입한 것인지 아니면 진실로 그렇게 믿는 것인지, 미친 것인지 알 수는 없었으나 눈물 섞인 그녀는 이제 온전히 자신의 역할에 충실한 반응을 보이고 있었다. 그녀는 위그의 얼굴에 일말의 관심도 없는 듯했다. 관심이 있었다면 점점 얼음처럼 식어 가는 눈빛에 이렇게 난리를 칠 이유가 없었다.

"내 아이라고 인정을 해 달라고."

"정 믿을 수 없다면, 태어나고 확인해 보시면 될 것이에요. 각하의 아이예요. 피를 뽑아 보든 어떻게 해 보든, 각하의 아이라는 것을 검증만 하면……."

"그럼, 아이가 태어날 때까지 내 집에서 있겠다고?"

위그는 그제서야 디텔의 음모를 눈치챘다. 이미 태어난 아이가 아닌 배 속에 있는 아이를 데리고 온 이유. 3개월이라면 아이가 태어날 때까지 약 7개월의 시간이 걸린다. 아직 배 속에 있는 아이의 피를 뽑을 수는 없었고, 그의 피와 섞어 보든 시중에 있는 혈연 검사 방법을 다 해 보든, 어쨌든 가장 빨라야 7개월 뒤.

흔히 혈연에 집착하는 귀족가는 관례상 사생아를 품었다고 온 여자를 내치지 않았다. 귀족의 혈통이 함부로 새어 나가는 것을 원하지 않아 왕실에서 종종 개입할 때도 있을 정도였다. 여자에게 하나도 상냥하지 않은 바첼론의 귀족들이 유일하게 여자의 말을 믿어 줄 때였다. 가문의 혈연을 이을 때.

그리고 아이가 태어나면 아이가 친자인지 검사를 통해 여자의 진실성을 검증한다. 진실이면 입적을 시키고, 아니면 아이와 엄마 모두 귀족 기만죄로 죽인다. 간혹 몇 개월의 부귀영화를 노리고 거짓을 고한 뒤, 귀족가에 들어왔다가 아이를 '유산'하는 여자가 있긴 했다. 그러나 그치들은 귀족가의 아이를 제대로 지키지 못했다는 허망한 이유 아래 치죄당했다. 말이 귀족가의 핏줄을 지키지 못했다는 것이지 사실은 귀족들이 아이를 낳지 않으려 꼼수를 부렸다고 여자들을 넘겨짚었기 때문이었다. 그래서 바첼론에서 사생아 문제로 거짓을 말하는 사람은 얼마 없었다.

다른 가문이라면 별 상관이 없었다. 아이가 태어난 뒤 바로 친자 확인을 진행하고 절차대로 처리하면 되니까.

그러나 위그와 비비안은 달랐다.

만약 라니사의 배 속에 있는 아이를 사생아라고 전제를 깔아 두면, 그렇게 되면 그 아이는 태어나기 전까지 이디에트의 아이로서 권리를 누리게 된다. 위그는 관례에 따라 라니사와 아이에게 물질적 원조를 할 필요가 있었다.

물론 위그가 라니사를 숨기거나 아니면 처리하는 방법도 있겠지만, 현재 라니사는 디텔 공작의 부름을 받고 왔을 게 뻔하고, 그렇다면 라니사에게 손을 대면 제이슨이나 디텔 공작이 이 틈을 잡아 수작질을 할 게 뻔하니 그 또한 쉬이 움직일 수 없었다.

그러면 어떻게 되나? 아이의 이름으로 라니사가 이디에트의 재산과 각종 권리를 주장하게 되면.

'보통 귀족 가문이라면 모를까, 현재 이디에트의 재산은……'

대부분 비비안의 것이었다.

위그는 이마를 짚었다. 그리고 분노가 치솟아 올랐다. 이제 그는 더 이상 여유롭게 앉아 있을 수 없었다. 그만 아니면 될 줄 알았는데 그런 문제가 아니었다.

아내의 재산이 남편에게 다 넘어가기 전에 남편은 사용권을 가진다. 부부 공동의 재산으로 존재하는 것들은 현재 비비안에게 소유권이 있지만 사용권은 이디에트에 있다. 그렇게 되면 그의 '혈육일 수도 있는' 라니사의 아이 또한 자연스레 그 재산을 사용할 권리가 생긴다.

아무리 귀부인이라고 해도, 귀족 영애라고 해도 재산이 결혼하는 남자의 것보다 더 많은 경우는 없다. 지참금 정도야 가주의 것에 비하면 새 발의 피였기 때문이었다. 그래서 그들은 대부분 사생아가 나타나도 그저 입을 다문 채 가만히 있어야 한다. 애초에 그들의 관심사는 자신의 재산 따위가 아닌 안주인으로서의 자신의 지위 따위일 것이었다.

그러나 비비안은?

그녀의 전 재산에, 어쩌면 경영까지 위협이 가는 문제이다. 이대로 라니사를 이디에트에 남겨 둔다면 그 틈을 탄 디텔이 라니사와 그 아이를 이용해 뒤에서 어떻게 손을 뻗으려고 할지 몰랐기 때문이었다.

"간도 크군."

"각하. 이 아이는 각하의 아이예요."

"수단은 점점 저급해지고, 과격해지고. 진짜로 그 여자한테 죽어 봐야 정신을 차리겠어?"

"각하."

위그는 조금 망연해진 목소리로, 그러나 추호의 자비도 없이 라니사를 향해 읊조렸다.

"라니사 블레이드. 내 아내에게, 그 여자에게 로튼은 건드리지 말아야 할 역린이다. 겨우 너 따위가 건드려서 될 게 아니야. 그건 나도 건드릴 수 없어. 차라리 어쭙잖게 돈이나 뜯으러 오지 그랬나."

"각하! 저는 그저 제 아이의 권리를 찾고 싶었을 뿐이에요!"

위그는 왠지 모르게 스멀스멀 살기가 피어올랐다. 주변의 공기가 싸늘해지고, 앞에 있는 게 라니사가 아니라 디텔 공작이었다면 진즉에 겁이 났을 것이었다.

그만큼 분노할 수밖에 없었다. 저번에는 상속권이었고 이번에는 돈과 경영권이었다. 온 세상이 그녀가 손에 쥐고 있는 돈과 권력을 빼앗지 못해서 안달이 나 있었다. 심지어 그 수단은 저급하고, 노골적이고, 불공평했다. 저번에는 남동생이었고, 오늘은 남편이었다. 그 여자의 인생을 막는 건 항상 가장 가까운 남자들의 존재였다.

"일단."

위그는 최대한 분노를 다스렸다. 그로서는 비비안의 돈이 위협을 받는 것에 이렇게 분노할 필요가 없었다. 그럼에도 불구하고 숨이 턱턱 막혔다. 그로서는 어차피 건드리지 못할 만큼 많은 돈이었다. 라니사가 좀 빼 간다고 망할 로튼은 아니겠으나, 그래도…… 그래도 그는 분노했다.

"일단은, 방에 가 있어."

"공작 부인은……."

"비비안은 자고 있어."

"각하! 이 문제는 공작 부인과도……."

"라니사 블레이드. 경고하는데."

"……."

"그 여자를 깨우지 마."

"……."

"내 아내에게는 잠이 필요해."

그렇게 말하는 위그의 눈빛은 라니사로서도 처음 보는 것이었다. 눈물을 매달던 그녀의 눈빛으로 묘한 기색이 스쳐 지나갔다. 그리고 곧, 언제 그랬냐는 듯이 그녀가 다시 고개를 끄덕끄덕했다.

"알겠어요."

위그는 이마를 짚었다. 이 상황을 어떻게 비비안에게 설명을 해야 하지. 그는 현재 제 아이가 있고 말고 따위보다도 비비안이 이 상황을 듣고 쓰러지지는 않을지, 분노에 차 저 자신을 망치지는 않을지가 걱정스러웠다. 그리고 무엇보다도 가장 걱정스러운 건, 이렇게 준비를 마치고 온 라니사가 이 짧은 시간 내로 무슨 짓을 하지는 않을까 하는 것. 그래서 비비안이 결국 크나큰 손실을 입어야 하는 게 아닌가 하는 것.

그 여자의 돈은 단순한 돈이 아니다. 비비안 로젤리스에게 그녀가 쥔 재부는, 그녀의 생명이나 마찬가지였다. 가족도 버리고 저도 버리고 종국에 행복도 버려서 얻은 것.

'겨우 이런 것조차도 그에 위협이 될 수 있다고.'

생각하면 할수록 치미는 분노와 뭔가 틀어졌다는 생각에 그가 길게 숨을 들이쉬었다. 이윽고 그는 자리에서 일어났다. 일단은 비비안한테 가 봐야 한다. 그가 옆에 없으면 비비안은 곧잘 깨곤 했다. 그렇게 생각하며 그가 문을 열었다.

그리고…….

"재밌네."

위그는 얼어붙었다.

문 앞에는 언제 왔는지 모를 비비안이 서 있었다. 더없이 비릿한 눈빛을 담아, 마치 혼이 나갈 듯 아름다운 웃음을 흘리며.

위그는 일순 무슨 말을, 그리고 어떤 표정을 지어야 할지 몰라 입매를 굳혔다. 그간 온갖 위기에 닥쳐 봤지만 지금만큼 당황스러웠던 순간이 있었던가. 곰곰이 생각해 보니 비비안이 칼에 찔렸다는 소식을 들은 뒤로는 없었다. 그만큼 그는 갈피를 잡지 못하고 있었다.

그의 머릿속에 오만가지 생각이 스쳐 지나갔다. 어디서부터 말을 꺼내야 할지 고민이 거듭해서 밀려왔다. 라니사가 임신한 아이가 자신의 아이가 아니라고? 나는 당신과의 약속, 아니, 정확히 계약에 가까운 것을 깨지 않았다고? 아니면 라니사가 무슨 짓을 벌이든 디텔이 당신의 재산에 손을 대는 일은 없을 것이라고? 아니면, 내가 라니사더러 빨리 들어가라고 한 이유는, 당신이 깰까 봐…….

엄연히 말하자면 비비안이 가장 신경 쓰는 것은 그녀의 재산이겠지만 위그로서는 왠지 모르게 이 모든 것을 해명하고 싶었다.

한밤중에 여자가 찾아와서 아이가 있다고 한다. 그리고 그 여자는 한때 그의 정부였던 여자.

다니엘이 로튼 상단의 일을 깔끔하게 처리한 것과 별개로 라니사가 한 것은 협박이었다. 이 사이에 무슨 차이가 있는 건 아니시만, 굳이 말하자면 디텔은 아마도 꽤 큰 패를 꺼내 든 게 틀림없다.

"일단."

위그는 이마를 짚었다. 비비안은 의외로 침묵을 유지한 채 그를 응시하고 있었다.

그녀의 입꼬리에 매달린 미소는 여전했다.

"일단 아니다."

"뭐가?"

"내 아이가 아니다."

결국 말을 고르고 또 골라서 내놓은 대답은 그것이었다. 내 아이가 아니라는, 어떻게 보면 근원부터 당신의 재산은 괜찮을 것이라고 대답하는 것이나 마찬가지였다.

그러나 비비안의 안색은 딱히 달라진 게 없었다. 오히려 그녀는 저보다 한참을 큰 남자의 옆을 힐끔 보려다가 그가 문을 아예 다 차지하고 나선 것을 발견하고 미간을 살짝 찌푸렸다. 그러다가 다시 고개를 들고, 그와 눈을 마주쳤다.

"저 여자는 옳다는데?"

"사생아를 가졌다고 온 모든 여자들의 아이가 진짜였다면 귀족가의 혈통은 다 개판이 된 지 오래겠군."

"귀족가의 혈통은 원래 개판이었잖아."

"비비안."

"뭐 그리 대단한 혈통이라고."

비비안의 목소리가 점점 싸늘해졌다. 이른 아침에 환기를 시키면 일찍 일어난 비비안이 감기에 걸린다고 공작가의 환기는 그녀가 잠들고 조금 지난 한밤중이나 그녀가 깨어나기 한참 전인 새벽에 진행되었다. 따라서 현재 복도는 선선하기 그지없었고, 비비안이 슬립에 가운만 걸치고 온 것을 발견한 위그는 비비안이 왜 현재 여기에 있는지 그제야 궁금해졌다.

"당신 왜 여기서 이러고 있어? 언제 깬 거지?"

한쪽으로 물으면서 그가 그녀의 팔을 잡았다. 일단 복도는 너무 추웠다. 라니사가 있는 방까지 굳이 들어오게 하고 싶지는 않았지만 감기에 걸려서 또다시 고열에 시달리는 꼴을 보는 것보다는 나았다. 그래서 결국 그녀를 살짝 끌어당기고, 접대실의 문을 닫는데, 의외로 순순히 들어온 비비안이 피식 웃으며 답했다.

"애초에 잠든 적도 없었어."

"분명 내가 자는 걸 봤는데."

"자는 척한 거야. 아, 그래, 한 몇 분은 잤지. 그리고 깨어났어. 정확히 말하자면, 당신이 내 입술에 키스할 무렵?"

위그는 미간을 좁혔다. 안 그래도 잠이 얕은 여자였다. 그 상황에서 일어나지 않았다고 안도의 한숨을 쉰 자신이 멍청했다. 비비안은 나른하게 웃었다.

"그래. 어쨌든 그 덕분에 이렇게 좋은 구경에 좋은 말까지 듣고 말이야."

비비안은 빙긋 웃었다. 사실 위그에게 알려 준 대로 그녀는 위그가 그녀의 얼굴을 입술로 지분거릴 즈음 깨어나긴 했다. 그러나 그녀가 숨긴 게 있다면 그 몇 초간 얕게 깨어 있던 그녀는, 그가 자신을 품에 안을 무렵 다시 수마에 빠졌다는 것이었다.

그러고 나서 재차 깨어난 건, 다름 아닌 위그가 문을 닫고 나갈 즈음이었다.

'그저 왕실에서 또 뭔 일이 생겼거니 했는데.'

비비안은 살짝 시선을 내리깔았다. 어차피 위그가 한밤중에 나가는 건 종종 있는 일이었다. 그래서 대수롭지 않게 생각하려고 했으나, 문제라면 위그가 나간 뒤 클로에가 긴장한 얼굴로 들어왔다는 것이었다.

그쯤 비비안은 본능적으로 무슨 일이 생겼음을 눈치챘다. 그리고 그건 절대로 자신과 상관없는 일이 아니었다.

어차피 디텔이 언젠가는 손을 쓸 것이라고 생각했기에 그녀는 대수롭지 않게 여기고 자리에서 일어났다. 그러나 클로에에게 무슨 일이 생겼냐고 물은 뒤 돌아온 대답은, 그녀를 더 이상 태평하게 침대 안에서 기다리게 하지 못했다.

임신.

잠시 무슨 상황인지 생각하던 그녀가 가운 하나를 걸친 채 접대실로 간 건 그 이유였다.

위그에게 사생아가 생겼다.

그래서?

디텔이 미치지 않고서야 그저 아이 따위가 두 사람의 관계를 파탄 낼 것이라고 생각하지는 않을 것이었다. 그날 법정에서 위그가 보였던 모습을 상기해 본다면, 비비안이 후계자를 못 가졌다고 위그가 그녀를 집에서 내쫓을 이유는 더 없었다. 애초에 내쫓는다고 내쫓아질 비비안도 아니었고.

그러면?

디텔이 지금 가장 골치 아픈 게 뭔가.

재산.

재산으로 위그와 비비안이 틀어지면? 물론 그 사이에서 라니사가 로튼의 재산 상황에 접근할 수 있는 패가 되면 더욱더 좋고.

속으로 그렇게 하나하나 생각해 보자 결론에 도착했다. 그리고 그녀가 결론에 도착할 무렵, 위그도 결론에 도착했고 결국 그녀가 접대실 문을 열었을 때, 위그는 이미 라니사를 다른 방으로 내쫓고 있었다. 그녀가 잔다고.

"내가 지금 잠이 오게 생겼어?"

비비안은 그렇게 중얼거리며 고개를 돌렸다. 그녀의 시야에는 그제야 라니사가 똑바로 안겨 들어왔다. 작고 아담한 체형에 요정처럼 예쁜 여자였다. 극장가에서 자주 볼 법한 미인이지만 배 속에 아이를 품고 이디에트의 저택에 당당하게 들어온 모양새와 함께 고려해 보면 일리야가 아닌 카티야와 가까이할 것 같았다. 그게 아니라면 일리야가 진즉에 그녀에게 뭔가를 알렸을 테니까.

"안녕?"

라니사는 마치 겁을 먹은 것처럼 움츠러들었다. 오목조목한 얼굴이 일리야 못지않게 아름다웠다. 신비로운 인상의 여자, 작달막한 체구에 허리는 한 줌에 들어갈 것 같은 그런 여자였다. 저 안에 아이가 있다고? 비비안은 대충 시간을 가늠했다. 아직 7, 8개월 정도의 시간이 있다.

"이름이 뭐지?"

"라니사 블레이드……입니다. 부인."

"배 속에 아이가 있다면서."

"……네."

"누구의 아이지?"

"그……."

"비비안."

"위그, 내가 아무리 잘났다고 해도 여자를 임신시키는 건 무리야. 짐을 잘못 넘겼어."

"그게 아니라."

"그게 아니면, 내가 저 여자한테 무슨 해코지라도 할까 봐 걱정돼?"

위그는 기가 막혀 할 말을 잃었다. 입이 열 개가 아니라 온몸이 입이라도 할 말이 없었다. 대체 어디서부터 어떻게 해결을 해야 할지 그는 몰랐다. 그가 할 수 있는 건 단 하나였다.

"헛소리다."

"헛소리라는 증거는?"

"저 아이가 내 아이면 당신이 잡고 있는 모든 걸 다 공개해."

"7, 8개월을 더 기다려서?"

"그럴 거 없어. 내가 말한 건 내가 그만큼 결백하다는 뜻이다. 저 정도는 나 혼자 처리할 수 있는 문제다."

"그런데 날 재우려고 했어? 뭔가 찔리는 게 없고서야."

"저녁이니까."

"그래서?"

"당신이 자야 하니까."

"……."

"나한테는 당신이 제대로 자는 게 제일 중요해. 당신 잠만큼 대단한 게 없어."

"나는 아닌데."

"나는 그래."

"……."

"의사가 말했다. 적게 잘수록 면역력이 떨어진다고. 또 앓고 싶나? 앓으면 당신이 그렇게 좋아하는 돈도 못 벌어. 상단에 출근도 못 해. 그러니까 자.
제발."

"하루 정도는 안 자도 돼."

"안 돼. 난 지금 그 하루의 작은 틈도 용납할 수 없어."

비비안은 입을 꾹 다물었다. 그녀의 묘한 눈길이 위그에게 닿았다. 파란
눈동자 위로 속눈썹의 음영이 졌다. 화려한 접대실의 샹들리에 아래서 잔잔
하게 반짝이는 눈길에는 예기가 번뜩였다. 새하얀 얼굴, 싸늘한 미소, 그리
고 차가운 공기.

"하아."

비비안은 가볍게 한숨을 쉬었다. 어깨에 흐트러졌던 머리카락이 사륵 흘
러내렸다. 이윽고 알 수 없는 표정을 하다가, 그녀가 갑자기 피식 웃었다.

"디텔이…… 정말 더럽게 나오는군."

"예상했던 문제잖나."

"당신 행실이 똑발랐다면……."

"그래, 내 탓이다."

위그가 얼굴을 굳히며 한숨과 함께 말했다. 비비안이 피식 웃었다.

"그래, 당신 탓이야."

그녀의 목소리가 떨어지자마자 위그가 복잡한 눈길을 했다. 두 사람 사이
에 묘한 기류가 흘렸다. 마치 암묵적으로 이어진 그 어떤 합의점을 두 사람
은 찾고 있는 듯 했다. 그리고 그 합의점을 찾을 무렵, 옆에서 이 모든 대화
를 지켜보던 라니사의 표정이 이상한 빛으로 물들었다.

분명 그녀는 임신을 한 채로 방에 들어왔다. 그런데 공작도, 공작 부인도
그 누구도 그녀에게 관심을 주지 않았다. 이게 아닌데…… 속으로 읊조리
던 그녀가 입을 떼려는데, 방금까지 서 있던 비비안이 갑자기 몸을 돌렸다.

정확히 말하자면 그녀와 등을 지고.

"저……."

"나는 먼저 방에 가 있을게. 저 여자는 당신이 알아서 처리해."

라니사는 놀란 듯이 손을 뻗었다. 이건 보편적인 현상이 아니었다. 정확히 말하자면 상식선에서 나올 만한 반응은 아니었다. 최소한 이 배 속의 아이가 제 남편의 것이라고 믿고 남편에게 화를 내든 아니면 거짓이라고 단정 지은 채 그녀의 머리카락이라도 잡아야 했다.

그러나 비비안은 마치 사람 하나 죽일 것 같은 얼굴을 한 채 등장해 놓고선, 정작 방에 들어온 뒤로는 그녀에게 몇 단어를 제외하고는 말도 걸지 않았다.

뭐지? 그녀가 속으로 읊조리는데, 비비안이 방을 나갔다.

그리고…….

"방에 가."

"……고, 공작 부인은……."

"안 보이나? 자러 갔잖나."

"아니……."

"네가 자든 말든 상관없어. 네 방은 별관의 객실에 안배해 두겠으니 알아서 처신해. 특히, 내일 아침 8시 전까지 인기척 따위 내지도 마라."

"……."

"비비안이 8시에 깨어나거든."

말을 마친 위그가 접대실의 문을 열었다. 이미 시녀와 기사들을 데리고 온 집사가 허리를 살짝 굽히고 있었다. 라니사는 그 시녀와 기사의 얼굴에서 이미 그들이 제 시중이나 보호가 아닌 감시를 하러 온 것임을 눈치챘다. 그녀의 얼굴에 혼란이 가득했다. 그러나 그녀는 다시 표정을 갈무리하고, 처연하기 그지없는 얼굴을 하며 천천히 방을 나갔다.

"각하. 저는 거짓말을……."

"내일."

"……."

"보지."

결국 라니사는 말을 잇지 못한 채 그저 방을 나갔다. 그러나 그녀의 얼굴에는 불안감이 보이지 않았다.

* * *

접대실에서 나온 뒤 비비안은 방으로 돌아갔다. 방에는 이미 클로에에게서 자초지종을 들은 헤더가 잔뜩 불쾌한 얼굴을 하고 있었고, 그 옆에는 클로에가 불안한 얼굴을 하고 있었다.

접대실에서 무슨 일이 있었는지 그들은 알지 못했다. 그러나 문을 열고 들어온 비비안의 얼굴이 생각보다 멀쩡해서, 그들은 왠지 모르게 오히려 더 큰일이 생겼다고 추측해야만 했다.

아니나 다를까, 비비안이 가운을 벗어 헤더에게 넘기며 입을 뗐다.

"카티야에게 연락해."

"……!"

"왜 그런 얼굴을 해?"

"저…… 그, 그그."

헤더가 입술을 움찔거렸다. 그녀의 기억상 비비안이 카티야를 찾을 때는 절대 좋은 일이 일어나지는 않았다. 그리고 현재 이 상황에서 비비안이 카티야를 찾는다…… 거기서 오만 가지 상상을 했는지 클로에가 낯이 하얗게 질려서 입을 열었다.

"각하를…… 주, 죽이시게요?"

가운을 벗고 침대에 누울 준비를 하던 비비안이 멈칫했다. 그녀의 시선이 클로에에게 닿았다. 그리고 제 주인의 눈길을 받게 된 클로에가 부들부들 떨면서 말했다.

"그러면 꼼짝없이 그 아이를 부인이 떠안을 수도 있어요. 그, 그래도 아이를 낳은 뒤에……."

"내가 왜 위그를 죽여?"

"……아, 용서하시기로 한 건가요?"

"말도 안 돼! 그런 걸 왜 용서하세요!"

클로에가 안도의 한숨을 내뱉기가 무섭게 이번에 크게 외친 건 헤더였다. 그러나 그녀는 순식간에 자신이 뭔가 말을 잘못한 걸 알고 다시 움츠러들며 말했다.

"아니, 그런 원칙적인 문제는 아무래도…… 용서를 하면 두 번째가 생기니까."

"그렇긴 해요. 비록…… 저도 사생아면서 이런 말을 하면 안 되긴 하지만…… 그래도 엄연히 단주님 입장에서 보면 그 여자도 아이도 전부 걸림돌이니까요."

비비안은 묘한 눈길로 저들끼리 중얼거리는 클로에와 헤더를 번갈아 보았다. 그리고 얼마나 지났을까, 침묵을 유지하던 그녀가 갑자기 실소를 터뜨렸다.

"대체 무슨 생각을 하는 거야?"

"……네?"

"딱 봐도 위그의 아이가 아니잖아."

비비안의 대답에 클로에와 헤더 모두 의아한 얼굴을 했다. 당연히 위그의 아이라고 믿어서 그런 건 줄 알았다. 그런데 아니라고? 왜 아니라고 생각하는지 그녀들은 알 수 없었다. 단순히 부부 사이의 믿음 같은 걸로 퉁칠 관계로 보이지는 않았기 때문이었다.

비비안은 두 사람의 얼굴에 비낀 표정을 보고 그만 웃고 말았다.

물론 접대실에 들어가기 전까지만 해도 화가 나긴 했으나, 그 순간에도 위그의 아이인가 아닌가 하는 문제로 갈등했던 적은 없었다.

"그게 진짜 위그의 아이라고 믿을 정도로 나는 멍청하지 않아."

"그, 그렇지만 의심은 할 법한데."

"배를 보니 2, 3개월 남짓해 보이던데, 아, 진짜로 임신을 했다면 말이지. 어쨌든 얼마 안 돼 보이던데, 그즈음이면 넉넉하게 잡아도…… 내가 위그와 이미 잠자리를 가진 뒤거든?"

"아……."

"어떻게 나랑 자고 다른 여자랑 잘 생각을 해?"

비비안은 마치 해가 동쪽에서 뜬다는 것을 말하듯이 당연한 얼굴로 말했다. 그녀의 자신감에 한 시녀와 한 비서는 얼굴을 붉혔다.

"너는 맨날 내 목욕 시중을 들면서 그 정도 깨달음도 없어?"

"아니…… 그, 그런 문제가 아닌데……."

"아니지."

"네?"

"당연히 그런 문제는 아니지. 진짜 문제는……."

다시 한번 터진 의외의 대답에 클로에와 헤더가 서로 시선을 마주하다가 도로 고개를 돌렸다. 그리고 방금까지 장난스러운 얼굴을 하던 비비안은, 어느샌가 서늘한 얼굴을 하며 낮게 읊조렸다.

"위그가, 그럴 만한 위인이 되냐 아니냐 하는 거지."

"……."

"그리고 내 남편은 빌어먹을 개새끼긴 한데, 추잡스럽고 멍청한 새끼는 아니야. 진짜로 다른 여자와 잘 거였으면…… 저렇게 임신한 여자가 왔을 리가 없어."

사실 저게 다는 아니었지만 비비안은 굳이 입 밖에 내지 않았다. 그녀의 본능적인 판단까지 굳이 타인에게 알려야 할 정도로 한가하지는 않았다. 애초에 이 이야기를 들은 그 순간부터, 그리고 접대실로 간 그 순간까지, 그리고 제 눈을 보면서 당신은 자야 한다고 속삭이던 그 낮은 목소리를 듣는 그 순간에도 그녀는 기실 라니사의 배 속의 아이가 위그가 저지른 일의 결과라고 생각하지는 않았다.

다만…… .

"그런데 왜 접대실로 가셨어요?"

"대체 무슨 꼼수를 부렸나 해서. 그리고 어떤 여자인지도 궁금했거든."

"아…… ."

"원래는 좀 더 이야기를 나누려고 했는데."

비비안은 침대 안으로 들어갔다. 펄럭, 이불을 들추며 꼼지락거리던 그녀가 한숨을 푹 쉬며 말했다.

"뭐, 남편이 하도 자라고 보채는 바람에."

비비안은 피식 웃었다.

그녀는 방금 전까지 제 눈을 똑바르게 쳐다보던 남자를 상기하며 묘한 미소를 흘렸다.

'그래, 자라고.'

그녀에게 자라고 한건 그였다. 그리고 그녀는 이제 그의 말대로 잠을 자러 왔다. 그래서 벌어지는 일은 누가 감당해야 하나? 그녀가 속으로 중얼거렸다.

"생각이 있으면 뭔가를 하겠지."

"네?"

"카티야에게 연락을 넣어 놔. 내일 아침 볼일이 있다고."

"지금요?"

"그래."

헤더는 캄캄한 밖을 보다가 다시 고개를 끄덕였다. 이내 클로에와 비비안이 방을 나가고, 비비안은 눈을 감은 채 길게 숨을 내쉬었다. 아직 위그는 오지 않았다. 집사와 시녀들에게 종알종알 뭔가를 일러 놓을 게 뻔했다. 물론 그 라니사인지 뭔지 하는 것도 알아서 잘 안배를 하겠지.

그러니 그녀가 해야 할 건 따로 있다.

그렇게 생각하던 그녀가 다시 길게 숨을 들이쉬었다.

그리고 위그가 방에 왔을 때, 비비안은 이미 잠들어 있었다.

* * *

라니사의 등장으로 공작가는 발칵 뒤집혔다.

라니사 블레이드. 공작가에서 오래 일한 시녀들과 시종들은 그녀를 종종 봐 온 터라 그녀의 성정을 잘 알았다. 더불어 그녀가 아이를 임신하고 공작가에 들어왔다는 것을 전해 들었을 때, 그들 중 절반은 위그의 결백을 믿었고 절반은 위그의 주장에 의심을 표했다.

그러나 그것과 무관하게 모든 이들이 걱정하는 것은 비비안이었다.

얼마 전까지만 해도 고열에 정신을 못 차리던 그녀의 모습이 흡사 독감에 걸려 죽은 전 공작 부인 같았기에 그들은 다들 겁을 먹은 채 비비안의 일거수일투족에 정신을 곤두세웠다.

"공작 부인, 괜찮으실까?"

"라니사 그 여자, 귀족들만 골라서 정부를 하던 여자잖아."

"갑자기 임신?"

"딱 봐도 거짓말이겠지."

"거짓말이 아닐 수도 있지. 그렇게 섣불리 단정 지을 문제가 아니잖아."

"그런데 우리 부인은 어쩌지. 또 편찮으실 것 같아."

"음, 그래도 괜찮지 않을까?"

"금방 동생분을 잃으셨는데 이렇게 또……."

그러나 사람들의 수군거림과 달리, 비비안은 아침에 무척 멀쩡하게 일어났다. 그리고 무척 멀쩡한 얼굴로 대충 아침을 먹고, 평소와 별반 다를 것 없이 멀쩡하게 마차에 올랐다.

다만 유일하게 안 멀쩡한 건, 그녀를 실은 마차가 향한 방향이었다.

"아침부터 부지런하네."

"오셨어요? 제가 부지런할 게 뭐가 있어요."

"말고, 아침부터 마사지를 해 주는 이 시녀들 말이야. 아침부터 부지런하다고."

어제 헤더에게 일러 놓은 대로 비비안이 향한 곳은 왕궁이었다. 그리고 그녀의 부름을 받았는지 평소라면 늘어져 있어야 할 카티야는 아침부터 시원한 분수가 놓인 정원의 한쪽에서 엎드린 채 마사지를 받고 있었다. 늘씬하게 드러난 하얀 등 위를 꾹꾹 누르는 시녀들을 빤히 보다가, 비비안이 생긋 입을 열었다.

"그만해도 될 것 같은데."

비비안의 말을 알아들은 카티야가 눈짓을 했다. 그에 시녀들이 허리를 숙인 채 화원을 나갔다. 이윽고 둘만 남자, 카티야는 몸을 일으키는 대신 손에 턱을 괴며 천천히 입을 뗐다.

"무슨 일이신데요?"

"라니사 블레이드."

"아……."

"알아?"

"알아요. 한때 뒷골목에 있었는데…… 어느 남작의 정부가 되었다고 하더니 갑자기 연이 끊겼어요. 그리고 다시 봤을 때는 귀족들 사이에서 꽤 유명하더라구요. 아, 그러고 보니 모든 귀족들이 눈독을 들인 계기가, 아마 이디에트 공작 각하와 만났기 때문이었을 거예요."

"별로 재미있는 이야기는 아니네."

"그런데 왜 갑자기?"

"그 여자가 내 남편의 아이를 임신했다고 왔어. 어젯밤에."

"어머나."

"그래서 묻고 싶은 게 있어서. 일단 실력은 어떠니? 너보다 '잘해'?"

"저보다 잘했으면, 단주님이 맨 처음 찾아온 사람은 제가 아니라 라니사 였지 않았을까요?"

"말 한번 달달하게 하는구나."

"돈 주는 사람에 대한 경의죠."

카티야가 까르르 웃었다. 그녀의 낭랑한 웃음소리는 진심으로 즐겁다기 보다는 그저 꾸며 낸 희열이 가득했다. 그러나 간드러지기 그지없는 음성과 섞여 꽤 유혹적으로 들렸다. 비비안이 입꼬리를 삐뚜름하게 올리는데, 카티 야가 천천히 상반신을 일으켰다.

"뒷골목에서 저보다 더 '잘하는' 여자는 없어요. 이래저래, 여러 가지 의 미에서."

"그렇군."

"그래서 어쩌실 예정이죠?"

"글쎄, 그건 내 남편과 상의할 문제라서."

"공작 각하와 상의를 하신다고요? 놀랍네요."

"어쩌겠어. 내가 아이 아버지가 아닌걸."

"단주님 얼굴을 보니 공작 각하도 아이 아버지는 아닌 것 같은데."

"하지만 그쪽에서 그렇게 주장하고 있지."

비비안이 고개를 절레절레 저었다. 그러나 곱게 말려 올라간 속눈썹 아래 에 비낀 감정은 딱히 우호적이지 않았다. 오히려 잔잔하게 흘러가는 분노와 약간의 체념, 그 사이에 있는 감정을 읽어 내던 카티야가 천천히 물었다.

"디텔에서 손을 쓴 건가요?"

"아마도."

"그렇지만 아무리 공작 각하 아이라고 주장을 해도…… 아, 디텔에서 손 을 썼다면, 두 사람이 호텔에 들어가는 것을 본 목격자 따위야 백 명도 만 들어 낼 수 있겠군요."

"그래. 그게 제일 짜증 나는 거지. 그렇지만 뭐, 그런 것도 쉽게 엎어 버릴 수 있는 증좌가 있으면 되지 않을까?"

"증좌라면."

"카티야. 밥값을 해야지."

"……."

"정해진 시간 내로, 아이 아버지를 찾아 내 앞에 세워 놔."

비비안은 천천히 카티야의 옆으로 다가갔다.

촤르륵, 테이블에 놓여 있는 진주 목걸이가 그녀의 손에 걸렸다. 그 아래 반짝거리는 에메랄드는 다름 아닌 왕비에게 가야 할 것이었으나 최근에 그녀의 손에 들어온 것이었다. 비비안은 온실의 햇빛에 부딪혀 반짝이는 목걸이를 보며, 생긋 웃었다.

"이런 거 한두 개 팔면…… 아이 아버지는 쉽게 찾아질 거야. 뒷골목에서 언제 왕비의 목걸이 따위를 보겠어. 안 그래?"

"뭐, 해 보긴 할게요."

"해 보지 말고 해. 너 정도라면 어렵지 않잖아?"

"하아."

카티야는 한숨을 쉬었다. 그러나 그녀의 안색에는 딱히 난감함 따위 없었다. 대신, 그녀가 다시 나른하게 몸을 뉘이며 물었다.

"그런데 생각보다 훨씬 차분하시네요?"

"내가?"

비비안은 잠시 길게 숨을 내쉬었다.

"뭐, 그렇긴 하지. 그래서……. 그 남자가 아마 지금쯤 더 불안하겠지만."

"왜요?"

"내가, 아침부터 한 마디도 하지 않았거든."

"네?"

"정확히 말하자면, 그 여자가 공작가에 들어와서 내가 접대실을 나간 그 순간부터 오늘 아침까지…… 단, 한 마디도 하지 않았어."

"저런."

"뭐, 위기 앞에서 날 재울 생각부터 한다는 건 그만큼 이게 별거 아니기 때문이겠지? 그러니 지켜봐야지. 지켜 '보기만' 해야지."

그렇게 말하며, 비비안이 생긋 웃었다.

* * *

위그는 잠시 텅텅 빈 침대를 보면서 착잡한 얼굴을 했다. 어젯밤부터 발생한 모든 일들이 현재 그의 심기를 심각하게 거스르면서 그를 불구덩이에 뛰어드는 것보다 못한 경험을 하게 했다.

그러니까 라니사가 왔다. 와서 말도 안 되는 헛소리를 쳤다⋯⋯. 여기까지는 디텔이 꾸준하게 개 같았다는 결론을 도출할 수 있는 사실이었다. 그러나 그 뒤에 벌어진 일련의 사건들은 그의 마음속에 매캐한 연기만을 남겨 두고 있었다. 그리고 너무 당연한 말이지만 그 연기의 주인공은 다름 아닌 비비안이었다.

사실 손톱으로 생각해 보아도 어제 비비안은 과할 정도로 순순하게 방에서 나갔다. 그 총명한 여자가 이게 무슨 뜻인지 모를 리가 없음에도 불구하고 너무 순순했다. 그러나 위그는 일단 그녀가 이성적으로 다른 꿍꿍이를 꾸민다고 생각했다. 비비안은 늘 그래 왔으니 이상할 것은 없었다.

그러나 오늘 아침 벌어진 일련의 행동들은 그의 생각을 조금씩 동요시키고 있었다.

일단, 비비안은 너무 평소와 다를 바가 없었다. 이거야 뭐 비비안은 계속 그렇게 이상했으니 그냥 넘길 수 있다고 쳤다.

그리고 비비안은 아침 일찍 왕궁으로 갔다. 이것도 얼핏 들어 보면 별거 아닌 일일 수 있었다. 왕궁에 그녀가 만날 사람은 꽤 있다. 로건만 아니면 왕궁의 귀뚜라미와 재회한다고 해도 위그가 굳이 이상하다고 생각할 이유는 없었다.

그러나 얼핏 들어 보면 별거 아닌 이 일 속에 숨겨진 다른 사실이 그를 불안하게 했다.

그에게 비비안의 일정을 알린 사람은 다름 아닌 클로에였다. 한쪽 화장대에서 머리카락에 컬을 넣고 있는 비비안이 아니라.

그래, 이 모든 복잡하고 또 복잡한 상황 속에서 위그를 당황하게 한 것은 바로 그것이었다.

비비안은 말을 하지 않았다. 마치 그와 마주치기라도 하면 벙어리가 되는 것처럼.

차라리 싸늘한 얼굴로 고개라도 확 돌리면 화가 났으니 냉전을 하겠다는 의미로 받아들이겠는데 비비안은 기묘한 미소를 지으며 그를 보았다. 그의 모든 질문은 클로에가 마치 그녀의 입이라도 되어 주듯 대답했고 클로에가 대답하지 못하는 부분은 헤더가 대신 대답해 주었다. 그에 이상함을 느끼고 화가 났냐고 묻자 비비안이 자리에서 일어나며 그의 입에 키스했다.

쪽, 여상스럽게 아침마다 이루어지는 키스가 끝난 뒤 비비안은 외투를 어깨에 걸치고 바람과 함께 사라졌다.

그야말로 괴이함의 연속이었다.

"대체 무슨 일이지."

어제 그가 방에 돌아왔을 때도 비비안은 분명 평화롭게 자고 있었다. 헤더가 측은한 얼굴을 하고 클로에가 경멸스러운 얼굴을 하며 저를 맞이한 것과 별개로.

'거기서부터 이상했어야 했는데.'

결국 위그는 아침을 드시라는 집사의 말도 넘긴 채 홀로 침대에 앉아 잠시 비비안의 생각을 추측했다. 설마 자기를 죽이려는 걸까…… 그럼 안 되는데. 비비안은 누군가를 죽이려고 마음먹으면 진짜로 죽일 수 있는 사람이었다. 그녀가 그를 죽이지 못할 유일한 미련거리라면 그의 반반한 외모와 단단한 체격과 괜찮은 침대 위의 사정뿐이겠지.

그러나 딱히 그럴 것 같지 않았다. 크리스티나가 여왕이 되려면 자신의 도움이 필요하다. 급기야 자신의 필요성을 되짚어 보던 위그는 몇 분이 지나서야 제가 왜 이런 미친 생각을 하고 있는지 깨닫고 잠시 타격을 맞은 얼굴을 했다. 이 정도면 거의 정신 착란이라고 봐도 무방했다. 그는 그제야 자신이 얼마나 비비안의 일거수일투족에 민감하게 반응하고 있는지 깨달았다.

어쨌든 비비안이 이 일에 꽤 크게 분노했다는 사실은 그도 알았다. 그도 분노했는데 재산의 주인은 얼마나 분노할지 예상이 가능했다. 그리고 그것은 그가 유일하게 오늘 저자세로 비비안에게 임한 이유였다. 그러면 더 크게 반응했을 테니까.

결국 생각하는 것을 멈추고 그가 자리에서 일어났다. 뭐가 되었든 이대로 앉아서 비비안의 생각 따위를 추측하고 있는 것만큼 영양가 없는 일도 없었다. 심지어 엄연히 말하자면 비비안 뿐만 아니라 그 자신의 문제도 꽤 컸다. 있지도 않은 사생아가 생겨 버렸다. 귀족 남자에게 그다지 치명타인 스캔들은 아니었지만 그 후폭풍은 꽤 컸던 것이었다.

요한에게 몇 가지 알아보라고 이른 뒤, 위그가 외투를 걸쳤다. 일단은 라니사 블레이드를 상대해야 했다. 그리고 그 뒤는 디텔을 곱게 갈아 버리는 게 좋겠지. 그렇게 대충 계산을 끝내고 방에서 나오는데 의외의 인물과 마주쳤다.

위그는 문득 이 집 안에서 자신이 상대해야 하는 로젤리스가 비비안 로젤리스 하나뿐이 아님을 깨달았다.

"무슨 일이지?"

방 앞에 서 있는 사람은 다름이 아니라 아리아였다. 그리고 그녀의 얼굴에 흐르는 기색은 위그가 보기에는 딱 걱정이었다. 열두 살 아이가 저렇게 나라 망할 것 같은 근심을 얼굴에 안고 있다니…… 왠지 이유를 알 것 같았지만 위그는 짐짓 모른 체했다.

이유를 묻는 그에게 아리아가 살짝 멈칫했다. 그녀는 아직도 위그를 어려워했다. 딱히 위그가 뭔가를 한 것도 아닌데 아이는 본능적으로 위그만 보면 경직된 얼굴을 했다. 대체 왜 저러냐고 비비안에게 물었는데 돌아오는 대답은 그것도 모르냐는 것이었다.

"저, 그."

위그는 꽤 급했으나 아리아를 독촉하지는 않았다. 그러나 아리아는 자신이 우물쭈물거리는 것도 미안한 얼굴을 했다.

"그, 그게…… 혹시."

"……"

"이, 이모님이 계신가요?"

위그는 미간을 살짝 찌푸렸다. 아무리 멍청한 사람도 아리아의 목적이 그게 아니라는 것쯤은 알았을 터였다. 결국 그는 한숨을 쉬었다. 다른 사람이라면 그저 차갑게 넘겼을 테지만 아이라는 것과 비비안의 조카라는 사실에 그는 결국 이 아가씨가 하고 싶은 말을 대신 해 주기로 했다.

"어제 저녁, 저택을 방문한 사람 때문에 그러나?"

정부라거나, 임신이라거나, 사생아라거나 하는 자극적인 말을 제외하고 물었으나 아리아는 화들짝 놀라 눈을 동그랗게 떴다. 겨우 열두 살이었다. 그런데 우습게도 아이는 어른들 사정을 다 아는 것처럼 행동했다.

"……죄송해요."

"뭐가?"

"제가 관여할 일이 아니었어요. 공작 각하의 사생활이고, 제가 이러면 안 되는 것이었어요."

"그렇긴 하지."

"……죄송해요."

"그렇지만 레이디 로젤리스를 닮아서 누구보다도 훌륭한 숙녀인 네가 굳이 그 실례를 무릅쓰며 왔다는 것은 분명 무슨 일이 있어서겠지?"

아리아는 마치 자신의 마음이 적나라하게 들킨 사람처럼 굴었다. 그녀가 천천히 고개를 들었다. 아이의 눈가에 눈물이 그렁그렁 달렸다. 그것을 발견한 위그가 살짝 미간을 좁혔다. 그리고 뭔가 이상함을 발견했다. 아이의 눈에 담긴 것은 그저 슬픔이나 경악이 아니었다. 아이치고는 꽤 잘 숨겼으나 위그는 그 속에 경멸이 있음을 알아차렸다.

그리고 그 순간, 억울함에 그가 입을 열었다.

"아니다."

"······네?"

"아니, 내가 왜 너 같은 어린아이한테까지 이걸 설명해야 하는지 모르겠군. 하지만 뭐가 되었든 네 사촌이 될 만한 아이는 이 세상에 없다. 저건 내 아이가 아니야."

아리아가 눈을 동그랗게 떴다. 위그는 이마를 짚었다. 로젤리스가 사람들은 묘하게 그의 속을 헤집어 놓는 재주가 있었다.

"그러니 이만 방으로 돌아가."

"그."

결국 위그는 아이에게 해가 되었으면 되었지 득이 될 수는 없는 이 대화를 끝내고자 한숨을 쉬고 발을 옮겼다. 그러나 아리아가 급히 말을 내뱉었다.

"혹시 이모님을······."

"······."

"혹시 이모님과, 그, 헤어지지는 않으실 건가요?"

순간 위그는 이해할 수 없었던 아리아의 일련의 행동들이 어디서 오는 것인지 깨달았다. 그녀는 그를 경멸하면서도 정작 비비안과 자신이 헤어질 것을 걱정하고 있었다. 심지어 방금 전 끊긴 말을 상기해 볼 때 그녀가 묻고 싶었던 것은 '헤어지는' 것이 아니라 비비안이 그에게 '버림받을' 데에 대한 걱정이었다.

위그는 자신이 딱히 그렇게 아이 교육에 열성적인 사람은 아니라고 생각했다. 하지만 이 상황에서 그저 아니라고 넘기기에는 최소한 집안의 어른 남자로서 뭔가를 해 줘야 할 것만 같았다.

그가 얼굴을 굳혔다. 아리아는 자신의 행동이 위그의 심기를 어지럽혔다고 생각했는지 고개를 툭 떨구었다. 위그는 분명 그의 잘못이라고 단정 짓고 왔음에도 이모가 버림받을 걸 걱정하는 아이에게 차갑게 말했다.

"그건 내가 결정할 수 있는 문제는 아니지."

"네?"

"나는 잘못한 게 없어. 최소한 결혼하고 네 이모에게 미안할 만한 짓은 하지 않았다. 그러나 설사 했다고 해도 그건 내가 결정하고 말고의 문제가 아니다. 버릴지 말지, 결정은 언제나 잘못을 저지르지 않은 쪽이 하는 것이다."

"하지만."

"그리고 레이디 로젤리스는 자신의 의지로 헤어졌어. 버림받은 게 아니라."

"……!"

위그는 아리아가 왜 이런 생각을 품고 있는지 근원까지는 알 수 없었다. 그러나 어쨌든 시비를 명확하게 할 필요성을 느꼈다. 최소한 결혼과 이혼에서 비비안은 절대로 피동적인 위치에 있지 않았다. 그리고 그건 카트린에게도 적용되었다.

그리고 그 생각을 하는 순간, 위그는 제 자신이 내뱉은 말이라는 것에 다시 놀라 이마를 짚었다.

'정말 별짓을 다 하는군.'

"어쨌든 이 일은 네가 생각하는 것처럼 단순한 일은 아니다. 그리고 네가 걱정해야 할 일도 아니고."

"네."

아리아는 살짝 고개를 끄덕였다. 위그는 자신이 너무 이곳에서 지체했음을 느꼈다. 그러나 아리아를 문 앞에 덴그러니 놓고 갈수는 없었다. 결국 그가 아리아에게 눈짓을 했다. 아리아가 예를 취하더니 종종걸음으로 사라졌다.

다시 혼자 남은 위그가 외투를 정리하고 걸음을 옮겼다.

"라니사 블레이드는 어디에 있지?"

아리아와 위그를 보고 멀리에서 대기하고 있던 집사가 허리를 숙였다.

"각하의 지시대로 별관에 머무르고 있습니다. 공작 부인의 눈에 가급적 띄지 않도록 시녀도 최소한으로 했고, 함부로 방에서 나오지 말 것을 지시했습니다."

"훌륭한 지시군. 기왕이면 내 눈앞에도 띄지 않았으면 좋겠는데."

"저, 그런데……."

뒤를 따르던 집사가 조금 난감한 얼굴을 했다. 내가 왜 그 여자 시중을 들어야 하냐고 입을 삐죽 내밀던 시녀를 상기하다가 다시 천천히 입을 열었다.

"아무래도 시녀들의 태도가 좋지 못해, 혹여 블레이드 양이 스트레스를 받아 복중 태아에게 나쁜 영향을 끼칠까 봐."

"정말 신경 쓰고 싶지 않은 내용이군."

"그래도 혹시나."

"혹시나 뭘? 설마 너도 저 아이가 내 아이일 수 있다는 가설을 세우는 것인가?"

"그건 아닙니다만, 혹여 아이가 잘못되면 공작 부인의 명예에 좋지 않은 영향을 끼칠 수가 있습니다."

위그는 냉소를 터뜨렸다.

"차라리 명예가 망가지고 아이가 없어지는 편이 그 여자한테는 더 이로울 것이다. 임신한 여자한테 이런 폭언을 퍼붓고 싶지 않지만 굳이 신사적인 태도를 지켜야 할 이유를 모르겠군."

차갑게 읊조리며 그가 별관으로 향했다. 인생에 비비안이라는 변수가 있어 그렇지 그는 근본적으로 훌륭한 신사가 되어야 한다고 배웠다. 그것은 그가 여성과 임산부, 그리고 아이에게 꽤 너그러운 관용을 베풀게 했지만 그렇다고 이 상황에서까지 착한 말과 착한 태도를 유지할 필요는 없었다.

물론 그도 라니사 블레이드가 도구라는 것은 알았다. 하지만 라니사 블레이드는 제 발로 저택에 들어왔다. 도구인지 아닌지 확실하게 아는 절차는 있었다.

그렇게 생각하는 동안, 어느새 라니사가 있는 곳으로 왔다. 그녀가 함부로 움직이지 못하게 주변을 지키고 있는 기사들이 예를 취했다. 그들을 지나치다 문 앞에 도착하자 갑자기 문이 열렸다. 라니사의 시녀로 배정받은 이였다. 참고로 말하자면 헤더와 꽤 친한 관계로 비비안에게 좋은 감정을 유지하고 있는 이이기도 했다.

"공작 각하."

"라니사 블레이드는 안에 있나?"

"네. 다만……."

디오나는 살짝 이를 물려다가 다시 침착한 얼굴로 차분하게 말을 이었다.

"다만 임신으로 입맛이 없으신지 아침부터 아무것도 드시지 않고 계십니다. 그리고 공작 각하를 뵙고 싶다고 하도…… 명령을 내리던 터라."

"헛소리."

"방도 마음에 들지 않는다고 본관의 방을……."

"앞으로 진지하게 상대하지 마. 너는 식사 시중 같은 것만 들어 주면 된다."

깔끔하게 대꾸한 그가 방문을 열었다. 노크도 대충 생략해 버린 그의 행동에서 그의 분노가 엿보였다. 그리고 그의 등장에 활짝 웃으며 자리에서 일어나던 라니사는 흉흉한 위그의 얼굴에 조금 움츠러드는 듯하다가 다시 예쁘게 웃었다.

"각하. 드디어 오셨군요."

위그는 라니사의 반가운 얼굴을 무시하고 방을 쭉 훑었다. 손님들에게 내주는 방은 꽤 따뜻하고 아늑했다. 그런 그녀가 굳이 본관으로 가겠다는 이유는 명백했다. 비비안의 속을 뒤집어 놓을 용도인 것이었다. 겸사겸사 제

속도 같이 뒤집어 놓고.

"기다렸어요."

"왜? 방을 바꾸어 달라고?"

"아……."

라니사가 눈물을 그렁그렁 달았다.

"제가 아이를 임신한 뒤 몸이 유달리 약해져서. 저는 괜찮지만 혹여 아이에게 무리가 갈까 봐."

"그렇군. 아이 아버지가 정말 부실하면서도 고귀한 것 같군. 이렇게 호화로운 방도 싫다고 하니, 어지간한 권세를 누리던 자가 아니면 그 까다로운 습성이 아이에게까지 유전이 될 리가 없지."

위그는 라니사의 말에도 딱히 흥분하는 모습을 보이지 않았다. 뒤따라온 집사가 의자를 끌고 와 그의 뒤에 놓았다. 위그가 자연스럽게 의자에 앉고 느긋하게 다리를 꼬았다. 꽤 큰 의자였음에도 불구하고 위그가 앉자 의외로 작아 보였다. 여유롭기 그지없는 분위기에 크고 단단한 몸체가 마치 정성 들여 만들어진 조각상 같았다. 의자 아래서 펄럭거리는 코트 자락. 라니사는 몇 년이 지나도록 여전히 근사한 그의 모습에 넋을 잃다가 다시 조심스럽게 물었다.

"그게 무슨 말씀이시죠?"

"라니사 블레이드, 단도직입적으로 말하지. 선택지를 주겠다. 지금 당장 헛소리 집어치우고 진실을 고해."

"진실이 이거예요!"

"그게 아니면…… 그 아이는 내가 아닌 다른 지위 있는 남자의 아이가 될 것이다."

"……네?"

라니사가 멈칫했다. 위그는 얼굴에 일말의 파란도 걸지 않은 채 차분하게 대꾸했다.

"디텔 공작 부인은 꽤 귀한 가문의 딸이다. 그 부인은 비비안만큼 가진 게 많지 않아. 유일하게 가진 '재산'이라고는 아들뿐이지. 그런 이유로…… 제 남편의 사생아를 품은 여자가 있다면 낳을 때까지 기다릴 필요도 없이 너는 죽어."

"……."

"특히, 꽤 권위 있는 의사가 아무래도 네 배 안에 있는 게 아들 같다고 한 마디만 하면 더더욱 말이지."

방금까지 생글거리던 것이 전부 다 거짓이었다는 듯이 라니사의 얼굴에서 미소가 가뭇없이 사라졌다. 가련하게 울먹이던 것 위로 한층 다른 감정이 서렸다. 둥그런 눈매에 깃들어 있는 것은 분명 계산이었다. 위그는 라니사와 디텔 사이는 사용자와 도구의 관계가 아님을 대충 알아챘다.

"각하."

"그래서 선택은 무엇이지?"

라니사는 입을 꼭 다물었다. 그녀는 그저 사슴처럼 무고한 눈매로 위그를 빤히 응시했다. 그러나 가련한 눈매 속에는 그녀가 열심히 생각하고 있음이 드러났다. 그녀는 현재 선택을 해야 했다.

그 순간, 머릿속에 웃음기 진득한 목소리가 들려왔다.

'잘하면 그 여자의 재산을 좀 떼어 가질 수도 있겠어.'

'하. 서른 살도 안 된 계집의 재산이 얼마나 된다고.'

'네가 입고 있는 그 옷들이 그 계집의 산하에 있는 브랜드다. 빌어먹을 사실이지만 이 대륙에 돌고 있는 절반 이상의 돈이 그 여자의 손을 거치지.'

'…….'

'너도 이 아이를 처리해야겠다고 생각하지 않았나? 그럴 바에는 차라리 아이를 이용해 한몫 챙겨 보는 게 좋을 텐데.'

라니사는 눈알을 굴렸다. 그리고 곧, 잔잔하게 웃으며 말했다.

"공작 각하, 큰 오해를 하고 있네요. 이 아이는 공작 각하의 아이가 맞아요. 아무리 제가 못돼 처먹었다고 해도 아이로 장난을 칠 만큼 매정한 어미는 아니랍니다."

"정말 최악의 선택을 골라서 하는군."

위그는 그럴 줄 알았다는 듯이 웃었다.

"라니사 블레이드. 디텔이 네게 무슨 제안을 했는지는 모르겠어."

위그는 천천히 자리에서 일어났다. 그는 굳이 여기에 더 시간을 써야 할 필요성을 느끼지 못했다. 디텔이 한 제안의 내용보다 더 좋은 걸 내밀 생각도 없었다. 그저 라니사의 순간의 선택에 대해 더 이상 여기서 어쭙잖은 시간 팔이를 할 필요가 없다고 느꼈을 뿐이었다.

그것을 증명하듯이 그의 표정은 그저 무심했다.

"그러나 장담하건대 너는 살지 못해. 디텔은 너를 살리지 않을 거거든."

위그는 디텔의 습성을 잘 알았다. 아니, 정확히 말하자면 귀족가의 습성을 잘 알았다. 관습에 따라 아무리 아이를 안고 들어온 정부의 아이가 실제로 가주의 핏줄이라고 인정해 준다지만, 대부분은 아이와 정부를 다 죽여 버리곤 했다. 그리고 그것을 행하는 것은 가끔 가주였고 가끔은 부인이었다. 어느 쪽이든 라니사는 어마어마한 모험을 해야 했다.

정부와 아이를 그렇게 취급하는 곳이었다. 디텔이 라니사와 평등하게 딜했을 리가 없었다. 결국 그녀는 쓰이고 버려지는 도구였다.

"각하께서는…… 제 안위를 보장해 주셔야 해요."

그때 라니사가 자리에서 일어났다. 위그가 천천히 고개를 돌렸다. 라니사가 다시 울망울망한 눈빛으로 그를 응시했다.

"부인께서 제게 손을 대실 수 있으니까요."

"진심으로 그렇게 여겼다면 오지 않았겠지. 너는 돈을 사랑하지만 목숨까지 버릴 사람은 아니니까."

라니사는 대답이 없었다.

위그가 싸늘하게 웃으며 읊조렸다.

"하지만 사람 잘못 봤어. 그 여자는 그럴 수 있어."

"……."

"손에 피를 묻히는 여자는 아니라 네가 상대하기에는 좀 어렵겠지만."

"각하께서도 함께하실 건가요?"

위그는 대답하지 않았다. 대답할 이유가 없었다. 비비안은 자신의 손에 피를 묻히지 않는다. 그녀는 언제나 교묘하게 적을 죽였다. 그리고 말했다. 자신이 죽였노라고. 누구도 감히 그녀를 단죄하지 못했다. 가장 악질적이면서 가장 총명한 방법이었다. 그리고 비비안의 성정이라면 앞으로 일어날 일은 너무 간단했다.

'내 손에 피를 묻히게 하겠지.'

공작이 정부를 죽이는 일은 무척이나 혐오스럽지만 꽤 정당하다. 위그는 잠시 길게 숨을 들이쉬었다. 그는 문득 비비안이 왜 아침에 제게 한 마디도 하지 않았는지 깨달았다. 그것은 아마도 그 혼자 알아서 처리하라는 일종의 암시였을 것이다.

'하여튼.'

쓸데없이 영악하고 선이 확실한 여자였다.

물론 그가 그것을 따를 일은 없겠지만.

* * *

위그에게 사생아가 생겼다는 소문은 이디에트와 로젤리스를 모든 이들의 주목거리로 만들었다. 라니사 블레이드와 위그 이디에트가 한때 관계를 맺는 사이였다는 것을 모르는 이들은 없었기에 대부분은 그 말을 믿었다. 아이러니하게도 라니사의 등장을 가장 불쾌하게 여기는 이들은 귀부인들이었다.

원래 귀부인들은 정부의 존재를 가장 혐오했다. 아무리 비비안이 천박하고 교양이 없는 평민 장사치라고 해도 라니사의 존재는 순식간에 그녀들로 하여금 저 자신을 비비안에게 대입하게 했다.

아무리 미워도 안주인은 안주인이었다. 우습게도 다들 라니사가 거짓으로 임신을 하고 돈이나 뜯으러 왔다고 여기고 있었다.

그 결과 카티야를 만나고 나오는 길에서 '우연하게' 엘리미아와 마주친 비비안은 그녀의 뒤에 서 있는 귀부인들의 동정 어린 눈빛에 잠시 불편함을 느껴야 했다. 모두들 그녀가 라니사의 머리채를 뜯으면 기꺼이 옆에서 라니사를 잡아 줄 의향을 보이는 듯했다.

"공작 부인. 괜찮으신가요?"

비비안은 다급하게 제게 다가오는 엘리미아를 향해 우아하게 예를 취했다. 그러나 엘리미아가 급히 그녀를 저지했다.

"괜찮아요. 그것보다, 괜찮나요?"

"안 괜찮을 이유가 무어 있겠습니까, 태자비 전하."

"소문…… 들었어요."

비비안은 아무래도 이 태자비마저 제 동생의 결백을 딱히 믿어 주지 않는다는 사실을 깨달았다. 평소의 행실에 대한 대가라고 여긴 그녀가 피식 웃었다. 그 웃음을 체념으로 받아들인 엘리미아가 경악 서린 얼굴을 했다.

"공작 부인. 그게, 내 동생이 잘못을 했어요. 이걸 어떻게 말해야 하지."

비비안은 태자비가 진심으로 공포를 느끼고 있다는 사실을 설핏 느끼긴 했다. 그리고 그녀의 공포는 아마 비비안이 이대로 위그와 이혼을 하거나 이래저래 이디에트를 무너뜨리겠다고 분노라도 하면, 그간 둘 사이의 거래가 흐지부지해진다는 사실에서 오는 것이었다.

그녀에게 이디에트의 목줄이 한가득 있음을 알면 바닥에 머리라도 박을 기세였다. 비비안은 일단 엘리미아를 다독인 뒤, 입을 뗐다.

"태자비 전하. 그이는 외도를 하지 않았어요."

비비안의 말에 엘리미아가 슬픈 얼굴을 했다. 덩달아 그 뒤에서 엄숙한 얼굴을 하던 귀부인들마저 안타까운 얼굴을 했다. 몇몇은 꽤 분노 서린 표정을 지었는데, 아마도 비비안의 말을 곡해한 것 같았다. 아니나 다를까 엘리미아가 조심스럽게 입을 열었다.

"공작 부인, 괜찮아요. 내 동생이긴 하지만 시비 정도는 가릴 수 있으니까요. 그리고…… 내 동생이 잘못을 하지 않았다면 그 여자가 거짓을 말하는 게 되는데, 아무래도 같은 여자끼리 어떻게 그런 의심을 하겠어요."

"흠."

비비안은 의외라는 얼굴을 했다. 그녀는 태자 옆에서 말도 안 되는 별 미친 짓을 다 봤으면서도 여전히 순수하게 '같은 여자끼리'라는 말을 꺼내는 엘리미아가 꽤 신기했다. 그러나 그녀의 뒤에 있던 귀부인은 그게 아니었는지 조금 차갑게 입을 열었다.

"태자비 전하. 냉정하게 말해서 천박한 계집들은 돈을 위해서 무슨 짓이든지 다 합니다."

"아세트 부인! 어찌 그런 말을……!"

"물론 라니사 블레이드가 그런 여자라고 단정을 지을 수는 없지만, 그래도 그럴 가능성이 높은 건 사실이지요. 어쨌든 공작 각하의 말을 들어 보는 것도 옳지 않습니까."

"제 남편은 아니라고 할 텐데 그럼 어떻게 해야 하나요?"

그때였다. 아세트 백작 부인의 말이 끝나자마자 비비안이 진득한 웃음을 흘리며 말했다. 그녀의 말에 아세트 백작 부인이 말문이 막힌 듯 잠시 입을 다물다가 다시 말했다.

"그때는 아이가 태어난 뒤 판단할 일이겠죠."

"그건 그 아이가 제 남편의 아이가 아니라는 것만 보여 줄 뿐 외도를 부정할 수는 없죠."

"방금 공작 각하를 믿는다고 하지 않으셨습니까?"

"그건 제가 할 수 있는 말이고."

"……."

"솔직히 제가 딱히 뭔가 판단해 달라고 맡기지도 않았는데 왜 다들 나서서 누구 편을 들려고 안간힘을 쓰는지 모르겠어요. 외도나 사생아나 정부가 자극적인 소재인 건 알지만 그렇다고 함부로 가십거리로 씹을 만한 문제는 아니죠. 그리고 태자비 전하."

비비안의 다정한 목소리에 엘리미아가 눈을 깜박였다. 비비안이 우아하게 웃으며 답했다.

"세상에는 거짓말을 하는 여자도 꽤 있답니다."

"공작 부인."

"이 드넓은 세상에 이상하고 못돼 처먹은 여자가 하나도 없을 수 없죠. 여자라는 걸 권력이라고 여기고 어떻게든 원하는 걸 얻으려는 여자도 있어요. 세상 모든 여자가 다 가련한 성녀일 수는 없으니까요. 이곳은 사람 사는 세상이거든요."

비비안의 말에는 뼈가 있었다. 그 속에 들어 있는 말은 명확했다. 이 세상에는 갖가지 상황이 있을 수 있으니 신이 아닌 너희들은 입 좀 닥치고 있으라는.

"뭐가 되었든 잡음이 적으면 적을수록 제게는 좋은 일이죠. 물론 지금 귀부인들의 상황을 보아하니 그건 좀 불가능할 것 같지만."

"실례했습니다. 공작 부인. 제가 그만 함부로 입을 놀렸습니다."

"괜찮아요. 아세트 백작 부인. 사람이라는 게 다 그렇죠. 어차피 기대도 하지 않아서 실망도 없어요. 아, 태자비 전하. 그리고 너무 걱정하지 마세요. 이 일은 저와 제 남편이 알아서 처리할 테니."

"그런……."

"오늘 무례를 저질렀네요. 이 무례가 훗날 제가 도움을 청할 때의 걸림돌이 안 되길 바라죠."

비비안은 끝까지 도움을 청할 수 있다는 가능성을 남겨 두었다. 귀부인들이 이를 알아듣지 못할 리가 없었다. 또각또각 대리석 위로 구두 굽이 부딪치는 소리를 듣다가 귀부인들이 저마다 묘한 얼굴을 했다. 딱히 이 정도로 발끈할 정도로 생각이 없지는 않았다. 기분이 좋지 않지만 그렇다고 나쁠 이유도 없어서 그들은 엘리미아를 향해 말했다.

"공작 부인께서 알아서 하실 겁니다. 애초에 만만한 분은 아니었으니까요."

그러나 엘리미아가 걱정하는 것은 그것뿐만이 아니었다. 하지만 그녀가 할 수 있는 건 없었다. 결국 한숨을 쉬며 걸음을 옮겼다.

"태자 전하께서는?"

"현재 디텔 공과 함께 정무를 보고 있습니다."

"디텔 공……."

엘리미아가 살짝 이를 갈았다. 그때 뒤에 있던 아세트 백작 부인이 작게 읊조렸다.

"혹시 이번 일, 디텔 공께서."

"그건 모르지. 하지만 중요한 건 이미 일이 벌어졌다는 것이고 이디에트는 휘말려 들어갔어. 제발…… 잘 좀 해결되었으면 좋겠는데."

엘리미아는 고개를 절레절레 저었다.

"오늘 저녁 만찬은 취소시켜."

"한 달에 한 번밖에 없는 태자 전하와의 만찬입니다."

"허례허식일 뿐이야. 그게 무슨 그리 의미 있다고."

"알겠습니다."

곧 사람들이 분분히 복도에서 벗어나갔다. 남은 건 오롯이 정적뿐이었다.

* * *

비비안은 왕궁에서 나간 뒤 공작가로 가지 않았다. 대신 여상스럽게 상단으로 출근했고 무슨 일이 있었냐는 듯이 정무를 처리했다. 그리고 그 정무 사이에는 일리야가 보낸 편지도 끼어 있었다. 대충 말하자면 디텔이 극장에 와서 누구를 찾았다는 내용인데 얼추 그녀도 어제 알았던 모양이었다.

간단히 답장을 쓴 뒤 비비안은 새 편지지를 꺼냈다. 유려한 필체가 편지지 위에 수놓이고 마지막으로 밀랍으로 봉한 뒤, 그녀가 클로에에게 건넸다.

"예델 법학원. 받는 사람은 리디아 세른."

의외의 인물이었지만 클로에는 조금 놀랄 뿐 고개를 끄덕였다. 비비안은 책상 위에 쌓인 서류 뭉치 중 하나를 꺼내서 훑다가 그녀에게 물었다.

"이번 감사절도 역시 바로데에서 보내는군."

"그곳에 왕실 별장이 있다고 들었어요. 해마다 친한 귀족들을 부른다고."

"잘됐어. 우리 계획이 망하지는 않는다는 거잖아."

그 '계획'이 뭔지 아는 클로에가 떨떠름하게 고개를 끄덕였다. 비비안이 환하게 웃었다.

"화가들은 섭외를 했나?"

"다행이게도 로튼이 그동안 꾸준하게 후원을 해 온 터라 섭외는 어렵지 않았어요."

"화가로서 영광이지. 왕실을 위해 그림을 그릴 기회인데. 태자 전하의 눈에 들면 그야말로 가장 훌륭한 결과지 않겠어?"

클로에는 비비안의 말에 그저 가볍게 웃어 보였다. 곧 비비안이 눈짓하자 그녀가 고개를 끄덕이고 서류와 편지를 소중하게 안은 채 방을 나가려 했다. 그러나 문을 여는 그 순간, 그녀는 자신의 앞에 서 있는 의외의 인물에 깜짝 놀란 듯 멈춰 섰다. 그에 그녀가 입을 열려고 하자 위그가 옆으로 물러서며 조용히 나가라는 제스처를 취했다.

곧 그녀가 나가고 위그가 들어왔다. 문을 가볍게 닫았지만 비비안은 눈치 채지 못했는지 그저 서류에만 집중하고 있었다. 그가 그녀를 유일하게 속일 수 있는 상황이었다. 비비안은 무섭게 눈치가 빨랐지만 물리적으로 자신의 기척을 지우는 일은 검을 잡았던 위그가 더 잘했다.

방 안은 조용하기 그지없었다. 비비안은 열심히 할 일만 처리하고 있었다. 위그가 천천히 비비안에게 다가갔다. 그리고 그 순간, 화려한 샹들리에의 빛이 누군가에게 가려지자 비비안이 고개를 들려는 무렵, 커다란 손이 그녀의 책상을 가볍게 두드렸다.

그리고 그녀가 고개를 들자마자 놀란 눈동자를 향해 낮게 읊조렸다.

"노크."

고개를 들어 상대를 확인한 비비안은 멈칫했다. 왜 이 남자가 이곳에 있지? 그녀가 미간을 살짝 찌푸리다가 다시 길게 숨을 내쉬었다. 이제는 여유로운 표정이 흘렀다. 그녀가 눈썹을 까닥했다. 위그가 그녀를 빤히 응시했다. 곧 그가 천천히 테이블에 살짝 몸을 기대앉고 입을 열었다.

"그렇게 볼 필요 없어. 저녁 먹자고 온 거니까."

"……."

"내가 처리해야 할 문제인 건 나도 알고 있어. 굳이 그렇게 내 피를 말려가면서 입을 닫고 있는 건 그리 현명한 처사가 아니야."

비비안의 얼굴에 진한 미소가 걸렸다. 위그는 그녀의 얼굴을 힐끔 보다가 한숨을 쉬었다. 곧 그가 제 품에서 작은 상자를 꺼내 테이블에 놓은 뒤 비비안 쪽으로 밀었다. 비비안은 굳이 그걸 무시하지 않은 채 상자를 열어 보았다.

"귀한 거야. 로튼의 자선 판매회에 올려. 이거 하나면 수익은 어마어마하니까."

"……."

"어머니가 아끼던 거다. 서쪽 알레오의 왕자가 프러포즈를 하면서 줬다던데 그녀의 한평생 꿈이었지. 그 꿈을 지금 당신 달래려고 팔라고 갖고 온 거니 좀 화 풀어."

비비안은 상자 속에 있는 보석을 빤히 보았다. 네 가지 색깔이 어지럽게 혼합되어 기묘한 느낌을 냈다. 확실히 대륙에서 쉬이 볼 수 있는 것은 아니었다. 그녀도 손에 넣으려면 꽤 어렵기야 할 것이었다. 물론 넣을 수는 있지만 굳이, 라는 생각이 드는 물건이긴 했다.

그러나 비비안은 상자를 내려놓은 채 고개를 절레절레 저었다. 그녀의 말에 위그는 그럴 줄 알았다는 듯이 품에서 다른 물건을 꺼냈다. 이번에는 둘둘 말린 종이였다. 그것을 건네받은 비비안이 조용하게 펼쳤다. 순간 방금까지 미동도 않던 그녀의 눈이 가늘게 접혔다.

그것을 발견한 위그가 입을 열었다.

"이번에 남쪽의 리소네타 왕국과의 물물 거래지. 상인 협회에서 책임지기로 했지만 로튼 혼자서 감당할 수 있다면 못 할 것도 없어. 귀족원의 원장인 내가 바로 사인해서 넘기면……."

"저녁 뭐 먹을 건데?"

그때였다.

위그의 말이 끝나기도 전 비비안이 자리에서 일어났다.

한쪽으로는 위임장을 서랍 안에 넣었다. 물론 그녀는 알레오 왕자가 줬다는 그 보석도 굳이 거절하지는 않았다. 그 일련의 행동을 보던 위그가 비비안을 빤히 응시했다.

"왜 그렇게 봐?"

비비안은 느긋하게 웃으며 태연하게 물었다. 서랍을 닫는 손길이 무척 익숙했다. 그가 주는 것 하나 포기하지 않은 채 챙겨 넣는 행동이 자연스럽기 그지없었다. 곱게 휘어지는 눈가가 달콤했다. 위그는 그녀를 응시하다가 입을 뗐다.

"내가 언제 당신의 이런 행동에 익숙해졌나 싶어서."

"그걸 이제야 생각하는 거야?"

"그간 생각할 일이 적었어."

"당신이 얼마나 생각이라는 걸 안 하고 사는지 대충 짐작은 가네."

비비안은 살짝 턱을 치켜들고 웃었다.

위그는 그 얼굴을 빤히 보다가 테이블에서 일어났다. 담담한 얼굴이 하도 평온해서 비비안의 눈빛이 기묘하게 변했다. 그녀는 아침부터 이 남자와 한마디도 하지 않았다. 그 이유를 이 남자가 모를 리가 없었다.

비비안은 눈동자를 데굴 굴리다가 입을 열었다.

"그래서 뭘 먹으려고?"

"당신 먹고 싶은 걸로."

"굳이 내가 먹고 싶은 걸 나와서 먹으려고?"

"굳이가 아니지. 부부가 데이트를 좀 즐기는 게 어떻다고?"

"이상하지는 않지. 그게……."

비비안은 테이블 위에 놓인 장갑을 끼고 천천히 그의 앞으로 다가갔다. 그녀의 파란 눈동자가 그를 직시했다. 곱게 휘어지는 눈매가 여전히 섬뜩하고 예리한 빛을 담고 있었다. 그러나 위그는 그저 차분하게 그것을 담아냈다. 비비안이 천천히 읊조렸다.

"……우리라서 문제지."

그제야 두 사람의 대화의 궤도가 정상으로 돌아왔다. 비비안이 물어본 게 진짜로 왜 밖에서 먹느냐는 시시한 질문일 리가 없었다. 집에 있는 사람은 어쩌고? ……그 말속에 들어 있는 진짜 질문에 위그의 대답은 깔끔했다. 두 사람은 무사할 것이다.

"라니사 블레이드……."

비비안은 길게 한숨을 내뱉었다. 카티아에게 이래저래 많은 것을 지시했으나 실제로 라니사가 찾아온 뒤, 당사자인 두 사람은 서로와 이에 관련된 말을 하나도 하지 않았다. 그러나 일은 무척 순조로웠다. 두 사람은 서로의 영역을 침범하지 않았다. 마치 그렇게 자연스럽게 정해진 것처럼 모든 것이 자연스럽게 흘러가는 것 같았다.

"그 여자가 원한 건 역시 내 재산이겠지?"

"많은 게 있겠지만 그녀는 아마 당신 돈만 보고 들어온 걸 거다."

"지켜 줄 수 있어?"

"내게 필요한 몫만큼은."

"영리한 대답이야."

비비안이 피식 웃었다. 위그는 저보다 한 뼘은 더 작은 여자의 이마를 내려다보다가 몸을 돌려 비비안이 내려놓은 그녀의 외투를 들었다. 그리고 당연한 듯이 그걸 그녀의 어깨에 걸쳐 주고는, 자연스럽게 키스를 흘렸다.

비비안은 눈을 감았다. 어깨에 묵직하게 느껴지는 외투의 무게가 적당하게 무거웠다. 위그는 그녀의 목까지 깃을 끌어 올린 뒤, 그녀의 목을 감쌌다. 뜨겁고 두툼한 혀가 입 속의 온도를 녹였다. 그녀의 팔이 그의 목을 잡아당겼다.

외투는 떨어지지 않았다. 그가 잡고 있었으므로.

곧 천천히 입을 뗀 비비안이 다시 시선을 올렸다. 눈가에 서린 웃음기가 가뭇없이 사라졌다. 은은하게 빛나는 시선을 마주치던 위그가 한숨을 쉬었다.

"화난 거 알아."

위그의 말에 비비안의 미간이 꿈틀거렸다. 이 상황에서 그녀가 화가 나지 않을 리가 없다. 그것은 너무 당연한 말이었다.

그러나 위그의 말은 단순히 그것을 지칭하는 것 같지 않았다. 실제로 위그의 말은 그것을 지칭하지 않았다.

"지금 화났잖나."

"화가 안 날 리가 없는 상황이니까."

"이성적으로 나는 화 말고. 감성적으로 나는 화."

"……."

비비안의 얼굴에서 웃음기가 한층 더 사라졌다. 그녀가 잠시 뭔가 생각하는 듯하다가 다시 그와 시선을 마주쳤다.

그리고 얼마나 지났을까, 그녀가 갑자기 그를 밀어 내며 싸늘하게 읊조렸다.

"정말, 빌어먹게 역겨운 개새끼야."

그녀의 언어 사이사이에는 이성이라는 게 없었다. 화가 나니 그대로 성질머리를 부리는 인간처럼 그녀가 쯧 혀를 찼다. 그러나 그게 한계였다. 태생적으로 이성으로 만들어진 그녀는 감성적으로 화내는 법을 몰랐다.

그래, 감성적으로 화를 내는 법을 몰랐다.

기실 어제 라니사 블레이드가 찾아온 뒤로 그녀의 침묵은 마치 시한폭탄이나 마찬가지였다. 언젠가는 터져야 하는 물건. 그러나 그것을 터뜨리기에 그녀는 고려해야 할 게 너무 많았다. 그래서 이성을 지키며 웃고, 이성을 지키며 대책을 강구했다. 오늘 카티야를 만난 그 순간마저도 그녀는 분노 대신 계략을 찾았다. 그녀의 재산 앞에서 그녀는 이성적이어야 했다.

그러나 아무리 일을 해결하고 뭔가를 하려고 한다고 쳐도 마음속에 울컥울컥 치밀어 오르는 화를 그녀가 쉬이 누를 수는 없었다. 그래서 취한 방법이 그것이었다. 위그에게 한 마디도 하지 않는 것. 웬만한 사내라면 그저 기분이 나빠서 좀 앙탈을 부리겠거니 할 그 행동의 본질을 위그는 정확하게 잡아내고 있었다.

비비안은 분노하고 있었다. 그것은 앙탈이나 약간의 짜증과는 결이 다른 감정이었다.

"정말이지……."

"……."

"대체, 일을 어떻게 이 지경으로 만든 거야?"

그리고 비비안이 완전히 분노 섞인 목소리로 그를 향해 물어왔을 때, 위그는 웃었다.

비비안은 드디어 화를 내고 있었다. 이 상황에서 싸늘하게 웃는 것 대신 그녀는 드디어 제대로 분노라는 것을 그에게 드러내고 있었다.

"나도 모르겠어."

"모르겠다고 하면 끝인가?"

"그럼 있지도 않은 일을 내가 알아야 하나?"

"알아야지. 내가 일리야에게 일을 시키는 동안 최소한 당신도 어떻게든 다른 방식으로 디텔을 막았어야 했어."

"알아. 다만 그게 라니사일 줄은 나도 몰랐다. 그 큰 모험을 하면서 공작가에 부른 배를 안고 올 사람이 이 세상에 흔한 줄 아나?"

위그의 대답에 비비안이 쯧 혀를 찼다.

그리고 그런 그녀를 본 위그가 입을 뗐다.

"내가 해결해."

"알아."

"당신도 해결해."

"당연한 거야."

"그리고……."

위그는 숨을 크게 들이쉬었다.

"화를 내. 그냥."

위그의 말에 미간을 좁힌 비비안이 멈칫했다. 그녀가 천천히 위그를 응시하다가 미간을 찌푸렸다. 그러고 보니 두 사람이 이렇게 큰 소리로 싸워 본 게 얼마 만이었지. 꽤 오래전이었던 것 같았다. 그녀는 원래 그렇게 마구 분노를 표출하는 스타일은 아니었다. 그러나 이번에 유달리 그녀가 침착하게 굴었던 것은 사실이었다.

그리고 이제 그녀는 자신의 행동에서 감성을 찾아낸 위그에게 내심 감탄하고 있었다. 꽤 어려운 일인데 그걸 해냈다. 그는 어떻게 발견했을까. 심지어 카티야도 그녀가 이 상황에 그저 담담하게 군다고 감탄했을 뿐이었다. 그러나 그게 끝이었다. 이 남자가 특별히 눈치가 좋든 말든 어쨌든 일은 벌어졌고 그녀는 화를 냈다.

이제 해야 할 건 따로 있었다.

"이미 다 냈어."

비비안은 다시 평소의 그 모습으로 돌아갔다. 그녀가 그의 손에서 외투를 벗어 어깨에 걸쳤다.

위그는 그에 잠시 침묵했다. 그녀는 아마 모를 것이었다. 그녀는 한때 그에게 꽤 화를 내던 때가 있었다. 그런데 언제부터 화를 안 내게 되었을까. 아니, 언제부터 저렇게 웃음으로 모든 것을 흘려보내며 섬뜩하게 눈을 치켜떴을까.

리암이 죽은 뒤였던 것 같다.

사람의 마음은 점차 곪는다. 그녀의 마음은 이미 썩어 문드러졌을 게 뻔했다. 이번 일도 1년 전의 그녀였다면 바로 화를 내고 계약서를 파기할 것이니 뭐니 그를 협박했을 것이었다. 조금 더 노골적으로 미친개처럼 굴겠지. 그러나 안 그랬다. 이제 그녀는 맹수보다 더 무서운 독사 같은 존재가 되었다.

외투를 다 입은 그녀를 보다가 위그가 입을 열었다.

"디텔에서 보낸 건 확실한 것 같아."

"목적은 내 재산과 당신의 명예가 추락되는 것, 이 모든 것을 매체로 최종 목적은 아마 나와 당신 사이를 갈라놓는 거겠지."

비비안이 외투를 다 입자 위그가 그녀의 머리카락을 뒤로 넘겨 주었다. 그에 비비안이 눈썹을 까닥였다. 그가 입을 열었다.

"일단…… 그건 절대 일어날 수 없는 일이다."

"어떻게?"

"아이의 아버지는 디텔 공작이 될 거니까."

비비안은 생각 이상으로 추잡스러운 방법에 피식 웃었다.

"정말 깔끔하게 더러운 방법이군."

"그렇지만 이걸로는 부족해."

"당연히 부족하지."

어차피 디텔은 이미 이쪽에서 먹물을 저한테 뿌릴 것에 대비한 대책도 세워 두었을 것이었다. 그러니 그걸로 부족하긴 했다. 중요한 건 저 아이의 귀속이 불분명해지는 것. 위그와 비비안의 시선이 살짝 마주쳤다. 곧, 두 사람이 웃으며 반대쪽으로 고개를 돌렸다.

"쓸데없이 나랑 생각이 같군."

"그건 나도 그렇게 생각해."

"카티야를 찾아가서 뭘 명령했는지는 대충 예상이 가니. 그럼 남은 건 여론이겠군."

"내 돈과 당신의 권력이면 무슨 미친 짓이든 못 하겠어."

비비안은 어깨를 살짝 으쓱했다.

위그는 그녀의 얼굴이 조금이나마 풀어진 것을 보고 안도의 한숨을 쉬었다. 곧 비비안이 온전히 외투를 잠그고 가방을 드는데, 그 모습을 빤히 보던 위그가 말했다.

"그래도 다행이군. 당신이 정상으로 돌아와서. 사실 어젯밤에…… 좀 당황했거든. 당신이 너무 순순히 물러나서 말이야."

"알아. 내가 그렇게 굴면 당신이 더 불안해할 걸 알았어."

"그래, 그러라고 그러는 걸 알고는 있었지만 그래도 불안했다."

"왜?"

"그냥. 모르겠어."

비비안은 위그와 시선을 마주친 뒤 피식 웃었다. 그녀의 눈빛에 묘한 감정이 실렸다.

"그런데."

비비안이 우아하게 입꼬리를 말아 올렸다.

"진짜로 당신 아이가 아니야?"

"……!"

이제 와서 이걸 묻는 의도야 뻔했다. 순전히 위그더러 분노와 억울함을 느껴 보라는 뜻이었다. 그녀의 의도를 알고는 있었지만 그래도 화가 왈칵 치밀어 올랐다. 위그가 얼굴을 일그러뜨렸다. 비비안이 그걸 보면서 웃음을 흘리며 발걸음을 옮겼다.

"나만 화내는 건 불공평하니까."

문이 열리고 비비안이 살짝 고개를 갸웃거렸다. 나오라는 뜻이었다. 위그는 왠지 모르게 그녀의 화를 풀어 주러 왔다가 괜히 제가 당한 것 같았다. 그러나 원래 그가 당해야 하는 입장이긴 했다. 어쨌든 상대는 그를 공략했고 그 파급은 비비안에게 미쳤다. 물론 그건 어디까지나 상대적인 결과였고 객관적으로 제가 잘못했다고 생각할 만큼 그는 그렇게 착하지는 않았다.

"식사 어디 가서 하지?"

"뭘 먹고 싶은데?"

"아, 우리 새로 열린 거리에 꽤 괜찮은 호텔이 있어. 거기 레스토랑이 생각보다 괜찮아. 예약제라는 흠이 있지만."

"우리가 예약에 구애받던가?"

"설마."

위그는 자연스럽게 비비안의 허리를 감싸며 아래층으로 내려갔다. 단주와 공작의 등장에 상단의 사람들이 분분히 허리를 숙였다.

곧 마차와 함께 사라지는 두 사람을 배웅한 뒤, 상단은 여상스럽게 흘러갔다.

Chapter 13
모든 문은 여는 방법이 있다 (1)

디텔 공작이 라니사 블레이드를 찾아온 날은, 그녀가 아이를 가졌음을 안 지 얼마 안 될 때였다.

그럭저럭 괜찮은 집안에서 그럭저럭 괜찮은 사랑을 받고 그럭저럭 괜찮은 교육을 받으면서 자란 그녀는 저 모든 그럭저럭한 환경보다 그녀의 뚜렷하게 아름다운 외모가 그녀의 인생을 더 높은 곳으로 데려가 줄 것이라는 사실을 알고 있었다. 그리고 그녀의 예상대로 사교계에서 흔히 볼 수 없는 애교 섞이고 간드러진 모습은 수많은 남자들이 그녀에게 관심을 보이게 했고, 위그 이디에트 또한 그중의 한 남자였다.

굳이 말하자면 위그 이디에트가 먼저 그녀에게 관심을 보인 건 아니었다. 어느 남작가의 멍청한 아들에게 간이고 쓸개고 다 빼 줄 듯이 굴던 그녀는 겨우겨우 그의 아내를 제치고 그와 함께 왕실 파티에 참가할 수 있었으며, 그 파티에 발을 내딛는 순간 그녀의 시선을 가로챈 이가 바로 위그 이디에트였다.

근사한 남자였다.

라니사 블레이드는 제일 처음 그를 본 순간 그렇게 생각했다. 이 수많은 남자들이 순식간에 시시하게 변하고, 이 수많은 이들이 삽시에 그녀의 시야에서 도망쳐 나왔다. 압도적으로 크고 탄탄한 체격, 차갑고 날카로운 이목구비, 숨 쉬는 것도 잊을 만큼 그는 타인에게 가야 할 시선을 모두 빼앗고 있었다.

"위그 이디에트…… 이디에트의 공작이래."

위그 이디에트. 얼핏 들었다. 가끔 '목표물'을 위해 극장에 들락날락거릴 때면 자주 듣던 이름이었다. 극장가의 여인들은 물론이요 콧대 높은 수많은 귀족 영애들마저 그렇게 눈독을 들인다는 소문을 들었을 때는 무슨 남자일까 코웃음을 쳤지만 이제는 알 것 같았다. 그는 그럴 만한 가치가 있었다. 그것은 평생토록 남자의 옆에서 예쁘게 웃으면서 살겠다고 다짐한 그녀의 본능적인 선택에 가까웠다.

그리고 그 선택을 내리자마자, 그녀는 무척 빠르게 행동으로 옮겼다.

"공작 각하. 라니사 블레이드라고 해요."

위그 이디에트의 옆에는 언제나 아름다운 여자들이 많았다. 그건 별로 이상한 일이 아니었거니와 오히려 라니사에게는 좋은 일이기까지 했다. 공과 사의 구분이 확실해 그는 절대 공식적인 자리에 정부를 데려오는 일이 없었다. 우습게도 그게 그날 밤 돌아가는 위그 이디에트의 앞을 막아서서 살짝 무릎을 굽히는 계기가 되었다. 그의 옆에는 여자가 없었다. 기왕 돌아가는 김에 하나 더 데려가면 좋지 않은가.

결과적으로 위그는 생각보다 훨씬 더 '이성적이었다'. 파티에서 제 앞을 막아선 맹랑한 계집애를 바로 안고 집으로 돌아갈 만큼 멍청하지 않았다. 그러나 그는 동시에 제 취향인 여자를 굳이 놔주는 취미도 없었다. 며칠 뒤 그녀는 제가 가장 아끼는 슈미즈를 입고 그와 하룻밤을 보냈다. 그다음 날, 그녀의 집으로 보내진 아름다운 드레스와 구두, 보석들은 그가 그녀와 오랫동안 관계를 이어 가겠다는 뜻이었다.

라니사 블레이드의 기억 속에 그의 정부 자리는 꽤 할 만했을 뿐만 아니라 제법 황홀하기까지 했다. 그는 낮이든 밤이든 이래저래 여자를 실망시키는 법이 없었고, 그녀는 더 이상 즐거움을 연기할 필요가 없었다. 심지어 그녀는 이대로 계속해서 영원히 그와 함께하는 상상까지 했는데, 그 정도로 위그 이디에트는 매력적인 사내였다. 그러나 아무리 긴 시간이라도 해도 끝나는 날이 있는 법. 1년 정도의 시간이 지나고 그가 그녀에게 관계의 끝을 고한 뒤, 아쉬운 마음에 조금 잡긴 했으나 그의 차가운 눈빛을 받고 결국 다시 물러날 수밖에 없었다.

물론 그 뒤에도 라니사 블레이드는 한동안 꽤 잘 살았다. 그의 정부였다는 과거는 수많은 귀족들이 분분히 그녀에게 호기심을 안게 했고 더군다나 위그가 안겨 준 것들은 그리 적지 않았다. 그러나 사내를 유혹하는 것 외에는 딱히 계획 따위 없이 살았기 때문에 돈은 금방 바닥났다.

결국 빈털터리가 되어 예전에 노리던 남자들보다 조금 지위가 낮은 귀족의 정부가 되었는데, 그쯤, 위그 이디에트가 결혼했다는 소문이 들려왔다.

비비안 로젤리스.

그야말로 백번 들으면 백한 번을 의심하게 만드는 이름이었다.

그녀는 그 이름을 들어 보았다. 이 바첼론에서 사내와 여자들의 공통 화제가 되는 여자였다. 그녀의 이름이 나올 때마다 사람들은 이해를 할 수 없다는 표정을 짓거나 혐오 어린 표정을 지었다. 이상한 계집, 영악한 계집, 뒤에 남자가 없고서야 그게 가능하냐…… 부터 시작해서 심지어 두 사람이 결혼했을 때는 애초에 그녀가 그의 오랫동안 이어진 정부였고, 그 상단은 위그 이디에트가 돈을 따로 저축하기 위한 수단이라고 했다.

그중에 어느 게 진실인지는 몰랐으나 라니사 블레이드는 사실 그녀가 위그 이디에트의 정치적 수단이라는 것이 더욱더 신빙성이 있다고 믿었다. 그녀는 위그 이디에트를 잘 알았다. 그는 작고, 말수가 적고, 애교 있고,

가녀리고, 통상적으로 약간 멍청한, 그러니까 남자들의 의견에 굳이 토를 달지 않는 그런 여자를 좋아한다.

그 단주가 그 남자와 결혼했다면 당연히 그렇지 않을까…… 그렇게 그저 홀로 생각하는데, 그녀는 문득 어느 날 제가 임신했다는 것을 깨달았다.

그리고 며칠 뒤, 갑자기 디텔 공작이 찾아왔다.

"라니사 블레이드. 아이를 임신했다지."

"소문이 벌써 거기까지 갔나요? 네. 그래요. 아이의 아버지가 누군지는 모른다는 게 흠이지만."

"지우려고?"

"키워야 할 이유가 있나요?"

"어차피 사라질 아이, 사라지기 전에 네 미래를 위해 한번 이용해 보는 건 어떤가."

처음에는 무슨 말인지 몰랐다. 그저 디텔 공작이 또 무슨 헛짓거리를 한다고 생각했을 뿐이었다. 한때 위그의 정부였던 그녀는 두 가문 사이의 관계를 잘 알았다. 그래서 그저 감흥 없이 앉아 있는데, 디텔 공작이 갑자기 그녀에게 수표를 건넸다.

"이 정도면 그럭저럭 할 만하겠지."

"대체 무슨 일이죠? 이 정도 거액을 다 쓰고?"

"그 아이를…… 이디에트의 아이로 만들어야겠어."

"……네? 지금 장난하는 건가요? 저더러 죽으라고 하는 건가요?"

"죽지 않아. 어차피 아이는 태어나지 못할 거고, 너는 피해자가 되어 무사하게 벗어날 수 있어. 수도에 소문이 날 거야. 이디에트에 사생아가 있다고. 사람들의 감시 아래에 놓으면, 아무리 이디에트라도 크게 행동하지는 못해."

"저 혼자 들어가는 건 무리예요."

"무사하게 저택으로 들어가면, 나와 연락할 사람을 보내 주지."

"이렇게 해서 얻는 게 뭐죠?"

"공작과 그 여우 같은 계집 사이에 약간의 균열이라도 만들면 돼. 그 계집은 기가 막히게 제 돈을 아끼는 자다. 네 아이가 나타나면 최소한 그 칼날이 공작에게 가지 않을 리가 없어."

"……."

"진짜로 무너지는 건 바라지 않아. 그저, 그 약간의 균열, 그 계집이 분노하고 그 공작이 그 계집을 버리거나 아니면 두 사람 사이의 평화가 깨지는 것, 그게 필요해. 그런 의미에서 라니사 블레이드."

"네."

"이디에트 저택에 들어가면, 너도, 네 특기를 발휘해 봐."

"특기요?"

"멀쩡한 부부 갈라놓는 건 네 전문 아닌가?"

그렇게 말하며, 디텔 공작이 씨익 웃었다.

* * *

'전문이라니, 사람 보는 눈이 있어.'

라니사 블레이드는 조용하게 화장대 앞에 앉아서 웃었다. 어제 새벽, 어마어마한 소란과 함께 이곳에 들어온 그녀가 입을 톡톡 쳤다. 입술 위로 발그스름한 립스틱이 얹어졌다. 그것을 보던 그녀가 빙그레 웃었다.

그녀는 디텔 공작이 정확히 무엇을 하고 싶어 하는지 알 수 없었다. 그러나 그의 제안은 꽤나 유혹적이었다. 최소한 한동안 이디에트 공작가의 사생아를 가진 여자로 대접받을 수 있었고, 이 계획이 성공하면 그녀는 거액의 대가로 한평생 잘 먹고 잘 살 수 있었다. 그리고 어마어마한 대가를 받는 것치고 그녀가 해야 할 일은 별거 없었다.

'어젯밤 반응을 보니, 딱히 내가 할 것도 없어 보이던데.'

황급히 그녀를 방으로 보내던 위그의 모습을 상기하며 그녀가 읊조렸다. 내 아내가 자야 한다…… 그 말도 안 되는 핑계가 만약 진짜라면 그가 진심으로 그녀의 존재를 아내에게 들키는 게 두렵다는 말이었다. 그렇다면 그와 그의 아내 사이에는 그녀의 등장으로 깨질 만한 뭔가가 있어야 했다. 만약 없다면 그의 반응은 설명되지 않았다. 그가 진짜로 소문대로 비비안을 사랑한다면 더 그래야 했고.

그녀의 등장에 내심 덤덤하게 반응할까 봐 두려웠는데 그럴 것 같지는 않았다. 라니사는 향수를 들고 살짝 뿌렸다. 그러고 보니 어젯밤 어떻게 되었는지 그 소문의 공작 부인도 들어왔다.

'그런 여자라니, 의외였네.'

라니사가 속눈썹을 팔랑거리며 읊조렸다. 실로 의외였다. 그녀가 상상한 여자의 모습과는 완전히 달랐다. 키도 크고 늘씬하며, 가슴이나 엉덩이는 살이 잘 올랐는데 허리는 날씬했다. 그야말로 전형적인 미인의 몸매가 아닌가. 유일한 흠집이라면 키가 좀 많이 컸다는 것과, 생각처럼 그렇게 아담하고 가련한 인상의 미모가 아니라는 것이었지만 그래도 화장만 해 놓으면 어딜 가나 눈에는 띌 계집이었다. 같은 여자에게는 그다지 칭찬을 하지 않는 그녀지만 내심 비비안 로젤리스가 매력적이라는 사실은 인정해야 했다.

"취향이 바뀌었나. 아니면 진짜로 둘 사이에 뭐가 있나."

라니사는 향수의 병을 닫으며 읊조렸다. 실제로 뭐가 되었든 그녀와는 별 상관이 없었다. 어차피 오늘 저녁이 되면 다시 만나게 될 것이었다. 그녀는 당연히 두 사람이 오늘 온 종일 그녀 때문에 싸우느라고 이 방에 신경을 쓰지 않을 거라고 생각했다. 아니면 다른 식으로 어떤 모순이 생겼거나. 최소한 그 공작 부인은 딱 봐도 성질머리가 보통은 아니었기 때문이었다.

화장을 마치고 라니사가 웃었다. 위그가 오면 그녀는 그저 예쁘게 방긋방긋 웃으면 된다. 아이가 그의 것이라고 믿게끔 확신 지으면 된다. 디텔 공작의 말대로 그렇게 생각하며 침대에 앉아 있었다.

그리고 저녁 즈음, 누군가가 문을 두드렸다.

"라니사 블레이드 양."

"집사님. 오랜만에 뵙네요."

라니사는 집사의 뒤편을 힐끔 보았다. 다른 사람의 인영은 없었다. 그러나 그녀는 실망하는 티를 내지 않았다. 이제 곧 올 수도 있었다. 어쩌면 이게 식사 초대일 수도 있었고.

"저녁을 드리겠습니다."

"아, 네."

"임산부 드시기 좋은 것들로 준비해 보았습니다. 그럼 편안히 식사하십시오."

"감사합니다."

말을 마친 집사가 살짝 비켜서자 이제야 복도에서 사람들이 모습을 드러냈다. 그러나 수많은 고용인들로 채워진 행렬의 끝에도 위그의 모습은 없었다.

결국 라니사가 작게 물었다.

"저, 혹시 공작 각하께서는…… 공사가 다망하실까요."

"공작 각하께서는 부인과 함께 밖에서 만찬과 데이트를 즐기고 오실 겁니다."

"아."

라니사가 가볍게 감탄했다. 그녀가 부드럽게 웃고 살짝 예를 취했다. 물론 의식적으로 배를 감싸 안는 것도 잊지 않았다.

곧 집사가 방을 나가고 홀로 남은 방에서 라니사가 눈을 깜박거렸다. 대체…….

'밖에서 논의라도 하고 오려는 것일까?'

그러기에는 데이트……라고 했다. 라니사는 위그와 비비안이 애초에 싸우지도 않았다는 전제를 생각할 수 없었다. 아무리 서로를 신뢰하는 부부라도 어떻게 일말의 파란도 없을까. 심지어 디텔이 보낸 정보에 따르면 두 사람은 그렇게까지 다정하지는 않다는데.

라니사는 잠시 뭔가 이상함을 느끼다가 다시 고개를 저었다.

괜찮을 것이었다. 그녀가 그렇게 읊조렸다.

'일단 내일 아침에 다시 찾아가 봐야겠어.'

라니사가 읊조렸다.

* * *

다음 날 아침 식사도 거의 정시에 들어왔다. 시녀의 도움하에 예쁘게 단장한 그녀는, 오늘도 무뚝뚝하게 말을 건넨 뒤 밖으로 나가려는 집사를 잡았다.

"저, 오늘은 공작 각하를 뵙고 싶어요."

볼을 발갛게 물들이는 라니사의 모습에 집사가 고개를 돌렸다. 그는 더없이 정중한 모습으로 허리를 굽히며 입을 열었다.

"죄송하지만, 그건 불가능할 것 같습니다."

"왜요?"

"그건…….."

집사는 말을 골랐다. 그러다가 그가 옆으로 살짝 물러난 뒤, 복도를 손으로 가리키면서 말했다.

"공작 각하의 명이십니다. 이제부터 이 방문을 반경으로 2미터 밖의 장소는 절대 나가실 수 없습니다. 식사는 언제나 제공되고, 산책도 하실 수 없습니다. 특이한 요구가 있으시면 시녀를 부르면 될 겁니다."

"……네?"

라니사가 멈칫했다. 왠지 모르게 감이 이상했다. 집사의 요구는 얼핏 들으면 그녀를 보호하는 것처럼 들렸다. 그러나 그 핵심은…….

"지금 저를 감금이라도……."

"네. 각하와 부인의 공통된 결정인 바, 라니사 블레이드 양은 한동안 이 범위 밖으로 한 걸음도 나가실 수 없을 겁니다."

"……."

"걱정 마십시오. 아무리 별관이라지만 방이 큰 편이라 조금씩 몸을 움직이는 것은 문제가 없고, 식사는 항상 풍족하게 내어 드릴 것이며, 의사가 주기적으로 몸상태를 살펴볼 것입니다. 원하신다면 밖으로 나가도 되긴 하지만…… 무조건 각하와 공작 부인의 허락, 감시 및 기사들의 보호가 있어야 할 겁니다."

집사의 말이 떨어지자마자 라니사가 입술을 꽉 물었다. 도무지 일이 어떻게 돌아가는 건지 알 수가 없었다. 그에 그녀가 뒤로 주춤 물러설 때였다. 갑자기 멀리서 소리가 들려왔다.

"아무래도 라니사 블레이드 양은 지금 무슨 상황인지 이해가 잘 안 되는 모양이야."

"공작 부인!"

"내가 설명하지. 위그. 당신도 어서 와, 와서……."

"……."

"바닥을 치는 당신의 인간성에 더 바닥을 치는 내 인간성까지 더하면 어떻게 되는지, 한번 설명해 보는 게 좋을 것 같아."

그리고 그 순간, 익숙한 목소리와 함께 비비안과 위그가 방에 들어왔다.

* * *

위그와 비비안으로 놓고 말하자면…… 두 사람의 관계는 그 누구도 함부로 재단할 수 없을 듯이 미묘했다. 두 사람은 훌륭한 파트너라기에는 서로의 목줄을 잡고 있는 아슬아슬한 관계였고, 그렇다고 적이라기엔 손을 잡는 순간, 그 누구도 감히 침범할 수 없는 분위기를 흘리곤 했다.

객관적으로 볼 때 디텔 공작의 수는 그렇게까지는 엉망이 아니었다. 남편의 아이를 가졌다고 누군가가 집에 들어오는 순간, 동요하지 않을 부인은 없었다. 사랑이 있다면 동요했을 것이었고 없다면 더했을 것이었다. 특히 귀족가는 후계 구도가 엄격했다. 물론 위그와 비비안이 이 경우에 속하지 않는다고 해도, 둘 사이가 이익적으로 얽힌, 제 돈을 금쪽처럼 아끼는 그 단주가 자신의 재산이 흔들린다는데 동요하지 않을 리가 없었다.

오히려 그런 면에서 디텔 공작은 비비안을 잘 파악했다. 이제 그는 비비안이 보통 계집이 아니라는 걸 잘 알았다. 그녀는 손에 돈이 있었고 힘이 있었다. 그리고 위그는 필연코 그 힘과 돈이 필요한 터라 비비안에게 어느 정도 타협해야 했다. 그러니 비비안이 화를 낸다면 그는 상황이 곤란해질 것이고, 설사 비비안에게 자신의 아이가 아니라고 해명을 해도 이 상황 자체는 두 사람의 관계를 동요시키기에 충분했다.

그러나 그가 죽어도 생각하지 못한 것은, 만약 1년 전이라면 충분히 벌어졌을 이 상황은 지금에 와서 죽어도 벌어질 수가 없다는 것이었다.

디텔 공작은 비비안이 위그를 죽이거나, 하다못해 다른 의미로 '죽일 거라고' 생각했다. 기실 그뿐만 아니라 모든 사람이 그렇게 생각했다. 그러나 비비안의 분노는 그저 말 몇 마디로 끝났을 뿐이었고, 그녀는 너무 쉽게 칼날을 밖으로 돌렸다.

그게 디텔 공작이 간과한 점이었다.

비비안은 위그를 하나도 의심하지 않았다. 그녀는 그가 절대적으로 그런 짓을 저지르지 않았을 거라고 확신했다. 그녀는 애초에 이 상황 자체가 위그의 잘못이 아니라고 생각했다. 설사 그의 과거가 깨끗했더라도 구실을 만들면 언제든지 가능했다. 물론 위그의 행적이 그 신빙성을 더해 주긴 했었지만 그래도 근본적으로 라니사의 등장은 전부 디텔이 꾸민 짓이었다.

그래서 그랬다. 위그에게 분노하고 그를 협박하는 대신, 그녀의 모든 부정적인 감정은 디텔에게 돌아갔다.

절대적으로 그녀는 손을 잡은 파트너에게 화를 내는 일이 없었다. 최소한 외부의 적 앞에서는. 위그의 행동이 그녀를 얼마나 화나게 했는가와 별개로, 라니사의 등장은 그녀에게 일말의 영향도 주지 못했다.

"안녕? 라니사 블레이드. 좋은 아침이야."

라니사는 과하게 쾌활한 비비안의 인사에 천천히 표정을 굳혔다. 오늘 두 번째로 보는 것이지만 왠지 저번과 느낌이 좀 달랐다. 이전에는 억압된 분노를 속에 꽁꽁 숨겨 두고 있는 것 같았다면 오늘의 비비안은 그 분노마저도 모두 씹어 없앤 것 같았다.

그리고 그 뒤를 따라오는 위그 이디에트.

제 아내가 자야 한다고 윽박지르던 모습은 없었다. 마치 부부가 차례로 인사라도 하러 온 것 같았다. 라니사는 자신이 어떤 표정을 지어야 하나 고민하다가 바로 미소를 지으며 예를 갖췄다.

"공작 부인을 뵙습니다."

비비안은 대꾸 대신에 살짝 고개를 돌렸다. 어느새 따라온 헤더가 의자를 놓았다. 그 뒤로 집사가 의자를 놓고, 차례로 나란히 앉은 부부가 라니사를 응시하자 나머지 모든 이들이 알아서 방을 나갔다.

"앉아."

비비안이 가볍게 침대를 턱짓했다. 라니사는 조금 주춤거리다가 조심스럽게 침대에 앉았다. 그녀는 마치 자신의 보루라도 되듯 배를 살짝 감싸 안았다. 비비안이 다정하게 웃었다.

"임신한 지는 얼마나 되었지?"

"3개월이요."

"그렇군. 아이의 아버지는 누구고?"

"그건……."

"아, 그래. 내 남편. 내 남편이라고 했지."

비비안이 느긋하게 읊조렸다. 그녀의 어깨에 걸쳐진 새하얀 모피가 이상하게 시야에 안겨 왔다. 앞섶을 잇는 다이아몬드 줄 두 개가 반짝거렸다. 느긋하게 다리를 꼬자 아래로 드레스가 화려하게 퍼졌다.

"그런데 어쩌지? 그 아이는 내 남편의 아이가 아닌데."

"공작 부인. 저도 알아요. 부인께서 믿고 싶지 않으실 걸. 하지만 저는 석 달 전 공작 각하와 밤을 보냈고…… 이 아이는 공작 각하의 아이가 맞아요. 신께 맹세할 수 있어요."

어차피 라니사는 신 따위 존재하지 않는다고 믿었다. 그 정도 거짓말이야…… 어린애도 아니고. 그렇게 생각하는데 비비안이 생긋 웃었다.

"하지만 나는 신을 믿지 않는걸."

라니사는 입을 다물었다. 다년간 귀족가를 전전한 그녀는 비비안을 흔히 보았던 귀부인으로 취급하면 안 된다는 사실을 빠르게 깨달았다.

"라니사 블레이드. 하나만 물어보지."

그때였다. 이번에는 옆에서 느긋하게 앉아 있던 위그가 입을 열었다. 라니사는 천천히 고개를 돌렸다. 그의 차가운 눈동자가 그녀에게 정확하게 꽂혔다. 일말의 자비도 없었다. 그러나 왠지 모르게 그녀의 시선은 비비안에게로 더욱더 기울고 있었다. 파란 눈동자가 직접 보니 더욱더 섬뜩했다.

"네 의견은 변함이 없나?"

"……저번부터 알 수 없는 말만 하시는군요."

"그래. 알겠어. 그럼…… 이제부터 너는 이곳을 나가지 못한다."

라니사는 주먹을 꽉 쥐었다. 그건 말도 안 된다. 며칠 뒤 디텔 공작이 사람을 보내기로 했다. 당연하지만 이 상황도 그에게 알려질 것이었다. 그렇게 생각하자 조금 힘이 풀리긴 했다. 그러나 솔직히 그녀는 너무 황당했다.

"저는 공작 각하의 아이를 임신했어요."

"아니라니까. 근 2년 동안 본 적도 없는데 그게 어떻게 가능한가?"

"공작 부인."

위그가 대꾸하자 이번에 그녀의 시선은 비비안을 향했다. 비비안은 환하게 웃었다.

"라니사 블레이드 양. 3개월 전은…… 나와 내 남편이 한창 열심히 죽이네 마네 했을 때야."

"마음은 이해하지만."

"그러니 그건 불가능해. 내 남편에게는 생각이라는 게 있고, 우리는 그쪽이 생각하는 것보다 훨씬 더 복잡한 관계거든."

라니사는 아연해졌다. 이래서는 그녀가 이 저택에 들어온 가치가 없었다. 비비안은 한 치의 동요도 보여 주지 않고 있었다. 그녀는 아무것도 할 수 없었다. 뒤에 있는 모든 계획이 물거품이 되었다.

비비안은 가볍게 웃었다.

"블레이드 양이 왜 이곳에 있는지 알아. 아비 없는 아이를 임신했는데 돈은 없고 갈 데는 없고, 그런데 마침 디텔 공작이 왔으니 기회다 싶었겠지. 그런데 말이야……."

비비안이 일부러 말꼬리를 흐렸다. 그 뒤를 자연스럽게 위그가 이었다.

"잘못된 선택이었다. 네 존재는 비비안의 재산을 건드리고 있어."

"그리고 나는 내 돈에 손을 대는 쥐새끼를 절대 그냥 내보낼 수 없어."

"그래서 이러는 것이지. 너는 어차피 새벽에 왔고, 너를 이대로 방에 가둬 버려도 아는 사람 하나 없어. 디텔 공작은 절대로 너를 구하지 않을 것이고, 네가 할 수 있는 유일한 행동은 얌전히 이곳에서 우리의 지시를 기다리는 것일 뿐."

"원래는 죽여 버리는 쪽이 좋겠으나, 어차피 제 발로 걸어 들어온 패인데 굳이? 라는 생각이 들었어."

"그러니 너는…… 최악의 선택을 했지."

라니사는 지금 무슨 상황인지 모르겠다는 얼굴로 잠시 있었다. 두 사람은 마치 연습이라도 한 듯이 그녀를 몰아붙이고 있었다. 그러니까 지금 두 사람은 한패인 것이었다. 절대적으로 무너지지 않을 파트너.

비비안은 라니사의 얼굴을 보며 나긋하게 말했다.

"라니사 블레이드…… 나는 내 핏줄까지 죽음으로 몰았어. 절망까지 끌고 갔지. 열 살짜리 아이를 내 살인의 무죄 증거로 썼거든."

이미 얼어붙은 라니사는 그 말에 반응하지 못했다. 오히려 그 말에 움찔한 것은 위그였다. 비비안의 말은 지나치게 평온했다. 그는 미간을 미미하게 찌푸렸다. 비비안은 라니사를 응시하며 천천히 말했다.

"내 손으로 키운 아이의 죽음도 나를 어쩌지 못했어. 내가 너무 갖고 싶었던 게 손에 들어왔으니."

"……."

"나는, 원하는 걸 위해서라면 적을 너무 쉽게 죽일 수 있는 사람이야. 지금 그 사실을…… 너와, 네 뒤에 있는 사람만 몰라."

그것은 사실이었다. 직접적으로나 간접적으로나 비비안은 그런 사람이었다. 위그는 그것을 알면서도 불편해졌다. 그 사실 때문이 아니라, 이 모든 것을 담담하게 내뱉은 그녀의 태도 때문에.

비비안은 말을 마친 뒤 천천히 자리에서 일어났다. 그녀의 싸늘한 시선이 라니사의 몸을 훑고 지나갔다. 그녀는 더 이상 말을 하지 않았다. 딱히 말을 더 낭비하고 싶지 않다는 제스처였다.

그리고 위그 또한 자리에서 일어났다. 곧, 그가 뭔가 생각난 듯이 입을 열었다.

"집을 잘못 찾아왔다. 라니사 블레이드."

"공작 각하."

"내 아내의 관대함에 감사해. 나라면 넌 지금쯤 죽었어."

"이렇게 저를 감시한다고 한들 뭐가 변하나요? 수도에는 이미 소문이

퍼질 대로……."

"그러니까."

위그가 고개를 돌렸다.

"그걸 누가 봤냐고. 네가 새벽에 우리 집에 들어온 걸 누가 봤지?"

"모두가 의심할 거예요."

"겨우 귀족들의 정부나 하던 평민 계집이지. 내가 아이의 아버지가 아니라면 그 귀족들 중 누군가는 아이의 아버지일 테니 남자들은 입을 다물고 있을 것이고, 제 남편의 아이일지도 모르는 아이를 가진 너를 찾을 생각이 없을 테니 여자들도 입을 다물 것이다."

"……!"

"디텔과 너 혼자의 광란이다. 네 계획은 애초에 우리에게 적용하기에는 너무 순진했어."

두 사람은 절대 찢어지지 않는다. 마치 그렇게 말하고 있는 것 같았다. 라니사가 입술을 물자 위그가 문을 닫았다. 어느새 느긋하게 밖에 서 있던 비비안이 서늘하게 읊조렸다.

"너무 득의양양해할 필요는 없어, 우리 남편."

"알아. 당신이 충분히 화났다는 거."

위그의 대꾸에 비비안은 대답 대신 고개를 돌렸다. 곧 두 사람이 복도의 끝에서 사라졌다.

* * *

위그와 비비안은 한다면 하는 사람들이었다. 수도에 라니사가 위그의 아이를 가졌다고 소문이 분분했으나 정작 그 누구도 스캔들의 주인공인 라니사를 보지 못했다. 오히려 소문이 난 것치고 이디에트 부부의 일상은 변한 바가 하나도 없었는데, 그래서 그런지 이 소문으로 인해 한동안 구경거리가 생길 것이라 예상한 이들은 후속적으로 나오는 뭔가가 없자 슬슬 흥미를 잃기 시작했다.

물론 디텔의 세력은 그렇게 쉽게 물러나는 종자들이 아니었다. 그리하여 꾸준하게 사교계의 열기를 유지하곤 했으나 이디에트, 특히 태자비를 위시하는 쪽에서 꾸준하게 '그런 일은 없다'라는 기조를 유지하고 있기 때문에 기실 소문도 이제는 딱히 별 의미가 없게 되었다.

라니사는 그렇게 소문 속에만 존재하는 사람이 되었다. 그녀가 임신했다는, 그리고 이디에트 공작의 아이라는 것을 직접 들은 사람이 있었으나 원래 소문이라는 것은 항상 입에 입을 타고 가면서 변하는 것이므로 그 또한 별 의미가 없게 되었다.

그렇게 며칠 동안 잠잠하게 하루하루를 보낸 어느 날, 위그는 정기적으로 열리는 태자와 귀족원의 아침 회의에 참석했다.

"이번 왕실 무역의 거래상은 로튼으로 했다지."

오랜만에 정무에 얼굴을 비친 제이슨이 느긋하게 말했다. 로건이 왕실로 귀환한 뒤 그는 의외로 딱히 별다른 태도를 표시하지 않았다. 정무에는 참석하고 싶을 때만 참석했고, 대부분은 카티야와 함께 있거나 밖으로 놀러나가곤 했다.

위그는 그저 차분하게 고개를 끄덕였다. 무슨 생각을 하는지 제이슨이 그를 찬찬히 살피다가 웃음을 흘렸다.

"공작 각하께서 어지간히 아내에게 뭔가를 주고 싶어서 안달복달하는 모양이군."

"제 아내임을 감안하지 않더라도 꾸준하게 자잘한 실수를 내는 상인 협회보다는 로튼이 더 안전할 겁니다. 단순히 작은 거래가 아니라 큰 사안은, 아무래도 견식이 넓은 이들을 쓰는 게 더 안전한 게 상식이니까요."

상인 협회의 견식이 좁다는 이야기였다. 귀족들은 그저 웃으면서 이 이야기를 넘겼다. 심지어 디텔도 특별한 불쾌감을 표현하지 않았다. 그들은 근본적으로 귀족이었다. 상인들에게 그다지 호감을 갖고 있지 않은 게 정상이었다.

"공작 덕분에 로튼의 세도 점점 커지고 말이야. 이러다가 왕국에 로튼의 손이 닿지 않는 곳이 없겠어."

"로튼은 전하께 항상 충성을 해 왔습니다."

"그건 그렇지만…… 내가 재미있는 이야기를 들어서 말이야."

위그는 고개를 돌렸다. 제이슨의 눈이 뱀처럼 희번덕이고 있었다. 위그는 그가 무슨 좋은 일을 말하고자 하는 건 아니라는 걸 깨달았다. 아니나 다를까 제이슨이 빙그레 웃으며 말을 이었다.

"단주가, 우리 로건과 한때 꽤 깊은 사이였다면서?"

위그의 미간이 꿈틀거렸다. 딱히 숨길 생각은 없었지만 숨기고자 했어도 숨기지 못했을 본능적인 반응이었다. 그에게 있어 로건은 그야말로 눈엣가시였다. 단순히 왕위 싸움 자체를 말하는 게 아니라, 비비안에 관해서도.

"우리 동생이 워낙에 예술을 사랑하니 말이야. 아무래도 단주와 정신적인 교류가 활발하던 때가 있었던 것 같군."

"지나간 일입니다."

"그런데 내 동생은 왜 다시 수도로 돌아왔을까?"

위그는 잠시 팽팽하게 조여진 신경을 다시 느슨하게 풀었다. 제이슨은 로건이 수도로 돌아온 이유를 비비안이 뭔가 조건을 걸어서, 예를 들면 왕으로 만들어 주겠다든가 하는 이유라고 생각하는 모양이었다.

그러나 위그는 딱히 부정하지 않았다. 차분하게 가라앉은 그의 표정이 잠시 침묵하는 듯하다가 다시 미소를 담았다.

"설마, 그럴 리가 있겠습니까."

"나는 공작의 취향을 아직도 모르겠군. 공작 부인을 사랑한다기에는…… 스캔들도 있고."

"호사가들의 입방아일 뿐입니다."

"그렇다기에는 그 상대가 한때 공작의 정부였고."

"그 또한 지나간 일입니다."

"그럼 공작은 진짜로 단주를 사랑하나?"

"네."

위그는 일말의 망설임도 없이 대답했다. 제이슨이 호오, 가볍게 감탄을 내뱉었다.

"의외로군. 나는, 아니라고 생각했는데."

그의 뱀 같은 눈동자가 서슬 퍼렇게 빛나는 듯했다. 그러나 위그는 딱히 개의치 않은 듯 차분하게 앉아 있었다. 그 사실이 오히려 제이슨의 의심을 더 불러일으키리라는 것을 그는 모르지 않았다. 아니, 오히려 제이슨이 의심을 하면 할수록 위그에게는 더 유리한 상황이었다.

제이슨이, 로건을 경계한다.

세상천지 그 누구도 설마하니 위그가 왕으로 세우려는 것이 크리스티나 왕녀라는 것을 상상할 수 없을 것이었다. 굳이 말하자면 대가가 너무 컸다. 이 왕실에 있는 그 누구를 세워도 크리스티나를 세우는 것보다는 쉬울 것이었다. 그가 제일 처음 크리스티나의 제안을 그렇게 흘려보낸 것도 그런 맥락이었다. 굳이…… 머릿속에서 맴돌아 치는 몇 글자는 이제 그의 방어막이 되었다.

제이슨의 생각은 온전히 틀려먹었다. 그러나 그것은 크리스티나를 위한 방패막이 되어 줄 것이었다. 알렉산드르를 방패막이로 사용하려고 했지만…… 이제 와서는 로건 쪽이 더 좋은 패가 될 수도 있었다.

"저는 제 아내를 사랑합니다. 그게 아니고서야…… 굳이 이 결혼을 감행할 필요는 없었을 겁니다."

"그렇군. 엘리미아는 단주를 꽤 좋아하는 것 같던데."

"제 누이야 워낙에 제 선택에 반대를 표하지 않는 이이니."

엘리미아가 자신의 손에 있으니 주의하라는 말이었다. 그러나 위그는 딱히 당황하지 않았다. 아쉽게도 굳이 두려워할 필요는 없었다.

이디에트는 귀족원의 수장이다. 엘리미아는 태자비이고. 제이슨이 현재 디텔과 이디에트 사이에서 간만 보고 있는 건 사실이나 어쨌든 제이슨은 대놓고 두 가문을 편파하는 일은 없었다. 물론 그건 이디에트의 성에는 차지 않았다. 이디에트는 영원히 귀족의 왕이 되어야 한다. 왕 뒤에 있는 왕. 그리고 다른 의미에서 왕은 절대 귀족원 위에 고고하게 있어서는 안 된다.

"뭐. 우리 처남께서 그렇게 말씀하신다면야 나로서는 영광이지. 로튼 단주와 로건의 관계가 그저 과거뿐이라면 더 좋고. 아, 그래서 말인데 공작…… 이번 감사절에…… 내가 바로데 별장으로 가려고 하는데."

"……."

"그때, 다시 이 문제를 논의해 보는 건 어떤가?"

왕실 가족들은 종종 감사절에 멀리 있는 바로데 별장에서 오랜 시간을 보내곤 했다. 감사절 며칠은 왕실끼리, 그리고 새롭게 다가오는 한 해까지는 몇몇 가신들을 부르곤 했다.

해마다 있는 관례라 놀랍지는 않았지만 제이슨의 뜻은 명백했다. 왕실 가족이라면 로건도 함께였다. 그때, 행동거지를 조심하라는 의미였다. 비비안과 로건이 마주칠 수 있는 상황이었으므로.

위그는 굳이 말을 보태지 않았다. 그저 고개를 살짝 끄덕였을 뿐이었다. 비비안과 로건이 만나는 건 그로서도 거절이었다. 두 사람은 가급적 멀리 떨어져 있으면 있을수록 좋았다.

"그럼 오늘 회의는 이만하지."

곧 회의가 끝나고 분분히 귀족들이 일어섰다. 겨우 이 질식할 것만 같은 공기에서 벗어날 수 있게 된 것이었다. 그러나 요한이 위그의 코트를 갖고 그에게 가기 전, 갑자기 맞은편에 있던 디텔이 나지막이 위그를 불렀다. 그의 얼굴에는 비릿한 미소가 걸렸다.

"요즘 골치가 아프다는 소문이 들려오던데."

"공 덕분이지. 기어코 병원에 잘 있는 아이를 꺼내 와 법정에 세운 것도 모자라 거짓까지 말하게 시키고, 그 덕분에 동생을 잃은 내 아내가 매일 고열에 시달린다는 것도 모르나?"

"과연 부인을 골치 아프게 하는 일이 그것일까?"

"그게 아니면, 뭐가 더 있나?"

"라니사 블레이드."

디텔이 나지막이 그 이름을 불렀다.

"그 아이 때문에 조금 골치가 아프다고 들었는데."

"디텔 공께서는 그렇게 사교계에 밝으시니, 이참에 귀족원이 아니라 사교계로 가서 드레스를 입고 부채나 흔드는 게 어떠신가? 잘 어울릴 것 같은데."

순간 주변에서 웃음 참는 소리가 흘렀다. 디텔의 미간이 꿈틀거리는 것을 여유롭게 보던 위그가 코트를 입고 입을 열었다.

"한 2년 정도 보지 못한 여자야. 얼굴도 기억이 안 나는군."

"발뺌이라도 할 예정인가?"

"발뺌이라니, 소문이 무엇인지 관심도 없어. 소문대로라면 내게는 숨겨둔 사생아만 열 명이 넘고 내 아내는 결혼 전 1년에 네댓 번은 임신하고 출산했지. 그 정도면 이디에트는 공작가가 아니라 거의 유치원 수준일 텐데."

"……!"

"상식적으로 불가능하다는 건 공도 알겠지? 설마 그걸 믿었다면 지금 바로 내게 말하게. 내 처남이 입원하고 있는 병원을 소개해 줄 테니."

"라니사 블레이드와 공이 함께 호텔에 들어가는 것을 본 이가 한둘이 아니다."

"공이 요즘 라스터 극단의 신인 여배우의 다리를 더듬었다는 소문이 자자하다."

"헛소리!"

"공의 말은 진실이고, 내 말만 거짓일 이유가 있나?"

위그는 더 이상 말을 섞을 생각도 않은 채 회의실을 나갔다. 디텔 공작의 눈빛이 묘하게 빛났다.

'설마, 그 단주가 아무런 반응도 보이지 않은 건가? 설마, 그럴 리가 없어. 그 단주가 얼마나 제 상단과 돈에 집착하는데, 이게 무슨 의미인지 알아채지도 못했을 리가.'

하지만 그렇다기에 위그는 현재 일말의 동요도 없었다. 디텔은 입매를 굳혔다. 어차피 내일이면 그가 붙여 놓은 사람이 라니사에게 접근할 것이었다. 자초지종을 알아보는 건 어렵지 않은 일이다.

'그리고 로건 왕자……'

그는 며칠 전 얻은 소식을 곱씹었다.

'그 계집이 그렇게 왕자에게 애정을 바쳤다는데.'

심지어 재산을 그렇게 아끼는 여자가 자신의 재산을 포기할 것을 생각할 만큼. 그 정도라면 아무리 헤어졌어도 과거의 잔정은 남는다. 그는 잠시 생각하다가 자리에서 일어났다. 곧 바로데로 가게 된다면 왕실과 귀족들이 한데 모인다. 어쩌면 그때 다시 꿍꿍이가 드러나겠지.

그는 곧 제이슨의 알현실로 향했다. 어찌 되었든, 제이슨의 자리를 지켜 내고 이디에트를 처리해야 했다.

* * *

이 며칠 수도를 뜨겁게 달군 스캔들은 비비안과 위그의 관계를 하나도 동요시키지 못했지만 우습게도 그 둘을 제외한 모든 사람들을 동요시켰다. 그리고 그중에서 유독 안절부절못하는 사람을 고르라면, 당연하지만 크리스티나 또한 포함되었다.

"왕녀 전하."

이디에트 공작에게 사생아가 나타났다는 건 큰 문제가 되지 못한다. 진정으로 그녀를 두렵게 한 건, 그 문제로 인해 비비안과 위그의 관계가 어떻게 되냐 하는 것이었다.

위그가 크리스티나를 왕으로 만들어 주겠다고 약조는 하긴 했으나 크리스티나는 그래도 불안했다. 그녀의 약조는 비비안이 리암에게 찔리자마자 한 것이었고 심지어 순식간에 맺어진 것이었다. 그 어떤 구체적이고 확실한 계획도 들어가지 않았다. 만약 여기서 위그가 싫다고 하기만 해도 그녀는 바로 버려진 쓰레기 신세가 되는 것이었다.

세실리아는 어느 날 갑자기 이디에트 공작을 만나러 간다고 한 뒤로 상태가 이상해진 크리스티나를 보며 고개를 갸웃거렸다. 당연하지만 아무리 친하다고 해도 그녀는 절대 이 사실을 세실리아에게 말할 수 없었다.

"무슨 생각을 그렇게 하시는 거예요. 아직도 그 단주의 말을 곱씹는 건가요?"

"아······."

"그 단주의 생각이라면 그냥 버려요. 저는 개인적으로 가까이하고 싶지 않은 사람이니까."

"왜?"

세실리아는 불편한 얼굴을 했다. 그녀의 눈에 비비안은 그야말로 한계라는 게 없는 존재였다. 첫째 오빠에게는 여자를 붙이고, 둘째 오빠는 감금했으며, 동생은 정신 병원에 넣은 채 10년 동안 방치해 두었다. 그 목적이 진짜로 후계권이든 아니든 세실리아로서는 다소 불편한 게 사실이었다.

"인간적으로 딱히 친해지고 싶은 유형은 아니에요. 가족한테까지 그런 짓을 하는 사람이 어떻게 타인에게 상냥할 수 있겠어요. 뭐, 예전에는 그래도 좀 왕녀 전하께 도움이 되지 않을까 싶었지만 저번 재판을 보니 그냥 가까이하지 않는 게 좋을 것 같아요."

크리스티나는 말을 아꼈다. 세실리아는 그럴 만했다. 그녀는 어렸을 때부터 행복한 집안에서 태어나 행복하게 자랐다. 주변 사람들은 다 그녀에게 상냥했고 오빠 또한 여동생을 누구보다도 아끼는 집안이었다.

굳이 말하자면 두 사람은 마치 세상에서 가장 밝은 곳과 가장 어두운 곳에 서 있는 사람 같았다. 세실리아는 자신의 가족을 사랑했다. 그래, 그럴 수밖에 없었다.

"아무리 사람이 원하는 게 있어도, 선이라는 게 있어야 하는 거예요."

"그렇지만 영원히 가질 수 없는 선이라면?"

"그럼 노력을 해야겠죠. 노력을 해서 어떻게든 가져야겠죠. 그래도 안 되면 그건 본인의 것이 아니라는 거니까요."

어쩌면 그럴 수도 있다······. 크리스티나는 그렇게 읊조렸다. 그러나 너무 갖고 싶은 걸 단순히 잘못 태어나서 가지지 못했다. 어떻게 해야 하지······. 그러면 진짜로 방법이 없는데. 그렇게 생각할 때였다. 갑자기 시녀가 방으로 들어오더니, 입을 뗐다.

"이디에트에서 온 서신이에요."

크리스티나가 순간 자리에서 벌떡 일어났다. 옆에서 차를 붓던 세실리아가 깜짝 놀란 듯하더니 바로 궁금한 얼굴을 했다. 그러나 정작 편지를 든 크리스티나가 세실리아를 향해 입을 열었다.

"이만 나가 봐, 오늘 수고했어."

"무슨 서신이기에······."

"그런 게 있어."

크리스티나의 모습에 세실리아가 살짝 얼굴을 흐렸다. 그러나 잘 교육받은 그녀는 드레스 자락을 살짝 들고는 방에서 나갔다.

크리스티나는 급히 칼을 들어 봉투를 찢었다. 정신을 집중한 채 편지를 읽어 내려가던 그녀가 눈을 깜박거렸다.

[이번 바로데 별장. 준비해요.]

누가 보낸 것인지는 바로 알았다. 한 번 보았던 필체였다. 그러나 그녀는 대체 비비안이 무슨 의도로 이 편지를 보낸 것인지 알 수 없었다. 무슨 뜻일까 한참을 고민한 끝에, 문득 바로데 별장이라면 그녀의 다른 형제자매들도 올 수 있다는 결론이 났다.

'설마.'

거기서 뭔가를 할 예정인가?

크리스티나는 침을 꿀꺽 삼켰다. 만약 진짜로 왕위에 오르려면 그녀의 형제자매들은…… 반드시 죽어야 했다. 그리고 너무 당연하지만 그것은 종국에 그녀가 좋아하던 오라버니와 동생까지 죽어야 한단 말이었다.

예상은 했지만 그래도 코앞에 닥치자 괜히 긴장되었다. 그러나 결국 그녀가 할 수 있는 것은 그저 고개를 끄덕이는 것뿐이었다.

'그래도, 공작 부부 사이에는 별문제가 없나 보네.'

그녀는 왜 비비안이 갑자기 생각을 바꾸어 자신을 도와주려고 하는지 몰랐다. 그녀가 보기에 비비안은 딱히 같은 여자라거나 뭔가 보고 싶다는 이유로 그렇게 많은 심혈을 기울일 인간은 아니었다. 그러나 그 이유를 파 보기 전에 그녀 스스로 뭔가 하긴 해야 했다. 그렇게 생각하며 크리스티나가 입을 꼭 다물었다.

* * *

"부인, 식사는 입에 맞으십니까?"

비비안의 건강이 나빠지기 시작한 이후로 주방장은 비비안의 식단에 특히나 신경을 썼다. 그것은 한편으로는 공작 부인의 건강을 책임져야 하는 의무도 있지만, 다른 한편으로는 공작이 그만큼 부인에게 애를 쓴다는 것이 그들에게 보였기 때문이었다.

귀족 가문에서 안주인의 지위는 가주의 태도에 따라 결정지어진다. 그것을 모르지 않은 비비안이었기 때문에 그녀는 전반적으로 자신에게 우호적인 사람들의 태도로, 위그가 그녀를 대하는 게 타인에게 어떻게 비추어졌는지 얼추 판단할 수 있었다.

아니, 기실 그렇게 멀리 갈 필요도 없었다.

눈이 있다면 위그가 비비안을 대하는 태도가 절대 평범한 것은 아니라는 것쯤은 알아야 했다. 그녀가 리암에게 찔려 생사를 오가는 와중에 보여 줬던 위그의 눈빛은 그저 파트너를 잃을까 봐 걱정하는 눈이 아니었다. 그 정도로 따뜻한 남자가 아니라는 것쯤은 그녀도 알았다. 그리고 일련의 행동, 그녀가 아플까 봐 걱정하고, 매일 제시간이면 이불 속에 밀어 넣고, 못 자겠다고 일부러 투덜거리면 책이라도 잡아서 읽어 주고.

그 지극정성을 속속들이 밖에 얘기하면 하나같이 남편이 아내를 참 사랑한다고 호들갑을 떨 터였다. 그러나 그게 위그라서, 그리고 그것을 받는 사람이 비비안이라서 모든 게 그럴 듯 말 듯 해 보일 터였다.

"위그는?"

"공작 각하께서는 오늘 왕궁에 좀 늦게까지 남을 예정입니다."

"어쩐지. 내가 올 때 없더라니."

"쓸쓸하십니까?"

집사가 주스를 부어 주며 묻자 비비안은 무슨 말도 안 되는 소리를 하느냐는 듯이 고개를 들었다. 그러나 집사는 그저 허허 웃었다.

"각하께서 그렇게 부인께 마음을 쏟으시니."

"그래 보이던가?"

"이런 말씀드리기 외람되지만, 그날 부인께서 칼에 찔려서 오실 때, 저는 각하께서 그런 표정을 짓는 걸 처음 봤습니다."

"정말, 무슨 로맨스 소설에서나 나올 법한 진부한 대사네. 사람이 죽어 가는데 당연히 그래야 하지 않을까?"

"그래도……."

집사가 말을 골랐다. 비비안은 시큰둥하게 샐러드를 입에 넣었다.

"……어쨌든 부인의 안위를 걱정하고 있다는 것 아니겠습니까."

비비안은 굳이 대답하지 않았다. 여기서 집사를 이겨 보았자 그녀에게 이득되는 것은 없었다. 그래서 그녀는 그저 침묵을 지켰다. 그러나 그녀의 표정은 미묘하게 변했다.

그가 자신을 사랑하나?

스스로에게 질문을 던져 보았으나 답은 없었다. 머릿속으로는 그가 자신을 사랑하는 것 같다고 결론을 내렸으면서, 왠지 모르게 쉽사리 답이 서지 않았다.

그가 진짜로 자신을 사랑하나? 얼마나? 만약 그녀의 존재가 그에게 위협이 된다면, 그리고 그녀가 진정으로 그의 심기를 어지럽히는 일을 하게 된다면 그는 과연 어떻게 나올까.

문득 비비안은 그게 궁금해졌다. 그리고 그녀는 궁금해진 것에 대한 답을 가급적 얻으려고 노력하는 인간이었다. 그러나 어떻게? 속으로 생각하는데, 갑자기 밖이 시끄러워졌다.

"집사님."

허둥지둥 달려온 게 분명했음에도 불구하고 시녀는 비비안을 보자마자 아무런 일도 없는 듯이 행동했다. 오븐에 구운 참치를 살짝 입 안에 넣던 비비안이 곁눈질했다. 시녀에게서 무슨 말을 전해 들은 집사의 표정이 괴이하게 변하자 비비안은 무슨 일이 생겼다고 대충 판단했다.

"무슨 일이지?"

"별것 아닙니다."

"라니사의 일인가?"

"라니사 블레이드 양이 약간의 소란을 일으킨 모양인데, 조속히 처리하도록 하겠습니다."

"왜, 갑자기 칼을 들고 설치기라도 했어?"

순간 집사의 얼굴에 약간의 난감함이 흘러 지나갔다. 설마 진짜인 건가.

비비안은 냅킨으로 입을 살짝 닦았다.

"자세하게 말해 봐."

"시녀가 준 플레이트를 깨 버린 모양입니다."

"상처는?"

"손에 살짝 났다고 합니다. 큰 상처가 아니니 염려치 마십시오."

"큰 상처라면 좋았을 텐데. 차라리 죽어 버리게."

비비안의 중얼거림은 혼잣말치고는 꽤 컸다. 그 덕분에 본의 아니게 듣게 된 집사가 헛기침을 하더니 시녀에게 깔끔하게 처리하라고 일렀다.

비비안은 가문의 고용인들이 라니사 문제로 특별히 그녀의 눈치를 보고 있는 걸 알고 있었다. 당연하지만 위그의 과거 전적을 알고 있는 사람이라면 절대로 위그가 그러지 않았을 것이라고 단정을 지을 수가 없을 것이었다. 그러나 그녀는 꽤 쉽게 위그가 그러지 않았음을 믿었다.

그건 아마도…… 그녀가 그를 잘 알아서.

'웃기는군.'

새삼스럽게 그 사실에 웃음이 나왔다. 잘 알아서…… 겨우 그런 단순한 이유로.

그러나 그녀는 잘 알았다. 저 남자는 차라리 당당하게 정부를 집에 들여왔으면 왔지 뒤에서 아이를 만들면서 멍청하게 굴 남자는 아니었다. 거기까지 생각하는데, 식사가 끝났다.

"이 며칠간 외부에서 오는 사람들…… 잘 감시해."

"외부에서 오는 사람이라면."

"아침마다 식재료 같은 걸 조달해 주는 사람이라거나, 외부에서 오는 우체부라거나, 이 저택의 대문을 넘는 모든 사람들. 특히, 별관으로 그 사람들이 가지 않나 제대로 감시해야 할 거야."

"알겠습니다."

디텔 공작이 라니사 블레이드를 혈혈단신으로 이곳으로 들여보냈을 리가 없었다. 그렇다는 것은 즉, 그 둘 사이에서 연락을 주고받을 만한 누군가가 온다는 것이었다. 저택 내부의 사람을 매수하는 건 큰 위험을 동반한다. 차라리 외부에서 임시로 누군가를 들여보내는 게 더욱더 낫겠지.

'뭐, 사실 연락을 해도 상관은 없는데.'

그녀가 그렇게 생각하며 밖으로 나갔다. 그때 다른 시녀 한 명이 오더니 집사에게 알렸다.

"각하께서 오십니다."

"알겠다."

비비안은 흐음…… 길게 숨을 내쉬다가 빙그레 웃었다. 그리고 곧, 그녀가 천천히 아래층으로 내려갔다.

"저, 부인? 방으로 돌아가시지 않고?"

"재밌는 거 보여 줄게."

그러고서 비비안은 헤더의 손에서 외투를 들었다. 밖에서 마차가 다가오는 소리가 들려오고 고용인들이 습관처럼 모여 서 있는 사이로 비비안이 유유하게 나갔다. 그녀의 행동에 모두들 조금 놀란 얼굴을 하다가 눈치를 받자 급히 문을 열었다.

벌컥, 문이 열리자마자 비비안이 환하게 웃으며 말했다.

"짜잔, 깜짝 선물이야."

"……!"

평소와 다름없이 마차에서 내리던 위그는 한쪽 다리를 밖으로, 디딤대를 밟고 허리를 굽힌 그 자세로 얼어붙었다. 그는 혹한에 자신이 헛것을 보는 건 아닌지 의심하는 눈길로 느릿하게 마저 마차에서 내렸다. 비비안의 행동에 놀란 건 비단 위그뿐만은 아니었는지, 뒤쪽에서 함께하던 요한도 눈을 크게 뜨고 그녀를 보고 있었다.

"표정이 왜 그래? 당신이 자기만 맨날 밖에 서 있는다고 툴툴대길래 기껏 나와 줬더니?"

"내가 언제 툴툴댔나."

"내 눈에는 그렇게 보였어."

"아니다."

"내가 아내로서 마음에 안 드니까 밖에서 아이를 만들어 오지, 안 그래?"

비비안의 말에 고용인들이 한숨을 쉬었다. 얼핏 들을 필요도 없이 노골적으로 비꼬는 것이었다. 만약 라니사가 진짜로 위그의 아이를 가졌다면 그러했을 것이었다. 그러나 객관적으로 위그나 비비안이나 모두 그런 게 아님을 잘 알았다. 그래서 위그는 비비안이 갑자기 이러는 이유를, 오늘 무슨 기분 나쁜 일이 있어서라고 결론지었다. 그게 아니면, 순전히 변덕이든가.

그는 일단 비비안을 데리고 집으로 들어가는 게 좋겠다고 판단했는지 말 없이 그녀의 허리를 감싸 안고 안쪽으로 걸음을 옮겼다. 비비안은 굳이 추운 데서 고생할 생각이 없었는지 순순히 그가 이끄는 대로 걸음을 옮겼다. 곧 실내의 열기가 훅 다가오자, 위그가 그제서야 몸을 돌려 그녀에게 물었다.

"뭐 하는 거야?"

"말 그대로 깜짝 선물이었는데."

"깜짝은 있었지만 선물이라는 생각은 안 드는군."

"건방지기는. 이럴 때는 좀 멍청하게 웃어 주면 얼마나 좋아. 남편은 너무 똑똑할 필요 없어. 적당하게 멍청해야 사랑을 받지."

"내가 멍청하면 당신이 가장 크게 분노할 것 같은데."

"정확히 말하자면…… 애초에 내가 이곳에 있을 이유도 없겠지."

계속 걸어왔던 길을 따라 위층으로 올라가자 두 사람은 눈 깜짝할 사이에 문 앞에 있었다. 위그가 문을 열자 비비안이 코트의 버튼을 풀며 안쪽으로 들어갔다. 아무렇게나 코트를 벗어 침대에 던진 뒤, 비비안은 위그를 빤히 응시했다. 그 기묘한 눈빛에 위그가 불편해진 듯 미간을 살짝 찌푸렸다.

"무슨 생각을 해?"

"오늘 귀족원 회의가 있었다던데, 과연 우리 남편은 잘 싸우고 왔을까……

하는 생각."

"싸울 것도 없었다."

그러나 위그는 그렇게 말하면서 잠깐 멈칫했다. 비비안은 침대에 앉은 뒤 다리를 꼬고 턱을 짚었다. 그녀의 눈빛이 위그에게 곧게 찍혔다. 그 멈칫하는 사이의 빈틈을 알아채지 못할 그녀가 아니었다. 그러나 비비안은 굳이 그것을 짚어 내는 대신, 느긋하게 말을 이었다.

"그리고, 내 남편은 왜 나를 사랑할까 하는 생각."

이제 위그의 행동은 멈칫으로 그치지 않았다. 그는 오늘따라 비비안이 다르다는 사실을 온전히 깨달았다. 그건 단순한 변덕이나 그를 놀리기 위한 것은 아니었다. 대체 왜 이러는지 영문을 묻고 싶었으나, 그 이전에 그녀의 입에서 흘러나온 말이 과하게 그의 속을 헤집어 놓고 있어서 그가 코트를 걸상에 걸쳐 놓은 뒤 물었다.

"무슨 뜻이지?"

"나를 사랑해?"

"무수하게 답했던 것 같은데. 그리고 당신도 알고 있고. 우리가 손을 잡고 서로의 손에 서로의 비밀이 하나씩 잡혀 있는 한, 나는 당신을 사랑해야 하고 사랑할 수밖에 없어."

"무수하게 들어서 이제는 시시해. 그래서 지금까지 했던 행동들이 진짜로 그저 파트너에 대한 경의 그 자체였단 말이지."

"……."

위그는 이번에는 대답하지 않았다. 그 또한 한때 생각했던 문제였다. 그러나 생각한다고 해서 무슨 결론이 나올 수 있는가. 그리고 무슨 의미가 있는가.

"본인이 말하면서도 좀 웃긴다고 생각하지 않아?"

"그럼 당신은."

"……?"

"그럼 당신은 나를 사랑하나?"

순간 턱을 괴고 앉아 있던 비비안의 얼굴에서 미소가 가뭇없이 사라졌다. 방금까지 여유롭기 그지없던 그녀의 태도가 묘하게 틀어졌다. 느긋하게 그를 응시하던 그녀의 눈빛이 복잡하게 변하기 시작했다. 문득, 리즈의 생일 파티에 카트린이 했던 말이 생각났다.

'처음 봐, 네가 이렇게 부정하는 거.'

처음 보겠지. 나도 처음인데.

실제로 카트린이 그를 사랑하냐고 물어본 순간 제일 먼저 떠오르는 생각은 부정이었다. 우습게도 그 어떤 상황에서도 그렇지 않았다. 그녀를 위해 죽은 첫사랑이나, 함께 도망가자고 속삭였던 로건이나, 아니면 그동안 그녀의 침대에서 다정함을 속삭였던 수많은 남자들이나.

나를 사랑해?

수많은 남자들에게서 들었던 속삭임이라 감흥이 없었다. 결국 카트린에게 대충 얼버무린 것처럼 사랑한다고 할 수 있었다. 그러나 그것은 그 남자들에게 했던 말과는 또 종류가 다른 것이었다. 나를 사랑해요? 언젠가 다니엘이 그렇게 물었다. 그래서 그녀의 대답은 '사랑해'였다. 그녀는 많은 것을 사랑한다. 아쉽게도 그녀는 거센 풍파에 시달려 인간을 믿지 않는 그런 종류의 인간은 더욱 아니었다.

그녀는 사랑을 믿었다. 그것이 존재한다고 믿었다. 생명을 바쳐서 그녀에게 사랑을 증명했던 첫사랑이 있었다. 어찌 보면 리암도…… 그 아이도 죽으면서 빌었던 것은 그녀가 원하는 것을 다 가졌으면 한다는 것이었다. 결론적으로 그녀는 그 아이의 죽음으로 많은 것을 얻었다. 그중의 하나가 삶이었다.

남자들은, 항상 죽음으로 그녀를 조금씩 채워 넣었다.

위그는 자신의 물음에 갑자기 정적이 찾아온 방 안의 공기에 미간을 좁혔다. 오늘 갑자기 이상한 말을 하기에 같이 이상한 말로 대응해 줬을 뿐이었다.

그러나 반응이 그가 상상한 것과 조금 달랐다. 비비안은 과하게 굳은 얼굴로 그를 응시했다.

뭔가 이상했다. 위그는 대충 이 상황을 모면하려던 것을 그만두고 조금 진지한 얼굴을 했다. 그녀가 던지는 시선을 맞받아 응시했다. 얼마나 지났을까, 비비안이 천천히 자리에서 일어나더니 갑자기 미소를 지었다.

"사랑해."

"……?"

"왜, 무슨 말이 듣고 싶었던 거야?"

비비안은 급하게 부정했다가 괜히 또 엉뚱한 소리라도 들을까 봐 대충 얼버무리듯 말했다. 그래서 그녀의 대답 속에 담겨져 있는 그 약간의 난감함과 복잡함마저 그녀의 긍정에 얽혀 대충 위그에게 돌아갔다. 위그는 화장대로 다가가는 비비안의 뒤통수를 빤히 보다가 저도 모르게 물었다.

"만약 내가 당신을 사랑한다면."

"참 끔찍한 가설이네."

"어떻게 되는 거지?"

비비안은 조금 생각하는 듯하다가 피식 웃었다.

"죽어야지."

"결론이 그렇게 돼?"

"이 세상에서 날 사랑하는 남자는 다 죽었어."

"……."

"나를 향한 사랑을 증명하려면, 어디 한번 나를 위해 죽어 봐."

"그럼 그냥 당신을 사랑하지 않고 사는 게 더 좋겠군."

"역시 그렇지?"

비비안은 웃음을 흘리며 다시 고개를 돌렸다. 위그는 그녀의 뒷모습을 보다가 애매한 얼굴을 했다. 그 또한 자신이 그녀를 사랑하는지 모르겠다. 저 여자는 자신의 인생에 필요한 뭔가라고 스스로에게 꾸준하게 말해도 그 또한 쓸모없다. 더 생각해도 의미는 없는데 굳이 말하자면…… 그래, 굳이 말하자면 그녀가 물어봐서 다시 한번 생각했다. 그러나 그는 여전히 답을 얻지 못했다.

곧, 위그가 집무실로 잠깐 다녀오겠다며 방을 나섰다. 비비안은 그의 뒷모습을 빤히 보다가 묘한 얼굴을 했다. 그녀는 자신이 그를 사랑하는지 모르겠다. 그러나 만약 그가 진짜로 온 세상이 말한 것처럼 그녀를 사랑한다면, 말 그대로 '사랑'한다면, 그건, 절대로 작은 일은 아니었다.

그녀는 사랑의 존재를 믿었다. 그것만큼 취약한 것도 없었으나, 그만큼, 이용하기 좋은 것도 없을 것이었다. 그렇게 생각하며 비비안이 빙그레 웃었다.

* * *

라니사 블레이드의 며칠은 그야말로 고역이었다. 무슨 난리를 치든 그저 석고상 같은 얼굴을 한 기사들은 그녀의 난리를 수습했고, 의사들은 마치 그녀가 홍역이라도 앓듯 빠르게 그녀를 진료하고 방을 나갔다. 시녀들은 무슨 가축에게 밥을 주듯 하루에 정해진 시간에 음식을 들고 왔고, 그녀가 조금만 성질을 부리려 하면 몇 걸음씩 뒷걸음질 쳤다.

그래서 마지막 수로 접시를 깨 상처를 내 보았으나 그 또한 무리였다. 다행이게도 그녀는 제 목숨을 누구보다도 아끼는 인간이었고 그녀가 죽으면 위그와 비비안 좋은 일만 해 준다는 사실을 알고 있었기에 죽을 시도까지는 하지 않았다.

그녀는 며칠 전 자신의 손에 낸 상처를 보며 얼굴을 일그러뜨렸다. 설마…… 이대로 진짜 이 방에 갇혀서 아이를 낳아야 하는 건가. 그렇게 생각하자 속이 덜컹거렸다. 말도 안 돼…… 나에게 이렇게 굴 수는 없어. 그녀는 이를 악물었다. 이 아이의 탄생을 바라지 않는 인간 중에서 그녀는 둘째 가라면 서러운 인간이었다.

'왜! 사람을 보낸다고 해 놓고는!'

라니사가 속으로 절규했다. 그녀가 이 저택에 들어온 지 꽤 시간이 지났으나 디텔의 소식은 하나도 없었다. 설마 자신을 버린 것인가. 이 망할 영감탱이! 이래서 귀족 새끼들은 믿지 말아야……. 거기까지 그녀의 생각이 닿을 때였다. 갑자기 밖에서 미약하지만 확실한 노크 소리가 들려왔다.

'누구지? 지금은 식사 시간이 아닌데.'

라니사는 순간 정신이 곤두세워졌다. 신선한 공기를 마셔 본 지가 며칠이나 지났는지 몰랐다. 밖에서 산책을 해도 된다고 집사가 말했으나 그녀가 미쳤다고 위그와 비비안 보는 데서 두 사람이 키우는 개새끼처럼 이리저리 날뛰겠나.

"누구시죠?"

"블레이드 양의 진료를 맡은 의사입니다."

라니사는 한숨을 쉬었다. 이디에트는 그 와중에 그녀가 임신했다는 사실을 잊지 않은 듯했다. 하나도 고맙지 않았지만 거절할 수는 없었다. 결국 그녀가 귀찮은 얼굴로 들어오라고 하는데, 문이 열리고 낯선 얼굴이 들어왔다.

"라니사 블레이드 양?"

"어서 오세요. 보시다시피 저는 괜찮……."

"디텔 공께서 보내셨습니다."

순간 작게 읊조리던 라니사가 눈을 크게 떴다. 그녀의 얼굴에 희열이 걸렸다. 드디어……. 환하게 미소를 짓던 그녀가 갑자기 멈칫했다. 함정일 가능성이 있었다. 이디에트의 경비가 얼마나 삼엄한데……. 밖에 있는 기사에게는 대충 의사라고 했다고 쳐도, 어떻게 이 저택으로 들어올 수 있지?

"어떻게 이디에트까지 무사하게 들어오신 거죠?"

"매일 아침 공작가로 채소를 조달하는 사람이 있습니다. 돈을 좀 얹어 주고 제가 대신 들어왔습니다."

"이렇게 함부로 별관으로…… 아니, 그 전에 제가 별관에 있는 건 어떻게 아셨죠?"

"제가 오기 전에 이 저택의 구석구석을 보고 간 사람이 열 명 정도 됩니다. 그동안 블레이드 양의 처소를 찾느라고 이렇게 늦게 오게 된 점 양해부탁드립니다."

"혹시…… 공작 각하께서 뭔가 저한테 보이라고 주신 건 없으셨나요? 약속을 했는데."

"네? 그런 게 있습니까?"

의사가 조금 의아한 듯이 미간을 좁혔다. 왜 디텔 공작이 그에게 그것을 넘기지 않았는지 진심으로 모르는 얼굴이었다. 라니사는 얼굴을 환하게 밝혔다. 애초에 그런 건 없었다. 그저 이자를 대충 시험해 보기 위한 과정이었을 뿐이었다. 그때 갑자기 의사가 생각난 듯이 품에서 뭔가를 꺼냈다.

"아, 이런 건 있었습니다. 디텔 공작께서 전해 주라고 하신 서신입니다."

라니사가 조심스럽게 편지를 받아 들었다. 그 위에 찍힌 가문의 인장을 확인한 라니사의 얼굴이 조금 더 밝아졌다. 그리고 곧, 그녀가 편지를 빼내 읽었다.

[당분간 그곳에 있는 게 좋겠다. 이디에트의 쥐새끼들이 뭔가 꾸미고 있어.]

순간 소식이 왔다는 기쁨도 잊은 채 라니사가 이를 갈았다. 그녀가 급히 답신을 쓰려고 하다가 자신에게 펜과 종이가 없다는 사실을 깨닫고 발을 동동 굴렀다. 그에 눈치 좋게 의사가 제 몸을 더듬다가 구깃한 종이와 펜을 꺼냈다.

"방에 종이와 펜도 비치해 주지 않다니."

"됐고. 일단 빨리 줘요."

펜과 종이를 받아 든 라니사가 급히 종이에 글을 휘갈겼다.

[이게 뭐죠? 약속이랑 다르잖아요! 빨리 나를 이곳에서 꺼내 줘요! 그렇지 않으면 내가 무슨 짓을 할지 나도 몰라요. 지금 당장 당신이 약속했던 돈을 지급해요.

그리고 아이는 당신이 말했던 것처럼 제대로 처리하고요! 난 어서 여기서 빠지고 싶다고요!]

그야말로 처음부터 마지막까지 분노로 가득찬 서신이었다. 라니사는 그것을 거칠게 접더니 의사에게 내밀었다. 얼떨결에 펜과 종이에 맞은 그가 크흠 헛기침을 했다. 그리고 곧 그가 입을 뗐다.

"각하께서도 생각이 있으실 겁니다."

"생각은 무슨! 이디에트가 이런 사람들인 걸 몰랐겠어요? 알면서 나를 이곳에 밀어 넣은 거야!"

"쉿. 조금만 조용히 하십시오. 밖에 아직 기사가 있습니다."

의사가 급히 그녀의 입을 막았다. 곧 다시 뵙겠다는 말과 함께 그가 허리를 숙이고 급히 방을 나갔다.

홀로 방에 남은 라니사가 씩씩거렸다. 그때 이 제안을 받는 게 아니었다. 이디에트 부부가 이 정도로 미친 짓을 벌일 줄 누가 알았겠는가. 그리고 그 여자…… 그 공작 부인, 그 로튼의 단주는 소문에 의하면 예델에 계집이 입학할 수 있게 손써 줬다더니 순 거짓이었다. 같은 계집이면서 임신한 자신을 이런 식으로 대하다니.

"짜증 나."

라니사는 이마를 짚고 침대에 털썩 앉았다. 그녀의 시선이 문득 창문을 향했다. 차라리 여기서 뛰어내리면…… 아이는 유산하고, 자신도 죽지는 않을 것이었다. 겨우 3층이었다. 운이 좋으면…….

'미쳤지, 내가.'

아무리 그래도 이건 절대 불가능하다.

'그럼 어떻게 해야 하지?'

라니사가 머리를 굴렸다.

'지금 이곳에서 나를 꺼내 줄 수 있는 사람은 오직 공작과 그 여자뿐이야.

디텔이 나를 위해 뭔가를 희생하려고 할 리가 없어. 지금 가장 급급하게 꼬리를 자르는 걸 봐. 기다리라니. 그러면 나만 손해야.'

그러면…… 답은 하나였다.

'그래, 사람이 일단 살고 봐야지.'

* * *

"이! 모! 부! 야! 내가 귀여운 거 보여 줄게! 꺄아악!"

"……."

"나 귀엽지?"

"당근을 먹고 싶지 않은 마음은 이해가 된다만 그런 식으로 해 봤자 당근이 추가될 뿐 변하는 건 없을 거다."

"칫."

"감사절에 선물 받고 싶지 않은 모양이군."

"나는 당근이 제일 좋아. 그렇지 언니? 난 케이크도 당근 케이크만 먹어!"

위그는 고개를 절레절레 저으며 리즈를 응시했다. 감사절이 벌써 모레였다. 며칠 전부터 선물, 선물, 선물, 귀에 딱지가 앉게 외쳐 대던 터라 그는 리즈가 얼마나 감사절 선물을 기대하고 있는지 알고 있었다. 감사절이 끝난 뒤에는 바로데에 있는 왕실의 별장으로 한동안 가 있어야 했기에 위그와 비비안은 그 공백을 달래 주기 위해 선물을 잘 준비하기로 했다.

"이제 엄마가 오면 매일 당근을 먹어야 할 거야."

감사절 당일에는 오지 못하지만 위그와 비비안이 별장으로 떠나 있을 며칠 동안은 카트린이 잠깐 저택으로 오기로 했기에 아리아와 리즈 모두 카트린을 기다리고 있었다. 그러나 그녀의 등장은 곧 엄격한 며칠을 예고했기에 리즈가 절망스러운 얼굴을 했다.

비비안은 두 아이를 번갈아 응시하다가 갑자기 눈을 깜박거렸다. 그리고 곧, 그녀가 천천히 물었다.

"마침 감사절이니, 아빠를 보러 갈래?"

순간 두 아이가 약속이나 한 듯이 입을 다물었다. 아리아의 얼굴이 급속도로 어두워지는 것을 본 위그가 미간을 좁히고 비비안을 응시했다. 아이에게 왜 그런 걸 묻냐는 표정이었지만 비비안은 개의치 않았다. 이혼한 건 카트린이지 아이들과는 무관하다. 떨어져 살아도 일단은 생물학적인 아버지였기 때문에 예의상 물어볼 필요는 있었다.

"저는……."

아리아가 떠듬거렸다. 싫다는 기색이 역력했다. 리즈는 선택권을 포기한 성싶었다. 그리고 얼마나 지났을까, 아리아가 천천히 물었다.

"가 보는 게 도리겠죠?"

"누구의 도리지?"

"아무래도 저희는 딸이니까요. 저희마저 없으면 아버지는 쓸쓸할 거니까요."

"그건 잘 모르겠구나. 나는 너희 의사를 묻고 있어."

"……."

"가고 싶니? 가고 싶으면 가는 거고 싫으면 싫은 거야."

비비안의 말에 아리아가 리즈와 시선을 마주쳤다. 리즈는 급히 접시 안에 있는 당근을 푹 찍어 입 안에 넣었다. 아리아와 달리 리즈는 아버지에 대한 기억이 얼마 없었다. 있어도 둘째 딸에게까지 빌케르 백작이 굳이 험한 꼴을 보이지는 않았기 때문에 딱히 나쁜 기억은 아니었던 것이었다.

그러나 아리아는 달랐다. 그녀는 대부분의 집이 그러했듯이 장녀로서 엄마와 기억을 공유했다. 그녀의 기억 속에 빌케르 백작은 절대 다정한 아버지가 아니었다.

"저는, 사실…… 보고 싶지 않아요."

"알았어. 그럼 이번 감사절은 우리 넷이서 보내는 걸로 할게."

"그래도 되나요?"

"네가 싫다며. 네가 싫은데 굳이 봐야 하는 이유가 있을까?"

비비안이 깔끔하게 마무리했다. 아리아는 모든 것이 이렇게 쉽게 끝난 것에 대해 조금 의아함을 품으면서도 굳이 더 말을 붙이지 않았다. 그때 살살 눈치를 보던 리즈가 입을 뗐다.

"그런데 올해 우리 선물은 뭘까? 이모부야. 무슨 선물이야?"

"그건 비밀이다."

"너무해. 하나라도 알고 싶었는데. 아, 맞다. 언니 언니, 올해에는 주신님께서 아이들에게 선물을 주실까? 왜, 동화 속에서 그랬잖아. 한 해 동안 말을 잘 들으면, 신이 감사절 자정에 아이들에게 선물을 뾰롱! 하고 내려보내 주신다고!"

"그, 글쎄?"

"그걸 받을 정도로 네가 한 해 동안 얌전했다고 보나?"

"나 정도면 얌전한 거지!"

선물을 받지 못할세라 리즈가 외쳤다. 그런 동생의 모습에 아리아가 부드럽게 웃었다. 그녀는 애초에 알고 있었다. 그녀의 머리맡에 놓인 선물은 해마다 카트린이 몰래 준 것이었다. 심지어 그뿐만 아니라 아버지가 의례적으로 웃으면서 주던 선물도 사실은 엄마가 감사절 전날에 아이들에게 직접 건네라며 준 것이었다.

그래서 그녀에게 감사절은 그다지 의미가 없는 하루였다. 아마 올해에는 이모와 이모부가 알아서 하겠지. 무슨 선물을 받든 그저 고개를 끄덕이며 감사하다고 말하면 될 일이다. 그렇게 생각하는데, 갑자기 비비안이 물었다.

"아리아는, 신께 무슨 선물을 받고 싶니?"

"저는…… 잘 모르겠어요. 다 좋아요."

"그래도, 특별히 받고 싶은 선물이 없어?"

"이디에트에서 충분히 원하는 걸 다 가졌어요. 충분해요 저는."

"그럼 됐고."

비비안은 고개를 살짝 끄덕였다. 위그는 아리아와 리즈를 번갈아 보다가 다시 웃었다. 그러나 리즈가 슬슬 당근을 한쪽으로 미는 걸 보며 다시 엄격한 얼굴을 했다.

곧 식사가 끝나고 위그와 비비안은 아이들에게 양치와 세수를 꼭 제대로 하라고 당부한 뒤 방으로 돌아갔다. 아니, 방으로 돌아가려고 했다. 갑자기 멀리서 라니사의 시중을 드는 시녀가 두 사람한테 가지 않았더라면.

"저, 각하. 부인. 라니사 블레이드 양이 뭔가 드릴 말씀이 있는 것 같습니다."

"이제 와서?"

"네, 이제 자신이 뭘 해야 하는지 알겠다며…… 꼭 전해 달라고 하셨습니다."

"흐음."

비비안은 살짝 턱을 들고 생각하는 듯 하다가 웃었다.

"드디어 우리 블레이드 양이 뭔가 생각이라는 걸 하는 모양이야."

"살고 싶으면 뭔 일인들 못 하겠나."

비비안의 말에 위그가 무심하게, 그러나 은근히 재미있다는 듯이 대꾸했다.

"가 볼까?"

"가지. 어차피 예상했던 일이지만."

두 사람은 다시 별관으로 향했다.

* * *

"단도직입적으로 말씀드릴게요. 이곳에서 저를 꺼내 주세요. 그럼 뭐든지 다 하겠어요."

비비안과 위그가 방에 들어서기가 무섭게 라니사가 바닥에 털썩 주저앉았다. 배우 뺨치는 그녀의 연극적인 행동에 비비안이 위그를 힐끔 보았다. 그에 위그가 미간을 좁혔다.

"왜 그렇게 봐? 나와 만날 때는 이러지 않았다."

"질풍노도의 시기에는 취향이 독특했다고 감탄하려고 했을 뿐인데."

"그게 그거지. 나와 만날 때는 이런 여자가 아니었어. 아니면 원래 이런 사람이었는데 내 앞에서만 다른 모습을 보여 줬거나."

"사람은 쉽게 변하지 않는다는 법칙에 의해 후자라고 생각해 둘게."

라니사는 주거니 받거니 말하는 두 사람을 번갈아 보았다. 아무리 생각해도 방법은 이것뿐이었다. 지금이라도 당장 잘못했다고 빌고, 자신을 나가게 해 달라고 하는 것. 물론 그렇다고 해도 두 사람이 그녀를 용서해 줄지는 의문이었지만, 어쨌든 시도는 해 봐야 하는 것 아닌가.

"제가 잘못 판단했어요. 돈과 아이를 제대로 처리해 주겠다는 말에 눈이 멀어서 그만 두 분께 말도 안 되는 헛짓거리를 했어요. 죄송합니다. 용서해 주세요."

위그는 길게 숨을 들이쉬었다. 예상한 전개긴 했다. 그가 알고 있는 라니사는, 아니, 최소한 웬만한 인간이라면 다 그렇겠지만 방 안에 가둬 놓고 미래가 없는 상황에서 할 만한 일은 당연히 집주인에게 나가게 해 달라고 비는 것뿐이었다. 돈도 중요했지만 이 상태로 아이를 덜컥 낳는 건 라니사한테 더 불리했다. 이 아이의 아버지는 이디에트가 아니었으니까.

"정말, 정말 죄송합니다. 제가 죽을죄를 지었어요."

비비안과 위그는 지긋이 라니사를 응시했다. 위그는 비비안에게 시선을 던졌다. 어쩌겠냐는 질문이었지만 비비안은 고개를 갸웃거리며 어깨를 으쓱했다. 그 행동에 위그가 다시 한숨을 쉬며 시선을 라니사에게 돌렸다.

"이런 짓을 한 게 겨우 돈 때문이라고."

"어쩔 수 없었어요. 갑자기 아이가 생겼는데 의사를 볼 돈도 없어서."

물론 그건 거짓이었다. 라니사는 현재 예전의 사치를 계속해서 누릴 만한 돈이 없을 뿐 객관적으로 먹고살 만은 했다. 그러나 이렇게 말하면 비비안과 위그가 어쩌면 그녀를 더 동정해 주지 않을까, 그렇게 생각하며 두 사람을 힐끔 보는데 비비안이 갑자기 길게 숨을 들이쉬더니 앞으로 몇 걸음 다가가 침대에 털썩 앉았다.

"라니사 블레이드 양. 나는 돈을 만지는 사람이니만큼 이 사람이 부자인지 거지인지는 눈깔 움직임 하나만 봐도 대충 보여."

"네……."

"뒤에 붙을 말은 잘 알고 있겠지?"

"죄송해요. 그렇지만 돈을 더 갖고 싶었던 건 사실이었어요. 게다가 이 노릇으로 언제까지 돈을 벌며 살아 볼 수 있는지도 의문이었고."

"그런데 마침 디텔 공작이 왔겠군."

위그는 팔짱을 낀 채 비비안의 옆에 앉았다. 침대가 출렁거리자 비비안이 그를 힐긋거리고 다시 라니사에게 시선을 돌렸다. 더 버티면 어쩔까 했는데 라니사는 타이밍을 잘 잡았다. 지금은 꽤 적당한 때다. 감사절이 끝나면 두 사람은 바로 바로데 별장으로 향해야 했으니까. 물론 그때까지 버틴다고 해도 방법이야 무수했지만.

라니사는 비비안과 위그의 눈치를 번갈아 보다가 다시 고개를 숙였다. 역시나 피도 눈물도 없는 것들이었다. 그래도 명색이 임산부인데 바닥에 무릎을 꿇었음에도 눈 하나 깜박하지 않는다. 자신이 미쳤다고 디텔 공작의 말을 듣고 이 집구석으로 기어들어 왔나.

빌어먹을 개새끼, 들어오기 전에 알려 줬어야지, 그 집의 공작 부인이 공작이랑 똑같이 생겨 먹었다고.

"라니사 블레이드."

"네! 각하."

"그래서 지금부터 무엇을 하고 싶나?"

"……네?"

"그래서 우리에게 이렇게 무릎을 꿇는 이유가 뭔지 한번 들어나 보자는 것이다."

"그건."

당연한 거 아닌가. 라니사가 투덜거렸다.

"저를 그만 이 집에서 나가게 해 주세요."

"안 된다."

"네?"

"네가 나가서 또 생각을 고쳐먹고 디텔과 함께 개짓거리를 하면 우리로서는 크나큰 손실을 보는 것이나 다름이 없다. 그런데 왜 너를 이대로 놔줘야 하지?"

"그, 그건."

"우리가 너를 풀어 줄 만한 이유를 적당하게 대 봐."

차가운 위그의 목소리가 방 안을 울리자 라니사는 울 듯한 얼굴을 하며 최대한 불쌍하게 눈물을 글썽거렸다. 물론 소용은 없었다. 위그는 그저 무뚝뚝하게 그를 볼 뿐이고 비비안은 얄밉게 옆에서 하품을 하면서 한숨을 쉬고 있었다.

방 안에 정적이 한동안 깃들었다. 라니사는 입 안이 바짝바짝 타들어 가는 것 같았다.

"제가, 무엇을 드리면 될까요?"

"그건 거래를 하는 자의 태도가 아니다. 우리가 움직일 만큼 좋은 거래 조건을 들고 와야지."

"하, 하지만 저는 거래를 하는 게 아니라 애원을 하는 건데요."

"그러려면 더욱더 성의를 갖고 와야겠지?"

라니사는 위그와 비비안이 왜 이렇게 구는지 알 수 없었다. 그러나 그녀를 내려다보는 부부의 눈빛은 그야말로 똑같이 생겨 먹어서, 라니사는 차마 누구 하나 붙잡고 도와 달라고 할 수가 없었다.

결국 그녀가 머리를 굴리고 또 굴리다가 입을 열었다.

"제 아이가…… 공작 각하의 아이가 아니라고 말하면 될까요?"

"네가 무슨 바첼론의 왕녀도 아니고, 네 배 속에 있는 아이의 아비가 누구인지 관심 갖는 사람이 있을 것 같아? 되레 소문만 더 불태우는 격이 되지."

"그럼……."

"라니사 블레이드 양. 생각보다 머리가 좋지 않네. 그럼 내가 힌트를 주지. 그 배 속의 아이가 누구의 아이가 되는 게, 우리에게 가장 행복한 결말이 될 거라고 생각해?"

"……설마, 디텔 공작?"

"블레이드 양은 딱 한 가지만 해 주면 돼."

"……."

"모두의 앞에서, 이 배 속의 아이가 사실 디텔 공작의 아이라고 말하는 거 말이지."

"모두의 앞에서요?"

"아무리 귀족들의 정부를 한다고 해도 왕실 별장까지는 가 보지 못했겠지? 이번 감사절이 끝나면 왕실 별장 구경을 좀 시켜 주지. 어때? 괜찮지 않아?"

비비안의 목소리에는 웃음기가 가득했다. 그러나 그녀의 눈은 절대 웃고 있지 않았다. 라니사는 입을 꼭 다물고 갈등했다. 과연 이 배 속의 아이가 디텔 공작의 아이라고 말하는 순간, 그녀가 제대로 살아 나갈 수 있을까. 위그가 예전에 했던 말마따나 디텔 공작 부인은 절대로 그녀를 용납하지 않을 것이었다. 그녀뿐만 아니라 그녀의 장성한 아들들도.

그렇다고 위그와 비비안이 열심히 그녀를 보호해 주리라고는 믿지 않았다. 그러나 이 제안을 거절하면 이 방에서 나가지 못한다.

"그, 그럴게요."

"흐음."

"그럴게요. 그러니까 나가게 해 주세요."

라니사는 일단 머리를 좀 굴리다가 결국 고개를 끄덕였다. 해결 방법은 없었다. 아니, 있긴 했다. 그러나 잘 이행이 될지는 그녀도 몰랐다. 그러나 그게 그렇게 큰 문제인가. 어차피 여기서 나가는 게 제일 중요했다.

"좋아. 그럼 블레이드 양을 내보내기 전에 하나만 받아 두지."

"네?"

"블레이드 양은 모르겠지만……."

비비안은 헤더에게 눈짓했다. 그에 그녀가 느긋하게 펜과 종이를 가져와 라니사 앞에 놓았다. 라니사는 펜과 종이와 비비안을 번갈아 보다가 그녀가 무엇을 원하는지 깨닫고 급히 펜을 들었다. 비비안이 생긋 웃었다.

"……우리 부부는, 문서화된 걸 좋아해서."

"그, 그럴 만해요."

"그럼 이제부터 블레이드 양의 상상력을 발휘해서. 아이를 가진 남자를 책망할 만한 언사를 써 봐. 분량은 대충…… 편지 네 장 정도면 돼. 아, 군데군데 디텔이라는 단어를 넣는 걸 잊지 말고. 괜히 글씨체를 휘갈길 생각도 하지 말고. 편지 하나하나마다 펜을 바꾸는 걸 잊지 말고."

라니사는 입을 딱 열었다. 그러나 위그와 비비안은 이미 짜 놓은 듯이 그녀를 응시하고 있었다. 결국 라니사가 입을 꽉 다물고 편지를 써 내려갔다. 그것을 보던 위그와 비비안의 표정이 묘한 빛으로 물들었다.

"좋아. 그럼…… 이제 라니사 블레이드 양을 밖으로 내보내."

"집사."

위그가 집사를 불렀다. 그의 옆에는 라니사가 입고 온 코트를 들고 대기하고 있던 시녀까지 대동하고 있었다. 라니사는 설마하니 비비안과 위그가 이렇게 빨리 그녀를 내보낼 줄 몰랐다는 듯이 입을 딱 벌렸다. 그러나 내보낼 때 나가는 게 현명한 것이었다. 그녀가 급히 자리에서 일어났다.

"감사합니다."

곧 시녀가 그녀에게 외투를 입혀 주었다. 그녀는 외투를 꽁꽁 싸매고 드디어 이 지긋지긋한 곳에서 탈출할 수 있어 기쁘다는 듯이 웃었다. 그리고 인사를 한 뒤 그녀가 방으로 나갔다.

헤더는 라니사가 쓴 편지 네 장을 비비안 앞에 내밀었다. 위그가 그것을 힐끔 보다가, 입을 열었다.

"글씨체가 어느 정도 차이가 있군."

"그래도 모방하는 데는 무리가 없어. 물론, 모방할 필요는 없겠지만."

"집사."

"네, 각하."

"사람은 붙였나?"

"네. 기사 두 명이 붙었습니다."

"확실하게 처리해."

비비안은 손에 들린 편지를 빤히 응시하다가 생긋 웃었다. 위그가 그녀를 빤히 응시하다가 무뚝뚝하게 말했다.

"이딴 걸로 디텔 놈이 무너지지는 않는다. 그건 확실히 해야 해."

"그건 알아. 하지만 사람이 어떻게 살면서 권력과 명예라는 목적만을 좇겠어?"

"……."

"가끔 사람 괴롭히는 맛에 살아 보기도 하고 그래야겠지. 피 묻은 칼로 끝난 줄 아나 본데. 틀렸어. 나는 그 늙은이를 괴롭힐 백 가지 방법이 있거든."

비비안의 즐거운 듯한 말에 위그가 침묵했다. 비비안은 딱히 누군가를 괴롭히는 비생산적인 일을 하지 않았다. 그저 마음에 안 드는 인간은 당장에 처리하는 편이었다. 그런 그녀가 누군가의 고통을 바라는 것은 이례적이었다.

"리암 때문인가?"

비비안은 손에 들린 편지를 천천히 내리고 위그를 응시했다. 그녀는 대답하지 않았다. 그리고 정적이 흐르자 위그 또한 대답을 들을 생각이 없는지 자리에서 일어났다. 그때, 비비안이 갑자기 입을 열었다.

"그러면, 너무 치졸한가?"

"아니, 당연한 거지."

"그런가."

"원래 일이 틀어지면 남 탓을 하는 게 정상이다. 그리고 디텔의 쥐새끼들이 일을 크게 벌인 건 사실이니까."

"근본적으로 그게 이유가 아닌 건 알지만, 들어 보니 그럴싸하네. 그럼 그걸로 해야겠어. 이유를. 동생의 죽음으로 인해…… 로튼의 단주가, 디텔 공작에게 무척 화났다."

위그는 대답 대신 손을 내밀었다. 비비안이 빙그레 웃다가 그 손을 턱 잡았다. 그러나 그가 걸음을 옮기려는 순간, 그녀가 갑자기 달콤하게 웃었다.

"안아 줘."

"……여기서?"

"다리에 힘이 없어. 안아서 방까지 데려다줘."

"저번부터 유난히 내게 상냥한데, 대체 무슨 짓을 하려고?"

"내가 당신한테 무슨 짓을 꼭 해야 직성이 풀려? 당신 그런 취미였어?"

"당신이……."

위그는 기가 막혀 한마디 하려다가 그냥 입을 다물었다. 그가 잠시 멈칫했다. 혹시 진짜로 힘이 풀린 건 아니겠지. 크게 상처를 입은 뒤 비비안의 체력이 급격히 나빠졌다는 건 그도 알았다. 그래서 결국 그는 팔을 뻗었다. 한쪽 팔로 그녀를 안은 뒤, 다른 한쪽 팔로 무릎 아래를 잡았다. 비비안은 자연스럽게 그의 목을 끌어안았다.

"훌륭해."

"혹시나 해서 말하는데. 무슨 꿍꿍이든 집어넣는 게 좋을 거다."

위그의 목소리는 다소 불안한 듯했으나 그녀를 안은 팔은 꽤 단단했다. 비비안은 그의 어깨에 머리를 기대고 서늘하게 웃었다. 그리고 곧, 다시 손에 들린 편지를 접어 꼭 잡아 쥐었다.

* * *

라니사가 나간 뒤 이디에트는 곧 감사절을 맞았다. 오랜만에 아이들과 함께한 공작가는 특별히 곳곳에 감사절을 의미하는 토끼 인형을 놓아 두었다. 그리고 알록달록한 색종이와 화려하게 이곳저곳을 장식한 꽃들은 딱 보아도 아이들이 좋아할 법하게 꾸며져 있었다. 그리고 그 말인즉슨 위그의 취향은 절대 아니라는 뜻이었다.

"아이들은, 이런 걸 좋아하나?"

그는 난로 위에 놓인 토끼를 하나 들어 이리저리 살피며 이해가 불가능하다는 듯이 물었다. 리즈는 이미 한껏 흥분해서 카펫에서 언니와 퍼즐 맞추기 내기를 하고 있었다. 그리고 아리아는 그런 동생에게 일부러 져 주면서 리즈가 쿠키 통을 비우는 걸 그저 보기만 하고 있었다.

비비안은 덩치에 어울리지 않게 예쁜 보라색 원피스를 입고 프릴이 달린 헤어밴드를 한 토끼를 열심히 연구하고 있는 남편의 옆으로 다가갔다. 그녀는 토끼를 한 번, 위그를 한 번 보다가 입을 열었다.

"아무리 좋아하지 않는다고 해도 왜 굳이 모가지를 그렇게 잡고 있어?"

"아니, 그냥 너무 이상해서 그런다. 아이들은 이런 걸 좋아하는 줄 몰랐거든."

"당신은 배 속에서 태어날 때부터 이렇게 컸어?"

"공작가에는 이런 물건이 없었다. 아버지가 하도 엄격해서 감사절에는 언제나 공작가에서 식사만 하고 선물을 주고받는 게 전통이었어. 그리고 며칠 뒤에는 바로데의 별장에서 왕실 식구들에게 인사를 하고."

"저런. 재미없었겠네. 하다못해 우리 집도 이런 장식은 했는데. 뭐, 물론 우리 아버지도 집을 어지르는 건 싫어해서 이렇게 화려하게는 못 해 봤지만."

"엘리미아는 이런 걸 꽤 좋아했지. 말은 안 했어도."

위그는 토끼를 이리저리 보다가 결국 다시 난로 위에 내려놓았다. 펑퍼짐한 엉덩이와 길고 동그란 귀를 가진 토끼가 방긋 웃으면서 난로 위에 앉아 있었다. 그것을 보던 위그가 다시 고개를 돌려 리즈와 아리아를 응시했다. 리즈는 또 아리아를 이겼는지 환호성을 지르며 중간에 있는 쿠키를 제 입에 넣었다. 그때 옆에 있던 시녀 둘이 아이들의 놀이에 참여했다.

위그는 새삼스럽게 주변을 살펴보았다. 그러고 보니 공작가가 이런 분위기를 낸 적은 정말 없었다. 이디에트는 항상 위엄과 품위를 중요시하는 전통 있는 가문이었고, 선대 공작만큼이나 선대 공작 부인도 고귀한 출신인 만큼 절대 웃고 떠드는 일은 없었던 것이었다.

그저 그 사이에서 엘리미아만 꽤 적응을 못 했던 것 같다. 물론 어느 순간부터는 그녀도 말수가 적어졌지만.

"그런데 아이들 선물은 언제 주나?"

"이따가 식사할 때. 아, 이제 슬슬 이동해도 괜찮지?"

"이미 식사 준비는 마쳤습니다."

집사는 비비안을 향해 허리를 꾸벅 숙였다.

"이제 리즈와 아리아도 다이닝 홀로 오라고 해."

"알겠습니다."

"그럼 우리도 곧 가도록 하지."

곧 옷을 갈아입고 나온 위그와 비비안이 다이닝 홀로 향했다. 그사이 이미 게임을 끝냈는지 리즈와 아리아가 식탁 앞에 앉아 있었다. 두 사람이 들어가자 아리아가 자연스럽게 자리에서 일어났다. 감사절은 곧 가족의 모임, 가문에서 가장 중요한 가주와 안주인이 들어오면 인사를 하는 게 예의였으나 물론 리즈에게 통하지는 않았다. 그녀는 이미 중앙에 놓인 커다란 케이크에 정신이 팔렸기 때문이었다.

결국 아리아가 급히 동생의 팔을 잡고 억지로 자리에서 일어나게 했다. 위그는 저도 모르게 헛웃음을 흘린 뒤 비비안을 자리에 에스코트했다. 그리고 그 또한 그녀의 옆에 앉았다. 원래라면 가장 상석이 그의 자리였으나 비비안이 자기만 아이와 얼굴을 맞대고 너만 상석에 왕처럼 앉는 게 꼴 보기 싫다고 한 뒤로 그들은 항상 아이 둘과 각각 얼굴을 맞대고 앉았다.

곧 모두가 착석을 하자, 집사가 차례로 접시를 내오기 시작했다.

"그럼, 이제 식사를 하도록 하지. 그 전에…… 일단 선물부터 주고."

위그의 말에 리즈가 눈을 반짝반짝 빛냈다. 그녀는 이미 자신의 생일에 위그에게서 과자 집을 선물 받은 기억을 간직하고 있었다. 이번에는 무슨 선물일까…… 기대하는데, 문이 열리고 시녀들이 들어왔다.

"먼저, 내 선물이다."

"감사합니다. 각하."

아리아는 자리에서 일어나 위그가 내미는 상자를 받고 살짝 예를 취했다. 딱히 안에 있는 물건에 관심이 있는 것 같지는 않았으나 그녀의 얼굴에는 미소가 배어 있었다. 아이는 무엇이 예의에 맞는 행동인지 잘 알고 있었다.

그리고 곧, 비비안이 시녀의 손에서 작은 상자를 들어 아리아에게 건넸다.

"이건 내 선물."

"감사합니다. 이모님."

"풀어 보렴."

"네."

아리아는 조심스럽게 위그의 상자부터 풀었다. 그리고 상자를 풀자마자, 그녀는 의외의 선물에 눈을 휘둥그레하게 떴다.

"마음에 드나?"

"이건……."

"네가 좋아할 것 같아서, 공작가의 서재에서 몇 권 빼놓았다."

아리아의 선물은 다름 아닌 공작가의 서재에 있는 고서였다. 대부분은 절판된 것이었고, 개중에는 작가의 친필 사인이 들어간 초판본도 있었다. 당연하지만 시중에서 구한다고 구할 수 있는 게 아니었다. 귀족들은 가문의 명예와 지식의 독점을 위해 함부로 가문의 서재에 있는 고서를 밖에 내놓지 않았다.

아리아는 책을 보고 눈을 깜박거렸다. 대부분 경제학이나 철학책이었다. 다소 어려울지 몰라도 언젠가는 읽어야 할 책들이었다. 예상 밖의 선물에 그녀는 눈을 깜박거렸다. 보통 여자아이들에게 책을 선물해 주지는 않는다.

책을 선물해도 이렇게 귀한 책을 선물해 주지는 않는다. 아리아가 놀라는 게 당연했다.

"네 이모라도 절대 구하지 못할 거다."

"……생색은."

비비안은 내용물을 힐끔 보고 위그의 말에 혀를 찼으나 그건 사실이었다. 물론 돈으로 해결할 수 없는 일은 없지만, 그렇다고 해서 굳이 어마어마한 돈을 주고 살 정도는 아니었다. 그러나 받으면 그만큼 의미가 있는 게 당연했다. 아리아는 왠지 모르게 기뻐져서 고개를 끄덕끄덕했다.

"감사합니다. 각하."

"그래."

아리아는 조심조심 포장지로 다시 싼 뒤 시녀에게 넘겼다. 이윽고 그녀는 비비안의 선물을 풀었다. 생각보다 크기는 작았으나 그 가치는 절대 작은 것이 아닐 거라고 대충 예상했다. 그리고 아리아의 예상은 맞았다. 안에 있는 것은 절대 작은 것이 아니었다.

"이게 뭔가요?"

"약간의 용돈이란다. 말하자면, 다음 해 네가 쓸 용돈."

"저는 지금으로도 충분해요."

"이건, 네 품위 유지 비용 따위가 아니야."

아리아는 조금 멍한 얼굴로 눈을 깜박거렸다. 그도 그럴 것이 비비안은 시녀와 유모에게 이미 아이들이 쓸 만한 돈을 지급했다. 어느 정도 지위가 있는 가문의 아가씨들은 원래 어른들에게서 적당한 돈을 품위 유지 비용으로 받아 쓴다. 그러나 비비안은 그 돈을 주고 있는 것 같지는 않았다.

"네 스스로 관리할 수 있는 돈이지. 그 아래쪽을 봐 보렴."

아리아는 수표를 가만히 살펴보았다. 그 아래는 은행의 직인이 찍혀 있는 종잇장이 있었다.

"이제부터 네가 관리할 돈이야. 그 계좌는 네 이름으로 되어 있고, 그

돈으로 무엇을 하든 그건 네 마음이란다."

"이걸 왜……."

"사람은 돈이 필요한 존재지."

"……."

"돈을 지배하고 싶다면, 돈에 익숙해져야 해. 질리게 써 본 자만이 질리게 돈을 벌 수가 있어."

"저, 저는……."

"작은 돈을 관리할 줄 알아야, 큰돈을 만져도 뒤로 주춤거리는 법이 없단다. 내 선물은 그거야. 아리아. 너는 이제부터 더 큰 시야를 가질 필요가 있어."

아리아는 침을 꿀꺽 삼켰다. 그녀는 알 수 없었다. 카트린은, 아니, 정확히 말하자면 대부분 사람들은 어린 여자아이에게 이런 걸 시키지 않았다. 무엇보다도 그녀가 자신의 돈을 지배할 만한 일이 어디 있겠는가. 그녀가 그렇게 생각할 때였다. 비비안이 말을 붙였다.

"내년부터는 가정 교사도 붙여 줄게."

"네? 지금 있는 가정 교사는……."

"말고, 귀족 가문의 후계자가 받는 수준의 교육을 제공할 수 있는 가정 교사."

"제가, 그래도 되나요?"

"네가 원한다면."

아리아는 입을 꼭 다물었다. 그녀는 자신이 이런 걸 받아도 되는지 아직도 의문이었다. 행운은 너무 빨리 찾아왔다. 그러나 가만히 생각을 해 보던 아리아는 결국 조심스럽게 고개를 끄덕였다. 잡을 수 없다고 생각할 때는 하나도 아쉽지 않았지만, 손에 밀어 넣어 주니까 괜히 욕심이 생겼다. 비비안은 만족한 듯 웃었다.

이번에는 시선이 리즈에게 쏠렸다. 리즈는 두근거리는 얼굴로 두 사람을 보고 있었다. 곧 위그가 큰 상자를 내밀었다.

"이게 뭐야?"

"선물을 주면 일단 감사하게 받는 게 예의란다."

"감사합니다."

비비안의 엄격한 목소리에 리즈가 자신의 실수를 눈치채고 선물을 두 손으로 받았다. 비비안은 다시 시녀의 손에서 상자를 들어 리즈에게 건넸다. 차례로 선물을 받은 리즈는 두 사람의 눈치를 살살 살피더니 이내 천천히 상자를 열었다. 그리고 곧, 위그의 상자를 연 그녀가 눈을 동그랗게 떴다.

"우아! 귀여워!"

상자 속에 있는 건 다름 아닌 감사절의 상징인 토끼 인형이었다. 토끼 인형 주위로는 화려한 꽃들이 장식되어 있어 무척 귀여웠다. 그 꽃을 만져 보던 리즈는 그게 단순한 꽃이 아니라는 것을 깨달았다. 손으로 살짝 만져 보자 달큰한 초콜릿 향이 났다.

"이게 선물이야?"

"인형은 선물로 남기고, 꽃은 먹는 거 맞다. 그리고 매일 안고 자는 그 인형은 좀 더 자주 빨아."

"그거 내 소중한 친구인데……."

"빨라고 했지 버리라는 말은 안 했어."

리즈가 일부러 불쌍한 척을 하자 위그가 무심하게 말했다. 그러나 리즈는 이미 상자 속에서 인형을 꺼내 품에 꼭 안았다. 달큰한 향기가 함께 섞였다. 비비안이 웃었다.

"이제 이모 선물에는 관심도 없구나?"

"그럴 리가 없잖아!"

리즈는 그제야 생각났다는 듯이 급히 비비안이 선물한 상자를 열었다. 그녀는 안에서 반짝반짝 빛나고 있는 드레스를 보고 활짝 웃었다. 요즘 수도에서 유행하는 동화책 주인공이 입는 드레스였다. 물론 모방해서 나온 버전과 달리 비비안이 가져온 것은 유명 브랜드에서 만든 것으로서, 당연하지만 가격대가 어마어마한 만큼 동화책에 나오는 드레스와 똑같았다.

"고마워요, 이모!"

"나한테는."

"이모부도 고마워!"

비비안과 위그는 저도 모르게 가볍게 웃음을 흘렸다. 아이들의 순진한 기쁨은 어른들이 흔히 꾸며 내는 가식적인 것과는 결을 달리했다. 당연했지만 두 사람은 그런 걸 더 즐겼다. 언젠가는 이 또한 지나갈 것을 알았기에.

"그럼, 올 한 해를 무사하게 흘려보낸 것에 감사하며, 내년에도 행복한 한 해 보내렴."

"이모도! 이모부도!"

"감사합니다."

"그럼 식사하지."

곧 다이닝 홀은 식기 부딪치는 소리로 가득 찼다. 비비안은 문득 자신이 한 말이 무척 풍자적이라고 느끼면서도 그저 조용하게 음식을 먹었다. 중간중간 케이크를 탐내던 리즈는 시녀가 한 조각 잘라 준 케이크에 크림을 입가에 묻혀 가며 헤실헤실 웃었고, 오늘만큼은 아리아도 그런 동생을 타박하는 대신 웃으면서 식사를 시작했다.

곧 식사가 끝난 뒤, 아리아와 리즈가 각각 위그와 비비안에게 키스했다. 선물 받은 인형과 책을 안고 종종걸음으로 방으로 달려가는 아이들의 뒷모습을 보던 위그가 미묘한 얼굴을 했다. 주변을 환하게 밝히는 촛불 아래 군데군데 장식한 토끼와 종이 장식들을 보던 그가 다시 길게 한숨을 쉬었다. 그것을 발견한 비비안이 고개를 돌렸다.

"왜 그래? 갑자기 진 빠져? 아이들 상대하고 나니까?"

"아니. 그저……."

"그저?"

"그저, 공작가에도 아이들이 저렇게 웃고 다니는 날이 있을 줄 몰랐어서 그런다."

위그의 말에 비비안이 흐음, 길게 숨을 내쉬었다. 그녀는 이미 사라진 아이들의 잔영을 음미하듯 살짝 가늘게 눈을 뜨다가 다시 고개를 돌려 위그를 응시했다.

"아이들을 좋아해?"

"딱히. 그래 본 적은 없어."

"그런데?"

"그저…… 딱히 나쁘지는 않다 싶어서. 저렇게 뛰어노는 존재들이."

"그게 그렇게 못 가질 건 아닌데, 굳이 그렇게 감상적으로 굴 필요는 없어. 정 원한다면……."

비비안은 생긋 웃었다. 위그는 고개를 돌려 비비안과 시선을 맞추었다.

"미래의 부인한테 많이 많이 낳아 달라고 해. 당신 그 정도 능력은 있잖아."

"…….."

"왜?"

저를 직시하는 짙은 녹안에 비비안이 웃음을 흘렸다. 그의 진중하고 깊은 눈동자에는 딱히 엿볼 만한 감정은 없는 것 같았으나 그게 또 그렇게 복잡했다. 비비안은 여전히 웃고 있었다. 그때 위그가 갑자기 입을 열었다.

"당신은 아이를 가지고 싶다고 생각한 적 없나?"

"나더러 낳아 달라는 끔찍한 이야기를 하는 건 아니지?"

"그건 나한테도 만만찮게 끔찍한 이야기니까 오해하지 마라."

"굳이 말하자면 딱히."

"왜?"

"그래야 할 이유가 없으니까?"

비비안은 어깨를 으쓱했다.

"거부하지는 않지만 굳이 낳아야겠다고 마음먹을 이유도 없어. 내가 무슨 아이가 없으면 재산 줄 사람이 없는 것도 아니고. 가장 중요한 건, 마땅한 아버지도 없는데 내가 어떻게 아이를 낳아? 내가 아무리 대단하다고 해도 혼자 낳을 수는 없잖아?"

"그건 그렇군."

"하지만 당신은 다르지. 당신은 충분히 아이를 가질 수 있고, 또 가져야 해. 그러니까 말하는 거야."

"하지만 그렇게 되면…… 다른 여자랑 낳아야겠지."

순간 앞으로 몇 걸음 옮기던 비비안이 멈칫했다. 그녀의 얼굴이 살짝 묘한 기색을 띠었다.

"당연한 말이지? 우리는 1년 뒤 이혼을 해야 하니까."

"크리스티나가 왕이 되어도?"

"그게 우리 사이의 계약 효력에 큰 영향을 미치나?"

"내가, 당신의 재산권에 아무런 헛짓거리를 못 해도?"

"위그 이디에트."

그때였다. 홀린 듯 묻는 위그의 물음에 싸늘한 비비안의 목소리가 감겨 왔다. 그녀의 입꼬리가 말려 올라가 있었으나 그녀의 눈은 절대 웃고 있지 않았다.

"우리 둘 사이를 막는 게, 정말 그 엿 같은 법 하나라고 생각해?"

"아니."

"그럼 됐어."

"……."

"우리는 글렀어. 이 집에서 내가 공작 부인으로 불리는 건 남은 1년이 한계일 거야."

"하지만 사랑이 무조건 결혼을 동반하는 건 아니지."

순간 비비안은 제 귀를 의심했다. 그러나 그녀는 살짝 턱을 든 채 싸늘하게 서 있는 위그의 눈빛을 보고 비로소 뭔가 이상하게 돌아가고 있음을 눈치채고 말았다. 곧 비비안이 눈알을 데굴 굴렸다. 비릿한 미소가 흘러나왔다.

"미쳤네."

"나도 내뱉고 보니 좀 그런 것 같다."

"그렇지?"

"그래. 이만 방에 가지."

위그는 언제 그녀를 빤히 응시했냐는 듯이 천천히 걸음을 옮겼다. 비비안은 잠시 애매한 눈빛을 하다가 다시 대수롭지 않게 그와 방으로 돌아갔다. 그러나 방으로 돌아가는 내내 위그의 눈길은 비비안의 뒤통수에서 떨어지지 않았다. 그는 문득 이 모든 것들이 그의 일상이 되었음을 느꼈다. 솔직히 말하자면…… 이 모든 것들이, 나름 괜찮은 것 같았다. 그게 비비안에게 안 괜찮다는 게 가장 큰 문제라서, 결국 말을 내뱉을 수는 없었지만. 그리고 이것이, 절대로 일상이 되어서는 안 되는 이유겠지만.

위그는 한숨을 쉬었다. 결국 변하는 건 없을 것이었다. 그의 생각과 무관하게. 이 모든 것이 끝나면, 두 사람은 제자리로 가야 할 것이었다. 그는 '귀족 출신의 우아하고 정숙한 여인'을 아내를 맞이해 가문을 잇고, 이 여자는 로튼의 단주로 남고. 그러나 그렇다고 해도…….

그게, 가능한가.

왠지 모르게 어려울 것 같았다.

* * *

"그럼, 이모와 이모부가 없는 동안 잘 지낼 수 있지?"

"응!"

"이제 곧 레이디 로젤리스가 올 예정이니 너무 외로워할 필요는 없다."

"걱정하지 마시고 무사하게 다녀오세요, 각하."

감사절을 무사히 보낸 뒤, 비비안과 위그는 예정대로 바로데에 있는 왕실 별장으로 향했다. 두 사람은 각각 리즈와 아리아에게 작별 인사를 한 뒤 마차에 올랐다. 공식적으로 왕실 활동에 참석하는 것이기 때문에 이디에트에서 가장 화려하고 큰 마차였다. 그 뒤로 각종 짐과 필요한 선물들을 담은 마차 몇 대와,

헤더와 클로에, 요한이 탄 마차, 그리고 양쪽으로 말을 탄 기사들이 따랐다.

마차의 문이 닫힌 뒤, 비비안은 느긋하게 소파에 몸을 기댔다. 바로데는 바첼론의 수도와 조금 떨어져 있는 거리에 있는 왕실 사유지였다. 따라서 두 사람은 꽤 오랫동안 마차에 앉아 있어야 했기에 위그와 비비안은 굳이 떠나는 지금까지 격식을 차려 입지는 않았다.

곧 마차가 덜컹거리며 떠났다. 창문 너머로 아리아와 리즈에게 손을 흔들어 주던 비비안은, 드물게 아이들을 향해 웃어 주는 위그를 힐끔 보다가 다시 감흥 없이 고개를 돌렸다. 곧 그녀가 커튼을 닫았다. 덕분에 두 사람은 마차의 떨림만 고스란히 느끼고 있었다. 언제나 그랬듯이 위그는 들고 온 서류를 몇 장 펼쳤다. 반대로 어젯밤에 거의 대부분 서류를 다 처리한 비비안은 서재에서 뽑아 온 책을 펼쳤다.

그러나 얼마나 지났을까, 조용하게 책에 시선을 집중시키던 비비안이 책장을 몇 장 넘기더니 갑자기 책을 닫았다. 무엇인가에 몰두하면 엄청난 집중력을 보여 주는 그녀의 이례적인 모습에 위그가 시선을 드는데, 비비안이 책을 옆에 놓더니 길게 숨을 들이쉬었다. 그 순간 위그의 눈빛이 날카롭게 빛났다.

'설마, 속이 안 좋아서 저러는 건가.'

그가 알기로는 비비안은 그 정도로 마차에 익숙하지 않은 인물이 아니었다. 그녀는 리암의 요양원으로 가는 마차에서도 서류를 처리했던 사람이었고, 왕실로 갈 때면 가끔 책을 읽곤 했다. 심지어 이디에트의 마차는 디자인이나 말이나 배치가 훌륭해 웬만해서는 덜컹거리지 않았다. 그런데 속이 울렁거린다니……. 커튼을 열어젖힌 채 침착한 얼굴로 숨을 들이쉬는 그녀를 보다가, 위그가 펜을 닫고 서류를 내렸다.

"이번에는 왕실 가족들이 가장 많이 모인 감사절이겠군."

순간 마차 안을 가득 채우는 위그의 목소리에 비비안은 고개를 돌렸다. 갑자기 서류를 내려놓고 뜬금없는 말을 내뱉는 그를 이상하게 보던 그녀가 뭔가 생각하는 듯하다가 입을 열었다.

"그냥 답답해서 그런 거야."

"내가 뭐라고 했나?"

"처리하던 거 마저 봐. 괜히 말 걸려고 하지 말고."

"싫다. 지루해."

비비안은 어이없는 눈길을 했다. 그녀의 눈에는 한심하다는 뜻이 잔뜩 씌어 있었다. 그러나 굳이 상대의 일까지 걱정해 줄 정도로 상냥하지 않았다. 실제로 그녀는 현재 속이 꽤 울렁거리고 있는 상태였다. 심지어 머리도 조금씩 아파 왔다. 예상하지 못한 상황이라 약을 구비할 생각도 못 했다. 비비안은 배와 가슴 사이를 조금 짚다가 다시 손을 내렸다.

"그래서, 갑자기 무슨 소리야?"

기왕 이렇게 된 거 뭔가 정신을 팔 데가 필요하긴 했다. 위그는 비비안의 물음에 길게 숨을 내쉬었다. 딱히 별장에 도착하기 전까지 하고 싶던 대화 주제는 아니었는데. 그러나 피한다고 피해질 문제 또한 아니었다.

"로건."

결국 위그는 그다지 달갑지 않은 얼굴로 그 이름을 꺼냈다. 로건이 왕실의 일원으로 그곳에 가는 것은 실제로 크게 문제될 것은 없었다. 그러나 위그로서는 로건의 등장이 기쁠 리 없었다. 최소한 그의 입장에서 로건은 아련한 눈빛으로 비비안을 흔들어 놓으려고 작정을 한 개새끼였다.

물론 비비안이 흔들리는가는 또 별개의 문제였지만.

그러나 위그의 생각과 달리 비비안은 그 이름을 듣고도 끄떡없었다. 그저 가볍게 감탄을 흘렸을 뿐이었다.

"그래, 로건이 있었지. 로건뿐만 아니라 우리 왕녀님도 계시고. 비극적으로 우리에게 버림받은 알렉산드르 왕자 전하도 있고."

"비극적이라니. 애초에 나는 뭔가를 약속한 적이 없었다."

"희망은 주었잖아."

"그렇지만 내 생각에 부합되는 사람은 아니었지."

"크리스티나는 됐고?"

비비안의 반문은 꽤나 의도적이었다. 위그는 그녀의 얼굴을 빤히 보다가 서늘하게 웃음을 흘렸다. 비소인지 고소인지 알 수 없었다. 어쨌든 그 웃음은 그다지 우호적이지는 않았다. 어떤 의미에서는 오히려 사람의 불쾌감만 불러일으키는 역할을 할 게 뻔했다.

"아니, 그녀야말로, 굳이 말하자면 나 스스로 무덤을 팠음을 증명하는 최악의 후보지."

"그런데 굳이 크리스티나의 손을 잡았잖아?"

"그것 또한 확정된 건 아니다. 나는 그녀에게 무조건 우리에게 복종할 것과, 왕족 한 명의 목을 원했어."

"그럼, 크리스티나가 누구의 목을 가져오게 할 거야?"

"누구의 것이 적당하리라고 보지?"

위그의 물음은 무척 애매했다. 애매함이 너무 지나쳐서 오히려 노골적이었다. 비비안은 생긋 웃었다. 그녀의 눈이 곱게 휘어졌다.

"로건?"

"미리 말해 두자면, 크리스티나 왕녀가 여왕이 되기 위해서 로건은 반드시 죽어야 하는 존재다. 당신 오빠처럼 애매하게 처리하는 건 불가능해."

"내가 우리 오빠를 애매하게 처리했나."

"내 말은, 귀족원과 왕실의 전통은 정신이 온전한 여왕보다 정신 나간 왕을 더 선호할 거란 이야기였어."

그것은 꽤 아이러니했다. 어찌 보면 우습기까지 한 이야기였다. 귀족들의 이익을 위해 왕권은 강해야 했다. 그러나 우습게도 귀족들의 이익을 위해서 왕권은 지나치게 강해서는 안 됐다. 모든 왕자와 왕녀를 제거하고 왕위에 오른 피의 여왕보다, 귀족들은 정신이 온전치 못해 다루기 쉬운 왕자를 더 좋아할 것이었다.

아무리 정치에 관심이 없는 비비안이라고 하나 그녀는 누구보다도 귀족들의 보수성을 알았다. 그들은 '전통'과 '예로부터 당연한 것'을 위해 무엇이든지 하는 집단이었다. 크리스티나의 존재는 무조건적으로 반갑지 않은 존재였다.

"그럼, 우리 왕녀님은 백치인 왕자 둘까지 제거해야겠네."

"그 양심에 퍽이나 그 짓을 하겠군. 백치인 왕자 둘이 아니라 제이슨 같은 개새끼를 처리한 뒤에도 울 인간이다."

"욕망을 가진 사람이 다 이성적이고 냉정하리라는 법은 없지. 착하고 부족하지만 뭔가를 더 가지려고 하는 사람도 있어. 크리스티나는 그런 사람이야."

"그게 가장 애매하다. 그렇지만 사실 별 상관없어. 어차피…… 방법은 많으니까."

위그가 서늘하게 읊조렸다. 그의 말마따나 방법은 많았다. 그는 정적을 제거하는 방법을 잘 알았다. 그러기 위해 충분히 잔인해질 수 있는 사람이었다. 아니면 원래 본성부터 글러먹었다든가.

"그런데 당신은 왜 굳이 크리스티나를 왕녀로 세우고 싶어 했지?"

"나는 '굳이' 그러고 싶었던 적이 없는데? 제이슨이 태자인 세상에서도 잘 살아왔어."

"내가, 바보로 보이나?"

"어머."

"그날, 크리스티나가 나를 찾아왔던 게 당신과 일말의 관계도 없다고 말하지 마. 굳이 말은 안 했지만 대충 예상은 하고 있었어."

순간 비비안의 얼굴이 설핏 굳었다. 그러나 그녀는 빠르게 미소와 함께 길게 숨을 내쉬었다. 맞는 말이었다. 그녀는 눈을 깜박거리다가 창밖으로 고개를 돌렸다.

"그러게, 왜 그럴까?"

"여성 상속권 때문에?"

"그렇게 보였어?"

"응."

"잘 봤어. 맞아."

비비안이 나긋하게 웃으면서 살짝 몸을 기울였다. 그러나 위그는 잠시 미간을 좁혔다. 객관적으로 물론 비비안이 그렇다고 하면 그런 것이다. 그러나 딱히 이해는 할 수 없었다.

"지금의 당신에게 그게 굳이 필요한가? 오히려 법안이 수정되고 나면, 로튼의 재산 일부가 카트린과 엮일 수도 있어."

"우리 남편. 법률은 과거까지 묻지 않아. 이미 내가 가졌어."

"하지만 당신 언니가 이익을 얻을 만한 구석이 있다는 건 절대 부정하지 못하겠지."

"그럼 어쩌겠어. 우리 언니까지 처리하는 수밖에."

"그냥 당신 언니가 알아서 재산을 포기할 거라고 말하지 그래? 당신도 그걸 아니까 이러는 거잖아."

"그걸 알면서 물어?"

"내가 물은 건, 그 일련의 복잡함과 귀찮음을 감수하면서 왜 그러려고 하는가다."

"흐음."

"당신은, 세상을 누구보다도 객관적으로 통찰하고 있어도 누구보다도 주관적으로 살아왔던 인간 아니었나."

위그의 말에 비비안이 웃음을 터뜨렸다. 그러나 그의 말은 맞았다. 그녀는 누구보다도 이치와 '그래야 하는 것'을 잘 알고 있었다. 엄격히 말하자면 모든 사물을 객관적으로 판단하는 데에서 비비안 로젤리스를 따라올 자는 없었다. 그녀는 모든 것을 알았다. 자연법에 의거하여 시비를 확실하게 가릴 수 있었다. 그럼에도 불구하고 그녀가 하는 일은, 절대적으로 신에게 용서받을 만한 것은 아니리라.

"머리가 안 돌아가면 굳이 생각하려고 들지 마."

"……."

결국 위그는 물음을 묻는 것을 포기하고 입을 다물었다. 대신, 그가 다른 주제를 꺼냈다.

"그럼 다른 걸 묻지."

"물어."

"당신은, 로건을 아직도 사랑하나?"

순간 비비안의 얼굴에 맺힌 웃음기가 굳어 버렸다. 잠시 뭔가 생각하는 듯하던 그녀가 천천히 숨을 내쉬었다. 그리고 얼마나 지났을까, 비비안은 소파에 몸을 기댔다.

"그건, 별로 중요한 문제가 아니야."

"중요해."

"중요하지 않은데."

"아니, 중요해."

위그의 고집스러운 단언에 비비안은 묘한 얼굴을 했다.

"그래?"

"그래. 당신이 만약 로건을 죽이는 문제에 대해서 조금이라도 주저한다면, 우리의 협약은 깨지는 것이나 마찬가지니까."

"아, 그런 문제라면……."

비비안은 살짝 말을 골랐다. 마치 그녀가 생각한 문제는 그것이 아니라는 듯이. 그녀는 바로 자연스럽게 말을 돌렸다.

"걱정할 필요 없어. 설사 내가 로건을 사랑한다고 해도, 죽일 건 죽여."

"……그걸 지금 말이라고."

"왜, 놀라워? 하지만 나는…… 우리 오빠도 사랑했어."

"……."

"사랑하는 것과 죽이는 건 별로 상충되는 문제는 아니야."

위그는 비비안의 말에 침묵했다. 어쩌면 그럴 수도 있다. 그러나 왠지 모르게 기분이 더러웠다. 그래서 그가 진정으로 묻고 싶었던 문제는 과연 그것인가. 그가 진짜로 걱정했던 게 비비안이 로건을 사랑해서 로건을 죽이지 못할 것인가…… 하는 문제였는가. 비비안에게서 못 죽일 수가 없다는 확답을 얻었지만 왠지 모르게 기분이 더러웠다. 여러 가지 의미로…….

그러나 위그는 굳이 말을 더 잇지 않았다. 대신 대화의 주제는 디텔과 왕실로 넘어갔다. 비비안은 위그의 안색을 힐끔 살피다가 그저 그의 말에 대충 응답하는 식으로 제 속을 달랬다.

그렇게 며칠 뒤…….

"오랜만입니다. 이디에트 공작 부인."

위그의 손을 잡고 마차에서 내리던 비비안은 로건의 인사에 생긋 웃었다.

"네, 오랜만이에요. 왕자 전하."

일말의 주저함도 없는, 깔끔한 인사였다.

위그는 이 '우연'에 서늘한 얼굴을 했다. 마침 왕실 별장에 도착했더니, 왕자가 마중을 나왔다. 웬만해서는 상상도 하지 못할 이 상황이 벌어진 것은 순전히 로건 때문이 분명했다. 두 사람이 도착하자 인사를 하는 별장의 집사 뒤로 바로 나온 것을 보건대, 아무래도 누군가가 그에게 이디에트 공작 부부가 왔다고 전한 모양이었다.

비비안에게 인사를 하는 로건의 모습은 무척 평범했다. 비비안을 갑자기 찾아왔던, 정확히 말하자면 수도로 돌아왔던 그날의 초조함이나 이해하지 못한 상황에 대한 짙은 의문은 그의 얼굴에서 가뭇없이 사라진 모양이었다. 이 길다면 길고 짧다면 짧은 시간 동안 그가 홀로 무슨 생각을 했을지는 모르겠지만, 위그는 어쨌든 가급적 이 왕자를 그다지 보고 싶은 상황은 아니었는지라 비비안을 향해 입을 열었다.

"일단 태자 전하를 알현하는 게 좋을 것 같군."

"그래. 태자 전하는 어디에 계시지?"

"태자 전하께서는 현재 메인 홀에서 이미 도착한 분들과 카드 게임을 즐기고 계십니다."

집사가 고개를 숙이며 읊조리자 비비안이 살짝 고개를 돌렸다. 그러나 그녀를 에스코트해야 할 위그는 굳이 그녀에게 팔을 내주는 대신, 그녀의 손을 덥석 잡았다. 왕실이 아닌 휴식을 위한 별장에서까지 무조건 예를 따져야 한다는 이치는 없지만 그렇다고 굳이 손을 잡아야 할 이유는 없었다.

그러나 위그가 비비안의 손을 잡는 그 순간, 로건의 미간이 꿈틀거리는 것을 발견한 비비안 또한 그 손을 떨쳐 내는 일을 하지는 않았다. 위그와 비비안은 각자 약간의 귀찮음을 감수하거나 감수하지 않기 위해서 로건의 기분을 온전히 무시해 버렸다. 그것을 눈치챈 로건이 빙그레 웃었다.

"들어가 보시죠. 이디에트 공, 공작 부인."

"왕자 전하의 관용에 축복이 깃들길."

로건은 두 사람을 마중하러 나온 것도 모자라 살짝 옆으로 비켜 주기까지 했다. 왕자가 귀족의 수장에게 보일 수 있는 가장 훌륭한 예의였다. 위그는 축복인지 저주인지 알 수 없는 애매한 얼굴로 로건에게 머리를 까닥했다. 그 가벼운 행동 하나에 위그가 얼마나 로건을 눈에 넣지 않고 있는지 여실하게 드러났다. 비비안은 그런 제 남편을 한 번, 로건을 한 번 보다가, 피식 비소를 흘리고는 별장에 들어가기가 무섭게 위그의 손을 떨궈 냈다.

애초에 태자의 앞에서까지 이럴 생각은 없었던 듯 위그는 쉽게 비비안을 놓아주었다. 애초에 비비안 또한 얌전히 잡힐 생각이 없었음을 그도 예상하고 있었다. 다만 그는 자신이 손을 잡으면 로건의 앞이라는 이유만으로 비비안이 굳이 자신을 떨궈 내지 않을 것이라고 예상하고 있었다. 그리고 실제로 비비안은 떨궈 내지 않았다.

굳이 이유를 말하자면…….

"로건 눈빛을 봤어?"

비비안의 물음에 위그가 고개를 돌렸다. 그는 이제 정식으로 팔을 내밀어 그녀를 에스코트하고 있었다. 그것을 잡은 비비안이 손에 힘을 꽉 주었다. 위그는 주변의 고용인들을 힐끔 보다가 작게 읊조렸다.

"봤다. 그러라고 한 거니까."

"위그 이디에트, 경고하는데……."

"알아, 안다. 다시는 그런 짓 하지 않을 테니 이번은 넘어가. 그리고 엄연히 당신도 내 손을 굳이 뿌리치지는 않았어."

"그거야."

"……."

위그는 비비안을 힐끔 보았다. 비비안은 잠시 뭔가 생각하는 듯하더니 이내 피식 웃으며 말을 이었다.

"그래야 로건이 저 눈빛을 자제할 테니까."

이번에는 위그가 비소를 지을 차례였다.

"당신도 나를 이용하고는……."

"당신이 먼저 시작했어. 나를 이용해 로건을 도발했으니까."

"그렇다 치지."

"그렇다 쳐?"

"아니, 그건 사실이 맞아. 다만 당신이 내 손을 뿌리치지 않아서 어느 정도 그 도발이 먹혔다는 점을 부정하지는 마."

비비안은 대답하지 않았다. 위그의 생각이 맞았다. 위그는 그녀를 이용해 로건을 도발했고 그녀는 그 점을 이용해 로건에게 경고했다. 이곳은 왕실 별장이었고 비비안은 스물일곱이었으며 그녀는 현재 결혼을 했다. 더 이상 선을 넘으면 절대 쉽게 넘어가지 않겠다는 일종의 경고였으나 표면적으로 그녀는 로건에게 대놓고 말한 것이나 다름없었다.

지금 내 옆에 있는 남자는 위그 이디에트지 네가 아니라고.

비비안은 잠시 로건의 눈빛을 곱씹었다. 그것은 명백하게 상처를 받은 얼굴이었다. 최소한 그의 머릿속에는 아직도 그 어린 날의 애정이 남아 있었다. 그래서 수도로 돌아왔겠지. 그리고 그녀를 찾아왔겠지. 그녀가 무슨 색을 좋아하는지까지 기억하던 남자였다. 옆의 남자라면 아마 죽었다 깨어나도 모를 것이다. 그녀가 무슨 색깔 립스틱을 발랐는지…… 아니, 애초에 립스틱이라는 걸 바르긴 했는지.

그러나 결국 운명은 이렇게 얄궂다. 비비안은 굳이 과거에 빠져 이 순간을 망칠 사람이 아니었다. 그래서는 안 되었다. 두 사람은 명목상으로 한 해의 끝과 새로운 한 해의 시작을 위해 이곳에 왔으나, 기실 이곳에 초대받은 이상 무슨 상황인지는 그녀도 알았다.

두 사람은 전쟁을 하러 왔다.

그리고 이 전쟁터에서 비비안과 함께 싸워야 할 남자는 무조건 위그 이디에트였다. 아쉬운 지 다행인지 모를 사실이지만.

"정신 똑바로 차려."

그때였다. 비비안의 서늘한 읊조림에 위그가 고개를 돌렸다. 그러나 그는 크게 반응하지 않았다. 그저 무슨 당연한 소리를 하느냐는 듯이 입꼬리를 말아 올렸을 따름이었다. 그리고 비비안 또한, 그저 미소로 그게 화답했다.

"태자 전하, 이디에트 공작 각하께서 오셨습니다."

"아, 들라 해."

곧 홀의 안쪽에서 익숙한 목소리가 들려왔다. 비비안으로서는 오랜만이었다. 그녀는 헤더에게 외투를 건넨 뒤, 문이 열리자마자 위그와 천천히 안쪽으로 들어갔다. 그러나 방 안에 있는 인물들을 훑어본 그녀는 조금 예상하지 못한 몇몇 사람들에 진한 미소를 머금었다.

"태자 전하를 뵙습니다."

"오랜만이군, 이디에트 공작 부인. 공은 며칠 전에 보았고."

비비안은 여유롭게 웃으며 무릎을 살짝 굽혔다가 다시 폈다. 그녀의 시선은 소파에 나른하게 널브러져 있는 제이슨과 소파의 뒤편에서 그의 카드를 손으로 짚고 있는 카티야, 그리고 아예 이곳에는 참여하고 싶지도 않다는 듯이 귀부인들과 차를 마시고 있는 엘리미아를 차례로 쓸었다. 그리고 그녀의 시선의 의미를 눈치챘는지 제이슨이 빙그레 웃으며 입을 뗐다.

"공작 부인 덕분에 태자비도, 나도 꽤 유쾌한 나날을 보내고 있지."

"황송합니다. 전하."

"부인이 내게 어마어마한 물건을 주었어."

그렇게 말하며 제이슨이 카티야의 뺨에 키스했다. 캬티야는 특유의 고양이 같은 미소를 흘리며 까르르 웃었다. 이미 익숙한 모습인지 방 안에 있는 귀족들 모두가 별다른 반응을 보이지 않았다. 이디에트의 사람들만 엘리미아를 의식했는지 그저 헛기침을 할 뿐이었다.

그러나 정작 비비안의 관심은 제이슨이 얼마나 카티야를 총애하고 말고에 가 있지 않았다. 카티야가 제이슨의 옆에 간 근본적인 이유는 그녀가 제이슨의 손에서 선대 이디에트 공작의 친필 서신을 훔쳐 내기 위함이었다. 그리고 현재 비비안이 알고 싶은 것은, 과연 이 태자는 그것을 발견하고 이러는 것인지 발견하지 못하고 이러는 것인지였다.

물론, 위그는 발견하지 못했다에 손목을 걸고 있지만 비비안은 제이슨이 그렇게 쉬운 인물이 아니라고 생각했다. 최소한, 선대 이디에트 공작이 그에게 홀라당 넘어갔다는 사실을 고려한다면야.

"영광입니다. 전하."

"그러고 보니 로건은 만났나? 방금 밖으로 나가는 것 같던데."

제이슨의 말에 위그가 살짝 미간을 찌푸렸다. 방 안에만 있는 태자가 어떻게 그 사실을 알았을지는 뻔했다. 아무래도 이 저택에 있는 구석구석에 제이슨의 눈이 있는 모양이었다. 멀리 갈 것도 없이 집사의 존재부터 그러할 것이었다. 그는 더욱더 자신이 예전에 했던 그 계획의 현실성에 확신을 더했다. 로건은 훌륭한 방패막이였다.

위그가 그렇게 생각하는 사이 비비안이 먼저 대답했다.

"산책하시는 도중에 우연하게 마주쳤습니다."

순간 제이슨의 시선이 미묘하게 변했다. 그뿐만 아니라 위그 또한 조금 놀라고 말았다. 로건이 비비안을 만나러 온 건 절대 우연이 아니었다. 그 사실을 비비안이 눈치채지 못했을 리가 없었으나 비비안은 우연이라고 얼버무렸다. 그리고 비비안이 거짓말을 한다는 것을 제이슨이 눈치채지 못했을 리가 없었다. 그것을 증명하듯 제이슨이 흥미로운 얼굴을 했다.

"우연으로 만났다라. 로건이…… 일부러 나간 건 아니고?"

"로건 왕자 전하께서 일부러 저희를 맞이하러 나올 필요는 없지요."

"그래?"

비비안은 침착하게 대답했다. 한 치의 흔들림도 없는 듯했으나 오히려 그 사실이 그녀가 현재 무척 침착함을 유지하려고 한다는 사실을 폭로했다. 그것을 발견한 제이슨이 뭔가 생각하는 듯하다가 다시 웃었다. 그때, 어느새 제이슨의 옆에 다가간 카티야가 포도 한 알을 들어 그의 입술에 밀어 넣었다.

제이슨은 굳이 더 로건에 대해 말을 꺼낼 의사가 없는 듯했다. 비비안은 여전히 차분하게 웃고 있었다. 평일의 차분함과 비교했을 때 더욱더 기이한 차분함이었다. 로건은 손에 있는 카드를 테이블 위로 전부 다 던진 뒤, 자리에서 일어났다.

"뭐, 그럴 수야 있겠지. 아, 그러고 보니 공작 부인께서 요즘 꽤 마음고생을 하신다는 소문이 있는데."

"마음고생이라니……."

"왜, 그, 있잖나. 누가 부른 배를 안고 이디에트 공작가에 들어갔다던데."

"헛소문일 뿐입니다."

"그래? 그런데……. 뭐, 그럴 수도 있고."

제이슨은 이번에도 말을 남겼다. 그리고 그저 고개를 끄덕인 뒤, 갑자기 엘리미아 쪽으로 다가갔다.

비비안의 눈길이 태자의 뒤를 좇았다. 엘리미아는 제 남편이 다가오자 바로 얼굴을 굳혔다. 그러나 제이슨은 딱히 그에 불쾌한 기색이 없이 엘리미아의 손에서 찻잔을 가져왔다. 그리고 곧, 그가 그녀의 뺨에 입을 맞추었다.

"어쨌든 태자비도 나도, 공작 부부의 행복한 생활을 기원하지. 안 그래,

엘리미아?"

"두 사람은 잘 살 겁니다. 태자 전하."

"그래, 잘 살겠지. 우리처럼 말이야."

제이슨의 손이 엘리미아의 어깨를 짚었다. 다년간의 경험과 훌륭한 귀족 교육은 엘리미아로 하여금 이 상황에서 태연자약하게 앉아 있게 했다. 그러나 그녀의 눈빛에 깃든 짙은 혐오감만큼은 굳이 지워 내지 않았다.

위그와 비비안은 제이슨의 행동이 적나라한 협박임을 알았다. 그러나 이 방에 겨우 이 정도 협박으로 당황할 사람은 아무도 없었다. 그래서 위그와 비비안은 그저 제이슨의 말을 글자 그대로 받아들였다는 듯이 가만히 서 있기만 했다. 제이슨은 엘리미아의 어깨와 쇄골 그 사이에 손을 얹은 뒤 입을 열었다.

"그럼 이제 만찬 때 보지. 공도 심심하면 홀로 와. 이제 디텔 공도 올 텐데……."

"황송합니다. 전하. 먼저 방으로 돌아가겠습니다."

"그래."

제이슨은 흔쾌히 두 사람을 놓아주었다. 곧 위그와 비비안이 방에서 나왔다. 집사는 두 사람에게 예를 취한 뒤 방으로 안내했다. 공작 부부가 머무를 방이었다. 곧 헤더와 요한이 마지막으로 허리를 굽히고 방을 나갔다.

그리고 문이 닫힌 그 순간, 위그와 비비안이 동시에 입을 열었다.

"로건을 내보낸 게 제이슨이라는 걸 모르지는 않겠지?"

"엘리미아와 제이슨이 결혼한 게, 진짜로 공작의 뜻이었어?"

각자 제 말을 내뱉자마자 두 사람은 서로의 말에 잠시 멈칫했다. 잠깐 상대가 무슨 말을 했는지 곱씹던 그들은 몇 초간의 침묵을 가지며 서로와 시선을 맞추었다. 그리고 얼마나 지났을까, 위그가 한숨을 쉬며 입을 열었다.

"무슨 소리지?"

"지금까지 당신이 한 말을 들어 보면…… 당신 아버지가 엘리미아를 제이슨과 결혼시킨 건 순전히 가문의 번영을 위해 태자비 자리를 탐낸 걸로밖에 안 들렸어. 내 말은, 그게 사실이냐는 말이야."

"당연한 거 아닌가? 엘리미아는 그때 사랑하는 남자가 있었어. 기어코 그 남자를 내쫓고 태자비로 보낸 게 아버지다."

"혹시, 제이슨 쪽에서 먼저 탐낸 건 아니야?"

순간 위그가 무슨 말이냐는 듯이 얼굴을 확 일그러뜨렸다.

"그럴 리가. 제이슨이?"

"이건 꽤 중요한 문제야. 아, 당신 아버지 무덤을 파내서 물어볼 수도 없고."

"정말 무시무시한 말을 하는군. 그런데 그게 지금 와서 무슨 문제가 있지?"

"있어. 그동안 내가 엘리미아를 우리의 모든 계획에 넣지 않은 건 그녀의 존재가 우리에게 걸림돌이 되기 때문이라고 생각했어. 그녀가 인질이기 때문이지. 하지만 만약 그때 그 결혼을 먼저 제안한 게 제이슨이라면……."

비비안은 잠시 멈칫했다.

곧, 그녀가 천천히 숨을 내쉬며 웃었다.

"당신 아버지가 굳이 제1왕자를 내버려 두고 제2왕자를 태자로 올린 건, 그만큼 제2왕자가 자신의 손에 들어올 거라는 자신감 때문이겠지."

"그래, 제이슨이 그때는 더없이 멍청한 꼬락서니를 했으니까."

"나는 당신 아버지를 잘 몰라. 하지만 당신 꼴을 보건대, 겨우 그 '멍청해 보인다'는 이유로 그 모험을 해 가면서 제이슨을 태자로 올릴 만큼 당신 아버지가 생각이 없었을 것 같지는 않아."

"그건 칭찬인가?"

"그럼, 왜……."

"왜?"

"왜, 그랬을까."

"……설마."

"지금까지 나한테 사랑을 속삭인 남자들은 꽤 많았어. 그리고 그중에는 이런 눈빛이 있었지. 저 오만한 계집애를 꼭 꺾어 보겠다는 호전적인 눈빛 말이야. 그리고 그 눈빛의 본질이 무엇이든 그들은 언제나 항상 누구보다도 진정성 있게 내게 구애를 해 왔어."

"……."

"혹시, 당신 아버지한테 제이슨이 원한 건, 왕좌가 아니라, 엘리미아였던 거 아니야?"

"말도 안 된다."

그러나 비비안의 말이 끝나자마자 돌아온 것은 위그의 부정이었다. 비비안은 묘한 눈빛을 하다가 피식 웃었다.

"왜 안 된다고 생각하는데?"

"진짜로 엘리미아를 사랑……."

위그는 말을 하다가 저 자신이 역겨웠는지 얼굴을 확 일그러뜨렸다. 그러나 그는 말을 고르는 듯하다가 다시 입을 열었다.

"사랑한다면, 그런 태도를 보일 이유가 있나?"

"무슨 태도?"

"당신도 봤겠지. 제이슨과 엘리미아의 관계가 어떤 관계인지. 진짜로 사랑한다면…… 아니, 애초에 제이슨이 엘리미아를 왜 사랑하지? 그게 그의 권력과 또 무슨 상관이 있는지 모르겠다. 이해하고 싶지도 않고."

"그건……."

비비안은 느긋하게 웃었다. 그녀의 남편은, 위그는 진심으로 이해를 못하고 있었다. 애초에 지금까지 이해를 못 해 온 사실인데 지금 갑자기 그녀의 말 몇 마디로 이해를 할 것이라고 생각하지 않았다. 비비안은 다급하게 위그에게 묻던 것을 멈추고 느긋하게 고개를 돌렸다. 곧 방을 대충 훑은 뒤, 그녀가 입을 열었다.

"당신과 제이슨은 애초에 다른 종류의 사람이니까."

"그건 인정하지. 내가 글러먹은 건 맞지만 그렇다고 제이슨과 똑같게 글러

먹은 건 아니야. 글러먹은 거에도 종류라는 게 있어."

"발끈하지 말고 들어 봐. 당신과 제이슨은 하나는 공작가의 장남이고 하나는 제2왕자지만, 태어날 때부터 뼛속까지 귀족 가문의 후계자로서 자란 당신과 평생 왕위와 연이 없을 수도 있는 제이슨은 근본적으로 다를 수밖에 없어."

"뭐가?"

"당신은 누군가를 숭배해 본 적이 있어?"

"미쳤나?"

"제이슨은 있을 거야. 그리고 숭배의 근본은 보통 열등감이지."

비비안은 위그의 얼굴에 잔뜩 끼인 혐오의 빛을 읽어 내고 웃었다. 그는 아마 평생 이해하지 못할 감정이었다. 열등감이라니, 그 위그 이디에트가? 태어날 때부터 뭐든 가진 그 남자가? 그는 절대적으로 제이슨을 이해하지 못했다. 만약 그녀가 생각한 게 사실이라면, 아마 제이슨에게 엘리미아는 사랑보다는 숭배의 대상에 가까웠을 것이었다.

이디에트의 장녀. 우아하고 고귀한 혈통의 귀족 영애. 고고한 자존심과 식견. 엘리미아는 제이슨을 눈에 넣지 않는다. 원래라면 이디에트 공작 또한 제이슨을 눈에 넣지 않았을 것이었다.

"그래서 제이슨이 엘리미아를 숭배했다고 말하고 있는 걸까?"

"음. 만약 제이슨이 진짜로 제일 먼저 요구한 게 엘리미아였다면, 그렇게 추측하는 것도 이상한 건 아니야. 당신이 왕실을 평가하는 걸 보면, 아무리 봐도 이디에트는 대대로 왕실을 눈에 넣는 종족은 아니야. 그렇지?"

"그런 당연한 말을."

"그럼 제이슨 또한 우습게 보았을 테고?"

위그는 부정하지 않았다. 그러나 그 또한 어느 정도 비비안의 말을 이해는 할 수 있었다.

"제이슨에게 엘리미아는, 왕이 되기 위한 하나의 상징이겠군."

"성공했다는 증거지. 당신은 이해하지 못하겠지만 나는 이해해. 일종의

트로피 같은 거야. 내가, 이렇게 성공했다는."

"당신이 그걸 이해한다고?"

"그래. 내게도 그런 열등감이 있거든."

순간 위그가 멈칫했다. 비비안 로젤리스와 열등감이란 개념이 같이 존재할 수 있는 것들인가? 그의 눈에 존재하는 비비안은 절대 그럴 사람으로는 보이지 않았다. 비비안은 곱게 눈을 접었다.

"그리고 그게 우리 둘의 유일하게 다른 점이지."

"유일하게?"

"그 외에 우리 둘은 무서울 정도로 닮아 있잖아?"

비비안의 나긋한 목소리에 위그는 입을 다물었다. 크리스티나가 하던 말이 생각났다. 두 사람은 근본적으로 무서울 정도로 닮아 있다고. 그래서 그런지 비비안에게 열등감이라는 것 자체가 존재한다는 사실을 그는 이해할 수 없었다.

"제이슨의 열등감이 제2왕자라는 지위에서 오는 것이라면, 당신의 열등감은…… 뭐지?"

"뭔 것 같아?"

"나와 당신이 근본적으로 다른 건…… 혈통과 성별, 그뿐이야."

"그래."

"당신이 혈통으로 열등감을 느낄 인물은 아닌 것 같은……."

"그 정도로 해. 일단은. 지금은 나를 해부할 시간이 아니거든. 어쨌든 만약 제이슨이 먼저 엘리미아를 요구했다면, 대충 그의 심정은 이해가 가. 제2왕자로서 왕위를 차지하고 모든 인간들의 가장 꼭대기에 오르고 싶은데 엘리미아는 그를 거들떠보지도 않지. 두 사람 사이에 어떤 과거가 있는지는 모르겠지만, 어쨌든 엘리미아를 향해 애정을 드러내서, 당신 아버지가 움직였을 가능성이 있지."

"꽤 황당한 가설이긴 하지만 실제로 일어날 수 있어서 더욱더 무섭군."

위그는 얼굴을 찌푸렸다. 제이슨과 엘리미아…… 절대 생각하지 못한 관계였다. 그러나 최소한 비비안이 그렇게 주장한다면 주의 깊게 알아볼 필요는 있었다.

"엘리미아와 언제 한번 이야기를 나눠 봐야겠군. 만약 제이슨이 진짜로 엘리미아에게 그런 감정을 느끼고 있다면, 꽤 좋은 패가 되는 건 사실이지."

"열심히 해."

"아, 그런데……."

비비안이 우아하게 몸을 돌렸다. 그러나 대화를 끝내려는 그녀의 의사와 달리, 위그가 갑자기 생각난 듯 그녀를 다시 잡았다. 비비안은 조금 귀찮아졌다는 얼굴로 고개를 돌렸다. 위그는 그녀의 앞을 막아섰다.

"로건이, 우리를 만나러 나온 게 제이슨의 조치라는 걸 알고 있었지? 이 부분은 대답을 해 줘야겠다."

"정말 끈질겨."

"그래서, 왜 알고 있으면서 그렇게 말한 거지? 제이슨이 그렇게 되면……."

"로건을 의심하겠지. 우리와 로건 사이에 뭔가 있을 거라고."

"……."

"사실 당신도, 생각한 문제 아니야?"

비비안의 말에 위그는 말문이 막히고 말았다. 그녀의 말이 맞았다. 생각해 본 문제긴 했다. 제이슨이 이디에트와 로건 사이의 관계를 의심한다면, 그래서 로건이 왕위에 관심을 가진다고 여긴다면 확실히 크리스티나를 위한 훌륭한 방패막이 될 것이었다. 그러나 그 생각을 한 게 그라면 그건 이상한 일이 아니었다. 문제라면, 비비안 또한 그렇게 여기고 있다는 것이었다.

"당신이."

말을 내뱉던 위그는 문득 마차에서 한 말이 생각났다. 그녀는 사랑하는 사람이라도 죽일 수 있다. 그러나…… 그렇다고 해도.

'그러면 당신은?'

당신은 아프지 않을 자신이 있나? 리암을 보내 놓고 아팠던 것과 달리, 아프지 않을 자신이 있나?

문득 머릿속을 가득 채우는 물음에 위그가 흠칫했다. 그게 그와 무슨 상관인지 모르겠다. 로건이 죽으면 그에게는 더욱더 이득이었다. 리암의 존재가 비비안의 걸림돌이었던 것처럼, 로건은 그의 걸림돌이었다. 그러나 왠지 모르게 비비안이 이렇게 나오자 속이 좋지는 않았다. 그는 그제야 자신이 왜 마차에서 비비안의 대답에 그렇게 개운치 못한 얼굴을 했는지 알았다.

하지만 위그는 굳이 그 점을 짚어 내는 대신, 입을 다무는 것을 선택했다. 그 자신도 알 수 없는 생각과 감각을 굳이 비비안에게 말할 필요는 없었다. 그는 로건이 죽기를 바랐다. 그러나 그가 죽으면, 비비안의 손으로 그를 방패막이로 쓰면 비비안의 반응은 어떨까…… 이 말도 안 되는 생각을 하고 있음을 그는 비비안에게 들키고 싶지 않았다.

"아직 결정된 상황은 아니다. 로건은 꽤 좋은 방패막이지만, 그렇다고 쉽게 휘두를 수 있는 사람은 아니야."

"그건 그렇지. 내가 아는 에단은 예술을 사랑하고 낭만적이었지만 멍청하지는 않았어. 최소한 자신에게 필요한 게 뭔지는 아니까."

"일단 이 부분은 천천히 보지."

"……."

말을 마친 위그가 비비안을 놓아주었다. 비비안은 빙그레 웃고는 화장대로 다가갔다. 그런 그녀의 뒷모습을 보던 위그가 복잡한 얼굴을 했다. 그러나 굳이, 말을 더 얹지는 않았다.

〈다음 권에 계속〉